À Xavier (Reivax) et Patricia (Caroline), mes enfants d'ailleurs, à qui

ce livre est particulièrement dédié !

À ma femme, bien sûr, ma première lectrice, qui m'a tellement encouragé avec ce projet.

À ma mère pour son soutien.

À Dominique, pour son titanesque travail de correction.

PROLOGUE

Il y a 65 millions d'années, un astéroïde géant de près de seize kilomètres de long entra en collision avec la Terre dans la région qui est appelée maintenant le Yucatan, au Mexique.

Le résultat en fut une énorme quantité de gaz et de poussières éjectée dans l'atmosphère en plus des gigantesques incendies causés par les millions de tonnes de matériaux incandescents résultant de l'impact, parfois rejetés en orbite, retombant à des centaines de kilomètres en une pluie de météorites ardentes.

De catastrophiques pluies acides, des gaz toxiques et un obscurcissement du ciel pratiquement jusqu'à la nuit succédèrent immédiatement après.

Un hiver instantané suivit la montée de température due à l'impact.

Un monde qui jouissait d'un climat de type tropical se retrouva dans la nuit et en hiver et ce, pour de très nombreux mois.

Ce fut la fin des dinosaures ainsi d'ailleurs que de 60 % de toutes les espèces vivant sur la Terre à cette époque.

Cet épisode est ce que le monde scientifique appelle une extinction massive.

La Terre, dans son histoire tourmentée, en a connu bien d'autres. En fait, les chercheurs pensent que notre planète connaît ce genre d'événement au moins une fois tous les cent millions d'années.

Les raisons en sont multiples et peuvent aller du choc météorique au basculement de l'axe planétaire, en passant par le réchauffement ou le refroidissement de l'atmosphère ou encore l'explosion d'une supernova dans le voisinage, le changement de la température du soleil, etc.

Bref, la vie supérieure est constamment en danger, et il est vraiment incroyable que ce quelque chose appelé homme puisse exister dans cet univers. Mais l'homme lui-même est facteur d'extinction massive, et la plupart des chercheurs s'accordent à reconnaître que nous vivons présentement un épisode d'extinction massive de la vie supérieure due à la pression de l'humanité sur son environnement.

Le propos de ce livre est de vous raconter l'histoire de la dernière de toutes les extinctions massives de notre planète… celle de l'humanité !

PREMIÈRE PARTIE

L'ARCHÉOPTÉRYX

CHAPITRE 1 – PIERRE SHEINE

Sa Majesté l'Empereur : humain vrai de référence : IE = 0

Comme vous le savez, Majesté, il y a deux types de virus impliqués dans notre problème : le Grand Translocateur et le Petit Translocateur. Le Grand Translocateur a malheureusement disparu, et c'est déplorable car il est l'initiateur de tous nos problèmes.

C'est lui qui a transformé définitivement le genre humain en faisant disparaître certains gènes de notre code génétique, tout en les remplaçant par certains autres qui font maintenant partie de notre patrimoine héréditaire.

Cette disparition nous empêche de restabiliser génétiquement l'humanité ! Par contre, le Petit Translocateur est très bien connu, il infeste toutes les planètes peuplées par l'homme et est responsable des multiples transferts interespèces auquel nous assistons actuellement. Bien sûr, dans une certaine mesure, nous pouvons bloquer, grâce aux drogues, cette instabilité génétique, mais ce n'est pas le cas sur toutes les planètes. Quoi qu'il en soit, nos services ont pu dresser un portrait, sinon génétique, du moins descriptif, de ce qu'est ou devrait être un être humain et, malgré tout ce que mes distingués collègues d'Humanités nouvelles peuvent dire, nous savons, hors de tout doute, qu'il n'y a jamais eu dans notre monde d'origine de race blanche ou noire, qui ne sont qu'un sous-produit du Petit Translocateur, mais seulement la race jaune, Majesté, qui est, comme il se doit, la vôtre !

Rapport à Sa Majesté Simon le Premier

Empereur de tous les mondes humains

Archibaron Jean de La Roche,

Commission impériale du gène.

L'atroce hurlement troua la quiétude du petit matin et arracha précocement Pierre à son sommeil agité. Son repos était pourtant très profond, car il ne s'était assoupi que tard la veille, ayant ressenti la terrible inquiétude et même l'angoisse de ses parents depuis l'arrivée des rebelles simbas dans la ville et ce, malgré les paroles rassurantes de sa mère !

Le cri, donc, le réveilla brutalement et lui sauva la vie en même temps, car un jeune Simba se trouvait justement devant son lit et le visait avec un pistolet, un 357 Magnum en fait, presque aussi grand que lui ! Troublé par le cri, le rebelle avait tourné la tête un quart de seconde, ce qui donna l'occasion à Pierre de bondir de son lit et d'assommer l'enfant soldat grâce à une force démultipliée par la peur… et une batte de base-ball offerte par un oncle qui vivait en Amérique.

En un tour de main, il récupéra le colt et courut vers le salon, l'angoisse au ventre, ayant reconnu la voix de sa mère dans ce terrible cri aux accents d'agonie.

Et le pire se confirma !

Sa mère gisait ensanglantée, non loin de son père, lui aussi couvert de sang !

Comment se faisait-il qu'il n'ait pas entendu les Simbas venir ? Pierre ne se posa même pas la question ! Trois tueurs sadiques, les yeux hallucinés par les drogues et les mains dégoulinant du sang de ses parents, le regardaient maintenant avec haine. Déjà, ils levaient leurs machettes et s'apprêtaient à se lancer vers lui ! Sans même y réfléchir, Pierre bloqua son poignet droit qui portait le 357 Magnum avec sa main gauche, et fit feu sur les trois assassins… comme un vieux routier.

Et il fit mouche !

Toujours sans réfléchir, il se dirigea vers les cadavres, étouffa un sanglot devant ceux de ses parents et ramassa, sur le dos d'un des tueurs, une mitraillette Thompson, ainsi que des chargeurs supplémentaires. Pierre retourna même dans sa chambre pour ramasser des munitions pour le 357 Magnum sur le corps du petit soldat, toujours dans les vapes.

Il quitta rapidement la maison, avant que d'autres Simbas vinssent voir ce qu'il se passait.

On était le 24 novembre 1964 à Stanleyville, et mille six cents otages européens étaient retenus prisonniers par les rebelles simbas de Nicholas Olenga. L'opération de sauvetage des otages, « Dragon rouge », venait de commencer!

C'était l'aube et soudain, l'air fut rempli par les vrombissements des C-130 de l'US Air Force lâchant le premier bataillon de parachutistes commandos belges sur l'aéroport de Stanleyville.

Les unités mercenaires, dites de l'Ommegang, du colonel Vandewalle, ainsi que des troupes terrestres congolaises de l'ANC arrivaient par voie terrestre, elles aussi, pour s'attaquer à la ville.

Les balles volaient partout quand Pierre quitta la ferme familiale. Il savait qu'il devait absolument gagner la ville s'il voulait être secouru.

Heureusement, la ferme de ses parents n'était pas trop éloignée de l'aéroport bien qu'il y eût, quand même, quelques kilomètres de brousse. En sortant, il s'était dirigé vers les maisonnettes des employés pour constater que malheureusement, ils avaient été eux aussi massacrés. Jean, leur boy de maison avec qui il avait eu tant de connivence… Jean, illettré mais tellement intéressé par le monde extérieur et qui posait tant et tant de questions… sur l'Europe… sur les avions… sur tous et toutes… et qui éclatait de rire chaque fois que Pierre lui racontait quelque chose qui lui semblait incroyable et pourtant vrai.

« Pas le temps de pleurer », avait-il pensé alors. Les Simbas le cherchaient, mais Pierre connaissait mieux le terrain qu'eux et avait la rage au cœur. La mitraillette Thompson et le pistolet servirent plusieurs fois avant qu'il arrivât à l'aéroport, maintenant sous le contrôle des parachutistes commandos belges.

Ce fut alors que stupéfait, le major Mine vit surgir devant lui un enfant hirsute, sale et couvert de sang, mais portant une mitraillette Thompson et un revolver Python 357 Magnum. L'enfant lui raconta rapidement sa terrible expérience et comment il avait réussi à échapper aux Simbas.

Quand le major lui demanda son âge, il répondit : « J'ai quatorze ans ! » Ce moment où il avoua son âge à un major stupéfait resterait à jamais gravé dans sa mémoire et lui revenait chaque nuit où les angoisses de son enfance remontaient. Car Pierre rêvait… et revivait pour la centième fois… la millième fois, cet épisode de sa vie… interrompu, cette fois-ci, par la sonnerie du téléphone!

Il ne répondit pas, mais laissa plutôt ses souvenirs remonter librement en une sorte de rêve, de cauchemar éveillé. Il glissa doucement dans ce douloureux passé, se rappelant la peine terrible qui avait explosé dans sa poitrine à la vue des corps de ses parents à ce moment-là. Il se revoyait

ramasser les armes des assaillants ainsi que leurs munitions… la mitraillette Thompson… les chargeurs et les munitions pour le 357 Magnum…!

Il revoyait sa course effrénée vers la brousse qui entourait la ferme. Pierre sentit les larmes l'envahir tant ses souvenirs le bouleversaient encore!

Il était entré dans une sorte de torpeur dont il n'arrivait pas à se défaire, noyé qu'il était par la nostalgie… Il se revoyait même récupérer le 357 Magnum durant un moment d'inattention des paras et le cacher dans ses vêtements. C'était un des rares moments où dans son rêve, il souriait !

Car cette arme était devenue son fétiche protecteur. Souvent, elle l'avait sorti d'une situation plus que dangereuse, et il la traînait partout. À ce jour encore, elle était en sa possession.

Le téléphone sonna à nouveau et avec insistance, mais Pierre n'en avait cure, submergé qu'il était par sa mélancolie ! Sa vie défilait devant lui, maintenant qu'il était à la retraite et que la beuverie de la veille avec de vieux copains d'aventures l'avait mis dans cet état second, propice au retour des angoisses qui le hantaient depuis tellement longtemps !

Il se voyait comme il était… un aventurier… un aviateur – mercenaire de surcroît – qui avait piloté dans le monde absolument tout ce qui avait des ailes ou un rotor tournant. Un aventurier intelligent, qui avait su choisir très tôt, durant la guerre froide, le bon côté du conflit, celui qui était le plus riche ! En fait, vraiment très très tôt… quand des rebelles simbas avaient assassiné devant lui toute sa famille, là-bas à Stanleyville, lors d'une de ces rébellions anarchiques typiquement africaines et tellement communes à cette époque de décolonisation sauvage.

Le téléphone sonna encore, mais Pierre avait, ce jour-là, décidé d'aller jusqu'au bout de sa rêverie triste. Sauvé in extremis par l'intervention des parachutistes européens, il se revoyait encore grandir en Europe chez de vagues parents qui ne lui prêtaient qu'une attention distraite, seulement dirigée par un certain sens du devoir. Il ne pouvait pas dire qu'il avait été maltraité ou même négligé ; il était simplement une charge pour ses tuteurs. Heureusement, les quelques biens, en Europe, de ses défunts parents lui permirent de devenir pilote. À dix-huit ans, il était déjà un pilote remarquable, et il avait hâte de venger père et mère.

Tous ces coups tordus de la CIA ou des autres services spéciaux occidentaux sur presque tous les théâtres d'opérations de la planète, en commençant par le Vietnam, auxquels il avait participé ! Partout où le mot communiste était prononcé… Au Nicaragua, par exemple, où il avait réellement

cru que sa dernière heure était venue. À cette époque-là, il se spécialisait dans le largage et la récupération de combattants de la « Contra ».

Un matin, il s'en souvenait justement, il tentait de récupérer les trois survivants d'un groupe de quinze, commandés par son ami Jack, quand son petit bimoteur, posé en catastrophe sur une vague route de jungle, ne voulut pas redémarrer. Comme les Sandinistes étaient vraiment très

proches et que ses moteurs rechignaient, il eut la conviction qu'il allait mourir là, avec Jack, Juan et Valdez qui perdait tant de sang que la question était devenue toute théorique pour lui.

« Quelle connerie que cette vie ! » avait-il pensé. Il se souvenait n'avoir pas réellement eu peur. Il réalisa cependant avec tristesse qu'il n'avait pas vraiment choisi cette vie… sa vie, mais plutôt que les événements l'avaient mené par le bout du nez !

« Si j'avais réellement eu la chance de choisir, ou si on me donnait une autre chance, je ferais mieux ! » avait-il imaginé à ce moment-là. Évidemment, ne croyant ni en Dieu ni en Bouddha ni en Allah ou autres, le redémarrage des moteurs l'avait laissé dans une profonde stupeur, au point que Jack avait dû le secouer pour qu'il réalise qu'il était plus que temps de rentrer à la maison !

Sacré Jack… un des rares gars qu'il appréciait vraiment !

Quelques semaines plus tard, il était officiellement retiré des affaires et, comme Jack, il coupa tout lien avec ses anciens employeurs qui les laissèrent en paix, sachant qu'ils savaient tenir leur langue. Il est vrai que ses confortables appartements de Paris et San Francisco ainsi que les 7 millions de dollars de son compte en Suisse le mettaient à l'abri du besoin. Il profita de ce qu'il croyait être une seconde chance que la vie lui offrait et mena grand train…

Bref, il s'ennuyait, complètement déboussolé par cette soudaine et confortable oisiveté.

Le téléphone sonna encore, indiquant une rare ténacité de la part de la personne qui tentait de le joindre. Cette fois, Pierre sortit de sa rêverie dépressive et décrocha l'appareil.

Une voix sortie du passé répondit à son allô agacé.

« Pierre, my friend, que deviens-tu ? Des amis communs me disent que tu es en manque d'aventures… J'ai justement quelque chose pour toi !

– Pas intéressé, Jack !

– Tu préfères l'alcool, les putes et l'ennui ?

– Je ne veux plus de sang, Jack, plus de tuerie ni de politique tordue !

– Non, mon ami, non. Moi non plus, je n'en veux plus. De toute façon, on n'a plus réellement besoin de nous maintenant… plus de guerre froide et des ordinateurs partout. Je me suis recyclé dans la protection rapprochée de personnalité ou d'installation. Ça paie dix fois plus, et c'est moins risqué… Et à mon âge, tu sais… Ce que je te propose est parfait pour toi, légal et complètement civil et eux, ils ont besoin d'un pilote exceptionnel pour tester un nouveau type d'avion.

– Ils n'ont pas de pilote d'essai ?

– Ils l'ont perdu récemment dans un stupide accident.

– Bon, mais ce genre de compagnie n'a qu'à contacter l'armée qui se fera un plaisir de lui recommander un pilote expérimenté. D'ailleurs, la plupart des développements d'avion se font déjà plus ou moins avec l'armée ou, en tout cas, en étroite relation avec les gouvernements.

– Pas eux, Peter, pas eux ! Ce sont des gens qui ne veulent pas être sous la coupe d'un gouvernement. Il s'agit d'un grand consortium multinational, japonais, européen et même américain, qui mise sur un concept révolutionnaire. Ils veulent avoir les coudées franches et pour cela, ils doivent être très discrets ! Moi, je leur procure une protection rapprochée.

Ils veulent un pilote exceptionnel, discret, sans famille, capable de partir sans trop susciter de questions. Ils offrent une paie phénoménale et ne te demanderont rien de sale, juste que tu pilotes leur prototype.

– C'est dangereux ? demanda Pierre.

– Comme tout essai d'un nouvel avion, mais les précautions maximales seront prises, et ils ont même installé un simulateur ! Comme je te le dis, les moyens sont là et ces gens sont très sérieux. Et tu sais, ces multinationales, ce sont elles, les maîtres du monde !

– Elle s'appelle comment, cette compagnie ?

– IFO, pour International Flying Object.

– Et cela se passe… où ?

– Ça, mon ami, je ne peux pas te le dire ! Mais si ça t'intéresse, un avion viendra te chercher à Miami quand tu seras prêt ! »

CHAPITRE 2 – ANDRÉ VAULDEGARDE

Ha! malheur sur vous, malheur sur vous tous !

Quatre... quatre cavaliers habillés de haine et de colère viendront sonner le glas de l'humanité !

Le premier empruntera vos traits pour vous voler et vous nuire ! Il provoquera votre ruine et sèmera la famine... Il sera l'avant-garde de la grande nuit à venir !

Le second perturbera l'esprit de vos serviteurs, les rendant inaptes à combattre les ténèbres !

Le troisième, ah ! mon Dieu ! Par le feu et la guerre, il s'abattra sur vous.

Il détruira vos maisons et vos villes. Il brûlera vos récoltes, dévorera vos femmes et vos enfants !

Le quatrième est noir comme la nuit, et son âme l'est plus encore...

Mon Dieu, mon Dieu, il est le prince des ténèbres, il est la mort !

Quatre qui ne seront pas le fruit des entrailles de vos mères... quatre qui voudront être les fossoyeurs du genre humain !

Ils vous anéantiront par la fourberie et par vos propres fautes !

Seuls... seuls dans l'univers, ils voudront être !

Les humains seront comme fous, ne se reconnaissant plus, ne sachant plus d'où ils viennent et le plus sacré des secrets, celui que tout humain porte au plus profond de lui, sera perdu.

La grande extinction guettera le genre humain !

Pourtant, je le vois, je le sens, le Grand Architecte de l'univers aura pitié de vous.

Un refuge, il créera pour vous ! Les gardiens le défendront contre tous ceux qui ne sont pas humains et le diable, s'il est assez téméraire pour s'y aventurer, devra y combattre les mains nues!

Mais aussi, de la planète de vos ancêtres, il vous enverra de l'aide !

Trois viendront !

Ils seront le seul espoir pour vous... pour vous tous.

Ils perturberont le malin, compliqueront ses plans et le forceront même à les reporter.

Mais pour cela, vous devrez écouter et… vous ne savez pas écouter !

Malheur sur vous, malheur sur vous tous, si vous ne les écoutez pas… avec vos oreilles, mais aussi avec vos cœurs… !

Bien sûr, ils ne seront pas des hommes sages, ils auront même beaucoup péché, mais le Grand Architecte de l'univers vous les a envoyés, même s'ils ne le savent pas, ainsi que leurs descendants, pour vous aider !

Ils peuvent EFFACER LE PÉCHÉ… LE GRAND PÉCHÉ!

Ils vous le diront maintes et maintes fois: RECONNAIS TON FRÈRE!

C'est terrible ! Ils seront l'espoir de l'humanité, mais ils diront des choses que vous ne voudrez pas entendre… qui feront mal… mal comme la vérité !

Alors, comme vous ne les écouterez pas, ils devront fuir. Pauvres fous que vous êtes !! Pourtant, leur enfant mêlera son sang à celui de la Première Maison !

Seule… seule la déesse de la vengeance et ceux de nulle part les comprendront et les aideront !

Ce sera le temps des faux prophètes et par votre faute, la maison impériale tombera !

Les hommes écouteront les mensonges susurrés à leurs oreilles par les quatre cavaliers de l'Apocalypse !

Les hommes affronteront les hommes !

Oh! mon Dieu ! Que de sang ! Que de sang! POURQUOI, POURQUOI?

Ce sont vos frères… vos frères que vous égorgez ! Tout ce sang, qui réjouira les quatre de l'enfer ! Fous ! Fous ! Vous ouvrez la porte à Belzébuth ! Vous livrez le genre humain aux bêtes !

Alors quand tous, enfin, vous comprendrez votre folie, arrivera celui qui est multiple ! Ce sera le retour de l'Empereur ! L'Empereur des hommes, le seul vrai… Il saura retrouver la terre de ses ancêtres… de vos ancêtres… Il formera la grande alliance des anciens et des nouveaux contre les puissances de la nuit… mais… Oh ! il est si jeune !

Il est si vieux !

Il est si… si perdu !

Sa tête est si perturbée… Trouvez-le… Aidez-le, et il vous aidera… s'il le peut !

Sa détresse est immense !

Et même quand les humains vrais le reconnaîtront… même là, les sacrifices seront grands ! Démesurés !

Le père donnera son fils, la mère sa fille… des alliances contre nature, inimaginables, se feront… Je vous le dis, je vous le dis, tous, vous mourrez !… Mais, si vous savez reconnaître vos frères, alors… peut-être… l'humanité survivra !

Ouvrez vos cœurs et vos esprits, mes frères… et rappelez-vous… seule la survie de l'humanité est importante !

Tous, vous mourrez !

Tous… et toi aussi !

La Grande Extinction

Ainsi parlait Zacharie II, Grand Oracle de Del.

De: Bwana

À: Hidden Eagle

Priorité : haute

Cryptage : oui, clef Shadow 18

Objet : demande d'information sur compagnie International Flying

Object

Besoin info urgent sur IFO.

Qui commande, sérieux de la compagnie, passé et qui finance.

Nature des projets.

Ennemis ou amis ?

À charge de revanche.

De: Hidden Eagle

À: Bwana

Priorité : haute

Cryptage : oui, clef Shadow 27

Cher ami, voici quelques renseignements que j'ai eu beaucoup de difficultés à obtenir... En premier lieu, André Vauldegarde. Il s'agit d'un chercheur prodigieux, diplômé du MIT, mais très contesté et terriblement ambitieux. Une grosse tache dans son passé... en rapport avec la mort de

sa femme. Un très gros scandale profondément enterré par les autorités...

J'ai eu beaucoup de mal à trouver quelques renseignements. Voici ce que je sais : sa femme, Éléanor Hillcroft, était une très grande biologiste, elle aussi bardée de doctorats comme son mari. Elle cherchait activement la possibilité de congeler puis de ramener à la vie des êtres vivants de plus en plus complexes, même la congélation d'organes humains et selon certaines sources, la congélation d'êtres humains. Son mari collaborait avec elle et était chargé de la partie physique du projet, gestion du froid, etc. Le tout était financé discrètement par une fondation américaine très connue, The American Society for Eternal Life (TASEL). Le Dr Vauldegarde aurait, semble-t-il, voulu brûler les étapes en négociant secrètement avec une prison du Texas afin que lui soit remis un « serial killer » promis à une exécution prochaine, pour tenter un essai réel avec un humain vivant (mais consentant). Sa femme désapprouvait le test sur des humains, même criminels et consentants. Pour elle, aucune expérience scientifique, aussi valable fût-elle, ne justifiait un tel risque pour un être humain, aussi méprisable fût-il. Il semblerait que le Dr Vauldegarde ait voulu l'expérimenter en dépit des objections de son épouse. Il faut dire ici que la réussite de tels travaux aurait ouvert des perspectives, non seulement pour les voyages spatiaux, mais aussi pour la médecine traumatique, les maladies dégénératives sans traitements, etc. D'après les maigres informations que j'ai réussi à glaner, le Dr Hillcroft aurait choisi de procéder à l'expérience sur elle-même durant la nuit. Il fut impossible de la ramener à la vie le lendemain.

Le scandale menaçait d'être énorme. Pour l'éviter, tous ceux qui avaient soutenu le professeur acceptèrent de lui livrer un petit réacteur nucléaire, et TASEL finança la construction d'une crypte secrète où fut muré congelé le corps d'Éléanor avec de l'énergie pour un millénaire ! D'après mes renseignements, on effaça toute trace de l'histoire... ! Et Vauldegarde reçut clairement l'ordre de disparaître dans la nature pour plusieurs années. C'est pour cela que sa réapparition sur un projet encore plus secret que le précédent m'étonne grandement. Attention, mon ami, cet homme charrie beaucoup d'odeur sulfureuse et a indisposé un grand nombre de personnes très haut placées ! Plus spécifiquement sur la nature de ta demande, tout ce que je sais, c'est qu'il s'agit d'un projet d'avion faisant appel à des technologies totalement nouvelles et révolutionnaires. ATTENTION, ils ne sont soutenus par aucun gouvernement ! Qui finance ? Des multinationales, mais je suis incapable de te dire lesquelles ! Amis ou ennemis ? Difficile à dire, mais tout dépendra du degré de leur réussite ! S'ils réalisent un bon avion plus performant que les avions actuels, ils feront beaucoup d'argent... Par contre, s'ils réussissent quelque chose de vraiment nouveau capable d'envoyer, par exemple, la navette spatiale ou les fusées Ariane à la poubelle, il est sûr que cela indisposera au plus haut point les gouvernements actuels. Personne n'acceptera qu'une multinationale détienne un pouvoir aussi important sans le contrôle d'au moins une grande puissance, si possible amie !

Bon vent. Hidden Eagle !

****

La chaleur était torride, et l'humidité rendait tout encore plus difficile et cela, malgré le puissant système d'air climatisé qui bourdonnait dans le bureau du professeur. Mais peut-être était-ce la discussion que le professeur sentait venir qui rendait l'atmosphère si lourde! Pourtant, le professeur André Vauldegarde aimait beaucoup Michelle qu'il considérait un peu comme sa fille spirituelle. Il la comprenait et savait combien avait été difficile pour elle la reprise d'une vie normale… après ce qui lui était arrivé! Cela faisait maintenant plusieurs années qu'il la connaissait. Il se souvint brièvement quand il l'avait recueillie dans un état lamentable et associé à ce terrible projet appelé le « Black Knights ». Il l'avait comprise comme aucun autre, car lui aussi se remettait à cette époque d'un drame épouvantable! Il l'avait aidée puis mise à contribution, et avait été rapidement impressionné par les capacités remarquables de la jeune femme. Mais il semblait que Michelle n'arrivait pas vraiment à redevenir elle-même et manifestait de temps en temps ces comportements irrationnels et violents qui faisaient bouillir le sang du professeur.

Pour une raison qui lui échappait d'ailleurs, Michelle semblait fascinée par la photo du pilote apparaissant au dossier que leur avait remis Jack.

Mais l'attitude de Michelle était annonciatrice de tempête !

Une fois de plus, il allait avoir une de ces discussions où il devrait contrôler l'excessive réaction de sa collaboratrice la plus précieuse.

« Un mercenaire !

– Oui !

– Professeur ! Vous ne craignez pas leur fidélité vacillante surtout motivée par l'appât du gain ?

– Jack nous le recommande fortement !

– Jack aussi est un mercenaire !

– Michelle, Michelle, contrôlez-vous ! Ce sont des gens qui viennent de la mouvance des services secrets plus que strictement des mercenaires ! En outre, ils ont toujours travaillé du même côté que nous !

– Tout de même, ce sont des tueurs, et je ne comprends pas pourquoi vous leur faites confiance.

– Michelle, mesurez vos propos ! Jack est tout ce qu'il y a plus fiable et même si son métier l'a probablement amené à tuer, c'était en service commandé, il n'est en aucun cas un psychopathe. De plus, il nous recommande fortement ce pilote.

– Nous travaillons sur un prototype ultrasecret, et nous engageons des gens à la fiabilité relative, tous en provenance des services secrets ! Pourquoi ne téléphonez-vous pas directement à la CIA ?

– Parce que, Michelle, nous n'avons pas le choix ! Un pilote avec une telle expérience et qui ne soit pas au service d'une compagnie ou de l'armée est pratiquement impossible à trouver. Jack m'a garanti que l'homme était habitué aux impératifs du secret. Il n'a pas de famille proche, ni femme, ni enfants… Je vous rappelle que notre joujou n'est pas pilotable par le premier venu ! De plus, nous n'aurions pas ce problème si vous n'aviez pas poussé notre précédent pilote en bas de l'escalier menant au cockpit de l'appareil !

– Je vous en prie, professeur ! Il m'avait carrément mis les mains sur les seins !

– Un accident d'après lui, il avait simplement glissé et ne vous avait qu'effleurée.

– Professeur, il me poursuivait de ses avances, et rien ne semblait le retenir. Pour lui, toutes les femmes se devaient de tomber dans ses bras.

– Une gifle eût été suffisante !

– Les hommes sont des porcs incapables de maîtriser leurs gonades », s'enflamma brusquement Michelle. Le professeur marqua une pause, sentant que sa collaboratrice menaçait d'exploser.

– Vraiment Michelle, vous me considérez comme un porc ? demanda Vauldegarde, tentant de mettre son interlocutrice sur la défensive.

Prise de court, Michelle se refroidit un peu et répondit, un ton plus bas :

– Non, bien sûr, mais vous êtes exceptionnel !

– Bien sûr que non, bien sûr que non, renchérit Vauldegarde. Et j'ai aussi cru remarquer que vous n'étiez pas toujours si platonique dans vos relations avec les hommes, ce qui ne me dérange aucunement ! Est-ce que je me trompe ?

– Non, professeur, heu… j'ai moi aussi des besoins, finit-elle par concéder, mais vous allez voir, il va débarquer et immédiatement visser son regard sur ma poitrine !

– Michelle, que vous le vouliez ou non, vous avez une silhouette qui est plus qu'avantageuse. En d'autres mots, vous êtes une très belle jeune femme, et cela vous ferait le plus grand bien de sortir de votre carapace et de donner un peu de place à un compagnon dans votre vie. Pardonnez-moi,

Michelle, je dépasse mon rôle et ne voudrais pas vous indisposer, mais vous savez que je vous aime bien et j'aimerais vous voir heureuse !

– Rien ne venant de vous ne pourrait m'indisposer, professeur, lui répondit Michelle, maintenant calmée, mais vous allez voir que la première chose que fera votre super héros, avant même de savoir mon nom, sera de me regarder la poitrine et de tenter d'évaluer ses chances. Et je peux vous dire d'ores et déjà qu'elles sont nulles !

– Il semble que nous soyons rapidement fixés puisque d'après Jack, notre homme serait déjà en route pour Miami où l'attend notre avion de liaison. Il sera ici rapidement. Je vous invite à vous joindre à notre comité d'accueil, mais rappelez-vous l'importance de ce que nous faisons ici, seul cela doit compter… Aussi je m'attends de votre part à un comportement professionnel… et donnez donc au moins une petite chance à ce pilote ! »

CHAPITRE 3 – IQ

L'indice d'étrangeté, ou IE, est l'indice servant à mesurer la distance génétique entre les différentes variantes humaines ou étrangères (le cas échéant). Ainsi l'IE égal à 0 indique la pureté génétique de référence de Sa Majesté l'Empereur. Sa Majesté et les représentants de la race jaune non bâtarde sont à 100 % des humains purs. Un indice IE de 10 indique au contraire l'absence totale de gènes d'origine humaine, ou qu'il s'agit d'une forme de vie basée sur autre chose que les gènes, comme dans le cas des FreeProgs ! Pour référence, les races dites blanches et noires ont un IE de 1, la race almoravide, un IE de 3, et les pirates sarkaïs, un IE de 5.

Certains spécialistes donnent même un IE de 7 aux Sarkaïs étant donné le rôle incertain de leurs gènes humains par rapport à ceux du serpent.

Extrait du Petit Vade-mecum de l'étudiant en génétique supérieure

Édition officielle de l'Empire.

L'avion était bien là qui l'attendait à Miami. Il s'agissait d'un Bombardier Challenger 7604 aux capacités de vol sans escale étendue.

« Un petit bijou d'avion ! » avait pensé Pierre en le voyant. On le traitait comme un prince… mais pas assez pour le laisser piloter l'appareil cependant, ni même pour lui indiquer où ils allaient. Cela faisait partie du contrat mirobolant que Pierre avait signé. Un million de dollars annuel versé sur son compte en Suisse avec en contrepartie, un engagement de discrétion absolue lui interdisant de communiquer avec quiconque pendant son temps d'emploi et une interdiction à vie de mentionner le projet !

Pierre eut même droit à une fouille complète avant l'embarquement par un des hommes de Jack qui – merci à toi, Jack –, donna toutes les apparences d'une fouille professionnelle sans, bien entendu, trouver le Python 357 Magnum démonté et caché dans ses valises ni découvrir que son ordinateur portable était doté d'un récepteur GPS camouflé ainsi que d'un téléphone et un modem sans fil à liaison satellite. Bien sûr, ce genre de matériel n'était pas disponible normalement sur le marché sauf sur celui, très spécial, des agents secrets, mais Pierre était quand même convaincu que l'homme de Jack avait reçu des instructions « particulières ». Après tout, Jack lui devait la vie, et la nouvelle mission n'était pas sans danger.

Le voyage se fit sans histoires vers, et Pierre était censé l'ignorer, la petite république sud-américaine de Guyane.

L'appareil se posa en pleine jungle sur ce qui avait dû être un ancien aéroport militaire, maintenant reconverti en centre d'essais pour avion spécial. La base était très isolée et entourée d'une jungle épaisse et humide d'où provenaient toutes sortes de bruits, croassements et autres craquements, indiquant clairement sa situation au milieu de nulle part. Pierre avait bien vu du ciel une sorte de route, ou plutôt une piste de jungle mal entretenue, mais il en était convaincu, l'essentiel des besoins de la base devait être couvert par des transports aériens… comme l'attestait la présence d'un C-130 Hercule en bout de piste. Pierre remarqua aussi immédiatement un grand nombre de postes de garde situés aux coins stratégiques de la base. Pas de barbelés cependant, car cela aurait réellement donné un côté camp de concentration à la base, mais une haute clôture. Une piste très longue et apparemment bien entretenue, mais beaucoup trop d'arbres immenses en bout de piste, ce qui lui serra le cœur ! Un certain nombre de baraquements, une tour de contrôle et un énorme hangar de fabrication récente, comme en attestait la fraîcheur de sa peinture. Pas de drapeau, et les gardes portaient un uniforme de type gardien de sécurité plutôt qu'un uniforme militaire. Pierre avait enregistré tout cela en descendant de l'appareil et, tout en suffoquant sous l'agression soudaine de la chaleur tropicale, il se dirigea vers le petit comité de réception qui se tenait non loin de là.

Celui-ci était composé de trois personnages dont son ami Jack, un homme grand, maigre, assez âgé, au regard intense, presque brûlant, et une assez jolie femme, la petite quarantaine élégante, au visage fermé, sinon hostile.

« Une très jolie femme ! » pensa Pierre, surpris de trouver une personne aussi attirante dans ce trou perdu.

Relativement grande, les cheveux noirs coupés court à la garçonne, elle avait une silhouette de mannequin ainsi qu'une poitrine généreuse, sans toutefois être disproportionnée… ce qui attira immédiatement l'attention de Pierre et… lui valut, en retour, un regard glacé. Il aurait dû comprendre.

Malheureusement, Pierre était habitué aux succès faciles avec les femmes.

Grand, musclé, plutôt bel homme, il était sûr de lui… et aussi en manque depuis un certain temps, s'étant lassé de sa dernière compagne depuis plusieurs mois déjà. Ainsi son regard s'attarda-t-il encore un peu sur la silhouette avantageuse de Michelle. Et cette fois, il eut droit à un regard furieux.

« Je vous souhaite la bienvenue, monsieur Sheine, je suis le professeur Vauldegarde. Nous vous attendions avec impatience, car notre projet avance à grands pas. Permettez-moi de vous présenter ma collaboratrice Michelle Evanis, qui est notre informaticienne en chef. Elle a toute ma confiance et dirige ce projet en second. Elle est principalement chargée, bien sûr, de toute la quincaillerie informatique et je vous prie de me croire, il y en a beaucoup, mais elle a aussi une vision globale des choses. Vous serez amené à travailler en très étroite collaboration avec elle et ce, dès le départ, quand vous vous entraînerez sur le simulateur. »

Pierre remarqua que Jack avait suivi l'échange de regard entre Michelle et lui et fut surpris de voir se dessiner l'esquisse d'un sourire moqueur.

« Vous savez probablement, reprit le professeur, que le projet pour lequel vous avez été engagé a souffert de certains délais dus, malheureusement, à un stupide accident qui a rendu notre pilote d'essai indisponible pour des mois. Nous sommes donc très heureux de vous compter parmi nous… Votre ami Jack nous a parlé de vous avec beaucoup de chaleur et en insistant sur votre grande compétence en tant que pilote. Il nous a même assurés, reprit encore le professeur, que vous pourriez faire voler un fer à repasser !

– Vous m'en voyez flatté, professeur, répondit Pierre, mais là, je crois que Jack a légèrement exagéré ! Il est vrai cependant que j'ai piloté de très nombreux appareils, depuis les petits monomoteurs jusqu'au Bœing 747 !

– Quand vous travailliez pour la CIA ou un service secret de l'autre côté ! intervint tout à coup la jeune femme.

– Madame, finit par dire Pierre, interloqué par cette attaque soudaine, j'ai effectivement eu de nombreux employeurs dans le monde des services secrets, et je n'ai jamais trahi aucun d'eux ! Par contre, si cela vous indispose à ce point, ma valise n'est pas encore défaite !

– Vraiment ! reprit-elle, mais cela, malheureusement, ne dépend pas de moi! Personnellement, je déteste les mercenaires ! Alors veillez à vous en tenir strictement à votre travail !

– Michelle, ma chère, intervint le professeur, je vous prierais de garder vos convictions pour vous ! Vous savez que nous avons besoin d'un excellent pilote et quant à moi, les références de M. Pierre Sheine ont été plus que suffisantes pour que je puisse lui accorder ma confiance ! Je vous demande donc d'en faire autant. »

Puis se retournant vers Pierre, le professeur ajouta :

« Veuillez pardonner, monsieur Sheine, cette intervention intempestive de ma collaboratrice ! Michelle est parfois un peu vive quoique d'une compétence que vous finirez par apprécier, croyez-moi ! Bref, comme j'imagine que votre voyage a dû être long, je demanderai donc à votre ami Jack de vous conduire à vos appartements. Je vous attends demain de bon matin, et je vous montrerai le monstre que vous piloterez ! Si vous aimez vraiment les avions, et je crois que vous les aimez, attendez-vous à une expérience extraordinaire. Un dernier mot, monsieur Sheine, je ne vous ferai pas l'insulte de vérifier si votre ordinateur peut ou non communiquer avec l'extérieur, mais votre contrat l'interdit formellement… Nous ne tenons pas à ébruiter ce que nous faisons ici et dès demain, vous comprendrez pourquoi ! »

Et le professeur pivota sur lui-même pour se diriger d'un pas décidé vers ses bureaux, suivi rapidement par Michelle qui lui décocha un dernier regard chargé d'animosité.

Pierre se sentit un peu décontenancé. Il avait du mal à comprendre pourquoi cette femme le détestait déjà. D'autre part, il voyait Jack réprimer difficilement une énorme envie de rire… ce qui eut pour effet de le rendre de mauvaise humeur !

Toujours sous le choc de l'hostilité de Michelle, Pierre laissa son ami le conduire vers un bâtiment assez conséquent qui avait dû servir de mess des officiers dans le passé. Il avait été rénové et quoique meublé d'une façon relativement spartiate, il était confortable et, chose non négligeable, climatisé. Sa chambre était au premier étage au fond, alors que celles du professeur et de Michelle étaient vers l'avant. Une salle de bains ainsi que deux autres chambres vides les séparaient. Pierre nota avec déplaisir que Jack avait toujours envie de rire.

« Mais qu'est-ce qui te donne tellement envie de rire, Jack ? demandat-il avec agressivité.

– My friend, my friend, ne fais pas cette tête-là ! Tu sais comment tout le monde appelle Michelle ici ?

– Non !

– IQ !

– IQ ?

– IQ !

– Jack, IQ, qu'est-ce que cela signifie ? »

Jack éclata de rire et lui répliqua :

« Aucune idée, my friend ? Mais IQ, cela veut dire… Ice Queen !!!! »

Et là, Jack, devant son ami sidéré, hurla littéralement de rire.

Ce soir-là, Jack, heureux de retrouver quelqu'un qu'il connaissait bien, en profita pour lui montrer le bar et la grande quantité de bière de toutes origines que celui-ci offrait. Aussi c'était vraiment tard lorsque Pierre gagna sa chambre, fatigué mais relativement sobre, car il ne voulait pas donner mauvaise impression à ses nouveaux employeurs… et ce, malgré les sollicitations répétées de Jack !

Il venait tout juste de se coucher quand il entendit des gémissements étouffés provenant d'une des chambres occupées par le professeur ou IQ. Au début, il se demanda si… Mais rapidement, il comprit que le gémissement était une plainte plutôt qu'une jouissance. IQ devait faire un cauchemar ! « À cause de moi ! j'espère », pensa-t-il méchamment, se rappelant son accueil glacial. Il ne le savait pas, mais effectivement, son arrivée avait perturbé Michelle, plus même qu'elle ne l'aurait cru, et avait ramené à la surface des choses qu'elle aurait voulu oublier ! Le nouveau pilote LUI ressemblait presque parfaitement… et cela faisait remonter des choses qu'elle voulait à tout prix oublier !

Michelle gémit une nouvelle fois, et il fut clair pour Pierre qu'elle souffrait vraiment. Bien sûr, il lui en voulait toujours, mais il n'était pas insensible pour autant. Il s'apprêtait à intervenir quand un discret claquement de porte l'informa que le professeur l'avait devancé.

Les gémissements se transformèrent en pleurs, en murmures puis en silence… !

Pierre savait maintenant que Michelle souffrait ! Et il décida de lui pardonner !

CHAPITRE 4 – L'ARCHÉOPTÉRYX

100 % humain, vous avez dit ! Et vous représentez l'Empire ? Vous parlez de nous comme des sous-races, des tarés ! Vous nous abreuvez de ces vieux documents que vous prétendez authentiques, d'un vieux sage nommé Hiller ! Vous ne savez même pas s'il était vraiment jaune ! Certains de nos documents disent même que les Noirs et les Blancs ont existé sur Nirva et qu'Hiller aurait été noir ou même pire, blanc, et non pas chef des Aryens mais vaincu par eux ! Et que faites-vous de la diversité ? Elle a permis à l'humanité de survivre à la grande guerre du commencement contre les Démons ! Et vous nous accusez d'être seulement partiellement humains alors que nos facultés d'adaptation nous ont permis d'occuper des planètes très diverses. Nos propres documents nous disent même que le Grand Translocateur a été fabriqué par les humains pour justement pouvoir faire face à l'invasion des Démons. La légende dit même que nos frères les animaux nous ont prêté leurs attributs pour les combattre. La différence n'est pas notre ennemi mais notre force. Vive la différence !

Vive la diversité !

Vive les humanités nouvelles !

Rotuch Rotangar

Premier prince uïgure

Grand Démocrate

Envoyé spécial d'Humanités nouvelles auprès de Sa Majesté l'Empereur

À 8h 30 pile, après un pantagruélique petit-déjeuner pris à la cantine, Pierre se dirigea vers le bureau du professeur, situé dans une dépendance du grand hangar de la base.

IQ était là et semblait en grande forme !

« Bien dormi, monsieur Sheine ?

– Comme une bûche, professeur, comme une bûche…

– Alors, allons voir notre bébé », s'exclama le professeur avec un brin d'excitation dans la voix. Même IQ semblait excitée, et ce fut avec curiosité et la joie de pouvoir enfin voler à nouveau sur quelque chose d'autre que des petits Cessna, que Pierre les suivit vers le grand hangar. Il contempla l'immense appareil qui se tenait là avec stupéfaction !

Pour lui, c'était du jamais vu ! Tout de suite, il fut sous le charme du grand oiseau métallique qui, malgré son gigantisme, dégageait une grâce certaine. Un peu comme un grand fauve prêt à bondir!

Avec une carlingue en cône aplati sur le dos et le ventre, l'engin avait le profil d'une pointe de flèche ! Une bosse, comme sur les Bœing 747, de petites ailes de canard à l'avant ainsi qu'une autre paire, beaucoup plus grande, à l'arrière et un énorme double empennage perché sur le dos. Un monstre ! Un quadruple train d'atterrissage de quatre roues chacun supportait l'engin à l'arrière ainsi qu'une simple roulette à l'avant.

Il était vraiment colossal ! Il avait une forme incroyablement ésotérique, totalement différente des avions qu'il connaissait. Énorme certes, probablement très lourd aussi, mais il se dégageait vraiment de lui quelque chose de puissant et… d'élégant !

« Incroyable ! » ne put s'empêcher de penser Pierre.

Alors il sentit le démon de l'aventure lui tarauder de nouveau les entrailles ! Assurément, cet appareil était quelque chose de beaucoup plus qu'un simple avion.

Tout à coup, il se rendit compte que le professeur parlait toujours, ce qui le fit sortir de sa rêverie…

«… 70 mètres de long, clamait fièrement le professeur Vauldegarde, 22 à la base et 6 à la hauteur de la cabine de commandement. 19,50 mètres de hauteur pour la double queue et 34 mètres de plus pour les ailes ! Une envergure, à son maximum, de 84 mètres. Le poids total ? 555 tonnes, acheva-t-il avec vivacité.

– Vitesse ?

– Ça dépend du milieu de vol !

– Mais encore ?

– À basse altitude, de l'ordre de 950 km/heure ! »

« Un géant ! pensa Pierre, prêt à bondir vers l'air et l'espace sous la poussée de ses réacteurs !… Réacteurs ? »

Ce fut à ce moment qu'il réalisa que l'appareil n'avait aucune entrée d'air et que malgré l'angle sous lequel il le regardait, il ne semblait pas non plus avoir de sortie de réacteurs à l'arrière. Et ce poids considérable de 555 tonnes que mentionnait le professeur !

« Oh ! là ! là ! pensa-t-il, j'ai affaire ici à un engin hors du commun. »

L'excitation le gagnait peu à peu !

Le professeur parlait toujours.

« Je l'ai prénommé l'Archéoptéryx ! Savez-vous pourquoi, monsieur Sheine ?

– Voyons voir, professeur, l'Archéoptéryx était un animal à mi-chemin entre les oiseaux et les dinosaures. J'en conclus donc que votre appareil est à mi-chemin entre les avions et… quelque chose d'autre comme… une fusée ou une navette. J'y suis : il s'agit d'une sorte d'avion spatial volant comme un avion puis, au fur et à mesure qu'il gagne l'espace, se change en navette spatiale. Suis-je loin, professeur ?

– Oh que non ! oh que non ! monsieur Sheine, reprit le professeur, avec un large sourire et une trace d'orgueil dans la voix. Vous avez vu on ne peut plus juste ! Cet appareil est effectivement un hybride : un avion-fusée, capable de mettre en orbite une grande quantité de matériel à des coûts incroyablement bas ! Vous avez devant vous, littéralement, une révolution du transport aérien et spatial, acheva le professeur avec maintenant un enthousiasme communicatif.

– Cependant, professeur, quelque chose m'intrigue : je n'arrive pas à comprendre le mode de propulsion de cet appareil. Je ne vois aucune bouche d'entrée ni de sortie de réacteurs. Quelle est donc sa force propulsive ? »

Le professeur regarda Pierre avec une joie intense, celle de l'enfant qui montre à ses amis son nouveau jouet.

« La propulsion par inertie !

– La propulsion par inertie, mais qu'est-ce que c'est ?

– C'est évidemment un système de propulsion complètement révolutionnaire, mais utilisant pourtant des principes connus de physique. Prenons un exemple. Attachez une pierre à une corde, et faites-la tourner autour de vous. Vous sentirez une force appelée force centrifuge. Cette force centrifuge est, en fait, une force d'inertie créée par la masse de la pierre. Cette force dépend évidemment de la masse de la pierre, mais également de la longueur de la corde. En fait, le truc consiste simplement à transformer cette force générée par le mouvement circulaire, en poussée vers l'avant. Évidemment, c'est plus facile à dire qu'à faire. Mais c'est ce que j'ai réussi ! Mon système est en fait basé sur la relation qu'il y a entre la longueur de la corde et la masse. Je fais simplement varier cette longueur, ce qui fait que la force est à son maximum quand la corde a la longueur maximale, et à son minimum quand la corde a la longueur minimale.

– Je suis un peu confus, professeur !

– Oh ! mais c'est fort simple ! Vous faites tourner votre pierre théorique autour de vous, et vous faites varier la longueur de la corde de façon à avoir toujours le bout le plus long dans la même direction, et le bout le plus court à l'opposé. Si vous avez deux cordes munies de pierres semblables mais tournant dans des directions opposées, vous aurez une force résultante très puissante dans la même direction. Compris ? Et au lieu de faire bouger des pierres accrochées à des cordes, je fais bouger des électrons.

C.Q.F.D. ! »

Pierre n'eut pas besoin de simuler son étonnement ni son admiration, car il était réellement impressionné.

« Incroyable, professeur, votre technologie va changer la conquête de l'espace. Mais il me reste cependant une question: votre moteur inertiel nécessite quand même une énergie considérable pour fonctionner, n'est-ce pas?

– Évidemment !

– Bien ! Et quelle est cette source, professeur ? »

Là, Pierre vit distinctement le visage du professeur s'assombrir.

« Nous utilisons la puissance d'un petit réacteur nucléaire. J'en avais deux à ma disposition pour mes recherches. L'un est déjà utilisé à d'autres fins, j'avais donc celui-ci pour ma navette spatiale.

– Des réacteurs nucléaires, professeur, reprit Pierre, ça ne se trouve quand même pas sous une pierre.

– Évidemment, monsieur Sheine, évidemment ! »

Ce fut à ce moment-là que, telle une tigresse, IQ intervint :

« Voyez-vous ça, notre mercenaire qui pose des questions maintenant !

En quoi cela vous concerne-t-il si vous êtes payé ?

– Même un mercenaire peut choisir, madame! Je ne mange pas de n'importe quel pain, et le vôtre me semble moisi. J'ajouterai pour finir que vous m'êtes particulièrement antipathique.

– Sentiment partagé, monsieur Sheine. Figurez-vous que nous aussi, nous avons travaillé pour les services secrets. Mais contrairement à vous, en ce qui nous concernait, c'était pour le bien de notre pays.

– Vraiment, avec des réacteurs nucléaires ? Le seul projet ultrasecret dont j'ai eu connaissance et qui impliquait de petits réacteurs nucléaires comme celui-ci était le projet "Black Knights". Un satellite construit en grand secret durant la guerre froide, et qui contenait en plus d'un réacteur nucléaire, un certain nombre de missiles à charge thermonucléaire… De très grosses charges thermonucléaires ! En contradiction, bien entendu, avec toutes les conventions internationales sur l'espace. Alors, s'il vous plaît, ne jouez pas la sainte-nitouche ! »

Il faisait 35°C à ce moment de la journée, mais les paroles de Pierre avaient fait tomber la température ambiante très près de celle du pôle Nord !

« Je vous en prie, je vous en prie, mes amis, reprit le professeur, il n'est pas nécessaire de se disputer. Je suis au courant de vos activités, monsieur Sheine. Elles ne me choquent pas, puisque vous avez toujours travaillé du même côté que nous. Et vous avez raison, j'ai travaillé à ce projet de satellite que vous appelez "Black Knights". J'ignore d'ailleurs comment vous pouvez être au courant d'un tel projet que même le président des États-Unis ignorait ! Seulement il n'a jamais été lancé, et l'agence s'est retrouvée bien embarrassée quand elle a dû se défaire d'un projet qui n'existait théoriquement pas ! Vous ne trouverez nulle part trace de ces deux réacteurs.

Mais nous ne sommes plus à cette époque troublée, et ce que je fais est honorable. »

Sentant la volonté d'apaisement du professeur, Pierre enchaîna.

« Je croyais, professeur, qu'il y avait un moratoire international sur l'usage de l'atome dans l'aviation, la raison en étant évidemment le désastre que représenterait un accident avec un appareil nucléaire.

– Bien, bien, monsieur Sheine, c'est une des raisons pour lesquelles nous ne faisons pas appel à des pilotes… heu, classiques. Et c'est aussi pourquoi nous nous devons d'être extrêmement discrets. Nous avons absolument besoin de cette source d'énergie pour alimenter un appareil utilisant la propulsion inertielle. Oh ! rassurez-vous, nous ne sommes pas des bandits, nous travaillons finalement pour le bien de l'humanité. Une fois l'appareil mis au point, nous avons bien entendu l'intention de le faire voler seulement au-dessus des océans et de lancer un débat aux Nations Unies en vue d'une acceptation globale de ce système. Comprenez-moi bien, monsieur Sheine, je ne cherche pas l'argent, mais plutôt la possibilité pour l'humanité de gagner enfin l'espace d'une façon efficace. »

Soudain, Pierre eut un frisson glacé dans le dos. Il venait de se rappeler les paroles énigmatiques de son contact à la CIA : « Par contre, s'ils réussissent quelque chose de vraiment nouveau capable d'envoyer, par exemple, la navette spatiale ou les fusées Ariane à la poubelle, il est sûr que cela indisposera au plus haut point les gouvernements actuels. »

Malgré tout, le démon de l'aventure commençait à se réveiller en lui, et il ne put s'empêcher de s'exclamer :

« Mais, professeur, avec un engin comme celui-là, on va sur Mars ! »

Et cette fois, Pierre était vraiment enthousiaste !

« Vous avez raison, répondit le professeur, heureux de quitter le sujet délicat du réacteur nucléaire, mais pour le moment, nous nous contenterons de gagner les orbites terrestres d'une façon constante et efficace. Mais il est certain qu'avec cette technologie, le système solaire au complet est à notre portée ! »

Maintenant, Pierre le savait, il dirait oui à l'aventure. Et au diable IQ ! Il se voyait déjà fonçant vers l'espace avec le fantastique vaisseau du professeur… et sans devoir se battre ! Quasiment halluciné, il se vit, en un éclair, posant sur Mars un vaisseau à inertie du professeur !

C'était trop beau ! Où était le piège ?

Le professeur, sentant qu'il avait ferré son pilote, renchérit :

« Vous verrez, monsieur Sheine, ensemble nous mettrons au point cet appareil et nous révolutionnerons les moyens de transport de l'humanité. De plus, ajouta-t-il, ce vaisseau contient d'autres merveilles technologiques au niveau de la propulsion, mais il est trop tôt pour vous les révéler. »

Mais le professeur ne pouvait pas résister. Tel un enfant, il avait besoin d'en dire plus :

« Vous serez étonné, monsieur Sheine, ce que vous trouvez extraordinaire maintenant avec ce réacteur n'est rien à côté de cet autre système de propulsion déjà incorporé dans l'appareil. Mais vous n'aurez pas à l'utiliser, rassurez-vous, il est trop à la limite des connaissances de la science actuelle pour que je risque votre vie avec lui. Les systèmes de technologie de pointe m'ont hélas ! déjà coûté trop cher, et je ne commettrai plus cette erreur. Et même pour tester cette technologie inertielle, nous prendrons toutes les précautions nécessaires. Ainsi j'ai fait venir un simulateur de vol du Canada pour que vous puissiez tester toutes les possibilités de cet appareil avant même de faire un vol réel. Cependant, reprit-il avec un ton autoritaire, cette fois, étant donné l'importance de la programmation informatique que nécessite ce simulateur ainsi que l'informatique à bord de l'Archéoptéryx, vous serez secondé dans cette tâche par Michelle, mon assistante, qui est ingénieur en informatique… Alors, s'il vous plaît, faites tous les efforts nécessaires pour que vos relations ne nuisent pas à votre travail ! Cela vaut pour vous aussi, Michelle.

– Certainement, professeur, reprit Pierre. Pour piloter un engin pareil, je suis prêt à toutes les concessions, et même à subir les sarcasmes de IQ… pardon… Michelle !

– Voyez-vous ça, notre mercenaire est soudain plus intéressé à entrer dans l'histoire qu'à s'enrichir ! Alors, démontrez-nous donc vos capacités !

Pour le moment, nous n'avons rien vu. Je vous prierai donc d'arrêter de bavarder et de vous mettre au travail. Le simulateur de vol est déjà prêt à fonctionner. Et j'ai hâte de voir ce qu'il y a réellement derrière cette façade prétentieuse de pilote mercenaire verbeux. »

Pierre haussa les épaules et suivit IQ vers le simulateur!

CHAPITRE 5 – TRAVAIL, DISPUTE ET AUTRES HAUTS FAITS DE LA VIE DE COUPLE

Monsieur, pour faire suite à votre demande, j'ai mis le maximum de mes agents et de mes moyens sur cette mystérieuse cape de Mandrake. Il s'agit d'un équipement ultrasecret mis au point dans les laboratoires parmi les plus impénétrables de l'Empire. Le nom de l'équipement fait référence au célèbre magicien qui aurait vécu sur Nirva il y a bien des siècles. Voici le peu que j'ai réussi à obtenir et croyez-moi, ce fut difficile et coûta la vie de cinq de mes agents ainsi qu'une petite fortune que vous seriez bien aimable de me renouveler. La cape de Mandrake est un vêtement très ample que revêtent les soldats des services de renseignements quand ils sont en terrain hostile. Le tissu de ce vêtement est en fait un écran souple ainsi qu'un capteur de photons. Le système comprend deux couches distinctes, l'une absorbe la lumière et l'autre émettant de la lumière, ainsi qu'un système d'analyse informatique qui défie même la nanotechnologie. La façon de fonctionner est la suivante : la lumière arrivant sur le porteur de la cape est absorbée et analysée par la première couche du vêtement qui en détermine la couleur, son angle d'approche et son angle de sortie probable si le corps avait été transparent. L'information est ensuite transmise à la deuxième couche qui, elle, réémet cette lumière selon l'angle et la couleur déterminés par la première couche MAIS DE L'AUTRE CÔTÉ.

Par exemple, un photon arrivant sur la poitrine du porteur sera réémis sur le dos de celui-ci. Le système recycle l'énergie de chaque photon pour éviter une surchauffe. C'est comme si le photon vous traversait quand vous portez cette cape. Autrement dit, vous êtes invisible, enfin presque ! Il m'a été impossible de dérober le matériel ni même d'en savoir plus. Je suis obligé de fuir car j'ai les agents impériaux à mes trousses maintenant, et espère pouvoir vous recontacter quand je serai en sécurité... si j'y arrive.

Qui vous savez !

« Merde, s'écria Pierre, merde, merde et re-merde ! Ça fait dix fois que je me paye ces arbres.

– Hé oui, et pas une seule réussite, compléta IQ.

– Merci de préciser !

– Tout le plaisir était pour moi.

– Cela, je n'en doute pas ! La dernière chose dont j'ai besoin, c'est de vos sarcasmes. Vous devez m'aider à convaincre le professeur de rallonger la piste.

– Cher mercenaire, vous étiez supposé être capable de faire voler même un fer à repasser.

– Mon cher bloc de glace, je vous fais remarquer qu'un fer à repasser ne pèse pas 555 tonnes !

– D'après ce simulateur de vol, mon cher pilote, c'est juste un peu plus que le poids d'un 747 au décollage.

– À cent tonnes près et sur une très bonne piste, ma chère ! Pas cette piste de jungle avec des arbres au bout.

– Des excuses, toujours des excuses. En fait, vous êtes incompétent !

– Je me fous éperdument de ce que vous pensez. À part les ordinateurs, vous ne connaissez rien à rien. Et c'est quoi, votre rôle ici ? Emmerdeuse diplômée ?

– En quelque sorte ! Et spécialement pour vous ! »

Ce fut à ce moment que le professeur entra dans le simulateur. Il entendit la dernière parole de Michelle.

« Arrêtez s'il vous plaît ! JE TIENS À VOUS DIRE QU'IL EST PARTICULIÈREMENT INACCEPTABLE QUE DES CHAMAILLERIES D'ENFANTS METTENT EN DANGER CE PROJET! Michelle, nous avons réellement besoin de ce pilote et vous, Pierre, j'aimerais que vous fassiez l'effort de comprendre que toute l'électronique de ce projet repose sur les épaules de Michelle. Pour différentes raisons, j'ai l'intention de faire voler ce prototype d'une façon automatique, c'est à dire sans pilote. Certaines capacités de cet engin doivent absolument être testées sans pilote. Trop dangereuses. Donc, non seulement vous aurez à le piloter en tant que tel, mais aussi à permettre à Michelle d'automatiser vos compétences. Accessoirement, cela permettrait aussi de ramener le vaisseau sur Terre en cas de problème. Donc, j'exige que vous travailliez de manière professionnelle ! »

Le professeur était réellement furieux !

« Monsieur Sheine, je ne comprends pas que vous passiez votre temps à regarder Michelle comme un objet sexuel sans voir la professionnelle !

Quant à toi, Michelle, c'en est assez de ces sarcasmes continuels ! Toi non plus, tu ne te comportes pas en professionnelle ! »

Sur ce, le professeur, furieux, se retourna et quitta le simulateur.

Pierre se sentit idiot, comme un enfant que l'on venait de punir. Quant à Michelle, elle était rouge comme un homard.

« Désolé, Michelle, nous devrions faire la paix. Regarde, il est déjà 5 heures, je t'offre une bière au mess. »

Naturellement, Pierre ne se faisait pas d'illusions. Aussi, ce fut avec beaucoup de surprise qu'il la vit accepter l'invitation.

Quand ils entrèrent ensemble dans le petit bar, un silence de mort se fit. Puis les conversations reprirent, chacun jetant des coups d'œil furtifs et plutôt admiratifs sur Pierre ! Ils étaient à peine assis que Jack surgit avec deux énormes bières, le regard lui aussi un brin admiratif pour son ami, puis il éclata d'un énorme rire communicatif tout en s'asseyant à leur table.

« Bienvenue dans l'antre de tous les péchés, dit-il à Michelle. Ici, on boit et on joue ! Seriez-vous partante, madame ? ajouta-t-il, un rien provocateur.

– Monsieur Jack, je me fais fort de vous soustraire jusqu'à votre dernier dollar.

– Vraiment, IQ... pardon, Michelle, j'aimerais voir ça ! Tu te joins à nous, Pierre !

– Évidemment », ne put qu'ajouter celui-ci.

Surgissant d'on ne sait où, un jeu de cartes se matérialisa dans les mains de Jack. Elles furent rapidement distribuées et un jeu d'enfer commença.

Rapidement, il devenait évident que Michelle n'était pas une débutante.

Elle jouait très bien, buvait sec et alluma même un cigare, déclenchant le rire gigantesque et appréciateur de Jack. Pierre aussi jouait bien, et il était hors de question de laisser Michelle ou même Jack l'emporter. Longtemps, la partie fut inégale, chacun gagnant à tour de rôle. Bientôt, tout le monde, y compris le barman, entoura la table. Les quintes suivaient les brelans, et les couleurs les quintes. Soudain, après un jeu de poker menteur que Satan lui-même aurait apprécié, Pierre révéla un carré de trèfles, certain qu'il venait d'écraser ses adversaires.

Michelle lui lança un regard de défi glacé, puis déposa sur la table une quinte flush royale. Un silence de mort se fit dans la salle. Devant les regards stupéfaits et consternés de ses adversaires, Michelle se jeta en arrière sur le dossier du siège et éclata de rire. Un rire doux et gentil, rempli de joie… la joie d'une jeune femme qui vient de jouer un bon tour à ses amis.

Ce n'était pas IQ qui riait avec ce visage rayonnant, d'une chaleur et d'une innocence qui l'avait quittée depuis bien des années… C'était Michelle, la vraie, celle qui se terrait au fond de cette femme froide que tout le monde appelait la reine des glaces ! Cet instant fut tellement révélateur de ce qu'elle aurait pu être… Mais IQ reprit rapidement le contrôle, et Michelle disparut aussi soudainement qu'elle était apparue. L'espace d'un instant, la vraie Michelle était revenue… Juste un instant, mais un instant suffisant pour que Pierre sût qu'il était piégé.

« Dieu, qu'elle est belle ! » pensa-t-il.

Michelle s'était reprise, et comme il se faisait tard, elle s'apprêta à quitter la salle. Évidemment, Pierre offrit de la raccompagner. IQ faillit lui lancer quelque chose de blessant, mais s'abstint au dernier moment et accepta. Pierre la raccompagna donc au bâtiment où il avait de toute façon à aller aussi. Ils passèrent sans un mot devant la chambre du professeur, laquelle, quoiqu'il fût minuit passé, était toujours vide. C'était parfois à se demander s'il s'accordait quelques heures de sommeil de temps en temps.

Parvenu à sa chambre, IQ se retourna vers Pierre pour lui dire des banalités qu'elle avait sans doute préparées. Ce faisant, son visage s'était considérablement rapproché du sien… Alors, sans même qu'il sût très bien ce qu'il faisait, Pierre se pencha vers elle et l'embrassa ! C'était un geste spontané qui le surprit lui-même.

« Je suis mort ! » pensa-t-il instantanément.

Mais au contraire, Michelle le lui rendit !

« Il y a du feu sous cette glace ! » eut-il le temps de penser.

Puis IQ, se détachant de lui, lui lança un regard troublé et lui claqua la porte au nez !

Il savait que le lendemain, elle lui ferait la vie dure mais qu'importait, il était plutôt content de lui.

CHAPITRE 6 – DES QUESTIONS, DES QUESTIONS ET ENCORE DES QUESTIONS

De: Bwana

À: Hidden Eagle

Priorité : haute

Cryptage : oui, clef Shadow 18

Objet : demande d'informations sur Mme Michelle Evanis

Besoin info urgent sur Mme Evanis.

Recherche sur le passé, problème avec la police, accident et incident??

À charge de revanche.

****

De: Hidden Eagle

À: Bwana

Cher ami,

Bien reçu ton message, mais je dois absolument t'avertir de faire attention où tu mets les pieds. D'abord, le projet auquel tu es associé : il sent le souffre, et je te suggère fortement de déguerpir! Ne demande pas pourquoi, c'est mon instinct qui parle !

En ce qui concerne ta bonne amie, c'est encore pire. Mon cher Bwana, tu as mis les pieds dans un nid de guêpes. Tout ce que j'ai pu savoir sur Mme Evanis, c'est qu'elle a étudié au Massachusetts Institute of Technology, le fameux MIT aux États-Unis. Elle y était d'ailleurs fort brillante et très courtisée, mais très imprudente ou plutôt naïve. Bref, ce que j'ai pu apprendre, c'est qu'elle a commis l'imprudence de ramener chez elle deux aventuriers reconvertis dans la musique et la drogue, guitaristes d'un groupe qui se produisait à l'université.

Ça tourna mal ! Très mal même ! Elle fut violée et échappa de peu à la mort. Sa mère, avec qui elle vivait seule, n'eut pas cette chance. Les circonstances exactes sont toujours peu connues, mais ce que certains policiers m'ont dit confidentiellement, c'était que si eux n'ont jamais retrouvé les assassins, ce ne fut pas le cas de la mafia. Les deux brutes furent découvertes atrocement brûlées dans une grange déserte de l'autre côté du pays. Ce qui était particulier dans ce cas, c'était, d'après le médecin légiste, qu'avant de mourir d'une balle dans la tête, ils furent châtrés au... chalumeau !

Évidemment, Mme Evanis avait un alibi en béton. Elle se serait trouvée dans un chalet isolé très loin du drame. Bien sûr, cela fut attesté par le propriétaire qui, bizarrement, était connu pour ses liens avec la mafia. À cela, on peut ajouter qu'une très importante somme d'argent héritée de sa mère disparut du compte de madame vingt-quatre heures avant la mort des deux guitaristes !!!!

La police n'a pas beaucoup poussé ses investigations, principalement parce que le chef inspecteur chargé du dossier était un cousin de la mère de Mme Evanis. Et tout le monde pensait que d'une façon ou d'une autre, les assassins auraient fini dans la chambre à gaz.

Donc, on cherche mais sans vouloir trouver, et puis on classe l'affaire.

Cher ami, ceci sera ma dernière communication, vos actuelles fréquentations étant trop sulfureuses pour moi ! Je vous suggère fortement de déguerpir le plus vite possible !

Bonne chance quand même.

****

Quand Pierre vit arriver Michelle ce matin-là, il eut un frisson dans le dos. Le baiser furtif de la veille était loin dans son esprit, et il ne pouvait faire autrement que de penser au chalumeau ! Même s'il comprenait la rage qu'elle avait pu ressentir à la mort de sa mère et suite aux violences subies, il avait quand même de la difficulté à avaler cela. Ce fut donc avec des sentiments mitigés qu'il la suivit vers le simulateur, d'autant qu'elle lui faisait une gueule d'enfer. Il s'installa donc pour la énième fois aux commandes du simulateur et… se planta une fois de plus dans les arbres… sous les hurlements de rire de IQ ! Écœuré, il sortit pour aller voir les travaux sur l'Archéoptéryx. Il y avait, ce matin-là, beaucoup d'activités sur l'appareil. Une équipe arrivée la veille était en train d'installer différents systèmes de contrôle en plein centre du tableau de bord. Mais voilà, Pierre n'arrivait pas à comprendre les fonctions et raisons d'être de ceux-ci. Il s'agissait d'écrans d'ordinateurs et de différents rhéostats et autres manettes de contrôle ainsi que d'interrupteurs. Rien qui ressemblât aux instruments de bord de la multitude d'avions qu'il avait pilotés dans sa carrière. Évidemment, IQ l'avait suivi.

« À quoi servent ces instruments, Michelle ?

– Cela ne vous regarde pas, fut sa réponse.

– Ah! vraiment ? Je suis censé piloter ce machin sans savoir à quoi servent les instruments du tableau de bord ? Alors, madame, ou vous me répondez, ou vous vous cherchez un autre pilote !

– Oh! tout doux, mon gros, tout doux, lui lança Michelle, moqueuse, ces instruments servent au contrôle de systèmes de propulsion autres que celui que vous avez tenté, sans grand succès, je dois le dire, de maîtriser. Cela fait partie des systèmes trop dangereux pour être testé avec des humains à bord de l'avion, même des mercenaires. C'est pour cela que nous devons automatiser l'appareil. Et accessoirement, c'est pour cela que j'ai un job. Et calmez-vous, bon sens ! Arrêtez d'agir comme un bébé gâté qui pique une colère chaque fois qu'on lui refuse un bonbon !

– IQ, reprit Pierre qui voulait piquer Michelle en l'appelant par ce terrible surnom que lui avait valu sa froideur, je veux savoir de quoi il s'agit !

– Fort bien, reprit Michelle totalement indifférente à la pique de Pierre, j'en parlerai donc au professeur. Mais si cela ne vous dérange pas, peut-être pourrions-nous laisser tous ces gens travailler et faire de même de notre côté ? »

À contrecœur, Pierre la suivit et commença à redescendre l'escalier en colimaçon qui menait du poste de pilotage à la cale plus bas.

Et ce fut là qu'il vit une autre nouveauté installée par les hommes du professeur. Dans le fond de la cale, juste devant le bouclier de protection contre les radiations, il y avait une console informatique complète reliée à ce qui ressemblait fort à des cercueils ou, à tout le moins, des sarcophages.

« Mais qu'est-ce donc ? s'exclama Pierre.

– Ah, ah ! Ça, au moins, je peux vous le dire. Le professeur s'est passionné jadis pour la cryogénie, et en particulier pour la cryogénie appliquée à des animaux supérieurs.

– En d'autres mots, il veut congeler des êtres vivants !

– Exact !

– Mais qu'est-ce que cela a à voir avec le présent projet ?

– En vérité, très peu de chose, mais le professeur est un homme très éclectique et d'une prodigieuse intelligence. Il peut travailler sur plusieurs projets différents en même temps.

– Je veux bien le croire, mais pourquoi installer ces appareils dans l'Archéoptéryx ?

– Parce que tout ce qui est important pour le professeur est installé dans cet appareil, y compris l'ensemble de ses données de travail. Ainsi, s'il devait quitter la base rapidement, il le ferait avec l'Archéoptéryx et ses recherches.

– Mais s'il devait arriver un problème à l'appareil durant les essais, il perdrait tout, non ?

– Le professeur pense qu'il n'arrivera rien à son appareil. Bien sûr, son ordinateur dans son bureau contient aussi des données essentielles à son projet, mais celles-ci peuvent éventuellement être détruites à distance. De toute façon, je lui ai développé une clé de cryptage que je garantis inviolable…»

Et Michelle ne put s'empêcher d'ajouter : « Même par vos anciens employeurs ! »

CHAPITRE 7 – DEMANDE SANS RÉPONSE

Attirontek : IE : 5

Grand Seigneur, Majesté,

Le peuple Attirontek est en grande détresse et demande aide et assistance de son souverain et vénérable seigneur. Le peuple Attirontek vit en très grande harmonie avec son environnement sur sa planète du nom de Kiowa dans les marches de l'Empire. Depuis des lustres, notre peuple a su respecter l'environnement difficile de cette planète. Pour échapper au terrible rayon du soleil, notre peau s'est couverte d'écailles imprégnées d'une mélanine rouge qui nous protège. Doux seigneur ! Nous aimons notre monde qui nous permet de vivre selon nos croyances et le mode de vie de nos ancêtres. Ne croyez pas que nous ignorons toute technologie, nous avons seulement choisi de vivre avec une technologie douce qui respecte notre environnement, même s'il est difficile ! C'est ce que nous désirons pour nous et nos enfants. C'est certain, nous ne sommes pas riches, mais nous sommes heureux, et nous ne représentons aucun problème pour personne. Malheureusement, Majesté, depuis quelque temps, un esprit mauvais s'en prend à notre peuple. Des mutations inattendues affectent nos enfants, et nos hommes médecins ne savent plus que faire. Des animaux inhabituels et très méchants dévorent les bêtes sauvages de nos forêts que nous chassons encore. Des insectes voraces détruisent les récoltes de nos femmes. Des maladies terribles font tomber nos écailles, exposant ainsi nos peaux aux rayons ultrapénétrants du soleil...

Les vieux disent qu'un esprit malin nous veut du mal. Ils disent que cet esprit malin veut notre planète, qu'il est venu nous chasser de la terre de nos ancêtres... Ils disent aussi que l'esprit s'est déjà attaqué à l'humanité dans le passé et qu'il veut se venger, mais ils disent aussi qu'il a peur de se montrer au grand jour.

Majesté, le conseil des sages de la grande maison dit que l'esprit n'est pas d'ici et qu'il s'appelle Dybbuk !

Majesté, notre Empereur, votre peuple Attirontek vous aime, vous respecte et vous implore de l'assister dans sa lutte contre le démon.

Votre humble serviteur

Chef Nagoura

Conseil de bande de la grande maison de la nation Attirontek

« Alors, monsieur Sheine, lui dit le professeur, ma collaboratrice me dit que vous avez des questions ?

– Exact, professeur, exact. Je me pose des questions sur la nature exacte de certains équipements de l'appareil !

– Vraiment ? Et lesquels en particulier ?

– Comme les deux grands sarcophages dans la cale et les écrans spéciaux au centre du tableau de bord ainsi que la raison d'être de ce filage de type solénoïde que vous avez fait installer dans les ailes et le nez de l'appareil !

– Les sarcophages, monsieur Sheine, ne sont que la poursuite des recherches que ma défunte épouse avait entreprises, et qui portaient sur la congélation d'organes d'êtres humains et d'animaux.

– Pourquoi sont-ils si grands ?

– Parce que je voudrais congeler et ramener à la vie des grands singes.

– Cela a-t-il quelque chose à voir avec le récent projet ?

– De très loin seulement ! Non, je tiens simplement à terminer ce projet en l'honneur de ma femme… ! Disons que mes employeurs de l'époque n'étaient pas vraiment d'accord et que je n'en ai cure », termina le professeur, un peu perturbé par l'évocation de sa défunte femme.

Sentant le sujet délicat, Pierre enchaîna sur les solénoïdes et les étranges cadrans en cours d'installation dans le cockpit.

« Monsieur Sheine, lui répondit froidement le professeur, il est vrai que cet appareil possède des vertus qui vous étonneraient si vous les connaissiez. J'ai cependant le regret de vous informer que ces connaissances ne vous sont pas nécessaires à ce stade de notre projet. Soyez assuré cependant que vous en serez informé sitôt que cela s'avérera nécessaire », conclut abruptement le professeur.

Sentant la conversation terminée, Pierre se tourna vers Michelle et lui signifia qu'il restait beaucoup de choses à faire.

CHAPITRE 8 – INQUIÉTUDE, VOUS AVEZ DIT INQUIÉTUDE ?

Majesté,

Permettez-moi de m'adresser à vous directement pour vous faire part des conclusions plus qu'alarmantes auxquelles mes collaborateurs de la Commission impériale du gène sont arrivés.

Depuis plusieurs années déjà, nous avons effectué un grand nombre d'analyses sur les différentes races et sous-races humaines qui peuplent les planètes de votre Empire en vue de mesurer la dérive génétique de l'humanité.

Les résultats de ces recherches, absolument scientifiques, je vous le garantis, sont tous exprimés grâce à l'indice IE que vous connaissez bien. Sachant que vous êtes la perfection génétique même, vous êtes notre indice IE de base qui est égal à 0. À partir de là, nous mesurons la différence entre vos gènes et ceux de la race étudiée. L'absence totale d'équivalence donne un indice de 10. En d'autres termes, cette race n'aurait rien d'humain.

Malheureusement, Majesté, il est de plus en plus courant d'atteindre l'indice 5 pour certaines sous-races humaines, comme les Attironteks ou même les Uïgures. Dans le cas des Uïgures, c'est pire encore puisqu'ils se sont fabriqués eux-mêmes ! Enfin, imaginez donc que dans le cas des Sarkaïs, nous avons un IE de 7 !

Majesté, avec tout le respect que je vous dois, je ne saurais trop vous conseiller d'agir. Il faut enrayer la bâtardisation de la race humaine ! Il en va de votre devoir d'empereur, Majesté ! Dans la nature, le léopard n'épouse pas le tigre et encore moins l'antilope ! Majesté, imaginez votre fille au teint si doré épouser une peau rouge d'Attirontek ou même un Uïgure !!! À cette seule pensée, je frémis !

La méthode que nous préconisons est fort simple. Dans le cas de races trop éloignées de la norme, nous pourrions procéder à sa stérilisation complète. Nous pourrions le faire discrètement, par le biais d'une maladie que nous pourrions étudier. Nos connaissances en la matière sont vastes...Par exemple, nous pourrions injecter des virus spécifiques aux Attironteks, que nous aurions modifiés génétiquement pour qu'ils soient capables de modifier leurs gènes, mais d'une façon aléatoire et seulement sur les chromosomes responsables de la reproduction... En deux ou trois générations, la maladie aurait un impact significatif sur leur taux de reproduction... et personne ne pourrait remonter à nous !

J'anticipe vos réticences, Majesté, mais nous parlons ici de la survie de l'humanité. Dans le cas de races moins éloignées de nous, avec des IE de 1 à 3, nous pourrions procéder seulement à la stérilisation des mâles et offrir, gratuitement, cela va sans dire, une semence de meilleure qualité à leurs femelles !

Bien sûr, Majesté, ma proposition est terrible, mais permettez-moi de vous rappeler que dans le passé, le grand sage Hiller a lui aussi été confronté à la dérive génétique et dut s'allier à votre ancêtre, Win Church, pour détruire les races génétiquement polluées ! Pourtant, tous nos documents montrent à quel point ce fut douloureux pour ce grand humaniste, mais grâce à lui, votre race put conserver son héritage génétique intact sur Nirva.

Je reste, Majesté, votre serviteur et, bien entendu, ferai ce que ce que votre bon plaisir me dictera de faire !

Archibaron Jean de La Roche,

Commission impériale du gène.

Les jours succédaient aux jours et les semaines aux semaines, et Pierre réalisa tout à coup qu'il était maintenant complètement impliqué dans le développement du projet et surtout... qu'il s'y intéressait avec ferveur !

Son contrôle de l'appareil s'améliorait de jour en jour, et il était maintenant capable de le faire décoller et atterrir sans crash, bien sûr en simulateur seulement. De toute façon, l'appareil n'était pas encore prêt. Mais il le serait bientôt. Les équipes extérieures se succédaient et aussitôt qu'une tâche était accomplie, une autre équipe arrivait. La semaine précédente, Pierre avait travaillé à la conception du tableau de bord et déjà, les premiers équipements arrivaient et étaient montés dans le cockpit. Le matin, il avait travaillé au plan d'essai de l'appareil avec une équipe d'experts venus spécialement des États-Unis et l'après-midi, il travaillait encore dans le cockpit pour tester les équipements. Le lendemain serait un grand jour, car une autre équipe serait là pour commencer les tests sur le petit réacteur nucléaire. Une fois allumé, celui-ci devrait le rester pour une longue période. Michelle était, elle aussi, terriblement occupée dans ses différents tests de logiciels.

Pierre espérait toujours qu'après leur baiser passionné, il aurait droit à un peu plus de considération, mais ce fut le contraire. Il en était particulièrement désolé, parce qu'il ressentait une véritable attirance pour Michelle. Quant au professeur, il était encore plus affairé que jamais, surtout avec tous ces mystérieux équipements installés au centre de la console de pilotage ! Pierre en avait déduit qu'ils étaient les instruments de contrôle reliés à ces énormes bobines de fil de cuivre installées dans les ailes et dans le nez de l'Archéoptéryx. Selon lui, grâce à l'énergie produite par le réacteur, ces bobines devaient être également à même de produire un énorme champ magnétique autour de l'appareil, mais il n'avait pas, ne fût-ce que l'ébauche d'une idée quant à l'utilité d'un tel champ ! Par contre, ce dont il était maintenant sûr, c'était que la puissance brute des propulseurs inertiels était beaucoup plus grande que ce que le professeur et Michelle lui faisaient croire ! Évidemment, dans le simulateur, il était facile pour Michelle de changer le paramètre de puissance. Durant ses essais de vol, il était capable de pousser les manettes contrôlant les propulseurs jusqu'à une graduation de quatre, alors que sur le vrai système, la manette affichait jusqu'à dix ! Personne, apparemment, n'avait fait attention à ce détail, et lui se garda bien de le signaler. Maintenant qu'il connaissait parfaitement l'appareil, il put en déduire que s'il extrapolait simplement cette puissance, cela permettrait à l'Archéoptéryx de voler à des vitesses bien supérieures à celle du son.

Mais à cette vitesse, la chaleur due au frottement endommagerait la structure de l'avion, car il n'était pas prévu pour affronter le mur de la chaleur, Pierre n'ayant noté la présence d'aucune tuile thermique comme sur la navette spatiale, ni d'aucun autre bouclier thermogène.

Certes, la structure de l'engin était robuste, bien plus que celle d'un simple avion étant donné sa mission spatiale, mais encore une fois, aucun dispositif de protection thermique particulier n'avait été installé. Cela intriguait Pierre au plus haut point, mais malheureusement, Michelle était aussi fermée sur le sujet qu'une porte de prison, et le professeur refusait d'en parler, disant qu'il serait informé en temps et lieu.

Malgré tout, Pierre était très heureux de vraiment participer à un projet complètement civil et d'être loin de toutes les tueries qui lui avaient, pendant des années, noué affreusement les tripes.

Il en était débarrassé… Enfin, il l'espérait… quoique, depuis maintenant quelque temps, une sourde inquiétude s'infiltrait en lui insidieusement au fur et à mesure que le projet avançait. Pierre était sûr que ce n'était pas l'inquiétude de commencer les vols réels, car il avait réellement envie de lancer enfin l'Archéoptéryx vers le ciel… Mais c'était quand même quelque chose qui était lié à l'achèvement du projet !

Il en avait parlé à Jack qui, lui aussi, sentait cette anxiété sourde poindre en lui et ce, sans raison apparente. Tous deux en avaient trop vu dans leur vie d'aventures pour ignorer l'appel de leurs instincts de survie. Ils sentaient une lourde menace planer sur eux… !

Ils en parlèrent au professeur, qui ne les prit pas au sérieux ! Très déçu de cette attitude, Pierre ne se concentra pas suffisamment sur son travail de pilote en entraînement sur un simulateur. Il rata son décollage et décapita littéralement les deux fameux arbres qui l'ennuyaient tellement depuis le début.

Les hurlements de rire de Michelle lui mirent les nerfs à vif, et il quitta rapidement les lieux sous les regards étonnés des techniciens qui travaillaient sur l'appareil non loin de là.

Retrouvant rapidement Jack, il le pria de le suivre avec deux de ses hommes et des scies à chaîne. Il se dirigea rapidement vers les deux arbres en question et les fit promptement abattre par les hommes de Jack. Il s'agissait de deux beaux spécimens d'arbres tropicaux auxquels le professeur avait clairement interdit de toucher. Naturellement, Pierre s'attendait à une certaine réaction de celui-ci, mais pour le moment, ce qui le préoccupait le plus, c'étaient les reflets métalliques qu'il voyait à présent au sommet des arbres abattus.

Il se rendit compte, consterné, qu'il s'agissait, en fait, de caméras vidéos dirigées vers le grand hangar de la base et que celles-ci étaient munies d'un dispositif émetteur.

La conclusion lui sauta aux yeux : ils étaient espionnés !

Sur ces entrefaites, le professeur, très en colère, arriva sur les lieux.

« Monsieur Sheine, cria-t-il presque, j'avais interdit que l'on touche à ces arbres. Et j'ai juste…

– Professeur, le coupa Pierre, en matière de sécurité aérienne, je suis le seul responsable, quoi que vous en pensiez ! Je suis le pilote, et je décide de la sécurité de l'aéronef. Mais là n'est pas la question, enchaîna-t-il brusquement.

– Alors, lui répondit le professeur furieux, quelle est donc la question ?

– Ceci, professeur, ceci », dit-il, en lui montrant les caméras.

La stupéfaction pouvait se lire sur la figure du professeur !

« Mais comment cela se peut-il ? » enchaîna-t-il.

La naïveté du professeur surprit Pierre tout autant que Jack.

« Je crois, professeur, commenta Jack, qu'il serait temps de renforcer sérieusement notre sécurité. Votre joujou semble attirer pas mal de monde, et si cet aéroport discret était un avantage jusqu'à présent, c'est maintenant carrément un désavantage dangereux. Désormais, mes hommes seront armés, et pas simplement d'un revolver », conclut-il.

CHAPITRE 9 – VIE ET MORT D'UN LIEUTENANT DE LA GARDE IMPÉRIALE

Le système d'arme « Baïkal » à usage exclusif des forces armées de l'Empire ainsi que de la police spatiale impériale, est composé de deux parties distinctes : l'arme elle-même et la munition. La munition, petit chef-d'œuvre de nanotechnologie, a une longueur de 3 mm sur 0,5 mm. Sa partie propulsive permet un tir tendu sur 18 kilomètres, se terminant par une explosion si la balle n'a pas heurté son objectif plus tôt. Sa partie explosive, résultant d'une microcharge nucléaire à allumage laser, permet trois réglages : les niveaux faible, moyen et fort. Le niveau faible équivaut à une très forte balle explosive ancienne, capable de défoncer n'importe quel gilet pare-balles ou une armure légère. Même si le réglage est au niveau faible, il est strictement déconseillé de tirer cette munition à bout portant, la puissance explosive de la balle restant forte malgré tout ! Le niveau moyen correspond à la force explosive d'une puissante grenade et demande une distance de sécurité d'au moins 30 mètres. Le niveau fort correspond à une puissance explosive d'un obus de 105 mm des armes anciennes. Ce réglage est donc à utiliser dans des conditions extrêmes seulement. Sous aucun prétexte, il ne faut tenter d'ouvrir la munition, car celle-ci est dotée de plusieurs systèmes de sécurité, tant électroniques que mécaniques, qui la feraient exploser à la moindre tentative d'ouverture.

L'arme elle-même se décompose en plusieurs versions : le pistolet, le système autodirecteur et le fusil d'assaut. Le pistolet, capable de contenir un chargeur de deux cents balles, possède également un télémètre laser qui règle automatiquement la munition à faible, moyen ou fort par détection de la distance de l'objectif. L'arme nécessite, pour être activée, les coordonnées biologiques et techniques du soldat qui l'utilise, ce réglage ne pouvant être effectué que par les instruments des forces armées. En cas de non-détection, l'arme se bloque et, comme la munition, ne peut être forcée sous peine d'explosion. Le système autodirecteur, capable de contenir un chargeur de quatre cents balles, doit être monté sur un casque à détection cognitif capable d'interpréter les impulsions en provenance du cerveau du soldat. Dans ce cas, l'arme pourra être pointée directement grâce au mouvement des yeux du porteur et ouvrira le feu sur impulsion cognitive de celui-ci. Le fusil d'assaut, capable de contenir un chargeur de milles balles, possède aussi la possibilité de recevoir un lance-grenades et son chargeur de cinq charges, d'une puissance explosive cinquante fois supérieure aux munitions de base. Le fusil peut également être réglé sur un mode arrosage qui permet de tirer un ensemble de cinq balles chaque fois, dont quatre avec un angle légèrement différent de la première, ce qui permet un balayage plus grand, surtout dans le cas d'un tir aérien.

Extrait de Traité sur les armes légères en usage dans les forces armées

de l'Empire, général Jerry Amundsen, responsable des armes légères des

Forces de Sa Majesté.

Les ordres avaient été très clairs ! Trop d'événements incontrôlables se déroulaient aux marches de l'Empire. Tout vaisseau qui arrivait de l'extérieur devait être discrètement surveillé et suivi s'il soulevait une quelconque interrogation. Zhara surveillait donc les marches de l'Empire depuis de longues semaines à bord de son petit vaisseau scout. Mais cela ne la dérangeait pas, car elle ne se lassait pas de regarder le cosmos ! Toute sa vie, elle avait rêvé de ce genre de mission. Les étoiles de toutes les couleurs, les planètes, les immenses flux d'énergie, et même les petits crépitements de ces détecteurs, tout la remplissait de satisfaction et de plaisir. Néanmoins, elle ne put faire autrement que de penser à sa sœur Tira. Tira, sa cadette, qui avait déjà trois gosses accrochés à ses jupes et un « feignant » de mari à ses basques. Dire qu'elle aurait pu se retrouver dans la même situation, si elle avait accepté la demande en mariage de Zareck !

Elle en frissonna ! Au lieu de cet avenir limité, elle avait l'infini de l'espace. Non ! vraiment, la solitude ne la dérangeait pas. Elle avait les étoiles comme compagnon, et cela valait tous les Zareck du monde. Mais, malheureusement, tout avait une fin, et les crépitements de son sondeur spatial la firent sortir de sa rêverie ! Elle avait de la visite ! C'était la fin de sa troisième semaine de planque dans le système extérieur de Matadi quand elle repéra un étrange vaisseau qui semblait sonder l'espace pour repérer d'éventuels espions… justement comme l'appareil de Zhara ! Elle n'avait aucune idée de l'identité de cet appareil qui, apparemment satisfait de son sondage, fila rapidement vers le soleil en préparation du grand saut.

Zhara décida de le suivre. Elle savait que c'était imprudent, mais elle était soldat et elle pressentait quelque chose d'important. Heureusement, elle était équipée de traceurs ultramodernes qui lui permirent de visualiser l'angle de saut du vaisseau éclaireur et donc de déduire sa destination : un soleil éloigné de près de cinquante années-lumière, en pleine zone extérieure des plus dangereuses. Mais l'instinct de Zhara continuait à lui dire que quelque chose d'important devait se passer là-bas pour que l'on prît la peine de sonder même les systèmes voisins. Elle avait l'impression que ce vaisseau ne faisait que surveiller les étoiles les plus proches pour, sans doute, protéger un rendez-vous ! Alors, après un bref message codé à l'attention de son état-major, elle suivit les inconnus.

« Hourra ! » pensa-t-elle, en voyant la grande quantité de vaisseaux en attente autour de la troisième planète du système de Soragan, un monde couvert d'une jungle épaisse et non habité quoique cartographié, car trop loin des frontières de l'Empire. Cela ressemblait donc à un rendez-vous !

Tout de suite, elle sut qu'elle venait de découvrir quelque chose de très spécial.

Il y avait autour de la planète des vaisseaux des plus étranges. Même la mémoire de son ordinateur n'était pas capable d'identifier de pareils engins. Trois des vaisseaux étaient gigantesques, comme si les occupants l'étaient eux-mêmes ! 789 mètres ! Telle était leur la taille, mesurée discrètement par ses systèmes de bord.

Ils étaient cylindriques, très longs, étroits avec une sorte de bulbe à l'avant et quatre empennages en croix à l'arrière sur lesquels étaient montés… trois canons chacun… c'est-à-dire douze en tout! Mais des canons réellement gigantesques !

En effet, les navires étaient absolument colossaux et avaient une allure réellement menaçante !

À n'en pas douter, il s'agissait là de vaisseaux de guerre. Ils arboraient tous les trois des couleurs tirant sur le rouge et des insignes ou des lettres inconnues. Les quatre autres vaisseaux étaient aussi de forme étrange. Titanesques également, ils étaient d'une couleur noire qui les rendait presque invisibles. Eux aussi arboraient des marques inconnues, et il s'en dégageait, de plus, quelque chose de maléfique. Puis il y avait quelques vaisseaux plus petits qui, eux, venaient de son univers, mais ne portaient aucune identification. Tout cela sentait la conspiration. Normalement, son travail de repérage était suffisant, Zhara aurait dû rester loin et filmer le plus possible. Mais elle n'avait pas été formée pour ça. Et elle était beaucoup trop jeune pour comprendre qu'elle ne s'en sortirait pas si elle insistait.

Elle avait été remarquablement entraînée et surtout équipée. Elle savait qu'elle avait une cape Mandrake et que son vaisseau avait été conçu dès le départ comme un vaisseau Mandrake. Bien sûr, cela ne la rendait pas invisible, du moins pas totalement, mais suffisamment pour pouvoir s'approcher, et si possible filmer ce qui ressemblait fort à une rencontre d'Alien avec des conspirateurs humains ! C'était extrêmement grave, et elle devait absolument savoir de quoi il s'agissait. Grâce à son système Mandrake, elle put s'approcher de ce monde externe, et même descendre dans l'atmosphère. Elle avait enregistré le va-et-vient de nombreuses navettes vers un point particulier de la planète. Elle stationna son vaisseau en attente dans la haute atmosphère, quasiment invisible. À cet endroit, sauf si les autres le recherchaient en particulier avec de puissants radars, elle n'avait pratiquement aucune chance d'être détectée. Et Zhara était particulièrement bien équipée et aventureuse. Elle enfila sa cape Mandrake au-dessus de son réacteur dorsal, prit soin de se munir de ses Baïkal et sauta dans le vide ! Sa cape remplit sa fonction merveilleusement, et ce fut sans mauvaise surprise que Zhara réussit à gagner la lisière des arbres où, après un bref arrêt pour évaluer sa situation, elle repartit vers le point d'atterrissage des navettes étrangères. Lentement mais sûrement, sautant d'arbre en arbre, elle se rapprocha du lieu de la réunion. Il y avait dans le ciel, autour du site, une grande quantité de plates-formes et d'ailes volantes chargées de soldats ténébreux.

Zhara n'arrivait pas à distinguer leur type physique, comme s'ils étaient tous vêtus de noir, ce qui lui inspirait de plus en plus un sentiment de malaise.

Il y avait ces vieilles légendes sur les Démons, ces légendes qui venaient de Nirva.

Les Démons! Ces mots firent s'affoler son cœur qui se mit à battre la chamade!

Les Démons! Des êtres noirs, cruels, dont la légende disait qu'ils avaient juré la perte de l'humanité. Maintenant, Zhara n'avait plus le choix ! Il fallait absolument savoir qui ils étaient, l'impression d'un péril immense lui taraudant à présent les entrailles.

« Seigneur ! pensa-t-elle, on dirait vraiment que ce sont les Démons. Ils sont noirs, tellement noirs que je peux à peine distinguer leur forme. »

Consciente du danger mais aussi de l'importance nouvelle que revêtait sa quête d'information, elle installa discrètement quelques appareils de détection ainsi que des amplificateurs de sons sur une sorte d'arbre gigantesque.

Perchée à une hauteur invraisemblable, elle ne put cependant tout distinguer. Les autres ayant dressé des infrastructures d'accueil gigantesques, elle fut incapable de voir ce qui débarqua de l'énorme navette. Tout ce dont elle put être certaine, c'était que l'être qui en était sorti était colossal !

À défaut de voir, ses amplificateurs au moins semblaient fonctionner, et elle pourrait entendre !

« Salut à toi, Gorak, grand Tyre parmi les Tyres !

– Ssalust às tois aussis, prince Ra Méhirim ! Le sgrands smoments sapprochent !

– Tu l'as dit, mon frère. Bientôt, les tiens pourront de nouveau reprendre leur chasse favorite aux humains.

– Jamais tu ne ssauras, mons frères, combiens ssont ssucculents les humains ssauvages si tu les compares avec ceux de noss élevages ! Bientôt, nous réclameronss ce qui futs nôtres et qui nous futs enlevés par traîtrises. Nous ne voulonss ques ce qui futs nôtres ! Le restes est pours vous.

– Merci, mon frère ! Le plan Dybbuk fonctionne parfaitement ! Ces humains sont d'un stupide! Voici les détails du plazzzzzzzzzzzzzzzzzzzwedwegth…

– Merde ! se dit Zhara, ils brouillent ! »

Malheureusement, le système Mandrake n'était pas absolu contre les détecteurs ! Et il y en avait beaucoup en fonctionnement ! Une plate-forme volante, montée par ce qui semblait bien être trois Démons, passa audessus d'elle et vira soudainement pour revenir.

« Aïe ! pensa-t-elle, ils m'ont repérée. » Déjà, les trois démons pointaient

vers elle ce qui semblait être des armes. Pourtant, elle avait bien pris soin de rester relativement à l'abri des arbres et de les écouter à plus de 6 kilomètres. Car Zhara avait entendu. Et compris. Étant de races différentes, les conspirateurs avaient utilisé sa langue pour se comprendre entre eux ! Elle savait maintenant qu'il y avait un plan terrible et que plusieurs races totalement inconnues de l'Empire, sauf dans les légendes, avaient fait alliance dans le but d'attaquer l'humanité. Et ce plan avait un nom :

Dybbuk!

« Ils ont dû repérer l'infime chaleur de mes appareils, se dit-elle, ça fait trois jours que je les piste, et c'est maintenant qu'ils me repèrent ! »

Les trois Démons étaient montés sur un appareil en forme d'aile volante, relativement petit mais très maniable. D'une certaine manière, cela ressemblait à une petite décapotable munie de très longues ailes. En plus des armes de bord manipulées par le pilote, il y avait aussi les armes individuelles des deux autres Démons. L'appareil était passé au-dessus d'elle et avait fait un virage à 180 degrés dénotant une stupéfiante maniabilité.

Déjà, ils pointaient leurs armes vers le léger changement de couleur de l'environnement que représentait Zhara dans sa cape Mandrake. Mais le petit « changement de couleur de l'environnement » était équipé d'un système Baïkal autodirecteur ! En un centième de seconde, Zhara fit feu sur l'aile volante, faisant exploser littéralement le cockpit de l'appareil et dispersant aux quatre vents les trois Démons qui la montaient. Évidemment, après cela, adieu la discrétion ! Déjà, plusieurs ailes volantes se précipitaient vers elle. Zhara actionna à fond son propulseur dorsal tout en faisant feu de son fusil sur le plus proche de ses adversaires. Du coin de l'œil, elle vit l'arbre refuge qu'elle venait de quitter un centième de seconde plus tôt exploser littéralement. Grâce à Dieu, elle était extrêmement bien entraînée tant au maniement des systèmes Baïkal que du pilotage des réacteurs dorsaux, et ce fut ainsi qu'un second appareil ennemi ne tarda pas à partir en vrille pour s'écraser au sol. Merci au système sophistiqué de tir multiple de son fusil !

Mais le ciel était vraiment trop peuplé d'ennemis, et elle dut se rabattre vers le sol. Hélas! les démons aussi avaient de bonnes armes et de bons systèmes de détection, beaucoup plus efficaces maintenant qu'ils connaissaient la présence d'un ennemi! Bien sûr, leurs écrans radars ne montraient qu'une ombre fantomatique, mais cela leur suffisait, et ils étaient très nombreux.

Mais Zhara avait toujours été la meilleure en réacteur dorsal à l'Académie impériale. Elle se livra à présent à une véritable prouesse de vol individuel en volant à plus de 100 km/h entre les étranges arbres de la planète. Plusieurs de ses assaillants avaient crashé leurs appareils en tentant de la suivre avec des engins beaucoup moins maniables que le petit bijou de technologie accroché à son dos et qui la propulsait de plus en plus vite. Redoutable tireuse avec son Baïkal portatif, elle continuait de faire des trouées dans la meute à ses trousses grâce, entre autres, au lance grenades accroché à son fusil…, mais elle ne pouvait monter et rejoindre son petit vaisseau scout qui l'attendait en mode Mandrake à la limite de l'atmosphère. Elle savait que les Démons ne la laisseraient pas partir, surtout après ce qu'elle avait vu et entendu ! Elle savait aussi que si elle tentait d'envoyer un message, elle serait repérée instantanément malgré ses équipements et qu'ils ne la manqueraient pas !

Zhara était un bon petit soldat, et la menace était réellement trop terrible !

Alors elle déchargea au complet son lance-grenades vers une très grosse navette qui la menaçait directement, gagnant ainsi quelques précieuses secondes. Celles-ci firent exploser l'engin qui expulsa quelque chose d'énorme qui la stupéfia et la terrifia encore plus que les Démons !

« J'aurais vraiment dû épouser ce con de Zareck ! » pensa-t-elle brièvement en ouvrant son communicateur.

« Ici, garde Zhara Pargara sur Soragan… Les Démons sont revenus. Le plan Dybbuk ! C'est terrible !!! L'humanité est en danger… En plus des Démons, il y a… »

Un missile mit fin à la transmission de Zhara ainsi qu'à Zhara elle-même!

Son vaisseau scout retransmit ses dernières paroles, puis fut pulvérisé par un des vaisseaux ennemis en orbite.

CHAPITRE 9 – CONSEIL DE GUERRE…

« Dreck, tu me connais depuis combien de temps ?

– Depuis toujours, Majesté !

– Nous sommes seuls, et je veux que mon vieil ami m'appelle par mon nom!

– Oui, Maj… Simon.

– À l'époque, notre monde ne voyait pas de différence entre les races, apparues avec le Grand Translocateur… et nos familles étaient amies. C'était une grande époque. J'ai même fréquenté ta sœur et à l'époque, personne n'y voyait à redire. Pourtant, vous êtes blancs, et moi jaune…

– C'est vrai, mais maintenant tout a changé… Les vieux démons de l'humanité sont de retour !

– Pourquoi ?

– Je ne sais pas, Simon, mais cela me fait peur ! Ça grossit d'année en année…

Oui, après la guerre des Démons, l'humanité était unie et cherchait à contrer le Petit Translocateur !

– La guerre des Démons est une légende, Simon !

– Ah! tu crois ça ! Dans ma position, j'ai accès à des documents que tu n'as jamais vus et qui attestent de leur existence. J'en suis même à croire à leur retour !

– Mon Dieu ! Tu as la preuve de ça ?

– Non, mais des événements étranges se passent en ce moment !

– Quels événements ? Je suis ton chef des renseignements et ne suis au courant de rien ?

– J'ai tenu ces informations secrètes ! Tu n'as jamais été frappé par le fait que plus tu t'éloignes d'Oulan Bator, et plus l'IE de nos peuples sur ces planètes éloignées augmente ?

– Oui, mais c'est probablement dû à un manque de suivi médical. Ces pauvres gens sont souvent mal servis par tes services de santé, et souvent cherchent même à fuir l'Empire !

– Dans certains cas, c'est vrai, mais ce qui est le plus troublant, c'est que quelle que soit la direction que l'on prenne dans l'espace, après avoir dépassé les zones de peuplement établies depuis longtemps, il arrive toutes sortes de choses. Des accidents bizarres, des

disparitions, des maladies... J'ai même eu une escadre complète qui a disparu en portant secours justement à une nouvelle colonie aux prises avec de mystérieux agresseurs !

– Des pirates sarkaïs ?

– Justement, les fameux pirates sarkaïs... Ils apparaissent toujours pour nous causer des problèmes.

– Ils haïssent l'Empire et profitent de toutes les occasions pour piller, tuer et voler. Ils se disent libres et ne supportent aucun maître, ils tirent profit de tous les conflits en vendant des armes... Ils sont certainement un problème, mais plus au niveau criminel qu'un réel danger pour l'Empire.

– Vraiment ? Mes meilleurs experts financiers se sont penchés sur le cas des Sarkaïs. C'était dans le but d'essayer de les pister via l'argent !

Quelle ne fut donc pas notre surprise de constater que leurs opérations sont déficitaires ! Ils perdent de l'argent en vendant des armes !!!

– Quoi ? Mais quels sont leurs objectifs alors ?

– Je ne sais pas ! As-tu entendu parler du plan Dybbuk ?

– Non.

– Il est extrêmement difficile d'avoir des informations sur ce plan. Je ne sais pas qui l'a conçu, mais il concerne l'humanité tout entière, ce qui inclut également les peuples de la nouvelle humanité. Des dizaines d'hommes et de femmes sont morts juste pour obtenir cette information !

Mon instinct me dit que quelque chose de terrible se prépare, mais je ne sais pas quoi. Malgré tous mes moyens, et ils sont nombreux, je n'arrive pas à obtenir plus de précisions... seulement que ce sera terrible !

– Est-ce pour cela que tu m'as convoqué ?

– Oui, mon ami. Il y a juste quelques années, avec ton talent, tu aurais été promu général depuis longtemps. J'ai besoin de toi pour enquêter dans tout l'Empire et même au-delà, pour trouver plus de renseignements sur ce fameux plan Dybbuk.

– Qui me secondera ?

– Personne... enfin, si. Un vaisseau de type Maraudeur.

– C'est un bon petit vaisseau d'exploration, Simon, mais j'aurais plutôt besoin d'un croiseur rapide !

– Celui-là est spécial, Dreck. Il ressemble à tous les Maraudeurs, mais il contient un arsenal digne justement d'un petit croiseur et bien sûr, un système Danseur. Mais ce n'est pas tout, j'ai fait noyer dans sa coque un superordinateur unique en son genre qui

contient dans ses modules de mémoire, la totalité de nos connaissances scientifiques. Il a même des algorithmes de travail qui permettent une certaine forme de raisonnement. En apparence, il s'agit d'un vaisseau puissant et rapide, quoique normal, mais personne ne peut découvrir que le véritable ordinateur de bord n'est pas celui que l'on croit ! Tes empreintes génétiques sont inscrites dans sa mémoire, et seuls toi et quelques autres, dont je fais partie, pourrez le commander. Si quelqu'un qui n'a pas les autorisations parvient à casser ses codes d'accès apparents, il se laissera faire, mais enregistrera tout ce que nous voulons et quand il en saura assez ou qu'il estimera le danger trop grand, il décidera par lui-même de se débarrasser de ses voleurs et reviendra à Oulan Bator ! Ce vaisseau est unique, Dreck ! En plus du coût faramineux de sa fabrication et du lavage de cerveau inoffensif que les constructeurs ont subi pour leur faire oublier jusqu'à son existence, il a la capacité de sonder en permanence les cerveaux de tout être vivant qui se trouve à son bord... même le tien, donc ! De plus, il connaît tous les noms et la plupart des codes secrets de l'Empire. Il peut désamorcer des missiles juste en envoyant les codes d'annulation. Il peut même théoriquement empêcher un vaisseau de mes propres gardes de tirer sur lui, en transmettant des codes de haut niveau... de très haut niveau en fait, puisque ce sont les miens !!!! Il n'existe rien de comparable, même de loin, à ce vaisseau dans tout l'univers connu !

« Tu comprends maintenant pourquoi j'ai besoin d'un homme en qui j'ai une confiance absolue !

« Je devrais cependant te mettre un blocage dans le cerveau... tu comprends... au cas où tu serais capturé et torturé ! Je suis désolé, mon ami, mais les enjeux sont trop grands. Tu peux refuser ! C'est aussi pour cela que j'ai voulu que notre entretien soit confidentiel... pour te laisser ta liberté de choix !

– Et comment s'appelle ce vaisseau ?

– Le NéMéSiS! »

Le professeur était maintenant visiblement inquiet. La découverte d'autres caméras et dispositifs d'espionnage autour de la base avait ébranlé ses certitudes. Il regarda d'un air dubitatif le petit groupe de personnes présentes dans son bureau, le premier cercle comme l'appelait Jack, composé de Jack, Michelle, mais aussi de Pierre maintenant.

« Bien, commença-t-il, madame, messieurs, vous êtes au courant de la situation. Jack, pensez-vous qu'ils ont la capacité de nous espionner à l'intérieur même de la base ?

– J'en doute, professeur, mon équipe et moi-même avons réellement sécurisé cette base au maximum. Nous avons les moyens les plus pointus sur le marché pour le faire, et même les émissions électromagnétiques de vos ordinateurs sont contrôlées. Toutes les personnes arrivant sur la base ont été préalablement sélectionnées avec soin par les services de sécurité de la compagnie, et toutes nos télécommunications sont cryptées avec des clefs mises au point par Michelle !

– Michelle, il est plus que probable que la NSA, grâce à son système échelon, doit nous écouter !

– Professeur, je garantis mes clefs de cryptage même contre les formidables capacités techniques de la NSA. Bien sûr, avec du temps, ils y arriveraient, mais cela leur en prendrait beaucoup ! Cependant, je ne peux rien contre les transmissions depuis la base même », acheva Michelle sur un ton énigmatique.

Cette dernière déclaration jeta un froid sur la petite assemblée.

« De l'intérieur de la base, vous êtes bien sûre, Michelle ? demanda soudain le professeur, très alarmé.

– De l'intérieur de la base, j'en suis sûre, et à deux reprises au moins.

– Mais quand ?

– Il y a quelques semaines, mais plus rien depuis. »

Pierre sentit tout à coup une énorme chape de plomb lui tomber dessus.

Il se rendait compte que Michelle avait dû intercepter ses transmissions, mais ne savait pas si elle l'avait identifié. C'était sans nul doute son message à Hidden Eagle et la réponse de celui-ci. Pierre avait un choix à faire maintenant et comme il n'était pas homme à se défiler, sa décision fut rapidement prise.

« Je peux expliquer ces transmissions, déclara-t-il soudain.

– Vraiment, monsieur Sheine ? lui dit le professeur, soudain extrêmement froid, je suis toute ouïe!

– Je possède un ordinateur un peu spécial, incorporant un téléphone satellite ainsi qu'un modem pour communiquer avec l'Internet et ce, sans que ce soit détectable. Disons que c'est un matériel qui ne se trouve pas sur le marché.

– Et vous avez communiqué nos progrès à vos employeurs, je suppose, lui dit agressivement Michelle, encore plus glacée que d'habitude.

– IQ – Pierre utilisa son surnom exprès car de toute façon, il se pensait grillé –, je ne trahis jamais mes employeurs. Si ce qu'ils font me déplaît, je les quitte, c'est tout !

– Alors, quel était donc le sujet et surtout le récipiendaire de vos messages? demanda le professeur, cachant difficilement une énorme colère.

– Je crois que vous n'aimerez pas ma réponse, professeur. Le message était destiné à un ami qui travaille dans un service secret pour lequel j'ai moi-même travaillé. Le sujet du message était personnel et ne contenait aucun détail de votre projet. C'était une demande de renseignement simplement. »

Les yeux du professeur lançaient maintenant des éclairs. Soudain, il cria :

« Vous êtes un traître, monsieur Sheine ! J'aurais dû écouter Michelle !

– Je ne suis pas sûre que le message contenait des données secrètes, professeur, dit Michelle, soudain beaucoup moins agressive, comme si elle regrettait son propos.

– ON SE CALME, cria soudain Jack, je réponds entièrement de mon AMI Pierre ! Je vais vous raconter une petite histoire qui vous permettra de mieux relativiser cette péripétie ! Il n'y a pas si longtemps, dans une autre vie, j'ai participé à une action commando qui a très mal fini. Nous tentions désespérément de gagner une route dans la jungle du Nicaragua pour permettre à un petit avion de venir nous repêcher. Quand nous avons enfin réussi à l'atteindre, sur quinze, nous n'étions plus que trois dont un en très piteux état. Mais le pire, c'était que les Sandinistes avaient pris position juste au centre de la route ! Et l'avion chargé de nous récupérer faisait des tours au-dessus de nos têtes. J'avais confiance dans ce pilote, mais je savais qu'il ne pouvait pas nous récupérer sans se faire lui-même tuer. Il fit quelques passages, agita ses ailes comme pour nous dire adieu et disparut derrière une colline. Je savais ma dernière heure venue et m'apprêtais à vendre chèrement ma vie quand tout à coup, l'avion arriva à l'arrière des Sandinistes et se posa sur la piste en leur roulant littéralement dessus !

Certains soldats furent déchiquetés par les hélices, et les autres complètement choqués par cette manœuvre digne d'un fou ! Aucun soldat sandiniste survivant ne fut en mesure de réagir tant le choc avait été terrible pour eux… Nous pûmes regagner notre base avec malheureusement un de nos camarades mort. Faire cette manœuvre était insensée et n'avait aucune chance de réussir, d'autant qu'il y eut en plus un problème de batterie. En effet, les deux moteurs, ayant été mis au ralenti lors de l'approche et de l'atterrissage pour ne pas avertir les sandinistes, avaient calé. Mais ce pilote m'avait dit : "Jack, j'irai te chercher quoi qu'il m'en coûte !" Ce pilote, madame, professeur, c'est Pierre. Et je refuse que vous qualifiiez mon ami de traître ! Je réponds de cet homme comme de moi-même ! Et de toute façon, réfléchissez un peu : pourquoi utiliserait-il des caméras s'ils ont des yeux dans la place ? »

Le récit et la question de Jack eurent pour effet de calmer un peu les ardeurs de Vauldegarde et de Michelle…

« Fort bien, Jack, lui répondit le professeur qui avait toujours du mal à cacher sa colère, mais alors que dois-je faire ?

– Je suis désolé, professeur et… Michelle, pour mes messages mais j'ai appris à me protéger et après tout, si vous vous méfiez de moi, la réciproque était également vraie. Mes messages n'étaient que des demandes d'informations auprès de personnes qui savent tout sur tout le monde… Mais pour répondre plus spécifiquement à votre question, même si elle ne m'était pas adressée, professeur, je vous conseillerais fortement de négocier avec les autorités locales la possibilité qu'une unité de leur armée soit stationnée non loin de nous.

– Mon Dieu, mais vous vous rendez compte de ce que vous me demandez?

– J'ai malheureusement baigné dans ce monde trop longtemps pour avoir encore des illusions ! Quel que soit le camp que nous avons devant nous, je peux vous garantir que cela ne fait aucune différence et qu'il ne reculera devant rien pour arriver à ses fins, c'est-à-dire à terme, s'emparer de vos secrets.

– Fort bien, monsieur Sheine, je vais suivre votre conseil et rencontrer les autorités locales pour négocier ce que vous suggérez. Mais je veux maintenant votre engagement formel qu'il n'y aura plus, à partir de maintenant, d'initiatives douteuses comme vos messages !

– Vous l'avez, professeur !

– Quant à vous tous, je vous recommande la plus grande prudence. Et maintenant, nous avons tous encore pas mal de travail », conclut-il d'une façon laconique.

Tout le monde se leva mais juste avant de quitter le bureau du professeur, Michelle remit à Pierre quelques feuilles de papier. Intrigué, Pierre y jeta un rapide coup d'œil et s'aperçut que c'était une impression de ses messages et les réponses de son correspondant… complètement décryptées!

« Cette femme est le diable en personne ! » pensa Pierre.

CHAPITRE 10 – C'EST DANGEREUX D'ÊTRE TROP BON

Mon général,

Le présent message vous avise que nous avons terminé notre travail et que le clone a été complété. Nous avons inséré dans sa mémoire l'information que vous nous aviez remise. La copie mémoire de sa vie antérieure lui a donc été transférée sauf, et cela je vous le rappelle, la partie où elle fut tuée. Je lui ai inséré dans la tête des données standard sur l'explosion de son vaisseau ainsi que quelques données reconstituées de son saut vers la planète de Soragan. Elle devrait donc ne se douter de rien. Je vous rappelle cependant qu'un clone est un clone, et donc une personne différente de la personne d'origine. Cependant, si vous êtes précautionneux, personne ne le saura jamais. Nous allons donc, tel que vous l'avez demandé, transporter notre clone, en lui faisant subir des blessures importantes, vers Soragan où nous l'abandonnerons dans un module de survie.

À partir de ce moment-là, vous aurez quarante-huit heures pour le récupérer vivant. Une fois de plus, je vous rappelle que ceux qui n'ont pas à savoir ne doivent pas savoir et ce, pour la sauvegarde de tous nos héros morts au combat et qui ne le sauront jamais.

Je demeure, mon général, à votre entière disposition.

Colonel Dr Ramon Guthereze

Troisième unité médicale spéciale

Programme Sauvegarde

Maintenant, près de vingt-cinq gardes se relayaient jour et nuit pour assurer la protection de la base. Le professeur était satisfait, Jack dubitatif et Pierre toujours inquiet !

Tout en travaillant toute la journée à la finition du tableau de bord, il ressassait l'avertissement de Hidden Eagle. En ce qui concernait le tableau de bord, il était particulièrement content, car celui-ci était un petit chef d'œuvre que l'on ne retrouvait que sur les appareils les plus avancés au monde. Quand Michelle l'avait vu, elle avait été particulièrement impressionnée par le petit levier qui ressemblait à un joystick de jeux informatiques d'adolescents. Elle avait de la difficulté à croire que ce petit instrument remplaçait le traditionnel manche à balai.

Son attitude avec Pierre avait changé. Il était clair qu'elle se sentait très mal à l'aise de l'avoir pratiquement accusé de trahison alors qu'elle avait le texte exact de son message.

Cependant, elle avait agi de la sorte parce qu'elle n'admettait pas que quelqu'un enquête sur elle. Elle avait aussi été impressionnée par le récit de Jack sur la bravoure de Pierre... et se trouvait tout à coup obligée de revoir ses concepts les plus profonds sur les hommes en général, et Pierre en particulier.

Ce soir-là, Pierre s'attarda longtemps au petit bar de la base. Les derniers événements avaient ramené à la surface beaucoup de souvenirs communs entre lui et Jack, et ce ne fut que lorsque minuit sonna à l'horloge du bar que Pierre décida de rentrer.

Il passa d'abord devant la chambre du professeur qui était vide comme d'habitude, puis devant celle de Michelle. Et là, il eut un choc ! Michelle était là, assise sur son lit, avec son chemisier ouvert jusqu'au nombril.

Pierre remarqua immédiatement qu'elle ne portait pas de soutien-gorge et qu'elle le regardait intensément. Il sentit son pouls s'accélérer, et il ne put faire autrement qu'entrer dans la chambre. Michelle se leva et sans un mot, s'approcha de lui. Il l'enlaça et l'embrassa passionnément. Elle se colla à lui, et Pierre sentit ses seins contre sa poitrine. Malgré la chaleur, il frissonna d'excitation et commença à la caresser tout en l'embrassant. Ses mains se promenèrent sur son ventre et son dos, puis s'attaquèrent résolument à ses seins. Michelle frémit et se colla davantage à lui. Bientôt, prenant l'initiative, elle le débarrassa de sa chemise, et lui fit de même. Nus comme des vers, ils tombèrent sur le lit où après des caresses de plus en plus marquées, Pierre la pénétra avec douceur et force à la fois.

Michelle gémit sous ce tendre assaut, et Pierre se répandit en elle.

Longtemps après, il continua à la caresser... à l'embrasser sans un mot.

Michelle lui rendait baiser pour baiser, caresse pour caresse, avec autant de passion que d'affection. Puis, toujours sans un mot, Michelle se mit à pleurer doucement. Un peu déconcerté, Pierre voulut la consoler, mais elle lui fit signe qu'il ne pouvait rien pour elle et lui demanda de la laisser.

Le lendemain, elle était redevenue de glace !

Le professeur était rentré de Georgetown où, moyennant certaines promesses d'établissement de centre de production important dans le pays, il avait obtenu la protection des forces armées. Celles-ci devaient, selon le professeur, se déployer dès la semaine suivante dans des baraquements vides de la base, de l'autre côté de la piste d'atterrissage ainsi que dans le village proche d'où venaient les différents travailleurs locaux... comme d'ailleurs leur excellent cuisinier.

Une autre grande nouvelle était que l'Archéoptéryx était enfin terminé et que les essais pourraient donc commencer avec l'arrivée de l'équipe de supervision le mardi suivant. Le professeur avait même ajouté que, inquiet des propos de Pierre, il avait fait installer sur l'appareil une arme non létale mais extrêmement puissante. Elle était surtout destinée à le protéger au sol. Toutefois, il fut impossible à Pierre d'en savoir plus. Même Michelle ne semblait pas savoir de quoi il s'agissait. Et pour couronner le tout, il annonça que sa compagne, restée aux États-Unis, venait de donner naissance à une petite fille prénommée Audrée, ce dont il était très fier ! Pour fêter cela dignement, il avait ramené une caisse de champagne Cristal Rœderer ainsi que du foie gras en provenance de France. Pierre et Michelle en furent enchantés, mais réalisèrent qu'ils seraient les seuls avec Jack et le professeur à en profiter parce que toutes les équipes, ayant terminé leur travail, avaient quitté la base. En fait, le week-end s'annonçait très tranquille car, mis à part leurs gardes et ceux de Jack, il n'y aurait personne d'autre. Mais tout le monde accueillait cela comme un répit, d'autant plus que Pierre se sentait maintenant un peu plus à l'aise avec l'Archéoptéryx. Évidemment, si Michelle pouvait seulement être un peu moins glacée… ce pourrait être une fin de semaine de rêve… Malheureusement, malgré un épisode très prometteur, elle avait repris son attitude distante.

« Quelle ironie ! pensa Pierre, voilà maintenant que je me sens heureux, simplement parce qu'elle ne m'a balancé que la moitié de ses habituelles vacheries. »

Le champagne coula à flots ce soir-là, et le petit groupe se détendit.

Alors, profitant d'une absence de Michelle, Pierre confia au professeur avoir des problèmes avec la double personnalité de cette dernière. « Pierre ! Michelle a énormément souffert dans le passé, mais elle n'a pas de double personnalité. Celle que vous appelez cruellement IQ n'est en fait qu'une protection. La froideur d'IQ protège Michelle de ses propres sentiments. C'est comme si elle avait enterré au plus profond d'elle-même sa sensibilité pour éviter de souffrir. Elle n'est pas en mesure d'affronter certains événements de son passé… Donc, elle les contrôle en les enterrant au plus profond d'elle-même. Pas de sentiments, pas de souffrance… !

– Mais professeur, je sais qu'elle a des sentiments… Elle devrait les laisser s'exprimer ! Je… je l'aiderais à les dominer !

– Peut-être bien que oui, mais peut-être bien que non ! En la troublant comme vous le faites, vous fissurez également sa cuirasse défensive sans savoir si elle est réellement à même d'affronter son passé. Quand je l'ai rencontrée, elle était dans un état de délabrement complet et ne serait plus vivante maintenant, si justement elle n'avait pas construit cette défense qui vous agace tant. Faites attention de ne pas précipiter sa perte ! » Pierre se tut, assommé par les propos du professeur et aussi par le fait qu'il semblait être très au courant de sa relation avec Michelle. D'ailleurs, le bref regard que Michelle lança au professeur en revenant le convainquit que tous deux étaient extrêmement proches l'un de l'autre !

Résultat de tout cela ? Pierre se sentait mal ! Ou bien il tentait encore de séduire Michelle et il risquait de lui faire du mal, ou il ne faisait rien et c'était elle qui lui faisait du mal ! Alors, Pierre, tout à ses questionnements existentiels, but un petit peu plus de champagne qu'il n'aurait dû. Ce fut donc avec l'estomac légèrement barbouillé qu'il se coucha ce soir-là. Il n'arrivait pas à dormir, taraudé qu'il était par ses angoisses avec, pour centre bien sûr, Michelle. Ce ne fut que vers 2 heures du matin qu'il finit enfin par sombrer dans un sommeil lourd et agité.

Brusquement, une heure seulement après s'être endormi, il se réveilla en sursaut.

« Dieu du ciel ! pensa-t-il, Michelle va vraiment me démolir si ça continue comme ça. »

Effectivement, Pierre ressentait au creux de l'estomac comme une énorme crispation.

Cela l'étonna, car il n'était pas homme à angoisser à cause d'une relation amoureuse difficile. Puis, tout à coup, il s'avisa que son angoisse avait une autre origine. L'Archéoptéryx était terminé, en théorie prêt à voler, et il n'y avait pratiquement personne sur la base pour le défendre! LE MOMENT IDÉAL POUR QUE DES MALFAITEURS S'EMPARENT DE L'APPAREIL. Un frisson glacé courut dans son dos et le réveilla pour de bon ! Et les énigmatiques paroles de son ami Hidden Eagle lui revinrent en mémoire pour la seconde fois : « S'ils font un bon avion plus performant que les avions actuels, ils feront beaucoup d'argent… Par contre, s'ils réussissent quelque chose de vraiment nouveau capable d'envoyer, par exemple, la navette spatiale ou les fusées Ariane à la poubelle, il est sûr que cela indisposera au plus haut point les gouvernements actuels. »

« Plus performant ? pensa-t-il, mais bon sang ! l'Archéoptéryx est la plus grande percée technologique en aéronautique depuis l'invention de l'aviation ! Mon Dieu, et les autres équipes qui ne vont arriver que la semaine prochaine ! »

Cette fois-ci, vraiment mal à l'aise, Pierre se leva et s'habilla en un quart de tour. Mais il n'était pas homme à affronter l'adversité sans un minimum de précautions. Rapidement, il récupéra dans le double fond de ses valises son pistolet Python 357 Magnum et en garnit le baril de balles.

Alors, l'angoisse au cœur, Pierre sortit dans la nuit étouffante de la Guyane.

Immédiatement, il se rendit compte que quelque chose était anormal.

La jungle, la nuit, normalement peuplée de bruits divers, coassements, crissements d'insectes, battements d'ailes et autres bruits de fond, était silencieuse.

« Merde, merde et re-merde, jura-t-il silencieusement, j'en ai marre de

ces conneries. Il faut absolument que je trouve Jack, il se passe quelque chose. »

Mais avant de se lancer trop vite, Pierre pratiqua un vieux truc que lui avait enseigné un vétéran. Il sortit doucement du bâtiment où était sa chambre puis rasa les murs au plus près jusqu'à un endroit particulièrement sombre sous un arbre. Là, il s'immobilisa complètement en fixant la nuit et en essayant de repérer le moindre mouvement. Bien sûr, il avait les oreilles grandes ouvertes. Cette position avait l'avantage de lui permettre de repérer le moindre bruit ou mouvement inhabituel.

Et cela ne tarda pas !

Tout de suite, il se rendit compte que quelque chose ne tournait pas rond du côté du petit poste de garde auquel tous les détecteurs étaient reliés. Celui-ci était dans le noir, et rien ne bougeait à l'intérieur. À pas de loup, il gagna le poste pour constater que les deux gardes avaient la gorge tranchée. Malheureusement, les détecteurs ne couvraient pas la totalité de la base, et les assaillants avaient probablement des appareils leur permettant de découvrir les zones non couvertes. Un tueur s'était donc introduit par ces zones d'ombre et avait neutralisé le poste. Pierre sut instantanément qu'il avait affaire à une équipe qui ne reculerait devant rien. Un léger craquement lui apprit d'ailleurs que le tueur ne devait pas être bien loin.

Pierre, se fiant à son instinct, se dirigea vers le bruit. Bientôt, il entendit comme une brève échauffourée suivie d'une espèce de gargouillis atroce puis du bruit d'un corps qui tombait à terre.

Il se précipita pour arriver nez à nez avec le tueur. Ce dernier venait, oh ! mon Dieu, de trancher la gorge de Jack qui, probablement comme lui, avait dû conclure qu'une attaque était imminente. Instantanément aussi, il reconnut le tueur, un de ces types que l'on retrouve sur tous les champs de bataille, attiré non pas par l'argent, mais seulement par la possibilité de tuer. Et celui-là était un des pires. Généralement, il ne faisait partie que des équipes que l'on qualifiait de nettoyage. En d'autres mots, un boucher.

L'utilisation de ce genre de personnel indiquait aussi que l'assaillant n'avait aucunement l'intention de laisser des survivants derrière lui. Alors poussé par l'immense tristesse de voir son ami égorgé et par la rage froide qu'il sentait monter en lui, Pierre n'hésita pas à faire feu sur l'agresseur, même si cela devait révéler sa position.

CHAPITRE 11 – BONNE NUIT, LES ENFANTS !

AFFARAS & ISSARS: IE = 4

Grande Majesté, vos peuples des AFFARAS & ISSARS sont en grande peine et vous demandent assistance. Nostre-Monde, d'une grande beauté et que nous aimons plus que tout, est très dur avec vos sujets. Trop trop de jungle, nous devons beaucoup batailler pour obtenir espace vital.

Beaucoup de bêtes malfaisantes tuent nos femmes et nos enfants quand ils vont aux champs. Nostre-Monde ne donne pas beaucoup de minéraux de valeur et parce que pas de médecine, Petit Translocateur fait beaucoup de mutations effrayantes dans notre population.

Beaucoup sont maintenant sauvages, et certains mangent vos sujets !

Oh! Grand Empereur, nostre Empereur ; ce monde nous aimons beaucoup car nôtre, mais nous besoin ressources supplémentaires pour soigner nos femmes et nos enfants et pour combattre les Dakills qui sont devenus trop sauvages et vivent creux dans la forêt. Nos peuples fiers et ne veulent pas de son Empereur charité mais justice. Nostre soleil, Atton, est le plusgrand dans secteur de l'Empire, et beaucoup astronefs utilisent masse propulsion de Atton ! Dix mille vaisseaux chaque semaine et seulement petite navette arrête une fois par semaine sur Nostre-Monde. Même nostre grand vin, nous ne pouvons exporter. Grandes stations spatiales autour d'Atton, mais ne paient rien à Nostre-Monde! Grand Majesté, nostre Empereur, Atton est seule richesse, et nous demandons que vaisseaux astronefs qui utilisent Atton paient tribut aux peuples AFFARAS & ISSARS.

Pas cher, juste pour aider développement. AFFARAS & ISSARS vont aider vaisseaux, protéger, réparer faire justice si demandé, soigner malades. AFFARAS & ISSARS veulent prendre action sur leur système don Grand Architecte de l'univers. AFFARAS & ISSARS prêts aussi à payer tribut à

Grande Majesté nostre Empereur. Grande peine dans nostre peuple.

Grande Majesté nostre Empereur, justice est demandée !

Sisar Gance, grand chef coutumier AFFARAS

Lettre pour Empereur Simon de tous les peuples de Nostre-Monde

Simon, grand Empereur de mille soleils, était fatigué ! Après avoir écouté les doléances de mille peuples ainsi que les effrayantes propositions de beaucoup de ses proches collaborateurs, Simon avait besoin de repos. Même un grand empereur ne pouvait supporter sur ses seules épaules les angoisses et desiderata de cent cinquante milliards d'êtres humains. Alors, comme tout le monde, Simon aspirait à cette petite période de liberté avec sa famille, le soir, juste avant le coucher.

Caroline, sa fille de quatorze ans, et Eytan, son fils de treize ans, attendaient avec impatience l'homme qui était encore pour eux, non pas l'Empereur, mais papa.

Comme chaque soir quand il le pouvait, il s'asseyait sur le lit de Caroline alors qu'Eytan venait les rejoindre et parlait de choses et d'autres. Quand les enfants étaient plus petits, c'était le temps de l'inévitable histoire ! Maintenant, il s'agissait plus de conversation, et surtout de questions.

Mais ce soir-là, les enfants voulaient encore une histoire comme avant. Ainsi quand Caroline la lui demanda, Simon fut soulagé car ce soir là, la fatigue était telle qu'il ne se sentait pas la force pour des discussions philosophiques. Malheureusement pour lui, ce ne fut pas exactement ce qu'il se passa. Après avoir demandé une histoire, Caroline précisa que c'était celle du péché originel.

« Caroline, non, lui dit son Empereur de père, pas ce soir, je suis fatigué.

– Papa, je t'en prie, insista Caroline sachant que son père ne lui résisterait pas longtemps.

– Oui, papa, renchérit Eytan, c'est une grave question, et nous sommes assez âgés pour la comprendre. »

Simon soupira puis répondit :

« Je suppose que oui, concéda-t-il. Voyons, voyons, comment puis-je vous expliquer cela ? C'est une histoire grave dont on supporte encore les conséquences…

– Raconte, papa !

– Il y a fort longtemps, à la naissance même de notre civilisation, commença Simon, nous ne vivions que sur un seul monde, en fait un paradis, qui s'appelait Nirva. Le Grand Architecte de l'univers l'avait fait presque parfait. Ni trop d'eau ni trop de terres, ni trop de forêts ni trop de montagnes. C'était un éden terrestre. Les animaux y étaient abondants, les terres fertiles, le climat stable, et elle était cachée assez loin de tout ce qui est effrayant dans l'univers pour vivre en paix. La nuit, une lune magnifique l'éclairait. C'était la terre des hommes !

« Normalement, quand l'on possède un tel trésor, on vit heureux et sans histoires… Mais malheureusement, c'était sans compter avec la rapacité de l'être humain. Que les terres soient généreuses, que les océans abondent en poissons, que les entrailles de la planète livrent minéraux et pétrole n'était pas suffisant. Les humains voulaient toujours plus, plus, plus et encore plus, et surtout plus de pouvoir sur les autres. L'appât du gain était tel qu'ils oublièrent la plus élémentaire sagesse. L'homme vida les océans, pollua l'atmosphère, détruisit les forêts, et tout cela dans une quête de pouvoir et de richesses insensée.

– Mais pourquoi, papa ?

– Tel est malheureusement le grand défaut de l'homme, il est insatiable!

– Alors, papa, que se passa-t-il ?

– Les hommes commirent le plus grand de tous les péchés !

– Papa, papa, raconte !

– Les hommes oublièrent ce qu'ils devaient à leur planète et surtout au

Grand Architecte de l'univers. Dans leur avidité et surtout leur orgueil, ils se crurent son égal.

« Ils tentèrent de percer le SECRET, le GRAND SECRET, celui que nous avons tous en nous et qui est ce que nous avons reçu de nos parents et que nous léguerons à nos enfants. Le plan, le grand plan de ce que nous sommes!

« Les hommes le décryptèrent ou en tout cas prétendirent y être parvenus. Pour se justifier, ils Le critiquaient en disant qu'Il avait fait des fautes, que certains de leurs enfants avaient des malformations et qu'ils devaient les soigner et pour cela corriger les aberrations du grand plan.

Puis ils allèrent plus loin, alléguant qu'Il n'avait pas fait un bon travail et qu'Il aurait pu faire mieux. Alors les hommes, dans leur folie et leur orgueil insensé, touchèrent le plan de base en prétendant accélérer ce qu'ils appelaient l'évolution. Dans leur excitation à jouer au Dieu, ils avaient juste oublié l'effroyable complexité de l'univers et son subtil équilibre.

Quand celui-ci est rompu, c'est la vie dans sa totalité qui est en danger !

S'il y a trop de lions, les antilopes disparaissent et les lions meurent de faim. S'il y a trop d'antilopes, elles dévastent la savane, et la maladie finit par les emporter toutes !

« Les hommes rompirent l'équilibre de cette magnifique planète et allèrent jusqu'à saccager son environnement. Le Grand Architecte de l'univers en fut outré. Puis en violant le GRAND SECRET, les hommes commirent le plus grand des péchés. Ils n'avaient ni Sa compétence ni Son intelligence et rapidement, altérèrent leur héritage génétique en changeant le code génétique de l'espèce humaine !

« Depuis toujours, le Grand Architecte avait pris grand soin d'isoler au sein de sa création les différentes espèces par des gouffres spatiaux énormes pour qu'elles ne se détruisent pas entre elles. Mais les humains avaient été trop loin, et le Grand Architecte décida de les laisser à leur destin !

– Papa, tu ne trouves pas que le Grand Architecte est dur avec nous ?

– Il nous a fait libres, et je crois que les hommes ont mérité ce qui devait arriver !

– Mais quand même, papa, les Démons, les Démons !

– Le Grand Architecte ne les poussa pas vers les hommes, mais ceux-ci, en se disputant constamment entre eux, avaient affaibli considérablement l'espèce humaine, qui devenait alors une proie facile pour les Démons.

– Alors, papa, qu'arriva-t-il ?

– Les Démons découvrirent Nirva et trouvèrent que c'était une trop belle planète pour les humains. Eux, ils virent à quel point elle était extraordinaire ! Alors ils la désirèrent, et telles des nuées de sauterelles, ils se ruèrent vers Nirva avec leurs gargouilles et leurs peuples esclaves. Les humains qui, depuis des lustres, se chicanaient entre eux, découvrirent un peu tard qu'il y avait beaucoup, beaucoup plus dangereux que le voisin et qu'ils auraient dû être unis !

– Et le Grand Architecte, papa, Il n'eut pas pitié des hommes ?

– Si, justement ! Pour les aider, la légende raconte qu'Il priva les Démons de leurs armes, les forçant à se battre à mains nues contre l'humanité ! La légende dit même que les animaux prêtèrent main-forte aux humains !

– Et qu'arriva-t-il ?

– La légende raconte que la bataille fut effroyable, et le Grand Architecte de l'univers, écœuré de voir cette tuerie, expulsa Nirva au fin fond de l'univers.

« Ce fut alors qu'une poignée seulement d'êtres humains, aux commandes de quelques vaisseaux, réussirent à quitter notre monde ancestral pour fonder notre civilisation actuelle. L'homme avait perdu le paradis terrestre ! Malheureusement, le SECRET, le GRAND SECRET, le plus grand don du Grand Architecte à l'humanité, fut également perdu à jamais !

« Dans son orgueil, l'homme avait manipulé le grand plan qu'Il avait conçu pour nous et l'avait altéré !

« C'est pour ça, mes enfants, que vous devez prendre vos médicaments tous les mois pour empêcher vos gènes de muter et de muter encore, car leur stabilité est perdue à jamais.

« C'est cela, la GRANDE FAUTE, le PÉCHÉ ORIGINEL que malheureusement, en tant que père, je vous ai transmis et que vous transmettrez à votre tour à vos enfants ! »

Simon, le plus grand Empereur de l'univers connu, s'arrêta de parler, car il sentait les larmes lui monter aux yeux. Il regardait ses enfants et sentit son impuissance encore plus fortement que lorsqu'il avait à résoudre un de ces nombreux problèmes quasi insolubles qu'il devait néanmoins affronter tous les jours en conseil. Mais ici, il s'agissait de ses propres enfants, et cela prenait une dimension encore plus grande !

« Ce sujet est trop grave, les enfants. Maintenant, il faudrait que vous dormiez ! »

Mais Caroline ne voulait pas finir comme ça et ajouta :

« Papa, papa, est-ce qu'Il pardonnera un jour aux hommes ?

– Certains le disent, Caroline.

– Comment, papa ?

– Certaines légendes disent que trois envoyés viendront de Nirva, mais j'en doute car malheureusement, les hommes n'ont pas changé… ! »

En lui-même, Simon ne put faire autrement que de penser au terrible mémo de la Commission impériale du gène qui demandait une stérilisation des autres races.

« Non, vraiment, Caroline, ne t'accroche pas à cet espoir car crois-moi, les humains sont toujours aussi mauvais qu'au temps du commencement… On dirait que l'humanité ne veut pas apprendre de ses fautes !

– Même les Uïgures, papa ?

– Même eux, Caroline chérie… Méfie-toi d'eux, ils sont justement ceux qui voulaient être plus que ce que le Grand Architecte avait décidé pour l'espèce humaine ! Eux aussi portent le péché originel en eux… peut-être même plus que les autres !

– Parce qu'ils veulent être maîtres de leur destin et qu'ils disent que leur corps leur appartient et que même le Grand Architecte de l'univers n'a aucun droit sur eux ?

– CAROLINE… tu blasphèmes! Qui t'a mis en tête de telles balivernes ? Après, tu diras peut-être que tous les humains sont égaux ? TU ES FILLE D'EMPEREUR, et tu dois le plus grand respect au Grand Architecte de l'univers ! Et maintenant, ça suffit, tu m'as mis en colère ! Il est temps de dormir !

– Bonne nuit, papa !

– Bonne nuit », conclut-il, plus inquiet des étranges idées de sa fille que vraiment en colère.

CHAPITRE 12 – PLUS NOIR QUE VOUS NE PENSEZ !

Sarkaï IE = 7.

Le succès de la mission était incroyable, bien au-delà de ce qui avait été espéré. Astaroth jubilait déjà. Le grand Méphisto en avait été informé et avait manifesté du contentement. Cela allait coûter un maximum à ces chiens de suppôts de l'Empire. Ils étaient tellement idiots... Il suffisait d'exploiter la haine qu'ils ressentaient les uns envers les autres. Non seulement ils avaient réussi à implanter tous les maléfices prévus, mais Astaroth avait même créé un problème important au sein de leur infecte société ! Tant pis pour eux... Cela montrait à quel point ils étaient une nuisance pour l'univers !

Astaroth en eut un frisson ! Et si... et si... Moloch lui-même avait vu son exploit ? Ce serait merveilleux si... elle pouvait... si elle pouvait compléter sa mission par un sacrifice digne de Lui. Toute sa vie aurait un sens...

Astaroth en frémit encore ! C'était dit, elle en ferait la demande... Bien sûr, le commandement suprême n'encourageait pas cela, mais il devait aussi récompenser ses sujets...

Méphisto lui-même devrait pouvoir comprendre ça !

Surgissant de l'hyperespace, le petit appareil se ruait vers Oneida, le soleil de la planète Kiowa. Parfaitement aligné sur le centre gravitationnel de l'étoile, il réussit du premier coup son freinage stellaire sans permettre à Oneida de le rejeter dans l'espace profond. C'était certes un petit appareil, mais il était magnifique avec sa couleur rouge éclatante et il arborait fièrement le Vinci, le dessin d'un homme dont les bras et les jambes se positionnaient de deux façons différentes pour être la mesure d'un carré et d'un cercle. Le Vinci était le symbole de l'Empire. Il signifiait que l'homme était le centre et la mesure de l'Empire. Il signifiait aussi que l'appareil était en mission officielle pour l'Empereur ! Évidemment, ce n'était pas un vaisseau de guerre, ce qui décevrait probablement les autorités de Kiowa quand elles apprendraient son arrivée, mais au moins l'Empereur leur envoyait quelqu'un. Une fois le transfert vers la matière complété, il s'annonça au centre de contrôle de Kiowa bien en avance, autant pour préparer sa venue que pour éviter de malencontreux tirs de défense de la part de gens qui étaient plutôt nerveux ces temps-ci. On lui communiqua les coordonnées d'une orbite d'attente qu'il gagna rapidement. Dreck Reivax était pensif. Son enquête avançait difficilement. Il avait visité plusieurs mondes extérieurs faiblement peuplés aux marges de l'Empire. Chaque fois, c'était la même chose : des cadavres, encore des cadavres, ou des gens tellement effrayés qu'il ne pouvait en tirer aucune information. Il était évident que quelqu'un s'attaquait aux postes isolés, mais ce pouvait être l'œuvre de pirates ou de concurrents. Évidemment, c'était trop répétitif pour être accidentel, mais Dreck n'arrivait pas à mettre la main sur l'évidence d'un plan particulier. C'était donc en espérant trouver plus d'informations et de certitudes qu'il avait mis le cap sur la planète Kiowa qui, tout en étant elle aussi aux marges de l'Empire, était quand même beaucoup plus peuplée.

Cette planète était occupée par une race qui essayait, dans la mesure du possible, de vivre avec un minimum de technologie. C'étaient des gens qui aimaient la proximité de la nature et en appréciaient toutes ses formes. Ils vivaient en harmonie avec un environnement austère et très éprouvant, mais en avaient fait un mode de vie. L'Empire n'y maintenait qu'une petite unité de police de l'espace pour gérer la sécurité spatiale et laissait les autochtones maintenir leur propre police. La planète était pauvre, éloignée, ne représentait aucun danger pour la sécurité de l'Empire et donc n'attirait que fort peu l'attention. Cependant, c'était quand même une planète avec une population se chiffrant en millions et qui, malgré un choix de civilisation assez primitive, était au fait de la technologie, particulièrement en ce qui concernait la science médicale, une nécessité absolue pour tout groupe humain qui désirait éviter les problèmes du Petit Translocateur. Le chef Nagoura du Conseil de bande de la grande maison de la nation attirontek avait écrit directement à l'Empereur pour demander son assistance, et celui-ci se devait d'y répondre.

Dreck était donc arrivé avec son maraudeur au large de Kiowa. Le voyage avait été rapide, car son vaisseau était très performant. Au départ, la classe « Maraudeur » était déjà une classe de vaisseaux spécialement dessinés pour l'exploration lointaine et possédant donc des capacités plus grandes que la plupart des appareils civils, même les plus gros. Rapidement, ils étaient devenus incontournables pour une grande quantité d'officiers et autres officiels de l'Empire qui se déplaçaient sans cesse. Ce n'étaient pas des vaisseaux de combat, mais ils étaient néanmoins suffisamment bien armés pour repousser la majorité des intrus, sauf bien sûr les vaisseaux de guerre de l'Empire. Pourtant, c'était un type de vaisseau relativement petit, à peine 97 mètres de long, ce qui était peu pour un engin capable de se déplacer entre les étoiles. Mais son design était particulièrement réussi. Fait rare pour un vaisseau spatial : il était muni d'ailes, ce qui lui permettait un vol atmosphérique avec un niveau de performance et d'agilité comparable aux meilleurs avions ! Muni à l'arrière d'un empennage inverse qui abritait un système de sas et un canon laser en forme d'éperon, il avait à l'avant une énorme coupole de 8 mètres sur 4 totalement transparente, dans laquelle se trouvait le poste de pilotage. Si cette coupole n'était pas de verre, l'illusion était parfaite. S'asseoir aux commandes de l'appareil dans cette coupole donnait l'impression d'être littéralement assis dans l'espace… !

La beauté de ce vaisseau en expliquait sa popularité, mais celle-ci était soutenue en plus par ses qualités techniques hors du commun.

Le NéMéSiS, quant à lui, était quelque chose d'encore plus extraordinaire.

Non seulement sa propulsion et son armement étaient considérablement plus développés que sur le modèle de base, mais son informatique dépassait, et de très loin, tout ce qui existait dans l'Empire. À ce propos d'ailleurs, Dreck n'était pas sûr d'aimer réellement la totalité des capacités du vaisseau. Le fait notamment que tout ce qu'il pensait fût automatiquement enregistré dans la mémoire indélébile de l'astronef lui donnait froid dans le dos. Il avait beau se dire que ce n'était qu'un ordinateur et que celui-ci n'émettait aucun jugement, cela le mettait extraordinairement mal à l'aise. On lui avait expliqué ce prodige en lui montrant toutes les microdécharges électriques générées par l'activité du cerveau humain et que les détecteurs hypersensibles du NéMéSiS réussissaient à capter. Apparemment, le puissant ordinateur de bord pouvait ainsi reconstituer la pensée humaine… et le NéMéSiS était tapissé de ces détecteurs !

Mais Dreck savait aussi utiliser l'énorme mémoire de l'appareil pour en extraire les informations les plus pertinentes, comme justement un rapport complet sur Kiowa ainsi que sur les gens qui l'habitaient, les Attironteks. Vu d'en haut, ce monde semblait complètement différent d'Oulan Bator. Surtout composé de terres émergées de couleur ocre, les océans y semblaient petits et peu profonds. Les vastes étendues continentales étaient cependant irriguées par de très nombreux fleuves qui, après de très longs parcours, se jetaient dans différents océans. Ce monde avait un climat extrêmement dur avec des températures très élevées le jour et très froides la nuit ainsi qu'un taux de radiation, vu la proximité du soleil, très élevé.

En dehors de cela, Kiowa serait probablement intéressante pour Dreck car le chef local, qui avait écrit à l'Empereur, avait mentionné un esprit du nom de Dybbuk, nom qui revenait aussi dans d'autres sources.

Il avait donc décidé d'enquêter sur les étranges allégations contenues dans le message du chef Nagoura. Avant de descendre sur la planète, il voulait l'observer, et surtout la balayer en utilisant les exceptionnelles capacités de son vaisseau. Tout de suite, il lui apparut que de vastes régions du nord où une vaste forêt aurait dû se trouver étaient la proie d'un incendie majeur. Heureusement, Umpqua, la capitale, était plus au sud, et Dreck s'apprêtait à quitter son orbite quand le NéMéSiS lui fit savoir qu'il avait de nouvelles informations qui pourraient lui être utiles. Pour communiquer avec lui, le NéMéSiS utilisait un haut-parleur, un peu comme si Dreck parlait à la radio avec quelqu'un sur la planète. Cela aussi le mettait mal à l'aise, surtout que le système de traitement de la voix du NéMéSiS était tellement sophistiqué que tout l'aspect métallique, artificiel avait été neutralisé pour être remplacé par une voix masculine extrêmement claire et précise. En d'autres mots, il donnait à Dreck l'impression de parler à un être humain !

« Oui, Nem – Nem était le surnom que Dreck avait donné au NéMéSiS.

– J'ai reçu copie de tous les enregistrements radars et autres détecteurs de tous les va-et-vient de vaisseaux en provenance de l'espace ou gagnant l'espace depuis les deux derniers mois tels que captés par les systèmes de la petite unité de Police spatiale impériale (PSI) stationnée sur la planète.

– Quelque chose de spécial ?

– Oui et non, un faible trafic vers le centre de l'Empire, ce qui n'a rien de particulier, mais aussi deux faits étonnants… Premièrement, la venue d'un petit vaisseau relativement performant affichant des codes d'enregistrement des AFFARAS & ISSARS, ce qui est étonnant parce que leur monde est très éloigné et…

– Comment as-tu pu trouver leurs codes d'enregistrement ?

– J'ai fouillé la base de données de la police !

– Normalement, ces codes sont confidentiels et malgré que j'aie les pouvoirs de demander ces codes légalement en tant que chargé d'enquêtes, je n'ai pas souvenir de te les avoir fournis !

– Pas de problème, j'ai utilisé certains codes secrets, et j'ai pénétré les systèmes sans que ceux-ci ne posent de questions… C'est la beauté des ordinateurs, ils sont trop stupides pour se méfier !

– C'est toi qui me dis cela… ! Et le deuxième point ?

– Une très faible trace de ce qui aurait pu être un vaisseau en approche furtive !

– Vraiment, et as-tu une idée du type de vaisseau ?

– Je pense qu'il aurait pu s'agir d'un vaisseau sarkaï !

– Des pirates par ici… Tu en es sûr ?

– Non, les systèmes de détection des PSI ne sont pas suffisamment puissants.

– Y a-t-il eu une attaque sur la planète ?

– Non, et cela est contraire aux habitudes des Sarkaïs, c'est pour cela que ce renseignement vous est communiqué sous toute réserve !

– Fort bien, Nem, nous allons donc prendre quelques mesures de précaution supplémentaires… Tu vas placer trois satellites furtifs sur orbite éloignée pour éviter leur détection. Munis-les des coordonnées des vaisseaux sarkaïs et aussi d'un scrutateur en position de surveillance planétaire. A-t-on reçu des nouvelles de la capitale ?

– Justement, le chef Nagoura du Conseil de bande de la grande maison de la nation attirontek vient d'envoyer un message de bienvenue et signale qu'il vous attend au spatioport d'Umpqua. »

Quelle merveille que ces satellites dont était muni le Nem !

Pratiquement indécelables, ils permettraient d'éviter des surprises de l'espace tout en surveillant la totalité de la surface de la planète, sans compter l'incroyable gamme de détecteurs de toutes sortes qui l'informeraient même d'activités cachées. La note de bienvenue du chef rappela cependant à Dreck qu'il était temps pour lui de descendre sur Kiowa. Alors, aussitôt que le NéMéSiS eut lancé ses satellites, il prit les commandes et décrocha l'appareil de son orbite d'attente où il était depuis quelques heures. Le NéMéSiS était un vaisseau muni d'ailes comme un grand avion, ce qui lui donnait une très grande souplesse de manœuvre dans l'atmosphère. Naturellement, le rôle des ailes était beaucoup plus complexe que seulement sustentateur. Elles contenaient, entre autres, divers mines, missiles, satellites, canons lasers offensifs et défensifs en plus de différents propulseurs et détecteurs de l'appareil.

Mais pour le moment, elles permettaient surtout une entrée atmosphérique contrôlée. Grâce à ses propulseurs à inertie en position inversée, la vitesse d'approche décrut rapidement, et la fin du vol vers le spatioport se fit presque en vol plané. La tour de contrôle lui assigna immédiatement un mât d'accrochage, étant donné la faible activité spatiale du moment. Dreck n'eut aucun mal à le trouver et s'y accrocha sans coup férir.

Le spatioport était installé relativement près de la ville, sur les deux côtés d'un fleuve nommé Colorado. Le côté nord de celui-ci semblait surtout dédié aux gros cargos commerciaux alors que le côté sud, vers lequel il avait été dirigé, accueillait les vaisseaux de plus petits tonnages.

Seul un gros cargo, pas très neuf, était actuellement à l'ancrage de l'autre côté du fleuve et trois petites navettes, dont une de la police impériale de l'espace, du même côté que l'engin de Dreck. C'était un petit spatioport avec peu de mâts d'ancrage, mais il semblait bien entretenu. Autour des mâts, une sorte de gazon bien tondu couvrait le sol, et l'ensemble du spatioport, avec ses vaisseaux accrochés à leur mât comme de simples baudruches, avait un côté campagnard… surtout quand on venait d'Oulan Bator avec ces milliers d'appareils de tous types et de toutes origines s'empilant les uns par-dessus les autres ! Dreck réduisit la puissance de ses moteurs à inertie pour qu'ils compensent la gravité légèrement plus forte de la planète et brancha le système de contrôle de mouvement sur le mode stationnement. Il quitta son siège sachant que l'appareil allait maintenant se maintenir rigoureusement à la même place et ce, quelle que fût la puissance des vents sur le spatioport.

Déjà, son moniteur lui renvoyait l'image d'un petit groupe qui se dirigeait vers lui. Parmi le groupe en approche, il identifia le chef Nagoura suivi de quelques assistants, ainsi que le chef local de la Police spatiale impériale, le lieutenant Bjork Chang.

Dreck s'équipa rapidement. La gravité plus forte le préoccupant, sachant que ce serait un facteur de grande fatigue, il revêtit un très léger exosquelette motorisé qui moulait parfaitement ses jambes et l'aiderait durant la journée, le tout caché par un pantalon spécial doublé d'une armure légère. Il revêtit également une paire de bottes souples d'une résistance à toute épreuve pour le protéger d'une quantité de vermines et surtout des fameuses herbes coupantes de la planète, ainsi qu'une courte veste destinée à le protéger des radiations et auto-refroidissante, elle aussi doublée d'une armure légère. Le tout était complété par un casque avec système Baïkal camouflé ! Fin prêt, Dreck gagna le sas puis la passerelle en haut du mât, à près de 50 mètres de hauteur, ce qui d'ailleurs lui donnait une vue imprenable sur le spatioport et la ville proche.

La petite plate-forme ne fut pas longue à descendre, et le comité d'accueil se dirigea alors vers lui.

Dreck s'était naturellement bien renseigné sur le peuple Attirontek.

Mais les livres et les gens sont des choses complètement différentes.

Et c'était certainement une de ces choses qui lui plaisaient vraiment et qui l'avaient attiré dans ce métier : les gens… cette phénoménale diversité de peuples et de cultures qui habitaient maintenant l'Empire. Aussi prit-il un réel plaisir à regarder le petit groupe qui se dirigeait vers lui maintenant.

« Remarquable adaptation de l'espèce humaine aux conditions les plus extrêmes de l'univers, pensait-il, peut-être devons-nous en remercier le Petit Translocateur ! »

Cette planète, dont le taux de radiation et la chaleur auraient dû bannir à jamais le genre humain, supportait maintenant une nation, non, des nations, dont la peau avait développé des écailles protectrices de couleur rouge ocre qui s'avéraient être des filtres parfaits. Dreck avait besoin de tout un attirail de survie alors que son hôte se contentait d'une simple chemise. La gravité supérieure de cette planète avait aussi dessiné un corps plus trapu et plus rond, plus costaud en quelque sorte, pour permettre de résister, à long terme, à un petit ajout de 5 % de gravité.

« Bienvenue, major Lee », lui dit le chef Nagoura, en lui tendant la main.

Bien sûr, Dreck ne releva pas l'erreur de nom puisqu'elle était intentionnelle.

Dans la mesure du possible, il préférait ne pas être identifié pour ne pas attirer l'attention.

« Je vous remercie, chef, répondit Dreck, je suis envoyé par l'Empereur afin de vous aider à résoudre vos problèmes !

– Je remercie l'Empereur de vous avoir envoyé, mais suis cependant un peu surpris de ne voir qu'une seule personne. Étant donné la gravité de nos problèmes, je m'attendais à une délégation plus importante !

– Ne vous inquiétez pas, chef, selon mon évaluation des problèmes, il se pourrait que des équipes nombreuses se joignent à nous.

– Fort bien, major, nous allons gagner mon véhicule pour rejoindre la salle du conseil où je vous exposerai par le menu ce qu'il se passe ici. Mais avant, j'ai l'intention de vous amener voir nos anciens. Ceci est une marque de respect envers eux, car vous savez certainement que, pour nous,

Attironteks, les anciens représentent la sagesse suprême. Ils vous communiqueront aussi certaines informations qu'eux seuls possèdent. »

Dreck se sentit ennuyé par cette visite aux anciens dont il n'attendait rien de spécial, mais il fit contre mauvaise fortune bon cœur.

« Fort bien, termina laconiquement Dreck, tout en saluant le lieutenant Bjork Chang. Nous accompagnerez-vous, lieutenant ?

– Non, major, malheureusement, le devoir m'appelle et comme vous le savez, nous sommes fort peu nombreux ici. Je suis cependant à votre disposition pour tout besoin que vous pourriez avoir.»

Ayant pris congé du lieutenant, le petit groupe gagna le véhicule automobile du chef.

Celui-ci d'ailleurs étonna fort Dreck, car c'était un véhicule à quatre roues motrices destinées à rester en contact avec le sol alors que tous les véhicules modernes étaient maintenant équipés de moteurs à inertie les faisant voler comme des avions.

« Me permettez-vous une question, chef ?

– Certainement, major !

– Votre véhicule me semble très ancien, n'est-ce pas? C'est un choix ou…?

Ou nous n'avons pas le choix ?

– Si vous voulez !

– Nous sommes des peuples de tradition, major, notre peuple a, de tout temps, été équipé de ce genre d'engins que nous appelions, dans le temps, cheval de fer, même si nous ne savons pas ce qu'est un cheval ! »

Dreck sursauta, car il lui semblait que le cheval de fer était plutôt une sorte de train primitif. Il le signala au chef qui, vexé, lui répondit que cette nomination lui venait des plus anciennes traditions de son peuple et que celles-ci ne pourraient, en aucun cas, être fausses.

Se rendant compte de son impair, Dreck préféra changer de sujet et lui demanda alors comment ils les construisaient.

« Nous n'avons besoin d'aucune technologie extérieure pour les construire. Nous les fabriquons à la pièce dans chaque famille en suivant une longue tradition. Celui-ci, par exemple, a été fabriqué par mon petit-fils.

– Félicitations !… Et je n'avais nullement l'intention de vous offenser. Mais peut-être pourrions-nous parler de votre problème. D'emblée, j'ai remarqué des feux de forêt de grande intensité depuis l'espace. Sont-ils courant sur votre planète ?

– Justement pas! Nos arbres dominants sont verts toute l'année et ne contiennent aucune gomme ou résine comme les conifères, ce qui fait que les feux sont rarissimes et ne surviennent que lors de sécheresses importantes et localisées. Malheureusement, un insecte, qui n'est pas d'ici, détruit de grandes quantités d'arbres en mangeant leurs feuilles, ce qui les fait sécher et mourir rapidement, devenant ainsi une proie facile pour les feux. L'insecte en question n'a pas d'ennemis ici et prolifère donc sans contrôle depuis quelques mois!

– Vous avez une solution ?

– Non, malheureusement ! Nous sommes en contact avec les services agricoles et forestiers de Sa Majesté, et ils pensent pouvoir nous envoyer une sorte de champignon qu'ils auraient trouvé sur une autre planète pour contrôler ce fléau ! Cela fait partie de la liste des choses inexplicables qui arrivent sur cette planète depuis quelque temps ! Et croyez-moi, cette histoire d'insectes est parmi l'un des moindres incidents à traiter !

– Il y a, alors, beaucoup plus grave ?

– Beaucoup ! Avec mort d'hommes. Tous explicables si c'étaient des cas isolés. Mais nous avons plus de cas bizarres depuis un an que durant toute l'histoire de notre implantation sur cette planète !

– Parlez-moi un peu plus des cas avec mort d'hommes !

– Je vais vous laisser d'abord parler aux anciens. Ensuite, nous pourrons aborder la question sous l'angle que vous désirez. »

Umpqua, la capitale, n'était vraiment pas une grande ville, même si la plupart des maisons étaient très très grandes mais sans étages. Le chef expliqua à Dreck que les Attironteks vivaient en famille élargie qui comprenait très souvent, en plus du noyau familial normal des parents et des enfants, les grands-parents, les cousins, les frères et les sœurs ainsi que leurs conjoints, etc. Et cela, évidemment, demandait beaucoup de place. Il y avait toutefois un certain nombre de bâtiments plus grands destinés aux usages administratifs ou semi-industriels.

Comme lui expliqua aussi le chef, la plupart des familles possédaient un outillage sophistiqué qui lui permettait de se fabriquer l'essentiel. Très souvent d'ailleurs, plusieurs familles se regroupaient et se partageaient les tâches, comme par exemple la production de nourriture ou la construction de véhicules du type de celui dans lequel ils étaient.

Comme le souligna le chef, cette société était avant tout une société d'harmonie dans laquelle la recherche du profit était prohibée. Certes, il y avait des besoins, et la communauté se chargeait de les remplir. Dreck nota aussi les splendides totems plantés fièrement devant chaque habitation. « Ils sont l'histoire de chacune de ces familles, lui confia le chef, mais si vous permettez, nous venons d'arriver ! »

En effet, leur véhicule s'était arrêté en face d'un bâtiment de grande surface, circulaire, au toit pointu et arborant une très grande quantité de dessins peints représentant différentes scènes de la vie de la communauté. Rapidement, le petit groupe fut introduit à l'intérieur de ce bâtiment qui ne possédait qu'une seule pièce sans aucun mobilier. Seuls des coussins étaient disposés en cercles concentriques. C'était un endroit où les vieux se réunissaient pour parler des problèmes de la communauté et pour trouver ensemble des solutions. Dreck fut convié à se joindre au groupe.

« Permettez-moi, dit le chef Nagoura, de vous introduire le major Lee qui nous vient directement d'Oulan Bator. »

Dreck jeta un coup d'œil sur l'assemblée de vieillards qui comprenait au moins vingt-cinq personnes assises en demi-cercle, et il prit place avec le chef Nagoura, juste en face d'eux.

Contrairement à ce qu'il croyait, personne ne prit la parole. Dreck attendit donc sagement que quelqu'un ouvre le débat. Mais au lieu de parler, celui qui semblait être le plus vieux et le plus vénérable alluma une sorte de grande pipe dont il aspira rapidement une très grande quantité de fumée. Une fois la pipe bien allumée, il la donna à son voisin qui inhala la fumée avec beaucoup de plaisir. Celle-ci se promena de main en main jusqu'au moment où elle parvint à Dreck qui n'eut d'autre choix que de tirer sur la pipe et d'inhaler lui aussi l'étrange fumée. Mais bizarrement, la fumée ne le fit pas tousser. Il passa la pipe à son voisin et ainsi de suite, jusqu'au moment où celle-ci s'éteignit. Dreck ne comprenait toujours pas le motif de cette cérémonie et commençait à sentir l'ambiance de plus en plus pesante. Personne ne parlait, mais il avait l'impression que le groupe lui était hostile. Il décida de jouer le jeu et refusa de parler le premier. L'hostilité devint de plus en plus palpable à tel point qu'il sentit même son cœur se serrer. Il semblait que le groupe en voulait à sa vie et même à plus que ça, à la vie de ses pairs, de ses compagnons, de son Empereur, de sa race et même pratiquement de l'humanité.

En même temps, Dreck ressentit une peur profonde, une peur de lui, de ce qu'il était et du fait qu'il représentait l'Empereur et surtout son armée. Une armée capable de les anéantir, capable de les chasser de l'univers! Dreck sentait cette angoisse profonde et en même temps, la haine la plus pure qui émanait de l'assemblée. Dybbuk, il le sentait, allait l'attaquer… ou les attaquer… Dreck se sentait de plus en plus confus… Qui allait attaquer qui? Puis tout s'apaisa, et Dreck sembla sortir d'un rêve.

Ce fut alors que l'étrange vieillard en face de lui prit la parole :

« Désolé, colonel, de ne pas vous avoir averti, mais si nous vous l'avions expliqué, vous auriez peut-être refusé.

– Vous m'avez drogué ?

– D'une certaine manière, colonel, nous avons tous été drogués au même moment par l'herbe de vie. Rassurez-vous, elle est inoffensive, mais elle permet cependant d'atteindre un niveau de conscience supérieure.

– Pourquoi m'êtes-vous à ce point hostiles ?

– Ce n'est pas nous qui sommes hostiles, colonel. Tous ensemble, nous avons servi de récepteurs, et nous avons capté quelque chose, quelque chose de très menaçant et pas seulement pour nous, colonel, mais pour toute l'humanité. Étant donné que l'Empereur Simon commence enfin à prendre la menace au sérieux, nous nous devions de vous la faire sentir. Comprenez-moi bien, colonel, je ne suis pas en mesure de vous dire qui est ou qui sont le ou les Dybbuk, mais je vous garantis que la menace existe vraiment. »

Brusquement, Dreck se rendit compte que le vieillard l'appelait colonel et non major !

C'était une expérience traumatisante, et la journée ne faisait que commencer.

Le chef Nagoura lui fit signe de quitter le groupe, ce qu'il fit sans poser d'autres questions.

« Impressionnant, hein ? lui dit le chef.

– Très impressionnant ! Vous ne pensez pas qu'il s'agit d'hallucinations collectives ?

– Non ! Nous n'arrivons pas vraiment à interpréter ce que nous ressentons, mais ce dont nous sommes absolument certains, c'est qu'il s'agit de puissances qui nous veulent du mal. Et attention, nous ne parlons pas ici d'esprits, mais d'êtres vivants bien réels !

– Vraiment, et lesquels ?

– Là est toute la question ! Nous pensons même qu'il s'agit de races étrangères.

– Des non-humains ?

– Probablement !

– Chef, je dois vous arrêter tout de suite. Depuis les quatre cents dernières années où l'humanité a voyagé dans l'espace, jamais, je répète jamais, nous n'avons rencontré d'espèces plus intelligentes que le singe !

– Vous oubliez que nous avons trouvé sur plusieurs planètes des ruines de races inconnues indiquant un certain niveau de technologie, et certaines même des plus inquiétantes. »

Dreck marqua une pause. Il aurait dû se méfier ! Le fait d'avoir peu de technologie et d'être retiré ne signifiait pas être inculte. De plus, il avait raison.

« Vous marquez un point, chef ! Cependant, nous n'avons quand même jamais rencontré d'espèces intelligentes vivantes.

– Vous savez, colonel…

– Major !

– Voyons, colonel, arrêtons ce jeu ridicule, nous savons que vous êtes chef des services secrets de Sa Majesté, nous sommes d'ailleurs très flattés de cette auguste visite.

– Voyons, chef, vous ne pouvez pas avoir ce genre d'information.

– L'herbe de vie est efficace pour beaucoup de choses. Elle nous a permis de sentir l'ennemi, mais aussi d'éventer votre petite… heu, transformation de la réalité. Mais rassurez-vous, nous ne sommes pas télépathes. »

Dreck s'apprêtait à ajouter quelque chose quand un des adjoints du chef, qui était en contact radio avec la centrale, se dirigea tout à coup en courant vers Nagoura.

« Chef, chef, il semble qu'il se passe des choses bizarres au sud après la grande barrière ! Le village de Mashteuiatsh ne répond plus !

– Eh bien, mon cher colonel, je crois que je n'aurai pas vraiment à vous expliquer ce qu'il se passe. Pourquoi ne viendriez-vous pas avec nous ?

– Vous pensez qu'il se passe quelque chose de spécial ?

– Malheureusement, oui, ce n'est pas la première fois que je vois ça, et ça commence toujours par un silence radio.

– Fort bien, je vous accompagne, mais je veux d'abord passer par mon vaisseau pour prendre un peu de matériel.

– Mon assistant va vous y conduire et restera votre disposition jusqu'à ce que vous soyez prêt. »

Aussitôt dit, aussitôt fait, Dreck regagna son appareil pour se munir de deux pistolets et d'un fusil Baïkal.

Il s'équipa également de quelques détecteurs spéciaux et plaça son vaisseau en état d'alerte maximale. Aussitôt, les trois satellites se mirent à scruter le sud pour essayer d'y détecter des anomalies.

En moins d'une heure, Dreck se retrouva à bord de l'avion rapide du chef, en compagnie d'un petit peloton d'une douzaine de policiers, de deux assistants spéciaux affectés à ce genre de mission et bien sûr de Nagoura lui-même. Celui-ci avait d'ailleurs pris bien soin d'examiner le matériel de Dreck car, disait-il, il ne voulait pas perdre son envoyé impérial à cause de stupides piqûres de crack empoisonné ou encore de petits staracks suceurs. Comme il ajouta lui-même, ce n'était plus maintenant une enquête de bureau, mais quelque chose qu'il pressentait et de bien plus dangereux !

L'appareil spécial de la police attirontek ne mit que deux heures et demie pour rallier le village de Mashteuiatsh. Celui-ci se trouvait à des centaines de kilomètres de la ville la plus proche et ne devait pas compter plus de cent cinquante âmes. C'était la grande qualité des forêts de la région qui avait attiré ces gens si loin des villes. D'après le chef, les habitants de cette communauté se disaient proches des esprits bénéfiques. Ces derniers leur donnaient, apparemment, tout ce dont ils avaient besoin.

C'était une communauté, comme il y en avait beaucoup sur cette planète, qui vivait en semi-autarcie.

Arrivés à la verticale des lieux, l'appareil de la police effectua un grand nombre de tours autour de la clairière dans laquelle était bâti le village. Les policiers scannèrent les environs en vue de détecter une éventuelle présence malveillante. Dreck fit de même avec ses propres appareils reliés à son vaisseau de la capitale par les petits satellites. Rien de particulier, sauf peut-être quelques vagues détections de choses inclassables pour le moment. Mais il y avait bien plus étrange, car malgré le survol répétitif du village, personne ne semblait se manifester au sol. L'appareil se posa donc rapidement, n'ayant pas détecté de menace immédiate. Groupés deux par deux, les policiers entreprirent de fouiller le village d'une trentaine de masures que les habitants avaient, semblait-il, désertées. Dreck et le chef Nagoura commençaient vraiment à se demander où étaient passés les habitants, quand un groupe de policiers les appela car ils avaient trouvé quelqu'un.

Accourus rapidement, Dreck et le chef Nagoura se retrouvèrent devant un individu dont le comportement était des plus étranges. Il était assis par terre, le dos appuyé sur l'escalier de sa demeure, les yeux grands ouverts et le visage décomposé par une souffrance indicible. L'homme ne criait pas, ne bougeait pratiquement pas et semblait souffrir terriblement.

Du moins, c'était ce que son corps disait, car ses yeux, eux, semblaient voir quelque chose de magnifique. Quelque chose, mais pas les gens qui l'entouraient. Il était vivant mais ailleurs. Dreck passa sa main devant ses yeux sans provoquer la moindre réaction. Il passa alors son détecteur neuronal devant son visage, et la lecture des résultats le fit sursauter.

« Mon Dieu, s'exclama-t-il, cet homme est pratiquement mort !

– Quoi ? répliqua le chef.

– C'est un miracle qu'il soit toujours capable d'exprimer quelque chose sur son visage. D'après ma lecture, le cerveau de cet homme est détruit à 80 %.

– Voyons, colonel, c'est impossible. Il devrait être mort. Quel est ce prodige ? »

Mais Dreck avait sa petite idée. De par son métier, il avait bourlingué dans pas mal de mondes et vu beaucoup de choses… mais il devait absolument s'assurer d'abord de la véracité de sa déduction avant de la communiquer aux autres car cela était vraiment terrible. Il se pencha donc sur le mourant et lui introduisit dans le nez un petit instrument vissé à son détecteur. Celui-ci préleva quelques gouttes de morve, radiographia les molécules et expédia l'image, via satellite, au Nem… Deux minutes plus tard, la réponse s'afficha sur le terminal de Dreck.

Les mots « tribu païka » s'inscrivirent sur l'écran !

Dreck pâlit, ce qui n'échappa pas au chef.

« Pour l'amour du Grand Architecte, que se passe-t-il ?

– Il se passe que quelque chose qui ne devrait pas être ici, est ici !

– Mais encore ?

– Une tribu païka, c'est-à-dire une forme de vie étrangère à ce monde, est bien ici pour le moment ! Une tribu païka, c'est une des formes de vie les plus bizarres de l'univers. Il s'agit d'un être multiple ou plutôt d'une colonie d'êtres dont chaque individu a la taille et la forme d'un insecte, à quatre pattes cependant. Comme des termites volants à quatre pattes !

D'une manière ou d'une autre, chaque individu est relié aux autres par une sorte de télépathie qui fait que chacun est un peu comme une cellule d'un organisme plus grand. Il est indéniable que ce groupe fait preuve d'une certaine intelligence, et c'est pour cela que nous les appelons tribu plutôt qu'essaim ! Pour survivre, les tribus païkas doivent consommer de petites quantités d'une forme particulière de cellules d'animaux supérieurs que nous appelons cellules nerveuses. Les tribus païkas ne sont pas regardantes sur l'espèce, mais il faut absolument que ce soit des cellules nerveuses. Quand elles se reproduisent, c'est encore pire, leurs besoins augmentent et alors, elles recherchent des espèces plus évoluées et plus grandes avec de plus grandes quantités de cellules nerveuses disponibles. Elles apprécient particulièrement les cellules nerveuses humaines. Mais elles ont un problème : elles doivent maintenir en vie leur hôte le plus longtemps possible car les cellules nerveuses se dégradent extrêmement rapidement après la mort. Alors, pour ce faire pendant que leurs larves dévorent le cerveau investi, comme elles sont télépathes, elles lui font revoir les plus belles parties de sa vie. Le pauvre type meurt donc dans des souffrances inimaginables qui le font pourtant sourire de bonheur !

– Mais c'est atroce !

– Oui, c'est atroce, mais le pire, c'est que nous allons avoir à brûler ce pauvre type et les autres que nous trouverons probablement dans le village, avant même de les tuer.

– Mais il n'en est pas question, nous allons l'amener directement à l'hôpital.

– Si vous le touchez, toute la tribu païka, qui est maintenant concentrée sur l'imagerie mentale de son hôte, saura que nous sommes là et sortira le plus rapidement possible, c'est-à-dire en quelques secondes, pour s'attaquer à nous. Nous ne sommes absolument pas équipés pour faire face à cette horreur, et votre homme est déjà pratiquement mort de toute façon. Je vous en conjure, faites ce que je vous dis, nous sommes tous en danger », termina Dreck, implorant.

Alors, la mort dans l'âme, les policiers arrosèrent le malheureux d'un liquide inflammable et l'allumèrent rapidement. Le feu à peine pris, un policier abrégea ses souffrances d'une balle dans la tête. Mais Dreck eut le temps de voir des sortes de larves immondes sortir par les yeux et le nez de l'homme avant d'être grillées par les flammes. Le chef les vit aussi et ordonna aussitôt de fouiller le village pour trouver d'autres éventuelles victimes. Au bout d'une demi-heure, quatre hommes, trois femmes et suprême horreur, cinq enfants, subirent le même sort.

Dreck, le chef et les autres policiers étaient profondément secoués par ce qu'il venait de se passer dans ce village.

Mais comme le dit Nagoura, cela n'expliquait pas où étaient passés les autres habitants.

Voilà ! Toute la question était là ! Voulant en avoir le cœur net, Dreck fit effectuer par ses satellites une recherche intensive. Quelques minutes plus tard, Nem le contacta.

« Colonel, au sud de votre position, je pense avoir repéré des cadavres.

– Dans la forêt ?

– Non, il y a une clairière un peu après la forêt. Celle-ci n'est pas trop dense, et vous devriez être capables de la traverser pour gagner la clairière sans coup férir. Cependant, il semble y avoir des mouvements bizarres à l'intérieur. Je vous recommande donc d'être prêts à toute éventualité.

– Mais à qui parlez-vous ? demanda le chef.

– À mon vaisseau, il me signale la présence possible de cadavres au sud. Je pense que nous devrions y aller.

– Bien sûr, j'avertis mes hommes.

– Mon vaisseau a cependant semblé détecter quelque chose d'anormal dans la forêt et recommande fortement d'être prêt à tout.

– Après ce qu'il vient de se passer, je ne prendrai aucun risque ! » Puis, se retournant vers ses hommes et mettant les mains autour de sa bouche pour faire porte-voix, le chef cria : « Attention à tous ! Il se pourrait qu'il y ait du danger en avant. Sortez vos armes et désengagez les crans de sûreté. Nous allons passer devant avec le colonel, et vous surveillerez les côtés.

Nous marcherons en file, deux par deux ! Exécution ! » ordonna-t-il.

Alors, Nagoura et Dreck prirent la tête de leur petit groupe et se dirigèrent vers la forêt. Une bien étrange forêt, en vérité. Les arbres, très grands, avaient des feuilles étroites et longues de plusieurs mètres qui les faisaient ressembler à des saules pleureurs. Mais ces feuilles avaient les mêmes caractéristiques que les aiguilles de pin et couvraient le sol d'une sorte de paillis qui facilitait la progression en forêt. L'odeur n'était pas celle des pins, car aucune des aiguilles ou feuilles n'avait de résine. Malgré cela, quelque chose d'inquiétant se dégageait de cette forêt ! Dreck croyait être le seul à le ressentir mais c'était inexact, car le chef se sentit obligé de dire :

« Voyons, messieurs, nous sommes chez nous, et vous savez que nos forêts n'ont jamais contenu aucun animal vraiment dangereux pour nous. Ouvrez l'œil, cependant », ne put-il s'empêcher d'ajouter.

Ils étaient à peine entrés dans la forêt qu'un hurlement suraigu leur glaça le sang ! Celui-ci fut immédiatement suivi par des hurlements similaires tout autour d'eux. Les hommes eurent juste le temps de relever leurs armes que quelques dizaines d'animaux étranges se jetèrent sur eux de partout à la fois, même depuis le sommet des arbres. Dreck n'eut que le temps d'entrevoir une espèce de lézard ailé de deux mètres de long, à la gueule bardée de dents incroyablement longues, avant que le système Baïkal de son casque le fasse littéralement exploser, arrosant du même coup le petit groupe de débris d'organes et de sang poisseux. Mais personne n'en avait cure, car d'autres animaux se précipitaient sur eux au même moment. Les hommes de Nagoura ouvrirent un feu d'enfer. Dreck avait dégainé ses deux pistolets et tout comme Nagoura, arrosait la forêt d'un tir nourri. Malgré cela, des hurlements dans leur dos indiquaient que certains policiers avaient été atteints par les monstres. D'un saut brusque, Dreck se retourna pour voir une bête effrayante labourer la poitrine d'un malheureux policier avec ses deux puissantes pattes arrière surdimensionnées.

Dreck tua rapidement l'animal et abattit deux autres attaquants avant de laisser tomber ses deux pistolets pour s'emparer du puissant fusil d'assaut qu'il portait dans le dos. Aussitôt en sa possession, il mitrailla littéralement la forêt autour du petit groupe, ce qui neutralisa l'attaque des monstres ! Mais Dreck le savait, ce n'était qu'un répit ! La férocité de l'assaut était hors du commun et ces animaux, contrairement à la normale, n'avaient pas semblé impressionnés par les armes des hommes. Dreck se retourna et fut sidéré par la scène effroyable qu'il avait devant lui. Quatre hommes avaient le corps déchiqueté par les griffes des monstres, et plusieurs autres portaient de vilaines blessures. Pas moins de vingt et un corps de monstres gisaient autour et entre eux. Des bêtes de près de deux mètres de long, habillées d'une robe couleur nuit, avec des pattes arrière incroyablement grandes dotées d'une musculature puissante, qui les faisaient ressembler à des sauterelles ! À l'avant, elles étaient petites, comme atrophiées, mais armées, elles aussi, de griffes acérées ! Des ailes d'une envergure aussi grande que leur corps leur permettaient de voler, ou du moins de planer sur une distance très importante ! Et pour finir ce portait cauchemardesque, une gueule fendue comme celle des lézards, mais dotée de dents tellement pointues qu'elles ressemblaient à des poignards… ce qui les rendait encore plus effrayantes !

« Des machines à tuer ! » pensa Dreck.

Les hommes eurent à peine le temps de se regrouper et de recharger leurs armes que les cris reprenaient et, chose encore plus inquiétante, il semblait que les bêtes communiquaient entre elles.

« Nous sommes foutus ! » pensa Dreck, quand brusquement, il eut une idée. Saisissant son émetteur, il appela le Nem et lui demanda en criant :

« NEM, FAIS UN ZOOM SUR NOUS À LA VERTICALE ET

REPÈRE IMMÉDIATEMENT UNE CONCENTRATION INHABITUELLE

DE N'IMPORTE QUOI PRÈS DE NOUS!

– Je repère quelque chose de presque indécelable, à quatre heures par rapport à votre position actuelle. »

Dreck se sentit glacé… Les bêtes arrivaient d'une position complètement différente de ce qu'il croyait ! Les cris semblaient venir de devant… Peu importait : il choisit de faire confiance au vaisseau et déchargea les cinq grenades de son fusil d'assaut dans la direction indiquée. Il y eut une série de puissantes explosions qui firent même tomber des arbres… puis un concert de glapissements et de cris et un grand bruit de galopade, mais… dans le sens opposé de leur groupe. Dreck devina qu'il avait frappé le mâle alpha du groupe et qu'à présent, ils auraient la paix. Rapidement, le Nem confirma la fuite des animaux. Dreck se sentit alors soulagé et regarda de plus près les cadavres des étranges animaux pour leur donner un nom mais, malgré tous ses efforts, il ne parvint vraiment pas en trouver un, ce qui l'intrigua fort. Il envoya au Nem la photo de l'un d'eux et fut fort étonné de ne pas recevoir de rapport immédiatement. Se retournant vers le chef qui semblait indemne quoique choqué, il lui demanda s'il connaissait ces animaux.

« Non, jamais vu une telle engeance », fut la réponse.

À ce moment, le Nem contacta le colonel qui mit son appareil sur hautparleur pour que tous puissent entendre :

« J'ai eu de la difficulté à les identifier, car ces animaux sont d'origine extra-impériale. Mais j'ai pu communiquer avec Oulan Bator, et voici ce que nous savons d'eux. On les appelle saurosaures. Ils ont été découverts sur une planète située hors des frontières de l'Empire et appelée Aménophis IV. Ce sont des animaux vivant en bandes extrêmement hiérarchisées et qui sont d'une férocité inouïe. Ils ne tolèrent aucun autre prédateur sur ce qu'ils considèrent être leur territoire. Ils sont organisés en clans et, selon certains colons, auraient une forme primitive de langage. Le mâle dominant régularise même le nombre de petits dans son groupe pour éviter la surpopulation, en les dévorant! Ils pratiqueraient également une sorte d'élevage de certains herbivores. Ce sont des prédateurs intelligents qui n'ont pas peur de la mort ou des blessures et qui pratiqueraient des combats rituels mortels dans certaines circonstances non éclaircies. Ils ne lâchent jamais, sauf quand le dominant et ses deux adjoints sont tués. Alors, le clan met fin au combat et s'isole pour se choisir un nouveau triumvirat. Même avec des moyens techniques supérieurs, il ne fut jamais possible de coloniser Aménophis IV et ce, malgré un potentiel très important. Les incessantes tueries de colons par les saurosaures forcèrent l'abandon de la planète. Le saurosaure est l'animal, si toutefois c'est vraiment un animal, le plus féroce jamais rencontré par l'homme. En plus, il est capable de voir la nuit et même, par un moyen inconnu, de contrôler sa température à la surface de sa peau pour égaler la température ambiante… ce qui rend inutiles tous les détecteurs de chaleur!!!

Pour le moment, il ne semble plus y avoir de danger. Votre intuition, colonel, vous a sauvé ainsi que votre groupe!

– Pour combien de temps ?

– Probablement quelques jours, le temps qu'ils se réorganisent !

– Mais comment…, commença le chef, laissant sa phrase inachevée.

– Nous sommes ici pour le découvrir, et je suggère que deux de vos hommes retournent au village avec vos compagnons morts et appellent les secours. Pendant ce temps, et je comprends à quel point la situation est dure, nous devons absolument continuer vers la clairière signalée par mon vaisseau… Je crains le pire pour les habitants du village… Peut-être pourrons-nous encore faire quelque chose… et n'ayez pas peur, je ne crois pas que quelque chose de plus terrifiant que ce que nous venons de vivre puisse encore nous arriver ! » conclut le colonel.

Il avait tort !

Le petit groupe quitta finalement la forêt sans autre mauvaise rencontre.

Alors qu'ils commençaient à se détendre, une odeur de charnier épouvantable les atteignit.

Dreck, en tant que soldat, ne la connaissait que trop bien. C'était celle qui était toujours là… après… celle qu'il trouvait de plus en plus sur son chemin depuis le début de son enquête… l'odeur de la mort ! Mais jamais durant toute sa vie de soldat de l'Empereur, il ne l'avait sentie aussi forte.

« Mon Dieu, se dit-il, quelle tuerie allons-nous encore trouver ? »

L'odeur était si puissante qu'ils durent se couvrir le visage avec leurs mouchoirs ! Mais ils savaient qu'ils n'avaient plus le choix et qu'ils devaient se rendre à sa source.

Ils s'attendaient au pire et s'armèrent de courage pour affronter l'inévitable scène d'horreur à venir ! Ils s'étaient préparés à tout, sauf à ça !… Et ils plongèrent dans une horreur telle que les événements précédents leur parurent anodins !

Les habitants du village étaient bien tous là, au centre de la clairière, protégés des animaux sauvages par un petit champ de force. Les hommes, les femmes, les enfants, et même les bébés… Ils étaient tous là pour célébrer la plus vile, la plus horrible, la plus infâme des cérémonies païennes qui puissent exister. Dreck comprit à ce moment-là que sa vie de soldat froid, faisant un travail professionnel au service de son Empereur, essayant d'éviter au maximum la perte de vie, venait de s'achever. Désormais, il aurait la haine comme compagne pour le reste de sa vie! Maintenant, il savait pourquoi il était soldat! Maintenant, il avait un ennemi, et c'était devenu personnel!

Plusieurs des hommes de Nagoura étaient tombés à genoux et priaient…

Quant à Nagoura, il était comme hébété et répétait sans cesse:

« Non, ce n'est pas possible, quel genre de bête malfaisante peut faire ça?...Ce n'est pas possible. Pas humain. Pas compréhensible... pas... pas humain! »

Et c'était le moins que l'on pût dire ! Ils avaient même poussé le macabre jusqu'à obliger les habitants à porter leurs plus beaux atours...comme cette magnifique robe de cuir aux couleurs chatoyantes de cette femme, ou encore les habits de cérémonie de celui qui semblait être le prêtre du village... ou cette magnifique petite robe que portait une enfant de cinq ans au plus ! Les villageois étaient en cercle, les hommes à l'extérieur, les femmes au milieu et les enfants, suprême horreur, dans le cercle intérieur. Tous étaient assis sagement, leurs corps supportés par une sorte de tuteur, les bras tendus en signe d'offrande vers le milieu du cercle... Et dans leurs mains solidement attachées, il y avait... leur tête... comme s'ils demandaient aux quatre êtres du centre de les offrir aux dieux barbares !

Quatre êtres... le chef du village et sa femme... les deux plus vieux du village, dos à dos, leur tête brandie à bout de bras vers le ciel... comme pour diriger une dernière fois les villageois dans l'ultime offrande de leur vie au dieu barbare de leur assassin. Et à leurs pieds était inscrit :

« À MOLOCH... MOLOCH, accepte notre sacrifice pour ta plus grande gloire ! »

CHAPITRE 13 – DIABLE, VOUS AVEZ DIT DIABLE !

Étoiles, étoiles, vous qui vivez depuis si longtemps, vous qui avez tout vu... la vie... la mort...

– Il était une fois...

Parlez-moi de ce peuple magnifique qui bondissait d'étoile en étoile, assoiffé d'exploration et d'aventures...

– Des Archanges libres qui ne connaissaient ni dieu ni diable...Dites-moi ce qui leur arriva, pourquoi leur destin fut si funeste...

– Ils aimaient la vie et chérissaient leur liberté plus que tout...Étoiles, étoiles, dites-moi s'ils étaient humains...

– Humains, ils l'étaient assurément, mais ils ne reconnaissaient aucun maître, fût-il empereur...

Mais quelles furent leurs fautes... ?

– Ils étaient contrebandiers, voleurs, magiciens, saltimbanques, mais leur faute, leur grande faute, c'était leur trop grande soif de liberté...

Parlez-moi d'eux...

– Ils savaient utiliser à merveille mes sœurs, les étoiles... et allaient toujours plus loin dans la galaxie...

Mais leurs péchés étaient... véniels, au contraire, ils ramenaient de leurs voyages des connaissances, des informations et des histoires de mondes extraordinaires...

– Malheureusement, ils étaient humains... si faibles, si fragiles... le Petit Translocateur faisait des ravages dans leurs rangs...

Mais, étoiles, étoiles, mes amies, les humains peuvent contenir la maladie... L'Empereur donne à ses peuples les médications nécessaires...

– Mais ils étaient libres et ne reconnaissaient pas l'autorité de l'Empereur...!

Mon Dieu, mon Dieu, non... !

– Hélas ! si ! Michaël, leur chef, porta le corps de son épouse Myriadel, morte de mutation létale, à l'Empereur, implorant sa pitié pour ses gens...

Mais cet Empereur voulait en finir avec un peuple qui défiait son autorité.

Alors, alors qu'arriva-t-il ?

– L'Empereur fit exécuter Michaël... et refusa de prêter assistance au peuple des Archanges...

QUE SON SANG RETOMBE SUR LUI ET SES DESCENDANTS!

Qu'arriva-t-il à ces pauvres gens ?

– Le désespoir leur fit perdre la raison... Ils se lancèrent dans une grande quête... encore plus profondément dans l'espace... à la recherche de la cure, de la grande cure, celle qui devait effacer le péché originel...

La trouvèrent-ils ?

– Humain, humain si petit, comprends donc qu'autour de nous, de multiples planètes gravitent... Certaines portent de magnifiques papillons... ou de féroces prédateurs, mais d'autres...

D'autres ?

– Alors petit, d'autres planètes abritent aussi parfois des puissances beaucoup plus sombres... et les Archanges cherchaient... cherchaient tellement que de mauvaises rencontres étaient inévitables...

Étoiles, étoiles, mes amies, dites...

– Ils découvrirent les puissances de la nuit, mais celles-ci ne voulaient pas être dévoilées...

Mon Dieu, pauvres Archanges... que leur arriva-t-il ?

– Le prince des ténèbres les prit sous sa coupe... Il leur promit de les soigner... de les guérir... s'ils lui prêtaient allégeance... allégeance contre leurs frères humains si cruels... ou la mort en cas de refus ! Mais ils étaient fiers, et je suis sûr qu'ils refusèrent cette forfaiture !

– Hélas ! petit être, ils auraient dû refuser car parfois, la mort est plus douce que certaines choses... Malheureusement, c'étaient des Archanges aux ailes brisées... par la cruauté de l'Empereur et l'indifférence de leurs frères humains, par la maladie insidieuse qui leur enlevait les êtres chers... une mère... un enfant... la femme aimée... !

Mon Dieu, que firent-ils ?

– Ils signèrent un pacte d'allégeance avec le prince des ténèbres... Ils vendirent leurs âmes contre un petit morceau de code génétique.

Un pacte, quel pacte ?

– Le pacte d'indignité !

Texte inscrit en lettres d'acier sur le mont du Destin, planète Del,rapporté par le professeur Grand, archéologue impérial en chef.

Note spéciale : l'identité du peuple des Archanges n'a pas pu être déterminée, pas plus que le nom de l'empereur mentionné. Le texte est trèsancien et date probablement du temps de la fondation de l'Empire.

L'auteur en est inconnu.

Pierre pressa la gâchette, et le Python 357 Magnum aboya dans la nuit de la Guyane.

Mais le tueur avait pressenti quelque chose et avait bougé la tête vers lui juste au moment où Pierre tirait. Aussi, la balle, au lieu de lui trouer la tête, lui arracha la mâchoire, transformant ainsi son visage en un masque hideux, préfigurant sans doute son âme ! Hébété par le choc et la douleur, celui-ci se redressa et, voyant le pistolet de Pierre, eut juste le temps de lui lancer un regard suppliant.

« Salue le diable pour moi », lui cria Pierre, en lui tirant une balle en pleine tête cette fois.

Mais bien sûr, des détonations de 357 Magnum, cela ne passait pas inaperçu ! Aussi Pierre ne demanda pas son reste et courut immédiatement se mettre à l'abri, non sans ramasser les lunettes de vision nocturne que le premier coup de feu avait arrachées de la tête de l'assaillant, ainsi que son fusil AK 47 et quelques chargeurs de rechange. Il jeta aussi un coup d'œil rapide à son ami Jack, pour constater que celui-ci avait malheureusement rendu l'âme. Mais Pierre savait aussi que ce n'était pas le moment de s'apitoyer sur le sort de son ami et courut au poste de garde suivant. Dieu merci, il échappa à un tir nourri en provenance de la jungle, de l'autre côté de la piste. Les gardiens répondirent un peu au hasard. Il en trouva trois fortement armés, nullement apeurés et prêts à défendre chèrement leur peau. Jugeant rapidement de la qualité de ces hommes, il se rendit compte que ceux-ci étaient suffisamment courageux et particulièrement enragés, en apprenant la mort de leur chef, pour qu'ils puissent tenter un coup. « O.-K., dit Pierre, deux hommes bien armés avec moi, deux autres qui nous couvrent, et le troisième qui se charge d'avertir le reste des gardes de l'origine de l'attaque ! »

Aussitôt dit, aussitôt fait. Pierre et ses hommes foncèrent vers la jungle à l'opposé des tirs, avec la ferme intention de prendre l'ennemi à revers.

« Merde! J'en ai marre de ces conneries », pensa Pierre.

Bien sûr, il n'avait pas été mercenaire ni pilote pendant si longtemps sans apprendre quelques trucs, notamment à se déplacer rapidement, silencieusement tout en se repérant au tir de ses adversaires. Il allait leur jouer un tour à sa manière !

En quelques minutes, ils avaient contourné la base et tombèrent sur leurs adversaires par l'arrière, ce à quoi, bien sûr, ces derniers ne s'attendaient pas ! Parmi le groupe d'attaquants, il repéra deux hommes en tenue de vol.

« Sacré bon Dieu ! pensa-t-il, des pilotes. »

Aucun doute sur leurs intentions !

Mais ces pilotes ne se contentaient pas d'être là, ils faisaient aussi le coup de feu. Pierre n'eut donc aucun remords à les arroser d'une rafale de son AK 47, tuant l'un d'eux, mais malheureusement ratant l'autre ! Pierre et ses hommes étaient courageux mais peu nombreux, ce qui n'était pas le cas des assaillants qui, en plus, étaient des combattants aguerris. Bientôt, les tirs devinrent trop intenses, et Pierre appela à la retraite en voyant un de ses hommes tomber la poitrine déchiquetée par une rafale… Ce fut une course éperdue dans la jungle… mais les poursuivants étaient trop sûrs d'eux, et Pierre cinglé ! Ainsi, laissant son dernier homme regagner la base, il fit un demi-tour sur lui-même pour se jeter littéralement sur les agresseurs et en envoyer trois de plus au tapis. Malheureusement, il n'était pas au cinéma et s'accrochant les pieds dans une racine affleurant le sol, il s'étala de tout son long ! Comble de malheur, il avait lâché son fusilmitrailleur ! Deux autres poursuivants surgirent alors et, le voyant à terre, prirent leur temps pour le viser en rigolant. C'était une très grave erreur, car le 357 Magnum de Pierre fut plus rapide et le sauva une fois de plus !

Comme il avait réellement besoin de gagner du temps, il retourna un des corps et dégoupilla trois de leurs grenades qu'il glissa sous ce dernier, puis il prit la poudre d'escampette ! Quelques secondes plus tard, trois explosions sèches suivies de hurlements lui indiquaient que son piège avait fonctionné, une poignée de secondes qui lui permit de regagner rapidement la base. Il savait maintenant que la partie était perdue. Les attaquants étaient des professionnels beaucoup plus nombreux qu'eux. Quelqu'un avait mis le paquet pour leur voler l'avion ! Quel dommage qu'il n'ait réussi à coucher qu'un seul des deux pilotes !

Quant à la situation sur la base, elle n'était pas terrible. Trois autres gardes avaient été tués, et il était clair que tout cela allait finir par un massacre, le leur en l'occurrence ! Pierre donna alors clairement des instructions aux hommes survivants pour qu'ils gagnent rapidement la jungle et essayent, par tous les moyens, d'atteindre le village situé à près d'une heure de marche pour chercher des secours. Pierre, quant à lui, allait récupérer le professeur et IQ pour les amener, eux aussi, sous la protection du couvert végétal. Il courut donc rapidement du poste de garde vers le bâtiment les abritant, mais alors qu'il était à quelques mètres de la porte, il chuta pour la seconde fois en tentant de se retourner vers deux ombres qu'il venait d'entrevoir. Le voyant tomber, les deux ombres en question perdirent le sens du danger et se précipitèrent vers lui dans l'intention évidente de le mitrailler. En faisant cela, cependant, elles s'étaient mises elles-mêmes à découvert, ce qu'elles ne tardèrent pas à découvrir quand IQ armée d'un pistolet-mitrailleur Uzi leur lâcha une rafale en pleine poitrine. Pierre se releva rapidement, étonné d'être toujours en vie, et après avoir ramassé le AK 47, il courut vers Michelle.

« Merci, s'écria-t-il, en fermant rapidement la porte à double tour. Michelle, appelez le professeur et venez, il faut absolument quitter la base le plus rapidement possible !

– Non, monsieur Sheine, nous ne pouvons pas abandonner mon avion, s'écria le professeur surgissant de l'ombre, lui aussi armé d'un pistoletmitrailleur Uzi.

– Professeur, professeur, il ne s'agit plus de penser à l'avion, mais plutôt à nos vies ! Croyez-moi, j'ai fréquenté ces gens, et ils sont vraiment sans pitié… en plus d'être très supérieurs en nombre !

– Monsieur Sheine, faites-moi confiance, reprit le professeur. Gagnons l'appareil, j'ai une surprise pour ces messieurs !

– Professeur, vous aussi, faites-moi confiance, tous nos hommes sont partis vers la jungle, nous sommes seuls, les autres veulent s'emparer de l'avion et ils auront vite fait de nous en déloger !

– Monsieur Sheine, vous avez affirmé que vous ne trahissiez jamais vos employeurs, eh bien, c'est le moment de le prouver !

– Fort bien, professeur, j'espère vraiment que vous savez ce que vous faites !

– Je le sais, monsieur Sheine, je le sais… Et maintenant, courons s'il vous plaît ! »

Oui, il était temps de courir car déjà, les assaillants s'attaquaient à la porte, et il n'était pas bien sorcier d'imaginer que d'autres allaient bientôt tenter d'ouvrir les énormes vantaux du hangar. Ce dernier était évidemment très grand. Mais Pierre et ses amis avaient la peur au ventre et gagnèrent l'appareil en un temps record. Pierre gagna le poste de pilotage pendant que le professeur et Michelle repoussaient l'escalier. Le professeur Vauldegarde ferma rapidement la porte et gagna lui aussi le poste de pilotage où Michelle avait allumé le réacteur nucléaire pendant que Pierre s'affairait aux commandes de l'appareil. Il y avait très peu de lumière dans le hangar, étant donné le petit nombre de fenêtres misérables situées seulement au-dessus des grandes portes. Mais brusquement, le hangar fut inondé de lumière!

Quelqu'un avait allumé les puissantes lampes au mercure. Ce fut alors que Pierre remarqua le groupe d'assaillants qui les avait suivis. « Monsieur Sheine, demanda le professeur, y a-t-il plusieurs attaquants dehors ?

– Autant que vous en voulez, professeur ! Et si vous avez réellement un moyen de défense que je ne connais pas, je vous suggère très fortement de l'utiliser maintenant, avant que nous nous retrouvions à l'état de cadavres !

– Il en sera fait selon votre désir, monsieur Sheine. À trois, fermez les yeux et couvrez-les avec votre bras, en poussant le plus fort possible et surtout, sans essayer de regarder… Michelle, faites de même, s'il vous plaît. ATTENTION, un, deux, TROIS », s'écria soudain le professeur.

Pierre se cacha les yeux comme l'avait demandé le professeur. Il n'y eut aucun bruit, mais il eut l'impression d'une forte lumière. « Vous pouvez regarder maintenant », annonça Vauldegarde.

Pierre fut stupéfait, tous les attaquants étaient couchés par terre !

« Mais qu'avez-vous fait ? questionna-t-il.

– Une décharge de lumière cohérente très brève mais extrêmement puissante, c'est l'arme dont j'ai doté l'Archéoptéryx. Cette décharge est si puissante qu'elle assomme littéralement toute personne non protégée.

– Sont-ils morts ?

– Non, seulement assommés, ils vont se réveiller dans quelques minutes et retrouveront la pleine vision, nous n'avons donc pas vraiment le temps de discourir sur l'efficacité de cette arme.

– Compris, professeur, mais il faudrait ouvrir les portes.

– Pas de problème, j'ai une télécommande ! S'il vous plaît, faites-nous sortir d'ici !

– Avec un très grand plaisir », lui répondit Pierre, soudainement beaucoup plus optimiste.

L'énergie était là, Pierre boucla sa ceinture et quelques secondes plus tard, l'énorme appareil se mit en mouvement vers les portes qui s'ouvrirent d'elles-mêmes. À peine sorti, celui-ci fut rapidement entouré de mercenaires ennemis… qui furent tous écrasés au sol encore plus rapidement par l'assommoir lumineux du professeur !

Soudain, l'Archéoptéryx s'élança sur la piste de la base. Pierre, sachant qu'il n'aurait pas la possibilité de recommencer son décollage, avait descendu la manette des gaz à fond et fut surpris par la très grande poussée des moteurs inertiels qui le plaqua contre son fauteuil.

« Bon sens ! pensa-t-il, cet appareil est drôlement plus puissant que je le croyais… Sacrée menteuse, cette Michelle ! »

Rapidement, l'Archéoptéryx atteignit cette vitesse que tous les pilotes connaissent, là où l'avion est au sol mais sans aucun poids. Pierre sortit les flaps et tira légèrement sur le palonnier. Et le miracle s'accomplit, l'incroyable machine du professeur Vauldegarde décolla !

CHAPITRE 14 – LIBRE COMME L'AIR

Majesté,

Pour faire suite à mon précédent rapport, je me dois de vous aviser de ce qui se raconte dans les marches !

Bien sûr, avant cette mission, et surtout avant ma visite aux Attironteks, je ne vous en aurais pas parlé, accordant peu de foi aux racontars !

Mais depuis, j'ai été forcé de réviser ce concept. Aussi, je pense réellement important de vous communiquer la teneur de ces rumeurs, car je les considère comme fondées.

Elles m'ont été répétées maintes et maintes fois par des sources diverses chez les peuples des marches, dont certains possèdent les talents spéciaux indispensables pour que ce genre d'information puisse être trouvé. Majesté, ce que je vais vous annoncer est épouvantable, mais je me dois de vous en communiquer la teneur. Selon beaucoup, une race HUMAINE aurait pactisé avec une race EXTRA-TERRESTRE inconnue mais néanmoins qualifiée de démoniaque.

Ce pacte, connu sous le nom de PACTE D'INDIGNITÉ, aurait été conclu d'une part en échange d'une soumission totale aux Démons, et d'autre part d'un engagement de la part de ceux-ci à corriger les déficiences génétiques de ce groupe D'HUMAINS. Apparemment, ils auraient accès au code génétique des humains D'AVANT LE GRAND PÉCHÉ! Le prix à payer en aurait été la TRAHISON DE L'HUMANITÉ!

Malheureusement, ce n'est pas la seule mauvaise nouvelle que je dois vous communiquer en provenance des marches.

Une autre race humaine aurait signé un accord avec un partenaire non identifié, probablement les Sarkaïs, dans le but de se procurer des armes et surtout des torpilles et des mines spatiales. La rumeur ne précise pas qui aurait signé cet accord ni le but de ces achats, mais nul doute que ce n'est pas pour les stocker. Attendez-vous à du grabuge dans l'Empire !

Majesté, les choses qui se passent dans les marches sont plus graves encore que ce que nous redoutions !

Pour finir, il semble que chaque fois qu'un vaisseau quitte les frontières de l'Empire pour explorer l'espace profond, il ne revient jamais… et cela, quelle que soit la direction qu'il prenne! Quand une mission de la Garde part à sa recherche, elle revient bredouille ou avec des débris indiquant une explosion ! Dans les marches, ils disent que les puissances des ténèbres ne sont pas prêtes à affronter la Garde impériale, mais ne veulent pas que l'humanité déborde de ses frontières actuelles ! Les événements de Kiowa m'amènent aussi à enquêter en profondeur sur l'origine des saurosaures et des tribus païkas. Je vais donc me diriger vers leurs planètes d'origine qui se trouvent en dehors des frontières de l'Empire. Alors, au cas où j'aurais des ennuis là-bas, je tenais à vous mettre en garde car ce qu'il se passe actuellement semble indiquer que l'humanité est l'objet d'une attaque par une force qu'il m'est actuellement impossible d'identifier... Je n'ai cependant aucun doute sur la réalité de la menace !

Votre serviteur,

Dreck Reivax

L'aube pointait son nez quand l'Archéoptéryx décolla de la base, pas si secrète que cela, de Guyane. Pierre imprima un grand tour à l'appareil et survola le fleuve Oronoque, puis mit le cap plein nord en direction de Georgetown, la capitale de la Guyane.

« Pierre, dit le professeur, quel cap avez-vous pris ?

– Plein nord, professeur, lui répondit celui-ci.

– Non, Pierre, ce n'est pas la direction que je veux prendre. Veuillez, s'il vous plaît, faire un virage à 180 degrés et vous diriger plein sud vers le Brésil.

– Professeur, je recommande fortement que nous gagnions Georgetown, où nous pourrons demander l'aide du gouvernement.

– Non, Pierre, je ne désire pas aller à Georgetown, car je me méfie de ce qui pourrait nous y arriver. Je ne sais pas qui nous a attaqués, mais c'est certainement une puissance importante, et celle-ci pourrait dès lors influencer le gouvernement guyanais par des mensonges et intriguerait pour faire saisir l'avion. Non, je veux gagner notre base du Pacifique où nous étions censés, de toute façon, compléter certains essais plus tard. Je contacterai mes employeurs en vol pour que ceux-ci préparent la base.

– Professeur, lui répondit Pierre, je me dois de vous rappeler que cet appareil n'a pas d'immatriculation et ne porte donc aucun signe distinctif. De plus, aucune demande de survol du territoire n'a été déposée au Brésil. Si nous traversons la frontière de cette manière, les Brésiliens considéreront qu'il s'agit d'un viol de leur espace aérien, et nous aurons la chasse aux fesses !

– Vous êtes habitué à ce genre de chose, non ? intervint IQ.

– Les moyens techniques dont disposent les Brésiliens sont de loin supérieurs pour nous détecter à ceux dont disposaient, à l'époque, les sandinistes !

– Encore des excuses pour changer ! Au cas où vous ne l'auriez pas compris, on en veut à notre peau !

– Oh ! merci pour la précision, je n'avais pas remarqué !

– Ça suffit, vous deux, intervint le professeur. Ce que je vous demande, Pierre, c'est d'utiliser vos connaissances du vol furtif pour traverser la frontière et gagner le plus rapidement possible le Pacifique. Rappelez-vous que nous n'avons aucun besoin de carburant, donc vous pouvez vous permettre toutes les manœuvres que vous jugerez nécessaires… De plus, il est bien connu que des dizaines de petits avions transportant de la drogue survolent sans autorisation le territoire brésilien tous les jours.

– Cela, professeur, c'était avant le Sivam, avec ses vingt-cinq radars, ses quatre-vingt-sept satellites, ses deux cents plates-formes de réception et ses huit avions spécifiquement conçus pour le Sivam, fabriqués au Brésil, hypersophistiqués et plus pointus que les meilleurs avions espions américains… sans compter aussi bien sûr, les Northrop F-5 et les Mirages III de la Força Aérea Brasileira… qui ont justement une base aérienne à Manaus, ville qui est incidemment pratiquement sur notre ligne de vol vers le Pacifique ! Et pour finir, j'ajouterai que l'Archéoptéryx n'est pas une hirondelle et que les manœuvres d'évitement avec un appareil de la grosseur d'un 747 sont non seulement risquées, mais aussi très difficiles !

– Monsieur Sheine, ce que je suis en train de vous dire, c'est que si nous gagnons la capitale, nous perdrons l'avion ! Et je vous dis ça en connaissance de cause, croyez-moi. Depuis quelque temps déjà, TOUTES les grandes puissances se sont livrées à des pressions de plus en plus fortes sur notre groupe pour que nous passions sous leur "protection". J'étais conscient du danger de continuer à être indépendant, mais je ne m'imaginais vraiment pas qu'une de ces nations, tellement vertueuses et "démocratiques" soit dit en passant, irait jusqu'à une telle violence ! Donc, ou nous réussissons à passer les pays sud-américains jusqu'au Pacifique, ou nous perdons l'avion, conclut le professeur.

– Fort bien, professeur, mais que faisons-nous si nous sommes interceptés par la chasse brésilienne ? Parce que dans le cas où vous ne le sauriez pas, avec un bahut comme celui-ci, je tiendrai en gros dix secondes en face d'un chasseur moderne et cela, malgré tous mes petits trucs!

– N'oubliez pas, encore une fois, que vous n'avez aucune restriction de carburant, alors qu'eux, si !… Et il me reste dans mon sac, monsieur Sheine, quelques tours qui devraient vous étonner ! Cependant, comme ceux-ci n'ont jamais été testés, je vous demanderai donc, heu, d'éviter dans la mesure du possible toute confrontation avec les autorités brésiliennes !

– Et merde ! » s'écria Pierre en imposant à son appareil un virage à 180 degrés.

CHAPITRE 15 – NAUFRAGE

Majesté,

Sur votre demande, j'ai convoqué le CPTSE en session spéciale.

Le cas des AFFARAS & ISSARS y a été évoqué, et le comité a évalué toutes les possibilités de solution les concernant. Il est tout à fait vrai que leur soleil, Atton, est prodigieusement bien situé et comme il est de taille plus grande que la normale dans ce secteur, c'est effectivement le propulseur idéal dans la région. Il est également vrai que des milliers de vaisseaux l'empruntent, alors que ce soleil n'est nullement la création de ce peuple. Il n'y a donc aucune raison valable pour justifier une quelconque taxe, même minime, sur les passagers ou les marchandises transitant par ce soleil. Permettez-moi de vous rappeler, Majesté, que le but des corporations interstellaires n'est pas de participer au développement économique et social des populations desservies, mais simplement d'être profitable à ses propriétaires. Si chaque peuple qui avait un problème de santé ou une économie chancelante devait nous taxer, comme se proposent de le faire les AFFARAS & ISSARS, il serait beaucoup plus difficile de conclure de bonnes affaires et, à terme, l'économie complète de l'Empire en souffrirait. Nous considérons que notre devoir est de mener à destination, en toute sécurité et à un prix abordable, une grande quantité de passagers qui, eux, concluront les affaires nécessaires à la prospérité économique de l'ensemble de l'Empire. Le fait que les AFFARAS & ISSARS soient particulièrement pauvres n'est pas de notre ressort, et il y aurait peut-être lieu de voir si ces peuples sont suffisamment travailleurs ou s'ils désirent réellement se bâtir une économie non parasitaire. Les AFFARAS & ISSARS ont cependant indiqué qu'ils désiraient exporter leur vin, de grande qualité estiment-ils. Nous serions prêts à ajouter une liaison cargo avec leur monde pour leur permettre de se livrer au commerce. Cependant, ils devront comprendre que cela pourrait entraîner des frais importants pour eux étant donné que ce n'est pas notre rôle d'assumer des risques commerciaux.

Cela sera la seule concession que nous serions prêts à faire, car mes confrères et moi-même en sommes arrivés à la conclusion que si nous étions forcés de payer une quelconque taxe à ce peuple, nous préférerions passer par d'autres étoiles, même si cela représentait pour nous une charge supplémentaire plus importante que ladite taxe. Comprenez-nous bien, Majesté, si par hasard nous devions accepter cette charge pour ce peuple, en un rien de temps tout le monde nous demandera des faveurs supplémentaires « pour le bien du peuple », et nous nous retrouverons rapidement dans une situation financière sinon précaire, du moins peu favorable.

Santos Dumont-Villier

Président, groupe Fédération interstellaire impériale

Directeur, Comité permanent du transport spatial de l'Empire (CPTSE)

Il était beau, magnifique, étincelant sous les rayons de Gouroume, soleil anémique de la planète Britarque.

Le Lousitania, dernier-né de la flotte de la Fédération interstellaire impériale, était le plus grand, le plus cher, le plus luxueux des paquebots interstellaires de Santos Dumont-Villier. 472 mètres de long, 96 de large et 77 de haut, il avait dix-sept ponts, quatre piscines dont une olympique, et deux cents membres d'équipage. Il était capable de transporter mille trois cent quarante-six passagers dans un luxe inouï. C'était son voyage inaugural et pour souligner l'événement, la fille même de Santos Dumont-Villier décida de le prendre pour son voyage de noces, ce qui avait l'insigne avantage, pour Dumont-Villier, de faire une énorme publicité gratuite et pour sa fille, d'empêcher son tyran de père de s'opposer encore à son mariage... !

Le lancement officiel du navire eut lieu en orbite sur la station spatiale hôtel de la compagnie, et donna lieu à une fête grandiose à laquelle assista tout le gratin de la planète, et même l'archicomte de Camburi, régent de l'Empereur sur Britarque. Le voyage inaugural devait, outre la fille de Santos Dumont-Villier et son mal-aimé de gendre, emmener de nombreuses personnalités et des journalistes sur Oulan Bator via Atton. La première partie du voyage se passa sans histoires, mais alors que le vaisseau arrivait au large d'Atton, il heurta une mine spatiale de faible puissance et ce, juste au moment où il s'apprêtait à s'élancer vers la prochaine étoile. La mine atteignit le navire sur la pointe avant, en plein dans l'axe de l'énorme appareil. En principe, les AFFARAS avaient calibré la mine pour ne provoquer que des dégâts mineurs à l'avant du navire... et surtout pour s'offrir une énorme publicité... !

Ils avaient eu tort de faire cela... !

Malheureusement, la mine toucha un point faible du navire, une erreur de conception que l'on s'efforça, bien sûr, de cacher par la suite et qui eut pour conséquence d'ouvrir le vaisseau sur toute sa longueur et de projeter dans l'espace la majorité des passagers... sans combinaison spatiale ! Ce jour-là, mille deux cent vingt-trois passagers et cent cinquante-huit membres d'équipage périrent dans d'atroces souffrances. Comble de malheur, la fille de Santos et son mari faisaient l'amour à ce moment-là : ils furent précipités dans l'espace, nus comme des vers.

Comme un malheur n'arrive jamais seul, parmi les survivants se trouvait, dans une des rares parties du navire qui ne s'était pas ouverte, un journaliste qui, voyant flotter dans l'espace le corps nu horriblement mutilé de la fille de Santos, la photographia abondamment.

Santos, en plus de la perte de sa fille qui l'attristait abondamment et de celle de son gendre dont il se moquait éperdument, dut supporter la photo de sa fille nue et défigurée sur tous les quotidiens et média électroniques de l'Empire.

Enragé, Santos utilisa son énorme fortune pour amplifier au maximum le drame et réclamer, ni plus ni moins, l'extermination des AFFARAS & ISSARS, peuples parasites et meurtriers d'après lui !

Quand Rotuch Rotangar, premier prince uïgure, prit la défense des AFFARAS & ISSARS pour expliquer l'extrême détresse de ceux-ci provoquée, en partie, par des requins comme Santos, ce dernier perdit la raison et chargea les Tongs, confrérie de tueurs professionnels redoutables, moyennant une énorme somme d'argent, d'assassiner le prince Rotangar, coupable à ses yeux de défendre les assassins de sa fille.

Lui aussi eut tort de de donner cet ordre !!

Les Uïgures sont très grands, très forts, très intelligents et connaissent très bien l'âme humaine ! En conséquence, les Tongs échouèrent et furent capturés et réduits en quelque chose qui ressemblait à de la purée de pois… Mais avant, malgré les différents verrous réputés inviolables sur leurs cerveaux, ils livrèrent leurs commanditaires ainsi que le nom de leurs chefs…!

Résultat : un matin, la brosse à dents de Santos lui explosa à la figure en lui cassant les dents et surtout, en lui vaporisant le cerveau !

Quant aux chefs tongs, étant donné que les Uïgures étaient depuis longtemps à leurs trousses et que cette fois-ci, ils avaient un fil conducteur, ils furent atteints les uns après les autres d'une maladie étrange qui les faisaient se lever un matin avec des douleurs atroces, provoquées par un poison très spécial, marque de commerce des Uïgures. Les douleurs augmentaient jusqu'à ce que mort s'ensuivît, généralement quelques semaines plus tard.

Personne ne protesta trop fort, car la mort des Tongs avait aussi l'avantage d'effacer bien des témoins de choses inavouables.

Quant aux défauts de fabrication du Lousitania, personne n'en parla jamais, et l'Empereur déclara la guerre aux AFFARAS & ISSARS, convaincu de pouvoir mener une campagne éclair qui renforcerait son rôle de leader indispensable au sein de l'Empire…

Simon, tout Empereur qu'il était, eut tort, lui aussi !

CHAPITRE 16 – QUAND LES CHOSES VONT MAL…

« Papa, maman, c'est moi, Zhara, votre fille bien-aimée ! Je suis de retour de mission… Non, non ! Ce n'est pas vrai ! Je suis votre fille, votre fille. Pas un clone ! Papa, papa, je me souviens quand tu me faisais sauter sur tes genoux… Maman, toi qui m'as serrée si souvent sur ton cœur… Tira, tu me reconnais, dis, tu me reconnais… Nous avons tellement joué ensemble. Ne croyez pas ce général… Papa, même si tu es toi aussi général, tu n'aurais pas dû avoir accès à cette information… Et moi non plus !

Je vous en supplie… Je vous en supplie, ne me rejetez pas… Ce n'est pas ma faute à moi, si j'ai ces souvenirs… Et ces gènes… Qui me viennent de vous, papa, maman… à travers elle ! Nooooon, je vous aime… Je vous aime… Pitié, je ne sais pas où aller, je ne sais que faire. Vous êtes ma seule famille. Si vous me rejetez, je n'ai plus rien. Je promets, je promets, Tira, que je ne dirai plus de mal de ton mari… !

S'il vous plaît… S'il vous plaît… nooooooooooooon ! »

À présent, l'Archéoptéryx se dirigeait plein sud pour traverser la frontière brésilienne, puis il vira vers le sud-ouest, ce qui fit craindre à Pierre d'être repéré par les Brésiliens. Il n'avait pas de plan clair, se disant simplement qu'il serait probablement moins dangereux de gagner le Pacifique en passant par le Pérou plutôt que par la Colombie, qui devait être infestée d'agents américains. Immédiatement, en bon pilote habitué aux intrusions non autorisées, il colla son appareil aussi près que possible du sommet des arbres de la jungle tout en gardant la vitesse relativement

élevée de 800 km/h. Bien sûr, il ne se faisait aucune illusion sur leur possibilité d'échapper à la détection des radars brésiliens ! Il s'était extrêmement bien renseigné dans le passé sur les capacités de leurs nouveaux systèmes… Ils étaient incroyablement performants et… son appareil était extrêmement imposant. Malgré tout, il dut s'avouer surpris par la relative manœuvrabilité de l'Archéoptéryx. Un peu comme ces obèses qui font montre d'une souplesse surprenante en dansant ! Pour peu, il en eût été optimiste !

« Merde, vous êtes fou ! Vous voulez vraiment nous tuer ! Les faucheurs de marguerites, c'était au début du siècle, pas maintenant… Arrêtez de faire le guignol… Remontez, bordel… ! cria Michelle.

– Je suis désolé, Michelle, si je ne fais pas cela, ils vont nous repérer trop facilement !

– Remonte, connard », hurla Michelle, hors d'elle.

L'adjectif « connard » atteignit Pierre en plein cœur.

« J'essaie de sauver ton c…, connasse », lui répondit-il, enragé.

C'en était trop, le professeur intervint !

« Ça suffit, vous deux ! Ce n'est absolument pas le moment de vous chamailler, vous réglerez vos comptes plus tard ! Michelle, FERME-LA, et vous, Pierre, faites ce que vous avez à faire, conclut le professeur, peu habitué à ce langage de charretier.

– Je vais faire ce que je peux, professeur, et accrochez-vous bien car le cirque va commencer ! »

Sur ce, il se mit à raser les arbres du Mato Crosso, espérant quand même ne pas avoir à les admirer de trop près ! La jungle, Pierre en avait plus que soupé !

Michelle prit un air renfrogné, mais se tut. Pierre effectua un vol que bien des experts auraient qualifié de très risqué, sinon de carrément suicidaire, mais il le savait, c'était cela ou une interception à coup sûr ! Il était un pilote remarquable, et l'Archéoptéryx un engin exceptionnel, ce qui fit que trente-cinq minutes plus tard, l'avion survolait le Rio Negro, bien au cœur du Brésil et ce, sans mauvaise surprise ! Toutefois, le confort des passagers en avait pris un sacré coup, et le visage de Michelle affichait une délicieuse teinte cireuse tandis que celui du professeur était livide… Mais aucun d'eux ne fit la moindre remarque, Michelle à cause du coup de gueule du professeur, et ce dernier parce qu'il pensait que Pierre ne faisait que son boulot !

Pierre, quant à lui, avait presque oublié pourquoi il était là et prenait un vrai plaisir à ce vol de casse-cou qui le ramenait loin en arrière, dans sa vie mouvementée de pilote de guerre… Et piloter à nouveau un vrai avion le submergeait de plaisir. Toutefois, la vision du Rio Negro détendit les fugitifs… Pierre restait quand même sur ses gardes, car son instinct lui disait que c'était un peu trop facile !

Se sachant maintenant au nord-ouest de Manaus et de sa redoutable base aérienne, Pierre changea légèrement de cap en inclinant un peu plus son appareil vers le sud-ouest, pour éviter de se diriger vers la Colombie. Normalement, au sol, tout n'aurait dû être que jungle, mais hélas ! le feu délibérément mis par les hommes à la recherche de terres de culture avait blessé le grand manteau vert en laissant des cicatrices de plus en plus fréquentes et de plus en plus grandes. L'écologie n'était pas vraiment le fort des passagers de l'Archéoptéryx, mais la vue d'une telle destruction ne les laissa pas indifférents.

Pierre s'était-il laissé distraire par ce spectacle désolant, ou simplement la fatigue l'avait-elle gagné ?

Pendant quelques minutes, il rasa un peu moins la jungle et… ce qui devait arriver… arriva !

« Ici, le capitaine José Isaías Vilaça des Força Aérea Brasileira, de la base aérienne de Manaus. Appareil non identifié, vous avez violé l'espace aérien brésilien. Remontez à une altitude de 5 000 pieds, virez de 90 degrés et suivez-nous », dit une voix dans un anglais fortement teinté de portugais.

L'ordre du capitaine Vilaça ramena rapidement Pierre et ses passagers à une réalité plus immédiate que les conséquences à long terme de la dévastation de l'Amazonie.

« Ici, l'Archéoptéryx, capitaine Vilaça, nous avons été attaqués dans notre base de Guyane par des inconnus, et cherchons à gagner une autre base pour notre sécurité.

– Archéoptéryx, vous êtes un appareil qui nous a été signalé comme étant volé. Veuillez nous suivre immédiatement ! »

Pierre était tout à fait conscient de la supériorité des Brésiliens. Il pouvait voir distinctement leurs trois chasseurs intercepteurs Northrop F-5 ainsi que les missiles Sidewinder aux extrémités de leurs ailes.

« Que dois-je faire, professeur ? demanda Pierre.

– Juste gagner quelques minutes, le temps pour moi et Michelle d'enclencher l'EMD !

– Le quoi ?

– Bon sang, gagnez-moi ces quelques minutes sans poser de questions, lui répondit le professeur, très nerveux.

– Juste quelques minutes, professeur, car après, si vos trucs de grand sorcier blanc ne fonctionnent pas, nous serons des cadavres !

– Ils fonctionneront, mais bon Dieu, gagnez-moi donc ces quelques minutes !!!!

– Archéoptéryx, rappela le capitaine Vilaça, si vous ne me suivez pas maintenant, j'ouvre le feu ! »

À ces paroles, Pierre n'hésita plus. Il poussa brusquement le minimanche à balai à fond sur la gauche, faisant faire un tournant extrêmement serré à l'Archéoptéryx et déroutant les Brésiliens. Mais cette manœuvre eut également pour conséquence de faire migrer le sang des passagers vers leurs jambes, et n'ayant pas de combinaison de vol, Michelle et le professeur s'évanouirent ! Pierre faillit, lui aussi, succomber au voile noir, mais son endurance et son expérience de pilote lui épargnèrent ce désagrément !

Une « espèce de malade mental » lancé par Michelle avertit Pierre du réveil de ses passagers quelques secondes plus tard. Pierre ne s'en préoccupa pas, ayant d'autres chats à fouetter.

Brusquement, il vit trois petites lueurs se déplacer à vive allure vers lui.

« Missile », cria-t-il, en effectuant un virage, cette fois à 120 degrés, ce qui fit plonger à nouveau illico le professeur et Michelle dans le cirage !

Mais les missiles des Brésiliens étaient des Sidewinder guidés par des têtes infrarouges qui recherchaient la chaleur de réacteurs… ce que ne possédait pas l'Archéoptéryx ! Les trois missiles passèrent donc très loin de celui-ci pour aller s'écraser dans la jungle. Un magnifique singe araignée passa de vie à trépas, et un araucaria prit feu alors que le dernier missile fit une entrée remarquée dans une petite rivière en contrebas.

Revenant à eux, Michelle et le professeur, talonnés par la peur, s'efforcèrent de brancher le fameux EMD.

« Grouillez-vous, merde, leur cria Pierre, ils s'alignent pour nous attaquer au canon mitrailleur !

– MAINTENANT », ordonna le professeur à Michelle qui abaissa le commutateur final.

Brusquement, l'Archéoptéryx fut entouré d'une luminosité blanchâtre comme issue d'un arc électrique.

« Pierre, abaissez à fond votre manette de gaz, lui hurla Vauldegarde.

– Attention, professeur, nous sommes déjà à 950 km/h et si j'accélère, je vais passer le mur du son et cet appareil…

– Dieu du ciel, s'écria le professeur, pourriez-vous, s'il vous plaît, faire ce que l'on vous dit sans discuter, pour une fois ! »

Pierre abaissa la manette de gaz à fond sans plus discuter, ayant soudain réalisé la grande proximité des appareils brésiliens.

CHAPITRE 17 – … ELLES IRONT ENCORE PLUS MAL!

Lieutenant Zhara Pargara,

Pour avoir démoralisé les troupes de Sa Majesté par des propos mensongers ;

Pour avoir calomnié un général de Sa Majesté et avoir semé le doute sur son intégrité ;

Pour avoir révélé un programme ultrasecret ;

Vous êtes accusée de haute trahison envers l'Empire.

Pour avoir prétendu être un clone issu d'un programme secret que nous savons tous ne pas exister, vous vous êtes vous-même séparée de votre famille et avez trahi celle-ci.

Pour toutes ces fautes, la cour vous condamne :

À dix ans de prison ferme ;

À la dégradation militaire en public ;

Et à perdre votre nom de famille de Pargara ainsi que votre prénom de Zhara, tous deux donnés par cette famille que vous avez dénigrée.

Désormais, vous porterez le prénom d'Archibaldine, prénom sélectionné au hasard par un ordinateur ainsi que le matricule attribué aux personnes sans noms patrimoniaux : SNP 123562317994634123904532Z24365rG0321.

Votre absence de ce tribunal vous rend, de plus, coupable de désertion, acte punissable par la loi militaire ainsi que celle des assignations en justice, ce qui force ce tribunal à doubler votre sentence, soit vingt ans ferme, sans possibilité de libération conditionnelle avant dix-huit ans.

Décision 12468439655547,

Tribunal militaire d'Oulan Bator ;

Décision prise en l'absence de l'accusée, pour laquelle un mandat de recherche impérial est émis, ainsi qu'une offre de récompense du niveau de celle offerte pour les criminels les plus dangereux.

Immédiatement, il se sentit écrasé dans son fauteuil alors que l'appareil bondissait littéralement vers l'avant. En un clin d'œil, il pulvérisa le mur du son et ce, sans conséquences fâcheuses. Si Pierre avait été au sol, il aurait encore été plus étonné, car il n'y eut pas ce fameux bang-bang que tout le monde associait au passage du mur du son. Mais il était dans l'avion et ne se souciait guère de ces fameux bang car, par définition, il n'aurait pas pu les entendre ! Non, ce qui le fascinait, c'était de voir l'allure avec laquelle son indicateur de vitesse montait !

« Mach 5 ! Incroyable ! 6000 km/heure… en dix minutes d'accélération ! Professeur, c'est prodigieux ! Nous avons laissé les Brésiliens en arrière comme s'ils étaient immobiles ! Mais quel est ce prodige? Ce système EMD, c'est quoi au juste ?

– Électro-magnéto-dynamisme !

– Quoi ?

– Électro-magnéto-dynamisme, répéta le professeur. Un puissant champ magnétique produit par les énormes bobines de fil de cuivre installées dans les ailes et dans le nez de l'Archéoptéryx qui vous ont tant intrigué. Le champ magnétique ionise l'air qui se charge ainsi en particules positives et négatives et devient sensible au champ magnétique nous entourant. L'énorme puissance de ce champ écarte les particules chargées et creuse littéralement un chemin devant l'Archéoptéryx ! C'est comme si notre engin fonçait dans un tunnel sans air, ouvert devant lui et refermé derrière. Plus de frottement ni de résistance, exactement comme si nous foncions dans l'espace… tout en étant dans l'atmosphère !!!

– Prodigieux ! Et bien sûr, cela explique aussi pourquoi nous avons un petit réacteur nucléaire à bord ?

– Précisément, et avantage non négligeable, la présence de ce champ magnétique et de ces particules ionisées a aussi pour conséquence de perturber les ondes électromagnétiques des radars, donc de nous rendre invisibles pour eux ! »

Tout en parlant, Pierre avait amené leur appareil à 30000 pieds d'altitude, ne ressentant plus le besoin de jouer au chat et à la souris avec les arbres du Mato Crosso ! De cette altitude, ils pouvaient déjà voir les contreforts des Andes apparaître à l'horizon, annonçant la frontière péruvienne.

L'atmosphère changea complètement dans le cockpit. Tout à coup, tout le monde se détendit, et Michelle y alla même d'un sourire… « Enfin presque ! » pensa Pierre.

Pierre ressentait aussi de plus en plus d'admiration pour le professeur.

« Décidément, cet homme est incroyable, pensait-il. C'est littéralement un génie. Concevoir un avion tellement en avance sur son temps, le faire voler à près de 6000 kilomètres dès le premier essai et ce, sans anicroche, est vraiment un exploit. Sans compter bien sûr ces merveilles technologiques qui mettent littéralement l'espace à la portée de l'homme ! »

Enfin, la journée était à peine commencée, ils avaient déjà eu de très fortes émotions et cette détente était vraiment la bienvenue. Pierre était maintenant confiant, car il ne connaissait pas d'engins capables de rivaliser avec celui-ci sur toute la surface de la terre. Ils n'avaient plus qu'à gagner la fameuse base de repli du professeur.

« Il serait temps, professeur, que vous m'indiquiez les coordonnées exactes de votre base, car à la vitesse à laquelle nous nous déplaçons maintenant, nous survolerons Lima dans moins de dix minutes ! Et devant Lima, c'est le Pacifique !

– Vous avez parfaitement raison de me ramener à la réalité, Pierre.

Michelle, s'il vous plaît, veuillez dérouler notre antenne extérieure. Pour votre gouverne, monsieur Sheine, celle-ci se déploie au bout d'un fil de 100 mètres de long que nous traînons accroché à l'arrière de notre appareil, ce qui nous permet de sortir une antenne du champ magnétique généré par l'EMD et qui nous entoure ! De toute façon, dès que nous atteindrons le Pacifique, vous remonterez vers le nord-est en direction des îles Hawaï, mais de façon à passer à l'ouest de celles-ci, je ne tiens pas à frôler de trop près les côtes américaines, on ne sait jamais !

– Vous craignez quelque chose de la part de vos compatriotes, professeur?

– Oui, non. Simple précaution. Combien de temps pensez-vous mettre pour gagner Hawaï ?

– À cette vitesse ? Guère plus d'une heure et demie, professeur.

– Bigre ! s'exclama celui-ci, dans ce cas, je ferais mieux de contacter mes amis le plus rapidement possible ! »

Et il s'attela sur-le-champ à cette tâche. Cependant, ce ne fut pas aussi facile, et il fallut attendre d'être très près d'Hawaï pour recevoir enfin des coordonnées précises. Finalement, ils allaient devoir redescendre vers le sud-ouest, étant donné que leur destination finale était les îles Caroline. Peu importait, après tout, cela ne serait qu'un vol d'une heure.

« Bien, professeur, comme je vous vois désœuvré et que, maintenant, nous savons où nous allons et que le vol est vraiment du gâteau, peut-être me permettrez-vous de vous poser quelques questions sur certaines fonctionnalités de cet appareil, qui me sont toujours mystérieuses ?

– Bien sûr !

– Vous avez souvent mentionné que cet appareil avait plusieurs systèmes de propulsion. L'EMD n'étant pas à proprement parler un système de propulsion, j'en conclus qu'il y en a un autre à bord ?

– Tout à fait exact, monsieur Sheine, il existe effectivement un autre système de propulsion prodigieusement plus puissant dans cet appareil, conclut le professeur, amusé.

– Ce système est, si je ne m'abuse, commandé par ces différents leviers juste à nos pieds entre Michelle et moi ?

– Exact !

– Allons-nous l'essayer ?

– Certainement pas ! lui répondit vivement le professeur soudainement nerveux. Ce serait trop dangereux ! Ce système est fait pour fonctionner seulement dans le vide absolu ! »

Sentant la brusque montée de nervosité du professeur, Pierre décida de ne pas insister. Il le saurait de toute façon probablement plus tard !

Pour discuter, Pierre avait mis la radio sur haut-parleur, captant différents messages en provenance d'avions survolant le Pacifique comme eux. Le son était étonnamment clair, car leur appareil était très silencieux. Brusquement, Pierre sentit son cœur s'arrêter quand une voix menaçante se fit entendre:

« Ici, le capitaine Dave Martin, de l'US Air Force, base d'Hawaï. Mes trois appareils Northrop Grumman B-2 Spirit Stealth Bomber ont exactement les mêmes capacités électro-magnéto-dynamiques que le vôtre et se dirigent vers vous à Mach 5. La différence est que nous, nous avons des missiles encore plus rapides, capables de vous détruire si vous ne changez pas de cap immédiatement pour vous diriger vers Hawaï et ne ralentissez pas votre vitesse à 1 000 km/h!

– JAMAIS, hurla le professeur. Pierre, poussez à fond les gaz et pointez l'appareil vers le ciel, ils ne pourront pas nous suivre ! »

Cette fois, Pierre eut la nette impression qu'il ne devrait pas suivre les demandes du professeur !

La voix de Vauldegarde reflétait trop la rage et de toute façon, celui-ci n'était certainement pas un bon juge en matière de missiles !

L'instinct de pilote de Pierre lui hurlait de ne pas défier la chance. Les « Blacks Projects» américains étaient connus et cachaient souvent des percées technologiques très en avance sur ce qui se faisait couramment…

Pierre se souvenait du prix ahurissant de ces appareils Northrop Grumman B-2 Spirit Stealth Bombers : près de 1 milliard de dollars chacun, ce qui était nettement trop élevé pour les performances relativement médiocres annoncées ! Mais voilà, Pierre n'écouta pas son instinct ! Il tira brusquement sur le levier de direction et pointa l'Archéoptéryx vers… la Lune, tout en poussant à fond la manette des gaz ! Tout de suite, il sut qu'il venait de faire une grave erreur ! La manette des gaz était déjà pratiquement à son maximum… Pire, il vit sur son radar trois petits spots lumineux se détacher des plus grands que représentaient les appareils américains.

« Merde, merde, s'écria-t-il, ils lancent leurs missiles ! »

Effectivement, trois missiles doués d'une vélocité incroyable se ruaient vers eux ! « Et ils ne nous ont même pas lancé de deuxième ultimatum, pensa-t-il, dépité, ils ont probablement eu peur que nous soyons hors de portée rapidement ! » Puis, Pierre eut un énorme frisson quand il réalisa qu'ils n'avaient aucune chance ! Ce devait être des missiles développés pour abattre des appareils utilisant l'EMD, car leurs guidages ne semblaient absolument pas être gênés par le champ magnétique de l'Archéoptéryx, comme le démontraient leurs changements de cap effectués pour suivre les siens.

« Nous sommes foutus, pensa-t-il, à cette vitesse, ils seront sur nous dans quelques secondes ! »

Ce fut alors qu'il lui vint l'idée d'une manœuvre folle, désespérée, qu'il n'aurait qu'un dixième de seconde pour effectuer et dont il n'avait pas la moindre idée du résultat !

« Tant pis, se dit-il, nous sommes de toute façon déjà plus ou moins des cadavres ! »

Alors, se penchant brutalement sur le côté, il actionna le petit commutateur du fameux autre système de propulsion développé par le professeur pour l'Archéoptéryx, celui-là même qu'il avait qualifié de dangereux, et pressa à fond le bouton de mise à feu. Un brusque flash de lumière le rendit aveugle une fraction de seconde, alors que le professeur hurlait, affolé :

« NOOOOOOOOOOOOOOONNNNNNNN, NOOOOOON, vous… vous… ne savez pas, NNNNOOONNN! »

Mais il était déjà trop tard !

Pierre recouvra la vue rapidement et prit conscience de la pire des choses qui pouvait arriver dans un avion entièrement géré par un ordinateur, comme le sien… une panne de courant !

L'Archéoptéryx avait perdu toute manœuvrabilité, aucune commande ne répondait et tous ses écrans de contrôle s'étaient éteints.

Une étrange pénombre avait même envahi le cockpit ! Pierre se sentit tout à coup étrangement léger !

« Nous tombons, réalisa-t-il soudain, nous tombons… Cette fois, c'est la fin ! »

CHAPITRE 18 – ... UNE PROMENADE... VOUS AVEZ DIT UNE PROMENADE?

Torpille de débarquement spatial TDS-96 « Super Cobra » longue de 5,76 m, large de 1,13 m, ce modèle mis en service au sein des régiments Ghurka de la Garde impériale permet un débarquement plus sécuritaire depuis l'espace, même en cas de tir de barrage depuis la surface. Chaque torpille est une unité individuelle qui demande au soldat de se coucher dessus, ce qui diminue grandement la surface exposée aux tirs ennemis.

Longuement testé, cet engin exceptionnel permet aussi à de nombreux leurres de voler en parallèle avec l'unité transportant le soldat, augmentant encore ses chances de survie. L'engin autorise la synchronisation de plus de 10 000 unités lors d'un débarquement, permettant ainsi d'éviter les collisions en vol ainsi que la possibilité, pour le commandant, de réassigner le lieu d'arrivée durant la partie la plus dangereuse de l'opération.

La torpille est normalement réglée en usine pour éjecter automatiquement son pilote à une altitude de 500 mètres permettant à celui-ci de continuer son vol en réacteur dorsal. Une fois le pilote évacué, la torpille peut, soit se diriger vers un objectif préétabli et le détruire, soit se stabiliser en vol circulaire en attente d'ordre ou retourner vers le vaisseau mère.

Extrait de : Les Engins spatiaux légers utilisés par les Ghurka de la Garde impériale

Général Mansure Bargos, IIIe division Ghurka, d'Oulan Bator

Le général Samuel Samarkand, S.S. pour les amis, était ennuyé. L'armée ressemblait souvent à une assemblée de vieilles commères qui jacassaient, jacassaient, et dont le plaisir le plus important étaient de dénigrer leur entourage… surtout les officiers de haut rang ! Et la rumeur l'avait prise pour cible depuis quelque temps. Celle-ci disait qu'il avait fait condamner un capitaine pour une faute que lui-même avait commise. Il aurait révélé à un général que sa fille était un clone, et celui-ci aurait réagi en la chassant. Désemparée, elle aurait alors parlé d'un programme secret de clonage des héros morts au combat. À présent, la moitié des officiers de combat de l'armée se saluaient par un : « Ah ! comment allez-vous aujourd'hui, mon cher clone ? », qui en disait long sur le trouble profond qui avait gagné l'armée !

En fait, le général Pargara était un vieux camarade de promo de Samarkand et un soir de beuverie, celui-ci lui aurait révélé le terrible secret, quand Pargara lui avait fait remarquer l'échec de son fils à l'examen d'officier alors que sa fille, elle, était remarquable ! Quelle erreur il avait faite ! Mais pire encore, quel con que ce Pargara ! Il avait pété les plombs immédiatement et chassé sa fille en la traitant de copie de mauvaise qualité ! Maintenant il fallait éteindre le feu et nier le programme, car il y avait plusieurs milliers de clones qui s'ignoraient au sein de l'armée, et l'effet de ces révélations serait désastreux si cela devait se savoir… ! Alors la vie et la carrière d'un simple capitaine… !

Mais tout le monde, dans les forces impériales, le regardait maintenant avec suspicion, se demandant quand il allait les trahir ! Il avait donc besoin de se refaire un nom, et ce fut pour cela qu'il revendiqua l'honneur de commander la troupe qui devait débarquer sur le monde des AFFARAS & ISSARS. Bien sûr, on l'avait rassuré sur le fait que personne ne s'attendait réellement à une quelconque résistance autre que symbolique, ce devrait être une promenade, mais Samarkand ne voulut prendre aucun risque et choisit le régiment de débarquement Princesse Caroline et spécialement le 3e bataillon de choc, les terribles dragons de la mort. Celui-ci était composé de toutes les têtes brûlées de la Garde, le genre de soldats qui s'engagent pour avoir la permission de tuer légalement. On les utilisait rarement car ils étaient incontrôlables, mais S.S., lui, les voulait justement pour cela. Ils débarqueraient sur le monde des AFFARAS & ISSARS, qui avaient simplement nommé leur planète Notre-Monde. C'était montrer à quel point ils étaient primitifs : ils tueraient tous leurs leaders et tout ce qui bougerait, réglant une fois pour toutes leurs revendications de taxations et le problème de l'Empereur. Les navires spatiaux pourraient à nouveau emprunter la route d'Atton sans danger et lui, S.S., serait reconnu comme celui ayant résolu le problème… Et on ne parlerait plus de sa petite gaffe !

L'opération fut appelée « le Poing de l'Empereur », et la presse fut conviée au départ des troupes. Tout l'Empire suivit leur départ avec enthousiasme, sans douter un seul instant de la justesse de leur cause. Tout le monde… sauf bien sûr les Uïgures et toutes les autres races différentes… Mais dans l'Empire actuel, cela ne comptait pas… enfin pas vraiment, même si, numériquement, ils étaient majoritaires.

Bref, bientôt, l'astrocroiseur HMS Furious – personne ne savait ce que signifiait HMS, mais la tradition voulait que tous les vaisseaux de guerre impériaux eussent cette désignation devant leurs noms – se mit en orbite autour de Notre-Monde. Alors, comme une mécanique bien huilée par un entraînement rigoureux, les sept cent cinquante-six dragons de la mort du 3e bataillon de choc du régiment Princesse Caroline, couchés sur sept cinquante-six torpilles de débarquement Super Cobra, furent éjectés par les trente lance-torpilles du navire en vingt-six secondes exactement, ce qui n'offrit à l'ennemi qu'une fenêtre de réaction très faible. Immédiatement après, le vaisseau mère s'éloigna pour éviter d'être une cible et émit le message de coordination vers les torpilles, exactement une seconde après le départ de la dernière torpille. Celui-ci dura deux dixièmes de secondes et était entièrement crypté par la clef habituelle utilisée dans ces cas-là. On ne l'avait pas changée, car cela aurait demandé une nouvelle programmation de toutes les torpilles, donc du temps. Or S.S. voulait procéder rapidement.

De toute façon, l'officier traiteur des menaces avait indiqué que le niveau technologique de l'opposition était nul et donc, qu'elle ne pourrait pas le décrypter, du moins pas en un laps de temps très court.

Exactement une nanoseconde après le message de coordination et avant la fermeture des voies de programmation des torpilles, un autre message arriva, mais de la planète cette fois, écrasant le précédent message. Au début, tout se passa bien, et les torpilles amorcèrent parfaitement leur manœuvre de rentrée dans l'atmosphère, puis se dirigèrent comme prévu vers Dgibou, la capitale. Ce ne fut qu'au moment de s'éjecter que S.S. constata que quelque chose n'allait pas. Au lieu de voir la coupole de protection se retirer et lui, se faire précipiter dans l'air à 500 mètres d'altitude, sa torpille refusa tout commandement et continua vers une colline au centre de la capitale… pour s'y écraser à la suite des torpilles précédentes et suivies par le reste de la troupe. Ce jour-là, le bataillon au complet creusa un énorme trou au pied de la colline dite des Hommes perdus, lieu de réflexion que les AFFARAS & ISSARS fréquentaient quand ils voulaient que les dieux leur pardonnent certaines mauvaises actions ! Sur le sommet de la colline, se trouvait un temple dédié à une très ancienne religion encore pratiquée par les AFFARAS & ISSARS. Ils appelaient cela une église et sous les chocs successifs de l'écrasement des torpilles, toutes les cloches se mirent à sonner.

Les dernières paroles de S.S. qui furent enregistrées, car les communicateurs étaient restés fonctionnels, furent :

« Oh ! la salope, oh ! la saaaaaloooooooooppppppppppe. »

Personne ne comprit de qui il parlait !

CHAPITRE 19 – … DANSER MAINTENANT!

Le Danseur, dans le jargon des militaires, désigne un équipement fort spécial qui a été développé comme contre-mesure pour parer aux tirs des canons lasers. En effet, un canon laser doublé d'un calculateur rapide limitait le combat entre vaisseaux spatiaux à une simple question de nombre. Celui qui avait le plus de vaisseaux gagnait, puisque le tir de chacun faisait mouche inévitablement ou presque. Ce ne fut qu'après qu'un croiseur lourd, le HMS Vindicator, se fît démolir par trois vaisseaux pirates sarkaïs, qui pourtant n'auraient pas dû être de taille, qu'un groupe de chercheurs militaires se virent confier la mission de trouver une parade efficace, les simples vitesses de calcul et de pointage des canons n'étant plus suffisantes pour assurer la supériorité spatiale à la flotte de Sa Majesté! Ils dépensèrent une fortune, mais arrivèrent finalement à créer ce fantastique système connu sous le nom de système Danseur ou Danseur simplement. De quoi s'agit-il? C'est fort simple! Un vaisseau spatial se déplace en ligne droite à une vitesse relativement constante, ce qui fait que ses déplacements sont très faciles à modéliser et donc à prévoir par un calculateur. Le système Danseur change cela! Il fait sauter aléatoirement le vaisseau à la verticale de son axe de déplacement et ce, sur une distance très courte. En gros, le vaisseau est soit audessus, soit au-dessous ou sur le côté de son axe de déplacement, mais jamais dessus! Un calculateur peut savoir où il devrait être théoriquement, mais pas réellement où il est! Faire sauter un vaisseau comme cela demande naturellement une énorme dépense d'énergie, surtout pour les compensateurs gravitationnels, sinon l'équipage serait réduit en bouillie. Cela en fait donc un système dispendieux à déployer et requiert, de plus, une technologie que seul détient l'Empire. Et le secret est extrêmement bien gardé. Depuis, plus aucun vaisseau pirate ou contrebandier ou même de bataille autre que ceux de l'Empereur ne peut gagner une confrontation directe avec un de nos vaisseaux ainsi équipés.

Cela explique à bien des égards la très grande prudence observée depuis ce moment par tous les mouvements ou peuples qui, naguère, avaient des velléités contestataires vis-à-vis de notre Empereur !

Colonel Vladimir Pétrovitch,

Cours d'introduction aux technologies spatiales pour les cadets de la Garde.

Dreck Reivax contemplait l'espace infini qui s'étendait devant lui sans vraiment le voir. Ses pensées étaient ailleurs. Son enquête le confrontait de plus en plus avec des choses terribles qui lui faisaient entrevoir une volonté de nuire bien réelle, mais il n'arrivait pas à mettre la main sur un plan ou à trouver des éléments indiscutables ni même un endroit vers lequel pointer le doigt. Et maintenant, une guerre éclatait avec les AFFARAS & ISSARS. Il connaissait ces peuples et les avait toujours appréciés. Pour lui, même s'il

ne pouvait pas le claironner trop haut, leurs revendications étaient valables… sauf bien sûr la destruction du Lousitania, cela Dreck ne pouvait l'accepter ! Et puis, il était troublé, il y avait eu cette visite d'une nef AFFARAS sur Kiowa, suivie de la trace du passage d'un vaisseau sarkaï !

Étaient-ils ceux-ci qui avaient commis ce massacre sur Kiowa ? Et si… les AFFARAS & ISSARS s'étaient fait livrer du matériel militaire par les Sarkaïs ? Mais alors, pourquoi ce massacre ? Certainement pas le fait des AFFARAS… Dreck les connaissait trop bien pour cela… Des chasseurs remarquables, mais qui ne faisaient jamais souffrir inutilement leurs proies… Alors ? Dans quel but ? Les Sarkaïs ? C'étaient des pillards brutaux… mais cela !!!

Pourtant, Simon avait dit que les affaires des Sarkaïs étaient déficitaires.

Alors, où était donc la raison d'être de tout cela… ???

Et cette présence maléfique qu'il avait ressentie, avec les anciens, encore sur Kiowa… était-elle réelle, ou les Attironteks lui avaient-ils insufflé cela dans l'esprit par télépathie, comme certains peuples en étaient capables ? Les Attironteks justement… Ils avaient indiscutablement certains pouvoirs, qu'ils prétendaient limités mais… allez savoir ! Mais dans quel but alors ? Et les attaques étaient réelles !

Les saurosaures, vers la planète desquels il se dirigeait, avaient vraiment été introduits là ! Par qui ?

Tant de questions… sans réponse ! Dreck en devenait fou ! Ce n'était pas une vague question de pouvoir parmi les hommes… De cela, Dreck en était sûr… Mais alors, c'était quoi ? L'humanité n'avait jamais rencontré d'autres civilisations sur son chemin… Alors, si vraiment une autre civilisation – malfaisante ? – existait, elle devait se cacher… et très bien même, car les humains avaient été très loin dans l'espace… Pourtant, il y avait ce texte énigmatique sur Del… les Archanges… Qui étaient-ils ?

Le bruit strident d'une sonnerie d'alarme arracha soudain Dreck de ses réflexions !

« Nem, que se passe-t-il ?

– Quelque chose de grande dimension… mais de faible densité, en approche rapide !

– De faible densité, que veux-tu dire ?

– Plutôt une nuée de petits objets !

– Des débris spatiaux ?

– Non, une très grande quantité de petits objets en approche d'interception avec notre appareil !

– Change de cap pour les éviter !

– Ils changent de cap en même temps que moi !

– Vois-tu un objet plus gros, une sorte d'unité de commandement ?

– Non, ils semblent agir de concert… et cherchent réellement à nous approcher. Ils se comportent comme s'ils étaient dirigés par quelqu'un, mais je ne détecte rien d'autre que ces objets.

– Une nuée d'objets… qui… qui se comporteraient comme un essaim d'abeilles ?

– D'une certaine manière, vous avez raison, colonel, je classe cet événement dans la catégorie des menaces élevées !

– Quoi ? Mais bon sang, de quoi s'agit-il ?

– Intelligence par association, colonel, chaque objet possède un processeur, un peu de mémoire et une partie du programme directeur ainsi que des appareils de télécommunications et de détection. Aucun pris isolément ne serait vraiment dangereux pour nous, mais ils semblent avoir une programmation distribuée qui les fait agir comme s'ils étaient les cellules d'un organisme plus grand. Collectivement, malgré les limites de chacun, cela en fait une puissance redoutable ! Colonel, vous êtes requis sur la passerelle !

– Tout de suite ! »

Dreck était maintenant inquiet et se dirigeait à vive allure vers la passerelle surplombée par le dôme transparent à l'avant de son vaisseau. Nem avait classé l'événement comme menace élevée et cela, Dreck ne l'avait jamais entendu. Donc Nem considérait la possibilité de ne pas être capable de la contrer… Et quand on connaissait les formidables défenses dont était doté ce vaisseau, il y avait de quoi avoir la chair de poule !

« Alors, Nem, qu'est-ce qui t'inquiète à ce point ?

– Les objets sont dotés de charges thermonucléaires.

– Des missiles ?

– Fort probablement !

– Mais que font des missiles spatiaux au milieu de nulle part ? Nous ne sommes même pas encore entrés dans le système d'Aménophis !

– Je n'ai aucune réponse à vos questions. Je suggère de reporter les interrogations philosophiques à plus tard ! »

Dreck détestait quand le Nem lui parlait comme cela ! Il se sentait rappelé à l'ordre. Cela était déjà insupportable de la part d'un humain, mais de la part d'une machine… !

« Eh bien, répondit-il avec humeur, fais-nous un nettoyage au canon laser !

– Les objets sont au moins dix mille, et d'autres arrivent encore ! »

La mauvaise humeur de Dreck s'envola d'un coup ! Dix mille… C'était vraiment beaucoup de missiles !

« Nem, donne-moi plus de détails sur leur formation.

– Ils forment comme une sphère qui se rue vers nous. Plus loin, à la limite de mes détecteurs, j'en détecte une quantité encore plus grande, mais qui ne semblent pas se diriger dans notre direction. Comme s'ils savaient que des confrères s'occupent déjà de nous !

– Nem, pénètre dans le système Aménophis. Tant pis pour les calculs d'approche, on fonce ! Lance un appel de détresse sur les canaux prioritaires de l'armée vers l'Empire !

– Impossible, les missiles sont dotés de brouilleurs !

– Quoi ? Mais ton équipement est le meilleur !

– Oh ! ils ne sont pas à la hauteur, mais ils sont si nombreux ! Leur technologie n'est pas extraordinaire, mais leur nombre, si !

– Descends-les !!!

– Certainement, colonel, elles sont encore un peu trop loin cependant.

– Pouvons-nous les semer ?

– Non !

– Fort bien, as-tu des œufs à bord ?

– Oui, mais une petite quantité seulement !

– Pas de problème, leur puissance est très grande, et leur petite taille les rend presque indétectables.

– Que dois-je faire ? Ce sont de petites mines sans moyen de propulsion.

– Tu vas les semer en faisant bouger l'appareil verticalement sur son axe, un peu comme fait le Danseur, et organise-toi pour le faire rapidement tout en couvrant approximativement le volume de cet essaim !

– Et ?

– Et tu les fais exploser en même temps quand l'essaim les aura rattrapés ! »

Aussitôt commandé, aussitôt exécuté ! Pierre put voir les mines détruire les missiles… mais aussitôt après, un autre essaim apparut, et cette fois, les missiles étaient en ordre très dispersé, comme s'ils avaient appris de la destruction des autres !

« Mais c'est incroyable, s'écria Dreck, on dirait qu'ils sont capables de réflexion !

– Il semble qu'ils ont effectivement intégré l'événement et décidé d'une nouvelle stratégie d'approche !

– Envoie-leur d'autres œufs !

– Je ne peux pas, colonel, je n'en ai plus et de toute façon, ce serait maintenant inefficace !

– Sois prêt à déclencher le Danseur à leur approche !

– Elles ne sont pas armées de laser, colonel ! »

Dreck eut un bref moment de plaisir. Quoi ! Le superordinateur NéMéSiS lui-même ne voyait pas le problème ?

« Nem, ce sont des missiles qui se précipiteront sur nous, et nous ne pourrons probablement pas les démolir tous avant qu'ils nous touchent ! Le Danseur va nous aider à éviter ce genre de contact plutôt désagréable ! »

Le Nem ne répondit pas tout de suite, puis comme à regret ajouta : « Fort bien vu, colonel… Voilà vraiment une preuve de la supériorité de l'esprit humain sur la machine ! »

Dreck eut un frisson dans le dos.

« Mais bon Dieu, se dit-il, depuis quand les machines ont-elles le sens de l'humour ? !!!!

– Les voici ! colonel, un coup de main serait apprécié ! »

Sans autres commentaires et pressé par l'urgence de la situation, Dreck s'équipa de son casque de combat dont les senseurs permettaient à ses pensées de commander directement les ordinateurs de tir sans passer par ses mains, la parole ou Nem ! En simultané, il recevait les données de tir ainsi que celles des détecteurs, directement projetées dans son cerveau…

Ainsi, sa vitesse de réaction égalait celle du NéMéSiS. Dreck voyait parfaitement les milliers de missiles se précipiter vers lui à une vitesse très supérieure à la sienne. Ils avaient dû être lancés par une étoile géante très éloignée d'ici. Dreck faisait littéralement un malheur dans leurs rangs. Mais il en venait d'autres et encore d'autres. Il s'agissait réellement de missiles de contact, très simples de conception, tout au plus une bombe avec un ordi et un réacteur directionnel, mais leur nombre faisait leur force !

Toutefois, leur conception était le cadet des soucis du colonel car malgré la fantastique précision de ses canons, il n'arrivait pas à en détruire suffisamment, et ce n'était que grâce au Danseur que les missiles le rataient encore. Heureusement, les mitrailleuses Baïkal de défense de proximité éliminaient aussi automatiquement les intrus qui avaient eu l'outrecuidance de vouloir se frotter au Nem, mais pour combien de temps encore ?

« Nem, bon sang, qu'est-ce que tu attends pour foncer vers Aménophis? Le jugement dernier ? demanda-t-il en faisant exploser beaucoup trop près à son gré trois autres missiles.

– Je fais ce que je peux, colonel, je veux éviter que le soleil ne nous rejette vers l'espace profond. Mes détecteurs à longue portée m'indiquent l'arrivée de missiles encore plus nombreux et, même si nous détruisons les dix mille ici présents, il y en aura cent mille autres bientôt en attente en dehors du système… Voilà, colonel, nous pénétrons dans le système… Les missiles vont certainement nous lâcher maintenant !

– Que non, gros balourd, ne vois-tu pas qu'ils nous suivent ?

– Vos ordres, colonel !

– Largue une balise automatique, mais veille à ce que son système de radio n'émette pas avant vingt-quatre heures pour éviter qu'elle ne soit détruite par les missiles. Charge-la avec l'historique des événements que nous vivons puis, après l'avoir larguée, dirige-nous vers la planète des saurosaures.

– Les missiles nous suivront, colonel !

– Pas dans l'atmosphère de la planète !

– Fort bien… Serez-vous capable de les contenir jusque-là ?

– Oui, si tu arrêtes de jacasser et que tu fais ce que je te dis ! »

Ce fut, comme disait un vieux camarade de promotion de Dreck, tangent ! Nem parvint à pénétrer l'atmosphère alors que la situation était désespérée ! Mais ils réussirent et les missiles, non conçus pour pénétrer une atmosphère, ne les suivirent pas.

« Ouf, s'écria le colonel, bravo pour ta célérité, Nem !

– Merci, colonel… mais… colonel ?

– Oui ?

– Je ne suis pas un gros balourd ! »

« Décidément, pensa Dreck, cette machine m'agace énormément ! »

CHAPITRE 19 – TOMBER DE CHARYBDE…

L'existence de l'antimatière découle logiquement de la validité de la théorie de la relativité.

Le point de départ est la formule d'équivalence masse-énergie d'Albert Einstein :

E = MC2. La matière correspond à la valeur positive de l'énergie, et l'antimatière à la valeur négative. L'antimatière est constituée d'antiparticules. Une antiparticule a exactement la même masse que la particule correspondante, mais des nombres quantiques opposés. Par exemple, l'anti-électron a une charge électrique positive et de même amplitude que celle de l'électron. En combinant des antiprotons et des anti-électrons, il est possible de faire des anti-atomes.

Lorsqu'une particule de matière rencontre son antiparticule, elles s'annihilent mutuellement en libérant la totalité de leur énergie sous forme de rayonnement.

Il n'y a donc pas d'antimatière sur Terre ou dans le système solaire ni même dans notre galaxie puisqu'elle rencontre rapidement de la matière et s'annihile alors. Il semble même qu'il n'y ait nulle part dans l'univers de l'antimatière en quantité importante pouvant par exemple former des étoiles d'antimatière. Or, la matière et l'antimatière sont supposées avoir été créées en quantité égale lors du big-bang.

Normalement, l'antimatière et la matière devraient se repousser puisque la matière attire la matière et que l'on ne trouve pas d'antimatière là où il y a de la matière.

Note personnelle du professeur Vauldegarde

Ils tombaient ! Cette sensation d'apesanteur était caractéristique. Pierre savait maintenant que leur fin était proche. Curieusement, cela ne lui faisait ni chaud ni froid… quoiqu'il aurait quand même bien aimé continuer à piloter cette incroyable machine.

Mais maintenant, le diable lui-même ne pourrait les sauver, et Dieu savait combien il l'avait tiré par la queue, le diable, au cours de sa vie !

Cette fois-ci, apparemment, il l'avait tiré une fois de trop ! Pierre se retourna vers ses compagnons et vit soudain le visage décomposé du professeur.

« Je suis désolé, professeur, de n'avoir pas pu empêcher… cela !

– Il… yy aa, bégaya le professeur, ddes cchoses pires qqque lla mort, mmmmonsieur Sheine, lui dit-il, bouleversé.

– Pire que la mort, professeur ?

– Pire, mmmonsieur Sheine… pire ! »

Le professeur était blanc comme un linge ! Et sa terreur faisait mal à voir ! Mal à l'aise, Pierre détourna son regard, regarda par la fenêtre… et eut un autre choc ! Les trois missiles étaient maintenant très près d'eux et venaient soudainement de changer de cap… Pierre pensa alors qu'ils venaient de manquer de carburant et qu'à quelques mètres de leur cible, ils repartaient vers l'océan tout en bas. Déjà, ils semblaient s'éloigner d'eux à grande vitesse. À grande vitesse… Pierre eut soudain un passage à vide, comme si son cerveau refusait de voir quelque chose d'évident mais que la logique n'arrivait pas à accepter !

ILS NE TOMBAIENT PAS! Son avion n'avait plus un volt d'électricité disponible, alors que tout fonctionnait par ordinateur… et même le petit réacteur nucléaire semblait s'être éteint ! Tous ses écrans étaient noirs et lui… flottait littéralement dans la cabine et… et ILS NE TOMBAIENT PAS! Au contraire, les missiles, eux, tombaient, et les Northrop Grumman B-2 Spirit Stealth Bomber du capitaine Dave Martin de l'US Air Force semblaient ridiculement loin en dessous d'eux ! Non seulement ils ne tombaient pas, mais il lui semblait même qu'ils accéléraient… et même qu'ils montaient… à la verticale de la surface de la Terre !

« Mais que se passe-t-il ? s'écria soudain Michelle qui semblait sortir de sa stupeur

– Professeur, s'il vous plaît, remettez-vous et expliquez-nous ce prodige !

– L'antimatière, monsieur Sheine… Michelle… vous ne vous rendez pas compte… on aurait pu… on aurait pu… on aurait pu…– Quoi, professeur, quoi… mais de quoi parlez-vous… PARLEZ, BON DIEU! finit par crier Michelle, une fois de plus hors d'elle.

– Professeur, pourquoi ne tombons-nous pas ? renchérit Pierre.

– Parce que… parce que nous sommes devenus de… de l'antimatière ! »

L'éclatement d'une bombe à leurs pieds n'aurait pas stupéfié davantage Pierre et Michelle !

« IMPOSSIBLE, professeur ! Si tel avait été le cas, l'antimatière que nous représenterions aurait réagi avec la matière environnante et…

– … et provoqué une explosion si gigantesque que… TOUTE VIE AURAIT DISPARU SUR TERRE!!! Oui, Pierre, c'est le risque que vous avez couru en actionnant mon dispositif sans autorisation. J'aurais préféré mourir cent fois que de tenter ce que vous avez fait », finit lugubrement le professeur, complètement abattu.

Un silence de mort suivit les dernières paroles du professeur. Pierre était secoué à la pensée que toute vie humaine aurait pu disparaître sur Terre juste à cause de son geste désespéré.

« Mais, finit-il par balbutier, je ne comprends toujours pas pourquoi il n'y a pas eu d'explosion !

– J'avais une théorie, et c'est pour cela que j'ai fait construire ce système à l'insu de mes chers bailleurs de fonds qui, de toute façon, n'y comprennent rien. Et cette théorie vient du fait que l'on n'a jamais trouvé d'antimatière dans la nature. Or, d'après nos connaissances en physique, il y aurait eu autant d'antimatière que de matière créée lors du big-bang. J'en ai conclu que, comme la matière attire la matière, phénomène connu sous le nom d'attraction, l'antimatière et la matière devaient se repousser ! Je voulais expérimenter cela loin dans l'espace… Je voulais bloquer ce dispositif, mais… les circonstances, le temps… ne me le permirent pas ! – Vous auriez dû m'en parler, professeur, lui reprocha Pierre, je suis le pilote, et je dois tout connaître sur cette machine, et si j'avais… – Vous avez raison, monsieur Sheine… vous avez raison, acheva faiblement le professeur qui n'arrivait pas à se remettre… car l'idée qu'il aurait pu être le fossoyeur de l'humanité le troublait énormément ! J'aurais dû vous avertir… J'aurais dû mettre une sécurité. J'aurais dû… mais je ne l'ai pas fait !

– Et… et que va-t-il se passer pour nous maintenant ?

– Eh bien, la Terre nous éjecte vers l'espace à… l'inverse de l'attraction, soit un g négatif ou, si vous préférez, nous accélérons vers l'espace à la vitesse de 9,8 m/sec2 !

– Mais… mais, intervint soudainement Michelle, à une telle vitesse, nous allons gagner l'espace interstellaire rapidement… et NOUS N'AVONS PAS D'ÉLECTRICITÉ! »

Les paroles de Michelle firent brutalement revenir le professeur à la réalité de la situation, et s'avisant soudainement que s'il ne réagissait pas promptement ses compagnons et lui-même allaient mourir asphyxiés, il détacha sa ceinture et se leva brutalement… pour partir vers le plafond à la vitesse grand V et s'y cogner durement. Le professeur avait juste oublié qu'ils étaient en apesanteur !

« Aïe, merde, jura-t-il. Michelle, s'il vous plaît, démarrez donc notre pile à combustible d'urgence ! Elle est assez puissante pour assurer le maintien des fonctions de survie de notre vaisseau ainsi que l'alimentation de nos ordinateurs ! »

Immédiatement, Michelle se précipita vers le panneau arrière de la cabine, non sans effectuer un petit vol plané, calculé celui-là, que Pierre ne put faire autrement que de trouver élégant !

Rapidement, la pile fut activée, et la lumière revint dans le cockpit ainsi que la ventilation. Les réserves d'oxygène furent estimées : ils en avaient au moins pour deux semaines en réserve, cela bien entendu s'ils n'arrivaient pas à redémarrer le réacteur nucléaire avant. Deux semaines plus tôt, Pierre avait trouvé le professeur un peu cinglé de tout mettre dans l'appareil comme s'il allait gagner l'espace le lendemain… À présent, il se félicitait de ne pas l'en avoir dissuadé ! À ce moment-là, le professeur lui avait dit qu'ils devraient peut-être quitter cette base pour une autre et qu'il n'avait de toute façon qu'un nombre limité de techniciens. Donc, quand ceux-ci effectuaient une installation, il leur demandait aussi de rendre les appareils complètement fonctionnels, ne voulant pas les faire revenir juste pour charger de l'oxygène dans des réservoirs. Évidemment, le professeur n'avait pas pensé à ce cas précis ! Il en allait de même pour la nourriture spéciale apesanteur dont les réfrigérateurs de l'Archéoptéryx étaient pleins.

Dans ce cas, le professeur avait décidé de tester la nourriture et avait même organisé tous les midis sur la base un comité de dégustation !

Pierre retrouva l'usage de ses commandes et réalisa soudain qu'il venait d'atteindre les limites même de la stratosphère terrestre… près de 50000 mètres d'altitude ! Le ciel avait pris une belle couleur bleu foncé, et ce n'était vraiment pas sorcier de voir que le vide interstellaire était proche.

« Incroyable ! pensa-t-il, me voilà pratiquement dans l'espace… et sans avoir eu à utiliser une phénoménale quantité de carburant. Même avec les moteurs à inertie, nous aurions probablement pu aussi gagner l'espace. »

Afin de détendre l'atmosphère, Pierre raconta son coup d'œil vers les missiles !

« Et vous savez le plus drôle ? Les missiles US ont failli nous liquider… à quelques mètres près, je dirais !

– Vous avez regardé par la fenêtre latérale et vu quoi ?

– Les missiles ! Soudain, ils ont manqué de carburant et sont repartis vers la Terre… Et ils étaient vraiment très près de nous !

– Il m'a semblé voir un flash de lumière quand vous avez déclenché le système à antimatière… Avez-vous regardé les missiles après ou avant ce flash ? questionna le professeur.

– Après, professeur, après !

– Aïe ! Pas bon ça !

– Pourquoi donc, professeur ? »

Le professeur s'assombrit de nouveau, hésita, puis finalement se décida à parler… Mais le ton n'était vraiment pas joyeux !

« Mes amis, commença-t-il, je crois que nous avons un autre problème ! »

Brusquement, Pierre et Michelle retinrent leur souffle ! Comme s'ils n'avaient pas assez de problèmes comme ça !

« Pierre, les missiles ne sont pas retombés sur Terre à cause du manque de carburant ! Je pense même qu'ils devaient en avoir suffisamment pour nous atteindre. Non, ils se sont arrêtés parce que, vraisemblablement, leurs ordinateurs de bord ont soudainement perdu toute leur programmation !

Toutes les données informatiques des missiles ont été soufflées, exactement comme on souffle une bougie, par une violente décharge électromagnétique.

– Provoquée par quoi, professeur ?

– Quand vous avez déclenché le convertisseur matière/antimatière,

dans l'atmosphère, la force de répulsion, dont j'avais soupçonné l'existence, nous a évité la destruction de notre planète en repoussant les particules de matière, de l'air heureusement. Mais il est fort probable que certaines particules non converties en antimatière ont été coincées et ont réagi avec la matière transformée. Même si nous parlons ici de microgrammes, la formule d'Einstein, E = MC2 nous montre la quantité phénoménale d'énergie que cette réaction peut dégager. Et malheureusement, nous parlons ici de rayons gamma, une radiation très pénétrante. La force du rayonnement a été assez forte pour endommager des missiles pourtant protégés et bien sûr, cela a aussi eu un certain effet sur nos équipements électriques ! En fait, la décharge d'énergie a comme surchargé nos circuits, et cela a eu comme conséquence d'arrêter même la centrale nucléaire.

Maintenant, imaginez l'effet d'un tel rayonnement sur des... heu... corps humains !

– Cela veut-il dire que... n'arriva pas à achever Michelle.

– Oui, mes amis, reprit le professeur, cela veut dire que nous avons été irradiés ! »

CHAPITRE 21 – STEAK CONGELÉ!

« Êtes-vous fou ? s'écria le prince Rotuch Rotangar. Utiliser des armes nucléaires contre des êtres humains, fussent-ils rebelles, est totalement inacceptable ! Majesté, en aucun cas vous ne devriez suivre cette honteuse suggestion en provenance des esprits malades de la Commission impériale du gène !

– L'archibaron de La Roche n'a pas de leçon à recevoir de la part d'une demi-bête comme vous, prince Rotangar, répliqua, furieux, le comte Saï Baroticelli, adjoint de l'Archibaron !

Alors, sans que personne ne le vît venir, la situation dégénéra en un clin d'œil ! Le prince n'aima pas du tout le terme de demi-bête utilisé par le comte et avant même que celui-ci eût le temps de réagir, le prince lui administra une gifle tellement puissante qu'il fut littéralement projeté 3 mètres plus loin ! Le comte, plus blessé dans son orgueil que physiquement, fit la plus stupide des choses à faire devant un prince uïgure : il brandit un petit revolver à balles dissimulé dans son costume et ouvrit le feu sur le prince.

Celui-ci, vif comme l'éclair, réussit à éviter la balle destinée au cœur, mais fut néanmoins touché au bras. Le comte n'eut pas l'occasion de tirer une seconde fois car la fille de Rotuch, Soraya Rotangar, fonça sur lui et le frappa de son talon droit avec une telle violence que le comte Saï Baroticelli fut tué sur le coup, la boîte crânienne défoncée. Déjà, une multitude d'hommes de de La Roche se précipitaient vers les Uïgures qui n'étaient que trois... mais très redoutables ! Simon réalisa soudain qu'il ne pouvait se permettre un conflit ouvert avec les nouvelles humanités et les très redoutables Uïgures... et la Commission avait besoin d'être ramenée à l'ordre... Elle rendait sa tâche très difficile avec son fanatisme génétique !

Alors, sortant soudainement du champ de force protecteur de son trône, l'Empereur Simon, avec un calme incroyable, stoppa tout le monde par un ordre ferme.

« Cela en est assez, ARRÊTEZ, ordonna-t-il. VOUS VOUS CONDUISEZ D'UNE MANIÈRE INDIGNE DEVANT VOTRE EMPEREUR!

Prince Rotangar, l'Empereur n'a pas l'intention d'utiliser les armes atomiques contre les AFFARAS & ISSARS, mais oui, nous les soumettrons de gré ou de force. Quant à vous, archibaron, JAMAIS PLUS JE NE VEUX ENTENDRE UN DE VOS HOMMES TRAITER L'UN DE MES SUJETS, QUI PLUS EST UN PRINCE, DE DEMI-BÊTE! Maintenant, QUITTEZ tous ce palais, vous avez fâché votre Empereur... Et ne paraissez plus devant lui avant un mois », ordonna-t-il d'une voix ferme !

Le prince Rotangar salua l'empereur d'un geste ample et parfait, malgré son bras droit qui saignait abondamment.

« Il en sera fait selon votre bon plaisir, Majesté ! »

La rentrée dans l'atmosphère fut mouvementée car très improvisée, mais au moins, les missiles ne les suivirent pas. La quatrième planète du système Aménophis ou Aménophis IV dans le jargon de l'Empire, était une planète assez grosse avec deux continents massifs et une multitude d'îles dans ses océans. Située dans ce que les scientifiques appellent la Zone Habitable (HZ) de son soleil, c'est-à-dire ni trop près pour brûler, ni trop loin pour geler, cette planète avait tout pour plaire : une température moyenne à l'équateur comparable à celle d'Oulan Bator, des terres émergées en grande quantité, de l'eau sans limite et des richesses naturelles abondantes. Sa flore était magnifique, composée, entre autres, de massifs forestiers aux couleurs ocres remarquables et d'une faune étonnante dont une très grande quantité d'insectes divers. Des Papillons, parmi les plus beaux de l'univers, se promenaient de fleur en fleur. Peu d'animaux supérieurs cependant, car un prédateur avait depuis longtemps échappé au contrôle naturel de la planète… ce qui avait même failli, juste retour des choses, le faire disparaître pour cause de trop grande efficacité… et de pénurie de proies : le très redoutable saurosaure qui avait depuis appris à gérer son territoire de chasse ainsi que sa population : c'était ça ou mourir de faim ! Évidemment, Dreck savait cela parce que c'était pour cette raison qu'il se trouvait dans les parages. Il voulait savoir pourquoi ce fameux prédateur s'était justement retrouvé dans un endroit où il n'aurait pas dû être et surtout… qui l'y avait amené !

Le pourquoi ? Ça, il aurait probablement à attendre encore longtemps pour le savoir mais, par contre, comme le lui disaient les sirènes d'alerte du vaisseau, le « qui » allait lui être révélé très bientôt !

« Cinq vaisseaux hostiles en approche rapide au nord-nord-ouest, colonel, l'avertit Nem.

– Des vaisseaux spatiaux dans l'atmosphère ?

– Exact, et puissamment armés, colonel. Ce sont des Sarkaïs ! Dois-je ouvrir le feu ? Nous avons toujours la possibilité d'utiliser le Danseur même dans l'atmosphère. Quoique moins efficace, il nous aidera à faire un carton…, mais à terme, ils sont trop nombreux !

– Non, pas de Danseur… Un vaisseau comme le nôtre ne devrait pas avoir ce genre de système ! Ne leur mettons pas la puce à l'oreille ! Nem, tu vas tirer pour les inciter à la prudence et me permettre d'évacuer le vaisseau.

– Évacuer le vaisseau ? Mais colonel… !

– Tu vas jouer ton rôle de bon petit vaisseau puissant, mais pas trop savant, quand j'aurai quitté le bord… et même, tu simuleras une baisse de réponse, ce qui les incitera à croire que sans ton capitaine, tu deviens une proie facile… Laisse-les essayer une prise de contrôle informatique… Laisse-les te capturer. Ils craqueront quelques codes, mais ton véritable ordi est introuvable car noyé dans la coque. Tu les laisses monter à bord, et tu les espionnes. Tu es une trop belle prise, ils ne pourront pas résister.

– Ensuite ?

– Dès qu'ils seront confiants, les autres vaisseaux s'éloigneront, et tu pourras neutraliser l'équipage et venir me rechercher !

– Colonel, c'est la planète des saurosaures… Ce sont des animaux dangereux !

– Figure-toi que je suis au courant ! Mais je n'ai pas d'autres idées !

C'est ça ou la destruction certaine !

– N'aime pas ça !

– Désolé !

– Vous prenez quoi comme équipement ?

– Un équipement standard de survie, un réacteur dorsal évidemment, un fusil Baïkal, deux pistolets, un casque avec autodirecteurs, un couteau de chasse avec lame à double tranchant, un multidétecteur, une cape de Mandrake aussi et…

– Je n'en ai pas, mais j'ai une peau de Goldorak.

– Vraiment ? Formidable. Je vais la mettre tout de suite et toi, envoie un “mécanique” pour ramasser tout le matériel et les armes. Fais apporter le tout au cargo central, je vais sauter de là ! »

Dreck, conscient du peu de temps disponible, se précipita alors dans sa cabine avec la bouteille d'aérosol contenant la peau de Goldorak ! Nu comme un ver, il ajusta les protections sur les yeux, oreilles, nez et bouche ainsi que sur les autres orifices naturels dont la fermeture aurait, et cela est un euphémisme, causé certains désagréments. Là, il s'aspergea abondamment d'un liquide clair, légèrement bleuté, grâce au gaz propulseur de la cannette. En quelques minutes, celui-ci le recouvrait entièrement de la tête aux pieds, sauf, bien sûr, les parties protégées. Quelques minutes plus tard, la substance le recouvrait d'une deuxième peau. Extrêmement souple, elle ne gênait en rien ses mouvements et permettait les échanges gazeux entre la peau et le milieu environnant. Bref une fois mise, vous l'oubliez… jusqu'au moment où un objet vous heurte avec violence et là, tout à coup, votre peau si souple devient totalement rigide et complètement impossible à trouer, ce qui est éminemment pratique en cas de combat ! En fait, le choc est distribué sur tout le corps en un millième de seconde ! Un millième de seconde plus tard, et la peau de Goldorak est redevenue souple. Le coup a été absorbé et généralement, vous n'avez aucune blessure, même en cas de coup très violent… Vous ferez peut-être un vol plané, mais rien ne pénétrera dans votre corps… La peau est pratiquement indéchirable !

« Formidable, mais il faut faire vite maintenant ! » pensa-t-il.

Dreck gagna la cale centrale et ramassa son équipement de survie qui contenait, entre autres, une petite tente, des vivres concentrés pour deux semaines et différents équipements électroniques, merveilles de miniaturisation, pour survivre en milieu hostile, ainsi qu'un répondeur-codeur pour permettre à Nem de le retrouver et qui pouvait aussi servir de communicateur vers le satellite lancé par Nem. Bien sûr, il ramassa aussi les armes !

Finalement, Dreck enfila son réacteur dorsal, ouvrit le sas et se jeta dans le vide ! Il en ressentit presque du plaisir ! Cela le ramenait au temps de l'Académie et des forces spéciales.

« Trêve de rêverie, se dit-il, j'ai intérêt à profiter du vol pour m'orienter ! »

Mais Dreck se rendit compte immédiatement que cela était peine perdue car le sol était couvert de ce qui ressemblait véritablement à un délire végétal…, une jungle incroyablement dense !

« Qu'importe, pensa-t-il, je m'y cacherai d'autant mieux ! »

Ce fut à ce moment qu'il remarqua deux glisseurs sarkaïs se précipiter vers lui ! Son sang ne fit qu'un tour et en moins d'une seconde, il ouvrit le feu avec son fusil Baïkal. Un premier glisseur éclata en dispersant ses occupants aux quatre vents ! Le deuxième ouvrit alors le feu sur lui avec des armes plus puissantes quoique plutôt mal pointées.

Bref, son escapade commençait mal ! Mais le colonel était homme de ressources, et il parvint finalement sans encombre sous le couvert végétal d'une bien étrange forêt. Le mot jungle convenait mieux que celui de forêt, car il s'agissait d'un milieu extraordinairement dense, même en altitude. Les arbres étaient gigantesques et portaient leurs faîtes à plusieurs centaines de mètres de hauteur alors que de multiples plantes parasites se développaient sur les branches et même entre elles, grâce aux réseaux de lianes reliant les arbres.

Dreck, sur ses gardes, pénétra au plus profond de cette jungle pour semer ses poursuivants qui, d'ailleurs, n'insistèrent pas longtemps, apparemment convaincus de l'impossibilité de le retrouver dans cette mer végétale!

« Bien, pensa-t-il, il ne me reste qu'à me faire un petit nid douillet et à attendre que Nem ait réglé leur compte aux Sarkaïs ! »

Dreck se sentait en sécurité et se remit à penser aux missiles qui les avaient poursuivis jusqu'ici. Il y avait beaucoup de choses qui le tracassaient à leur sujet. D'abord, que faisaient-ils si loin de tout vaisseau de commandement, pourquoi étaient-ils si nombreux et surtout, cette façon de se coordonner… comme s'ils étaient vivants !! Dreck frissonna.

« Des machines vivantes ? se questionna-t-il, et qui… se reproduiraient par elles-mêmes ? Mon Dieu, j'espère que ceux qui sont derrière cela, humains ou non, n'ont pas fait cette folie ! »

Car Dreck se souvenait d'un de ses cours à l'Académie. Son professeur, à l'époque, avait abordé le problème des machines intelligentes ou semi intelligentes qui pouvaient se reproduire, et pourquoi leur conception avait été bannie par un des décrets les plus durs de l'Empereur.

« Pensez, avait-il dit à ce moment, que votre machine est exactement ce que vous voulez, un engin volant, un ordinateur, peu importe. Elle se multiplie. Au début, pas de problème, parce que vous en avez plusieurs sans que cela ne vous coûte un sou. Mais après, des erreurs se produisent au cours de la multiplication, en fait, comme chez le vivant. La plupart seront dysfonctionnelles, et votre appareil ne fonctionnera plus… mais certaines pourraient être même bénéfiques. Avec la loi du nombre et multiplié par le temps, vous aurez quelque chose que vous ne contrôlerez plus et qui sera différent de ce que vous vouliez. Imaginez maintenant que ce que vous avez construit soit des mines, que vous voudriez voir défendre votre planète. Elles se multiplient et assurent vraiment votre défense et leur nombre allant croissant, votre défense devient vite impénétrable. Bien sûr, vous les avez munies de codes de sécurité qui les empêchent de détruire vos propres vaisseaux ! Mais de petites erreurs apparaissent à chaque génération, comme du reste cela se passe avec le vivant, et après un certain temps, vos mines ont oublié vos codes… Vous êtes maintenant prisonnier de vos propres créatures… et le temps ne fera qu'aggraver les choses. »

Maintenant Dreck ressentait un froid glacial l'envahir !

« Mon Dieu, j'espère que mon intuition est fausse ! »

Ce fut à ce moment que Dreck réalisa qu'il était observé et quand le vieux saurosaure bondit sur lui, il ne dut sa survie qu'à sa peau de Goldorak que la puissante mâchoire de la bête ne put entamer. Enragé de ne pouvoir le déchiqueter facilement, l'abominable animal se mit à le secouer brutalement, puis à le jeter en bas de la branche sur laquelle Dreck s'apprêtait à installer sa tente. Tout son matériel fut dispersé autour de lui, et Dreck fit une chute de près de 30 mètres, heureusement ralentie par les nombreux branchages et lianes rencontrés lors de sa descente plus que rapide, ainsi que par l'humus épais qui couvrait le sol ! Il allait sans dire que la chute aurait été mortelle sans sa providentielle peau protectrice !

Moins d'une seconde après, le saurosaure était sur lui, mais Dreck avait réussi à retrouver suffisamment ses esprits pour accueillir la bête avec son couteau de chasse bien en main. Il était debout, bien campé, et en un formidable coup de couteau, éventra l'animal alors que celui-ci était encore en vol plané. Le corps de l'animal, que la vie avait déjà quitté, s'écrasa sur lui et, sous le choc, il fut précipité à plusieurs mètres, le corps dégoulinant du sang de la bête… Mais il était sain et sauf !

Dreck remercia le ciel d'avoir réussi sans dégainer ses pistolets, car cela aurait immédiatement attiré vers lui les Sarkaïs.

« Merci à ma peau de Goldorak », se dit-il mentalement.

Un coup d'œil sur le cadavre le rassura aussitôt. C'était un très vieux mâle, probablement défait dans une joute rituelle et chassé de son clan…

Il n'aurait donc pas à redouter d'autres adversaires.

« Il y a quand même du bon à lire les documents à fond », se dit-il, en se rappelant le dossier saurosaure qu'il avait épluché durant son voyage vers Aménophis IV!

Dreck était plein d'ecchymoses, mais vivant !

Cependant, il avait perdu tout son matériel. Rapidement, il se lança à la recherche de celui-ci et, heureusement, put rapidement en récupérer une bonne partie, en particulier son fusil Baïkal et son multi-détecteur, mais il dut faire le deuil de son casque à tir autodirecteur !

« Décidément, pensa-t-il, les Sarkaïs ne sont pas de terribles adversaires… Cela en est presque décevant et… et les saurosaures… bof ! »

Dreck savait qu'il ne devait pas penser comme cela, mais la tension des dernières heures avait vraiment mis ses nerfs à rude épreuve, et ses petites victoires récentes agissaient comme un calmant. Il savait qu'il était perdu sur une planète rarement visitée et peuplée de monstres redoutables et que les Sarkaïs ne seraient pas défaits aussi facilement la prochaine fois. Peut-être avaient-ils pour mission de le capturer plutôt que de le tuer et avaient-ils été surpris par la force de sa riposte? Allez savoir…! De toute façon, il devait maintenant se trouver un endroit bien abrité, quelque part entre le sommet des arbres et le sol où il pourrait dresser sa petite tente de poche tout en se protégeant des saurosaures et autres infectes bestioles! Dreck brancha son détecteur et démarra son réacteur dorsal à la vitesse de sustentation. Ainsi, il pouvait se mouvoir comme en apesanteur, le réacteur annulant exactement son poids. Flottant comme une plume au vent, il sautilla d'arbre en arbre tout en prenant garde de ne pas dépasser leur cime. Mais la tentation était trop forte, et il passait parfois la tête en haut d'un arbre. Chaque fois, c'était la même vision d'un ciel pour le moment dénué de tout nuage et d'une mer végétale qui semblait s'étendre à l'infini. Parfois, il pouvait voir un vol de saurosaures, parfois de petits oiseaux, mais rien du côté des Sarkaïs, ce qui commençait à l'étonner! Comment? Il en pulvérise un gros tas, et aucun d'entre eux ne vient demander de compte ? Ont-ils peur ? Dreck ne put résister à une vague de mépris. Ils avaient si mauvaise réputation ! Des tueurs, des salauds de la pire espèce… et maintenant des lâches ?

Tout à coup, le multidétecteur grésilla doucement, attirant son attention.

Aussitôt Dreck l'examina, mais le contact avait déjà disparu ! Faisant appel à la mémoire de l'appareil, Dreck constata que quelque chose avait été brièvement détecté.

« Trois humains, constata-t-il, vraisemblablement à mes trousses, mais comment font-ils pour brouiller mon détecteur ? »

Cette nouvelle l'inquiéta, parce que cela signifiait qu'il ne pourrait pas les voir venir… enfin, pas sur son détecteur du moins !

« Qui sont-ils donc ? Il faut que je sache où ils se trouvent exactement, si je veux les combattre… Ah! voilà qui fait mon affaire : je vais me poster au sommet de ce grand arbre et commencer à leur préparer une petite réception !!! »

Dreck se posta sur un arbre gigantesque qui dépassait les autres de plusieurs mètres. Aussitôt, il le piégea avec les munitions de type grenade de son fusil d'assaut.

« S'ils reniflent ma piste, ils auront une surprise », pensa-t-il sauvagement.

Il installait un autre piège quand il eut soudain l'impression d'être observé. Levant la tête, il vit distinctement au loin, un géant, lui aussi perché sur un arbre et qui le fixait intensément !

L'homme était mince, sinon maigre, et devait faire dans les deux mètres, deux mètres vingt facilement. Il était d'un noir profond… pas comme certains Noirs dont la peau tirait plus sur le brun… Non, celui-là était plus sombre que la nuit ! Il portait un simple pagne et un immense fusil d'allure ancienne. À l'instant où Dreck fut en contact visuel avec lui, celui-ci le fixa brièvement d'un air de défi pour lui dire de ne pas se fier à son allure et que la chasse ne se ferait pas de façon primitive. Puis il disparut avant même que Dreck pût pointer son arme vers lui ! Dreck connaissait son fusil de chasse… Le boubou, comme ils l'appelaient… Il n'avait de primitif que l'aspect ! Comme son Baïkal, ses munitions étaient explosives, et Dreck savait que sa peau de Goldorak serait incapable de le protéger en cas d'impact direct !

« Merde, pensa Dreck, un maître chasseur ISSAR ! Leur foutu code d'honneur les oblige à se montrer à leur proie, quand ils font la chasse à l'homme. »

De plus, il avait clairement vu que l'homme était debout sur un N'Deke, l'engin de chasse des ISSARS. Le N'Deke ! Dreck se souvenait de cet engin. Il l'avait vu lors d'un voyage sur Notre-Monde. Un AFFARAS le lui avait montré. C'était un engin étrange, en fait une grande aile en V sur laquelle le pilote se tenait debout, comme sur une planche à neige. Les pieds étaient fixés à l'engin, et celui-ci se pilotait par les mouvements des pieds. La propulsion était le fait de petits réacteurs qui comprimaient l'air et dont l'énergie provenait de piles nucléaires standards. Un dispositif d'annulation des ondes de pression de bruit en faisait un engin particulièrement silencieux. L'appareil avait une envergure de trois mètres et pouvait faire du surplace grâce à un dispositif d'inversion des réacteurs. Inutile de dire que le pilotage d'un tel engin était particulièrement difficile, mais une fois cela réalisé, on avait une machine beaucoup plus manœuvrable que le réacteur dorsal classique !

« Merde de merde, et re-merde, jura-t-il une nouvelle fois, j'aurais préféré cent fois des Sarkaïs ! »

Et Dreck avait raison, car les ISSARS, il ne les connaissait pas directement, mais il avait maintes et maintes fois chassé sur Notre-Monde avec des AFFARAS, et ceux-ci étaient des chasseurs prodigieux… Et pourtant, ils disaient toujours qu'ils n'étaient rien en comparaison des ISSARS !

Apparemment, depuis des siècles, ils avaient des compétitions de chasse annuelle avec leurs amis ISSARS et N'AVAIENT JAMAIS GAGNÉ UNE SEULE DE CES COMPÉTITIONS! Pourtant, Dreck aimait ces peuples qui avaient choisi de vivre autrement ! C'était pour cela qu'il avait été désolé d'apprendre que la guerre avait éclaté avec eux, surtout à cause de ces salauds de la Fédération interstellaire impériale, des requins parmi les requins ! Et maintenant, il avait un maître chasseur sur le dos ! Car c'était un maître, cela, Dreck en était sûr... Le regard... Le défi, tout le prouvait.

Brusquement, Dreck n'eut plus envie de fanfaronner comme quelques heures plus tôt. Non, la chasse était ouverte, et il en était le gibier !

« Ils croient chasser de l'antilope, pensa-t-il, mais c'est une chasse au lion qu'ils auront ! »

Dreck bondit sur l'arbre voisin où il installa un autre dispositif explosif, et ainsi de suite sur plusieurs arbres du voisinage. Il était sûr qu'un des chasseurs viendrait sur son arbre ou proche de lui... pour sentir sa proie !

Puis il détala aussi vite que possible sans toutefois voler au-dessus de la cime des arbres car cela aurait, à coup sûr, représenté la mort pour lui. Il se souvenait de la façon incroyable dont un maître ISSAR, qu'il observait lors d'un voyage sur Notre-Monde, avait abattu un aigle hurleur à trois cent cinquante mètres et en plein vol.

« Non merci, pas pour moi, pensa-t-il, pas avec des tireurs de ce calibre ! »

Brusquement, une violente explosion retentit derrière lui, indiquant qu'un de ses pièges avait fonctionné ! Il se retourna brièvement pour voir soudain une étrange boule noire bondir vers le ciel puis retomber vers lui. Son cœur s'arrêta de battre quelques secondes, pensant à une bombe qui aurait mis fin prématurément à la chasse. Mais rien ne se passa. Alors, en animal que la curiosité avait souvent conduit à faire des gestes irréfléchis, il se dirigea avec précaution vers l'étrange boule noire qui était restée accrochée entre deux branches, non loin de lui. Il vit que la boule noire était en fait la tête d'un tout jeune homme, probablement un des apprentis du maître !

« UN DE MOINS », hurla-t-il à l'intention des deux autres !

Dreck reprit son vol à couvert et se mit en devoir de changer de direction plusieurs fois, en prenant soin de ne pas briser de branches sur son passage. Certain d'avoir semé ses adversaires, il se posta de nouveau en haut d'un arbre et se mit en devoir de scruter la jungle épaisse qui l'entourait.

Il avait couvert au moins dix kilomètres depuis le lieu de l'explosion, estima-t-il, et il ne voyait pas comment les ISSARS l'auraient suivi.

Ce fut donc avec consternation qu'il vit remuer le feuillage d'un arbre, à peine à un ou deux kilomètres de lui !

« Celui-là, je vais me le faire », pensa-t-il, en pointant son fusil d'assaut vers l'arbre en contrebas, là où il avait vu remuer le feuillage.

Brusquement, son instinct lui hurla de se coucher sur la branche sur laquelle il était perché, IMMÉDIATEMENT. Bien lui en prit, car une microseconde plus tard, le faîte de son arbre fut décapité par le tir du maître qui arrivait de la direction opposée à celle à laquelle il s'attendait !

Dreck en eut un frisson glacé, car il venait de se faire presque prendre par la même tactique que celle utilisée par les saurosaures, il n'y avait pas si longtemps. À croire que les ISSARS l'avaient enseignée aux saurosaures !

Dreck, poussé par une certaine panique, enclencha à fond son réacteur et bondit dans le ciel pour réaliser immédiatement la folie de ce geste qui faisait de lui une cible trop facile. Ainsi, d'un coup de rein magistral, il effectua un incroyable retournement… qui lui évita deux balles explosives presque tirées simultanément par les chasseurs ! Se retournant rapidement, il vit un des chasseurs bondir vers lui sur son N'Deke. Dreck ouvrit le feu sur lui immédiatement, mais le chasseur avait fait une pirouette et se tenait maintenant la tête à l'envers tout en volant avec une vitesse prodigieuse… et il avait son fusil pointé dans sa direction ! Dreck réalisa le danger et par un autre violent coup de rein, fit de nouveau dévier sa trajectoire, bien moins rapide que celle de son adversaire. Bien lui en prit, car sous lui plusieurs arbres éclatèrent.

Il donnait maintenant tous les signes de l'affolement et plongea à toute vitesse vers un cours d'eau qu'il venait tout juste de remarquer. Le contact avec l'eau froide lui permit de se reprendre en main.

« Calme, calme, Dreck, sinon tu es mort ! »

Alors il se rendit compte qu'il devait arrêter de fuir et attaquer plutôt! Sa décision fut prise instantanément. Après tout, il était quand même un officier très bien entraîné de la Garde impériale et s'il avait à mourir, que ce fût en combattant! Alors, utilisant son réacteur dorsal comme propulseur sous l'eau, il revint en arrière vers les ISSARS, pour les attendre sous un arbre qui était tombé et faisait une sorte de pont entre les deux rives de la rivière. Dreck reprit brièvement de l'air, puis replongea silencieusement sous l'eau, directement sous l'arbre, l'ombre de celui-ci contribuant à le rendre indétectable.

« Bonne tactique », se dit-il, quand il vit un des ISSARS se poser sur l'arbre et scruter la rivière pour détecter toute trace de bulles d'air. Dreck glissa silencieusement sous l'arbre, puis quand il s'estima être à la verticale de son ennemi, il enclencha son réacteur dorsal à fond et bondit hors de l'eau tout en se précipitant vers l'ISSAR que la soudaineté de l'attaque avait déconcerté. Dreck lui planta son couteau de chasse profondément dans l'abdomen tout en maintenant son réacteur enclenché à fond. Sous le choc, sa peau de Goldorak se figea, rendant Dreck incapable de retirer son couteau du chasseur ennemi, ce qui eut pour effet, sous la pression du réacteur, de faire remonter le couteau le long du corps du chasseur en l'ouvrant comme une huître dans un déluge de sang, du nombril jusqu'au front où le couteau fut brusquement arrêté dans la boîte crânienne ! Le choc fut tel que Dreck et son infortunée victime furent projetés en l'air, jusqu'au moment où Dreck lâcha son arme, permettant au corps déchiré de son antagoniste de retomber dans la rivière, dans un bouillonnement d'écume et de sang !

Dreck entendit parfaitement le cri d'agonie de son adversaire ainsi qu'un autre cri… celui du maître chasseur ! Mais il n'eut pas vraiment le temps de s'interroger sur la signification de l'autre cri… qui, une fois de plus, arrivait d'une direction inattendue ! Tel un gigantesque oiseau, debout sur son N'Deke, le maître ISSAR se ruait sur lui tout en tirant !

Dreck le vit arriver du coin de l'œil et d'un rapide mouvement des

hanches, fit un quart de tour sur lui-même pour faire face à son ennemi… Mais ce fut un centième de seconde trop tard car, touché de plein fouet, son réacteur éclata ! Le choc fut effroyable, mais une fois de plus, la peau de Goldorak le sauva d'une mort certaine ! Dreck se retrouva suspendu à un parachute déployé automatiquement une seconde après l'explosion de son engin volant ! Mais il était encore à une vingtaine de mètres au-dessus des arbres, ce qui faisait de lui un cadavre en puissance vu l'extrême précision des tirs du maître chasseur ! Affolé, il se mit à tirer comme un fou dans la direction de son adversaire, qui dut faire une chandelle avec son engin pour éviter le tir de barrage de Dreck, puis il plongea vers les arbres… que Dreck arrosa aussitôt allégrement de grenades ! Il épuisa ainsi toutes les munitions de son fusil Baïkal, ainsi que toutes ses grenades, tout en étant malgré tout sûr que l'autre avait survécu ! Après une courte descente, il atteignit le sommet des arbres, et son parachute s'accrocha à une branche.

Dreck n'hésita pas une seconde et le décrocha, toujours poussé par la certitude de la survie de son antagoniste. Bien lui en prit, car à peine était-il décroché de l'arbre que celui-ci explosa juste là où il se trouvait, vraiment très peu de temps auparavant ! Mais il était haut et malgré sa peau protectrice, dégringoler de près de 85 mètres en rebondissant de branche en branche, n'était pas une mince affaire. Son arrivée brutale dans l'humus, au pied de l'arbre, le laissa dans un état de stupeur et de douleur totales !

Mais la douleur ne changeait rien à l'urgence de la situation et cela, Dreck en était très conscient. Ainsi, malgré l'omniprésence de la souffrance, il se releva, aidé par son formidable entraînement de garde impérial et… le fait que malgré tout, il n'avait rien de cassé. Dreck courut comme s'il avait le diable aux trousses… et d'une certaine manière, il l'avait vraiment ! Il avait perdu tout son matériel, sauf son émetteur et un pistolet avec seulement un demi-chargeur. Il ne donnait pas cher de sa vie. Il savait que sa seule chance de survie était de surprendre son adversaire… Il devait donc l'attendre en se cachant du mieux qu'il pouvait. Ce fut alors qu'il remarqua une étroite crevasse qui semblait profonde. Il s'y glissa rapidement, pointant sa dernière arme vers la forêt d'où viendrait, il n'en doutait pas, le tueur ! Il avait déjà réussi à en tuer deux… Pourquoi pas un troisième ? Mais au fond de lui, il en doutait, car le troisième en question, c'était le maître et jusqu'à présent, celui-ci avait eu le dessus sur lui !

Dreck était bien posté en embuscade quand il sentit tout à coup un vent glacé lui effleurer le dos. Surpris, il se retourna pour constater que la crevasse était beaucoup plus profonde qu'il l'avait estimé au début… De plus, ce courant glacé était intrigant. En plissant les yeux, il eut l'impression que le fond de la brèche était en béton ! Peut-être une base ennemie ? Dreck joua le tout pour le tout et s'enfonça plus profondément dans le sol, jusqu'au moment où, effectivement, il trouva un mur de béton partiellement défoncé, comme si un tremblement de terre avait ouvert une brèche dans le mur de ce qui ressemblait à une base souterraine.

« Pas mal pour une planète déserte », se dit Dreck.

Il regarda par la brèche l'intérieur qui était faiblement éclairé. Cela ressemblait à un immense entrepôt. Absolument certain que son adversaire ne se risquerait pas dans la crevasse derrière lui, ce qui l'exposerait trop à une embuscade, Dreck décida d'y descendre.

« Peut-être vais-je trouver de nouvelles armes pour combattre le monstre dehors », se dit-il, comme pour se donner du courage. L'entrepôt était absolument colossal, rempli de boîtes rectangulaires toutes pareilles et… très froides.

« Ma parole, s'écria-t-il haut et fort, c'est froid comme une tombe ici ! »

Il avait ressenti puissamment le besoin de parler tout haut et ce, malgré les risques, comme pour se rassurer lui-même, tant l'endroit était étrange et l'ambiance oppressante.

« On dirait vraiment des cercueils ! »

Si c'en était, il y en avait vraiment beaucoup ! Ils étaient empilés par paquets de cinq de large, deux de long et dix de haut. Mais comme dans tout entrepôt, il y avait des structures de métal qui permettaient de ranger ces blocs de dix… cercueils (?) sur dix niveaux, ce qui donnait près de cent boîtes par rangée !

« Eh !… mon Dieu, pensa-t-il, il y a au moins cent rangées de large et… au moins cent aussi de long… Cela fait… mon Dieu, un million de ces boîtes dans cet entrepôt ! Mais que contiennent-elles ? »

Dreck grimpa sur une pile, notant au passage qu'elles étaient toutes reliées par un fil électrique et toutes très froides ! Arrivé au sommet, il vit que ces étranges boîtes avaient une petite fenêtre. Il se pencha sur la plus proche et nettoya avec la main la buée qui la recouvrait.

« Mon Dieu, mon Dieu, ce ne sont pas des cercueils, mais des sarcophages d'hibernation », constata-t-il en découvrant le visage gelé d'un Sarkaï, au travers de la fenêtre !

Comme un fou, il se précipita vers un autre sarcophage, puis un autre et encore un autre. Chacun contenait un Sarkaï gelé. Et il ne s'agissait pas de clones. En plus, cette écriture totalement incompréhensible qui apparaissait sur chacun d'entre eux… !

« Mon Dieu… un million de Sarkaïs tous différents, tous congelés et tous probablement en vie suspendue… Mais qui a fait cela… et pourquoi ? Il se passe des choses très étranges sur cette planète perdue… Il faut que j'en avise l'Empereur… Cela commence à être très inquiétant !

D'abord les missiles, puis le chasseur, et maintenant ce terrible entrepôt ! »

Dreck quitta l'entrepôt par le même chemin qu'à son arrivée car il craignait de passer par les portes officielles, ce qui aurait déclenché, sans nul doute, les systèmes d'alarme. Il voulait à tout prix contacter la balise lancée par le Nem avant leur arrivée sur Aménophis IV et lui faire enregistrer toutes ces données nouvelles qu'il avait découvertes ici… cette incroyable information sur le million de Sarkaïs gelés, l'implication des ISSARS, la présence des Sarkaïs. Dreck était certain que l'état-major enverrait un vaisseau à sa recherche, car celui-ci avait été informé de son intention de venir sur cette planète.

Malheureusement pour Dreck, le sens du devoir est certainement une grande qualité, mais pas quand il conduit à l'imprudence !

Dreck gagna l'air libre et tenta de contacter la balise, ce qui était vraiment inconsidéré, car il aurait dû savoir que sa tentative de contact serait écoutée… En plus, non seulement il fut brouillé, mais cela fut aussi une précieuse indication de localisation pour son adversaire !

Dreck allait tenter une nouvelle fois de contacter la balise quand un filet sorti de nulle part l'immobilisa soudain ! Il connaissait ce genre de filet indestructible qui serre davantage sa victime si celle-ci se débat. Dreck eut juste le temps d'enclencher le système de libération de la peau de Goldorak. Celle-ci se transforma en gaz en un rien de temps ! Secret militaire oblige !

Mais Dreck le savait… IL ÉTAIT FAIT COMME UN RAT!

Complètement immobilisé, il vit soudain apparaître dans son champ de vision, une paire de jambes noires comme la nuit. Il tenta de saisir son revolver, mais c'était peine perdue, le filet ne fit que l'enserrer davantage !

Puis l'interminable paire de jambes se plia en deux, et son adversaire lui fit soudain face. C'était un grand Noir qui avait fière allure ! Du sang rouge vif coulait encore sur sa poitrine sombre, ce qui eut pour effet de contenter Dreck.

« J'ai failli t'avoir, mon salaud », pensa-t-il !

L'homme tenait son étrange fusil d'une façon très particulière, derrière sa nuque, les deux bras appuyés dessus. Il regarda fixement Dreck puis parla :

« Vous êtes une proie coriace, colonel ! Je me présente, Gaston Ikoumé, maître chasseur du peuple des ISSARS, avec lesquels vous êtes en guerre ! »

L'homme fit une pause, puis continua :

« Vous avez tué Moï Akamé, mon neveu, et aussi Diko Ikoumé, MON FILS! »

Il avait hurlé cette fois.

« Vous avez dans votre tête beaucoup d'informations que nous voulons, ainsi je ne vous tuerai pas tout de suite, même si je l'ai tenté plus tôt. Je vais vous amener vers ma planète où nous extrairons tout ce que votre cerveau contient.

– Vous ne trouverez rien, lui répondit Dreck, je suis protégé !

– Oh ! mais je sais cela, colonel, comme je connais votre nom et savais votre future présence ici, avant même votre arrivée ! Mais tout n'est pas bloqué dans votre tête et un colonel, chef des services de renseignements de surcroît, connaît des choses qu'il ne sait même pas qu'il connaît ! Et ces choses nous seront très utiles ! »

Dreck frissonna involontairement.

« Je dois vous avertir, cependant, que le voyage vers ma planète sera doublement long, d'abord parce que nous sommes loin, ensuite parce que j'ai bien l'intention de vous faire payer la mort de mon fils en vous torturant régulièrement durant le voyage ! Mais rassurez-vous, je vous maintiendrai en parfaite condition pour l'extraction cervicale que nous effectuerons sur Notre-Monde. Bien sûr, cela aura l'inconvénient de détruire complètement votre personnalité et vos souvenirs, mais nos spécialistes m'ont rassuré et garanti que même si vous êtes en piteux état, vous devriez encore être capable de souffrir ! Et vous savez ce que je vais faire à ce moment-là, mon cher colonel ? Je vais vous peler comme un oignon, sans toutefois toucher aux artères principales, puis vous rouler dans le sel… Et alors, mon cher colonel, VOUS MAUDIREZ LA P… DE MÈRE QUI VOUS A MIS AU MONDE ! »

CHAPITRE 22 – … EN SCYLLA!

Simon avait encore eu une de ces journées ! Il avait relu une fois de plus le dernier message de Dreck ! Il ne pouvait pas croire qu'une race humaine avait trahi l'humanité ! Et pourtant… les signes se multipliaient !

Et Dreck avait disparu ! Des rapports lui disaient que son extraordinaire vaisseau, le NéMéSiS, était maintenant au service des Sarkaïs, ce qui était plus qu'étonnant, car ce vaisseau aurait dû regagner sa base même s'il avait perdu son capitaine… à moins qu'il n'ait été, justement, livré par son capitaine ! Simon ne pouvait pas le croire… Et pourtant, c'était ce que lui susurrait à l'oreille l'archibaron de La Roche. Pour lui, Dreck aurait rejoint les Sarkaïs ! Aux yeux de la Commission impériale du gène, Dreck n'était pas génétiquement correct et se devait donc de trahir son Empereur. Mais Simon était lassé de ce discours et se demandait si la Commission avait partie liée avec la nouvelle Église des adorateurs du gène (EAG), dont les membres se faisait appeler Hashshashin et qui avait été récemment impliquée dans de sombres meurtres rituels d'Attironteks. Simon sentait cette haine, basée sur les différences génétiques, gonfler d'année en année. Il croyait que les Uïgures avaient, au moins en partie, raison quand ils parlaient de la grande force que représentait la variance génétique car elle permettait de s'adapter à un environnement hostile, et Dieu sait que la majorité des planètes de son Empire étaient hostiles à l'homme. Mais il ne pouvait pas l'avouer officiellement, la Commission était trop puissante. Et son rôle en tant qu'empereur avait toujours été de maintenir la cohésion de l'Empire qui était, maintenant, directement menacé par ces fanatiques. Bien sûr, il faisait vérifier régulièrement par les services secrets les membres de la Commission impériale du gène… Si l'un d'eux se trouvait être membre de l'EAG, il était éliminé immédiatement ! Et il y avait les commandos… ! Mais Simon ne voulait pas non plus éliminer la Commission parce que les faits rapportés par eux étaient indéniables, l'humanité allait vers une bâtardisation qui, inévitablement, en arriverait in fine à créer une nouvelle race humaine suffisamment différente de la race d'origine pour rendre les deux races incapables de procréer ensemble. Alors que faire, se demandait-il tout le temps, sinon maintenir un fragile équilibre entre les deux tendances ?

Pierre encaissa le choc douloureusement. Mourir ne lui faisait pas peur, il avait côtoyé la mort si souvent dans sa vie qu'elle lui était presque familière…

Mais irradié, cela voulait dire une mort lente, affreusement douloureuse…

Ça, Pierre le redoutait plus que tout au monde ! Et Michelle était…livide !

« Professeur, nous allons avoir besoin de soins rapidement ! Nous sommes dans l'espace maintenant, et nous devons absolument regagner la Terre !

– Vous avez raison, Pierre, mais pour cela, il faut faire repartir le réacteur nucléaire car celui-ci est éteint, et nous devons nous reconvertir en matière si nous voulons revenir sur Terre… Or plus rien ne fonctionne !

– Alors professeur, je vous suggère très fortement de vous y mettre et de réparer !

– Heu, heu, je… ça… ça ne marche pas, le panneau de contrôle semble mort !

– PROFESSEUR, intervint soudainement Michelle, nous pouvons toujours accéder aux commandes de secours du réacteur à l'arrière,

REPRENEZ-VOUS, BON SANG!

– Je… je… vous avez raison, Michelle, mais je pense que nous allons avoir à réparer certaines connexions endommagées… ! »

Le professeur avait tout à coup un nouveau but. Cela lui remonta le moral et le sortit de la profonde léthargie dépressive dans laquelle la perspective de la destruction de la Terre l'avait laissé !

« Michelle, accompagnez-moi à l'arrière et vous, Pierre, surveillez nos appareils de maintien des conditions de vie à bord. »

Tout le monde avait soudain un travail à faire, et la tension retomba !

Pierre contrôla les appareils de survie et constata leur parfait fonctionnement, ce qui avait pour effet d'éloigner le danger, du moins dans l'immédiat ! Il brancha son radar pour surveiller la nuée de satellites artificiels qui orbitaient autour de la Terre. L'avion continuait de monter à la verticale de la Terre… en direction de la Lune, mais traversait pour le moment la banlieue terrestre, qui commençait à être aussi encombrée que celles des grandes villes de la planète… Enfin pas tout à fait, mais Pierre savait que les collisions dans l'espace pouvaient arriver et que l'une d'elles les enverrait sûrement rejoindre leurs ancêtres ! Alors il surveillait l'espace sans toutefois réellement savoir ce qu'il ferait s'il y détectait une menace, n'ayant aucune puissance de propulsion disponible… Mais il ne pouvait faire autrement ! Comme tout fonctionnait bien et qu'il se sentait un peu désœuvré, il contempla l'espace et la Lune vers laquelle ils fonçaient. Déjà, celle-ci lui semblait beaucoup plus grosse… et même très grosse ! Il réalisa soudain qu'ils volaient maintenant dans l'espace profond à une vitesse qui, vu la grosseur de la Lune, devait être très importante ! Cela faisait près d'une heure que Michelle et le professeur bataillaient de l'autre côté du vaisseau et de temps en temps, des bruits assourdis lui parvenaient. Pierre se demandait quelle pouvait être leur vitesse actuelle et, bien sûr, il n'avait pas, comme dans une voiture, un odomètre qu'il lui aurait suffi de consulter pour connaître sa vitesse. Aussi, il tenta de la calculer approximativement.

« Voyons voir, se dit-il, nous accélérons à environ dix mètres par seconde, à notre départ, nous avions une vitesse de 6 000 km/heure et nous sommes partis depuis quatre-vingt-dix-sept minutes maintenant… disons cent minutes… À chaque minute, nous augmentons notre vitesse de dix fois soixante, soit six cents mètres par seconde, donc pour cent minutes nous avons six cents fois cent minutes, 60 000 mètres/sec ou 60 000 fois 60 sec fois 60 minutes/1 000 mètres par km, soit approximativement : 216 000 km/heure + 6 000 km/heure, cela fait : 222 000 km/heure approximativement ! Bien sûr, il faut compter que la force de rejet de la terre diminue avec la distance. Je ne peux pas l'estimer ici, mais cela devrait être approximativement une vitesse d'au moins 150 000 km/heure ! Voilà pourquoi la Lune me semble si grosse, nous sommes pratiquement à mi-chemin d'elle… Dans moins de deux heures, nous serons sur la Lune ! » Tout à coup, un sentiment d'urgence anima Pierre. « Nous allons nous écraser sur la Lune, pensa-t-il, et comme nous sommes de l'antimatière, cela va créer une gigantesque explosion ! »

« Professeur, Michelle, vite », s'écria soudain Pierre.

Alarmé par l'appel de Pierre, le professeur et Michelle revinrent vers la cabine de pilotage.

« Quel est le problème, Pierre ? demanda Vauldegarde.

– La Lune, professeur, nous allons nous écraser dessus très rapidement… dans moins d'une heure à la vitesse à laquelle nous allons ! »

Vauldegarde regarda brièvement par la fenêtre avant de répondre :

« Non, Pierre, la Lune agira de la même façon que la Terre, elle nous rejettera !

– Pourquoi ?

– Il est idiot ou quoi, notre mmmerveilleux pilote ? insinua Michelle.

Vous ne comprenez pas que nous sommes toujours de l'antimatière et donc que la Lune va nous repousser ? »

Pierre sentit la morsure de l'humiliation que lui faisait subir Michelle et répliqua :

« Heureusement que nous avons notre si intelligente informaticienne avec nous pour nous tirer de ce mauvais pas. Je vois déjà l'énergie revenir dans les moteurs grâce à son travail génial, et je sens que je vais pouvoir ramener notre vaisseau vers la Terre très bientôt, merci à toi, Michelle ! »

Vauldegarde, écœuré par l'échange acerbe entre Michelle et Pierre, se retourna et d'une petite poussée des jambes, se propulsa vers l'arrière de l'appareil en descendant les escaliers en vol plané. Michelle le suivit immédiatement.

Pierre retourna à sa contemplation du vide spatial ainsi qu'à sa surveillance des instruments de contrôle.

Quelques heures plus tard, Vauldegarde et Michelle, le visage ravagé par la fatigue, le rejoignirent. Cela faisait longtemps maintenant que la Lune les avait repoussés et les avait même fait accélérer un peu plus. La lumière inondait le cockpit, et Pierre avait dû augmenter la climatisation car la température intérieure montait beaucoup étant donné que la Lune les avait propulsés… directement vers le Soleil ! Vauldegarde fut surpris de voir cela !

« Nous avons intérêt à régler notre problème rapidement, car il va faire rapidement plus chaud que dans un four ici, dit-il, un sourire éclairant son visage fatigué.

– Vous avez réparé ? demanda Pierre, plein d'espoir.

– Je crois que oui… Nous devrions être capables de revenir à l'état de matière et de regagner la Terre grâce aux moteurs à inertie. Mais en premier lieu, il nous faut redémarrer le réacteur. »

Et le miracle s'accomplit ! Vauldegarde, aidé par Michelle, réussit à redémarrer le petit réacteur nucléaire. Aussitôt, Pierre coupa le système de secours, puis testa les moteurs… qui fonctionnèrent du premier coup. Le moral de tout le monde remonta d'un coup !

En guise d'essai, Pierre retourna le vaisseau de manière à ne plus avoir le Soleil dans les yeux. La manœuvre, quoique délicate, réussit du premier coup grâce à son extraordinaire dextérité.

Le vaisseau continuait, cependant, de s'éloigner de la Terre, en direction du Soleil à très haute vitesse. Il devenait donc urgent de le reconvertir en matière.

Ce fut avec le cœur serré que Pierre, sous la direction de Vauldegarde, actionna une nouvelle fois le système de conversion matière/antimatière. Mais cette fois, tout fonctionna très bien, et seul un léger grésillement les avertit que la formidable décharge d'énergie les avait bien retransformés en matière.

« Vous êtes sûr ? questionna Pierre.

– Absolument, vous avez vu comme moi les cadrans indiquer brusquement la libération de l'énergie… Et de toute façon, nous aurons la confirmation bientôt, car la Terre va nous repousser si nous sommes toujours de l'antimatière.

– Fort bien. Je vais donc pousser nos moteurs à fond pour nous ralentir… Je vais voir si nous ne pouvons pas simplement tourner dans l'espace et repartir vers la Terre, mais j'ai besoin que vous me donniez une idée de notre vitesse pour me permettre de calculer l'approche de la Terre.

– Pas de problème, mais elle sera approximative ! »

Le professeur ne fut pas long à revenir avec une réponse.

« 196 000 km/h!

– Bon, c'est encore plus rapide que je ne le pen… »

Mais Pierre n'acheva pas sa phrase car, une fois de plus, le destin leur joua un mauvais tour !

Une météorite d'au moins cent kilos frappa l'Archéoptéryx en plein dans la zone des moteurs, détruisant les deux principaux propulseurs à inertie d'une façon irrémédiable, tout en lui imprimant un mouvement rotatif brutal.

Les occupants furent précipités violemment contre les parois de l'appareil et perdirent conscience. Heureusement, la zone motrice était isolée du reste du vaisseau. Le réacteur nucléaire continua donc à fonctionner, et l'astronef ne se dépressurisa pas… mais continua de foncer vers le Soleil à une vitesse jamais atteinte par aucun appareil construit par le genre humain !

Le vaisseau n'était plus qu'une épave !

CHAPITRE 23 – LÉGENDE

Majesté,

Nos commandos ont agi avec célérité et discrétion comme demandé. Nous avons détruit une cellule d'Hashshashin qui s'apprêtait à effectuer le meurtre rituel des deux petites Almoravide (IE 3) enlevées la veille, ce qui avait provoqué un grand émoi dans la ville. Il est à signaler que ces fanatiques s'en prennent même maintenant à des races avec un IE de 3, et pas seulement de 5 comme précédemment. Bien entendu, nous avons fait en sorte que les petites soient rendues discrètement à leur famille et avons détruit la cellule de l'EAG. Malheureusement, nous avons aussi trouvé un document de l'église qui met en garde les cellules contre l'action du Commando de la mort, c'est-à-dire nous. Je ne comprends pas comment ils ont eu vent de notre nom. De toute façon, nous avons détruit les corps des membres de cette cellule après avoir extrait de leurs cerveaux le maximum d'informations possibles. Malheureusement la collecte fut faible, étant donné qu'ils étaient protégés par des techniques que seule l'armée possède normalement. Cela nous laisse supposer qu'il y a des fuites dans votre entourage.

Prenez garde, Majesté.

Colonel C.

Servir est notre devise.

« Papa, la suite de l'histoire !

– De quelle histoire, Caroline ?

– Tu sais, celle qui parle des trois envoyés qui venaient de Nirva ! »

Simon soupira !

« Ha, celle-là. Pourquoi cette histoire justement ?

– Parce qu'elle parle d'espoir pour nous !

– Mais Caroline, que veux-tu dire ? répliqua Simon, soudain alarmé et étonné que sa fille fasse montre d'une maturité inattendue pour une fillette de quatorze ans.

– Papa, je le vois… Toute cette haine, ces petites filles qu'ils voulaient tuer… parce qu'elles ne sont pas comme nous ! Papa… dis, papa, tu vas les empêcher, hein, dis ?

– Oui, Caroline, c'est mon travail… Je fais ce que je peux pour contenir cette folie, mais c'est de plus en plus difficile. »

Simon s'en voulait de lui dire cela, mais Caroline faisait preuve d'un éveil précoce aux réalités de la société dans laquelle elle vivait, et plus tard, elle aussi devrait prendre des décisions détestables mais nécessaires pour le bien du plus grand nombre, mais seulement quand elle serait impératrice… pas maintenant.

« Papa, empêche-les de faire du mal aux enfants !

– Oui, Caroline, je te le promets ! Mais revenons à ton histoire, finit par dire Simon, qui voulait maintenant changer de sujet, perturbé qu'il était encore par les terribles ordres de mort qu'il avait donnés à ses commandos. Alors tu veux que l'on parle des trois envoyés qui venaient de Nirva ?

– Oui !

– Que sais-tu de Nirva ?

– Je sais que c'est notre planète d'origine, mais que nous l'avons perdue !

– C'est exact, mais sais-tu ce que signifie Nirva ?

– Non !

– Nirva vient de Nirvana, c'est-à-dire le paradis dans une langue morte.

Très très peu de gens savent cela, en fait seulement les membres de la famille impériale.

– Pourquoi ?

– Parce que certaines notions reliées à Nirva sentent le soufre, comme par exemple qu'il y avait plusieurs races sur Nirva et pas seulement la nôtre ! Alors, motus et bouche cousue !

– Promis, papa, et cette planète serait le paradis ?

– C'est une façon imagée de nous représenter notre planète d'origine, car effectivement nous en avons perdu la trace ainsi que le nom exact. Mais tu peux être sûre que cette planète existe ou a existé.

– Cette planète étrange pourrait-elle être appelée "Sanctuaire" ?

– Tu connais cette planète ?… Non, car elle n'a pas cette lune magnifique dont parlent toutes les légendes !

– Alors laquelle ?

– Nous ne savons pas si elle existe toujours car malgré de très nombreuses recherches, nous ne l'avons jamais retrouvée.

– Peut-être n'a-t-elle jamais existé ?

– Oh non, elle a existé, sinon nous ne pourrions pas expliquer la soudaine apparition de l'être humain sur de si nombreuses planètes et quasiment au même moment… et sans trace profonde dans l'histoire de ces mondes. Donc nous venons d'ailleurs.

– Ce n'est donc pas une légende ?

– Beaucoup de choses se disent sur Nirva, qui tiennent de la légende, mais Nirva a fort probablement existé !

– Mais papa, si Nirva a existé, pourquoi ce que l'on raconte à son sujet ne serait pas vrai ? »

Simon marqua une pause. Comment expliquer à un enfant la différence entre les faits et les affabulations ?

« C'est vrai, Caroline, que Nirva a probablement existé, mais ce n'est pas une raison pour croire tout ce que l'on raconte sur elle !

– Comme quoi, par exemple ?

– Justement ta légende des envoyés venus pour nous sauver !

– Pourquoi pas ?

– Parce que cela devient invraisemblable ! À part la grande prédiction de Zacharie II, Grand Oracle de Del, qui parle seulement d'envoyés, d'autres légendes sont carrément dans l'imaginaire le plus fou !

– Raconte !

– Eh bien, une légende en particulier parle de trois envoyés de Nirva préservés dans un cocon de glace et bondissant d'étoile en étoile en attendant d'être découverts par nous ! La légende dit aussi qu'ils troubleront même les Démons, mais qu'ils ne seront pas conscients de leur mission. Des cocons de glace qui bondissent d'étoile en étoile !!! Ridicule !

– Mais papa, cette légende dit aussi que les envoyés ne troubleront pas seulement les Démons, mais aussi les autorités de l'Empire ! Est-ce pour cela que ce texte est interdit ?

– CAROLINE! Comment peux-tu ?… Encore une fois, tu as réussi à me fâcher !

– Pardon, papa, je ne voulais pas… !

– Maintenant, tu te couches, plus d'histoires pour aujourd'hui ! »

CHAPITRE 24 – RENDEZ-VOUS SUR UN MONDE PERDU

L'approche de ce système était particulièrement difficile. Plusieurs planètes avaient explosé, probablement lors de leur formation, ce qui avait engendré un nombre incalculable de débris planétaires circulant autour de l'étoile dans toutes les directions et créant une sorte de sphère remplie de corps célestes plus ou moins gros. Et comme l'objectif du maître était le système intérieur, il fallait traverser cette sphère de tous les dangers. Mais le maître l'avait dit, c'était possible parce que dans le passé, des gens avaient terraformé une des planètes intérieures. Ils l'avaient abandonnée après un certain temps, plus par manque de ressources qu'à cause de la difficulté d'accès. Le maître avait réussi à mettre la main sur certains documents extrêmement rares donnant, en partie, la route à suivre pour gagner le cœur du système, mais il avait fallu plusieurs mois et la perte de nombreux robots pour enfin obtenir un chemin sûr. Naturellement, celui-ci évoluait constamment, et il fallait maintenir une nuée de détecteurs pour suivre les allées et venues des milliards de blocs de pierres qui circulaient autour de ce soleil. Évidemment, les petits objets étaient automatiquement repoussés par leur vaisseau d'antimatière mais, vu leur vitesse, ce n'était pas le cas avec des blocs plus grands. Cela expliquait d'ailleurs pourquoi on ne retrouvait jamais de débris d'astronefs dans les parages. La rencontre avec un bloc de pierre composée de matière avec n'importe quel navire spatial créait une explosion si colossale que rien, absolument rien, ne restait. C'était ce que les astronautes appelaient le « baiser de la mort ». L'accès aux mondes intérieurs était donc extrêmement difficile vu la vitesse supra-luminique de toutes les nefs voyageant entre les étoiles. Bref, si l'on constatait que l'ordinateur avait mésestimé la vitesse d'un astéroïde, en général, on n'avait pas vraiment le temps d'avoir peur ! Mais ce ne fut pas le cas, du moins cette fois-ci, pour l'appareil du maître. Une fois à l'intérieur de la sphère, le petit soleil de ce système appelé Annwn freina l'appareil à une vitesse sub-luminique que le pilote avait calculée, malgré tout élevée, pour pouvoir gagner rapidement le système complexe qu'il voulait rejoindre. Il avait décidé cela car le maître ne disposait pas de beaucoup de temps, et le voyage vers Annwn avait été long parce que la petitesse de ce soleil le rendait inapte à freiner rapidement les vaisseaux spatiaux, ce qui imposait donc une vitesse réduite. « De toute façon, pensait le pilote, de multiples approches de freinage auraient non seulement été compliquées mais aussi très risquées, étant donné que cela aurait requis de retraverser la zone des météores, ce qui aurait fait prendre des risques inutiles ». Mais c'était fait, et ils étaient enfin autour d'Avalon, l'étrange planète qui orbitait autour de la planète géante gazeuse appelée Arawn. C'était en vérité un très étrange ballet cosmique que cette planète relativement grande, suffisamment en tout cas pour générer une gravitation de 1 g, qui tournait autour d'une géante gazeuse comme une vulgaire lune qui, elle-même, tournait autour du soleil. Cela rendait le calcul du jour et de la nuit particulièrement difficile et donnait des variations climatiques plutôt brutales à la surface. C'était un monde semi-désertique où l'eau était rare, sauf aux pôles. Les richesses minérales en étaient quasi absentes et la végétation sporadique. C'était un monde dont seulement 10 % de la surface étaient couverts par les océans. Sa couleur variait du rouge à l'ocre, et sa température à l'équateur pouvait atteindre 50°C le jour, -10°C la nuit. Bref, le paradis ! Mais le maître cherchait quelque chose de précis sur ce monde, outre la discrétion assurée qu'il procurait.

Apparemment, il avait trouvé, puisqu'il venait d'ordonner l'atterrissage !

Le petit appareil fit une arrivée sans faute au large d'Atton et fut immédiatement intercepté par le croiseur de bataille HMS Défiant chargé d'empêcher tout vaisseau non autorisé de se rendre sur Notre-Monde. Quelques minutes après, celui-ci reprenait sa route vers la terre des AFFARAS & ISSARS sans être davantage inquiété par les très nombreux engins impériaux présents dans le système d'Atton. À peine arriva-t-il en orbite autour de Notre-Monde que déjà, il commença sa descente vers la planète en se dirigeant, non pas vers Dgibou la capitale, mais plutôt vers la zone la plus sauvage de la planète, repaire du commandement rebelle des AFFARAS & ISSARS. Personne ne l'intercepta. Le vaisseau se posa dans une petite clairière, et un homme portant l'uniforme des officiers supérieurs de la Garde en sortit. Quelques minutes plus tard, deux ISSARS le rejoignirent devant son appareil.

« Bonjour, messager, le compagnon que tu viens voir t'attend ! »

Sans autre mot, les deux ISSARS emmenèrent le messager vers son rendez-vous.

« Bonjour, messager, lui dit le grand ISSAR qu'il était venu rencontrer.

– Bonjour, compagnon, lui répondit le messager, travailles-tu toujours à ta pierre ?

– Avec l'aide des grands maîtres, de mon équerre et de mon compas, j'équarris celle-ci, rêvant modestement et humblement de participer à la réalisation du grand Temple.

– Ta contribution au grand Temple est très appréciée et remarquée !

– Je dois cependant te signaler, messager, que j'ai constaté des fissures dans celui-ci !

– Tu as raison, compagnon, mais les fissures que tu vois ne sont qu'une partie de celles qui minent les fondations du grand Temple. D'autres, invisibles mais plus importantes, mettent en péril le grand Œuvre lui-même !

– Mon Dieu, en es-tu sûr, messager ?

– Malheureusement, oui. Une réunion de tous les maîtres et compagnons est prévue, car l'heure est grave ! Viendras-tu ?

– Oui. »

****

Au même moment, sur un autre monde, loin de là, un homme regarda l'étrange message qu'il venait de recevoir, puis le montra à sa femme.

« Vas-y », lui dit immédiatement celle-ci, après avoir lu le courrier.

****

Encore plus loin de là, Héphaïstos se précipita dans la chambre du Mahatmi, car celui-ci venait de hurler. Héphaïstos savait que le grand homme avait encore abusé du kiff la veille ; il s'attendait donc à cette crise.

Depuis quelque temps, le Mahatmi était inquiet et poussait ses capacités extrasensorielles au maximum. Il sentait que des choses horribles étaient en préparation. Il parlait tout le temps des Démons… Cela faisait longtemps que le Mahatmi les surveillait. Héphaïstos avait toujours connu cela depuis qu'il avait gagné le centre. Personne dans la race humaine n'avait une force télépathique aussi exceptionnelle que celle du Mahatmi, même pas parmi les Almoravides. Sa puissance était telle qu'il pouvait sonder l'espace et sentir profondément les présences maléfiques dans l'abîme, surtout quand il utilisait le kiff pour augmenter sa force de perception.

Mais le Mahatmi était beaucoup plus que cela. C'était un saint homme, ce qu'il y avait de mieux en fait dans la race humaine, qui, Dieu le sait, avait des côtés tellement sombres. Héphaïstos avait justement connu beaucoup trop le côté sombre et voulait maintenant en explorer le côté lumineux. C'était pour cela qu'il avait rejoint l'institut Thulé, qui prétendait que la liberté n'est possible que si la justice existe. Le Mahatmi était particulièrement agité ces temps-ci, beaucoup plus que d'habitude, et sa santé s'en ressentait, mais il se calma quand on annonça qu'un visiteur exceptionnel se présentait. Alors ce fut avec beaucoup de détermination qu'Héphaïstos tenta de repousser le visiteur tardif qui voulait absolument voir le saint homme sans même daigner donner un nom autre que messager ! Mais c'était peine perdue, car le Mahatmi avait perçu l'arrivée de messager et le réclamait maintenant.

« Salut à toi, messager, que la paix soit avec toi.

– Salut à toi, Mahatmi. Malheureusement, ce n'est pas la paix qui m'amène.

– Je sais, mais précise la raison de ta venue. Rappelle-toi que je peux sentir ta venue mais pas tes pensées !

– Les rapports que nous recevons, dont beaucoup de toi, sont de plus en plus alarmants. Le maître Dreck Reivax a disparu, et son extraordinaire vaisseau, le NéMéSiS, est maintenant dans les mains des Sarkaïs.

– Reivax a disparu ? Mon Dieu, cela va encore plus mal que je le pensais !

– Nous ne pouvons plus rester dans l'ombre, et nous ne pouvons agir que par influence. Les temps sont venus pour nous, les compagnons, d'être plus actifs. Une réunion va avoir lieu, et nous aimerions que tu y assistes !

– Tu oublies, messager, que je suis apôtre de la non-violence !

– Ta réticence était attendue, Mahatmi, et elle t'honore, mais ta participation est absolument essentielle, et pas seulement pour tes dons de prescience.

– Vraiment, et en quoi pourrais-je vous être également utile ?

– Nous avons besoin d'une conscience pour éviter qu'au nom de la défense du grand Temple, nous ne finissions par ressembler à l'ennemi.

Mais rassure-toi, nous n'avons pas l'intention de partir en guerre !

– Vraiment ? Que cherchez-vous à faire alors ?

– Rien de malveillant, seulement à assurer la sauvegarde de l'humanité !

– Juste cela ! Et comment ?

– C'est pour l'expliquer que nous convoquons tous les frères !

– Fort bien, je viendrai donc, mais tu as tort au moins sur un point.

– Ah oui ? Et quel point, Mahatmi ?

– Nous n'avons pas affaire à une seule race ennemie… mais à quatre, quatre races… LES QUATRE CHEVALIERS DE L'APOCALYPSE DES TEXTES ANCIENS ! »

CHAPITRE 25 – HYPER-ESPACE

L'hyper-espace est une notion très difficile à comprendre. Quoique nous l'empruntions régulièrement depuis des siècles, ses caractéristiques physiques nous sont toujours ardues à saisir.

Pour un auditoire non averti, la meilleure façon de l'expliquer, c'est encore et toujours par la fameuse métaphore de la feuille de papier. Prenez donc une feuille de papier sur laquelle vous tracez deux points, A et B, A vers le haut de la page et B vers le bas. La plus courte distance entre ces deux points est une ligne droite qui les relierait directement. Imaginez que cette feuille représente l'espace-temps dans lequel nous évoluons, vous et moi. Donc, si nous voulons aller de A vers B, nous suivrons la fameuse ligne droite et, après un certain temps, nous arriverons à B. Dans l'espace ordinaire, si A et B sont des étoiles, ce certain temps se compte en années, sinon en siècles, vu les distances incommensurables à parcourir ainsi que la limite de vitesse de 300 000 km/sec imposée par les lois de la physique, en supposant même que nous puissions atteindre cette vitesse, ce qui est douteux ! Maintenant, pliez cette feuille en son centre de façon à ce que le point A recouvre pratiquement le point B. La route du point A vers le point B sur la feuille de papier est toujours aussi longue, mais... si vous percez la feuille au point A, vous pourrez gagner le point B en passant par l'espace EN DEHORS DE VOTRE FEUILLE qui vous sépare de B. La distance entre les deux points devient alors très courte... et ce qui aurait dû prendre des siècles se fait maintenant en quelques semaines ! Trouer la feuille est ce qu'il se passe quand nous entrons dans l'hyper-espace ! Et cela ne prend même pas la vitesse de la lumière, seulement les trois quarts de la vitesse de la lumière, soit environ 225000 km/sec. Rappelez-vous que l'espace-temps est courbe !

Mais il y a plus fort, car même dans l'hyper-espace, votre vaisseau continue d'être propulsé par l'étoile de départ, ce qui explique pourquoi il est si important d'utiliser des étoiles massives... et aussi pourquoi nous sommes en guerre avec les AFFARAS & ISSARS!

L'Espace pour les nuls, par Raoul Sorak, Éditions « Je sais tout »,

Oulan Bator.

Pierre émergea lentement de son état semi-comateux. Il avait un violent mal de tête et se sentait tout poisseux. Il réalisa qu'il flottait librement dans la cabine et que du sang lui coulait de la tête. Un rapide coup d'œil lui apprit que ses compagnons étaient encore dans le cirage, et l'angle que la tête du professeur faisait avec son corps l'alarma énormément.

Rapidement, il se propulsa vers le tableau de bord pour voir s'il n'y avait pas une urgence encore plus grande, mais fort heureusement, il ne semblait pas y avoir de fuite d'air, et les systèmes de survie paraissaient fonctionner correctement. Pierre ne savait pas ce qu'il s'était passé, mais il savait que c'était grave. Heureusement, les dispositifs de contrôle de l'assiette du vaisseau avaient fonctionné et après le choc initial, avaient restabilisé l'appareil. Mais cela, Pierre ne fit que l'enregistrer mentalement car, pour l'heure, il avait plus urgent à faire. Un rapide coup d'œil à Michelle lui apprit qu'elle aussi était mal en point.

Elle ne semblait plus saigner et avait un bras, le droit, probablement cassé. Michelle gémissait doucement, indiquant par là qu'elle était vivante. Mais Pierre décida que le plus urgent était le professeur. D'un coup de talon sur la paroi, il se propulsa vers lui. Ses craintes étaient fondées, le professeur avait reçu un violent coup à la nuque et était toujours évanoui. Il fallait absolument l'immobiliser pour éviter des dégâts à la mœlle épinière, si ceux-ci n'étaient pas déjà faits, sinon le professeur risquait la paralysie totale ! Pierre, refusant d'écouter ses propres douleurs, fouilla le vaisseau pour trouver de quoi immobiliser la nuque et le corps du professeur. Il lui mit un énorme bandage autour de la nuque et un grand morceau de bois dans le dos. Il saucissonna le professeur avec un drap qu'il avait coupé en lanières, de manière à limiter le plus possible les mouvements de son corps, tout en libérant les bras. Le professeur était maintenant semi-conscient. Pierre lui demanda de bouger les doigts puis les pieds. Le professeur s'exécuta avec lenteur, preuve, cependant, que sa mœlle épinière n'était pas sectionnée. Pierre le déposa sur une des couchettes du bord et passa les différentes ceintures de sûreté du lit autour de lui pour le maintenir en place dans cette gravité nulle. Il expliqua au professeur qu'il devait bouger le moins possible, mais celui-ci était retombé dans les vapes. L'ayant sécurisé pour le moment, Pierre se dirigea vers Michelle qui pleurait doucement dans la cabine. Rapidement, il constata qu'elle aussi avait de sérieuses blessures. Son bras droit était cassé, et elle avait de multiples contusions au visage. Doucement, il la ramena vers un siège où il l'attacha. N'ayant pas vraiment de matériel médical à bord, il réduisit sa fracture comme il put, en ne donnant à Michelle que de l'aspirine, pratiquement le seul médicament à bord.

« Encore heureux que nous ayons eu des employés qui souffraient de maux de tête chroniques, sinon nous n'aurions même pas eu cela », se dit-il!

En guise de plâtre, il ne put que lui mettre différents morceaux de bois trouvés dans la cale, qu'il fixa au bras de Michelle à l'aide de morceaux de draps. Il lui lava le visage avec un chiffon humide et le lui désinfecta avec de l'eau oxygénée, autre produit trouvé en abondance dans la petite pharmacie du bord. Les soins étaient élémentaires, mais cela calma Michelle.

Il la bourra d'aspirine, conscient que cela était peu pour calmer sa douleur, mais… c'était tout ce qu'il avait !

« Merci, Pierre, lui dit Michelle, maintenant tu devrais, toi aussi, te soigner ! »

Pierre réalisa alors que lui aussi avait de multiples contusions ainsi qu'une croûte importante de sang sur le front… et toujours un épouvantable mal de tête. Alors il amena Michelle vers la cabine et la coucha près du professeur. Puis, enfin, il prit le temps de se soigner et d'avaler, lui aussi, quelques cachets d'aspirine. Complètement vidé, sachant que ses compagnons avaient reçu les soins de base et qu'il n'y avait pas de danger immédiat perceptible, il s'allongea sur une couchette à laquelle il se lia pour éviter de flotter dans la cabine. Complètement épuisé, il ne voulut se reposer que quelques minutes… mais sombra aussitôt dans un sommeil profond et agité. Huit heures plus tard, il se réveilla en sursaut car Michelle l'appelait.

« Pierre… Pierre, s'il te plaît, le professeur… le professeur… a besoin d'aide ! »

Il se détacha et sentit son mal de tête revenir d'un coup, mais il s'approcha quand même du professeur. Celui-ci n'allait pas bien, et Pierre eut juste le temps de lui apporter un sac. Le professeur eut de nombreux spasmes avant de se calmer. Alors, Pierre gagna l'arrière de leur cabine pour essayer de voir une fois de plus si la petite pharmacie ne contenait rien pour le professeur. Celle-ci n'avait pas été approvisionnée pour un voyage et ne contenait que très peu de chose, en fait juste ce qu'il fallait pour les travailleurs qui construisaient l'Archéoptéryx… mais bizarrement, il trouva un anti-vomitif ! Il sentit tout à coup que lui aussi avait la nausée et se servit avant d'en donner au professeur. Ce fut alors qu'il observa Michelle qui faisait pitié à voir. La douleur avait marqué son visage au point… qu'il était gonflé… comme si elle avait pris 20 kilogrammes depuis la veille.

« Mon Dieu, Michelle, que t'arrive-t-il ? Laisse-moi voir… Je n'avais pas réalisé que tu avais autant de contusions… Je…

– Ce… n'est… rien… Pierre…! Toi aussi, tu as une mine épouvantable…Je…, je…, j'ai mal au cœur !!! »

Pierre n'eut que le temps de donner un sac à Michelle… Tant bien que mal, il la soutint, ce qui lui valut en plus un hurlement quand maladroitement, il toucha son bras cassé. Mais Michelle ne lui fit aucune remarque blessante. Le professeur gémit, et Pierre se retourna vers lui.

« Pierre… Michelle… nous sommes dans de beaux draps, n'est-ce pas ?

– Je le crains, professeur, lui répondit Pierre.

– L'Archéoptéryx ?

– En très mauvais état !

– À quel point ?

– Plus de propulsion… de moteurs ! Arrachés par un météore, je crois… !

– Aucun ?

– Sais pas ! J'irai faire un bilan complet par l'ordi de bord de nos systèmes encore en état de marche… Mais vous et Michelle me préoccupez plus pour le moment… Vos visages sont enflés… Je ne sais pas quoi faire ! La réserve de médicaments est extrêmement limitée et…

– Ne vous en faites pas pour nos têtes enflées, dit le professeur avec un pâle sourire, c'est un effet de l'apesanteur… Les liquides de nos organismes ne sont plus retenus vers le bas par la gravité et ont tendance à s'accumuler dans la tête… C'est ce qui nous donne ces têtes de bons vivants !! »

Pierre fut estomaqué par le calme de cet homme et sentit la tension descendre légèrement en lui.

« Et… heu… nos nausées ?

– Même chose, Pierre, c'est un effet bien connu de l'apesanteur… Tous les astronautes en ont souffert, certains plus que d'autres… Cela va passer ! Il… faudrait maintenant que tu établisses un… bilan… du vaisseau… Michelle, tu peux l'aider ?

– Je vais essayer, professeur… mais j'ai… très mal… Je… je vais essayer ! »

Alors, délicatement, Pierre détacha Michelle et en la faisant flotter devant lui, l'emmena au poste de pilotage. Il la fixa au siège droit et s'accrocha lui-même à son poste de commandement, à sa gauche. Rapidement il lança, grâce à l'ordinateur et suivant les instructions hésitantes de Michelle, une procédure de diagnostic des différents systèmes de bord… Une fois cette tâche accomplie, il regagna, avec Michelle, le module cabine sous le poste de commandement pour analyser la situation avec le professeur.

« Pas fameux, dit le professeur après une longue lecture des différents rapports apparaissant sur le moniteur informatique.

– C'est… grave… très… très grave ? questionna Michelle.

– Oui, mais il y a quand même de bonnes nouvelles, les systèmes de survie sont fonctionnels et le réacteur nucléaire n'a pas été touché… Mais, mauvaise nouvelle, plus rien ne répond du côté de la propulsion et du système de transfert matière/antimatière !

– Aïe, comment va-t-on revenir ?

– Pierre, tu es le seul à peu près valide, parmi nous. Il… »

Le professeur s'arrêta de parler !

« PROFESSEUR! s'écrièrent en cœur Michelle et Pierre.

– Ça… va… ça va, je… J'ai juste eu un spasme… C'est douloureux…

J'ai de nouveau envie de vomir, alors faisons vite. Pierre, il faut que tu fixes une caméra, il y en a une dans la cale, au bras télescopique… Oui, comme celui de la navette spatiale… dans le fond de la cale… Tu…

– Mais je ne sais pas diriger cet engin, voyons !

– PIERRE, ne me fais pas perdre mon temps… Nous n'avons pas le choix… Tu le diriges vers l'arrière… et je vais tenter de me rendre compte des dégâts sur le moniteur… VITE, Pierre, cela fait maintenant plusieurs jours que nous fonçons vers le Soleil ! Notre… vit… vitesse est dans les 200 000 km/heure… et la lumière du Soleil prend 8 minutes pour atteindre la Terre… ou 144 millions de kilomètres. Donc, à notre vitesse actuelle, nous serons dans le Soleil dans environ… un mois…, mais celui-ci va nous attirer de plus en plus, ce qui augmentera notre vitesse… donc approximativement, dans vingt ou vingt-cinq jours… Pas de problème : nous serons grillés bien avant… Nous avons donc plus ou moins quinze jours… ET TROIS SONT DÉJÀ PASSÉS. »

Le professeur se tut… et fut malade ! Au même moment, Michelle succomba, elle aussi, à la nausée… et Pierre ne se sentait pas bien lui non plus ! Mais, en tant que seul membre de l'équipage presque valide, il n'avait pas le choix et se dirigea donc vers la cale arrière pour dégager le bras télescopique.

Cela lui prit toute la « journée » pour le maîtriser ! Puis il fallut s'occuper du professeur et de Michelle qui n'allaient pas bien. Enfin, le lendemain, Pierre fut capable de sortir le bras à l'extérieur afin de filmer l'arrière du vaisseau. Il fallut attendre que le professeur se remette un peu mais, finalement, il fut capable de regarder, entre deux spasmes, ce que Pierre avait filmé.

« Bon, mes amis, dit-il, nous n'avons plus de moteurs ! Notre seule chance est donc le système antimatière.

– Lui aussi est abîmé, professeur !

– J'entends bien, Pierre. Outre que c'est notre seule chance, il me semble réparable… Seule la section arrière est sectionnée, et je suis sûr que nous avons des pièces de rechange dans la cale.

– Fort bien, professeur, mais avant, je vais devoir prendre quelque repos car moi aussi, je me sens mal !… Professeur, ce n'est pas normal !

– Ce n'est qu'un effet secondaire de l'apesanteur, Pierre, c'est désagréable mais pas…

– Professeur, l'interrompit Pierre, arrêtez de nous cacher des choses, à Michelle et moi !

– Je t'assure, Pierre…

– PROFESSEUR! » cria soudain Michelle.

Les épaules du professeur s'affaissèrent soudain, et ce fut avec une voix empreinte de tristesse qu'il reprit :

« Mes amis, nous avons été très gravement irradiés… C'est pour cela que vous vous sentez si malades… Nous devons regagner la Terre le plus rapidement possible et… et même là, je ne suis pas sûr que nous… que nous… que… C'est ma faute… Je… Pardon, mes amis… Je… »

La soudaine révélation du professeur n'étonna pas vraiment Pierre qui s'en doutait depuis un moment déjà, et ne sembla pas non plus vraiment frapper Michelle.

« Professeur, dit doucement Michelle, ne vous en faites pas ! Sans vous, je serais morte de toute façon… Vous m'avez donné un sursis, une autre chance… Je vous en suis reconnaissante !

– En ce qui me concerne, j'ai joué tellement souvent avec la mort que c'est normal qu'elle finisse par me rattraper et… je préfère quand même cette mort que celle que je méritais, au fond d'une jungle pourrie. Merci pour l'aventure… mais…

– Mais ?

– Mais nous ne sommes pas encore morts, et JE NE RENONCERAI QU'À MON DERNIER SOUFFLE! »

Mais ce ne fut pas si facile que cela ! Près de dix jours passèrent avant que Pierre pût enfin annoncer à une Michelle de plus en plus éprouvée et à un professeur qui n'était plus que l'ombre de lui-même qu'enfin, la dernière soudure avait été faite. La chaleur était maintenant de près de 50°C dans la cabine, et le Soleil couvrait pratiquement tout l'horizon arrière du vaisseau. Les systèmes de survie fonctionnaient à leur capacité maximale. Ils venaient de passer l'orbite de Mercure et étaient donc maintenant à seulement 58 millions de kilomètres du Soleil ! L'heure était grave, et tous avaient conscience qu'il était minuit moins une à l'horloge de leur survie ! Pierre avait emmené le professeur et Michelle dans le cockpit de l'appareil. Tous les trois se taisaient et observaient l'espace devant eux.

Solennellement, Pierre abaissa le levier de commande du système antimatière !

Rien ne se produisit, puis il y eut un fort grésillement, et une odeur de brûlé envahit la cabine.

« Merde, s'écria Pierre, c'est foutu !

– N… non… Pierre, dit faiblement le professeur.

– Voyons, professeur, ça n'a pas marché… et je crois qu'en plus, les circuits sont grillés !

– Ça a marché, Pierre, j'ai… senti les… le champ magnétique… Il est tellement puissant!

– Vous croyez ? intervint Michelle, la voix fatiguée.

– Nous serons… fixés d'ici quelques minutes… Pierre, peux-tu allumer la caméra arrière? »

Après quelques minutes, il s'avéra que le professeur avait raison. En quelques minutes seulement, la vitesse d'approche du Soleil avait été stoppée.

« Forcément, expliqua le professeur, avec la masse du Soleil près de 330 000 fois plus grosse que la Terre, nous devrions arrêter notre descente aux enfers en… une minute approximativement ! » Sur ces paroles du professeur, tous regardèrent le moniteur et… oui, ils semblaient bien avoir repris leur vol en sens inverse !!!

« VICTOIRE, crièrent simultanément Pierre et Michelle !

– Vite, vite, Pierre, inverse une nouvelle fois notre état, sinon nous allons avoir une vitesse trop grande !

– Tout de suite, professeur, tout de suite ! »

Mais, décidément, le mauvais sort s'acharnait sur eux, et au lieu de fonctionner comme attendu, le câblage des ailes fondit littéralement, n'ayant pas eu le temps de se refroidir suffisamment depuis le premier essai.

Cette fois-ci, le découragement les saisit tous, et même Pierre sembla s'avouer vaincu !

« Et maintenant, professeur ? questionna-t-il.

– Sais pas, avec une poussée aussi gigantesque, nous atteindrons la vitesse de la lumière en quelques minutes… ce qui est impossible d'après Einstein !

– Je crois que nous serons fixés rapidement, professeur », remarqua Michelle.

Et ils le furent ! Tout à coup, il y eut une brusque illumination et l'espace, normalement d'un noir profond parsemé d'étoiles multicolores, fut changé en quelque chose d'étrangement bariolé de toutes les couleurs de l'arc-en-ciel. Les étoiles, elles, étaient devenues aussi noires que de l'encre !

« Mon Dieu, quel prodige !

– Fabuleux !

– Merveilleux, incroyable et… pour vous paraphraser, Michelle, prodigieux !

– Mais professeur… que s'est-il passé ?

– Sais pas au juste… Notre vitesse était devenue incroyable… Le Soleil nous a littéralement éjectés… Je crois que nous avons, en quelque sorte, déchiré l'espace-temps… Mes amis, nous venons de faire la plus grande découverte du XXIe siècle… l'hyper-espace ! »

Le professeur en avait oublié leur situation ! Il était enthousiaste ! Pierre le refroidit :

« Mais que va-t-il nous arriver ? »

Le visage du professeur se rembrunit. Soudain, il était vieux et malade !

« Mes amis, je crois que nous sommes perdus! Notre appareil est définitivement hors d'état de fonctionner et en restant dans cet état d'antimatière, nous allons littéralement rebondir d'étoile en étoile comme une vulgaire boule de billard, jusqu'à épuisement de nos réserves d'air ou de nourriture…

– Ou à moins que nous succombions avant, à cause de notre irradiation », acheva Michelle.

Pierre regarda ses compagnons avec tristesse et désespoir.

« C'est vraiment la fin maintenant », pensa-t-il, quand, soudain… une idée lui traversa l'esprit ! Aussitôt, il en fit part à ses compagnons d'infortune.

Michelle eut un pâle sourire et lui dit :

« Pierre, merci de tenter de nous remonter le moral, mais les chances de réussite de ce plan sont proches de zéro !

– Michelle, quelles sont les chances de gagner le million quand tu achètes un billet de loterie ?

– Oh ! vraiment très… très faibles… !

– Pourtant, quelqu'un le gagne bien, ce foutu million, non ?

– Pierre, intervint le professeur, cela ne se peut… J'ai des raisons personnelles pour refuser ce plan… Je…

– Vous avez une meilleure idée, professeur ?

– Non, mais…

– Alors c'est dit, c'est ce que nous ferons ! »

Personne ne formula d'autre objection et de toute façon, au pire, ils ne feraient qu'avancer de quelques jours une fin inévitable !

Comme le professeur était le plus mal en point, ce fut lui, après qu'il

eut donné maintes et maintes explications, qui y passa le premier. Aussitôt après, Michelle commença à se déshabiller, car pour augmenter au maximum leurs chances de survie, les vêtements auraient été un obstacle au traitement. Pierre se retourna pour éviter de la gêner, mais elle lui demanda de la regarder.

« Pierre, tu seras peut-être le dernier homme qui me regardera, alors, s'il te plaît, ne détourne pas ton regard… Pierre, je n'ai pas été ta compagne dans cette vie… Je ne pouvais pas… Si j'avais laissé libre cours à mes sentiments… ils m'auraient tuée. Pierre, dans l'autre vie, je serai pleinement à toi… PIERRE, PIERRE, JE… JE, mon Dieu, je dois le dire… PIERRE, JE T'AIME! JE T'AIME ! »

CHAPITRE 26 – LE GRAAL

Note de breffage pour le général Sillo Mac Arthur

Chef, développement des armes biologiques,

Force armée impériale

Classification du document : ultrasecret

Nom du rapport : bio-ingénierie des tribus païkas (résumé)

Type de document : requête de décision

Question soulevée

Possibilité d'utiliser les tribus païkas dans le renseignement militaire

Biologie de l'espèce

– Être multiple, ou plutôt colonie d'êtres dont chaque individu a la taille et la forme d'un insecte à quatre pattes.

– Chaque individu est relié aux autres par une sorte de télépathie faisant de chacun une cellule d'un organisme plus grand.

– La nourriture des tribus païkas est composée de cellules nerveuses de mammifères.

– Recherchent des espèces plus évoluées et plus grandes pour leur reproduction (incluant les espèces humaines).

– Doivent maintenir l'hôte en vie pour éviter la dégradation des cellules nerveuses.

– Utilisent la télépathie pour faire revoir les plus belles parties de sa vie à leur hôte.

– La victime meurt dans des souffrances inimaginables qui la font pourtant sourire de bonheur !

Recherche et développement

Recours au génie génétique pour :

• atténuer l'agressivité naturelle ;

• rendre nos essaims dépendants de certaines substances artificielles ;

• les forcer à travailler pour nous ;

• *mettre au point une substance nutritive spécifique, inexistante dans la nature, plus attirante que les cellules nerveuses humaines ;*

• *mettre au point le dressage des tribus ;*

• *mettre au point les méthodes d'extraction de l'information des tribus.*

Résultats

Satisfaisants.

1. Mise au point d'une méthode d'extraction des informations du cerveau humain.

(NOTE: celle-ci détruit le cerveau de la personne testée.)

2. Développement de tribus capables de lire l'esprit humain sans s'attaquer à lui.

3. Échec de la recherche de récupération des données collectées par les tribus.

Requête de décision

Vu la grande quantité d'autres questions reliées aux armes biologiques toujours en suspens, cette équipe désirerait savoir si la poursuite des recherches sur les tribus païkas est requise par le haut commandement.

Colonel Ragoune Pietrovillenitcher

Chargé de recherche

Unité de recherche biologique

Oulan Bator

L'appel avait été lancé et reçu cinq sur cinq par tous les frères de la Confrérie du grand Temple ! De petits mais puissants vaisseaux convergèrent de tous les coins de l'Empire vers la planète appelée Avalon. Ils suivirent scrupuleusement la route indiquée par le grand maître, confiants d'arriver sur un monde où ils pourraient se réunir à l'abri des regards indiscrets.

Comme l'appel avait été pressant, urgent même, le maître de cérémonie ne perdit pas de temps et, le dernier des quatre-vingt-dix-sept nouveaux arrivants à peine installé dans ses quartiers, il convoquait tout le monde dans cet étrange bâtiment qui dominait la plaine, sur cette planète perdue où ils avaient atterri. Aucun d'entre eux n'avait jamais vu une construction semblable ! Elle ne répondait à aucun des critères de construction moderne.

Au contraire, elle avait l'air ancien, pas seulement à cause de son âge, mais aussi et surtout à cause de son étrangeté, car personne ne construisait de bâtiments semblables dans l'Empire. La forme et même les matériaux étaient... différents.

Rares étaient ceux qui comprenaient l'usage de cet immense immeuble construit sur une colline dominant une plaine aride parsemée des ruines laissées par les anciens colons. En accédant à l'intérieur, tous furent saisis d'un sentiment de respect lié à la sensation de sacré qui émanait de cette étrange salle, cœur de ce qui leur semblait de plus en plus être un très ancien temple. Ils n'étaient pas croyants, mais furent sensibles à l'aura qui émanait de ces lieux.

« Pour sûr, se disaient-ils, il émane de ces lieux une ambiance étrangement chargée ! »

Au centre, baignée par la lumière teintée venant des grands vitraux, se dressait une immense table ronde. Cent sièges l'entouraient, un pour chaque représentant des peuples de l'Empire, un pour le grand maître. Une table ronde, pour que tous se sentent égaux. Une table ronde au centre d'un monument imprégné de sacré. Solennellement, quatre-vingt-dix-huit personnes prirent place ! Deux sièges restèrent vides. Un maître avait disparu, et le représentant d'une race n'était pas venu... mais il ne venait jamais !

« Mes frères, commença le grand maître, que vous soyez apprentis ou souverains grands inspecteurs généraux, notre confrérie a toujours été pour vous une institution essentiellement philanthropique, philosophique et progressive, qui a pour objet la recherche de la vérité, l'étude de la morale et la pratique de la solidarité, et qui a toujours travaillé à l'amélioration matérielle et morale, au perfectionnement intellectuel et social de l'humanité : c'est notre grand Temple symbolique. En toutes circonstances, vous avez aidé, éclairé, protégé vos frères humains, parfois au péril de vos vies, et œuvré à les défendre contre l'injustice. Dans l'ombre vous agissiez, mais toujours pour le plus grand bien de tous nos frères et sœurs et cela, sans égard pour la race, l'âge ou la religion. Toujours, vos principes de vie ont été la tolérance mutuelle, le respect des autres et de soi-même et la liberté absolue de conscience. »

Le grand maître marqua une pause dans le silence absolu qui régnait maintenant sur l'étrange assemblée.

« Mes frères apprentis, compagnons, maîtres et hauts gradés de notre illustre obédience, j'ai choisi, pour cette assemblée, de ne pas suivre le rite de Memphis-Misraïm car la gravité des événements commande, mes frères, que nous agissions ! L'HUMANITÉ EST EN DANGER! Nous lui devons assistance ! »

Le grand maître s'arrêta pour reprendre son souffle, mais aussi pour mesurer l'effet de ses paroles sur l'assemblée !

Les réactions autour de la grande table ne se firent pas attendre et furent très vives, car les paroles du grand maître avaient soulevé une immense inquiétude. Consciente que celui-ci s'était tu, l'assemblée se calma.

« Frères, vous qui représentez l'ensemble des races humaines, reprit-il, souvenez-vous de Nirva, la planète bleue, d'où nous venons tous ! NIRVA! Un monde peuplé par des centaines de nations, un monde d'une diversité telle qu'il contenait plus d'espèces animales, végétales et humaines que les mille planètes de l'Empire… Un monde d'une incroyable beauté, peuplé de six milliards d'êtres humains… un monde qui a vu naître toutes les grandes religions, ainsi que les plus grandes découvertes scientifiques… un UNIVERS MONDE en réalité… notre monde d'origine, le berceau de l'humanité ! »

L'orateur marqua une pause, puis reprit :

« Mes frères, ne doutez pas de la réalité de Nirva ! Il serait impossible d'expliquer notre présence dans cet univers sans l'évoquer. Oui, nous venons tous de Nirva, même si nous avons perdu sa trace dans l'espace et jusqu'à son nom véritable. Existe-t-elle toujours ou a-t-elle été détruite durant la grande guerre des Démons ? Nul ne le sait, mais nous n'avons jamais retrouvé les débris qui auraient expliqué sa disparition. Non, mes frères, Nirva a bel et bien existé. L'homme y a combattu les Démons ! ET CEUX-CI REVIENNENT DE NOUVEAU ATTAQUER L'HUMANITÉ! »

Le grand maître s'arrêta pour laisser ses frères exprimer leur stupéfaction :

« Mais comment… qui? demanda un compagnon.

– Nous ne savons pas comment, mais ceux d'entre nous qui ont ce don du ciel appelé prescience le ressentent fortement !

– Mes frères, tous nous avons foi en l'humanité, tous nous sommes prêts à sacrifier nos vies pour elle, et tous nous savons maintenant que celle-ci est en danger ! Une fois déjà, les Démons ont chassé l'humanité de son univers monde, notre PARADIS que nous appelions Nirva. À cette époque, l'humanité a perdu non seulement son monde d'origine, NIRVA, mais aussi quelque chose d'encore plus important, LE PLAN ORIGINEL DE SON CODE GÉNÉTIQUE. »

Le grand maître marqua une pause puis ajouta :

« Mes frères, nous ne pouvons pas permettre, une nouvelle fois, que les Démons s'en prennent à nous et détruisent ce que nous sommes. NOUS DEVONS À TOUT PRIX PRÉSERVER NOTRE HÉRITAGE GÉNÉTIQUE, celui qui nous fut légué par nos PARENTS et avant eux, nos grands-parents et les parents de nos grands-parents et ainsi de suite depuis le commencement! Il n'a déjà été que trop manipulé, sinon altéré! Certains s'organisent déjà pour lutter contre les Démons mais, nous, NOTRE MISSION sera de préserver le plus grand bien de l'humanité, non pas sa science ou sa richesse, mais bien plutôt sa fantastique diversité! Quelqu'un, sur Nirva, dit un jour qu'un homme qui mourait, c'était comme une bibliothèque qui brûlait! Notre GRAND ŒUVRE sera la sauvegarde du patrimoine génétique et intellectuel de chaque individu qui compose l'humanité! Ce patrimoine est en réalité le plus grand bien de notre espèce, et nous aurons à le collecter, individu par individu… et à le cacher, pour l'avenir, au cas où les Démons réussiraient cette fois à nous effacer de l'univers vivant! Oui, mes frères, la menace est à ce point sérieuse! NOUS DEVONS PROTÉGER LE PATRIMOINE DE L'HUMANITÉ DES DÉMONS.

– Mais… mais… nous voulons bien, grand maître… mais… mais comment?

– Comment, mes frères ? Grâce à de minuscules êtres, plutôt malfaisants par ailleurs !

– Expliquez-vous, s'écria un des participants, manifestement à bout de nerfs !

– Avez-vous lu la copie du très ancien document que je vous ai fait parvenir sur les tribus païkas ?

– Oui, furent les réponses unanimes.

– J'ai retrouvé ce document dans les archives de l'armée. Tout le monde l'avait oublié, et les auteurs sont morts depuis des générations ! Plus personne n'a travaillé sur les tribus depuis ce temps-là, car l'armée s'est contentée d'exploiter la partie "extraction cervicale d'information" et a abandonné l'utilisation directe des tribus car trop difficile à contrôler.

– Mais c'est répugnant ! Jamais entendu parler de telles horreurs ! D'où viennent-elles ?

– D'un monde extérieur de l'Empire et jamais colonisé, appelé Hadès. Ces créatures furent trouvées par un peuple humain très ancien, mythique même, aujourd'hui disparu, appelé Archange. Le corps d'un de leurs compagnons, mort et infesté, fut remis congelé à l'institut impérial Seti qui, comme vous le savez, cherche depuis des temps immémoriaux des intelligences non humaines. À l'époque, voyant le potentiel de cette peste, les responsables du Seti la remirent à un groupe de l'armée impériale spécialisée dans les risques biologiques et travaillant directement pour les services spéciaux de l'Empereur.

– Et tout fut oublié ?

– Exact ! Les recherches furent, en fait, classées ultrasecrètes par l'Empereur qui y voyait un potentiel dangereux. Grâce à un travail acharné non dénué de risques, ils observèrent que cet être multiple était en mesure de sonder le cerveau de leur hôte et d'en extraire l'information qu'il recherchait pour pouvoir le contrôler. À l'époque, les scientifiques cherchèrent à comprendre comment ces bestioles pouvaient sonder les esprits. C'est à ces travaux que nous devons les tristement célèbres méthodes d'extraction des informations du cerveau humain, comme vous pouvez le déduire du document que je vous ai fourni.

– Maître, pardonnez-moi, mais je me sens le droit de vous signaler que ces bestioles détruisent l'esprit humain en mangeant les cellules du cerveau !

– Tout à fait, compagnon, en ce qui concerne les espèces sauvages, mais non celles qui furent génétiquement modifiées !… Et la beauté de la chose est que les chercheurs, ayant reçu d'autres tâches, mirent leurs bébés en état de vie suspendue, croyant qu'ils y reviendraient plus tard, ce qu'ils ne firent jamais !

– Ce que vous nous dites est terrible ! J'espère que votre dessein n'est pas d'utiliser ces horreurs contre des êtres humains, même mauvais ?

– Rassurez-vous, compagnons, mon dessein est plus qu'honorable ! Laissez-moi continuer, et vous comprendrez que je ne veux que le bien de l'humanité !

– Mais permettez-moi d'insister, notre confrérie se doit d'aider les humains, et non de fabriquer des armes biologiques qui pourraient éventuellement tomber dans de mauvaises mains !

– Tout à fait. Notre but est réellement de travailler à la SURVIE de l'homme! Donc les scientifiques des services secrets de l'Empereur mirent au point ces fameuses méthodes d'extraction de la mémoire et… se désintéressèrent des tribus elles-mêmes ! Récemment, d'autres scientifiques travaillant pour moi les retrouvèrent, parfaitement conservées, et m'en firent part. Et il me vint une idée ! L'Empereur l'approuva, mais SOUS LE SCEAU DU SECRET LE PLUS ABSOLU. Donc, reprit-il, ces horreurs sont dotées du pouvoir fabuleux de lire l'esprit humain comme dans un livre ! Mais, comme vous le signaliez, je travaille à la sauvegarde de l'humanité, et non à sa destruction ! Donc il nous fallait trouver un moyen de les utiliser sans causer le moindre préjudice à nos frères humains.

– Mais comment empêcher que des êtres aimant les cellules nerveuses renoncent justement à en consommer ?

– Par l'utilisation de ces espèces modifiées devenues dépendantes de substances artificielles. Elles n'ont pas le choix, mais doivent coopérer avec nous si elles veulent survivre ! Peu importe que ce soit instinctif ou qu'une intelligence rudimentaire les fasse arriver à cette conclusion : elles se comportent réellement de la façon que nous désirons, c'est-à-dire : LIRE LA TOTALITÉ DES SOUVENIRS CONTENUS DANS UN CERVEAU HUMAIN ET NOUS LES RAPPORTER SANS QUE LA PERSONNE SONDÉE N'EN SOIT MÊME CONSCIENTE! Et en plus, elles nous rapportent un morceau de peau contenant son code génétique !

– Et c'est réellement sans risque pour les gens ?

– Tout à fait !

– Vraiment ?

– Absolument ! Et c'est même devant ces résultats étonnants acquis récemment que notre grand projet a vu le jour.

– Mais les chercheurs avaient abandonné le projet parce qu'ils n'arrivaient pas à récupérer les informations des tribus !

– Exact, mais nous, nous avons eu accès aux toutes dernières techniques de capture des influx nerveux, celles utilisées pour le NéMéSiS lui même, et nous avons été à même de les appliquer aux tribus ! Pendant qu'elles se gavent de nos cultures de cellules nerveuses animales, nos détecteurs enregistrent ce qu'elles ont en mémoire ! En même temps, nous récupérons les échantillons de peaux qu'elles ont aussi collectés et dont nous extrayons le code génétique. Elles ont appris rapidement que la totalité des souvenirs d'un humain valait plus que juste une partie. Maintenant, nos techniques, nos méthodes d'élevage et de dressage sont bien au point ! Mes frères, nous avons le support de l'Empereur ! Il est très préoccupé par la survie de l'humanité à long terme, et ce travail revêt une grande importance pour lui ! Il a même fait disparaître toutes traces de ces recherches et imposé un blocus mental sur tous les chercheurs… blocus que vous aurez vous aussi, mes frères !

– Mais si nous devons le faire pour chaque être humain, et nous sommes cent cinquante milliards, cela va prendre du temps et aussi… comment être sûr que les tribus ne vont pas nous ramener toujours les mêmes individus ?

– Parce que les tribus savent marquer les êtres déjà approchés. Dans la nature, c'était pour éviter d'attaquer à plusieurs la même proie… et les espèces améliorées ont gardé cette capacité ! Quant au temps requis, ce sera à vous de vous assurer que tous les mondes que vous représentez auront le nombre requis de tribus en place ! »

Le maître se tut, laissant la place à un silence impressionnant.

« Tous, vous acquerrez ici les connaissances essentielles au maniement des tribus païkas, tous, vous en recevrez et tous, vous les utiliserez sur vos mondes respectifs, en vue de créer la GRANDE BIBLIOTHÈQUE GÉNÉTIQUE DE LA RACE HUMAINE! Celle-ci contiendra le code génétique de CHAQUE ÊTRE HUMAIN ainsi que tous les SOUVENIRS qui leur sont associés ! »

Après un bref arrêt, il reprit :

« Mes frères, ce projet devra toujours rester SECRET et portera le nom de code GRAAL.»

Toutes les personnes présentes furent sous le choc des fantastiques révélations du maître ! Tous ressentaient les formidables implications du projet. Tous buvaient maintenant littéralement ses paroles, et tous se sentaient fiers de faire partie d'un tel dessein.

« Naturellement, cette grande bibliothèque devra être quelque part et hors d'atteinte de nos ennemis. C'est pourquoi j'ai choisi cette planète pratiquement inconnue et naturellement bien protégée, protection que nous allons considérablement augmenter avec un nombre de mines proprement gigantesque ! Seuls les détenteurs des codes d'accès corrects pourront y accéder. Mais il fallait aussi un endroit digne pour recevoir notre Graal. J'ai choisi ce bâtiment en raison de son ambiance sacrée et de son symbole pour notre confrérie. ! Beaucoup de constructions semblables furent érigées, dans le passé, sur Nirva ! On dit même que notre obédience descend des bâtisseurs de ce qui s'appelait alors des CATHÉDRALES! Et quoi de plus approprié qu'une cathédrale pour abriter notre Grand Œuvre… le GRAAL? »

Le grand maître se tut et se leva alors avec lenteur et majesté.

« DEBOUT, MES FRÈRES, et jurez d'accomplir cette grande tâche au nom de l'Empereur et de l'humanité !

– NOUS LE JURONS, crièrent à l'unisson tous les participants.

– LONGUE VIE À L’HUMANITÉ, hurla alors le grand maître.

– LONGUE VIE À L’HUMANITÉ », reprit en chœur l’assemblée.

CHAPITRE 27 – MAHATMI

La prescience est la capacité supposée que certaines races périphériques de l'Empire auraient développée. Selon eux, grâce à certaines herbes euphorisantes, ils pourraient atteindre un état second grâce auquel ils sentiraient littéralement la présence d'autres humains ou même nonhumains ! Sans être de la télépathie, ce don permettrait de percevoir l'état d'esprit d'autres êtres et de sentir leur présence, mais aussi certains de leurs sentiments de base comme la peur, l'hostilité, etc. La prétention de ces gens est telle qu'ils fondirent même un institut appelé institut Thulé, dirigé par un personnage douteux surnommé Mahatmi. Je ne saurais que trop vous mettre en garde contre de telles balivernes totalement décriées par la vraie science !!! Laissez-vous abuser par eux, et vous découvrirez rapidement que ce que veulent vraiment ces gens, c'est votre argent !!!

G. Sarmabarelli, professeur émérite de psychologie

Université impériale d'Oulan Bator

« Le froid… le froid… je le sens… pourquoi si froid ? De… la glace…oui… oui, c'est de la glace !… Je n'arrive pas à les voir… Sont-ils vivants ? Oui… non… oui… je ne sais pas ! Mon Dieu… si loin… Je ne peux pas ! Si… si, je les vois de nouveau… Mon Dieu, un si long voyage ! Oui… oui… Je les vois… Trois petites lucioles… trois lumières de vie… trois qui viennent de… mon Dieu de… Nirva ? Oui, de… loin… très loin… oui… de Nirva ! Couverts de glace, ils sont… Mon Dieu… mon Dieu… faibles… si faibles… ! Leurs vies s'en vont… NON… NON… La glace… la glace les protège… Ce sont les Envoyés… LES ENVOYÉS… Ils ont franchi les frontières de l'Empire… Leur vaisseau est en perdition… Ils sont malades… Ils sont perdus… Mon Dieu, mon Dieu, secourez-les… CE SONT LES ENVOYÉS… Mon Dieu… mon Dieu… trouvez-les, ils sont en grande détresse… Ils sont LE SEUL ESPOIR QUI NOUS RESTE… Trouvez-les… je vous en supplie… trouvez-les avant les démons… vite… VITE… TROUVEZ-LES! Ils… ils… sont de… de… oui… Je vous le dis et vous l'affirme… je le sens… ils sont de… de NIRVA! Et ils viennent de franchir nos frontières! Malheur… malheur… Je vous le dis… je vous le répète… Ils sont en grand danger… Ils sont blessés et même mourants !

« MES FRÈRES, GAGNEZ VOS VAISSEAUX et trouvez-les ! Trouvez-les pour l'amour de l'humanité. « TROUVEZ-LES AVANT LES DÉMONS!

« ILS SONT LES GRAINS DE SABLE DANS LES PLANS DE L'ENNEMI. »

SECONDE PARTIE

L'EMPIRE DES MILLE SOLEILS

CHAPITRE 28 – RAPPORT D'ÉTAPE

Illustrissime Majesté, Khan parmi les Khans, grandissime centre du Cercle sacré, ton serviteur absolu, le prince Ra Méhirim, de degré 202 au Premier Cercle, se prosterne à tes pieds, te remercie de l'autoriser à te servir et te prie d'écouter le rapport d'étape que je te fais parvenir par l'intermédiaire d'un de nos chiens.

Sois maintes fois glorifié, ô esprit supérieur ! Ton plan fonctionne à merveille. Déjà, les essaims se sont multipliés de façon exponentielle et ont commencé le grand encerclement de leur infect Empire. Je peux, d'ores et déjà, te garantir qu'aucun vaisseau inférieur à un croiseur de bataille ne sera capable de franchir les frontières de l'Empire et dans six mois, cela prendra une escadre complète pour y arriver ! Nous avons eu quelques retards, principalement dus à un problème de programmation erronée de certains descendants, ce qui nous a forcés à détruire des essaims, mais les autres fonctionnent à merveille.

Notre production de combattants est entrée dans sa phase industrielle, et nous possédons déjà plus de soldats que l'Empire et ce, dans une proportion de cinq pour un. Dans moins d'un an, la proportion sera de cinquante pour un.

Pour distraire l'ennemi, nous avons introduit, sur de multiples planètes, différentes pestes qui mobilisent beaucoup de leurs ressources. Sur Oulan Bator, nos forces se sont greffées au plus haut niveau et minent leur société par l'intérieur, en jouant sur la méchanceté et la stupidité naturelle des humains. De l'intérieur, nous attisons tous les conflits potentiels, comme les conflits ethniques, les plus vicieux, qui ont le potentiel de dégénérer en déflagration capable d'embraser la totalité de leur Empire. Tout ce qui est exploitable l'est : les problèmes de classes sociales, de races, de religions... tout ! Partout, nous les poussons à prendre les positions les plus extrêmes... Et à notre grande surprise, ce n'est pas vraiment difficile ! Leur société est bâtie sur un consensus fragile qu'ils appellent tolérance... que personne ne ressent vraiment. Ils sont comme les roseaux que le vent fait pencher d'un côté ou de l'autre. Il suffit de faire varier le vent... et le voisin fort sympathique arrivant d'une planète lointaine devient tout à coup un être différent donc dangereux, un étranger qu'il faut abattre ! Et grâce à nos actions de l'intérieur, nous maîtrisons le sens du vent !

Déjà des guerres ont commencé, pour des affaires de taxes ou de territoire... alors que leur propre loi, la première, dit pourtant que tous sont libres d'aller et venir dans l'Empire et de s'installer là où bon leur semble !

Les sectes religieuses, en particulier, forment un terreau des plus fertiles ! Et les races alors, une vraie aubaine pour nous, alors qu'ils ont toujours dit que c'étaient leur force, que grâce à cela, ils pouvaient s'installer sur de nombreux mondes, mais c'est aussi leur faiblesse... Il nous suffit de susurrer dans leurs oreilles combien ils sont meilleurs que ces sauvages...!

De mois en mois, ils s'affaiblissent ! Bientôt, nous pourrons nettoyer l'univers de cette pourriture !

Un point noir toutefois : l'Empereur, comme tu l'avais prévu, est beaucoup plus difficile à contrôler et surtout, sa flotte reste un obstacle que nous ne pouvons pas affronter pour le moment. Mais très bientôt, grâce à tes plans, les guerres intestines de l'ennemi l'auront tellement affaibli que nous pourrons lui porter un coup mortel ! Cependant, pour le moment, selon tes sages enseignements, nous nous tenons dans l'ombre, attisant seulement le feu qui couve !

Le capitaine frappa à la porte du général Pargara, puis attendit que celui-ci l'autorisât à entrer. L'aide de camp du général, le major Lee, l'avait avisé de la venue du capitaine, aussi celui-ci était attendu.

« Mon général, dit le capitaine au garde à vous, saluant à la perfection son supérieur.

– Repos, capitaine, lui répondit Pargara, alors ?

– Mon général, c'est confirmé. C'est bien un vaisseau sarkaï que nous avons abattu. Pour une raison inconnue, son ou ses systèmes furtifs n'ont pas fonctionné ! »

Le général ne répondit pas tout de suite.

« Pourquoi cela vous a-t-il pris douze heures pour le trouver ?

– C'est cette forêt, mon général… Aucun détecteur ne semble pouvoir la traverser !

– Enfin, répondit le général, quand nous y arriverons, nous ne trouverons probablement pas grand-chose ! Depuis le temps qu'ils nous narguent avec leurs systèmes furtifs ! Espérons que cette fois-ci, nous pourrons au moins les récupérer ! Mais cela ne sera pas facile dans cette jungle infestée d'AFFARAS & ISSARS! Cela fait maintenant six mois que nous avons pris toutes les villes importantes de cette planète, sans résistance notoire il faut le dire, et nous sommes toujours incapables de pénétrer l'intérieur des terres, ou alors avec des pertes importantes !

– Nous vaincrons, général, nous avons des moyens tellement supérieurs aux leurs ! Ils n'ont aucune chance à long terme !

– Capitaine, ne faites pas la même erreur que Samarkand ! Ces AFFARAS & ISSARS sont de redoutables combattants. C'est toujours la même chose ! C'est relativement facile de débarquer sur un monde comme celui-ci, mais après, les ennuis commencent ! Et ses maudits Sarkaïs… S'ils n'étaient pas là, les rebelles auraient plus de difficultés et, selon les ordres de l'Empereur, on pourrait négocier… quelque chose !

– Nous finirons par vaincre, j'en suis sûr », conclut le capitaine.

« Et puis, se dit silencieusement cette fois le général, cette guerre est absurde et… et il y a ce problème avec les transfuges de la Garde… comme… Zhara! »

Quel idiot il avait été avec elle ! Il avait d'ailleurs pris le commandement de la force d'intervention spéciale sur Notre-Monde… un peu… beaucoup… pour la retrouver !

Soudain, Pargara se rappela la présence du capitaine, qui attendait patiemment que son chef sortît de sa rêverie. Complètement hors des propos du capitaine mais pour suivre ses propres pensées, le général s'exclama tout à coup :

« Avez-vous déjà perdu quelqu'un de proche à cause de la guerre, capitaine ?

– Non, mon général.

– Moi, oui… Ma fille, elle est morte au combat… Puis comme un imbécile, je l'ai perdue une seconde fois quand j'ai eu la chance de la revoir!

– Je ne comprends pas, mon général !

– Ah? Oh oui, bien sûr ! Bon, je veux ce vaisseau sarkaï ou ce qu'il en reste… Nous trouverons peut-être quelque chose ! Préparez un détachement solidement armé, et même très solidement… et une unité de combat. Je commanderai moi-même le détachement. Je veux ce vaisseau sarkaï avant que l'ennemi le fasse disparaître sans laisser de traces… et nous avons déjà beaucoup de retard sur eux. Capitaine, vous pouvez disposer !

Le capitaine ne se le fit pas dire deux fois et en moins d'une demi-heure, plusieurs tanks flottants emportaient le général et un détachement de près de cent hommes à toute allure vers la jungle épaisse où reposait le vaisseau sarkaï.

Mais ils n'étaient pas les seuls à voler vers le site du crash. Ainsi, à peine arrivés sur les lieux, surgirent de la jungle plusieurs dizaines de N'Deke qui se ruèrent sur eux ! Sur chacun, un ISSAR et, fait nouveau, aussi quelques AFFARAS! Pour Pargara, c'était la première fois qu'il était physiquement en contact avec les rebelles. Il était confiant car avec la force de frappe qu'il possédait, ce n'étaient pas quelques sauvages sur des ailes volantes qui allaient l'impressionner ! Ce fut alors qu'il remarqua le visage inquiet du pilote qui n'arrivait pas à détecter les intrus sur ses radars. Là, Pargara sentit tout à coup une sueur froide lui couler dans le dos… car le manque de détection automatique des cibles signifiait aussi la perte des systèmes de tirs automatiques ultraprécis et rapides et, pensa-t-il jusqu'à cette minute précise, imparables.

« Comment arrivent-ils à brouiller nos détecteurs ? » se demanda-t-il rapidement.

Mais le temps n'était pas au questionnement existentiel, il y avait beaucoup plus urgent à faire. En effet, il était soudain conscient de la présence rapprochée de l'ennemi et de… l'énormité de son tank !

« Que tous les canonniers passent en mode manuel et tirent sans arrêt sur les arrivants ! » hurla-t-il.

Mais les tirs étaient vraiment imprécis, comme le constata rapidement Pargara ! Dire qu'en temps normal, un seul de ces tanks eût suffi pour nettoyer le ciel de cette vermine volante !

Mais voilà, c'était comme ça depuis qu'ils avaient débarqué ici ! Des diables noirs surgissaient là où ils ne les attendaient pas et faisaient un carton dans ses soldats. Heureusement, ceux-ci étaient extrêmement bien entraînés et repoussaient l'ennemi… mais avec des pertes importantes. Les villes, par contre, étaient imprenables, protégées par une telle quantité d'armes que malgré une détection aléatoire, les rebelles se faisaient vaporiser rapidement… alors ils ne s'y frottaient pas !

Mais ici, Pargara en fut rapidement conscient : ses détecteurs étaient complètement inutiles et ses canons insuffisants… Ses soldats faisaient montre d'une certaine incompétence sans leurs gadgets automatiques… Alors la seule possibilité restante était…

« Que tous les soldats activent leurs réacteurs dorsaux et soient prêts à affronter les rebelles au corps à corps aérien! À mon commandement, canonniers, vous stopperez le tir et ouvrirez les écoutilles pour larguer les commandos… Ensuite, vous virerez vers l'est ! Attention, MAINTENANT! » cria-t-il.

Pratiquement instantanément, cent Gurkhas surgirent des sept tanks aériens pour affronter l'ennemi. Eux aussi étaient de redoutables combattants, mais ils n'avaient pas la fantastique précision de tir de ces prodigieux chasseurs qu'étaient les AFFARAS & ISSARS… surtout les ISSARS! Et Pargara avait de la difficulté à l'admettre, mais quoique les N'Deke fussent de conception technique beaucoup plus simple, quand on les maîtrisait bien, ils étaient indéniablement plus efficaces que leurs réacteurs dorsaux peu maniables !

Et Pargara assista au massacre de ses hommes sans pouvoir faire grand-chose ! Il resta sur place malgré les conseils pressants de ses officiers, dans une tentative désespérée pour rapatrier le plus d'hommes possible avant leur massacre par les rebelles. Il savait qu'il aurait dû partir le plus vite possible et demander un tir de barrage depuis les croiseurs en orbite autour de la planète, mais cela aurait signifié abandonner ses hommes, ce qui était contraire à son éthique de soldat ! Il récupéra ses derniers soldats et tenta de s'éloigner de la zone des combats, mais il était déjà trop tard ! Les attaquants avaient troqué leurs fusils contre d'étranges bazookas qu'ils manipulaient avec une dextérité aussi grande que les autres armes ! Les tanks, bien sûr, étaient capables de se défendre et un certain nombre d'hommes volants avaient été désintégrés, mais Pargara en était maintenant cruellement conscient : ses hommes avaient de la difficulté avec le tir manuel, trop habitués qu'ils étaient à laisser la machine faire le travail pour eux.

« Si j'en sors vivant, pensa-t-il, je ferai corriger cela ! »

Les tanks étaient solides, mais les tirs ennemis très précis et bientôt, un tank perdit son assiette de vol et alla percuter la jungle en contrebas suivi, quelques minutes plus tard, par un deuxième.

« Nous ne leur échapperons pas », conclut-il.

Mais son appareil était aussi la cible de tirs nourris et soudain, d'instinct, il sut que leur engin venait d'encaisser un coup mortel ! Il le sut même avant le pilote car bien avant d'être général, il avait lui-même piloté ce type d'engin, aussi n'attendit-il pas la confirmation de ses impressions pour hurler à ses hommes :

« Tout le monde dehors, le char va tomber », cria-t-il en actionnant lui-même le dispositif de secours ouvrant le véhicule blindé vers le haut pour permettre une évacuation rapide.

Quelques secondes plus tard, le fier général Pargara se retrouva suspendu aux sangles de son réacteur dorsal, à près de trois cents mètres d'altitude, entouré de ce qui lui restait de ses hommes, c'est-à-dire très peu ! Malgré tous ses problèmes, Pargara, l'espace d'un instant, se demanda pourquoi son tank avait été le dernier à être attaqué et surtout, pourquoi les rebelles s'étaient contentés de détruire les moyens de sustentation plutôt que le tank lui-même ?

Un quart de seconde plus tard, tous ses hommes rescapés étaient morts, et il devint clair pour Pargara que ce que voulaient les rebelles, c'était… lui !

« Mais vous croyez que vous allez me prendre vivant, bande d'enf… ? Je vais vous montrer comment meurt un général de la Garde impériale, hurla-t-il aux rebelles, tout en dégainant ses deux pistoles et en ouvrant le feu sur eux, avec un certain succès d'ailleurs, vu les deux AFFARAS qui venaient brusquement de s'illuminer dans le ciel, touchés par un coup direct de Pargara. Mais Pargara fut lui aussi touché par un coup direct sur son réacteur dorsal, ce qui le fit brusquement chuter de plus en plus vite vers le sol. Mais tout général qu'il était, il n'avait pas oublié son entraînement de jeunesse et ouvrit son parachute de secours quelques dixièmes de secondes avant de percuter le faîte des arbres. Son entrée dans le monde végétal fut plutôt brutale mais, à part quelques contusions, Pargara se retrouva relativement indemne sur la terre ferme après avoir traversé en trombe un nombre vertigineux de niveaux. Son parachute, bien sûr, s'était accroché rapidement dans les arbres, mais les coussins de sécurité gonflés automatiquement suite au largage de son parachute l'avaient protégé durant sa descente dans l'enfer vert. Sans illusion sur ce que l'avenir immédiat allait lui réserver, il repéra un énorme bloc de pierre avec un renfoncement dans lequel il se réfugia.

« Au moins je pourrai les voir venir, et peut-être faire un dernier carton », se dit-il, sachant sa fin proche.

Peu de regrets dans sa tête. C'était le destin d'un soldat… et cela aurait pu arriver plus tôt. Il avait eu une vie fantastique et n'avait qu'un chagrin : ne pas pouvoir dire à Zhara, ou du moins, à son clone, combien… il regrettait sa réaction passée !

« Général Pargara », s'écria soudain une voix non loin de lui.

« Cette voix, mon Dieu, cette voix ! » pensa tout à coup Pargara.

« Zhara !

– Non, général, Archibaldine SNP 1235623179946341239045322Z24365rG0321!

– Zhara… Zhara, c'est ton nom ! Zhara, pardonne-moi… mais même à toi, je ne me rendrai pas ! Vois ton père mourir, Zhara !

– Allons, général, si on vous avait voulu mort, vous le seriez depuis longtemps… et mon nom est Archibaldine !

– Vous n'obtiendrez rien de moi… mon cerveau est verrouillé et si vous approchez, je me fais sauter !

– Arrêtez vos conneries, général, encore une fois, vous seriez mort à l'heure actuelle si nous l'avions voulu ! Nous voulons… simplement parler ! Nous avons un message de la plus haute importance à vous communiquer! Juste vingt minutes plus tôt, non… c'est du tout neuf !

Nous vous voulions pour forcer l'Empereur à négocier mais maintenant, les choses ont changé ! Général, nous avons réellement un message de la plus haute importance pour l'Empereur… quelque chose qui dépasse notre présent conflit !

– Montrez-vous alors !

– Ne tirez pas, général, je m'avance, mais je ne suis pas armée ! »

Et Pargara fut ému aux larmes… C'était bien Zhara qui avançait maintenant devant lui !

« Zhara… Mon Dieu, Zhara…!

– Pap… Monsieur, avancez-vous… et laissez vos armes dans leurs gaines… Un homme important va nous rejoindre ! »

Pargara ne put faire autrement et s'avança vers sa fille… tout en tenant une grenade dégoupillée dans la main… au cas où…

« Zhara, mon Dieu, je te demande pardon… je… je n'aurais pas dû… je…

– Je comprends, général, vous l'aimiez beaucoup, n'oubliez pas que j'ai sa mémoire !

– Reviens avec moi, personne n'a accepté ta condamnation ! Beaucoup de tes anciens camarades se battent pour toi… discrètement. J'ai… j'ai de l'influence… beaucoup même ! Samarkand, c'était toi ?

– Bien sûr… et il l'a parfaitement compris les quelques secondes qui ont précédé sa mort !

– Samarkand était un idiot doublé d'un salaud ! Faire condamner un officier inférieur pour camoufler sa faute n'a pas été accepté par la Garde et sa mort, ainsi que celle de ses hommes, est aussi de sa faute ! Reviens, la flotte te comprend… et j'ai une proposition d'amnistie pour vous tous, les renégats… C'est une guerre stupide ! Tu es ma fille et…

– Non, général, je ne suis pas votre fille ! Plus maintenant… J'aurais peut-être pu l'être avant, mais plus maintenant !

– Bien, je comprends… mais l'offre d'amnistie tient toujours… Revenez, toi et tes compagnons… Tu n'es pas obligée pour cela de revenir à la maison ! »

Soudain, provenant de derrière Pargara, une voix puissante se fit entendre

« Vous être général Pargara, hein ?

– Monsieur Sisar Gance, le chef rebelle que je pourchasse depuis pas mal de temps ! Vous venez assister à la mort de votre ennemi ?

– Non, général, je parlais à vous plutôt ennemis communs… beaucoup méchants, plus que vous et veulent tuer race humaine, tous, vous et nous !

– Vraiment ?

– Oui. Tout le monde. Vous venir pour vaisseau sarkaï, non ?

– …

– Pour le vaisseau sarkaï ! Vous venu pour le vaisseau sarkaï !

– Admettons !

– Nous aussi ! Nous porter secours à fournisseurs… Aimons pas beaucoup… mais pas le choix.

– Et ?

– Et cargaison récupérée, et nous tenter sauver pilote qui beaucoup blessé mais… mort quand même !

– Et alors ? s'impatienta Pargara.

– Alors blessure pauvre type était grande… Devenu comme fou, pas savoir ou être… Fini croire être chez lui et alors faire rapport à chef.

– Quel rapport ?

– Sarkaï pas parler normalement parce que blocage dans tête, mais lui malade dans tête alors pas vu pas bonnes personnes et parler comme à chef, sinon pas possible ! Je savoir ça seulement quelques minutes juste avant casser figure à vous ! Au début, seulement vouloir vous pour échanger avec Empereur et forcer Empereur parler à nous mais maintenant, plus important vous amener rapport sarkaï à Empereur… !

– Et de quoi s'agit-il ?

– Pilote sarkaï avait rapport dans tête et devait dire à chef… chef pas humain !

– QUOI?

– Un type… prince Ra Méhirim… envoyé rapport d'étape à son empereur ou roi pour expliquer à lui quoi faire pour attaquer race humaine !

– En êtes-vous sûr ? Ce n'est pas un truc pour détourner l'attention ?

Parce que d'ores et déjà, l'Empereur est prêt à négocier un arrêt des hostilités avec vous.

– Vous donner à nous amnistie ET exploitation nostre soleil à nous ?

– Pas de problèmes pour l'amnistie… Nous avons fini par apprendre la vérité sur les défauts de construction du Lusitania.

– Bien, nous prêts discuter, mais d'abord retirer tous Jarkaniens de notre monde !

– Les Jarkaniens ? Mais ils sont là seulement pour redémarrer votre économie ! Ce sont de très bons techniciens… et il faut bien assurer les postes que vous n'assurez plus !

– Non, Jarkaniens mauvais… Eux veulent notre monde ! Eux, voleurs, eux prétendre notre monde à eux, et eux avoir accord secret avec Empereur !

– Je nie formellement ce fait, affirma Pargara… tout en se posant la question… car lui aussi avait des doutes sur les Jarkaniens !

– Vous, naïf ! Bon général, mais naïf ! Vous prendre rapport de Sarkaï et vous voir Empereur. Ça, très très mauvais ! Vous dire à Empereur, AFFARAS & ISSARS reconnaître Empereur, mais Empereur doit aussi reconnaître nous ! Attention, toutes races hommes en très grand danger ! Toutes ! Autre race, pas hommes, nous pas savoir qui, mais pas hommes, sûr, sûr et travailler avec bandits sarkaïs. Vous dire à Empereur que Empereur besoin tous amis car véritables ennemis trop forts. Lire rapport… très grave ! ! ! Vous faire cela… et demander justice pour nous ?

– Oui, je m'y engage ! Puis-je aussi emmener Zhara ?

– Zhara ? Archibaldine pas notre prisonnière ! Aider nous seulement ! Peut partir quand veut !

– NON, s'écria alors Zhara/Archibaldine, je ne vous appartiens pas, général… Je suis sans famille !

– Bien, soupira le général, au moins reprends le prénom de ma fille, puisque tu en as les gènes et les souvenirs ! Je comprends que le nom de Pargara ne te plaise plus… mais quand tu voudras, il sera de nouveau à toi !

– J'ai des souvenirs de vous moins plaisants ces derniers temps, général, et ceux-là sont véritablement à moi… mais en mémoire de cette fille fantastique… qui vous aimait, général, je vais reprendre le nom de Zhara… mais mon patronyme sera Denullepart ! »

CHAPITRE 29 – CAUCHEMAR

« Quand on est en état de vie suspendue, est-on mort ou vivant ? questionna l'élève.

– Un peu les deux, répondit le professeur, tu n'es pas mort parce qu'il n'y a aucune dégradation de tes cellules, du moins si la congélation a été faite selon les règles de l'art.

– On est vivant alors ?

– Je crois que l'on peut dire cela, quoique l'on n'ait aucune activité cérébrale notable, ce qui s'assimile à la mort !

– Absolument aucune activité ?

– Enfin, certaines expériences semblent indiquer qu'une activité minimale est quand même présente !

– Donc, la personne pense !

– C'est un peu comme si le sujet était endormi, mais avec un métabolisme ralenti, presque totalement arrêté.

– Mais elle a une activité minimale qui, même ralentie, peut être assimilée à une sorte de pensée ?

– Plutôt comme un rêve très lent, qui durerait ce que dure la période de vie suspendue. La personne, dans cet état, n'aurait pas vraiment conscience que sa pensée est ralentie. Ce serait comme un long rêve tranquille.

– Et si la période de vie suspendue durait mille ans, on pourrait donc dire que la personne rêverait durant mille ans ?

– En quelque sorte, oui, ce serait un rêve... qui durerait mille ans !

– Et si plutôt qu'un rêve doux et merveilleux, c'était un cauchemar, ce serait alors un cauchemar qui durerait... mille ans ? »

Hans Sarquaoui, professeur émérite

Réflexion sur un bien étrange sommeil

Soudain, elle apparut devant lui, visage de femme encore enfant, qui déclencha chez Pierre une énorme émotion ! Dieu qu'elle était belle ! Un visage de femme asiatique… mais pas tout à fait. Du sang européen coulait assurément dans ses veines… probablement un souvenir laissé par quelque Français du temps de l'Indochine… ! Mais où l'avait-il donc rencontrée ? Pourquoi son cerveau refusait-il de lui raconter l'histoire de ce visage qui pourtant provoquait en lui une montée de sentiment… trouble ? Pierre voulait se souvenir. Oui, que ce visage était beau ! À peine sortie de l'enfance… Seize ans, tout au plus dix-sept, et ce regard… Des yeux gris, inhabituels pour des Asiatiques même mâtinés de Français. Un visage figé dans son esprit comme s'il refusait d'aller plus loin, un visage qui voulait seulement rester là, un visage qui pourtant, provoquait un immense tintamarre dans le cœur de Pierre. L'avait-il aimé… ? Surgissant de son lointain passé, au temps où il croyait encore à sa cause et où il était jeune… Pierre voulait savoir. Oui, oui, c'était au Vietnam… Il travaillait comme mercenaire pour la CIA, à cette époque. Oui, c'était cela, son appareil larguait des armes et des vivres aux tribus des montagnes qui luttaient contre le Viêt-Cong. Son avion, un gros quadrimoteur, s'était fait descendre en flamme par les Viets et s'était écrasé dans la jungle épaisse non loin d'un village… Il était le seul à avoir survécu… Il avait tenté de rejoindre le village pour appeler des secours. Voilà, c'était cela, la jeune femme s'était portée à son secours et l'avait aidé à rejoindre le village… Non, ce n'était pas cela ! Pourtant, il avait rejoint le village ! Alors… quoi ? Ah… oui… il courait dans la jungle… la jeune femme était là et… il… la voyait juste là… devant lui. Dieu qu'elle est belle ! Elle a la tête penchée et ce regard étrange… braqué sur lui. Il est proche d'elle ! Pourquoi son cerveau refusait-il toujours de lui livrer la suite ? Il est là, et elle le regarde. La tête penchée, le regard braqué sur lui… un regard tellement étrange, bizarre même! Tout est figé dans son esprit, sauf son cœur… son cœur qui bat la chamade… Il va l'embrasser, il se penche vers elle… Dieu qu'elle est belle… Il savoure ce moment d'éternité… ! Maintenant, il a peur… le regard… le regard de la jeune femme déclenche en lui une angoisse terrible… Sa mémoire se débloque, et il voit… il la touche… de la main droite… oui, c'est cela… mais cette main… sa main… tient quelque chose… quelque chose qui rassemble à… un morceau de bois… DIEU… NON… C'est un manche… un manche de couteau… Il a plongé un couteau dans la poitrine de la jeune femme… Viêt-Cong… il la tue… il l'assassine… ce regard bizarre… ce regard bizarre. C'est sa vie qui s'en va !!!

Pierre hurla d'horreur… Un hurlement long, douloureux, plein d'une peine immense, plein des horreurs de la guerre et du souvenir de cette magnifique jeune femme qu'il aurait pu aimer… qu'il aurait voulu aimer et dont il venait de prendre la vie… Un hurlement… un hurlement silencieux… long… de mille ans !

CHAPITRE 30 – L'HOMME EST BON PAR NATURE… N'EST-CE PAS ?

Simon était revenu tôt ce soir ! À peine 20 heures… et plus rien ! C'était inhabituel ! Il aurait le temps de dîner en famille ! Paradoxalement, ce calme lui faisait peur. Un peu comme si l'univers retenait son souffle… en attente d'un grand événement ! Mais quoi ? L'arrivée des Envoyés… ou l'invasion des Aliens ? Sait pas, mais ce soir, pas de grand dossier, ce sera dîner en famille et histoire pour les enfants puis, qui sait, peut-être si madame…?

« Papa, décréta Caroline, nous avons à parler !

– Vraiment ?

– Oui ! Je suis la future impératrice de l'Empire aux mille planètes !

– Mille soleils serait plus exact !

– Tant que ça !

– Même plus, mais mille soleils, ça sonne mieux !

– Bon, fort bien, en tant que votre aînée donc future impératrice, vous vous devez d'instruire votre fille des choses de l'Empire !

– Comme il vous plaira, Majesté », lui répondit Simon, enfin détendu et… quelque peu amusé.

Bien sûr, Eytan s'était glissé entre eux, toujours friand des discussions entre son père et sa sœur.

« Ce soir, un sujet léger. L'homme est-il bon ou mauvais ?

– Quoi ? Tu appelles cela un sujet léger ?

– Oui, mais primordial !

– Ah ça, je ne te le fais pas dire », répliqua Simon, surpris une fois de plus par sa fille Caroline, pourtant si jeune… si jeune qu'il se voyait encore la bercer dans ses bras… heu… Évidemment, elle avait un peu changé depuis !

« J'ai eu une discussion avec un de mes gardes, et je voudrais avoir ton avis ! »

Les gardes du corps de Caroline… évidemment ! Souvent, il avait voulu les changer… Il n'est pas convenable que ceux-ci parlent politique, philosophie et abordent toutes les affaires de l'Empire avec elle ! Une enfant… D'un autre côté, ses gardes lui vouaient un véritable culte et se seraient fait tuer pour elle… sans même une seconde d'hésitation !

Caro savait déclencher cela... C'était bon pour une future impératrice ! Non, il ne changerait pas ses gardes ! L'Empire était trop dangereux, et elle aurait bien besoin de gens vraiment dévoués plus tard quand la charge de plomb des vraies responsabilités lui tomberait dessus !

« Papa!

– Oui... oui, Caro... C'est quoi, ton avis ?

– Je ne sais pas. Guy de Chambernagore a un avis... Pour lui, les hommes peuvent être comparés à une courbe de distribution statistique... 10 % sont bons, 80 % ne sont ni bons ni mauvais, et 10 % sont mauvais ! Pour lui, il faut détruire les 10 % de mauvais... Il appelle cela la décimation... et s'assurer que les 80 % restants vivent dans une société avec des lois et des structures qui toujours stimuleront leurs qualités ; dans le cas contraire, nos 80 % de tièdes risquent de devenir mauvais. »

Tout à coup et comme à chaque fois, Simon se retrouvait au cœur d'une conversation qu'il aurait préféré éviter... Mais Caro avait raison, elle risquait de se retrouver impératrice et devait donc pouvoir juger les hommes... mais elle était si jeune !

« Bien, Caroline, je vais te dire ce que ma fonction d'empereur m'a appris. L'homme est foncièrement mauvais... ou plutôt, c'est un prédateur... En fait, un prédateur agissant en meute... comme les loups. Ce n'est pas par hasard si l'homme s'est toujours bien entendu avec le chien : un descendant direct du loup. L'homme est toujours à l'affût. Si une situation de faire un gros coup se présente, il le fera... dans 90 % des cas. L'homme tire toujours avec lui son passé, pas si lointain, de prédateur sauvage.

– PAPA, NON!

– Si, Caro ! Demande-toi tout le temps pourquoi un homme qui a la possibilité de tirer avantage d'une situation le fait presque toujours, même si quelqu'un d'autre en subira les conséquences ! Pourquoi crois-tu que je fais voter tant de lois ? Pour protéger l'homme... de l'homme ! Malheureusement, c'est la triste vérité ! »

Caroline regarda fièrement son père pour tenter de dissimuler le trouble profond que ses paroles venaient de déclencher en elle !

« Mais papa, le prédateur a un certain panache ! Oui, il tue, mais c'est sa nature... et il combat fièrement !

– Oh ! Caro... Caroline, ma chérie ! L'homme, ce n'est pas cela ! Il est veule et lâche ! Certains vont combattre le soldat ennemi, mais la plupart s'en prendront plutôt à la femme du soldat et à ses enfants... c'est plus facile ! L'homme, ce n'est pas le roi lion, c'est la hyène qui suit et qui mange les cadavres ! Je sais ! Je vois tant de choses ! L'homme, quand il se rend compte qu'il n'y a aucun danger pour lui, montre alors son vrai visage, peint aux couleurs de la méchanceté ! Il va poursuivre le faible, le vieux, le malade... Par contre, s'il a peur parce qu'il affronte quelqu'un de plus fort, alors il se soumet, s'écrase, s'étale... en attendant de pouvoir frapper l'ennemi... dans le dos bien

sûr ! Tous ne sont pas comme cela, sinon notre civilisation ne pourrait survivre, mais les vrais héros sont bien peu nombreux ! »

C'en était trop pour la pauvre Caroline, qui tenta désespérément de faire bonne figure... De grosses larmes se mirent à couler sur ses joues.

Mais, malgré celles-ci, elle continua de regarder son père comme si de rien n'était.

« Tu... tu n'es pas... un peu dur, papa ? »

Chaviré à la vue des larmes de sa fille, Simon décida malgré tout de continuer... Caro était bien jeune... précoce, d'une intelligence remarquable mais... future impératrice de tous les mondes connus !

« Non, Caro, et tu te dois de savoir... ces choses-là !

– Même les Uïgures ?

– Ah! les fameux Uïgures ! Tu les aimes, hein ? Tu sais, eux..., ce sont vraiment de grands fauves ! Oui, ils sont forts, mais aussi très cruels !

– Oui, mais... ce ne sont pas des hyènes, eux, non ? »

Simon marqua une pause. Comment dire à un enfant que les gens avec des idéaux forts sont quelquefois pires et qu'ultimement, il vaut parfois mieux traiter avec un mafieux que l'on peut manipuler qu'un idéaliste prêt à mourir pour sa cause ? Et puis, les Uïgures sont tellement puissants qu'ils sont, avec les Hashshashins, les gens les plus dangereux pour l'Empire !

« C'est vrai, mais tu sais, ils ont la cruauté des grands prédateurs, et leurs idéaux font parfois bien des morts !

– Mais papa, je ne comprends pas ! Sont-ils bons ou mauvais ?

– Parfois, quand tu veux être trop bon... tu peux devenir mauvais !

– Papa... je... je... pourquoi ?

– Ça, ma grande, c'est la vie qui te l'apprendra ! Mais il se fait tard...!

– Oui, papa, bonne nuit ! »

« Non!

– Éléanor, enfin !

– Non, tu ne me convaincras pas !

– Pense un peu ! Un tel système permettrait de sauver des milliers, non, des millions de vies !

– Ah oui ! Et comment ?

– La congélation d'organes, la congélation d'individus blessés ou malades, de soldats mourants, de spationautes et… par exemple, tu attends la greffe d'un organe vital… comme le cœur… aucun n'est disponible et tu risques de mourir à tout instant. Donc on te congèle jusqu'au moment où celui-ci est disponible !

– André, j'ai toujours été d'accord avec les objectifs de la recherche ! Ne fais pas l'hypocrite ! Ce n'est pas le sujet de notre discussion, bon sang ! – Alors c'est quoi, le sujet de dispute ?

– Tes méthodes pour accélérer le développement du procédé !

– Et en quoi mes méthodes sont-elles si terribles si, en fin de compte, cela permet de sauver des vies humaines ! TASEL qui, je te le rappelle, nous finance, est entièrement d'accord !

– TASEL veut seulement un retour rapide de son investissement, c'est tout!

– Comme peux-tu être à ce point de mauvaise foi ? The American Society for Eternal Life est une société sans but lucratif, fondée pour promouvoir la recherche dans le domaine de la longévité humaine. Rien que des choses honorables, aucun but financier là-dedans !

– TASEL a des centaines de propositions de recherches et la nôtre est une des plus dispendieuses, donc ils veulent la fin de ce projet le plus tôt possible ! D'autant plus que certains des administrateurs trouvent que le projet prend du retard.

– Précisément ! Alors pourquoi le retarder indûment ? Chaque mois de retard peut coûter la vie à un grand nombre de gens qui auraient pu être sauvés par notre système !

– NON, André, ce n'est pas un argument valable ! Des milliers de médicaments sont dans la même situation. Commercialisés plus tôt, ils pourraient sauver plus de vies ! Pourtant, ils ne sont sur le marché que quand toutes les recherches cliniques sont achevées. Et c'est bien ainsi !

– Ils font des expériences sur des humains, eux, non ?

– Ce n'est pas la même chose ! Sauf accident, ils ne mettent jamais la vie de leur cobaye en danger.

– Éléanor, il s'agit d'un tueur en série qui doit être exécuté bientôt ! Il offre sa vie volontairement car, dit-il, il préfère que sa mort serve à quelque chose ! C'est un tueur d'enfants, un des êtres les plus vils que j'ai rencontrés !

– SCIENCE SANS CONSCIENCE N'EST QUE RUINE DE L'ÂME!

– Bon, voilà les grands discours. Tout ça pour une ordure !

– Un être humain. Je suis contre la peine de mort ! Et la science n'a pas besoin de faire des expériences mortelles sur des humains pour progresser !

Nous avons tous les animaux de laboratoire dont nous avons besoin pour cela ! Et même cela me pose problème !

– Toi non plus, ne fais pas l'hypocrite ! Tu sais que la physiologie des humains est telle que seule une expérimentation sur un homme pourra nous donner les renseignements nécessaires pour nous permettre de progresser. Tôt ou tard, il va falloir le faire, non ?

– Nous ne sommes pas prêts ! Tu envoies cet homme à une mort CERTAINE!

– Probablement, mais ce n'est pas sûr et de toute façon, cet homme sera mort la semaine prochaine car tous ses recours ont été rejetés !

– Ce n'est pas une raison pour que nous soyons ses bourreaux !

– Arrête de jouer les hypocrites !

– Ah! et toi, tu n'es pas hypocrite ? Tu veux le bien-être de l'humanité, ou tu veux effacer ta réputation sulfureuse de développeur d'armes nucléaires ? »

Vauldegarde vacilla sous l'allusion de sa femme. La colère brilla dans ses yeux.

« Ça suffit, Éléanor, les arrangements sont déjà pris. Si tu as l'âme trop sensible, eh bien, ne viens pas au labo demain !

– Et toi, ne viens pas dans mon lit ce soir », lui cria alors Éléanor au bord des larmes en s'éloignant subitement.

Fort bien, se dit le professeur Vauldegarde. Il irait dormir à l'hôtel ce soir, ce qui lui donnerait la tranquillité nécessaire pour revoir tous les critères de l'expérience du lendemain. L'instabilité émotionnelle d'Éléanor l'empêchait, de toute façon, de penser correctement. Vauldegarde en était désolé car ce projet était surtout celui d'Éléanor, une biologiste remarquable mais… trop sensible ! Et le projet prenait du retard… TASEL se montrait de plus en plus impatient ! Alors… peut-être avait-elle raison. Il voulait effacer certaines taches à sa réputation ! Un prix Nobel est, après tout, le meilleur des nettoyants, non ? Et l'occasion était trop belle ! C'était vrai que le volontaire mourrait probablement dans l'expérience… mais ce n'était qu'un déchet humain… et lui, un savant de renom !

Alors, se remémorait Vauldegarde, il avait travaillé fort tard à l'hôtel et avait fermé son cellulaire pour jouir de quelques heures de sommeil avant la grande expérience.

Le lendemain, Vauldegarde s'en souvenait parfaitement, il se présenta au laboratoire fort tôt… et fut surpris par l'agitation peu commune qui semblait y régner !

« Professeur, lui cria son assistant, mais où étiez-vous ? Nous vous cherchons depuis tôt ce matin !

– Dans un hôtel, mon téléphone portable fermé, pour pouvoir me préparer… Que se passe-t-il !

– Votre femme…

– Quoi, ma femme ?

– Elle…

– Mais enfin, quoi ! Parlez, bon sang !

– Elle a. Elle a… tenté l'expérience… sur elle-même !

– QUOI! Mon Dieu ! L'avez-vous ramenée ?

– Non… professeur… nous avons tout tenté… elle… elle… est… elle est… Vous devriez aller voir ! »

Vauldegarde sentit brusquement son cœur s'arrêter. Il se précipita comme un fou vers le laboratoire…

« Mon Dieu, non… NON, pourquoi a-t-elle fait cette folie ! ? »

Pourtant, oui… et Vauldegarde n'y pouvait plus rien !

Éléanor, incapable d'accepter l'expérience envisagée par son mari, avait, durant la nuit, gagné le laboratoire. Là, sans que personne ne s'en aperçût, elle avait démarré le processus depuis longtemps automatisé de la mise en hibernation, puis gagné le sarcophage de congélation expérimental.

La seringue sur le comptoir du lab. indiquait qu'elle s'était injecté toute la panoplie de drogues antigels censées empêcher la formation de glace dans son organisme !

« Pourtant, gémit Vauldegarde, les tentatives sur les animaux inférieurs avaient réussi… à plusieurs reprises ! »

Mais… Éléanor était là maintenant, les yeux grands ouverts… grands

ouverts sur le vide ! Malgré le massage cardiaque, le bouche à bouche et toutes les injections de stimulants prodigués par les ambulanciers présents, le cœur d'Éléanor refusait de repartir ! Sa vie s'en était allée, tuée par sa propre machine et… l'obstination de son mari !

Soudain, un colossal sentiment de culpabilité étouffa Vauldegarde. Il hurla d'horreur… Un hurlement long, douloureux, plein de la peine immense que lui causait la vue de sa femme… qu'il avait tant aimée et dont il venait de provoquer la perte par son obstination… Un hurlement… silencieux… un hurlement… long… de mille ans ! »

CHAPITRE 31 – PANDORE

Moi, Mahatmi, n'étant plus capable de parler tant est grand mon désarroi, je consigne par écrit les terribles choses que j'aie vues lors de la fantastique expérience que nous avons tentée à l'institut Thulé pour retracer l'endroit précis où les Envoyés devraient être secourus. Comme il était évident que mes propres capacités étaient insuffisantes, nous avions invité tous les plus grands sensitifs de l'Empire à venir former une immense chaîne qui, nous l'espérions, servirait d'antenne humaine pour moi... me permettant ainsi d'augmenter mes capacités de prescience. Notre succès dépassa nos plus folles espérances et me permit effectivement de voir plus loin que jamais auparavant.

OUI, j'ai vu les Envoyés, et je sais maintenant où ils sont ! J'ai vu la face de l'ennemi, et je le connais maintenant. J'ai même vu Nirva, la planète bleue, qui se nomme « la Terre ». Non, l'ennemi, les démons, ne l'ont pas encore trouvée et oui, la race humaine est toujours là, bien vivante. C'est le monde des hommes, notre monde d'origine.

C'EST LE PARADIS TERRESTRE DE NOS LÉGENDES.

Mais maintenant que j'ai vu, j'ai perdu l'espoir ! Quand ce manuscrit sera terminé, j'ordonnerai à mes organes internes de cesser de fonctionner en espérant qu'il n'y ait pas de vie dans l'au-delà, car j'y entraînerais ma tristesse infinie ! Oui, le monde des hommes existe toujours et oui, c'est bien un paradis. C'est même la plus belle planète de l'univers. Le Grand Architecte a bien travaillé. Tel un diamant bleu, elle scintille dans le cosmos. Elle a enfanté les plus fantastiques créatures vivantes de l'univers, les plus belles plantes, les coraux les plus rutilants, les poissons les plus chatoyants, mais aussi... la plus vile des créatures... l'homme ! J'ai vu des millions de gens jetés dans des chambres à gaz, des centaines de milliers d'autres assassinés à la machette !

Là, au milieu de richesses immenses, j'ai vu des enfants mourir de faim, des femmes brûlées vives parce que leurs dots ne plaisaient pas à leur mari... J'ai vu des hommes très fortunés refuser les médicaments aux plus pauvres parce qu'ils ne pouvaient payer... J'ai vu la haine se propager comme la peste simplement pour des questions de religions, de races différentes... J'ai vu... la tête d'hommes tranchée parce qu'ils étaient étrangers... des mensonges énormes se dire par les plus puissants pour spolier les faibles de leurs richesses naturelles... J'ai vu aussi l'homme détruire cette chose unique, cette merveille parmi les merveilles qu'est la vie sur la planète bleue ! Chaque jour un peu plus... je les ai vus détruire ce qui avait pris des millions d'années à se faire... ce qui est tellement rare qu'il est pratiquement unique dans l'univers, cette chose incroyable que l'on appelle la vie supérieure ! Les plantes et les animaux et aussi l'homme, qui aurait dû en être l'achèvement ultime et qui, pourtant, en est le fossoyeur !

Oui, les démons sont finalement arrivés sur la terre... mais ils sont DANS l'homme et non pas à l'extérieur !

J'ai... j'ai aussi vu les démons ! Ils sont épouvantables, mais ne sont que les représentations extérieures de ce que nous sommes !

Et j'ai vu les Envoyés !

Maintenant, je sais qu'il n'y a plus d'espoir !

Je ne désire plus les trouver... Ce sont des criminels !

Ils ont volé un vaisseau expérimental pour s'enfuir loin de la justice de leur pays.

Le premier... est un tueur à gage qui aime assassiner les femmes... jeunes et belles...

Le second... est un scientifique dévoyé qui, après avoir travaillé sur des armes de destruction massive, s'est livré à des expériences terribles sur des sujets humains vivants... même sur sa propre femme...

Et le troisième, ô mon Dieu, c'est une femme ! Je l'ai vue... oui, je l'ai vue... se livrer aux tortures les plus viles, les plus épouvantables, sur des hommes enlevés par ses soins !

Mes frères, laissez ces criminels, rejetons d'une race de renégats, se dessécher doucement dans l'espace! NOUS N'EN AVONS PAS BESOIN!

J'ai perdu la foi... la foi dans la race humaine ! Bien sûr, ma vision est partiale, car je n'ai pas vraiment vu ces choses... Je les ai ressenties seulement. Ce type d'investigation ne permet que de saisir des sentiments, et non de lire la pensée... J'ai donc un peu interprété ces sensations avec mes propres sentiments... valeurs et espoirs ! Toute ma vie, j'ai voulu croire en l'homme... que seuls de terribles événements faisaient parfois mal agir. Je croyais profondément à la paix, à l'amour... Je croyais que tout cela finirait par triompher... mais maintenant, j'ai senti le cœur des hommes... et je sais que je ne faisais que me bercer d'illusions ! Je ne crois plus au triomphe du bien... Le mal est trop profondément ancré dans son cœur !

Peut-être suis-je trop sévère ?....C'est pour cela que je vous laisse cet écrit... Il ne tient qu'à vous de ne pas en tenir compte si vous croyez, encore et malgré tout, que l'homme est bon !

Maintenant, je vais remettre ce document à mon bon Héphaïstos pour qu'il le donne aux membres de l'institut... qui en feront ce que bon leur semblera.

Je suis fatigué... tellement fatigué !

Adieu !

Note à tous les membres de l'institut Thulé : après la mort inexplicable de notre regretté Mahatmi, Héphaïstos a enfermé le dernier écrit du maître dans une boîte à sécurité maximale, protégée par un mot de passe. Sans le mot de passe, la boîte ne peut être ouverte et s'autodétruira si on tente de la forcer. Nous ignorons le mot de passe choisi par Héphaïstos, et avant son suicide, il a recommandé de ne pas l'ouvrir, car si son contenu venait à être révélé, il enlèverait alors tout espoir à l'humanité !

Ils étaient là… comme on le lui avait dit ! Trois ans que Michelle leur courait après. Cela lui avait coûté la moitié de son héritage… la maison de sa mère… mais ils étaient là… comme promis ! Les instructions avaient été claires. Une voiture volée… une route de campagne… loin… sa voiture garée plus loin encore… une vieille ferme abandonnée… un chalet loué de l'autre côté de l'État… où elle devrait se rendre… après ! Dans cette ferme abandonnée, une vieille grange qui tenait à peine debout et… eux ! Les deux infâmes individus… qui avaient violé et assassiné sa mère et tenté de la tuer, elle aussi ! Elle leur avait fait confiance… Elle était naïve à cette époque… à peine dix-huit ans. Ils l'avaient raccompagnée… des guitaristes… la drogue… beaucoup… puis les viols et… et… ils voulurent savoir comment c'était fait, une femme, à… l'intérieur ! Sa mère éventrée… elle qui saute au travers de la vitre… nue… qui court dans la rue… les voisins… la police… et bien sûr, plus personne dans la maison. La police lance un avis de recherche… des mois de recherche, mais… rien…!

« Ce sont des criminels endurcis, lui avait dit la police, ils seront difficiles à trouver… !»

Alors, elle appelle un ami, qui connaît un ami… qui connaît… des gens peu recommandables… mais efficaces ! Trois ans… elle paye… Ils les ont retrouvés… La brûlure interne qui ne la quitte plus depuis… depuis si longtemps maintenant… ILS VONT PAYER!

« Qu'ils sont pathétiques ! » pensa Michelle, en les voyant attachés nus, chacun sur une table, les jambes écartées, leur sexe exposé.

« Alors, mes chéris, on ne ba… plus ? leur demanda Michelle, triomphante.

– Mi… Michelle, lui répondit d'un ton suppliant l'un d'eux, qu… que faisons-nous… ici ? Que… que nous veux-tu ?

– Ce que je veux ? Votre peau !…Mais avant, je vais vous confisquer quelque chose !

– Michelle… pardon… pardon, c'était un accident… pardon… seulement… trop de drogue… Ce n'est pas notre faute !

– Oh! pauvres petits garçons ! Pas votre faute ? Pas votre faute non plus, les trois autres femmes que vous avez assassinées dans les autres États ? Les femmes… savez-vous la souffrance que vous leur avez fait endurer… que j'endure depuis trois ans ?

– Oui, nous savons… Pitié, Michelle, nous regrettons… Oui, nous regrettons… nous te le jurons !

– SAVEZ-VOUS, ORDURES, CE QU'EST LA BRÛLURE INTERNE? Toutes les nuits, sans exception, je vis et revis encore et encore, dans les moindres détails, toute l'horreur de ce que vous nous avez fait à ma mère et à moi, cette nuit où vous m'avez tout pris. J'AI MAL… TELLEMENT MAL… COMME UNE BRÛLURE! Je brûle… je brûle de l'intérieur ! Par votre faute ! Et vous m'avez enlevé la seule personne de ma famille qui me restait… ma mère !

– Mich… Michelle, oui, nous savons… nous avons des remords, nous aussi !

– MENTEURS… VOUS ÊTES RECHERCHÉS DANS TROIS AUTRES ÉTATS POUR DES MEURTRES SEMBLABLES! Et moi, je vais vous empêcher d'en commettre d'autres… Vous allez savoir ce qu'est une brûlure… une vraie !

– Michelle, non ! Nous préférons que tu appelles la police !

– Trop tard pour la police ! Je vais vous supprimer cet instrument dont vous ne savez manifestement pas vous servir !

– NON… PITIÉ, MICHELLE, PITIÉ… PITIÉ! »

Mais Michelle n'avait pas de pitié car sa peine avait été trop forte et… elle avait rêvé de cette vengeance depuis si longtemps ! Alors, apparemment inaccessible, elle alluma le chalumeau, faisant hurler d'horreur ses « invités ». Elle était déterminée, oubliant la différence entre rêver de tuer ces salopards et passer à l'acte… Elle était sûre de son bon droit… Ils étaient la lie de l'humanité… Mais quand elle attaqua le sexe du premier au chalumeau, les hurlements démentiels du supplicié se vrillèrent en elle profondément. Tellement profondément que tout son être se mit à trembler violemment. Fortement ébranlée, elle s'obligea à finir son terrible travail… mais ne put le faire complètement. Avant même d'attaquer la seconde victime, elle les acheva tous les deux avec le pistolet prévu à cet effet. Puis, tel un zombie, elle mit le feu à la grange et gagna son automobile volée, qu'elle incendia aussitôt. Puis ce fut le chalet où, juste avant de devenir IQ, la femme qui avait tué ses sentiments pour ne pas avoir à les vivre, elle hurla d'horreur… un hurlement silencieux… long… de mille ans !

CHAPITRE 32 – VOUS DORMIEZ? EH BIEN, RÉVEILLEZ-VOUS MAINTENANT!

Commandant Astaroth, nous avons procédé à l'étude des photos des A.D.N. étrangers que vous nous avez envoyées par ondes. Comme vous nous avez confirmé à au moins deux reprises les photographies en question, force nous est de constater que nous avons un problème de taille !

Il est parfaitement clair que ces A.D.N. ne sont pas ceux d'hommes originaires de l'Empire ! Pire même, ILS SONT NON ALTÉRÉS et comme ceux « d'avant » ! Voyant cela, le grand Méphisto en a informé les MAÎTRES qui en ont été fort contrariés ! ILS ont même commandé une halte immédiate des opérations de déstabilisation de l'Empire et ce, jusqu'à nouvel ordre. Les implications de ces découvertes sont immenses et trop incertaines pour le moment ! Une planète humaine non répertoriée existerait en dehors de l'Empire ! Vraisemblablement, leur fameuse NIRVA. Cela est fort ennuyeux et très dangereux : cela pourrait impliquer, en cas de destruction de l'Empire, la persistance d'une menace humaine ! Nous devons absolument en savoir plus. Vous devez tout faire pour sauver ces humains archaïques. Nous devons nous assurer de les faire parler et par-dessus tout, les forcer à nous montrer le chemin de leur monde d'origine. Vous avez déjà commis l'erreur de rejeter leurs vaisseaux dans l'espace profond sous prétexte que cette technologie était dépassée et sans valeur, nous privant ainsi de la possibilité de trouver l'origine de ce vaisseau !

Pour cette raison, et malgré votre succès sur Kiowa, vous êtes dégradée comme simple commandant de vaisseau et porterez L'ÉTOILE DE DÉCHÉANCE sur la joue gauche. Le suicide vous est interdit : il en résulterait la mise à mort de toute votre famille. Si par hasard, vos « patients » mouraient, vous et votre famille seriez torturés jusqu'à ce que mort s'ensuive.

Amiral Azazel,

responsable des opérations de harcèlement dans l'Empire

« ATTENTION, MARÉE DESCENDANTE », beugla le haut-parleur.

Michelle sursauta et se sentit tout à coup très légère. Heureusement, une sangle la retenait attachée sur la table. Brusquement, elle se rendit compte qu'elle… était nue et… sous de puissants projecteurs ! Rouge comme une pivoine, elle détacha sa sangle pour chercher des vêtements, mais la gravité ayant disparu, elle bondit vers le haut de la pièce pour se cogner douloureusement au plafond métallique !

« Aïe », cria-t-elle, pour réaliser aussitôt que son cri avait réveillé Pierre et le professeur, toujours sanglés sur leurs tables respectives. Ce fut alors qu'elle réalisa ce que la situation impliquait. Oubliant soudainement sa nudité, elle cria :

« Pierre, professeur, nous sommes sauvés… sauvés… SAUVÉS!

– ATTENTION, MARÉE MONTANTE », mugit cette fois le hautparleur.

Et l'attraction revenant, Michelle, brusquement, repartit vers le bas. Heureusement pour elle, la gravité était revenue graduellement, du moins suffisamment graduellement pour lui éviter un choc trop rude avec un plancher avantageusement recouvert d'une sorte de tapis caoutchouté.

Pierre et Vauldegarde, eux aussi nus comme des vers, se dessanglèrent rapidement pour se précipiter à son secours… et Vauldegarde, en parfait gentleman, lui lança les vêtements qu'il avait repérés dans un coin de ce qui semblait être une salle d'hôpital. Rapidement, les trois amis revêtirent les étranges vêtements mis là, apparemment, à leur disposition. Curieux vêtements qui, très larges et bruns, légers au début, semblaient s'adapter à la taille et aux rondeurs de chacun. Chemises et pantalons semblaient faits d'une matière similaire à de la soie… sans en être, bien sûr, mais d'un confort incroyable! En quelques minutes, ceux-ci avait épousé parfaitement les formes de leurs hôtes et même pris une couleur différente pour chacun d'entre eux, bleu pâle pour Pierre, rouge grenat pour Michelle et vert foncé pour Vauldegarde ! Mais les amis n'en avaient cure, car la joie de se retrouver en bonne santé leur faisait oublier tout ce que la situation avait d'étrange.

« Incroyable, dit Vauldegarde, Pierre, quand tu nous as exposé ton plan, je ne donnais pas cher de notre peau !!!

– Pourtant, nous sommes là… Mais où, en fait ? Quel est cet étrange endroit ?

– Tous ces moniteurs me donnent l'impression d'être dans une sorte d'infirmerie… dans un navire ?

– Sur la mer ? C'est vrai… j'ai entendu parler de marée ?

– Une mer avec des épisodes sans gravitation ??? Du moins, si je me fie à ton vol plané, Michelle !

– Mes amis… ne vous sentez-vous pas légers ? La gravité me semble inférieure à celle de la Terre. Nous sommes vraisemblablement à bord d'un vaisseau spatial, et je suis d'accord avec toi, Michelle, dans leur infirmerie, si j'en crois la quantité d'instruments à l'air médical qui encombrent cette pièce… Et les "habitants" de cet engin ne vont certainement pas tarder à se manifester et… en parlant du diable… » termina Vauldegarde.

Le diable, en effet ! De derrière Michelle surgit tout à coup un être des plus étonnants, plus grand que Pierre d'au moins 10 centimètres, et Pierre atteignait déjà 1,80 mètre ! L'homme (?) était gigantesque ! Entièrement couvert d'écailles grisâtres, il avait un visage effrayant qui faisait indéniablement penser à la tête d'un serpent ! Ses yeux jaunes aux pupilles fendues verticalement reflétaient une cruauté sans bornes. Sa force semblait herculéenne et Pierre, qui pourtant était loin d'être un roquet, semblait fluet à côté de lui. Il était vêtu d'une façon étrange, d'un pantalon très bouffant rouge vif et d'une veste bariolée jaune. Nul mot n'avait été prononcé et pourtant, les trois compagnons savaient que l'être devant eux leur était profondément hostile.

« Vous allez me suivre SANS FAIRE DE PROBLÈME, ne me donnez pas le plaisir de vous frapper, leur dit-il d'une voie puissante et dans une langue… qu'ils n'auraient pas dû comprendre !

– Mais… où sommes-nous? se risqua Vauldegarde… dans la même langue, ce qui lui sembla incongru !

– Sur le vaisseau Léviathan, mais maintenant suivez-moi ET taisez vous ! »

Le ton était très agressif, et le gabarit de leur guide aurait dû inciter Pierre à la prudence, mais il ne put s'empêcher de poser une autre question.

« Mais enfin, qui êtes-vous ? »

Celui-ci se retourna brusquement et avant même que Pierre eût la possibilité de bouger, l'énorme individu le projeta brutalement contre la paroi de l'infirmerie. Pierre s'y heurta violemment la tête et cria de douleur.

Déjà, leur gardien était sur lui. Il le souleva de terre sans effort et se mit à le secouer comme un vulgaire prunier dont on voulait faire tomber les fruits.

« Je vous ai dit de me SUIVRE ET de vous TAIRE, compris ?

– Oui… oui, lui dit Pierre, avec de la colère dans la voix, une colère contrôlée toutefois !

– Pierre, lui dit alors en anglais et rapidement Vauldegarde, control yourself ! We need to know more !

– Qu'avez-vous dit ? demanda brusquement leur garde dans son propre langage que, curieusement, Michelle, Pierre et Vauldegarde comprenaient !

– Seulement, dit rapidement Vauldegarde, de se calmer… et de vous suivre !

– Bien. ALORS FAITES-LE SANS DISCUTER! »

Mais le bruit avait amené d'autres hommes-serpents, comme les nommait mentalement Michelle… Et ils avaient le même format que leur guide, plus une volonté évidente de s'en prendre à eux.

« NON, cria leur guide, soudain inquiet, Astaroth veut les voir… VIVANTS… du moins pour le moment », acheva-t-il.

Sa dernière boutade sembla détendre les nouveaux arrivants, qui s'éloignèrent alors en riant.

Cette fois, se sentant tout à coup vraiment en danger, le petit groupe suivit son guide sans plus attendre et sans autre commentaire. Seul, l'air renfrogné de Pierre indiquait aux autres qu'il était au bord de l'explosion.

« Il semble que les hôtes de ce vaisseau soient vraiment confiants, pensa Pierre, car nous n'avons qu'un seul garde. En fait, même si nous maîtrisions ce garde, où irions-nous ? »

Sans mot dire, ils gagnèrent une coursive centrale étroite sur les murs de laquelle couraient toutes sortes de fils, tuyaux, et par-ci par-là, des boîtes de connexions. Le vaisseau donnait l'impression d'avoir été bricolé, rafistolé même, à de nombreuses reprises. Bref, même sans être des experts en appareils interstellaires, les trois amis pouvaient se rendre compte de l'état peu reluisant de celui-ci.

« On dirait une poubelle volante », se dit Pierre.

Bientôt, après de multiples coursives et autres couloirs, ils arrivèrent devant un grand battant métallique, probablement une porte étanche, que leur guide poussa sans frapper. À l'intérieur régnait un incroyable capharnaüm!

La pièce était remplie de consoles, d'écrans radars, de panneaux lumineux à la signification inconnue, d'interrupteurs, de nombreux leviers, claviers et autres… ainsi que d'inévitables ordinateurs… sans compter quantités d'instruments, écrans et autres tableaux électroniques qui tapissaient les murs et ce, sans ordre apparent. Un peu comme si le tout avait été installé selon les besoins, sans prévision ni plan d'ensemble. Malgré tout, cette pièce semblait être le centre de commandement de ce vaisseau.

De nombreux… hommes-serpents et, de l'autre côté de la pièce, l'équivalent féminin de leur guide ! Un peu plus petite, mais avec des yeux pétillants d'intelligence, ce dont les mâles de l'espèce semblaient dépourvus, pensa férocement Michelle, et… de méchanceté ! Sur sa joue gauche, une étrange étoile était dessinée. Son front était ceint d'un insolite anneau de métal. Ses vêtements étaient encore plus bariolés que ceux des hommes. Jupe verte avec veste de cuir rouge, bracelets de cuivre et collier d'argent, le tout du plus mauvais goût !

« Commandant, voici les prisonniers. Étonnant: les trois semblent être en bonne santé… malgré la condition dans laquelle nous les avons trouvés!

– Fort bien, bon travail, Abaddon, tu peux nous laisser maintenant ! »

L'activité s'arrêta dans la pièce, et beaucoup de visages hostiles se tournèrent vers Pierre, Michelle et Vauldegarde.

« Qui… êtes-vous ? questionna timidement le professeur.

– Voyez-vous ça ! Ils ont même le culot de me questionner… et ils ne nous reconnaissent pas ! »

Cette dernière remarque déclencha l'hilarité générale au sein du groupe d'hommes-serpents présents. La femme les regarda avec suspicion, puis prit la parole :

« Vous êtes bien les seuls humains de l'Empire à ne pas reconnaître des Sarkaïs quand ils en rencontrent… Il faut dire que c'est une opportunité qui se présente rarement deux fois ! »

Nouveau rire général ! Pierre était de plus en plus mal à l'aise, et Michelle était pétrifiée. Mais le professeur tentait toujours d'établir le dialogue.

« Je… heu… tiens à vous remercier de nous avoir secourus !

– Ne me remercie pas trop vite, humain, ce qui t'attend est pire que la mort !

– Nous… nous… nous… bégaya le professeur… nous… »

Pierre, exaspéré, coupa la parole du professeur :

« Mais enfin, qu'est-ce que nous vous avons fait ? Pourquoi cette hostilité envers… ? »

Pierre n'eut pas le loisir de finir sa phrase car déjà, un des hommes du commandant était sur lui et lui administrait la gifle la plus magistrale de toute son existence, tout en criant :

« La ferme, déchet humain, tu parleras si, et seulement si, on te le demande! »

Pierre eut littéralement l'impression qu'un rouleau compresseur lui était tombé dessus. Mais il n'était pas homme en s'en laisser conter, même par une brute de deux fois son poids ! Surtout que ça faisait la deuxième fois en très peu de temps !

Enragé, il répliqua à son agresseur par un coup vicieux appris lors de batailles de rue en Afrique et frappa le Sarkaï, qui ne s'y attendait pas, à l'endroit où normalement les hommes, enfin ceux de la Terre, ont leurs bijoux de famille… Il sembla que lesdits Sarkaïs les avaient au même endroit, ce qui le fit hurler de douleur et de rage. Il revint vers Pierre, complètement hors de contrôle, une lueur de meurtre dans ses yeux de reptile, et tenta de frapper de toute son énorme force, mais Pierre s'était glissé derrière lui et lui asséna un coup du tranchant de sa main de toutes ses forces directement sur la nuque ! Le Sarkaï étouffa un cri et s'écroula sous le choc ! Déjà, les autres se précipitaient vers lui… quand le commandant poussa un cri qui stoppa les assaillants et glaça le sang des trois Terriens. Pierre eut même l'impression que ce cri aurait pu le tuer si la femme l'avait voulu ! Les autres mâles semblaient avoir compris l'avertissement et stoppèrent net.

« Allons, on contrôle sa testostérone, les mâles ! Laissez cela. On ne les abîme pas tout de suite. Ils doivent d'abord cracher les renseignements que nous voulons… REGAGNEZ vos places maintenant, leur dit-elle, avec une autorité incontestable… et incontestée. Quant à toi, petit humain présomptueux, si tu bouges encore un doigt, je te le fais couper, cet instrument, que tu viens justement d'abîmer chez mon crétin d'officier ! »

Le regard de la femme montrait clairement qu'elle était sérieuse. Puis elle regarda le Sarkaï que Pierre avait envoyé au tapis avec un mélange de rage et de mépris. Pierre eut aussi le temps de voir l'effet de ce regard sur l'homme qui se relevait lentement… Il était glacé de terreur !

« Mon Dieu, se dit Pierre, où sommes-nous tombés ?

– Maintenant, PRENEZ PLACE, et répondez à mes questions ! »

Le ton ne souffrant aucune réplique, le petit groupe s'assit rapidement autour de la table centrale, juste en face du commandant.

« Qui êtes-vous et d'où venez-vous ? »

Le professeur choisit de répondre pour le petit groupe :

« Je suis le professeur André Vauldegarde, voici M. Pierre Sheine, notre pilote, et mon assistante, Mme Michelle Evanis, et nous venons d'une planète appelée la Terre.

– Jamais entendu parler ! Dans quel secteur est-elle ?

– Nous sommes perdus et ne savons même pas où nous sommes… Je ne peux pas répondre à votre question !

– Prends garde, petit homme, j'ai les moyens d'extraire les informations que je désire. Réponds à ma question !

– Madame, reprit le professeur, comme je vous l'ai dit, nous sommes des voyageurs égarés et si vous me donnez un minimum d'informations, je pourrai peut-être vous répondre !

– C'EST MOI QUI QUESTIONNE… Oui, je vais te donner ce que tu me demandes, mais après, prends garde à répondre ce que je veux entendre ! Que veux-tu savoir, petit homme ?

– Où sommes-nous ?

– À bord du Léviathan, vaisseau pirate sarkaï ! Nous vous avons trouvés sur notre route et avons cru faire un bon coup en vous ramassant !

Votre vaisseau était vraiment pitoyable et sans aucun intérêt. En fait, la seule chose qui nous a intrigués, ce sont les livres en langage inconnu que nous y avons trouvés. Quant à vous, aucun intérêt non plus… mais les livres m'ont poussée à vous récupérer pour faire une analyse d'A.D.N. J'ai fait rejeter votre vaisseau dans l'espace, sa technologie étant vraiment nulle. Je me demande d'ailleurs comment vous avez fait pour venir jusqu'ici avec une casserole pareille ! Tout, y compris vous, y avait l'air si vieux… Alors je n'ai pas voulu prendre de risques, et j'ai envoyé votre A.D.N. au Q.G… qui a semblé s'intéresser à vous. Il semble que le Q.G. pense que vous venez d'une planète hors Empire, ce qui fait saliver les pirates que nous sommes. Imaginez une planète non protégée par les croiseurs de l'Empire et dotée d'une technologie de l'âge de pierre… Quelle aubaine pour des pirates comme nous ! ! ! Donc, quand le Q.G. nous a informés de cette possibilité, j'ai décidé de vous sauver… ce qui fut extrêmement difficile, votre état étant réellement pitoyable ! Je ne sais pas qui a inventé le machin dans lequel vous étiez congelés, mais c'était vraiment du très mauvais matériel. Nous avons vraiment eu du mal… Heureusement que nous avons pu faire appel à des tissus humains frais pour vous réparer. Vous sembliez être restés réellement très longtemps en vie suspendus dans vos sarcophages… L'état de vos cellules était à la limite de la destruction définitive !

– Longtemps, à… à quel point ?

– D'après notre docteur, près de mille ans ! »

CHAPITRE 33 – CORSAIRES

« Papa, c'est quoi, la différence entre un corsaire et un pirate ? Ce n'est pas la même chose ?

– Mais non, Caro, les pirates sont des êtres nuisibles, comme les Sarkaïs ou autres qui hantent les marges, alors que les corsaires, eux, sont bénéfiques.

– En quoi ?

– Les corsaires sont des aventuriers, c'est-à-dire des hommes pour lesquels l'aventure est à la fois leur passion et leur raison de vivre. Le corsaire est toujours un ancien officier de la Garde, officiellement mandaté par un ordre de mission signé de ma main, qui porte le nom de "lettre de marque". Le corsaire est tenu par sa lettre de marque de n'attaquer que les ennemis de l'Empire, comme les Sarkaïs, et de toujours respecter ses propres concitoyens. S'il manque à cette règle absolue et qu'il continue son activité, alors il sera traité en pirate.

– Une permission de tuer, quoi !

– Une permission de chasser les pirates, Caro, seulement les pirates !

– Mais quand il en attrape, que fait-il ?

– Ben, heu, il... les met hors d'état de nuire !

– Il les tue, hein ?

– Caro, les pirates sont des êtres méchants qui tuent beaucoup d'honnêtes citoyens.

– Les Sarkaïs, c'est vrai, mais parfois ce sont de simples citoyens qui veulent récupérer les biens injustement confisqués par des nobles nommés par toi, non ?

– CARO!

– Excuse-moi, papa. Mais parle-moi des corsaires... Tu n'as pas peur qu'ils s'attaquent à des vaisseaux réguliers et deviennent eux aussi pirates ?

– Non, parce qu'ils sont tous d'anciens officiers de la Garde et... parce que la tête d'un Sarkaï vaut... son pesant d'or !

– Bref, tu les payes pour casser du pirate ! Ce n'est pas dangereux ?

– Très... mais ce sont souvent mes meilleurs officiers... Ils font cela pour se payer une retraite dorée.

– Ils sont bien armés pour cela ?... Les Sarkaïs sont quand même très dangereux, non ?

– Très dangereux… oui, mais mes corsaires aussi sont redoutables. On leur fabrique un vaisseau spécial, juste pour eux, qu'ils paient en têtes de Sarkaïs. Un petit bijou ! Petit, il ressemble à une pieuvre dont la tête serait à l'intérieur des pattes… et les pattes, en couronne, sont dirigées vers l'avant. Dans la tête, au centre des pattes, la cabine du pilote, les moteurs et tout ce qu'il faut pour que le vaisseau fonctionne longtemps dans l'espace avec un ou des passagers. Dans les pattes, des canons lasers… huit en tout. Quelques missiles pour finir le travail ! Mais surtout des canons… et quels canons ! ! ! Et comme ils sont commandés par des anciens de la flotte, ils ont aussi un système Danseur.

– S'ils sont si bien armés, il ne doit pas rester grand-chose des pirates, non ?

– C'est vrai !

– Alors comment réclament-ils leurs primes ?

– Ah! ah ! secret !

– Même pour moi… future impératrice ?

– Secret veut dire : Système Encrypté Contenant les Rencontres d'Élimination Totale ! Un système qui filme, qui encrypte toute l'attaque et qui est inviolable et inaltérable. Seuls nos labos peuvent l'ouvrir et récupérer les données qui corroborent les dires du corsaire.

– Ils sont nombreux dans ce vaisseau-pieuvre ?

– Eh bien, non, ce type d'appareil peut accueillir jusqu'à cinq personnes, mais les corsaires sont rarement plus de deux à bord et souvent même, seuls !

– Seuls ? Et c'est efficace ?

– Très… Il existe même un groupe de citoyens qui parlent de protéger les Sarkaïs, car l'espèce serait en voie de disparition !

– C'est vrai ?

– Non… hélas ! mais les corsaires aident à limiter leur prolifération !

– Mais comment se fait-il que, si tes corsaires sont tellement efficaces, nous ayons toujours des problèmes avec les Sarkaïs ?

– Ça, ma grande, c'est vraiment un de mes casse-tête favoris ces temps ci… mais il se fait tard !

– Oui, papa, bonne nuit !

– Bonne nuit, future impératrice ! »

MILLE ANS! L'énormité du chiffre venait de les assommer littéralement !

« Mais comment pouvez-vous dire cela ? Avez-vous réellement les compétences médicales pour affirmer une telle énormité ? »

Les yeux d'Astaroth flamboyèrent un court moment !

« Quoi, se dit-elle, ces chiens osent me questionner ? Et... les autres qui me regardent ! »

Le professeur avait été étonné de la facilité avec laquelle il avait obtenu des réponses à ses questions, et le choc des mille ans avait été trop fort... Aussi avait-il oublié toute prudence et s'était-il aventuré un peu trop loin.

« Vous comprenez, c'est fondamental pour nous. Le temps peut altérer les cellules, principalement à cause de la faible radioactivité présente dans tout corps humain... Nous mangeons tous des produits contenant une faible dose de matériaux radioactifs qui se fixent dans notre organisme. Cette faible dose appliquée en continu sur un organisme en état de vie suspendue finit par altérer l'A.D.N., de la même façon qu'une forte dose de radiations. Les deux donnent le même résultat... Alors, avez-vous réellement la compétence pour faire la différence ? »

Astaroth explosa !

« À moi, mes Sarkaïs ! Donnez une leçon à ces impertinents ! »

Il ne fallut pas insister longtemps. Immédiatement, cinq Sarkaïs sautèrent sur eux et les rouèrent de coups de pieds, de poings et de coups de griffes car, comme allait le découvrir le trio, les Sarkaïs étaient dotés de griffes rétractables... comme les chats !

Pierre se défendait comme un démon, mais ne pouvait rien contre trois agresseurs à la fois. Michelle combattait avec beaucoup de courage, mais les coups vicieux de son agresseur lui arrachaient des cris de douleur. Quant à Vauldegarde, son passage à la CIA lui avait quand même appris certains trucs, mais... deux Sarkaïs avec en plus... le chef... ! Lui aussi finit par rejoindre ses deux compagnons au tapis dans un piteux état ! Ils étaient en sang, Michelle avait la chemise en lambeaux, et le visage du professeur était littéralement lacéré de coups de griffes d'Astaroth... Quant à Pierre, celui qu'il avait envoyé au tapis précédemment s'en était pris à lui avec l'aide de deux compères.

Maintenant, Pierre était plié en deux et crachait du sang ! Il avait quand même eu le plaisir de défoncer la figure du Sarkaï, et celui-ci aussi crachait du sang et... des dents ! Mais, sur un ordre d'Astaroth, tous arrêtèrent le passage à tabac.

Astaroth les regarda avec férocité, mais aussi avec la satisfaction cruelle d'avoir laissé libre court à son envie de frapper ces humains sans toutefois compromettre la possibilité de leur arracher les précieuses informations qui, peut-être, allaient lui permettre un retour en grâce !

« Regardez comme ils sont mignons, nos invités ! Mais pas très solides ! Allons, cette petite séance m'a détendue ! Vous, le... prétendu professeur, je vous accorde encore une question !

– Comment... se fait-il que nous parlions votre langue ?

– Oh! ce n'était pas la question que j'attendais... mais je vais vous répondre quand même ! Durant les trois mois qu'a duré votre traitement, nous avons copié notre langue directement dans votre cerveau... au cas où vous ne la connaîtriez pas ! Bien, maintenant, la question que j'attends !

– Que va-t-il nous arriver ?

– Mais, la voilà, la bonne question ! Vous avez deux choix... Le premier : vous collaborez, et vous nous indiquez le chemin de votre étoile... Au besoin, on vous torturera un peu pour vous aider... Et le second : vous ne parlez pas et, arrivés sur notre monde, on vous extrait toute votre mémoire du cerveau... ce qui aura évidemment pour effet secondaire intéressant de détruire ledit cerveau !

– Mais... mais nous ne pouvons pas vous aider, réussit à balbutier le professeur. Avez-vous, au moins, pris quelques instruments... ordinateurs de notre vaisseau ? Avez-vous quelqu'un qui pourrait nous aider à trouver la bonne route ?

– Nous avons pris quelques objets... et nous avons peut-être quelqu'un qui pourrait vous aider. Malheureusement, il est un peu abîmé lui aussi, mais très familier de cette région !

– Pouvez-vous, au moins, appeler cet homme et nous montrer ce que vous avez... pris dans notre appareil ?

– Mais oui, mes mignons..., mais si vous pensez gagner du temps...,pensez-y à deux fois ! »

Astaroth aboya un ordre, ce qui permit à Vauldegarde de consulter ses compagnons du regard. Ces derniers lui retournèrent un regard sans ambiguïté, qui indiquait clairement qu'ils avaient compris que leurs vies étaient en danger et qu'ils étaient prêts à le suivre.

« De toute façon, ces êtres finiront probablement par nous tuer », pensa Pierre.

Alors, quelle que soit l'action que le professeur envisagerait, même désespérée, ses deux compagnons l'épauleraient. Cette consultation n'avait même pas duré le temps d'un clignement d'yeux... et tous trois étaient d'accord ! Le professeur déciderait quand agir... !

Gagner du temps, c'était en premier lieu ce que cherchait précisément le professeur... car évidemment, il était hors de question de leur donner le chemin de la Terre... De toute façon, après un temps aussi long dans l'espace, même s'il l'avait voulu, il était loin d'être sûr qu'il aurait pu le faire !

L'attente ne fut pas longue ! Un des membres d'équipage du vaisseau pirate revint avec plusieurs sacs énormes contenant toutes sortes de choses pillées par les Sarkaïs dans l'Archéoptéryx. Pierre, simulant un abattement profond, regardait discrètement un des sacs, en particulier et surtout une certaine bosse à sa surface !

« Attendez un peu, se dit-il dans son for intérieur, et vous allez voir… ce que vous allez voir ! »

À ce moment, un autre pirate entra dans la salle, accompagné par… un Noir proprement gigantesque et… un prisonnier, de race blanche celui-là, qu'il tenait au bout d'une chaîne ! Tout de suite, les trois compagnons eurent pitié de lui. Le nouvel arrivant, en haillons, portait sur le visage et le corps les traces de coups innombrables… tout en gardant, malgré tout, fière allure. Son tortionnaire n'avait manifestement pas réussi à le casser ! Ce qui restait de ses vêtements ressemblait à un uniforme… Un officier ?

« Merci de votre bonne collaboration, maître Ikoumé, le colonel devrait nous être utile ! Est-il toujours conscient ?

– Ne vous inquiétez pas, Astaroth, ce chien est toujours en état de parler. Nous aussi, nous avons besoin de ce qu'il a dans le cerveau ! Je le torture tous les jours, mais en veillant à ne pas l'abîmer !

– Fort bien ! Est-ce que ce chien d'officier pourrait nous aider à identifier l'origine de nos hôtes… de la Terre, si j'ai bien compris ?

– Réponds au commandant, chien !

– Je… je ne connais pas cette planète, répondit en hésitant l'homme en haillons… Mais… ILS VONT VOUS TUER, NE LEUR DITES RIEN, cria-t-il tout à coup aux trois inconnus qui se tenaient devant lui, juste avant de recevoir un terrible coup dans le ventre.

– Alerte, alerte, hurla tout à coup, un haut-parleur, CORSAIRE DÉTECTÉ, CORSAIRE DÉTECTÉ, tous aux postes de combat… tous aux postes de combat !

– IL FAUT EN PROFITER, JE PEUX VOUS AIDER… » réussit à crier une nouvelle fois le prisonnier avant de recevoir encore un coup.

À ce moment précis, un éclair traversa la salle, coupant en deux un Sarkaï et créant un trou de trente centimètres dans la coque du vaisseau. Une main gigantesque les attrapa tous pour les précipiter vers le trou… qui fut colmaté par le système automatique de protection du vaisseau en un dixième de seconde. Un produit sous pression, présent entre les coques intérieure et extérieure du navire spatial, colmata l'orifice créé par le jet du corsaire en un temps record, mais la décompression avait quand même fait éclater les tympans, cracher du sang et avait jeté tout le monde à terre.

C'était le moment qu'attendait le professeur qui, lui aussi, avait repéré les drôles de bosses sur les sacs amenés par le Sarkaï. Les pirates jetés au sol eurent comme un moment de flottement !

« Pierre ! » cria le professeur.

Et Pierre, tous muscles bandés depuis qu'il avait repéré le sac, se jeta en avant pour l'attraper en une fraction de seconde alors que les Sarkaïs semblaient encore tous paralysés par la terrible décompression. Tout en tentant d'oublier la terrible douleur qui lui taraudait la poitrine et les oreilles, Pierre récupéra le sac et plus vite que l'éclair, dégagea le Colt Python 357 Magnum qui faisait cette bosse caractéristique dans le sac. Il visa un Sarkaï qui, plus rapide que les autres à reprendre ses esprits, se précipitait déjà vers lui.

« Tirez sans crainte, lui cria le prisonnier, vos armes ne peuvent pas percer cette coque ! »

Le Sarkaï était très proche de lui quand Pierre entendit les paroles du mystérieux prisonnier. Aussi, il lui tira une balle directement dans l'œil, une microseconde avant que celui-ci l'atteigne. La violence de l'impact stoppa net le Sarkaï et lui fit faire un bond olympique en arrière… Mais il était mort avant même de toucher le sol !

Pierre lança alors le sac vers le professeur et descendit un autre pirate presque simultanément. Vauldegarde récupéra dans le sac un des pistolets mitrailleurs Uzi et mitrailla allègrement la masse des pirates présents dans la salle. Pierre, lui, chercha des yeux l'officier et l'ayant repéré, visa son sombre garde-chiourme. Mais celui-ci, agile comme un animal, lâcha son prisonnier et, d'un bond incroyable, gagna une porte dérobée derrière lui.

Michelle, elle aussi, avait récupéré son Uzi et faisait des cartons dans les Sarkaïs tout en cherchant des yeux le commandant… qui avait malheureusement disparu !

« Vite, cria l'officier, prenez vos armes et suivez-moi ! Il faut quitter ce navire, le corsaire va le démolir très rapidement. »

Puisque les Sarkaïs avaient réellement pillé l'Archéoptéryx sur ordre du commandant, ils avaient aussi emporté les munitions dans les sacs ! Pierre rechargea rapidement son 357 Magnum, prit l'AK 47 dans le sac et un chargeur de rechange ainsi que d'autres balles pour son revolver. Michelle et Vauldegarde firent de même.

L'officier, malgré son état déplorable, faisait preuve d'une énergie peu commune et n'ayant vraiment pas d'autre option, les trois compagnons décidèrent de le suivre.

« Nous pouvons quitter ce navire ? demanda Pierre.

– Il le faut. Le corsaire va le réduire en charpie. N'ayez crainte, je connais ce genre de bâtiment très ancien, et je sais où sont les navettes de secours. Les Sarkaïs sont occupés par le corsaire et ne portent pas d'armes à l'intérieur du vaisseau. De toute façon, elles sont trop puissantes pour être utilisées à bord… ce qui n'est pas le cas des vôtres !

– Fort bien, alors allons-y », conclut Vauldegarde.

Les trois compagnons suivirent rapidement leur nouvel ami, qui les guida avec sûreté dans un dédale de couloirs, coursives et cales où, chose surprenante, peu de Sarkaïs tentaient de leur barrer le chemin… et au besoin, l'AK 47 et les Uzi les neutralisaient rapidement ! Au détour d'une coursive, Pierre s'arrêta subitement devant une porte seulement fermée par un rideau. Son instinct de guerrier lui fit sentir un danger et, par acquit de conscience, il lâcha une rafale d'AK 47 dans le rideau. Un cri suivit la rafale, et le grand ISSAR surgit de derrière le rideau en se tenant la poitrine… puis s'effondra non sans tenter une dernière fois de lever son arme, un fusil énorme, vers l'officier.

« Décidément, je vous suis doublement reconnaissant ! Il savait que nous tenterions de gagner cette navette, car elle est la plus proche de la salle de briefing où nous étions ! Satané ISSAR ! Vite, nous sommes près de la navette maintenant ! »

L'officier avait raison, ils eurent juste quelques mètres à parcourir pour arriver à une cloison étanche dont la porte était fermée. Quelqu'un d'autre essayait de prendre la navette !

« Vite », cria l'officier, en voyant le volant tourner vers le point de fermeture.

À trois, ils prirent le grand volant et le tournèrent dans le sens inverse des aiguilles d'une montre. Heureusement, les Sarkaïs, de l'autre côté, ne s'y attendaient pas car, physiquement plus forts que les humains, ils auraient pu empêcher la réouverture du battant. Ce dernier s'ouvrit brusquement sur la poussée conjuguée de l'officier, de Pierre et de Vauldegarde.

Cinq Sarkaïs étaient là… qui se ruèrent sur eux… mais Michelle et son Uzi les couchèrent rapidement, avant même que Pierre eût la possibilité de saisir sa propre arme.

« Merci, lui dit Pierre.

– De rien, lui répondit Michelle, je n'ai fait qu'appliquer tes méthodes !

– Tu es une bonne…

– On pourrait peut-être gagner la navette et remettre cette autocongratulation à plus tard, intervint l'officier.

– Oui, oui, bien sûr ! »

Et ils refermèrent le battant rapidement, mais cette fois, de l'autre côté. Une puissante explosion les plaqua alors tous au sol. Heureusement, le battant avait été bien refermé, et ils ne subirent pas la terrible décompression qui vidait le vaisseau de l'autre côté de la porte.

« Vite, ce vaisseau n'en a plus pour longtemps ! »

L'officier fit coulisser la porte de la navette vers le haut, et ils entrèrent dans un petit appareil élaboré en pointe de flèche. La lumière s'était allumée automatiquement, et ils se dirigèrent vers l'avant où une série de sièges en rangée était placée juste devant ce qui semblait être la console de pilotage et de grands hublots, pour le moment obscurs.

« Vite, attachez-vous », leur dit l'officier qui, lui, prit place dans un des deux sièges devant la console de commande.

Pierre, d'instinct, prit place à ses côtés, sur le siège de droite.

« Attention, on part », cria-t-il en écrasant un gros bouton-poussoir rouge.

Une faible explosion retentit, et une sorte de capot qui protégeait la navette fut éjecté. Un dixième de seconde plus tard, une autre explosion les projeta dans l'espace.

Ils étaient libres !

La navette accéléra à fond et l'officier, se retournant brièvement, dit :

« Je m'appelle Dreck, colonel Dreck Reivax, au service de Sa Majesté

l'Empereur… et vous ? »

CHAPITRE 34 – LE PEUPLE DU TRIANGLE

Trois ! Chiffre magique, chiffre sacré !

Le Grand Architecte, lui-même, est trois, en ses personnes du Père, de la Mère et de l'Enfant !

Et nous, Jarkaniens, sommes le peuple élu entre toutes les races pour régner, en Son nom sur tous les mondes connus de l'univers.

Nous, Jarkaniens, vénérons le Grand Architecte sous les trois formes, qu'Il a prises pour nous parler.

Que Sa volonté soit !

Nous, ses enfants, nous suivrons ses enseignements :

Il a dit : « Allez et multipliez-vous ! »

Nous disons : « Femmes jarkaniennes, au nom du Grand Architecte, faites-nous des enfants ! Trois, si vous ne pouvez faire mieux, ou trois fois le chiffre sacré. Neuf, et vous serez bénies ! »

Il a dit : « Travaille, travaille encore et encore, mais ne gaspille pas le salaire de ton labeur. »

Nous disons : « Travaillez, Jarkaniens, pendant que vos femmes élèvent les enfants. Votre richesse sera la preuve que le Grand Architecte vous aime ! Votre fortune servira à la venue de SON RÈGNE. »

Il a dit : « Vous êtes le peuple élu, sachez que l'univers vous appartient !

Réclamez-le ! »

Nous disons : « Oui, nous irons là où les autres sont faibles, et nous les chasserons de leurs mondes. Oui, quand nous serons aussi nombreux que les grains de sable sur les rives des océans, nous détruirons les peuples impies. »

Gloire à toi Oh ! Grand Seigneur, Notre Maître, Notre Guide, Notre Dieu !

Nous sommes tes humbles serviteurs, tes esclaves dévoués !

Ta volonté SERA !

Les écrits sacrés de Zaragone

Grand prêtre de la foi jarkanienne

Note : ce document est qualifié de faux par les autorités jarkaniennes.

Le général Pargara était épuisé, autant physiquement que moralement… surtout moralement ! Pourtant… il avait fait de son mieux ! Après sa rencontre avec Sisar Gance, le chef rebelle des AFFARAS & ISSARS, et avec la bénédiction de ses chefs, il avait rencontré l'Empereur et transmis le message obtenu du chef rebelle. L'Empereur s'était montré vivement intéressé par ce document et une lueur d'inquiétude était apparue dans ses yeux durant sa lecture, mais il n'informa pas Pargara s'il y croyait ou non.

Il était évident que l'Empereur recherchait une solution pacifique au conflit et était prêt à donner son pardon aux AFFARAS & ISSARS, mais tout s'était bloqué à l'évocation des Jarkaniens ! Une note de tristesse fut clairement visible sur le noble visage de l'Empereur.

« Général, les Jarkaniens ont été persécutés dans le passé sur de nombreux mondes ! Ne comptez par sur moi pour perpétuer ce fait. De plus, la loi première de l'Empire autorise tout humain à migrer là où bon lui semble. À mon grand regret, vous devrez avertir M. Gance que cette partie de sa demande n'est pas négociable ! »

Pargara avait vu, au visage triste mais maintenant fermé de l'Empereur, qu'il était inutile d'insister !

« Quel dommage, soupira Pargara, nous aurions pu éviter cela ! »

Tous ces cadavres qu'il voyait dehors ! Des milliers d'hommes de femmes, même des enfants et… aussi des AFFARAS & ISSARS… et des renégats ! Tant et tant d'officiers et de soldats qui désertaient et retournaient leurs armes maintenant contre eux ! Et parmi ces cadavres, peut-être que… non, Pargara ne voulait pas y penser ! Pourtant, les vidéos étaient formelles, elle avait été parmi les attaquants ! Quel gâchis ! Il avait pourtant parlé avec Sisar Gance juste deux jours plus tôt… et tout avait bien commencé.

« Vous dire qu'Empereur prêt à parler avec nous ?

– Oui, et même à vous accorder le pardon impérial !

– Ha, bien ! Lui parler droit pour notre peuple, sur notre soleil ?

– Cela sera plus difficile, mais la porte n'est pas fermée. Depuis la mort de Santos Dumont-Villier, certaines choses sont plus faciles !

– Bien, bien, Simon grand Empereur ! Et Jarkaniens partir vite ?

– Heu… non! Tout le monde a le droit, dans l'Empire, de vivre où il veut… C'est notre loi première !

– Général, ça, très important. Jarkaniens pas tout le monde. Sisar comprend droit individu, mais ça, droit peuple. Droit peuple pas exister dans Empire ! Empereur doit faire différence. Jarkaniens ennemis genre humain. Eux veulent Notre-Monde pour eux seuls !

– Non, monsieur Gance, les Jarkaniens sont des citoyens de l'Empire comme les autres, et ils ont les mêmes droits. De plus, ils ont été massacrés dans beaucoup de mondes par le passé, et l'Empereur veut les protéger ! C'est un peuple très ancien !

– Général Pargara, Empereur peur des Jarkaniens ! Eux, très puissants et très très riches ! Eux, pas vieux peuple ! Eux, arriver seulement cinquante ans passés !

– Monsieur Gance, les Jarkaniens ont été persécutés sur de nombreux mondes, et ils y étaient présents, en faible nombre il est vrai, à l'origine même de l'Empire, il y a plus de quatre cents ans !

– Général, vous vraiment stupide ! Rien comprendre ! AFFARAS pas sauvages ! Nous avoir beaucoup documents papier sur l'Empire depuis début ! Ordinateur pas fiable ! Papier si ! Jarkaniens pas exister avant cinquante ans passés ! Eux, invention pour voler mondes aux humains.

– Ils ne seraient pas humains, d'après vous ?

– Eux, humains ? Pas sûr, et manipulés par fausse religion et faux grand prêtre appelé Zaragone ! Vous pas connaître Zaragone ?

– Non !

– Tiens, toi lire papier nous trouver dans bibliothèque ! Jarkaniens très dangereux pour tous !

– Je vais lire ce document, monsieur Gance, mais les Jarkaniens sont un sujet tabou ! Décidons plutôt d'un lieu et d'un moment pour entamer les discussions officiellement et mettre fin à cette guerre !

– Non, pourparler fini. Malheur, malheur maintenant ! Nous pas vouloir Jarkaniens ! Nous tuer eux tous ! »

Pargara ne l'avait pas cru ! Bien sûr, il avait lu le document du chef AFFARAS et celui-ci l'avait mis mal à l'aise, mais les Jarkaniens avait nié et prétendu que cela faisait justement partie de la propagande contre eux !

Pargara, qui n'était pas si stupide, avait vérifié… et si le document était impossible à confirmer, il était quand même évident que les Jarkaniens avaient évincé des populations entières sur certains mondes ! Et l'Empereur était paralysé par l'habile chantage au massacre que lui faisaient les Jarkaniens !

Puis, quelques minutes avant l'aube, les sirènes d'alerte avaient retenti !

Encore une fois, il avait été impossible de détecter les AFFARAS & ISSARS montés sur leur N'Deke. Ils s'étaient rués à l'assaut de Djibou la capitale ! L'assaut s'était poursuivi toute la journée et, malgré la présence de nombreuses troupes impériales et des volontaires jarkaniens, les rebelles avaient réussi à défoncer les lignes de défense pourtant lourdement armées. Mais, chose étonnante, les attaquants cherchaient moins à détruire les défenses qu'à les percer, pour laisser entrer quelqu'un d'autre dans la ville ! Et l'impensable, l'inacceptable, l'incroyable s'était produit !

En plus des AFFARAS & ISSARS et des renégats, il y avait une troisième race, inconnue de tous… Des êtres terrifiants qui criaient « Dakill » en entrant dans les cités jarkaniennes. Ils tuaient tout le monde, femmes et enfants compris. Ils collectaient les organes génitaux des hommes et des femmes et fracassaient la tête des enfants sur les murs ! Impossible de les arrêter, et même les AFFARAS & ISSARS semblaient en avoir peur ! Les caméras de surveillance, elles-mêmes, avaient de la difficulté à les filmer.

Ils étaient énormes, avec une silhouette floue, comme brouillée, et se déplaçaient à une vitesse terrifiante. Leur sauvagerie était effroyable. C'était là une mission d'extermination ! Seulement des Jarkaniens ! Aucun autre civil ne fut touché ! Des soldats impériaux furent également tués, mais au combat contre les rebelles.

« Mon général, dit quelqu'un derrière lui.

– Oui ?

– Les dernières données de la bataille, mon général.

– Bien, major, quelles sont nos pertes ?

– Élevées, mon général, près de mille de nos soldats sont morts et deux mille cinq cent soixante-sept blessés, plus trois mille quatre cents volontaires jarkaniens tués eux aussi ! Les rebelles s'en sont pris à eux plus qu'à nos soldats !

– Tant que cela ?

– Près de six cent quatre-vingts rebelles ont été aussi tués… et cent quarante-deux renégats… dont votre ancien aide de camp, le major Lee !

– Et…?

– Non, monsieur, elle n'était pas parmi les victimes !

– Et les pertes civiles ?

– Terrifiantes, monsieur ! Cent soixante-sept mille cinquante-trois tués ici et dans les autres villes attaquées et… douze blessés, tous Jarkaniens.

Ce fut un véritable massacre !

– Les Dakills ?

– Fort probablement, monsieur !

– Avons-nous au moins un corps de ces épouvantables tueurs ?

– Non, monsieur, aucun !

– Des informations alors ?

– Aucune, monsieur, seulement une vague allusion dans la lettre du chef Sisar Gance, juste avant son action contre le Lusitania : Ce monde nous aimons beaucoup car nôtre, mais nous besoin ressources supplémentaires pour soigner nos femmes et nos enfants et pour combattre les Dakills qui sont devenus trop sauvages et vivent creux dans la forêt. »

Terrible journée, en effet ! Pargara n'arrivait pas à écrire son rapport à Oulan Bator, alors il décida d'aller lui-même inspecter les dégâts et réconforter les survivants. Le général constata l'ampleur des dégâts par la quantité de ruines dans la ville, témoins de la violence de l'attaque ! Le bilan des pertes civiles allait certainement être revu à la hausse. Comme d'habitude, une sorte de ségrégation s'était formée entre les habitants indigènes de la ville et les Jarkaniens. Les civils AFFARAS travaillaient sur les décombres de bâtiments ayant abrité des AFFARAS ou n'importe quels autres humains SAUF des Jarkaniens… et ceux-ci travaillaient exclusivement sur leur lieu de résidence ! Deux univers qui se haïssaient ! Pourtant, Pargara avait tout fait pour créer des liens entre les deux communautés… mais sans succès. À son corps défendant, Pargara devait admettre que l'attitude des Jarkaniens n'aidait pas du tout ! Et il y avait de moins en moins d'AFFARAS à Djibou, qui pourtant était leur capitale ! Son assistant disait que les seuls qui restaient étaient les espions ! Pargara était un général et les données de combat, elles, il les maîtrisait bien… Mais ici, il y avait autre chose ! Ce massacre n'est pas dans le style des habitants de ce monde… alors pourquoi ? Tout à coup, dans la foule des travailleurs qui déblayaient un immeuble, Pargara repéra un petit homme, un ISSAR qui, contrairement à ses compatriotes très grands et minces, était relativement petit. Pargara le connaissait bien, car il était l'assistant ISSAR de Sisar Gance qui, lui, était AFFARAS, et il avait assisté à toutes leurs discussions, même lors de sa rencontre avec Zhara ! Mamadou Diop, c'était son nom, mais tout le monde l'appelait « Moustique » ! C'était le surnom que tous lui donnaient vu sa taille relativement petite par rapport aux autres. Il était d'une intelligence remarquable et avait étudié en dehors de Notre-Monde, sur Oulan Bator. Il devait faire partie de la pléiade d'espions qui infestaient cette ville.

Pargara décida de lui parler sans faire appel à ses gardes.

« Moustique » le repéra, mais fit semblant de ne pas le reconnaître…

Pargara avait vu son imperceptible tressaillement.

« Monsieur Diop, pourrais-je m'entretenir un instant avec vous ?

– Monsieur général, moi pas Diop, moi appelé Galou Diouf !

– Moustique, je ne te veux pas de mal… Je veux comprendre ! »

Le dénommé « Moustique » le regarda, puis lui fit signe de s'éloigner du groupe, ce que fit Pargara. Très vite, celui-ci le rejoignit. Pargara avait fait le choix de s'éloigner aussi de ses hommes malgré leurs protestations, mais il voulait parler seul à seul avec Mamadou.

« Bien, général, dit-il avec un accent parfait.

– Vous m'excuserez, mais je ne parle pas le wolof, donc nous devrons utiliser la langue commune.

– Pas de problème, général. Contrairement à mes compatriotes qui parlent rarement autre chose que le wolof, j'ai appris votre langue et même étudié chez vous !

– Bien, alors juste une question, pourquoi un tel massacre de civils ?

Pourquoi ne pas vous en prendre seulement aux soldats ?

– Général, il y a des choses que vous ne voulez pas voir ! Les "civils" jarkaniens sont ici en mission ! Ils viennent nous prendre notre monde !

– Tout le monde dans l'Empire a le droit de s'installer où il le veut ! Je l'avais clairement expliqué à votre chef !

– Encore une fois, général, ce n'est pas un problème pour tous les autres ! Nous respectons cette loi et en profitons, nous aussi, mais les Jarkaniens, c'est autre chose ! Ils sont en mission de conquête !

– Je ne vous crois pas !

– Je vous comprendrais si le cas était spécifique à notre planète, mais d'autres mondes ont eu à subir les mêmes assauts que nous… et sont maintenant dans les mains des Jarkaniens !

– Très peu ! Et seulement après… que les habitants eurent tenté de… tuer les Jarkaniens !

– Nous y voilà ! Ils apparaissent subitement quelque part, se tiennent tranquilles quelque temps puis font augmenter la pression, se font massacrer, reçoivent l'aide de la Garde, arrivent en masse, font des milliers d'enfants… et expulsent les légitimes habitants, le tout avec la bénédiction de l'Empereur ! Mais quand donc allez-vous ouvrir les yeux ?

– Mais qu'est-ce que vous me dites ? Que les Jarkaniens sont ici POUR SE FAIRE MASSACRER? Pour ouvrir la voie aux autres ?

– Tout à fait ! Ce ne sont pas des civils comme les autres ! Ils sont destinés au sacrifice… et s'en moquent !

– Alors pourquoi être tombé dans leur piège ?

– Pour vous obliger à réagir car de toute façon, ils étaient en train de s'installer de plus en plus nombreux et de nous chasser !

– Mais maintenant, l'Empereur ne pourra plus vous soutenir !

– Ne sous-estimez pas l'Empereur. Même si nous ne sommes pas grand-chose pour lui, il finira bien par se poser quelques questions !

– Mais l'Empereur ne PEUT PAS traiter les Jarkaniens différemment des autres peuples humains !

– Qui vous fait croire qu'ils sont humains ? Ils sont en guerre CONTRE l'humanité ! Vous avez bien lu le document que M. Sisar Gance vous a remis, non ?

– Ce n'est pas suffisant pour condamner toute une population !

– Croyez-moi, général, nous avons reçu de nombreux témoignages !

C'est pour cela que nos revendications sont passées au second plan. Les Jarkaniens mettent notre survie en danger ! Ils repèrent les planètes en difficulté et s'en emparent !

– Mais non !

– Général, ces Jarkaniens sont ici pour nuire aux humains… C'est… c'est la semence du démon !

– Vous délirez… mais si vous stoppez les hostilités… peut-être que je pourrais encore une fois parler en votre faveur à l'Empereur !

– Ce ne sera pas nécessaire. Un jour, vous comprendrez que toute l'humanité, et pas seulement nous, est en danger !

– Monsieur Diop, s'il vous plaît !

– Riez, général, mais vous connaissez, comme tout le monde, la prédiction de l'oracle de Del Zacharie II !

– Une légende !

– Mais non, et la grande guerre a commencé ! Les Jarkaniens sont les envoyés du démon pour nous affaiblir avant la grande guerre !

– Dans ce cas, il ne s'agira pas d'une très longue guerre ! Je vois mal les Jarkaniens s'attaquer à la Garde impériale !

– Ils ne sont là que pour saper l'Empire de l'intérieur ! Au lieu de nous combattre, vous devriez nous soutenir et chasser les Jarkaniens ! D'autres plus redoutables viendront, et vous aurez besoin de nous !

– Vraiment ?

– Oui, général, tapis dans le fond de l'espace, des êtres immondes n'attendent que le bon moment pour fondre sur nous… et alors vous aurez besoin de tous les VRAIS humains et de bons chasseurs… comme nous !

– Merci de votre offre, mais je crois plus dans nos croiseurs que dans vos N'Deke pour nous protéger !

– Général, une de nos plus vieilles légendes nous parle de temps immémoriaux où des bêtes immondes se repaissaient de la chair des hommes. Seuls de grands chasseurs furent capables de les détruire. Malheureusement, nos légendes disent aussi que les dernières bêtes furent sauvées par des démons venus du ciel et qu'elles ont juré de revenir manger de l'homme un jour… et cette légende nous vient de Nirva ! Rappelez-vous ce que disait Zacharie II : Le troisième, ah, mon Dieu ! Par le feu et la guerre, il s'abattra sur vous. Il détruira vos maisons et vos villes. Il brûlera vos récoltes, dévorera vos femmes et vos enfants ! Et justement, nos légendes parlent de monstres cracheurs de feu !

– Voyons, monsieur Diop, ce ne sont que des légendes !

– Croyez ce que vous voulez, général, mais nos légendes disaient aussi que dans le futur, les hommes, désemparés, demanderaient aux chasseurs ISSARS de les aider à détruire les monstres cracheurs de feu ! Et nous pensons que ces temps sont proches !

– Voyons, cette légende parle aussi d'Envoyés de Nirva venus nous aider ! Et je ne suis au courant de l'arrivée d'aucun envoyé !!!

– Sortez de votre tour d'ivoire de général ! L'institut Thulé a envoyé une note à ses membres pour signaler l'arrivée probable des Envoyés ! Vous connaissez l'institut, non ?

– Oui, mais je n'y crois pas !

– Vous devriez, parce qu'avec la grande guerre qui s'annonce, vous allez avoir besoin de tous les talents !

– Mais enfin, quelle guerre ?

– La grande guerre des démons contre les humains ! »

CHAPITRE 35 – HMS DESTRUCTOR

Les croiseurs de type « HMS Destructor » n'ont pas changé fondamentalement depuis leur introduction durant la bataille dite de l'amas des Carpates, il y a près de cent ans. Foncièrement, ce sont de formidables machines à détruire, construites principalement pour chasser et abattre les vaisseaux spatiaux ennemis. Long de 233 mètres, large de 35 mètres à l'avant et de 49,5 à l'arrière, l'appareil ressemble à une énorme poire hérissée de piquants avec une « bouche » avant aplatie pour le décollage et l'atterrissage des navettes et chasseurs embarqués. Une large coupole d'observation et de pilotage est également située à l'avant. Le vaisseau est doté d'un armement phénoménal principalement constitué de cent huit canons lasers de type Œrlikon AMD 640, groupés en quatre anneaux de tir.

Le premier, situé autour de la « bouche » de décollage, est fixe et contient quatre canons en saillie montés sur affût réglable.

Le deuxième, situé juste derrière la coupole, est monté sur un anneau capable de les faire tourner autour du vaisseau et contient huit canons, également sur affût réglable.

Le troisième est monté d'une manière similaire, mais aux trois quarts arrière du vaisseau et contient trente-deux canons.

Le dernier, en queue du vaisseau, contient soixante-quatre canons.

Tous les canons sont pointés vers l'avant, et tous sont reliés à huit générateurs interchangeables distribués de l'avant à l'arrière du vaisseau.

L'appareil possède également cent vingt-quatre mini-tourelles doubles de petits lasers de proximité capables de stopper missiles et mines, ainsi que cent tubes lance-torpilles et lance-mines.

Cinq navettes multifonctionnelles, six chasseurs intercepteurs de type Scorpion et deux Scouts long-courriers de reconnaissance spatiale sont également présents à bord.

L'équipage est composé de vingt-sept officiers, pilotes et hommes d'équipage.

Quand vous faites face à ce monstre, vous avez cent huit canons pointés

sur vous !

Amiral Youri Singh

Petits et grands vaisseaux de la marine spatiale impériale

NOTE AU LECTEUR: pour rappel, la bataille des Carpates opposa, il y a près de cent ans, l'empereur Vlad Tepes, dit « le Sanguinaire », aux démocrates uïgures qui y furent vaincus grâce à l'arrivée des nouveaux croiseurs impériaux du type HMS Destructor. L'Empereur y perdit aussi la vie et son successeur, Jean le Bon, signa le traité dit « des Carpates », avec les Uïgures.

En échange de la soumission des Uïgures, Jean le Bon créa le Grand Conseil impérial représentant tous les mondes connus ainsi que le sous-groupe « Humanités nouvelles ».

NOTE SUPPLÉMENTAIRE: l'empereur Vlad Tepes est probablement le responsable du bannissement du peuple des Archanges.

« Professeur André Vauldegarde.

– Pierre Sheine.

– Michelle Evanis.

– Enchanté, et surtout merci ! Sans vous, je crois bien que ce satané ISSAR aurait fini par avoir ma peau ! Et merci pour la rafale finale… Pierre… Je peux vous appeler Pierre ?

– Bien sûr !

– Bon, eh bien, je… Oh ! voilà le corsaire… Il m'a identifié grâce au code que je lui ai envoyé par radio.

– Colonel Dimitri Reivax ? questionna tout à coup le haut-parleur.

– Dreck Reivax, Vladimir… Je t'ai reconnu, et bien essayé avec ton Dimitri ! Oui, c'est bien moi, vieux frère !

– Mon Dieu, Dreck, que t'est-il arrivé ? Au moins la moitié de la flotte te recherche ! Ordre direct de l'Empereur !

– Une longue histoire ! Mais j'ai des invités !

– Seraient-ils trois, par hasard ?

– Comment le sais-tu ?

– Parce que figure-toi que je suis à leur recherche ! As-tu entendu parler de l'institut Thulé, par hasard ?

– Oui, mais… ?

– Eh bien, l'institut a rameuté tout ce qu'il connaissait et pouvait trouver comme corsaires, demi-pirates, braves gens ayant un navire disponible, enfin tout ce qu'il pouvait trouver, pour partir à la recherche des Envoyés.

– Les Envoyés, rien que ça ?

– Oui, parfaitement, les Envoyés ! L'institut croit dur comme fer qu'ils sont dans les parages !

– Désolé de décevoir, mais les trois personnes qui sont avec moi ne viennent pas de Nirva !

– Oh? Dommage! De toute façon je suis ici aussi pour casser du Sarkaï ! Et il y en a beaucoup dans les parages.

– Beaucoup ? Pourquoi donc ?

– Parce que, malheureusement, une autre navette s'est échappée du vaisseau sarkaï et, depuis, nous avons intercepté une énorme quantité de transmissions sarkaïs dans le secteur. La Garde avait un "écouteur" en fonction dans le coin, et les spécialistes ont été capables de cracker certaines parties de leur transmission. Il semblerait qu'ils recherchent trois personnes, deux hommes et une femme, échappés du Léviathan… C'est le vaisseau que je viens de démolir, non ?

– Oui !

– Bon, mais ils savent déjà que vous vous êtes échappés ! Ils semblent tenir énormément à ces trois personnes ! S'ils ne sont pas les Envoyés et qu'ils ne viennent pas de Nirva, d'où viennent-ils donc ?

– De la Terre !

– La Terre ? Inconnue au bataillon ! De toute façon, la Garde m'a averti que par le volume de transmissions détectées, il devrait y avoir beaucoup de Sarkaïs à vos trousses !

– Peux-tu nous embarquer ? Je serais plus à l'aise dans un appareil avec des capacités de combat comme le tien !

– Pas nécessaire ! Un croiseur impérial, le HMS Destructor, est dans les parages et va vous récupérer dans moins d'une demi-heure ! Moi, je vais tenter de localiser cette seconde navette et me la faire avant que la nuée de Sarkaïs du coin arrive ! Bonne chance !

– Bonne chance à toi aussi, camarade », acheva Dreck avant de couper la transmission.

Et en effet, ce ne fut pas long ! Un bâtiment s'approchait d'eux à grande vitesse mais, et cela étonna grandement les Terriens, celui-ci ne se déplaçait pas le « museau » en avant, mais bien perpendiculairement à son mouvement, ce qui donnait littéralement l'impression qu'ils tombaient vers lui !

« Mais pourquoi cet appareil se déplace-t-il de cette façon ? questionna Pierre.

– Mais… pour créer la gravité !

– ???

– C'est simple, la gravité est absolument essentielle à l'homme, surtout si les voyages sont longs. Il n'existe que peu de moyens de créer de la gravité dans un vaisseau spatial, c'est soit par un mouvement rotatif, soit en accélérant ! De toute façon, dans l'hyperespace, la vitesse interstellaire relative est déterminée par la masse du soleil "éjecteur" utilisée et non par les propulseurs inertiels, qui sont utiles durant les manœuvres et la navigation intrastellaire. Donc, pour créer une gravité artificielle, les vaisseaux utilisent leurs moteurs inertiels et accélèrent. Au bout d'une heure à ce régime, les moteurs sont graduellement stoppés, ce qui met le vaisseau en apesanteur. Cette période de chute de la gravitation est appelée "marée descendante". À ce moment le vaisseau est retourné sur lui-même et le redémarrage des moteurs, ainsi inversé, freine l'appareil et crée de la gravité par le fait même ! Le retour de la gravité s'appelle "marée montante" par analogie avec le flux et le reflux de l'eau durant le phénomène des marées, qui est ici la gravité. Cette inversion se produit toutes les heures d'une façon standard, prend environ cinq minutes et permet de maintenir une gravité de l'ordre d'un demi-G la plupart du temps !

Personne ne prend plus de douche au début de chaque heure… Vous ne faites cette erreur qu'une seule fois dans votre vie de cosmonaute !

– Prodigieux ! s'exclama le professeur.

– C'est le principe de vol de l'Archéoptéryx, renchérit Pierre.

– Et la découverte accidentelle de l'hyperespace que nous fîmes, conclut Michelle. Professeur, vous avez été un précurseur !

– Mais, je ne comprends toujours pas pourquoi cet appareil vole vers nous sur le dos !

– Parce que ses ponts sont construits de l'avant à l'arrière comme un avion, et non pas comme une fusée à étages ! Et dans l'espace, il n'y a pas d'atmosphère, donc pas de frottement ! Par contre, en situation de combat, l'appareil se met "à plat" pour offrir moins de surface au tir ennemi ! Vous ne connaissiez pas le vol spatial sur votre monde ?

– Nous en étions aux premiers balbutiements !

– Mon Dieu, ce monde est prodigieux ! s'exclama Pierre.

– Peut-être, reprit Dreck, mais si notre technologie est avancée,

l'homme, hélas ! est toujours aussi sauvage ! Combien de temps pensez vous avoir voyagé dans l'espace avant de rejoindre notre Empire ?

– D'après les Sarkaïs… mille ans !

– Mille ans ! Mon Dieu, mais vous venez d'une époque où l'Empire n'existait pas ! Mais alors… alors vous… vous devez… vous… vous, balbutiait Dreck.

– Oui, c'est beaucoup de temps, le coupa le professeur, mais j'ai des doutes, je ne crois pas beaucoup à la compétence des dénommés "Sarkaïs"! – Ce n'est pas, reprit Dreck… cela ! Si vous venez d'avant… la grande guerre des démons et… la fondation de l'Empire, votre… votre génétique… doit être celle D'AVANT LE PÉCHÉ ORIGINEL!

– Heu… expliquez-vous, heu… Dreck !

– Je comprends maintenant l'intérêt des Sarkaïs ! Mais les explications devront attendre, le croiseur est là, et nous devons manœuvrer pour l'appontage qui se fait, dans ce type de vaisseau, dans cette espèce de gueule, en avant !

– Navette sarkaï, identifiez-vous, demanda tout à coup le haut-parleur.

– Ici, le colonel Dreck Reivax, répondit le colonel.

– Colonel, ici le contrôle appontage du croiseur impérial HMS Destructor. Nous étions à votre recherche, vous nous avez été signalés par le vaisseau corsaire "Sans pareil". Il est urgent que vous nous rejoigniez, on nous a signalé une forte activité sarkaï dans la région. Avez-vous des blessés ? Avez-vous besoin d'aide ?

– Nous avons subi une forte décompression lors de l'attaque du Léviathan sans être protégés par des combinaisons, et nous sommes en piteux état… mais nous pouvons encore contrôler cet appareil !

– Êtes-vous en état d'apponter ?

– Positif, Destructor. Donnez-nous vos instructions !

– Virez à 180 degrés et coupez vos moteurs, nous allons simplement vous avaler, ce sera plus simple vu votre état ! Une fois à bord, un chariot automatique vous arrimera. S'il vous plaît, assurez-vous que tout le monde est attaché à son siège. Bien compris ?

– Positif ! J'entame la manœuvre ! Tout le monde est attaché, et à vous la suite ! »

Et le tout se passa sans problème devant des Terriens ébahis ! Tel un énorme poisson, le HMS Destructor s'aligna à plat derrière eux à une vitesse légèrement supérieure à celle de la navette. Alors, ouvrant le sas avant, l'énorme appareil avala littéralement la petite navette. À peine cette dernière était-elle entrée dans la gueule du croiseur que déjà un chariot muni de bras télescopiques les accrochait solidement au pont intérieur du bâtiment. Rapidement, celui-ci reprit sa position perpendiculaire à son déplacement et rétablit la pesanteur artificielle en rallumant ses moteurs. Les passagers de la navette reçurent alors l'autorisation de débarquer !

La gravitation était faible, un demi-g, estima Vauldegarde, mais après une certaine hésitation, lui et ses compagnons n'eurent pas de difficulté à marcher. Tous étaient au comble de l'excitation, même Dreck qui retrouvait sa liberté. Le comité d'accueil était déjà là quand ils ouvrirent la porte de la navette.

– Nom de Dieu, Dreck, mais enfin, que t'est-il arrivé ? s'exclama un officier tout de noir vêtu qui semblait être le commandant. Tu… tu es dans un état lamentable… tout comme tes compagnons !

– Des choses terribles, Charles ! Et je dois en faire part à l'Empereur le plus vite possible !

– Pas de problème, vieux frère, nous avons tout l'équipement de communication très longues distances à bord… mais nous devons vous soigner, toi et tes compagnons en premier lieu… heu… qui sont-ils ?

– Je te les présente, Pierre Sheine, Michelle Evanis et le professeur André Vauldegarde ! Leur histoire est encore plus extraordinaire que la mienne ! Ils arrivent probablement de… Nirva !

– Quoi ? Mais c'est une nouvelle incroyable ! Je comprends l'excitation des Sarkaïs ! Mais d'abord, nous allons vous soigner. Suivez-moi à l'infirmerie… Notre docteur est déjà prévenu et vous attend… Mais Dreck, tu es dans un état pire que tes compagnons… ils ont… ils t'ont… !

– Oui, torturé… et pour le seul plaisir… Car ils n'ont rien obtenu de moi!

– Je n'en doute pas !

– Excusez-moi, intervint le professeur, mais nous sommes de la Terre, et non pas de Nirva !

– Nous ne connaissons pas cette planète, professeur… mais nous nous expliquerons après que notre toubib vous aura remis sur pied ! »

Tout en parlant, le commandant les avait amenés vers un petit véhicule arrivé silencieusement et qui démarra immédiatement sitôt ses passagers embarqués.

La voiture les amena rapidement vers l'arrière à travers un dédale de couloirs très larges et à l'aspect impeccable. En quelques minutes, ils se retrouvèrent dans une infirmerie bien mieux équipée que celle des Sarkaïs.

Tous étaient couverts du sang séché qui avait coulé de leurs narines et de leurs oreilles suite aux blessures causées par la décompression. Ils étaient épuisés ! Dreck portait, en plus, de nombreuses traces de coups ainsi que des coupures innombrables ! Ils furent pris en main par une équipe efficace en un rien de temps ! Le docteur et ses assistants les déshabillèrent et les étendirent sur des couchettes d'où surgit une multitude de petits bras équipés chacun d'un instrument différent. Sur le moment, Michelle se braqua quand ils la déshabillèrent, mais voyant leur professionnalisme et le fait évident que cela semblait naturel, elle se laissa faire… ! Et soudain la douleur, omniprésente chez chacun d'eux depuis leur fuite, disparut comme par enchantement. Une sorte de vaporisateur leur avait administré un calmant incroyablement efficace… et un puissant sédatif qui les fit tourner de l'œil !

Ils dormaient depuis vingt-quatre heures au moins quand ils furent tirés de leur sommeil par le docteur.

« Comment vous sentez-vous maintenant ? leur demanda-t-il pour commencer la conversation.

– En pleine forme », répondirent-ils tous.

Et c'était vrai ! En vingt-quatre heures, les puissantes médications et les traitements administrés par le médecin de bord les avaient complètement requinqués… à tel point que le professeur se sentait même mieux que sur Terre ! Quant à Dreck, toutes les traces des tortures subies avaient disparu !

« Bien, bien, reprit le docteur, je vous ai réveillés parce qu'il y a de nombreux vaisseaux sarkaïs dans le secteur en approche rapide de notre appareil, et le commandant Woo craint un affrontement. Il est impératif

que vous revêtiez les combinaisons de combat ! Le commandant vous attend dans la passerelle de commandement dès que vous serez prêts. »

Le petit groupe reçut les étonnantes combinaisons spatiales de la Garde. Noires comme la nuit, elles étaient frappées du « Vinci », symbole qui étonna fort les Terriens qui y reconnurent immédiatement le fameux dessin de Leonardo Da Vinci.

Tout comme les vêtements que les Sarkaïs leur avaient donnés, ces combinaisons s'ajustaient au corps de la personne qui les portait. Elles étaient à la fois souples et épaisses et s'enfilaient comme une combinaison ouverte sur le devant, de haut en bas. Une fois la combinaison enfilée, il suffisait de remonter une sorte de fermeture Éclair pour que se soudent hermétiquement les deux parties du vêtement. Une paire de bottes souples et des gants se collaient de la même façon et donnaient l'impression de ne faire qu'un avec la combinaison. Le casque, lui, était un grand anneau ovale ultraléger qui reposait sur les épaules et descendait sur la poitrine et le dos mollement pour se durcir une fois sa forme adaptée au corps du porteur. Instantanément, une sorte de fusion se faisait avec la combinaison. Un genre de sac à dos articulé et léger était ensuite placé sur leur dos auquel il adhérait immédiatement. À ce moment, les Terriens eurent l'étonnante sensation que la combinaison prenait vie ! Une sorte d'écran plat s'alluma sur leur avant-bras gauche, et toutes sortes d'informations y furent affichées ! Dreck leur expliqua rapidement comment régler les différentes fonctions de leurs équipements, ce qui augmenta encore l'étonnement et l'admiration des Terriens pour la prouesse technique que tout cela représentait. Et pour compléter le tout, l'équipement du colonel avait immédiatement affiché les galons de son grade alors que ceux des Terriens ne reflétaient qu'un VISITEUR sur la poitrine. Les combinaisons s'ajustaient vraiment parfaitement à leur corps, ce qui donnait à Michelle une silhouette des plus avantageuses… et à Pierre, mais aussi au docteur… un regard admiratif !

« Cet équipement, expliqua Dreck, est un scaphandre spatial léger capable de vous protéger des radiations et de vous garder en vie pendant plus d'une semaine d'une façon autonome ! Ne vous fiez pas à son apparente légèreté, il peut même vous protéger de chocs très violents. Le casque se ferme automatiquement en cas de décompression, vous n'avez donc pas à le fermer maintenant. »

CHAPITRE 36 – FOIRE D'EMPOIGNE

Pargara dormait mal ! Oh ! pas à cause des combats, ce qui était son métier, mais plus parce qu'il avait l'impression que quelque chose lui échappait. Sa conversation avec Moustique l'avait laissé songeur ! Il avait résisté à l'envie de le faire arrêter même s'il savait que c'était un ennemi.

Son instinct de guerrier lui disait que quelque chose clochait dans tout cela ! Pourquoi les AFFARAS & ISSARS en voulaient-ils tellement aux Jarkaniens, au point de faire des choses inhumaines comme tuer des enfants et des femmes ? La semence du démon, avait dit Moustique ! Le problème, c'était que lui aussi avait des doutes sur les Jarkaniens ! Son rang de général lui avait donné accès à une étude secrète sur les Jarkaniens effectuée sur ordre de l'Empereur et qui avait soulevé plusieurs questions les concernant, dont la plus étonnante était le changement génétique profond constaté chez eux depuis cinquante ans ! D'un IE de trois, ils étaient passés à un IE de cinq ! Le Petit Translocateur avait réellement fait des ravages ! Petit peuple sans histoires il y a cinquante ans, ils s'étaient, depuis, multipliés par vingt et étaient devenus le peuple le plus détesté de l'Empire... Mais de là à les considérer comme de la semence du démon, il y avait une marge ! De toute façon, Pargara n'aimait pas beaucoup les mythes et légendes totalement invérifiables qui faisaient souvent agir les peuples d'une façon irrationnelle ! Lui, il était cartésien jusqu'au bout des doigts ! Il voulait des faits et seulement des faits... mais il avait toujours ce damné instinct qui pointait vers les Jarkaniens !

« Fort bien, se dit-il à lui-même, si je veux des faits et seulement des faits, alors pourquoi ne pas les rechercher ? Commençons par le commencement ! Pour prouver que les Jarkaniens sont des humains ordinaires, examinons leur génétique ! Cela a été fait de nombreuses fois par la Commission impériale du gène du très désagréable archibaron de La Roche qui, Petit Translocateur oblige, suit toutes les populations humaines de très près ! Normalement, cette commission relève immédiatement toutes les apparitions de déviations génétiques dans une population et intervient immédiatement avec de puissants inhibiteurs de mutation chaque fois que cela arrive ! Les cartes génétiques de toutes les races humaines sont donc bien connues mais... par acquit de conscience, pourquoi ne testerions nous pas à nouveau les Jarkaniens ? Et il y a de très nombreux spécimens disponibles... à la morgue ! Il me faut un expert en la matière ! Et, justement, j'en ai un ! Le major Sébastien Amundsen, spécialiste de la reconstruction génétique des organismes irradiés ! Pourquoi l'armée a-t-elle décidé de lui envoyer ce genre de spécialiste ici sur Notre-Monde? Se demanda Pargara, c'était un mystère ! L'armée a parfois une logique qu'il ne sert à rien d'essayer de comprendre, du moins si on veut rester sain d'esprit ! Toujours est-il que j'ai ce spécialiste, occupé pour le moment à faire des tâches de médecin de campagne dans un hôpital proche des limites nord de la ville... en pleine zone jarkanienne ! Parfait, dès demain, je vais aller rencontrer ce major et lui faire faire

une batterie d'analyses poussées sur les cadavres de la morgue... avec discrétion bien sûr ! »

Cette idée revigora Pargara qui, du coup, en trouva le sommeil !

Le lendemain, avec une très petite escorte pour éviter les regards indiscrets, Pargara se rendit à l'hôpital du Sacré-Cœur, nom des plus étranges pour lui. Après un semblant d'inspection de l'hôpital, il requit un entretien avec le major dans son bureau, pour évaluer, dit-il, les besoins de son unité de soins.

« Bien, major, commença Pargara, je vais aller droit au but ! Le motif de ma visite est autre que celui d'évaluer vos besoins !

– Je n'en doutais pas, mon général !

– Ha ? Et pourquoi ?

– Parce que mon unité possède tout ce dont j'ai besoin !

– Parfait ! Donc vous vous attendez à ce que je vous demande quelque chose de différent ?

– Oui !

– Que pensez-vous des Jarkaniens ?

– Ils sont étranges ! Pensez, un peuple au teint si blanc qu'ils sont obligés de se mettre constamment des crèmes protectrices contre le soleil... Et cette couleur de cheveux rouges ou roux comme ils disent... pas humain, ça ! Pour sûr, leur génétique est bizarre !

– IE de cinq, cela veut dire...?

– Que cinquante pour cent de leurs gènes ne sont pas d'origine humaine... Je vous le dis, regardez leurs cheveux... Comment pouvez-vous être humain avec des cheveux pareils ?

– Êtes-vous sérieux, major ? lui dit Pargara, soudain inquiet.

– J'exagère, mon général... mais c'est vrai qu'aucun humain de Nirva ne devait ressembler à cela !

– Bien, mais cela introduit très bien ma préoccupation ! Leurs gènes... pouvez-vous faire des tests poussés... pour réellement savoir si c'est un IE de cinq... et pas plus ?

– Mon général ! Sauf votre respect, êtes-vous sérieux ?

– Je ne plaisante pas, major, lui répondit sèchement Pargara.

– Mon général, les tests leur donnent un IE de cinq, du moins ceux effectués par la Commission !

– Vous avez confiance dans ses tests ?

– La commission est très rigoureuse, monsieur, et leurs méthodes sont publiées dans les journaux officiels de l'Empire !

– Bien, mais... heu... est-il possible de... heu... fausser ces tests ?

– Expliquez-vous, mon général !

– Si vous vouliez absolument que ces tests vous donnent un IE de cinq malgré que ce ne soit pas le cas... serait-ce possible ?

– Si vous avez une parfaite connaissance de ces fameux tests ? »

Le major se tut quelques instants et son front se plissa, signe d'une intense réflexion.

« Je crois que ce serait possible ! Il faudrait jouer avec l'A.D.N. des mitochondries et mettre des camoufleurs sur certains gènes, mais ce serait probablement faisable ! Je... voulez-vous... ?

– Oui ! Je veux que vous investiguiez cette possibilité... discrètement !

– Cela va sans dire! Oops! Ça sera coton, mais j'ai beaucoup de matériel disponible et, ma foi, reprendre un peu mon vrai boulot ne me déplaît pas!

– Bien, mais vous êtes le seul de la Garde dans cet hôpital, alors comment allez-vous faire ?

– Je ferai seulement des prélèvements ici. Je me rends souvent au centre médical de la Garde, près de vos quartiers, pour discuter de cas de certains patients avec d'autres spécialistes. Je procéderai à mes analyses là-bas !

– Soyez prudent, major !

– Mon Dieu, mon général, vous soupçonnez vraiment quelque chose de terrible ?

– Mon instinct de vieux guerrier... Et éventuellement, ça pourra toujours servir à éliminer des possibilités !

– Mais quelles possibilités, mon général ?

– Les AFFARAS & ISSARS prétendent que les Jarkaniens sont non humains ! Ils auraient été engendrés par le démon !

– Cet argument n'est pas recevable scientifiquement, monsieur !

– Vous avez raison, et c'est aussi pour cela que je veux que vous conduisiez une investigation en profondeur... pour justement pouvoir démontrer le non-sens de ces croyances... ou leur donner un vrai fondement !

– Bien, vous avez de la chance parce que la génétique moléculaire est ma spécialité ! Je devrais être en mesure de prendre des échantillons très rapidement... et de vous répondre sous les huit jours. Cela vous convient-il, mon général ?

– Parfait, maintenant, je vais regagner mes quartiers... Accompagnez-moi et parlez-moi donc de votre travail ici... pour donner le change aux Jarkaniens ! »

Mais les choses ne se passèrent pas comme Pargara l'avait prévu ! Ils étaient à peine sortis du bureau du médecin qu'une nuée de Jarkaniens leur sauta dessus. Pris par surprise, ils n'eurent pas le temps de réagir que déjà des liens de contention ultrarésistants leur enserraient les chevilles et les bras ! Quelques mètres plus loin, une infirmière achevait d'immobiliser ses deux gardes !

« Mais enfin, que se passe-t-il ici ? s'écria-t-il, en proie à une colère sourde.

– Mais vous êtes notre prisonnier, cher général, lui répondit l'infirmière qui semblait être la responsable !

– Comme toujours, pensa Pargara, chez ces damnés Jarkaniens, c'est une femme qui commande vraiment !

– Prisonnier, reprit-il, des Jarkaniens ? Combien de temps croyez-vous tenir devant la Garde ?

– Pas plus de cinq minutes... le temps de leur expliquer que vous êtes un assassin doublé d'un violeur !

– Ah oui ? Et où sont les corps ?

– Ils arrivent, général... par leurs propres moyens !

– ÊTES-VOUS FOLLE?

– Et vous, général ? Croyez-vous vraiment que nous allons vous laisser fouiner dans notre génétique ?

– Ah! c'est donc cela ! Fous que vous êtes ! Espionner un officier supérieur. Personne ne vous croira ! Et je me fais fort de vous neutraliser !

– Vous serez mort !

– Si vous nous assassinez, la Garde vous le fera payer !

– Mais non ! Ils s'efforceront même de vous oublier ! Violer et assassiner de belles jeunes femmes, même blanchâtres et rousses, et assassiner des enfants et même une femme enceinte, n'est vraiment pas quelque chose de très prisé dans les milieux militaires!

– Allons donc ! Tout le monde saura rapidement que ce n'est pas vrai !

Vos cadavres sont... heu... morts depuis bien trop longtemps !

– Vous ne comprenez vraiment rien, pauvre petit général ! Vous ALLEZ

vraiment assassiner de pauvres gens !

– JAMAIS! »

Mais sans qu'il puisse réagir, lui et ses hommes furent amenés à l'arrière de l'hôpital dans un entrepôt. Là, deux magnifiques jeunes femmes, rousses et blanches à souhait, les attendaient. Trois gamins jouaient aussi un peu plus loin.

« Voilà, général, vous avez toujours votre Baïkal, alors... tirez dessus !

– MAIS VOUS ÊTES MALADE! Elles sont des vôtres !

– Elles sont volontaires ! Une fois tuées, vous serez accusé de meurtre au premier degré, après viol ! Vous tuerez aussi vos gardes... le major... et les gosses... des témoins gênants !

– JAMAIS! Et personne ne vous croira !

– Mais si ! Avec autant de cadavres dont vous, tué par nos hommes alors que vous étiez en pleine action !

– Mais pourquoi ?

– Vous devenez trop curieux ! »

Avec l'énergie du désespoir, Pargara tenta de se dégager, mais ils étaient trop nombreux... et, paralysé par trois Jarkaniens, ce fut avec horreur qu'il vit un quatrième lui serrer la main, le forcer à dégainer son arme et à tirer sur les deux jeunes femmes qui le regardaient en souriant... comme heureuses de servir leur cause avec leur propre mort ! Puis comble d'horreur, il se vit forcé de tirer sur les enfants... et sur une femme enceinte qui venait d'arriver ! Mais Pargara était avant tout un soldat et alors que la moitié de son cerveau était submergé par l'horreur, l'autre attendait le micro-moment où il pourrait tenter quelque chose ! Ce moment vint quand le ventre de la femme enceinte explosa ! Ses gardiens relâchèrent leur attention une fraction de seconde... et Pargara en profita pour abattre son bras et tirer sur l'homme qui lui enserrait les jambes. Le bas du dos de l'homme explosa, provoquant un souffle d'air qui déséquilibra les autres gardes !

C'en était assez pour un soldat bien entraîné comme lui ! Il se jeta volontairement vers l'avant tout en se retournant d'un coup de reins... et en ouvrant le feu sur tous les Jarkaniens présents... ce qui donna aussi l'opportunité à ses hommes de se dégager ! En moins de deux secondes, tous les Jarkaniens étaient morts, y compris l'horrible infirmière !

« Vite, cria-t-il à ses hommes, nous devons sortir d'ici et regagner nos lignes. »

Comme des fous, les quatre hommes, toujours en possession de leurs armes, se ruèrent à l'extérieur... pour se trouver nez à nez avec des Jarkaniens ! Pargara et ses hommes se jetèrent à terre tout en ouvrant le feu ! La première ligne de Jarkaniens fut tuée sur le coup, et Pargara toucha même l'arrière d'un véhicule volant surchargé d'hommes armés, ce qui le fit se retourner, éjectant par le fait même les cinq hommes à bord vers le sol où ils se fracassèrent.

« Vite, relevez-vous et foncez vers le bâtiment en face ! »

Seuls le major et un garde se relevèrent, l'autre restant au sol dans une mare de sang !

Mais il était trop tard... Il était encerclé, les Jarkaniens apparaissant de partout à la fois.

« La fin est proche », se dit Pargara.

Mais il ne pouvait pas abandonner comme cela, alors une nouvelle fois il ouvrit le feu en direction de l'ennemi tout en criant à pleins poumons :

« Chiens... bâtards ! »

Soudain, une série d'explosions projeta en l'air la majorité des attaquants ! Surpris, les derniers d'entre eux se retournèrent, mais furent eux aussi abattus promptement.

« Victoire, crièrent en cœur Pargara et le major Amundsen, voilà la Garde, voilà la Garde, LA GARDE! »

Mais ce n'était pas eux ! Non, c'était...

« Moustique !

– Hé oui, général... ne vous avais-je pas prévenu? Mais mon "carrosse" nous attend !

– Non, je dois regagner mon état-major !

– Votre état-major, général ? Mais il vient de visionner la boucherie dont vous êtes responsable... et ils arriveront après la meute de Jarkaniens qui déferle vers nous ! Alors... je vous invite, vous et votre major, dans nos jungles pourries... qui possèdent quand même certains laboratoires tout ce qu'il y a de plus... fonctionnel... pour la recherche génétique ! »

« Décidément, pensa Pargara, il est vraiment impossible d'avoir une conversation privée dans ce bled ! »

La coupole de commandement était absolument époustouflante pour les trois Terriens, qui se sentaient un peu comme des hommes de Néandertal ! Transparente, elle permettait presque de « toucher » l'espace! Même à bord de l'Archéoptéryx ils n'avaient jamais eu une telle sensation… Et c'était sans compter les batteries de consoles, dont il était impossible de savoir si elles étaient réelles ou virtuelles, qui peuplaient les lieux et semblaient même déborder vers l'espace extérieur !

Tout cela représentait une telle avancée technique qu'ils se sentaient gagnés par un enthousiasme que même la très froide IQ semblait partager ! « Quel incroyable vaisseau, commandant ! » le complimenta Vauldegarde.

Le commandant était évidemment ravi ! Pensez donc ! Sauver le meilleur ami… oui, tout le monde le savait… de l'Empereur… et ramener les premiers habitants de Nirva à avoir rejoint l'Empire!… La promo n'était pas loin !

« Colonel et vous, madame, messieurs, vous me voyez ravi de vous retrouver en si bonne forme malgré tous ces événements… heu… pour le moins… désolants… que vous avez eu à subir ! Considérez-vous comme des invités de marque sur ce navire de la Garde impériale et… oui, monsieur Vauldegarde, mon navire est effectivement incroyable ! Depuis plus de cent ans maintenant, ce type de navire protège l'Empire, et je suis très fier de… »

Mais personne n'allait savoir de quoi était fier le commandant, car la sirène d'alerte l'interrompit brusquement ! D'un geste rapide en l'air, il établit la communication avec son équipage, pressant quelque bouton virtuel sous les yeux ahuris des Terriens !

« Que se passe-t-il, lieutenant ?

– Mouvement important de bandits derrière nous, commandant, vingt-trois navires dont un gigantesque !

– Gigantesque ?

– Oui, mon commandant, un navire de près de… attendez que je vous

donne la longueur exacte… 789 mètres !

– QUOI? Mais personne ne possède un tel vaisseau ! Quelle est son identité ?

– Inconnue, commandant, notre base de données ne contient aucune référence à un tel navire… Les autres sont Sarkaïs !

– Semble-t-il armé ?

– Positif, commandant !… Et il semble même avoir des canons de type Obelton !

– Hein ! Mais c'est impossible !

– La signature radar semble pourtant bien l'indiquer !

– À quoi ressemble ce vaisseau ?

– Il est cylindrique, très long, étroit avec une sorte de bulbe à l'avant et quatre empennages en croix à l'arrière sur lesquels sont montés… trois canons chacun… c'est-à-dire douze en tout ! Je vous envoie ce que j'ai sur votre console », termina-t-il.

En effet, le navire était absolument gigantesque et avait une allure réellement menaçante !

« Mais c'est quoi, ce monstre ? demanda Dreck au commandant.

– Sais pas, mais il va y avoir de la castagne… Il semble que vos amis intéressent beaucoup de monde ! Colonel, nous avons des ennuis. Je me vois forcé de reporter notre conversation à plus tard, et ce à mon grand regret ! Emmenez vos compagnons au centre du navire, au poste de commandement numéro deux, et assurez-vous qu'ils soient bien attachés et que leurs équipements soient branchés sur "individuel"… Nous allons nous préparer au combat, donc vider l'air du vaisseau !

– Et merde, ça ne finira donc jamais, ne put s'empêcher de dire Pierre.

– Ne vous inquiétez pas, notre navire est formidablement armé, et la flotte a été alertée. De nombreuses unités de combat viennent à notre rescousse… et n'oubliez pas que jamais ce type d'appareil n'a été défait au combat ! »

Mais le colonel était inquiet, et cela se voyait ! Rapidement, il emmena les trois visiteurs vers le centre du navire.

« Colonel, c'est quoi, des canons Obelton ?

– Des canons qui sont au moins mille fois plus puissants que les Œrlikon habituels. Ce sont en fait des canons terrestres de défense spatiale qui requièrent une source de puissance énergétique énorme, seulement disponible sur des planètes ou des stations spatiales de défense. Certains de nos nouveaux vaisseaux en sont équipés… mais pas en nombre aussi important !

– Mais qui sont ces attaquants alors… qui semblent posséder une avance technologique sur vous ? Des Sarkaïs ?

– Certainement pas ! Ces brutes ne possèdent absolument pas la technologie et encore moins l'intelligence pour construire un tel vaisseau… n'importe quel vaisseau d'ailleurs ! Ce ne sont que des pirates !

– Une race inconnue ? »

Dreck réfléchit quelques minutes, hésita, puis répondit :

« Sais vraiment pas… J'enquêtais justement sur ça quand… mais nous sommes arrivés ! »

Tout le monde se tut et gagna les sièges du centre de commandement numéro deux. Dreck, en vraie mère poule, vérifia l'arrimage de tout le monde avant de prendre place. Le centre de défense était vraiment décevant. Pierre, et probablement ses compagnons aussi, avaient imaginé une pièce comme le dôme, encombrée de moniteurs d'où ils auraient pu suivre le combat… mais rien, seulement des sièges curieusement disposés vers l'avant et… des murs gris !

« Oh ! j'oubliais, s'exclama soudain Dreck, vous avez besoin d'avaler une pilule anti-nausée, car le commandant va bientôt déclencher le système Danseur. Vous en trouverez dans votre accoudoir, avalez-en une, puis fermez vos casques… le petit bouton rouge sur le haut de votre avantbras… voilà !

– Comment allons-nous savoir ce qu'il se passe ? demanda Michelle.

– Pas de problème pour ça. En tant que colonel de la Garde, je peux avoir accès aux systèmes de ce vaisseau… enfin aux moniteurs, pas aux systèmes de défense. Juste une petite identification et… voilà ! »

Soudain, les murs disparurent, et ils se retrouvèrent littéralement assis aux premières loges ! C'était comme si le vaisseau entier avait disparu ! Ils étaient… au bord de l'espace, et une console était apparue devant le colonel. Maintenant, ils pouvaient même suivre les conversations du bord !

« … Tout le monde est à son poste ?

– Affirmatif, commandant!

– Dreck, toi et ton monde, êtes-vous prêts ?

– Affirmatif, Charles !

– Bien ! ATTENTION! Videz l'air de l'appareil, mettez le vaisseau en position horizontale par rapport à nos assaillants… Déclenchez le système DANSEUR maintenant! Lieutenant Aroune…?

– Commandant?

– Où en est le montage de notre Obelton ?

– Il n'est pas prêt, commandant. Nous ne pensions…

– Peu importe, dis-moi son statut !

– Il est monté dans la cale avant, juste sous le pont d'appontage. La centrale d'énergie supplémentaire est opérationnelle, mais pas encore connectée au canon… Nous ne pensions pas…

– Je sais, Aroune, et le sabord avant ouvrable pour lui permettre de tirer ?

– Pas eu le temps, commandant… pas d'ouverture ! Le canon est inutilisable !

– Combien de temps pour connecter le canon à sa centrale ?

– Quarante minutes, mon commandant… mais… mais il ne pourra pas être utilisé car les sabords…

– Je sais, Aroune, quitte ton poste et fais-nous cette connexion en quinze minutes… C'est tout ce que je peux te donner !

– Mais commandant… les sabords, je…

– FAIS CE QUE JE TE DIS!!! Et accroche-toi dans la salle, car le Danseur est maintenant actif, et je vais augmenter son amplitude au fur et à mesure que les bandits approcheront !

– Bien, commandant.

– Radars… position des bandits ?

– À dix minutes… notre temps ! Leur vitesse est 20 % supérieure à la nôtre! Mais… mais… commandant! Mauvaise nouvelle… ils ont un Danseur… du moins leur gros vaisseau… attendez… O.-K., leur Danseur est moins efficace que le nôtre ! Amplitude et fréquence de changement lentes… beaucoup plus lentes !

– Variation captée dans nos calculateurs ?

– Positif, ils sont lancés et cherchent le schéma d'opération !

– Canonnier ?

– Prêt, commandant, canon en pleine charge, attendons instructions !

– Soixante-quinze pour cent du tir sur le gros lard et le reste sur cinq navires… Ignorez les autres pour cette passe !

– ATTENTION, le gros arme ses canons !

– À tous, bon courage. Que le Grand Architecte vous bénisse… FEU ! »

À ces mots, Pierre, Michelle et Vauldegarde se raidirent soudainement. Même Dreck se crispa. Ce fut sans bruit mais spectaculaire ! Des centaines de traits rougeâtres partirent à l'assaut de l'ennemi, alors que celui-ci mettait plusieurs minutes pour riposter. Mais quand il le fit, il sembla aux Terriens que des milliers de traits allaient les transpercer !

Pierre n'arrivait pas à bien saisir ce qu'il se passait car le gros vaisseau ennemi, du moins pendant les quelques secondes où il put le voir, semblait littéralement sautiller dans toutes les directions, évitant ainsi la majeure partie du tir du Destructor… la majeure partie seulement, car ils le virent s'illuminer à au moins deux reprises ! Ils virent aussi cinq bandits éclater !

Qui s'y frotte… s'y pique ! Mais brusquement, toutes les lumières s'éteignirent et un gigantesque crissement envahit leurs écouteurs, mettant à mal leurs oreilles… et leurs nerfs !

« Nous avons été touchés, dit le colonel. Pas de mal ? Vous pouvez parler, nous sommes reliés uniquement entre nous… nous ne gênerons pas l'équipage !

– Pas de problème pour moi, dit Pierre.

– Ni pour moi, dirent rapidement les deux autres.

– Que… commença Pierre quand brusquement, la lumière et les communications revinrent.

– … touché par un de leurs gros canons, commandant.

– Dégâts ?

– Faibles à l'intérieur, mais une partie de la coque a fondu !

– Estimation ?

– Cinquante-cinq pour cent, commandant ! On dirait qu'ils cherchent à nous désarmer !

– Canonniers ?

– Cinq bandits détruits, et nous avons touché le gros ! Estimation de ces dégâts… au moins six de ces Obeltons hors d'usage !

– Attention, ils reviennent en passe deux, hurla tout à coup le hautparleur.

– FEU DE TOUS VOS CANONS! » cria le commandant.

Mais la deuxième passe fut pire que la première! Force fut de constater que le Destructor était maintenant pratiquement sans défense. La coque extérieure avait littéralement fondu sous la chaleur! Seuls douze canons étaient encore opérationnels. Mince consolation, quatre autres bandits avaient éclaté, et le gros n'avait plus que trois de ses douze Obelton opérationnels! À ce moment, le commandant comprit la tactique des « bandits » et appela le colonel.

« Dreck, ils nous ont grillé la coque… Ils ne veulent pas nous détruire, mais seulement nous forcer à quitter le bord ! Il me reste une carte à jouer mais si ça échoue, tu emmèneras tes amis à la navette B-44 quand je donnerai l'ordre d'évacuation. Alors, tu auras dix minutes avant l'autodestruction du vaisseau. Une fois dehors, nous nous disperserons dans toutes les directions. Bonne chance à vous,

– À toi aussi, vieux frère !

– ATTENTION, ILS REVIENNENT!

– AROUNE, hurla le commandant, STATUT de notre Obelton !

– Obelton connecté, commandant, et ordinateur de tir opérationnel, mais les…

– SORS DE LÀ IMMÉDIATEMENT. Attention à tous, je vais jouer notre dernière carte ! Centre de calcul, avez-vous décrypté leur schéma de saut Danseur ?

– À quatre-vingts pour cent, commandant !

– Tant pis, envoyez les estimations au contrôle de tir ! Canonniers, prenez en charge l'Obelton et à mon commandement, vous ouvrirez la coque avant du vaisseau avec une décharge faible, suivie d'une décharge à la puissance maximum en ouverture suffisante pour griller la coque du gros lard ! Gordon, tu tireras alors TOUS tes missiles vers eux juste après le tir de l'Obelton… TOUS, bien compris ?

– Oui, commandant !

– Attention, les voilà », cria quelqu'un.

Une minute longue comme l'éternité suivit, puis il y eut un grand bruit de tôle tordue, et une gigantesque décharge traversa la nuit étoilée pour illuminer le colossal attaquant… quelques microsecondes avant que des centaines de missiles se dirigent vers lui ! Ses défenses rapprochées étant fondues en grande partie, il arriva… ce qui devait arriver, et un missile le percuta ! Une énorme boule de feu envahit l'horizon… et la trace du gigantesque attaquant disparut des radars !

« HOURRA! hurla le commandant, imité par tout l'équipage.

– Que le Grand Architecte soit loué ! ajouta quelqu'un.

– Surtout, que Obelton le soit ! ironisa un autre.

– Tous au rapport, ordonna le commandant.

– Aucune perte à signaler !

– Coque fondue à cent pour cent, commandant, nous n'avons plus aucun moyen de défense !

– Peu importe, ils ont leur compte, et les renforts ne vont pas tarder !

– ALERTE, ils reviennent, s'écria tout à coup le responsable détection, ils sont… toujours treize ! Seulement des Sarkaïs classiques !

– Merde, sans canon, même eux peuvent nous avoir ! »

Mais décidément, ils avaient la baraka ! Brusquement, juste avant d'arriver dans leur zone de tir, les treize bandits explosèrent ! Les renforts étaient enfin arrivés. Trois frégates impériales apparurent sur les radars du Destructor.

« Destructor, ici HMS Champion, nous venons de détruire les derniers Sarkaïs ! Quel est votre statut ?

– Bienvenu, Champion! Les Sarkaïs nous ont vraiment malmenés ! Nous avons détruit leur vaisseau amiral, mais le nôtre est en très mauvais état !

– Destructor, quel est l'état de votre armement ?

– Nul ! Plus rien ! Notre coque est complètement grillée, donc même nos défenses rapprochées sont fichues ! Nous avons dû utiliser des perceurs automatiques pour pouvoir sortir d'urgence nos systèmes de détection et de communication !

– Destructor, on nous signale toujours la présence de beaucoup de bandits dans le secteur, dont des navires gigantesques non identifiés. Votre appareil est trop vulnérable, nous allons vous prendre à bord ! S'il vous plaît, initiez l'évacuation d'urgence ainsi que le processus d'autodestruction.

– Bien reçu, Champion, j'attends votre approche pour établir une passerelle de transbordement ! Terminé. »

Le colonel Reivax avait, comme ses compagnons d'ailleurs, suivi

l'échange et n'attendit pas les ordres du commandant pour donner ses instructions aux Terriens.

« Bien, nous avons survécu, mais il va falloir évacuer. Attention, nos moteurs sont arrêtés, nous sommes donc en gravité zéro. Activez vos semelles en poussant trois fois de suite le bouton vert sur le haut du bras droit… c'est cela. Faites attention, vos pieds vont coller à la surface, mais ces semelles ne créent pas d'attraction, donc si vous levez le pied du sol vous êtes en apesanteur.

– Regardez », s'écria Pierre tout à coup en pointant son doigt vers l'avant.

En effet, la vue en valait la peine ! Le HMS Champion s'approchait de leur navire par le côté. Le navire était magnifique ! Il avait une grande carlingue peinte en bleu, avec de longues ailes en demi-cercle et un empennage de dimension semblable. Deux paires de petits ailerons étaient visibles à l'arrière.

Accrochés aux ailes, deux grands cylindres – des canons ? – pointaient vers l'avant.

Un dôme transparent était placé sur le dos de l'appareil au centre, juste avant le formidable empennage !

« Des ailes ? Pourquoi des ailes dans l'espace ?

– Oh! les ailes servent à beaucoup de choses ! Elles permettent à ce vaisseau de naviguer en atmosphère, ce que ne peut faire le nôtre. Elles servent de formidables antennes, de support aux canons, et même de cales de stockage de missiles ! Et accessoirement, elles donnent une certaine élégance au tout ! Vous contemplez notre dernière version de frégates. Plus petites que les croiseurs, elles sont longues de 152 mètres pour 14 mètres de large par 17 de haut à l'avant et 21 à l'arrière, avec des ailes de 101 mètres de chaque côté. Deux formidables Obelton, des modèles 300, sont accrochés aux ailes. Un autre de ses formidables canons est dans le vaisseau même pointant vers l'avant et un quatrième noyé dans l'empennage arrière ! Plus trente Œrlikon ! En fait, cette machine est plus puissante que notre croiseur !

– Impressionnant ! Vous en avez beaucoup comme cela ?

– Non, ce sont les premiers ! Mais la frégate vient d'accoster à notre croiseur, il est plus que temps de nous déplacer vers lui. Tant que vous ne serez pas arrivés à Oulan Bator, je ne serai pas tranquille ! »

CHAPITRE 37 – ET ON PARLE ENCORE DE VAISSEAUX DE COMBAT !

***CLASSIFICATION**: SECRET DÉFENSE*

À L'USAGE EXCLUSIF DE SA MAJESTÉ ET DU HAUT COMITÉ

À L'ARMEMENT

***SUJET:** FICHE TECHNIQUE PORTE-ENGINS HMS*

PRÉDATOR

***NOMBRE D'EXEMPLAIRES DE CE DOCUMENT**: 27. Numérotés de 1 à 27.*

Les porte-engins de combat de type « HMS PRÉDATOR » n'ont été produits qu'en présérie seulement, surtout pour en maîtriser tous les paramètres de fonctionnement et de construction. Nous sommes maintenant en mesure de les construire en grande série, si tel est le bon vouloir de Sa Majesté. Il s'agit ici de navires de supériorité stratégique et tactique tels que la flotte n'en a jamais connu !

Ce type de vaisseau est long de 750 mètres, large de 675 et haut de 70, et a une forme aplatie qui le fait ressembler aux raies manta de nos océans. Le château, construit sur le dos du navire à l'arrière, est haut de 200 mètres et commande tout le vaisseau ainsi que les mouvements des chasseurs. C'est, en fait, un vaisseau « mère » transportant 263 chasseurs « Scorpion », long chacun de 23 mètres et armé d'un canon Obelton100ainsi que 37 « Super Scouts » éclaireurs et 23 unités de navettes tout usage.

L'appontage se fait par l'arrière et le décollage par l'avant, par deux larges bouches en avant et en arrière. En plus de cette flotte embarquée, ces vaisseaux ont un armement constitué par six Obelton 800 autour de la bouche avant, huit autres dans les ailes et quatre à la bouche arrière. Trois cents Orlikon 2000 sont également dispersés sur toute la surface des navires. La puissance de feu de ces navires est sans commune mesure avec ce qui se fait dans l'univers !

Ces vaisseaux sont servis par un équipage de 800 personnes, pilotes compris...

Amiral Gamal Pacrette,

Responsable des navires de nouvelle génération de la flotte

Oulan Bator

« Majesté, nous sommes plus qu'honorés que vous présidiez notre auguste comité, mais si vous le permettez, nous aurions quelques questions, termina le délégué uïgure, le prince Rotuch Rotangar.

– Je vous en prie, prince, parlez !

– Nous ne voyons pas le délégué jarkanien parmi nous. Y aurait-il une raison à cela ?

– Il a été nommé à la commission sur la préservation des biens culturels face à la spéculation foncière !

– Je suis sûr qu'il y fera un bon travail… mais cela est-il lié à… aux tragiques événements de Notre-Monde et à la disparition du général Pargara ?

– D'une certaine façon !

– Permettez-moi, Majesté, de vous faire part du soulagement de notre comité en ce qui concerne votre décision ! Nous pensons que tout n'a pas été dit sur cette disparition, et nous avons beaucoup de mal à croire qu'un général de la trempe de Pargara puisse simplement violer des femmes et disparaître avec l'ennemi ! Cela sent le coup monté !

– En l'absence de preuve dans un sens ou dans l'autre, j'ai donc préféré éloigner les Jarkaniens de tous les sujets sensibles touchant l'Empire… en particulier sa défense ! Je suis particulièrement satisfait de voir que ce comité partage mes vues !

– Nous nous méfions tous des Jarkaniens, et vous pouvez compter sur nous pour vous soutenir entièrement dans vos décisions concernant ces gens… cependant…

– Cependant, prince ?

– Cependant, sauf votre respect, Majesté, cela n'a rien à voir avec ce projet gigantesque de construction de navires spatiaux comme le HMS PRÉDATOR! – Non cela n'a rien à voir mais par précaution, je ne voulais pas en informer les Jarkaniens !

– Bien compris, Majesté, mais pourquoi arrêter la majeure partie des travaux de terra-formations pour soudainement construire une puissante flotte de combat ? La flotte actuelle surclasse aisément toutes nos flottes locales ainsi que les pirates sarkaïs !

– Vraiment, prince ? Mes services de renseignements me font pourtant savoir que vos vaisseaux dits d'autodéfense dépassent, et de loin, ce qu'il vous avait été autorisé de construire !

– Majesté, protesta le prince, vous avez été mal renseigné ! Mais si cela vous dérange, nul n'est besoin de construire une telle flotte, nous pouvons certainement trouver un terrain d'entente, les Uïgures ne désirant aucunement recommencer la guerre des Carpates !

– Du moins, pas pour le moment ! » pensa l'Empereur, puis il poursuivit à voix haute : « Rassurez-vous, prince, vous n'êtes pas visé par ce réarmement ! Vous n'êtes pas sans savoir qu'il y a de plus en plus d'événements pour le moins étranges qui se passent dans les marches de l'Empire. Mon chef du renseignement impérial, qui a failli en mourir, a enquêté sur cela et soupçonnait déjà des choses graves avant sa disparition… Et à son retour, malheureusement, cela s'est confirmé !

– Qu'est-il arrivé ?

– Un navire aux proportions gigantesques, près de 789 mètres, a récemment affronté un de nos croiseurs et a bien failli l'emporter sur lui !

– Mais bon Dieu, mais d'où venait ce vaisseau ?

– Ça, prince, si vous pouviez répondre à cette question, j'en serais très satisfait. Étant donné que les Sarkaïs ne sont en aucune façon capables de construire de tels vaisseaux et que s'il avait été assemblé dans l'Empire j'en aurais eu vent, la seule alternative qu'il nous reste est que ce vaisseau est d'origine… non humaine ! »

La déclaration de l'Empereur fit l'effet d'une bombe ! Une race non humaine ! Depuis quatre cents ans, tout le monde en parlait, mais jamais l'espèce humaine n'en avait rencontré… sauf bien sûr les démons… mais cela relevait de la légende… à moins que… !

– Majesté, se pourrait-il… que… les… les… commença le délégué parthe.

– Les Démons ?

– Heu… oui, Majesté.

– Impossible à savoir, mais… oui… cela se pourrait ! Certains en parlent. J'ai, comme dit précédemment, envoyé mon meilleur agent de renseignement dans les marches, et c'est un peu ce qu'il m'a rapporté. Mais l'apparition de ce navire gigantesque m'a fait réaliser que notre flotte pourrait ne pas être de taille à se défendre en cas d'invasion !

– D'où ce projet ? questionna de nouveau le prince Rotangar. Mais les sommes demandées…!

– Sont gigantesques, finit pour lui l'Empereur. Il est de mon devoir de défendre l'humanité, prince ! Et ces sommes sont pour la construction de mille deux cents navires de lignes de la classe HMS PRÉDATOR ainsi que pour le réarmement en canons Obelton de nos trois mille sept cent quatrevingt-neuf croiseurs et finalement pour la construction de cinq mille frégates de nouvelle génération, plus des budgets pour les forces terrestres et de défense anti-aérienne, tel que spécifié dans les documents que vous avez entre les mains… et que nous serons forcés de vous enlever en fin de séance !

– J'entends bien, Majesté, et loin de moi l'idée de ne pas vouloir que vous équipiez adéquatement nos forces, mais… heu, les sommes sont quand même… astronomiques ! »

« Bien, se dit en lui-même Simon, ce diable de Rotuch a parfaitement compris que les budgets cachent quelque chose! Les vaisseaux de classe Galaxie bien sûr! Cent navires d'un kilomètre et demi de long! Une technologie époustouflante, jamais vue! La surprise pour les envahisseurs... s'ils veulent vraiment en découdre! Mais personne ne doit savoir... bon... je n'ai pas le choix pour Rotuch... Au moins, ce n'est pas un ennemi de l'humanité! »

« Vraiment, prince ? Je suis désolé... je ne prépare pas les budgets... mais je ne veux pas que ce comité se pose de questions, alors, prince, après la réunion je vais vous inviter à m'accompagner chez mon ministre de la Guerre qui se fera un plaisir de vous expliquer les chiffres en détail ! Cela vous convient-il ?

– Certainement, Majesté... et vous pouvez être assuré de ma plus totale discrétion ! »

CHAPITRE 38 – FERMENTATION

« Idiote! Incapable! Comment as-tu pu les rater! Tu n'as donc pas compris qu'ils sont de l'extérieur de l'Empire et par là même, une menace pour nos maîtres... et pour nous par conséquent? Comment allons nous expliquer la destruction du Sar Baldurack? Un vaisseau si prodigieux, commandé par des alliés des maîtres! Astaroth, donne-moi une seule raison pour laquelle je ne devrais pas apporter ta tête et celles des membres de ta famille aux maîtres!

– Parce que, Azazel, j'ai un plan !

– Ouf, je suis rassuré, là !

– Azazel, qu'as-tu à perdre à m'entendre ? Tu pourras toujours me tuer après... avec plus de sadisme même si tu veux ! Moloch aime ça, non ?

– Plus de sadisme ? Avec ce que je t'ai préparé, cela me paraît difficile !

Mais parle... tu gagneras toujours quelques minutes !

– Azazel, tout est en relation avec la prophétie !

– Quelle prophétie ?

– Azazel, tu es un idiot ! Tue-moi donc, et va expliquer au Maître que tu n'as aucun plan pour compenser nos pertes ! Je suis sûre qu'ils vont bien s'amuser avec ton corps pourri !»

Bien sûr, le HMS Champion n'était aucunement comparable, au point de vue de la taille s'entend, avec le HMS Destructor, mais Pierre avait quand même du mal à comprendre pourquoi le professeur lui-même ET Michelle devaient se partager une seule cabine ! Il était inconvenant que Michelle fût obligée de dormir avec eux !

De plus, Pierre, Michelle et Vauldegarde s'étaient attendus à des discussions animées sinon à un questionnement important sitôt installés à bord, car les événements avaient justement coupé court à toute explication sur le HMS Destructor. Ce fut donc avec beaucoup d'étonnement qu'ils s'aperçurent que personne ne leur demandait quoi que ce fût, sauf bien sûr Dreck.

Ils étaient, avec le colonel, les seuls à bord en provenance du Destructor, dont les membres de l'équipage et le capitaine avaient gagné les autres frégates. Leur appareil était le seul qui se dirigeait vers Oulan Bator. En fait, ils étaient traités avec indifférence au mieux, et dédain au pire, en particulier par le jeune commandant, qui semblait ne pas les voir. Ses ordres étaient de les amener à la capitale de l'Empire et il le faisait, mais s'ils avaient été des paquets le résultat eût été le même ! Le colonel, manifestement mal à l'aise, avait dit qu'aucune autre cabine n'était disponible et que même lui, il avait eu une cabine si exiguë qu'il parvenait à peine à y bouger !

« Mais que se passe-t-il sur ce vaisseau, Dreck ? Est-ce comme cela que vous accueillez vos invités ? C'est quoi, le problème ? demanda Pierre.

– Il n'y a pas de problème, Pierre, il nous emmène vers Oulan Bator, c'est tout !

– Mais personne ne semble être intéressé par nous sur ce navire. Or, nous venons probablement de Nirva !

– Non, je ne crois pas !

– Vraiment ? Pourtant, il me semble que vous êtes réellement nos descendants !

– Allons, Pierre, tu n'as pas compris ? demanda Michelle. Je crois que nous sommes arrivés chez une bande de zozos racistes, c'est tout !

– Voyons, mes amis… vous êtes mes amis, non ?

– Certainement, intervint Vauldegarde, pour éviter que la conversation ne dégénère, le comportement de cet équipage me semble à tout le moins froid, ce qui n'était pas le cas de l'autre qui, incidemment, semblait aussi avoir un équipage hétérogène. Cet équipage est à cent pour cent de type asiatique… Devons-nous y voir un signe ?

– Asiatique… non… heu… je comprends votre malaise. Mais sur Nirva, il n'y avait pas de races… heu… altérées… heu… comme les heu… Blancs et de les Noirs !

– Vraiment ? reprit, Michelle. Des races altérées ? Vous êtes non seulement racistes, mais aussi idiots !

– Michelle, je vous interdis de faire de telles remarques, lui répondit Dreck, pas vraiment habitué d'être interpellé de la sorte.

– Ce n'est pas demain la veille qu'un macho militaire va me faire taire !

– Je ne suis pas un macho, espèce de…

– ÇA SUFFIT, ordonna soudainement Vauldegarde, alors que l'altercation entre Dreck et Michelle prenait de l'ampleur… ce qui semblait d'ailleurs amuser énormément Pierre !

– Désolé, professeur… J'admets que le comportement des Aryens est effectivement parfois difficile à comprendre… mais le commandant a ses raisons, je suppose !

– Les quoi ?

– Les Aryens, mes amis, l'équipage de ce vaisseau est composé d'Aryens ! »

Vauldegarde entendit Pierre pouffer de rire derrière lui et eut beaucoup de difficulté à se contenir lui-même !

« Des Aryens, hein ? Mais Dreck, ce ne sont pas des Aryens, intervint Pierre.

– Comment ça ?

– Mais parce que les Aryens sont blancs et que cet équipage a réellement les yeux trop bridés pour être aryen !

– Quoi ?

– Ce que je dis, c'est que la caractéristique physique de cet équipage n'est pas aryenne ! Ce sont, en fait, des Eurasiens ! Un mélange d'Asiatique et d'Européen, ce qui donne d'ailleurs des physiques très beaux ! Je trouve seulement étrange que tout cet équipage ait ce physique ! »

Pierre réalisa tout à coup que Dreck était livide.

« Eh, Dreck, que t'arrive-t-il ?

– Mon Dieu, mon Dieu… ne parlez pas comme cela ! Surtout pas sur ce vaisseau ! ILS SONT ARYENS, que cela vous plaise ou non ! Ils se considèrent comme les seuls vrais humains ! Vous ne SAVEZ rien de nous et rien non plus de NIRVA! COMPRIS? »

Pierre sentit tout à coup la moutarde lui monter au nez ! Il aimait bien Dreck, mais ne pouvait accepter qu'il lui parlât de cette façon ! Il banda ses muscles tout comme Dreck d'ailleurs ! Vauldegarde, voyant la situation dégénérer une nouvelle fois, intervint à nouveau.

« Du calme, les gars ! Expliquez-vous un peu plus, Dreck !

– Professeur, comment pouvez-vous prétendre savoir ce que sont les Aryens ? Vous ne venez pas de Nirva que je sache ? Vous avez vous-même prétendu venir de la Terre !

– Dreck, il me semble difficile de croire que deux civilisations aient pu exister en parallèle dans l'univers… et avoir une histoire similaire ! Votre langue est réellement une lointaine descendante de la nôtre… en fait de nos langues ! J'y retrouve une base d'anglais, du français, de l'allemand, du russe et même du chinois ! VOUS êtes, sans aucun doute, nos descendants. Ce que vous appelez Nirva EST la Terre !

– O.-K., professeur, je suis assez ouvert pour vous écouter, mais il n'en va pas de même pour les gens sur ce vaisseau. J'ai de l'autorité et un grade supérieur, mais ici le capitaine est un jeune présomptueux qui est seul maître à bord après, bien sûr, le Grand Architecte… et… il serait mieux pour tout le monde d'aborder ce genre de discussion quand nous serons sur Oulan Bator !

– Fort bien, colonel, mais entre nous, pouvons-nous parler ?

– Bien sûr et… heu… comme je vous ai dit, notre univers n'est pas parfait et… heu… j'ai beaucoup d'influence à Oulan Bator, et je me fais fort de vous obtenir une entrevue avec l'Empereur !

– Pour quoi faire ?

– Mais, heu… défendre votre point de vue !

– Mais nous n'avons aucun point de vue à défendre ! Nous sommes des voyageurs perdus, et nous ne savons pas où nous sommes tombés ! À propos, sur la navette sarkaï, vous avez fait allusion à notre provenance d'avant la grande guerre des Démons et de la fondation de l'Empire et à notre code génétique qui serait celui d'avant le péché originel !

– Heu… oui !

– Ce qui veut dire ?

– Bien, vous devez savoir que notre Empire a été fondé après la grande guerre des Démons, il y a près de quatre cent quarante ans ! Nous en savons, en fait, très peu sur cette guerre qui eu lieu sur Nirva, sinon qu'elle fut effroyable et qu'elle anéantit pratiquement toute l'humanité! Une poignée d'hommes seulement réussirent à quitter Nirva et fuirent loin dans l'espace pour fonder l'Empire actuel. Ils n'emmenèrent rien avec eux, ce qui explique les trous que nous avons dans notre histoire ! Pendant longtemps, ils ont vécu dans la peur de voir les Démons les rattraper, mais ceux-ci ne réapparurent jamais ! Alors, cette guerre est devenue comme une légende ! Tout comme Nirva, d'ailleurs !

– Donc, quand vous avez entendu que nous venions d'un passé vieux de mille ans, vous en avez conclu que…

– Vous étiez d'avant la grande guerre !

– Bon, et qu'en est-il de votre allusion au code génétique ?

– C'est justement là le nœud du problème ! La légende dit que les hommes jouèrent aux apprentis sorciers avec le code génétique de l'humanité !

– Ils tentèrent de changer notre code génétique ?

– Précisément ! La légende dit qu'ils le firent pour pouvoir lutter contre les Démons… D'après la légende, ils voulaient créer une race plus forte et utilisèrent des virus pour transmettre de nouveaux gènes aux hommes. Pour pouvoir le faire, ils devaient rendre plus malléables les chromosomes. La légende dit qu'un homme, un certain Jo Cia, aurait réussi à produire un virus capable de changer le code génétique humain pour le rendre réceptif au transfert de gènes non humains destinés à améliorer la race. Malheureusement, il perdit le contrôle de ce virus qui changea pour toujours notre code source.

– Jo Cia ?

– Oui… pourquoi ? Ce nom vous dit quelque chose ?

– Peu importe, quelles en furent les conséquences ?

– Ce virus, appelé le “Grand Translocateur”, changea définitivement le genre humain en faisant disparaître certains gènes de notre code génétique, tout en les remplaçant par certains autres qui font maintenant partie de notre patrimoine. Cette disparition nous empêche de restabiliser génétiquement l’humanité, car nous ne savons pas ce qui a disparu ! Jo Cia avait aussi créé un autre virus, qu’il voulait utiliser pour transférer les nouveaux gènes aux humains. Il voulait, une fois les nouveaux gènes en place, renverser le processus pour restabiliser l’humanité. Malheureusement, Jo disparut durant la guerre des Démons avant de pouvoir le faire, et le Petit Translocateur existe toujours et fait de véritables ravages en transférant continuellement des gènes non humains dans le patrimoine génétique de l’humanité. Bien sûr, dans une certaine mesure, nous pouvons bloquer, grâce aux drogues, cette instabilité génétique, mais ce n’est pas le cas sur toutes les planètes.

– Donc vous comptez sur nous pour vous livrer le code d’origine ?

– Comptions !

– Vous n’êtes plus intéressé ?

– Nous avons pris une photo de vos gènes et l’avons envoyé à Oulan Bator durant votre séjour sur le Destructor.

– Et ?

– Et, malheureusement, les Sarkaïs, pour vous soigner, m’ont utilisé comme source fraîche de gènes pour réparer ce que votre très longue hibernation avait abîmé ! Ils ont, par le fait même, changé votre code et aussi injecté le Petit Translocateur que tous les humains portent en eux en permanence ! Bref, ils ont gommé votre différence… et la preuve que vous veniez de Nirva !

– Donc, nous ne sommes plus crédibles !

– Je n’ai pas dit cela… J’étais, moi aussi sur le Léviathan, et je peux corroborer votre histoire !

– Si vous saviez ce que je m’en tape, que vous nous croyiez ou non ! renchérit soudain Michelle.

– Vraiment, Michelle ? Cela peut faire que votre vie chez nous sera agréable ou misérable ! Si vous nous êtes utiles, l’Empire saura être reconnaissant… sinon… !

– Sinon quoi ?

– Vous aurez à vous débrouiller dans un univers que vous ne connaissez pas ! Mais, rassurez-vous, sans vous, je serais toujours dans les mains de mes tortionnaires, je vous dois donc ma liberté et… ma vie ! J'ai une dette d'honneur à votre endroit, et je paie toujours mes dettes !

– Nous sommes donc seulement une dette pour vous ?

– Non, mes amis. Pour moi, vous arrivez à un moment des plus singuliers pour l'Empire. Je crois que nous sommes à la veille d'une nouvelle invasion par les Démons, et tout ce que vous pourrez nous dire sur l'ancien monde sera plus que bienvenu !

– Nous sommes dépassés par votre technologie !

– Nos problèmes ne sont pas uniquement extérieurs ! Comme vous avez déjà pu le constater, nous avons aussi des problèmes… intérieurs. Disons que les relations entre les différentes races de cet Empire ne sont plus ce qu'elles étaient, et cela inquiète beaucoup mon ami l'Empereur, qui craint que les humains ne soient désunis quand il faudra affronter les Démons ! Et puis… il y a la prophétie !

– Quelle prophétie ?

– La grande extinction guettera le genre humain.

« Pourtant, je le vois, je le sens, le Grand Architecte de l'univers aura pitié de vous.

« De la terre… de vos ancêtres, Il vous enverra de l'aide ! « TROIS VIENDRONT!

« Ils seront le seul espoir pour vous… pour vous tous.

« Ils perturberont le malin, compliqueront ses plans et le forceront même à les reporter.

« Mais pour cela, vous devrez écouter et… vous ne savez pas !

« Pour beaucoup de monde, vous êtes les Envoyés venus nous sauver des forces du mal !

– Mais c'est ridicule ! Nous sommes des voyageurs perdus dans le temps et l'espace ! Nous ne sommes venus sauver personne !

– Peut-être… mais vous apparaissez à un bien étrange moment ! De toute façon, quoi que vous disiez, certains voudront absolument voir en vous des envoyés, et d'autres des imposteurs… Donc il n'est pas question que je vous lâche dans la nature… d'autant plus que certains imminents médecins disent que, probablement, profondément enfouies en vous se trouvent des cellules non encore changées… et donc contenant toujours le code d'origine de l'humanité. Vous êtes réellement attendus sur Oulan Bator comme des demi-dieux ou, au moins, comme des gens capables de sauver l'avenir génétique de l'humanité !!!

– Aïe, cela ne me dit rien qui vaille, répondit Vauldegarde.

– À moi non plus, renchérit Michelle. Ces médecins voudront conduire des tests sur nous, non ?

– Oui, bien sûr !

– Ne vous est-il pas venu à l'esprit que nous ne sommes pas des animaux de laboratoire ? reprit Michelle avec agressivité.

– À moi non plus, cela ne me plaît pas, ajouta aussitôt Pierre, qui commençait à trouver la conversation moins drôle !

– Mes amis… mes amis… je veillerai à ce que RIEN de fâcheux ne vous arrive… sinon, JE VOUS PROMETS d'agir en conséquence, et même de vous ÉLOIGNER D'OULAN BATOR si les choses dégénèrent ! C'EST UNE PROMESSE QUE JE VOUS FAIS SUR L'HONNEUR! L'honneur d'un colonel de la Garde impériale !

– Merci, Dreck, répondit Vauldegarde, nous avons confiance en vous ! Alors pour changer de sujet, quand pensez-vous que nous allons arriver ?

– Dans environ un mois, car nous sommes vraiment sur les marches de l'Empire, et Oulan Bator est relativement centrale ! »

CHAPITRE 39 – EUX

Illustres princes du Premier Cercle, Parfaits parmi les Parfaits, je vous ai convoqués en ce jour pour vous faire un rapport des choses de notre glorieux Empire !

Excellences, souvenez-vous des dures batailles du temps où vous-mêmes étiez des cercles inférieurs. Souvenez-vous de vos luttes pour atteindre le Premier Cercle des Parfaits et combien il vous en coûta !

Telles sont nos lois !

Que les meilleurs l'emportent !

Pour être parfait, il faut savoir le mériter ! C'est la loi ultime de la nature, celle qui donne la victoire au plus fort. Pendant des siècles il en fut ainsi, les plus forts dominaient et avaient le droit de dominer les plus faibles... Un monde où pourtant tous ont une place et où une place existe pour tous. Pendant des siècles, notre société se perfectionnait lentement mais sûrement. Les meilleurs veillaient sur le monde parfait, et les castes inférieures obéissaient aux princes du Premier Cercle. Nul droit sacré, seulement la force, l'intelligence et la lutte de vos familles pour vous assurer une place, la meilleure possible. Des familles qui mirent parfois des siècles pour accéder au pouvoir absolu... comme la mienne qui se battit pendant deux cents ans pour me permettre de prendre le trône ! Des sacrifices qui furent énormes ! Moi-même, j'ai dû affronter et tuer mon propre frère pour permettre à ma famille de décider à qui irait son support.

Oui, princes, tous vous savez ce qu'il en coûte d'être un Parfait du Premier Cercle !

Alors, quand après des siècles de travail et de sacrifices immenses, enfin nous accédâmes à l'espace intersidéral, quelle ne fut pas notre surprise de nous rendre compte que pendant que nous bâtissions notre société, les rats avaient envahi l'univers ! Rappelez-vous l'horreur que nous avons tous ressentie au plus profond de notre cœur quand ces êtres repoussants, qui se nommaient eux-mêmes les Archanges, sont apparus !

Ils étaient à ce point corrompus dans leurs âmes infectes qu'ils ne reconnaissaient même pas leur propre empereur ! Ils sont devenus nos chiens maintenant. Aucune gloire en eux... Pour un peu de code génétique, ils se sont vendus ! Leurs chairs sont maintenant les instruments que nous utiliserons contre la peste humaine qui a envahi l'univers. NOTRE UNIVERS ! Princes, comme une maladie, ils sont soudainement apparus il y a quelques centaines d'années, venus de nulle part et envahissant tout ! Ils se sont révélés incapables même de respecter leurs propres élites, laissant leurs gènes se corrompre, suprême lâcheté, par manque de courage et de force de caractère ! Au lieu de détruire les bâtards de leur propre race, ils les protégeaient, ils les soignaient même ! Ils appelaient cela la compassion, masquant leur mollesse sous des prétextes humanitaires, ils prétendirent même que cela était bon ! Nous savons, nous, ce qu'il en coûte de baisser la garde, ne fût-ce qu'un instant ! La vie est faite de violence et de compétition qui amènent le meilleur, et seulement lui, à triompher !

Comme tous les bâtards, ils se sont multipliés et sont maintenant tellement nombreux que même notre race parfaite ne peut les affronter directement. Alors que nous contrôlions judicieusement notre multiplication pour éviter les souillures qu'une populace trop nombreuse aurait inévitablement provoquée sur notre planète, eux, se développaient comme des rats, sans contrôles ni restrictions.

Mais plus dangereuses encore que leurs pullulations, leurs techniques !

Oui, princes, leurs techniques sont dangereuses pour nous! Oh! Mais gardez-vous de les admirer ! Si vous mettez infiniment de singes devant infiniment de machines à écrire, l'un d'eux écrira un chef-d'œuvre et pourtant... ce ne sera toujours qu'un singe ! Il en est de même pour les humains ! Leur grouillante prolifération, qui les rend semblables aux cafards, fait qu'il finit toujours par y en avoir un qui fait quelque chose de remarquable, non pas par génie, mais par simple accumulation de temps, du nombre et du hasard ! Alors n'ayez aucune admiration pour eux !

Encore une fois, ce n'est qu'affaire de nombre !

Non, ce ne sera pas facile, mais depuis si longtemps déjà, nous peaufinons notre stratégie ! Nous éliminerons DÉFINITIVEMENT et TOTALEMENT cette engeance, cette SOUILLURE à la face de l'univers... mais sans abîmer les planètes qu'ils nous ont volées ! Voilà pourquoi nous devons avancer avec précaution !

Princes, MOLOCH nous regarde ! Il veut que nous méritions notre univers... et nous ne le décevrons pas ! Mais vous le savez, princes, MOLOCH est exigeant... et les humains nombreux, alors c'est avec regret que je dois vous annoncer la perte du Sar Baldurack, un des plus beaux vaisseaux de nos alliés ainsi que de son capitaine, Sar Gorack, mon ami !

Les humains se sont lancés sur lui avec des forces supérieures et l'ont terrassé après un âpre combat ! Rassurez-vous, mes princes, Sar Gorack a su mourir avec dignité et sans laisser de traces ! Les humains ne savent pas à qui ils ont eu affaire. Mais ce problème est grave et montre que contre la multitude, même les Parfaits ne peuvent rien. Le Sar Baldurack avait pour mission de capturer trois voyageurs en provenance de l'extérieur de l'empire humain! Oui, mes princes, vous avez bien entendu, de l'extérieur de l'empire ! Cela implique peut-être que leur fameuse Nirva existe vraiment ! ET QU'ELLE SE CACHE DE NOUS! Car sinon, pourquoi ne se révélerait-elle pas à ses enfants ? Cela implique un danger important nous obligeant à retarder encore notre reconquête. Non, ne soyez pas déçus ! Qu'importent quelques mois ou quelques années alors que nous attendons depuis si longtemps!

Les voyageurs viennent d'un lointain passé, ce qui implique peut-être que Nirva n'existe plus... mais NOUS DEVONS SAVOIR. J'ai donc ordonné au Parfait Ra Tamura, membre de cette illustre assemblée, de rejoindre Oulan Bator pour enquêter lui-même. Nos chiens habituels ne sont pas assez intelligents pour trouver la vérité. Oui, princes Parfaits, pour la première fois, un des nôtres se mêlera à eux directement. Il aura pour mission de s'approcher des étrangers, de les sonder, de les questionner et, s'ils représentent une menace, de les tuer.

NOUS DEVONS SAVOIR SI NIRVA EXISTE TOUJOURS ET OÙ ELLE SE CACHE! PRINCES! ILS PARLERONT ET MOURRONT DANS DES SOUFFRANCES ATROCES, CA, JE VOUS LE PROMETS. ILS SAURONT CE QU'IL EN COÛTE DE NOUS RETARDER DANS NOTRE JUSTE SOIF DE RECONQUÊTE!

GLOIRE À RAZAKEL ET À SON PEUPLE!

« Monseigneur, je vais devoir pratiquer des opérations douloureuses sur vous ! Il est évident que nous ne ressemblons pas à ces humains ! Mais rassurez-vous, je serai capable de vous restituer votre forme complètement à votre retour !

– Quel genre d'opérations ?

– Surtout autour de la bouche, que nous avons forte, et autour des oreilles… que je vais devoir vous ôter.

– Quoi ? Mais comment allez-vous me restituer ma forme après cela ?

– Rassurez-vous, Monseigneur, toutes les parties que je vais devoir vous enlever seront conservées congelées et vous seront regreffées à votre retour. Votre peau sera décolorée…

– Quelle couleur de peau me donnerez-vous ?

– Heu… vous serez blanc !

– Hé, pourquoi pas jaune comme les dominants ?

– Parce que… heu… votre gabarit est impressionnant, même par rapport à notre race ! Les humains n'ont pas de race de deux mètres de haut, sauf les Parthes, qui sont une race blanche.

– Pourquoi pas les Jarkaniens ? Ils sont plus petits, mais certains de leurs membres sont très grands.

– Parce que certains humains commencent à les soupçonner… Ils en ont mis du temps…! Mais peu importe, en cas de désastre, nous ne voulons pas que vous soyez pris ! Et il y a vraiment cette question de taille !

Les humains sont des freluquets comparés à vous !

– Ce sera douloureux ?

– Oui, Monseigneur, mais je vous donnerai ce qu'il faut pour la souffrance physique… Ce qui m'inquiète plus, c'est le mental… Je ne peux pas prévoir comment vous allez réagir après votre opération! Vous… serez différent!

– Ne t'inquiète pas, mon bon Sa Sumura. Je suis capable de supporter bien des choses… mais laisse-moi pour le moment, je vois venir mon aide de camp. Je serai demain dans ta clinique à l'heure dite.

– Sayora, Monseigneur !

– Sayora, Sa Samura. »

Ra Tamura se tut, laissant son docteur s'éloigner, mais aussi pour permettre à son aide de camp, le Sarte Sa Tandruna, de le rejoindre sous la cloche immatérielle qui lui assurait la confidentialité.

« Monseigneur ! Je suis stupéfait ! Il a osé ! C'est une provocation directe pour votre famille ! Il veut votre mort ! Cette mission est suicidaire ! N'y allez pas !

– Du calme, Sa Tandruna ! Je suis un Ra, un Parfait ! Il ne peut rien contre moi sans avoir les autres Parfaits contre lui !

– Monseigneur ! Ici, il ne peut rien, mais cette mission…

– Est dangereuse, je te l'accorde, mais je n'ai pas l'intention de mourir et quand je reviendrai, je serai Second Parfait… et il ne pourra rien faire contre ça !

– Mais Monseigneur, il fera en sorte que vous ne reveniez pas !

– Ne t'inquiète pas, Tandruna, j'ai quand même de nombreux alliés dans la flotte !

– Monseigneur, il y a beaucoup de mécontents parmi les commandants ! Sa gestion de la future guerre avec les humains est fortement critiquée. Beaucoup se demandent ce qu'il attend ! Certains pensent même qu'il a peur ! Un peu de patience, et l'opportunité de le renverser pourrait se présenter !

– Peut-être ! Mais de ce point de vue, je serais plutôt tenté de le supporter !

– Mais pourquoi, Monseigneur ?

– Parce que beaucoup d'entre nous sous-estiment les humains ! Résultat de la propagande, je suppose, mais moi, je ne crois pas qu'il suffit de mettre beaucoup de singes ensemble pour inventer la propulsion par inertie. Je me méfie de ces diables, et je crois que la stratégie de les pousser les uns contre les autres est la bonne, puisque nos experts prétendent qu'il est impossible de s'entendre avec eux !

– Vous pensez le contraire, Monseigneur ?

– Je ne sais pas ! C'est pour cela aussi que j'ai accepté cette mission. Je veux voir par moi-même ! Mais garde ta langue !

– Monseigneur ! Si vous tombez… nous aussi ! Telle est la loi de notre monde. C'est le Ra Tumbara qui a conçu ce piège parfait. Comme cela, pas de trahison. Si un Parfait tombe, tous ses hommes et leurs familles tombent aussi ! Votre survie est notre sauvegarde. Et votre succès est aussi notre succès.

– Tu n'aimes pas cela ?

– Vous connaissez ma fidélité, Monseigneur, vous avez sauvé ma famille de la misère ! Comment pourrais-je l'oublier ?

– Ne l'oublie surtout pas, Tandruna, ne l'oublie surtout pas ! »

CHAPITRE 40 – OULAN BATOR

« Majesté, j'ai été averti de l'arrivée imminente d'imposteurs à Oulan Bator ! Ils sont présentement à bord d'une frégate impériale qui se dirige vers nous à toute vitesse. Ces gens ont l'outrecuidance de prétendre arriver directement de Nirva ! Majesté, ce sont de fieffés menteurs ! C'est impossible par définition, ILS SONT BLANCS!

– Baron, vous me semblez diantrement bien renseigné !

– Oui, Majesté, je peux confirmer qu'ils sont blancs !

– Je le sais, baron, je reçois, moi aussi, des rapports de cette frégate, directement envoyés par mon fidèle Reivax qui, pourtant, m'adresse tout de façon confidentielle ! Alors, expliquez-moi comment il se fait que vous soyez au courant ?

– Heu... Majesté, le commandant du vaisseau m'a averti parce qu'il trouvait totalement inacceptable que de telles prétentions soient proférées à son bord !

– Fort bien, baron, puisque vous avez de si bonnes relations avec un DE MES OFFICIERS, vous lui demanderez de se présenter à la police militaire impériale à son arrivée pour expliquer pourquoi il se permet de diffuser des informations confidentielles à des non-membres des forces armées !

– MAJESTÉ! Cet homme n'a fait que son devoir ! Il m'a expressément demandé de venir vous en parler !

– Fort bien, vous m'en parlez donc, mais veuillez quand même faire ce que je vous ai dit après notre entretien !

– Maj... il en sera fait selon votre bon plaisir, Majesté, mais en tant que conseiller, puis-je quand même vous faire quelques suggestions ?

– Faites !

– Votre... officier de renseignements est bien à bord de ce vaisseau, non ?

– Oui.

– Je vous suggère de lui ordonner d'exécuter les trois imposteurs !

– Rien que cela ? Et sur quel prétexte ?

– Ils sont dangereux, parce qu'ils vont être vus par le peuple comme les Envoyés! Ils déstabiliseront votre Empire! Ils prétendront que tous les hommes sont égaux... Ils parlent déjà de démocratie... de justice sociale... et plus que tout, ils diront que les

hommes blancs vivaient sur NIRVA! Si cela se propage, ça empêchera pour toujours les réformes génétiques que nous envisageons...!

– Que VOUS envisagez !

– Majesté ! C'est votre devoir de sauvegarder l'humanité de la bâtardisation !

– Ce n'est pas à vous de me dire ce qu'est mon devoir !

– Vous avez raison, Majesté, mais pensez à votre peuple !

– À vos peuples, baron, VOS PEUPLES!

– Justement, Majesté, épargnez-leur les faux prophètes... les vendeurs d'espoirs fous... Jamais ces bâtards ne seront nos égaux !

– Baron ! Tous mes sujets sont égaux devant moi !

– Majesté, comme toujours, vous avez raison ! Mais je parlais de malades, de gens malheureux, qui voient la peau de leurs enfants se couvrir d'écailles... de gens à la peau tellement claire que même le soleil d'Oulan Bator leur fait du mal ! Je sais, c'est terrible, mais personne n'a jamais dit que la tâche d'un empereur était facile !

– Il suffit, baron ! J'en ai assez entendu, retirez-vous... et dites à votre capitaine de ne pas manquer sa visite à la police militaire !

– MAJESTÉ, JE VOUS EN CONJURE! ABATTEZ CETTE VERMINE VENUE DU FOND DE L'ESPACE!

– DEHORS, BARON! »

C'était vraiment bizarre, mais tout à coup les choses changèrent à bord du HMS Champion pour Michelle, Pierre et le professeur. Avec un air de chien battu, le commandant les invita à sa table et fit même montre de civilités.

Pourquoi ? Même Dreck ne le savait pas, mais il était clair que le commandant avait reçu des instructions qui lui déplaisaient souverainement mais qu'il ne pouvait ignorer.

Il invita même les trois Terriens dans la coupole de commandement lors de la spectaculaire plongée vers le soleil d'Oulan Bator, Gengis !

« Mon Dieu, s'était exclamée Michelle, mais... nous allons rôtir en enfer ! »

Dreck leur fit alors un cours de navigation interstellaire qui, incidemment, expliqua aussi exactement ce qu'ils avaient vécu sur l'Archéoptéryx !

« Le soleil, expliqua alors Dreck, est en même temps le propulseur et le frein ultime des vaisseaux spatiaux. En jouant sur la matière/antimatière, les navires peuvent gagner l'hyperespace et en sortir grâce au frein naturel que représente alors le soleil de destination. Bien sûr, un plus gros soleil de départ signifie aussi une plus grande vitesse dans l'hyperespace, mais aussi un besoin de freinage plus important à l'arrivée. Si le soleil d'arrivée n'est pas assez gros, des approches successives seront alors requises, ce qui complique la navigation, surtout quand le soleil, comme Gengis, est fort fréquenté.

– Fascinant, dirent tour à tour Vauldegarde, Michelle et Pierre. Cette percée technologique a mis les étoiles à la portée de l'homme !

– Vous avez raison, la découverte de la répulsion solaire sur les corps d'antimatière a ouvert la porte de l'hyperespace et par là même, l'immense domaine que représente l'univers, à l'homme.

– Chacun peut pratiquement avoir sa planète et explorer des formes de vie différentes pour lui tout seul ! ajouta Michelle.

– Heu… non pas vraiment, Michelle.

– Ah, et pourquoi pas ?

– Parce que l'univers n'est pas vraiment ce que vous croyez ! En fait, cette galaxie, et à notre connaissance le reste de l'univers, est un milieu extraordinairement hostile et brutal. Ce qui étonnant, ce n'est pas qu'il y ait quelques planètes avec de la vie, mais plutôt que la vie existe !

– Mais il y a des milliards d'étoiles !

– Oui, mais les conditions pour que la vie existe ET réussisse à évoluer demandent une stabilité que seules très très peu de planètes ont ! De fait, pratiquement TOUTES les planètes de l'Empire ont été… terra-formées !

Nous avons littéralement adapté des planètes qui avaient un potentiel, une position favorable par rapport à leur soleil ou même un début de vie, à nos besoins. Et nous n'avons jamais rencontré de forme de vie équivalente ou supérieure à la nôtre ! Mais cela a quand même des bons côtés, mes amis ! Comme les bonnes planètes sont rarissimes et coûtent une fortune à aménager, malgré plusieurs guerres importantes, personne n'a utilisé d'armes de destruction massive, qui auraient pu détruire une planète entièrement. Un caillou capable de supporter la vie, même si c'est nous qui l'y avons apportée, est trop précieux pour que nous le laissions se faire détruire par une chicane familiale !

– Ne me dites pas que l'homme aurait enfin fini par devenir “sage” !

– Oh que non, malheureusement ! Le problème n'a fait que se déplacer. Maintenant, nous avons des gens qui disent que certains peuples sont indignes de posséder une planète !

– Décidément, on n'en sort pas !

– Pourtant, reprit Dreck, après la guerre des Démons, les choses avaient bien commencé. Les survivants de la guerre, en quittant Nirva, s'étaient juré de rester alliés et de créer enfin un monde ou des mondes, justes et équitables pour tous !

– Comme après chaque guerre, commenta Vauldegarde.

– Ah bon ?

– Oui, après la Première Guerre mondiale sur Terre, nous avons eu la Société des nations, censée régler tous les conflits. Elle échoua, alors nous eûmes la Seconde Guerre mondiale et une nouvelle tentative qui donna l'Organisation des nations unies, l'O.N.U.

– Et ?

– Bof ! Les grandes nations ont passé tout le XXe siècle à se préparer à vaporiser les autres ! On a appelé cela la guerre froide ! Guerre froide qui n'a pas empêché les petites nations, poussées par les grandes, à s'étriper joyeusement grâce aux armes vendues par celles-ci ! Et nous sommes réellement passés à deux doigts d'un conflit nucléaire majeur qui aurait effacé toute vie sur Terre. Donc quand je vois que vous avez au moins réussi à calmer le jeu, même si certaines tensions restent, je vous dis bravo !

– Malheureusement, professeur, votre bravo n'est pas vraiment mérité. Nous ne sommes pas réellement plus sages que vous. Oui, après la guerre des Démons, nous avons eu un élan grandiose qui nous a permis de créer un empire de mille soleils. En unissant ses forces, l'humanité a réussi l'incroyable exploit de terra-former une quantité de planètes suffisantes pour loger cent cinquante milliards d'êtres humains ! À cette époque, on voulait rendre justice à tous, d'autant plus que chacun savait que les Démons pouvaient revenir et qu'alors, nous aurions besoin de tous. Malheureusement, pourrait-on presque dire, les Démons ne sont jamais revenus, la pression qui gardait tout ce beau monde uni s'est graduellement estompée et les vieilles rancœurs sont réapparues. C'est pour cela que l'Empire fut créé… pour éviter la résurgence des nations et de leur jalousie ! »

Mais le Champion était maintenant arrivé dans les parages d'Oulan Bator, la planète capitale de l'Empire. Le vaisseau se mit en obite autour de la planète qui ne tarda pas à les éblouir par sa beauté.

« Mon Dieu, ne put s'empêcher de dire Michelle, que c'est beau ! Cette planète ressemble à la Terre avec ses continents et ses océans… mais en même temps, c'est étrange de ne pas voir les terres émergées là où on s'attendrait à les voir ! »

Dreck ouvrit la bouche pour dire quelque chose, mais il en fut empêché par un appel général du commandant.

« À tous les membres de l'équipage. Nous avons reçu l'autorisation du contrôle spatial de descendre sur Oulan Bator. S'il vous plaît, regagnez vos sièges et attachez-vous jusqu'à ce que notre entrée dans l'atmosphère soit effectuée. Nos distingués passagers sont invités à rester sur la passerelle, mais à s'attacher. Merci ! »

Aucun des trois Terriens n'aurait donné sa place tant cette entrée dans l'atmosphère, qu'ils vécurent en direct depuis la coupole de la frégate, fut spectaculaire !

Tout à coup, sortant de l'espèce d'émerveillement béat dans lequel il était, Vauldegarde reprit la conversation exactement où elle était restée avant l'appel du commandant.

« C'est vrai ! Mais les proportions sont les mêmes que sur Terre. Plus ou moins les trois quarts de la planète sont couverts d'eau, un quart de terre, et des pôles glacés comme chez nous.

– Mais il y a moins de continents massifs et plus de grandes îles… comme celle que nous voyons justement sur l'équateur ! Elle semble de la taille de l'Australie.

– Et c'est là que nous allons, mes amis, intervint Dreck. C'est une île extraordinaire. Notre capitale, Oulan Bator, qui y est construite sur la rive occidentale et jouit d'un climat chaud mais tempéré par les masses océanes. Oulan Bator, c'est… c'est la perle de l'univers ! Les empereurs l'ont voulue belle mais humaine… Vous n'y trouverez pas d'immenses constructions, mais plutôt une merveilleuse architecture aux dimensions toujours raisonnables. C'est une ville de travail, mais aussi de loisirs et de culture. Elle est le centre politique, mais aussi économique de l'Empire. Vous pouvez y travailler très fort, mais aussi vous prélasser sur ses plages. Aucune forme de vie dangereuse ne fréquente ses rivages !

– Sauf l'homme », ajouta malicieusement Michelle.

Le visage de Dreck, éclatant quand il parlait de « sa » ville, se rembrunit soudainement.

« Tu as raison Michelle ! Ce n'était pas comme cela avant mais, malheureusement, la situation évolue dans la mauvaise direction !

– Les relations entre les races sont… difficiles ?

– Maintenant, oui. Brusquement, il y a cinquante ans, les choses ont changé, et je ne sais pas pourquoi ! Aucun événement significatif ne peut expliquer cela !

– Aucune idée ?

– Sais pas ! Quelque chose travaille l'Empire de l'intérieur… quelque chose d'hostile… !

– Qui peuple la ville ?

– Surtout des Aryens, à 60 %, mais aussi des représentants de tous les peuples humains de l'univers.

– Et vous, Dreck, de quelle… heu… race êtes-vous… si cela ne vous dérange pas de le dire ?

– Pas du tout ! Je ne me sens inférieur à personne ! Je suis occitan.

– Occident ?

– Non, occitan ! Mais laissons cela, mes amis… et profitez du spectaclede notre descente vers Oulan Bator. »

Sentant un certain désarroi chez Dreck, personne n'insista davantage, et tous se penchèrent vers l'extérieur. Heureusement, le navire spatial était incroyablement stable, ce qui leur laissa le loisir de contempler cette planète inconnue pour eux. En un temps record, ils se retrouvèrent volant au-dessus de l'océan, en direction de la grande île aperçue de l'espace. Ils volaient pratiquement comme un simple avion… de 152 mètres de long bien entendu ! Et ils n'étaient pas les seuls, loin de là, car des dizaines d'autres appareils les entouraient maintenant. Tous militaires !

« Pour répondre à votre question silencieuse, reprit Dreck, nous sommes maintenant dans un corridor aérien réservé aux véhicules militaires, c'est pour cela que vous ne voyez pas de civils.

– Il y a beaucoup d'engins civils en utilisation ?

– Oh! ça dépend de ce que vous appelez beaucoup ! On peut dire que facilement vingt mille appareils civils descendent dans l'atmosphère tous les jours… et cela ne représente que 10 % de tous les vaisseaux qui arrivent, car la majorité ne navigue pas dans l'atmosphère. Ce sont des navettes spéciales qui assurent la communication entre eux et le sol.

– Mon Dieu, mais c'est énorme !

– Effectivement ! La synchronisation de tout ce trafic pose des problèmes hallucinants au contrôle spatial d'Oulan Bator.

– Pourtant, nous n'avons pas eu vraiment de problème pour approcher ni pour entrer ensuite dans la haute atmosphère !

– Disons que la Garde a certains privilèges !

– Allons-nous survoler la capitale ?

– Non, l'astroport est en mer !

– En mer ! Mais où allons-nous nous poser ?

– Mais qui parle de se poser ? Nous allons accoster, c'est tout !

– Mais…

– Patience, mes amis, nous arrivons… Regardez ! »

Et le spectacle était incroyable. Surgissant de l'océan, des dizaines de tours, droites comme des I et incroyablement hautes, barraient maintenant l'horizon. Certaines étaient réellement gigantesques, d'autres plus petites, mais toutes avaient un ou plusieurs anneaux aux rayons très larges qui les coiffaient d'un bizarre chapeau plat ou les ceinturaient sur plusieurs niveaux. Et tout autour des anneaux, des centaines de vaisseaux spatiaux de toutes tailles et de toutes formes étaient accrochés, le nez en avant, telles des baudruches accrochées à une roue de bicyclette montée sur un poteau. Aucun des vaisseaux ne touchait l'eau cependant et, parfois, ils étaient empilés les uns par-dessus les autres dans un désordre apparent.

« Mais c'est incroyable... Comment tous ces vaisseaux tiennent-ils en l'air ?

– Par leurs moteurs à inertie qu'ils laissent perpétuellement allumés !

– Mais si un moteur tombe en panne ? Imaginez que ce soit le plus haut de la pile... !

– Non, pas de danger, les vaisseaux spatiaux possèdent un grand nombre de moteurs noyés dans leur coque plutôt que regroupés à l'arrière. Ainsi une panne ou le dysfonctionnement d'un moteur n'aura qu'un effet très limité sur l'appareil. Cela permet aussi de mieux gérer la position totalement immobile de chaque vaisseau et ce, même en cas de vent fort !

– Et si vous avez un ouragan ?

– Même en cas d'ouragan. Tous ces vaisseaux ont un poids important et de puissants moteurs ! Ils travailleront avec un peu plus de difficulté si nous avons un ouragan, c'est tout ! En fait, pour l'équipage du vaisseau, l'ouragan sera plus un spectacle qu'un problème car les mouvements du vaisseau sont contrôlés par ordinateur et celui-ci, ou plutôt ceux-ci, car ils sont nombreux à gérer un vaisseau, réagissent bien plus vite qu'un être humain !

– Bon, d'accord, mais pour effectuer les opérations de maintenance ou de réparation, comment faites-vous ?

– Oh! mais la très grosse majorité des opérations de maintenance peuvent être effectuées tout en laissant la plupart des moteurs allumés, mais si nous avons vraiment besoin de couper toutes les alimentations électriques, nous avons des cales sèches disponibles, capables de prendre un vaisseau dans une sorte de berceau, même si le vaisseau est gigantesque !

– Ah bon ! mais je n'en vois pas ! Il n'y en pas ici ?

– Mais certainement qu'il y en a ici ! Vous arrivez sur la base de la Garde la plus importante d'Oulan Bator. Seulement, vous devez savoir que ces cales sèches sont en fait d'immenses barges sous-marines capables de faire surface pour avaler un appareil, puis gagner le fond de la mer ! Nous avons même ici un chantier de construction spatial colossal et complètement immergé. Je vous ferai visiter... !

– Pourquoi construisez-vous vos chantiers sous la mer ? Pour des impératifs de défense ?

– Non, seulement pour utiliser les espaces disponibles sous la mer ! Et pour des motifs de... discrétion aussi ! »

Mais entre-temps, le vaisseau s'était « amarré » à une tour que la proximité rendait encore plus gigantesque et à laquelle quatre autres navires des étoiles étaient déjà accrochés. Le commandant vint leur faire ses salutations et, comme ils n'avaient rigoureusement aucun bagage, ils gagnèrent l'aire de débarquement rapidement. Un couloir… et ils se retrouvèrent dans une salle grouillante de monde. Déjà, un officier de la police militaire leur demandait de le suivre vers ses bureaux. Évidemment, ils n'avaient aucun papier. Dans le cas de Dreck, les appareils d'identification génétique eurent vite fait d'établir son identité mais, bien sûr, ce ne fut pas le cas des Terriens. Grâce à l'autorité de Dreck qui, après tout, avait le grade de colonel et occupait le poste de chef des services secrets personnels de Sa Majesté, personne ne leur fit de misères et bientôt, ils furent dûment enregistrés dans le Système universel d'identification (SUI) de l'Empire. Leur profil génétique suscita cependant un certain étonnement, ce qui attira rapidement le général Baril Corsacoff, chef du spatioport, qui s'avéra être une ancienne relation de Dreck.

« Décidément, se disait Pierre, je me demande qui n'est pas une ancienne relation de Dreck !

– Mon cher Dreck, disait Baril, la rumeur voulait que tu te sois fait avoir par une bande de Sarkaïs ?

– Dans tes rêves seulement », lui répondit Dreck, mi-figue mi-raisin. Le général rit bruyamment, d'une façon un peu forcée cependant.

« Sacré Dreck, toujours le même humour caustique ! Mais tes invités m'intéressent !

– Vraiment ? Et pourquoi ?

– Leurs cartes génétiques… Pardon, madame, messieurs, vos cartes génétiques, reprit-il tout à coup, semblant seulement s'apercevoir de leur présence.

– Et cela veut dire ? interrogea Vauldegarde.

– Oh ! rien de mal, ne vous en faites pas ! Vous avez seulement un profil inhabituel… tellement inhabituel que… vous semblez n'appartenir à aucune souche humaine répertoriée. Vous venez de loin ?

– Très loin !

– Comprenez-moi bien, la loi vous autorise à venir sur Oulan Bator comme tout citoyen de l'Empire, et avec la prise d'identité génétique que nous venons de faire, vous êtes, de facto, citoyens et donc libres d'aller et venir comme bon vous semble… Mais si vous voulez bien l'accepter, nous aimerions faire quelques examens supplémentaires. Bien sûr, vous serez logés à nos frais et pourrez visiter la base… enfin certaines parties de la base… et nous ne parlons que de quelques jours, trois au plus !

– Fort bien, répondit Vauldegarde, je pense que mes compagnons n'y verront aucune objection.

– Bon, dans ce cas, intervint Dreck, une fois que vous serez installés, je vous quitterai pour faire mon rapport à l'Empereur et je vous retrouverai dans trois jours. »

CHAPITRE 41 – L'ALTERNATIVE DU DIABLE

Pargara était désemparé. Comment se sortir de cette situation épouvantable et informer l'Empereur que les Jarkaniens cachaient vraiment quelque chose? Impossible de communiquer avec le grand réseau galactique, la Garde brouillant tout pour isoler les AFFARAS. Aucun contact direct ou indirect entre eux et la Garde, ce qui était évidemment une erreur. Et, bien sûr, ces Jarkaniens qui étaient partout et filtraient tout. Par contre, Sisar Gance avait raison, les AFFARAS n'étaient pas des sauvages et avaient réellement mis à la disposition du major Sébastien Amundsen un labo de génétique, certes pas aussi formidable que celui de la capitale, mais suffisamment équipé pour satisfaire le major... qui n'en sortait d'ailleurs plus. Bien sûr, Pargara ne pouvait et ne voulait pas aider directement Sisar Gance... du moins pas dans des attaques contre la Garde... contre les Jarkaniens c'était autre chose. Pargara donnait des conseils judicieux aux AFFARAS, au point que les Jarkaniens furent obligés de se replier vers les villes et ne tentèrent plus aucune sortie extérieure. Mais le général avait beaucoup de temps et comme son major s'était investi dans des travaux de recherches, il se mit à écrire un nouveau traité d'entraînement des soldats de la Garde. Évidemment, il ne savait pas si quelqu'un le lirait un jour, mais la façon dont ses hommes avaient été déconcertés lors de l'attaque des AFFARAS sur ses chars l'avait frappé. Dès que l'on privait un garde de ses jouets high-tech, comme le tir guidé par radar, il était perdu. Il était impératif qu'un soldat s'adaptât et fût capable de combattre, même si ses mires automatiques et autres radars de suivis n'étaient plus opérationnels! À la limite, même un couteau devrait lui permettre de continuer le combat. Voilà ce que Pargara écrivait. Un traité de formation des futurs gardes de l'Empereur. Il venait de le terminer quand justement le major Amundsen apparut... bouleversé.

« Mon général! Vous aviez raison ! Le problème était vraiment compliqué parce que tout le monde fait des analyses génétiques directes, c'est-à-dire une évaluation des gènes sur les chromosomes... Mais en réalité, la vie est plus complexe et ne répond pas seulement à la présence ou non d'un gène, mais plus à leurs interpellations. Par exemple, les chromosomes du riz contiennent plus de gènes que les chromosomes de l'homme et pourtant, on peut dire sans se tromper que l'homme est, en quelque sorte, plus perfectionné que le riz !

– Bon, mais alors ?

– Alors, je ne me suis pas contenté de faire une évaluation des chromosomes en comptant les gènes et en les comparant avec les renseignements généraux que nous avons sur le matériel génétique humain, comme le fait la Commission impériale du gène. Faire cela m'aurait donné des résultats semblables à ceux de la Commission et aurait classé les Jarkaniens comme une espèce de descendance humaine avec un IE de quatre ou cinq.

– O.-K., mais qu'avez-vous fait alors ?

– C'est votre questionnement qui m'a mis la puce à l'oreille, et j'ai programmé mes ordinateurs pour détecter vraiment les interpellations entre les gènes par rapport à ce que les autres groupes humains ou de descendances humaines avaient.

– Et ?

– Et le labo des AFFARAS contenait beaucoup de spécimens génétiques, dont un en particulier qui avait en plus l'avantage d'être plutôt bien conservé. En fait, c'était celui-là que j'avais en tête depuis le début… et j'ai eu une correspondance parfaite entre les Jarkaniens et…

– Chut, major, il se pourrait que les murs aient des oreilles !

– Bien, mon général… mais voici les résultats sur ce papier… les Jarkaniens sont vraiment des maîtres… Si je n'étais pas parti avec l'idée, comme vous le vouliez, qu'ils cachent quelque chose, je n'aurais pas trouvé ! Et encore, ce ne fut pas facile ! Regardez !

– Mon Dieu ! s'écria le général en voyant ce que son major avait écrit. Vous êtes sûr… absolument sûr ?

– Sûr et certain, mon général. J'ai refait cinq fois les tests.

– C'est épouvantable… Mais nous avons maintenant un avantage sur eux. Nous savons qui ils sont vraiment !

– On en avise les AFFARAS?

– Non, pas tout de suite ! Je me méfie des espions ! Je… je crois que nous allons avoir besoin d'aller un peu plus loin… d'en savoir plus, de vraiment questionner un Jarkanien ! »

Le major avait blêmi.

« Mon général… vous croyez que c'est vraiment nécessaire ? Je n'aime pas cela !

– Moi non plus, je n'aime pas cela, mais hélas ! oui, c'est nécessaire… surtout après ce que vous venez de me révéler ! Je vais demander à Sisar de nous fournir un sujet.

– Mon général, en tant que médecin, je m'oppose à cette procédure… Vous savez ce qu'elle signifie pour le sujet !

– Oui, et ce n'est pas de gaîté de cœur que nous allons la faire, major… mais la situation le commande vraiment !

– Monsieur… je…

– Il suffit, major ! »

Sisar ne se fit pas prier longtemps et amena un prisonnier jarkanien à Pargara, qui effectua sur lui la procédure d'extraction mémorielle totale. Le prisonnier en mourut rapidement, et Pargara put examiner la transcription de ce que le pauvre avait en mémoire. Une bonne partie était verrouillée, donc hors d'atteinte, mais quelque chose l'attira. Incapable de comprendre, il requit l'aide du major qui, lui non plus, ne comprit pas... au début ! Puis ils saisirent et en furent encore plus bouleversés que par la révélation de la véritable identité des Jarkaniens.

« Mon Dieu, je ne croyais pas cela possible !

– Qu'allez-vous faire, mon général ?

– Si je parle de cette affaire ouvertement, cela aura pour conséquence de tuer des millions de gens...

– Mais si vous ne dites rien, des millions de gens mourront aussi !

– C'est l'alternative du diable ! Quoi que je fasse, je tuerai des millions de gens !

– Ce n'est pas vous, monsieur, qui avez posé les termes de l'équation.

– Non, mon bon Amundsen, mais... c'est nous qui en avons trouvé les inconnues ! Je n'ai pas le choix ! Je dois prendre une décision ! Puisse le Grand Architecte me venir en aide ! »

Les choses commencèrent plutôt bien. Ils furent logés dans un appartement pour officiers dans la base d'une des tours d'arrimage, sous la mer, avec des fenêtres donnant directement sur l'océan et offrant le spectacle féerique des poissons et des coraux directement dans leur salon.

« Ne vous en faites pas, leur dirent les médecins, nous ne ferons que quelques prélèvements sans douleur. Vous ne vous en rendez probablement pas compte, mais en vous réside peut-être le GRAND SECRET ! Le secret le plus important de tous les temps... le secret de ce que nous sommes !

– Comment?... réussit à peine à articuler Vauldegarde.

– C'est simple. Vous venez, semblerait-il, d'un passé très lointain, donc votre génétique est celle d'avant la grande altération due au Grand Translocateur.

– Mais nous avons été "traités" par les Sarkaïs, qui ont utilisé le code génétique du colonel Reivax en thérapie génique pour nous sauver ! De plus, les Sarkaïs sont porteurs du virus du Petit Translocateur !

– Nous savons tout cela, mais nous pensons que quelque part dans vos organismes, il y a encore des cellules non touchées par le virus et/ou la thérapie génique ! Même si les chances sont minces, l'enjeu est tellement important que nous ne pouvons pas l'ignorer ! Pensez un peu ! La possibilité de soigner, une fois pour toutes, cent cinquante milliards d'humains ! »

Les premiers rendez-vous médicaux se passèrent bien et étaient composés surtout de prises d'images et d'investigation de surface : petit morceau de peau, prise de sang, etc. Puis les investigations se firent plus invasives et douloureuses jusqu'à ce troisième jour où les médecins, qui ne trouvaient pas ce qu'ils recherchaient, c'est-à-dire des cellules souches non transformées par le Petit Translocateur, voulurent faire des prélèvements directement dans leur cerveau, en commençant par celui de Michelle, ce qui souleva une vive opposition des Terriens.

« Non, non et NON ! »

Mais les médecins militaires insistaient, peu habitués qu'ils étaient à une quelconque résistance de la part de leurs sujets !

« Je vous dis que non », dit Michelle, de plus en plus inquiète.

Pierre, qui sentait depuis un bon moment la moutarde lui monter au nez, intervint.

« Vous ne comprenez pas, connard ? ON TE DIT NON!

– VOUS NE POUVEZ PAS DIRE NON! C'est du devenir de l'humanité qu'il s'agit. S'il existe même la plus petite chance que vous soyez encore porteurs des gènes d'origine de l'humanité, nous devons tout faire pour les trouver !

– VOUS ÊTES BOUCHÉS OU QUOI? NON, NON ET NON! NOS CORPS NOUS APPARTIENNENT.

– NOUS INSISTONS!

– NON! »

La situation évoluant encore une fois trop rapidement et voulant surtout éviter que Pierre n'écrasât le nez d'un médecin d'un coup de poing, ce qu'il s'apprêtait à faire, Vauldegarde intervint :

« Mais enfin, d'après votre général, nous sommes libres, non ?

– Oui, mais… heu, volontaires pour ces examens !

– Eh bien, nous ne le sommes plus ! Pierre, Michelle, nous quittons cet endroit. J'ai le numéro de Dreck, je vais donc le contacter.

– Si vous quittez cette salle, vous empêcherez des milliards de personnes de bénéficier d'un traitement qui pourrait les mettre à l'abri de mutations létales !

– Donc, ou nous nous soumettons à vos tortures scientifiques pour sauver, peut-être, des milliards de gens… ou nous refusons et sommes indirectement responsables de leur mort ?

– Oui !

– Donc vous nous offrez l'alternative du diable !

– Exactement !

– Eh bien, nous la refusons ! »

Et au grand dam des médecins, les trois compagnons quittèrent la salle d'examen pour regagner leur logis, malgré une dernière tentative des médecins pour les en empêcher.

CHAPITRE 42 – PRISE DE CONTACT

« Dreck, mon ami ! J'ai vraiment eu peur de ne plus te revoir ! Pardonne-moi de t'avoir lancé dans cette mission. Je t'ai vraiment cru mort !

– Simon, non. Tu as bien fait ! Toi et moi avons juré de servir l'Empire et ce, bien avant que tu sois Empereur et moi, officier des services secrets.

– Tu as raison ! Mais ma vie est plus facile que la tienne !

– Oh! je ne crois pas ! Combien de tentatives d'assassinat y a-t-il eu contre toi jusqu'à présent ?

– Sept, dont deux qui ont vraiment failli réussir !

– Dont quatre qui ont vraiment failli réussir, en fait ! Tu oublies les tentatives avant que tu sois Empereur… Il y en a même eu une quand tu étais au berceau !

– Bon, c'est vrai, mais la majorité depuis les vingt dernières années surtout.

– Tu vois ? Je ne suis pas à plaindre !

– O.-K., mais laisse-moi te faire général !

– Non, ils diraient que je suis promu parce que je te connais !

– Je m'en fous !

– Non, je t'assure, c'est plus facile comme cela. Un colonel, ça ne fait pas peur !

– Colonel ou pas, tu es le chef de mes services de renseignements personnels ! Tu es plus puissant que n'importe quel général !

– Tu vois ? Je n'ai pas besoin d'être général ! Et puis, un général occitan directement dans ton entourage, cela va créer une vague de mécontentement, et je ne veux pas augmenter tes problèmes… Tu en as déjà assez ! Les Aryens…

– Voilà ! Les Aryens ! Voilà le problème !

– Tu es aryen, non ?

– Oui, mais rappelle-toi, il n'y a pas si longtemps… à peine cinquante ans, tout le monde était ensemble. Et c'était tout juste avant que je commence à règner. En fait, ça a commencé avec l'assassinat de mon père, l'empereur Jean le Bon ! Cent vingt ans de règne sans problèmes, et puis brusquement un assassin. Et depuis, tout se détériore, pourquoi ?

– Je pense que c'est la bonne question qui justement nous amène à ma mission.

– Bien, mais parle-moi d'abord de ces étrangers.

– Ils sont trois. Ils viennent du passé... probablement de Nirva. Sais-tu qu'ils prétendent que le vrai nom de Nirva est la Terre ? D'après eux, le nom Nirva viendrait de NIRVANA, un terme qui signifierait "paradis" dans une des langues de la Terre !

– Ils ont vraiment dit cela ?

– Heu... oui! Pourquoi ? Personne ne sait d'où vient le nom Nirva, alors, comme dit un vieux proverbe : a beau mentir qui vient de loin ! Mais j'ai confiance en eux, même si beaucoup des choses qu'ils disent sont invérifiables. »

Soudain conscient d'un certain trouble chez l'Empereur, Dreck eut l'impression d'avoir gaffé :

« J'ai dit quelque chose qui te déplaît ?

– Non ! Tu es certain qu'ils ont dit NIRVANA?

– Oui... mais pourquoi ?

– Parce que c'est exact ! Et ça, ils ne devraient pas le savoir ! Mais toi, les crois-tu ? Aucun de tes rapports ne me dit vraiment s'ils sont crédibles ou pas !

– Bon, tu as des infos que je n'ai pas ! Normal, tu es l'Empereur ! Comme ça, Nirva veut dire NIRVANA! Eh bien... Bon, pour répondre à ta question, difficile de savoir s'ils disent toujours la vérité, mais mon instinct me dit que oui. Seulement pour toi, ces gens sont explosifs !

– Pourquoi ?

– Parce que beaucoup de nos compatriotes verront en eux les Envoyés !

Et ils ont de solides théories sur la démocratie, les droits de l'homme, etc. Pas très impériale comme approche !

– Sais-tu que déjà un de mes conseillers me recommandait de les faire assassiner avant leur arrivée sur Oulan Bator ?

– Eh là, non ! Ils m'ont sauvé des Sarkaïs ! Ils n'ont commis aucun crime... et ce n'est pas ton style de faire cela, non ? Nous nous étions juré de faire de cet empire un empire juste pour tous !

– Rassure-toi, je n'ai pas changé de point de vue... et je ne ferai certainement pas assassiner ces gens... mais ils sont déjà en danger... alors prends tes précautions. Et puis, tu sais que je ne suis pas libre de faire tout ce que je veux, alors dis-leur bien de ne pas faire de déclarations trop sensationnelles trop vite !

– Oui, oui… je te les amène ?

– Oui, je veux les voir, cela les introduira dans notre monde! Bon, maintenant, parle-moi un peu de ta mission.

– Comme tu sais, je crois que nous sommes menacés par une puissance non humaine. Tu es au courant, bien sûr, de l'attaque contre le HMS Destructor?

– Bien sûr !

– Alors, si tu ajoutes mes observations sur Kiowa, tout ce qui s'en est suivi et ce vaisseau gigantesque qui a bien failli me transformer en hamburger bien cuit, tu as un faisceau de circonstances qui nous amène droit vers une ou plusieurs civilisations non humaines !

– Bien, mais les Sarkaïs ? Travaillent-ils avec eux ?

– Oh ! les fameux Sarkaïs ! Ils travaillent avec qui les paient, c'est tout !

– Bon, mais alors, qui sont ces humains qui auraient trahi leurs semblables ?

– Les Archanges, bien sûr, mais personne ne sait qui ils sont.

– Bien, mais crois-tu que tout cela est relié à la détérioration de la situation générale entre les races dans l'Empire depuis maintenant cinquante ans ?

– Absolument ! Et c'est pour cela que je veux en savoir plus sur ces fameux Archanges… En fait, je crois qu'il y a vraiment une ou plusieurs puissances inconnues qui nous veulent du mal, mais que l'Empire est un trop gros morceau à avaler… alors elles cherchent à nous détruire de l'intérieur !

– Mon Dieu, tu en es sûr ? Tu crois que les Sarkaïs auraient fait alliance

avec les non-humains et auraient infiltré l'Empire ? Cela expliquerait ce million de Sarkaïs congelés que tu aurais trouvés sur cette planète extérieure… heu, comment déjà ?

– Aménophis IV?

– Oui !

– Je ne sais pas. As-tu envoyé une équipe pour enquêter sur cette planète ?

– Oui, immédiatement après que tu m'as adressé ce rapport après ta fuite de chez les Sarkaïs.

– Et ?

– Rien ! Des traces de travaux, des cavernes gigantesques, mais rien d'autre. Qui que ce fût qui était présent là, il est parti en cinquième vitesse !

– Merde ! Tu me crois au moins ?

– Bien sûr ! Il y a des évidences, mais pas vraiment de preuves !

– Bon, je m'y attendais un peu. De toute façon, les Sarkaïs sont trop visibles pour infiltrer nos rangs !

– Alors qui ?

– Là est toute la question... mais je suis sûr que nous sommes victimes d'une tentative de déstabilisation par l'intérieur... Et je suis sûr que des forces obscures fourbissent leurs armes, attendant seulement de pouvoir nous affronter directement !

– Pour ça, j'ai pris mes précautions, et s'ils veulent en découdre, ils auront très bientôt du répondant de notre côté ! »

« Dreck ! Enfin !

– Professeur, Michelle, Pierre. Je suis désolé ! Ce n'était pas ce que je pensais ! Dès que j'ai su, j'ai donné des ordres ! D'après eux, ils n'ont pas voulu vous forcer... seulement vous persuader. Pour eux, les enjeux sont très grands, mais jamais ils n'ont voulu...

– Mon œil !

– Mon œil ? Qu'est-ce qu'il a, ton œil ?

– C'est une expression, Dreck !

– Bon! C'est vrai qu'ils ont mis la dose un peu forte, mais vous n'êtes pas en danger, mes amis. Et si nous visitions la base avant de gagner Oulan Bator?

– Nous ferons ce que vous pensez être le mieux, mais nous aimerions d'abord savoir ce que nous allons devenir à Oulan Bator sans ressources ?

– Oh ! merci de me ramener les pieds sur terre, mes amis ! Tout d'abord, nous allons vous ouvrir un compte bancaire...

– Pour quoi faire ? Nous n'avons aucun revenu ici !

– Oh ! mais détrompez-vous ! L'Empire de Simon n'est pas l'empire du mal ! Chaque citoyen reçoit chaque mois une somme de mille tugriks jusqu'à la mort, et le tout est non taxable et non saisissable. À vous trois, cela fait trois mille sugriks, ce qui est largement suffisant pour vivre, évidemment sans grand confort !

– Oh, le tugrik est donc votre monnaie ?

– Oui ! Et d'après nos conversations sur le HMS Champion, je pense que son pouvoir d'achat devrait être proche de votre dollar... C'étaient des dollars, non ?

– Oui ! Enfin, peu importe, si cela nous permet de vivre ! Où allons-nous loger ?

– Chez moi ! J'ai un énorme appartement, légué par feu mes parents. Vous vous y installerez le temps que vous voulez… De toute façon, de par mon métier, j'y suis rarement ! Donc pas de souci immédiat ! Allons visiter cette base… et rien que pour agacer le général qui la commande, je vais vous faire voir la nouvelle chaîne de montage de nos nouveaux porteengins… Cela apprendra à ce connard de général de mieux s'occuper de mes amis !

– Dreck, cette base me met mal à l'aise, lui dit Michelle, je préférerais la quitter !

– Ah? Bon, si personne ne s'y oppose, nous allons donc vous ouvrir vos comptes, y faire déposer vos soldes et quitter ces lieux !

– Une dernière question concernant cet argent. Comment financez-vous le fait de donner de telles sommes d'argent à tous vos citoyens ?

– Mais c'est simple. Quand vous travaillez, cette somme est remboursée par votre employeur qui ne vous paie que l'excédent. Et nous avons supprimé tous les autres programmes de supports à la population comme les bourses d'études, les pensions d'État, les aides familiales, etc. Incidemment, les sommes d'argent pour les mineurs ont été diminuées de moitié, soit cinq cents dollars, et payées aux parents. À dix-huit ans, le jeune reçoit la somme intégrale, ce qui lui permet de faire des études s'il le désire. L'avantage de ce système est que quoi qu'il vous arrive dans la vie, vous pouvez toujours compter sur cette entrée de fonds et ce, sans avoir à le demander à quiconque. La seule exception à cela est quand vous êtes en prison, votre allocation va alors à l'institution durant votre séjour !

– Mais c'est prodigieux !

– Vous voyez ? Nous ne sommes pas si mauvais que ça pour un empire qui n'est pas démocratique !

– Oui, j'en suis étonné ! D'habitude, les dictatures sont moins gentilles que cela avec le peuple !

– Oh ! vous savez, cela dépend du chef. Nos empereurs, après le désastreux règne de Vlad Tepes, ont compris que si cent cinquante milliards de gens se révoltaient contre eux, ils ne pourraient pas y faire grand-chose ! Et notre Empire a été fondé, non pas pour permettre à quelque dictateur d'exercer un pouvoir absolu, mais pour éviter la renaissance des nations qui ont fait tant de mal sur Nirva !

– Pourquoi ne pas le faire démocratiquement ?

– Oh ! vous n'êtes pas uïgure que je sache !

– Non, mais…

– Oh ! laissons cela. Allons à Oulan Bator ! Vous allez être étonnés. J'ai mon véhicule dans un des garages de la tour. En moins de vingt minutes, nous serons dans la perle de l'univers.

– Nous prenons l'avion ou le bateau ?

– Non, ma propre automobile.

– En voiture ? questionna Vauldegarde, mais nous sommes au milieu de l'océan !

– Mais oui, et alors ? »

Se sentant stupide, Vauldegarde n'insista pas, et aucun de ses compagnons ne voulut en rajouter ! Après tout, qu'y a-t-il de plus naturel que de prendre sa voiture pour gagner la côte quand vous êtes au large ? Alors, sans en dire plus, ils suivirent leur mentor jusqu'à un garage… situé au sommet de la tour où Dreck les avait rejoints. À leur grande surprise, il y avait vraiment des voitures garées dans une sorte de parking. Dreck les regarda brièvement, avec un petit sourire en coin.

« Bien, dit-il en pointant du doigt une zone du parking, mon automobile est le véhicule bleu, là sur la droite. »

Il y avait bien quelque chose qui ressemblait à une voiture à cet emplacement. Le véhicule avait définitivement l'allure d'une voiture, avec un capot avant, une cabine de passagers, quatre portes et un coffre arrière. Évidemment, le style était complètement différent de ce à quoi ils étaient habitués, mais à part un petit détail, cela aurait pu être une quelconque voiture construite par les grands manufacturiers automobiles de la Terre! Elle avait comme une allure un peu futuriste, avec ce toit complètement transparent et ses portes qui s'ouvraient vers le haut, mais rien que n'aurait pu dessiner un de ces bons designers de chez Ferrari… sauf que la voiture n'avait pas de roues! Alors, comme si de rien n'était, les trois Terriens entrèrent dans le véhicule sans mot dire et sous le sourire narquois de Dreck. Celui-ci n'eut même pas à introduire une clef pour ouvrir la porte et prendre place. Le véhicule avait comme senti la présence de son propriétaire, ouvert les portes et allumé le tableau de bord. À peine tout le monde à bord, sous les commandes de Dreck, l'engin s'éleva à la verticale de son emplacement et, faisant un demi-tour sur lui-même, se dirigea vers le rebord de l'immeuble. Avant même que quiconque ait pu dire ouf, ils se retrouvèrent flottant au-dessus du vide, avec les vagues de l'océan plusieurs dizaines de mètres plus bas.

« Prodigieux, s'écrièrent en chœur les passagers !

– Mais non ! Ce véhicule fonctionne exactement sur le même principe que votre Archéoptéryx ! Il utilise la propulsion par inertie ! Comme les vaisseaux spatiaux !

– Mais les vaisseaux spatiaux ont d'énormes réserves d'énergie… et je n'ai même pas entendu le ronronnement d'une génératrice.

– Nous utilisons un procédé léger, basé sur la fusion à basse énergie, qui ne génère aucune radiation et pratiquement aucune chaleur. Pour nous, c'est la source d'énergie d'une grande variété d'engins.

– Oh ! mon Dieu, s'écria Vauldegarde. La fusion froide !

– Ah? C'est comme cela que vous l'appelez ?

– Oui ! Ça avait fait l'objet d'une polémique intense dans les milieux scientifiques, sur Terre. La majorité des hommes de science étaient persuadés qu'il s'agissait d'un canular !

– En tout cas, c'est ce canular qui fournit l'énergie de notre véhicule !

– Incroyable. Mais comment cela marche-t-il ?

– Oh ! c'est simple ! La pile… nous appelons cela une pile… ressemble à un cylindre de 20 cm de largeur et, dans notre cas, d'un mètre de long. Le système est autonome et est remplacé quand il est vide. Normalement un cylindre permettrait de donner suffisamment d'énergie à mon véhicule pour le faire voler pendant un an complet ! Inutile de dire que la plupart du temps, cette voiture est dans son parking, donc avec un usage normal, j'en ai facilement pour dix ans avant de devoir la changer !

– Vous rechargez la pile ?

– Non. Tout est complètement clos. Nous changeons simplement de cylindre.

– Alors aucune crise d'énergie dans votre monde ?

– Non, et nulle part dans l'Empire. En outre, cette énergie est propre. Rien ne sort du cylindre sauf de l'énergie.

– Et c'est cher de remplacer ce cylindre ?

– Environ mille tugriks, mais cela dépend de la puissance dont vous avez besoin.

– Il y a beaucoup de véhicules comme le vôtre en circulation ?

– Je ne sais pas vraiment ! Quelques millions ici à Oulan Bator, je pense.

– Des millions de véhicules aériens en circulation au-dessus de votre capitale ? Mais cela doit causer des accidents épouvantables tous les jours… avec des appareils qui, non seulement se rentrent dedans, mais aussi dégringolent sur la tête des passants, non ?

– Mais non, ce serait trop dangereux ! Tous les véhicules sont pilotés par ordinateur. Je n'ai que l'illusion de le piloter. Trois ordinateurs sont continuellement en train de revoir les données de vol et de comparer leurs résultats. Le véhicule est constamment en train de signaler sa position précise, au centimètre près, et de recevoir celles des autres. De plus, des systèmes anticollisions et des radars de proximité fonctionnent en continu, et tous les appareils sont surveillés par des systèmes au sol qui sont en constant dialogue avec eux. Des règles très précises ont été développées, et des routes aériennes sont tracées et connues à la perfection par les systèmes embarqués… Malgré tout, si le pire arrivait et que notre véhicule perdait toutes ses ressources, deux énormes parachutes seraient automatiquement déployés pour nous amener en douceur vers le sol. Et même si notre problème se passait à très basse altitude, ce qui ne donnerait pas assez de temps aux parachutes pour s'ouvrir, plusieurs très gros sacs ou ballons se déploieraient sous la voiture pour amortir le choc. Tous ces systèmes ont été testés et fonctionnent parfaitement. Les accidents avec blessés sont extrêmement rares et sont toujours le fait d'une cascade d'incidents. En gros… n'ayez aucune crainte ! »

Mais la conversation avait fait passer le temps et soudain, Oulan Bator fut devant eux.

C'était une cité construite en bord de mer avec d'extraordinaires montagnes en arrière-plan. Tout de suite, ils furent séduits par cette ville majestueuse et tentaculaire de plus de vingt millions d'habitants, qui semblait s'élancer de tous côtés et même grimper à flanc de montagne !

Une énorme lagune bordée de plages faisait ressembler la ville à Rio de Janeiro, alors que des constructions titanesques érigées dans de petites vallées à l'arrière et qui semblaient rivaliser de hauteur avec les montagnes elles-mêmes donnaient aussi un cachet plus new-yorkais à la mégapole. Pourtant, il y avait nombre de constructions plus petites et des places innombrables, avec fontaines, statues et arbres, qui donnaient aussi en même temps une allure des plus européennes à l'ensemble. Le long des plages, tant du côté de la lagune que de l'océan, une immense terrasse de céramique colorée bordée de palmiers serpentait le long de l'eau et offrait une promenade tranquille à tous, étant donné l'absence complète de véhicule sur la terre ferme. Et partout, telle une armée de moustiques, des millions de véhicules volants, depuis la simple moto aux gros camions, sillonnaient les cieux de la capitale.

Le spectacle était des plus impressionnants et même un petit peu intimidant pour les trois Terriens. Mais Dreck voulait leur faire apprécier la ville, alors il volait à faible vitesse et basse altitude. Cela leur fit voir un peu plus la réalité de la ville, ses quartiers tranquilles, sa langoureuse vie de cité balnéaire avec ses millions de gens se dorant au soleil et ses milliers de restaurants, bars et magasins installés en bord de mer, ses quartiers d'affaires plus frénétiques en retrait de la plage, et ses immenses constructions entre les montagnes, dont certaines atteignaient mille mètres, dévouées à l'administration de l'Empire, à ses corporations… ou à la Garde !

« La plupart des officiers ont un appartement de fonction dans cet immense ensemble en face de nous. C'est compréhensible, car ils sont souvent partis, signala Dreck. Pour ma part, je possède un appartement dans ce petit complexe accroché à la montagne juste devant vous !

– Et ce complexe de bâtiments, là au centre, juste au pied de cette dénivellation qui me fait penser au Pain de Sucre de Rio ?

– Je ne connais pas cette ville de Rio que vous mentionnez, mais c'est le complexe impérial. Au pied de ce que vous appelez le Pain de Sucre, vous avez le palais Charybde ou le Parlement des Humanités à gauche, à droite Scylla, le palais du gouvernement, et entre eux, à l'arrière de cette terrasse qui joint les deux palais, c'est Hélios, la cour d'audience de l'Empereur où nous irons lui rendre hommage demain ! »

CHAPITRE 43 – OULAN BAT, LA MAGNIFIQUE

Il n'arrivait pas à le croire, mais oui, il se promenait dans les rues d'Oulan Bator ! Il était arrivé ici sans le moindre problème, et les asservis étaient là pour l'attendre ! Évidemment, ce qu'il voyait n'était absolument pas ce à quoi il s'attendait. La ville était magnifique ! Il mesurait maintenant mieux la raison pour laquelle il faisait cela, et aussi la difficulté de l'entreprise. Les asservis avaient très bien travaillé et lui avaient tracé un portrait réaliste de la situation. Oui, ils s'étaient glissés dans beaucoup d'endroits et avaient même pris le contrôle de secteurs complets, mais ils avaient toujours beaucoup de difficultés avec la Garde... principalement à cause de tous ces tests qui, s'ils s'y soumettaient, auraient inévitablement dévoilé leur identité... et leurs buts réels, car la Garde pratiquait un interrogatoire serré sous détecteur et sous médication. Bon, c'était un problème qu'il allait avoir à résoudre ! Il fallait absolument arriver à noyauter la Garde si on voulait avoir une chance raisonnable de succès.

Mais ce n'était pas partout la même chose. C'était incroyable comment le plan « Hashshashin » avait fonctionné! Le noyautage de départ avait été minimal et maintenant, tout roulait tout seul. Ces humains n'étaient pas difficiles à fanatiser! Beaucoup d'entre eux étaient prêts à abandonner leur si précieuse liberté si on leur susurrait que leur Dieu le voulait. Ils étaient très fiers de leur supposée intelligence alors qu'ils l'utilisaient si peu! À croire que c'était douloureux! En plus, tous prétendaient aimer leurs frères alors qu'en réalité, ils n'étaient que nœuds de jalousie et de haine. Surtout les ratés! On leur disait que ce n'était pas leur faute s'ils étaient minables mais celle des autres, ceux qui avaient cette peau étrange, repoussante, les tarés protégés par l'Empereur, qui bâtardisaient l'humanité! Après, le plus difficile était de les empêcher de se jeter sur le premier non-Aryen venu! Les asservis avaient même réussi des percées significatives dans des institutions majeures de l'Empire sans même se faire soupçonner... et à de très hauts niveaux en plus. Mais il y avait encore beaucoup à faire pour réellement menacer l'Empire, et c'était la raison de sa venue ici. En premier lieu, il fallait régler cette affaire d'Envoyés ! Il devait absolument leur mettre la main dessus, car il était impératif de savoir si leur planète d'origine existait toujours ! Il n'était pas vraiment nécessaire d'attraper les trois, un suffirait ! Le meilleur candidat était le pilote. Avec le pilote, on pourrait extraire de son cerveau des visions des étoiles proches de son monde! Les ordinateurs pourraient alors certainement permuter cette vision avec les configurations du lieu où ils avaient été trouvés ! Quant aux deux autres, il faudrait les abattre, vu qu'ils représentaient une menace avec leurs drôles d'idées... et le symbole qu'ils pouvaient représenter pour les gens trop crédules ! Et il y avait aussi ce problème avec l'Empereur. Il était trop fort ! Il fallait absolument, soit le briser, soit le tuer. Le tuer serait probablement difficile à faire, quoique... en utilisant... non, il était plus utile comme agent d'influence ! Quant à l'Empereur... ce serait bien de le briser... de l'affaiblir d'une façon ou d'une autre ! De casser son moral ? C'était à voir... à explorer ! Mais pour le moment, il se devait de visiter avec le plus de soins possible cette cité pour être à même de dresser des plans efficaces. Il ne fallait pas oublier pourquoi il était ici... d'autant qu'il ne voulait pas trop s'attarder... Il avait juste besoin de quelques actions d'éclat pour gagner le peu de soutien dont il avait encore besoin... pour faire ce qu'il avait à faire !

La résidence de Dreck était splendide avec ses trois niveaux, ses deux terrasses et son accès aérien privé avec plate-forme d'atterrissage au troisième niveau. L'appartement faisait partie d'un petit immeuble qui n'en comptait pas plus de huit, accroché à mi-hauteur d'une falaise haute de trois cents mètres. Aucun lien avec le sol, juste un bloc accroché dans la paroi ! Un vrai nid d'aigle, mais l'appartement était très grand et avait quatre chambres à coucher, ce qui fit que tout le monde avait son confort. Fier de sa ville, Dreck la décrivait avec moult détails, depuis l'imposante terrasse qui surplombait le vide et qui jouxtait le salon. En face d'eux, la ville, la plage et l'océan !

« Impressionnant, n'est-ce pas ?

– Très, fut la réponse unanime.

– Vous avez faim ? Je peux faire venir, par le tube, tout ce qu'il faut, en moins de dix minutes !

– Le tube ?

– Oh ! c'est une façon familière de parler. Tous les immeubles d'Oulan Bat, comme on dit ici, sont reliés par un ensemble de trois conduits, de 10, 25 et 75 cm de diamètre qui acheminent à votre logement tout ce que vous pouvez acheter sur le réseau, et cela en un temps record. Si vous commandez un repas, celui-ci sera livré dans une boîte spéciale par le tube de 25 cm en moins de quelques minutes. Il existe aussi, pour les commerces, un système de tapis roulants capables de transporter des marchandises de plusieurs tonnes automatiquement via des routes souterraines, guidées par ordinateur. Ce réseau est extrêmement fonctionnel et permet d'éviter la circulation de beaucoup de véhicules de distribution dans le ciel de la capitale ! Aucun problème donc pour nous pour commander un repas majestueux... et du vin, bien sûr ! Alors mes amis, pourquoi ne pas fêter notre arrivée à Oulan Bat ?

– Dreck, intervint soudain Michelle, j'ai une meilleure idée ! Pourquoi ne gagnerions-nous pas le front de mer à pied ?

– J'approuve, dit immédiatement Vauldegarde, une ville devrait toujours se visiter à pied ! »

Dreck eut un instant d'hésitation extrêmement bref, que Pierre enregistra aussitôt.

« Vous êtes sûrs ? Le voyage a été long, et vous devez être fatigués, non ?

– Pas vraiment, répondit le professeur… et je brûle de connaître cette cité, qui me semble vraiment magnifique !

– Comme vous le désirez ! Cette ville est assurément magnifique. Appelez l'ascenseur… Le bouton près de la porte au fond du couloir… Permettez-moi de passer un moment dans ma chambre ; j'en ai pour une seconde ! »

Mais Pierre, qui avait vu la très brève grimace de contrariété apparue sur le visage de Dreck, le surveilla discrètement quand il gagna sa chambre. Il le vit distinctement passer un court appel de sa chambre et glisser subrepticement un objet dans la poche intérieure de la veste légère qu'il venait d'enfiler. Un objet qui ressemblait passablement à… un revolver ! Alors, lui aussi, mine de rien, glissa son fidèle 357 Magnum dans une poche de la veste légère que Dreck lui avait passée !

« Allons-y », annonça Dreck en se dirigeant vers l'ascenseur.

Mais ils étaient très hauts sur la falaise, et aucun lien avec le bas n'était construit ! Qu'importe, Dreck ouvrit la porte de l'ascenseur directement de son appartement, et une fois les passagers embarqués, celui-ci plongea vers le bas de la maison… et le vide !

« N'ayez crainte, l'ascenseur suit des rails virtuels, invisibles pour vous. C'est absolument sans danger », expliqua Dreck en voyant Michelle changer de couleur.

En effet, quelques secondes plus tard, ils se retrouvèrent sur la terre ferme et descendaient une rue animée en direction de la mer ! C'était la fin de l'après-midi, et le soleil commençait à descendre sur l'horizon.

« Nos journées durent vingt-quatre heures, comme sur Nirva, mais les heures sont légèrement plus longues que sur votre monde, si celui-ci est bien Nirva. En fait, nous avons allongé de 7 % la durée de la seconde de référence pour se synchroniser avec cette planète, ce qui fait que vous ne devriez pas être trop dépaysés.

– Cela nous fera une journée de vingt-cinq heures et quarante et une minutes, calcula Vauldegarde.

– Eh bien ! professeur, vous avez un calculateur intégré ? »

La remarque de Dreck fit rire tout le monde. C'était vraiment une journée magnifique, et la découverte de la ville remplissait les Terriens de plaisir. C'était la première vraie détente depuis leur réveil, ô combien mouvementé, sur le Léviathan. En un rien de temps, ils se retrouvèrent à déambuler sur l'extraordinaire terrasse en bord de mer. Les constructeurs avaient même incrusté des vagues stylisées dans les dalles qui formaient la terrasse. L'ensemble était absolument époustouflant. De plus, aucun véhicule ne circulait sur terre, laissant ainsi tout l'espace libre aux piétons, vélos et autres patins à roulettes ! Et que dire des commerces, bars et restaurants qui s'alignaient pratiquement à l'infini ! Le soleil, la mer et les odeurs de nourriture finirent par détendre complètement tout le monde. Même Pierre… même Dreck… quoique ce dernier conservât toujours un petit fond de tension que Pierre ne pouvait faire autrement que de sentir. Finalement, les amis convinrent d'un restaurant et, alors que le soleil disparaissait à l'horizon, ils s'assirent à la terrasse d'un établissement spécialisé dans les fruits de mer! Le repas fut au-delà de leurs attentes ! Finalement, se dirent-ils, ce n'était pas si mal ici et même si de petites vagues de nostalgie les submergeaient parfois, ils convinrent que leur nouveau monde valait bien l'ancien ! Bien sûr, l'alcool qui accompagnait ce plantureux repas finit par leur embuer légèrement l'esprit ! C'était pour cela que la vague de haine que Pierre ressentit déferler sur lui le fit tout à coup sursauter. Se retournant d'un bond, il chercha autour de lui la possible origine de cette désagréable sensation. Rien... juste un homme gigantesque... blanc... qui semblait lui avoir brusquement tourné le dos... et qui s'éloignait tranquillement. Pierre eut comme un malaise en voyant le colosse... mais l'homme semblait seulement se promener.

Dreck, qui avait vu son mouvement de tête et suivi son regard, lui précisa :

« Un Parthe ! Il y en a quelques-uns sur Oulan Bat. Ce sont de vrais colosses... mais ils sont doux comme des agneaux. Mais si vous avez fini, peut-être serait-il temps de rentrer? »

Tout le monde acquiesça et bientôt, silencieux mais satisfait, le petit groupe reprit la route du retour. Michelle et Vauldegarde, légèrement grisés, marchaient d'une manière automatique, contrairement à Pierre que la bizarre sensation de haine ressentie au restaurant avait justement dégrisé... En plus, il ressentait une sensation de danger qui lui faisait serrer la crosse de son pistolet sous la veste... tout comme Dreck qui, lui aussi, semblait tout à coup tendu.

« Décidément, pensa Pierre, il me ressemble beaucoup... et semble vraiment avoir un instinct du danger comme moi ! Alors prudence ! »

L'attaque eut lieu juste à ce moment-là !

Surgissant de plusieurs véhicules volant au-dessus d'eux, telle une nuée de sauterelles, neuf individus munis de réacteurs dorsaux sautèrent vers eux en pointant leurs armes. Mais justement, Pierre était sur ses gardes, tout comme Dreck qui avait aperçu les véhicules. Vif comme l'éclair, Dreck sortit son arme et tira sur une des voitures. Comme il était muni d'un pistolet Baïkal de guerre qui se verrouilla automatiquement sur la munition explosive la plus puissante, le véhicule explosa, déséquilibrant les hommes volants. Pierre avait lui aussi sorti son arme et tira sur le premier assaillant qui semblait vouloir s'en prendre à Michelle. Puis il y eut un grand fracas, et tous les assaillants furent soudain touchés par le tir d'un groupe de gardes tombés à une vitesse vertigineuse du ciel.

En moins de trois secondes, ils avaient été attaqués et... secourus !

« Mon Dieu, mais... commença Michelle...

– La Garde ! Ils nous surveillaient d'en haut. Heureusement, je les avais appelés avant de partir !

– Mais pourquoi ? demandèrent-ils, autant pour savoir pourquoi ils avaient été attaqués que pourquoi Dreck le présentait.

– Parce que le cher commandant du HMS Champion avait la langue bien pendue et… il semble que vous ne soyez pas les bienvenus pour certains… quoique j'aie eu l'impression, Pierre, qu'un des assaillants pointait sur vous un paralysateur… Commandant, tous mes remerciements pour votre prompte arrivée !

– À votre service, monsieur, lui dit l'officier qui venait de se poser en face de lui. Nous vous surveillions, comme demandé, depuis un véhicule banalisé, mais sans votre prompte réaction et celle d'un de vos compagnons, nous serions arrivés un poil trop tard ! Je ne les avais pas venus venir, ceux-là ! Ils ont clairement cherché à vous éliminer, sauf le monsieur qui est à votre côté. Ils voulaient le paralyser pour l'emporter. L'arme d'un des attaquants est clairement un paralysateur.

– Je crois que nous allons retourner à l'appartement, ce sera plus sûr.

– Nous vous escortons, monsieur. Mes hommes vont s'occuper des cadavres.

– O.-K. Très bien. Votre escorte est la bienvenue ! »

CHAPITRE 44 – TEMPS DURS

Pas le choix ! Non ! Pargara avait retourné cette question des centaines de fois dans sa tête, et toujours la même évidence s'imposait à lui. Peu importaient les conséquences, il devait avertir l'Empereur ! Il en avait parlé au major Amundsen, et lui aussi pensait qu'ils n'avaient pas le choix !

L'Empereur saurait quoi faire ! Évidemment, il ne pouvait pas tout simplement se présenter au premier poste de garde venu ! Lui et Amundsen étaient des déserteurs et sachant ce qu'ils savaient maintenant, il était douteux que les Jarkaniens les laisseraient même approcher de la ville. Donc, ils devraient forcer l'entrée, atteindre le cœur de son ancien Q. G. et émettre un message codé directement à l'Empereur. Amundsen pensait lui aussi que c'était la seule solution. Toutes les communications étaient brouillées, et encore davantage à présent à cause de la Garde et des Jarkaniens! Même s'ils se rendaient aux gardes, ils n'arriveraient pas vivants au Q. G... et les gardes auxquels ils se rendraient paieraient ce fait de leur vie, car les Jarkaniens devaient s'être préparés et savaient parfaitement que si Pargara et Amundsen se présentaient à la Garde, ce serait parce qu'ils auraient trouvé leur petit secret ! Donc, ils les attendaient de pied ferme ! Alors il ne leur restait que l'option de foncer dans le tas en espérant arriver au Q. G. intacts ou du moins en condition suffisante pour pouvoir envoyer un message... Après... aucun des deux officiers ne se faisait vraiment du souci pour ça ! Ils avaient tous les deux suffisamment d'expérience militaire pour savoir que leurs chances de s'en sortir vivants étaient nulles. Ce fut d'ailleurs ce que leur dit immédiatement Sissar Gance !

« Vous fous dans tête ? leur avait-il dit. Entrer dans Q. G. Garde pas possible ! Même Dakill pas pouvoir. Q. G. trop protégé !

– Nous connaissons le Q. G. et savons ses points faibles... et beaucoup des mots de passe des systèmes de défense automatiques !

– Ah oui ? Vous donnez nous mots de passe Q. G. Garde ?

– Non !

– Bon, mais vous pas pouvoir entrer quand même ! Quand vous partir, Garde changer mot de passe, non ?

– Oui, mais je suis un général, j'avais accès au système à haut niveau et mes propres mots de passe. Seul un général de grade supérieur pourrait effacer ceux-là... et le nouveau a une étoile de moins que moi !

– Garde stupide ? Q. G. Oulan Bator pas savoir ça ?

– Oui, mais la désertion d'un général n'est pas quelque chose auquel ils sont habitués, et cette armée est devenue trop compliquée. Donc, il y a toutes les chances pour qu'ils n'aient pas effacé mes mots de passe de haut niveau.

– Et si mot de passe effacé quand même ?

– Alors on est mort !!!

– Bon, ça trop dangereux !

– Pas un problème ! Nous sommes des soldats et le danger, nous connaissons !

– Vous morts si vous faire ça ! Même si vous entrez Q. G., vous pas sortir vivants, ça sûr !

– Nous le savons !

– Ah! Alors pourquoi vous faire ça !

– Parce que nous sommes des soldats de Sa Majesté et tout soldat sait qu'il lui sera peut-être demandé le sacrifice suprême, c'est-à-dire donner sa vie pour son Empereur !

– Pourquoi vous vouloir absolument entrer dans Q. G. ?

– Parce que nous avons trouvé ce que nous cherchions !

– Ah! Vous savoir maintenant que Jarkaniens semences démons ? Vous donnez à nous preuves?

– Malheureusement, nous ne pourrons pas !

– Quoi ? Mais pourquoi ? Nous pas corrects avec vous ? Nous aider vous, non ?

– Oui, les AFFARAS ont été parfaits, et nous avons une énorme dette envers vous... mais, Sissar, nous avons découvert des choses... inattendues et... Quand vous regardez dans tête Jarkanien ?

– Oui! Et malheureusement, les conséquences sont épouvantables. Faites-nous confiance, Sissar, si nous réussissons, les choses changeront pour vous !

– Mais, général, chose vue dans tête Jarkaniens suffisante pour vous donner vie à vous ?

– Les choses dans leur tête et dans leur corps... des choses tellement abominables que si nous parlons... nous aimons autant en mourir... et ne pas voir ce qui va suivre ! »

Sissar fut impressionné par ces officiers capables de donner leur vie pour ce qu'ils croyaient juste ! Aussi il décida de les aider à contrecœur, car il savait qu'il ne les reverrait pas... et il avait du respect pour eux ! Ce matin-là, il envoya la fille du général, Zhara, en mission très loin... car il ne voulait pas qu'elle sache qu'ils allaient mourir !

Car ils allaient mourir... La seule inconnue était seulement de savoir si ce serait avant ou après l'envoi de leur message !

En fait... ce fut pendant !

La décharge qui tua le général l'atteignit juste au moment où il chargeait le message dans le communicateur du Q. G qu'ils avaient réussi à atteindre grâce à la manœuvre de diversion des AFFARAS & ISSARS.

Amundsen fut le premier à tomber, en protégeant le général quand ils pénétrèrent dans son ancien bureau où il avait un transmetteur à code secret. Malheureusement, le sacrifice d'Amundsen ne fut pas suffisant pour empêcher la décharge suivante d'atteindre Pargara au moment où il chargeait le message dans l'appareil ! Celle-ci, en plus de tuer Pargara, détruisit aussi le transmetteur et la puce de mémoire qui contenait le message.

Le secret des Jarkaniens était retombé dans l'oubli !

« Nous voilà à Oulan Bator… Bof, dit Michelle.

– Merde, merde et re-merde, ajouta Pierre. Encore de la violence ! Ça ne finira jamais ! Que nous veulent-ils… Qui sont-ils ?

– Alors là, mystère, répondit Dreck. Mais j'ai quand même certains moyens, et j'ai mis des équipes là-dessus ! Une sur les groupes extrémistes, et une autre sur des simulations à partir de ce que nous savons sur vous.

– C'est-à-dire ? questionna Vauldegarde.

– En fait, vous êtes probablement le nœud de tout cela ! Des données ou plutôt des faits… Vous venez de très loin… Vous avez été capturés d'abord par les Sarkaïs… Ils ont tenté de capturer au moins l'un d'entre vous.

– Vous avez bourré un ordinateur avec ça ?

– Oui, Michelle !

– Et ?

– Et, Pierre, j'ai aussi ajouté certains paramètres de mon cru, parce que les résultats n'étaient pas concluants !

– Par exemple ?

– Par exemple, professeur, l'existence des non-humains !

– Et cela a changé le résultat de vos analyses ?

– Et comment ! J'ai alors eu une analyse cohérente. Juste en ajoutant ce paramètre, l'ordinateur a trouvé un sens à tout cela ! Un sens… terrifiant !

– Mais quel sens ? rétorquèrent, en chœur, les trois Terriens.

– L'ordinateur a conclu que notre Empire était sous le coup d'une attaque et que les Sarkaïs collaboraient avec nos agresseurs, ce qui n'est pas une surprise, mais aussi que vous veniez de déranger un plan longuement établi ! En d'autres termes, vous êtes les grains de sable qui grippent les plans de l'ennemi !

– Mais enfin, en quoi trois pauvres voyageurs comme nous peuvent-ils perturber des envahisseurs ?

– Parce que vous êtes l'élément imprévu… Parce que vous venez d'une planète inconnue qui pourrait représenter une menace! Une menace qu'ils sont incapables d'évaluer! Ils sont infiniment prudents dans leurs mouvements et…

– Mais, Dreck, pourquoi seraient-ils si prudents ? Vous êtes si nombreux… Que peut représenter une planète de plus ?

– Justement, Michelle, ils ont peur des humains. Cent cinquante milliards de gens, c'est quand même difficile à avaler ! Surtout que leur technologie est loin d'être aussi performante que la nôtre ! Alors quand ils perçoivent qu'une planète humaine, inconnue d'eux, pourrait se préparer en secret… alors, ils font ce que tout bon stratège ferait : ils stoppent l'exécution de leurs plans jusqu'à ce qu'ils en apprennent davantage ! Après tout, il ne s'agit pas d'un jeu ici, mais de guerre !

– Vous en êtes sûr ?

– Totalement ! Vous avez vu les moyens qu'ils ont mis pour vous capturer dans l'espace ? Et ils ont été défaits !

– Qu'est-ce qui vous fait croire qu'ils voulaient nous capturer… et pas nous détruire ?

– Parce qu'ils auraient pu détruire le HMS Destructor par des coups directs qui auraient percé la coque ! En fait, ils ont élargi leurs faisceaux lasers pour brûler la coque extérieure ! En faisant cela, ils détruisaient les défenses du Destructor, nous forçant ainsi à quitter le navire, ce qui leur permettait de s'emparer de vous !

– La Terre leur fait donc vraiment peur… Pourtant, elle n'existe probablement plus !

– Ça, c'est loin d'être sûr, mes amis !

– Dreck, vous savez que nous venons d'un lointain passé et que vos peuples ont quitté la Terre… pardon, Nirva, il y a maintenant fort longtemps ! Donc notre planète n'existe probablement plus !

– Encore une fois, c'est loin d'être sûr! Nous n'avons JAMAIS retrouvé une quelconque trace de Nirva. Donc, à tout le moins, il y a un doute ! Et qui plus est, vous apparaissez subitement en provenance de l'extérieur de l'Empire ! Et ça, j'en suis sûr, car j'ai pu surprendre, sur le Léviathan, le bavardage des Sarkaïs ! Ils étaient vraiment convaincus que vous arriviez de l'extérieur ! Alors… les questions pour eux sont fort simples… Y a-t-il une planète nommée Terre qui attend dans l'ombre qu'ils déclenchent la guerre pour leur tomber dessus à l'improviste ? Qui êtes-vous vraiment et qu'êtes-vous venus faire ici à la veille de la grande invasion ? Invasion que mon instinct me dit… proche !

– Vraiment ?

– Oui, vraiment, Michelle ! Imaginez des gens tellement puissants qu'ils ont pu se cacher de nous alors qu'eux ont libre accès à Oulan Bator… Oui, je les crois présents ici… la preuve étant l'agression que nous avons subie ! »

Le professeur avait quand même un air dubitatif. Vauldegarde trouvait les explications de Dreck un peu exagérées !

« Un ou des peuples inconnus de l'Empire ? Avec tous ces vaisseaux se promenant partout ! Je suis sûr que beaucoup doivent quitter les frontières et explorer d'autres mondes, non ?

– Eh bien, professeur, pratiquement pas ! Depuis au moins cinquante ans, si ce n'est cent ans, l'Empire est statique. Nous consolidons nos acquis car le travail a été extrêmement dur et difficile. Comme je vous l'ai dit, le Grand Architecte a peut-être créé l'univers, mais nous, nous avons dû fabriquer nos planètes une à une… Quand chaque race a eu son petit chez-soi, eh bien, la poussée exploratrice a diminué, le travail d'aménagement étant très important. Et n'oubliez pas que beaucoup de ces peuples n'avaient pas de moyens énormes. L'univers est tellement vaste ! Les seuls vrais explorateurs que nous avons eus étaient les Archanges, et ils ont disparu… en rencontrant, d'après la légende, des puissances beaucoup plus sombres ! En outre, tous ceux qui s'aventuraient hors des sentiers battus ne revenaient plus ! J'en sais quelque chose !

– Ah? Et que t'est-il arrivé ?

– J'ai été attaqué par des nuées de missiles !

– Des nuées de missiles… Mais qui les lançait ?

– Personne… j'ai beaucoup réfléchi à cela. Je crois qu'il s'agit d'une tentative d'encerclement de l'Empire !

– Mais voyons, Dreck, ne put s'empêcher de dire Vauldegarde, toujours un rien sceptique, comment voulez-vous encercler un empire de mille soleils ? Il faudrait des milliards de milliards… de milliards de missiles ! Cela impliquerait des quantités astronomiques d'usines !

– Sauf si les missiles en question… étaient dotés de la capacité… de reproduction ! »

Ébranlé, Vauldegarde se tut ! Mais Pierre ajouta :

« Mais Dreck, quel est l'intérêt de faire cela ? Il suffit d'écraser les forces de l'Empire et de s'emparer des planètes, non ?

– C'est exactement ce qui me préoccupe ! Si j'ai vu juste et que l'ennemi fait cela, cela signifie qu'il veut éviter la fuite éventuelle d'humains en dehors de l'Empire… donc en quelque sorte, ce qu'il recherche, c'est d'éradiquer la race humaine au complet !!!

– Mon Dieu ! C'est épouvantable… C'est un génocide qui est planifié… une… extinction massive, termina Michelle, lugubre.

– Mais pourquoi… reprit Vauldegarde, l'Empereur…

– Mais pourquoi l'Empereur ne fait-il rien ?

– Oui ?

– Parce que depuis cinquante ans, l'Empire est miné de l'intérieur ! Et toutes ses forces sont consacrées à sauver l'Empire de l'effondrement !

– Ou à sauver son c… !

– MICHELLE!

– Oh ! la barbe avec votre empereur ! Depuis que nous sommes arrivés ici, nous avons dû faire face à un racisme incroyable, à des agressions et… tout ça, c'est typique d'un régime moyenâgeux ! Alors lâchez-moi avec votre demi-dieu !!!

– MICHELLE, vous… vous n'avez pas le droit !!! Vous ne le connaissez pas ! »

Une fois de plus, Vauldegarde, connaissant le tempérament de Michelle et surtout sa langue, intervint pour calmer le jeu.

« Désolé, Dreck, nous venons d'une civilisation qui était moins évoluée techniquement que la vôtre, mais démocratique ! Et je… nous ne croyons pas beaucoup aux aristocrates…

– … qui furent guillotinés en France, termina Pierre.

– Ce qui, bien sûr, est la marque d'une grande civilisation, rétorqua Dreck.

– Non… vous avez raison, mais c'était un autre siècle. C'est vrai, nous ne sommes pas meilleurs. Il n'en demeure pas moins que seule la démocratie est à même de traiter les démons intérieurs que sont la tyrannie, le racisme, etc.

– Mes amis, ce que vous ne comprenez pas, c'est que justement ce racisme, c'est une manœuvre de nos ennemis pour nous affaiblir !

– Peut-être, Dreck, mais le racisme n'a jamais été bien combattu sur Terre par les régimes autoritaires !

– Je veux bien vous croire, mes amis, mais notre Empereur a mille soleils à administrer, et c'est toute une tâche ! Imaginez les représentants de cent cinquante milliards d'humains tentant de s'entendre sur un projet de loi… bonne chance !

– Malgré tout…

– Malgré tout, je ne vous convaincrai pas… et nous sommes attendus au palais !

– Cela est-il vraiment nécessaire ? s'enquit Pierre.

– Oui… parce que j'ai remis mon rapport à Sa Majesté, et elle est curieuse de voir qui fait reculer ses ennemis ! »

C'était en fait une convocation plutôt qu'une invitation… ce qui les mit de mauvaise humeur, mais ni Michelle ni Pierre ni Vauldegarde n'avaient vraiment le choix… n'étant pas chez eux ! Le véhicule volant de Dreck les conduisit rapidement sur la magnifique terrasse de pierres gigantesques qui s'étendait entre les deux immeubles connus sous les noms de Charybde et Scylla… Tout un programme pour les trois amis !

À peine étaient-ils descendus du véhicule que celui-ci partit vers les parkings souterrains… sans intervention humaine ! Nos trois Terriens durent quand même admettre qu'ils étaient impressionnés ! Devant eux, se trouvait le bâtiment nommé Hélios, en fait la salle d'audience de l'Empereur, gigantesque coupole portée par de colossales colonnes de type grec ancien – ionique, avait dit Vauldegarde –, qui laissait celle-ci ouverte aux quatre vents… du moins en apparence !

« Personne ne nous contrôle ? demanda Pierre.

– Oh! mais c'est déjà fait… par des systèmes invisibles qui vous ont auscultés en profondeur, même si vous ne le savez pas ! Impossible même de se poser ici si vous n'êtes pas attendu ! Mais venez, les audiences ont déjà commencé ! »

Cela étant dit, d'un pas assuré, ils pénétrèrent sous l'immense coupole recouvrant la fameuse salle d'audience. Tout de suite, un personnage élégamment vêtu, à l'allure officielle et portant une sorte de canne à pommeau d'or, se dirigea vers eux !

« Soyez les bienvenus dans cette salle d'audience du palais impérial de Sa Majesté, vous, professeur Vauldegarde, madame Evanis, monsieur Sheine et vous aussi, colonel Reivax ! Sa Majesté va vous prêter audience ! Veuillez me suivre ! »

Un peu interloqués d'avoir été identifiés de la sorte par une personne sortant de nulle part et qui plus est, ne portant aucune fiche ni appareil visible, ils la suivirent sans mot dire.

Le majordome ouvrit littéralement le chemin au travers d'une foule dense qui occupait pratiquement toute l'immense salle. Tout de suite, ils furent surpris d'entendre une voix puissante qu'ils devinaient être celle de l'Empereur et ce, où qu'ils fussent dans la salle.

En fait, efficacement dirigés par le majordome, ils ne tardèrent pas à se trouver… en face de lui !

Assis sur un trône d'or, l'Empereur des mille soleils darda sur eux un regard pénétrant, qui, sans être hostile, n'en était pas pour autant bienveillant ! C'était un personnage à l'allure noble et imposante ! Il était entouré de tout un aréopage de dignitaires chamarrés de races les plus diverses dont, non loin du trône, un couple fort étrange à la peau couleur olive et aux cheveux blonds ! La femme, en particulier, attira l'attention de Pierre… en fait, surtout son décolleté… incroyablement plongeant ! Il n'y avait pas plus de deux gardes aux côtés de l'Empereur, mais Dreck les avait avertis qu'il était protégé par des moyens puissants, capables de transformer en cendres quiconque ferait mine de se ruer vers lui ! Il était grand et même très grand, et dégageait une impression d'autorité certaine. Peut-être était-ce la solennité des lieux, le regard de l'Empereur ou ses vêtements, mais les Terriens étaient intimidés !

Le majordome s'inclina devant lui et les présenta par leurs noms :

« Majesté, voici le professeur Vauldegarde, madame Evanis, monsieur Sheine, de la planète Terre, ainsi que votre serviteur, le colonel Reivax. Tous vous saluent très respectueusement », termina le majordome en s'inclinant une nouvelle fois.

Pierre, Michelle, Vauldegarde et Dreck firent de même.

L'Empereur les regarda intensément, puis d'une voix profonde, s'adressa à eux :

« Vous, professeur Vauldegarde, madame Michelle Evanis et vous, monsieur Pierre Sheine, vous professez partout que vous arrivez de Nirva, notre monde d'origine. Le chef de notre Commission impériale du gène prétend que vous êtes des imposteurs, car nul Blanc ne vivait sur Nirva lors de notre départ ! »

Estomaqués par cette entrée en matière, ni Vauldegarde ni Michelle ni Pierre ne purent répondre tout de suite, ce qui permit l'intervention passionnée d'un personnage peu sympathique, manifestement de race similaire à celle de l'Empereur :

« C'est l'exacte vérité, Majesté ! Nous savons hors de tout doute que seuls les Aryens vivaient sur Nirva ! Le grand sage Hiller avait été confronté à la dérive génétique de l'humanité et s'était allié à votre ancêtre, le roi Win Church, pour détruire les races à l'hérédité polluée. Donc, quand ces gens prétendent venir de Nirva, c'est manifestement impossible car aucune sous-race blanche n'y existait encore lors de notre départ ! Ces gens viennent ici pour vous brouiller l'esprit et vous empêcher de prendre les décisions qui vous incombent ! »

Ce fut Vauldegarde qui reprit le premier ses esprits :

« Majesté, reprit-il indigné, nous venons d'une planète appelée la Terre !

– Mais est-ce exact que vous prétendez que cette planète serait celle que nous appelons Nirva ?

– Fort probablement, Majesté, il y a trop de similitudes… et malgré ce que prétend l'horrible personnage qui vient de parler, de multiples races vivaient toujours sur la Terre lors de notre départ ! La seule chose de vrai dans les élucubrations de ce type est que, oui, il y a eu un Hiller… En fait, Hitler, qui était aryen… mais il était blanc et son racisme fit qu'une immense armée se coalisa contre lui et QU'IL FUT ENVOYÉ REJOINDRE SES ANCÊTRES justement par sir Winston Churchill et ses alliés… et non par Win Church ! »

C'en était trop ! Vauldegarde fut une nouvelle fois interrompu par le curieux personnage extrêmement hautain, dont le visage était maintenant déformé par la colère !

« N'écoutez pas cet imposteur, Majesté ! Le mensonge sort de sa bouche et…

– Baron, laissez cet homme finir, imposa soudain l'Empereur.

– Comme… comme vous le désirez, Majesté.

– Nous ne sommes pas des menteurs, Majesté, s'indigna le professeur. Nous sommes des personnes honorables. Nous sommes seulement loin de chez nous… perdus dans l'espace !

– A beau mentir qui vient de loin, intervint de nouveau ledit baron.

– Majesté, s'indignèrent ensemble les trois Terriens.

– Continuez, professeur !

– Oui, notre planète ressemble étrangement à celle que vous appelez Nirva.

– Et vous en êtes sûr, professeur ?

– Oui, Majesté, tout chez vous nous rappelle la Terre… votre langue…

votre histoire… vos gens. Même le nom de votre race, que vous appelez aryenne !

– Ah ?

– Majesté, la Terre abritait trois grandes races : les Blancs, les Noirs et les Jaunes, plus une infinité de mélanges de ces races entre elles !

– Donc, vous dites venir du fin fond de l'espace, d'une planète que vous prétendez être la Terre ou Nirva et en plus, vous avez le front de me dire que je ne suis le descendant que d'une des races de la Terre, soit la race jaune », acheva l'Empereur la voix chargée de menaces.

Vauldegarde sentit bien que les choses ne leur étaient pas favorables, mais il ne put s'empêcher de continuer.

« Pas vraiment, Majesté !

– Ah bon, aurais-je mal compris ?

– Non, Majesté, vous ne descendez pas d'une race humaine, mais en fait, de deux ! Vous êtes un mélange des races blanche et jaune, ce que nous appelons un Eurasien !

– Comment osez-vous ? » hurla tout à coup le personnage identifié sous le titre de baron, en se précipitant vers Vauldegarde avec l'intention claire de le frapper.

Mais Pierre, qui rongeait son frein depuis le début de cette conversation, intercepta le baron et d'un coup de poing bien placé, l'envoya rejoindre ses gens quelques mètres plus loin. Immédiatement, plusieurs de ses hommes se précipitèrent vers eux… et furent arrêtés et renvoyés à destination par le couple à la peau foncée et aux cheveux blonds que Pierre avait aperçu juste avant l'altercation avec le baron. Ce fut incroyable de voir cela. Sept armoires à glace du baron furent littéralement arrachées du sol par ces étranges personnages et jetées au loin comme de vulgaires poupées de son. Jamais Pierre n'avait vu des gens d'une telle force! Même la fille avait soulevé les gorilles du baron sans efforts apparents !

« Merci, dit Pierre à la jeune femme, qui lui répondit avec un éblouissant sourire.

– De rien, monsieur, c'est toujours un plaisir de démolir les gorilles de de La Roche ! »

Mais l'Empereur s'était levé de son trône et était visiblement courroucé.

S'adressant d'abord au baron, il lui dit en colère :

« Baron, une fois de plus, vous avez été incapable de vous contrôler! Je vous interdis de vous présenter en salle d'audience jusqu'à ce que je vous le permette de nouveau. Quant à vous, malgré le fait que mon chef des services secrets vous croie, j'ai encore bien des doutes sur votre histoire… et ne désire plus vous voir en ce palais jusqu'à nouvel ordre. Partez maintenant! »

****

« Papa, non. Tu n'aurais pas dû faire cela ! Ils sont en danger maintenant !

– Tu nous as regardés ?

– Oui, avec les caméras de sécurité.

– Bien, tu dois savoir que je ne peux pas leur donner raison, du moins publiquement… Il y a encore trop de choses qui m'échappent et trop de tensions dans l'Empire !

– Mais papa, ils vont être assassinés dehors !

– Non, ne t'inquiète pas… J'ai donné des ordres à Dreck ! »

CHAPITRE 45 – UNIVERSITÉ LIBRE DE BATOR (ULB)

[1]*Préambule*

Considérant que la reconnaissance de la dignité, inhérente à tous les membres de la famille humaine, et de leurs droits égaux et inaliénables constitue le fondement de la liberté, de la justice et de la paix dans le monde,

Considérant que la méconnaissance et le mépris des droits de l'homme ont conduit à des actes de barbarie qui révoltent la conscience de l'humanité et que l'avènement d'un monde où les êtres humains seront libres de parler et de croire, libérés de la terreur et de la misère, a été proclamé comme la plus haute aspiration de l'homme,

Considérant qu'il est essentiel que les droits de l'homme soient protégés par un régime de droit pour que l'homme ne soit pas contraint, en suprême recours, à la révolte contre la tyrannie et l'oppression, Considérant qu'il est essentiel d'encourager le développement de relations amicales entre nations,

Considérant que dans la Charte, les peuples des Nations Unies ont proclamé à nouveau leur foi dans les droits fondamentaux de l'homme, dans la dignité et la valeur de la personne humaine, dans l'égalité des droits des hommes et des femmes, et qu'ils se sont déclarés résolus à favoriser le progrès social et à instaurer de meilleures conditions de vie dans une liberté plus grande,

Considérant que les États membres se sont engagés à assurer, en coopération avec l'Organisation des Nations Unies, le respect universel et effectif des droits de l'homme et des libertés fondamentales,

Considérant qu'une conception commune de ces droits et libertés est de la plus haute importance pour remplir pleinement cet engagement,

L'Assemblée générale proclame la présente Déclaration universelle des droits de l'homme comme l'idéal commun à atteindre par tous les peuples et toutes les nations afin que tous les individus et tous les organes de la société, ayant cette Déclaration constamment à l'esprit, s'efforcent, par l'enseignement et l'éducation, de développer le respect de ces droits et libertés et d'en assurer, par des mesures progressives d'ordre national et international, la reconnaissance et l'application universelles et effectives, tant parmi les populations des États membres eux-mêmes que parmi celles des territoires placés sous leur juridiction.

---

[1] *La Déclaration universelle des droits de l'homme peut être trouvée au complet dans l'annexe I à la fin du livre*

Proclamation générale de la Déclaration universelle des droits de l'homme

Adoptée par l'Assemblée générale des Nations unies dans sa résolution du 10 décembre 1948.

Note : Cette information a pu être retracée dans la mémoire du professeur André Vauldegarde, de Nirva, grâce à la méthode « Retramem » mise au point dans les laboratoires de l'ULB.

Pierre regardait tout cela d'un air pensif. Michelle, le professeur et lui étaient maintenant pratiquement confinés dans cette université. La rencontre avec l'Empereur n'avait pas été des plus réussies, c'était le moins que l'on pût dire ! Pierre ne pouvait pas faire autrement que de penser qu'il était seulement un autre dictateur ! Évidemment, Dreck prétendait le contraire et disait qu'ils n'étaient pas en droit de juger leur Empereur. Bref, les relations avec Dreck s'étaient un peu tendues. Il allait de soi que Michelle aurait pu éviter de traiter l'Empereur de « petit con à l'ego disproportionné » ! Depuis, Dreck leur faisait la tête ! Malgré tout, il fallait reconnaître qu'il s'était bien occupé d'eux. Ils étaient maintenant dans cette université dite « libre » où une charte, signée par l'Empereur, garantissait le droit de parole absolu… dans les murs de l'université seulement, ce qui excluait évidemment tous propos tenus à l'extérieur. Ce genre de charte n'existait que pour un petit nombre d'institutions car partout ailleurs, le crime de lèse-majesté, ainsi qu'une définition plutôt très large du terme « sédition », s'appliquaient. Mais ici, Dreck garantissait que la liberté de parole existait et qu'aucune cour de l'Empire n'accepterait en tant que preuve des propos tenus dans les murs de la vénérable institution. En revanche, l'université n'était aucunement obligée d'accepter tous ceux qui voulaient venir s'y exprimer ! Aussi les propos haineux étaient généralement refusés. Évidemment, l'université était également consciente des passions humaines, il était donc formellement interdit d'être en possession d'armes blanches, à feu ou à rayons, dans l'enceinte du campus universitaire ! L'université veillait strictement à l'application de ces principes grâce à un système de sécurité remarquable. Il était totalement impossible d'introduire ne serait-ce qu'un couteau de cuisine sur le campus sans être identifié par la multitude de détecteurs installés partout ! Le seul endroit où les couteaux étaient autorisés était, comme il se doit, dans les cuisines, cafétérias et restaurants, mais c'était au prix d'un scan complet à la sortie. Même les gardiens de sécurité ne portaient pas d'armes.

Donc ils en étaient là. L'université leur avait demandé de prononcer des conférences sur la Terre en échange du gîte, du couvert et d'une rétribution. C'était un lieu de haut savoir, et le professeur et Michelle se sentirent rapidement chez eux. Mais ce n'était pas le cas de Pierre qui, malgré les nombreuses sollicitations d'entrevues de la part de professeurs ou d'étudiants, avait des fourmis dans les jambes. Ils n'étaient pas prisonniers, mais Dreck leur avait demandé de ne pas quitter le campus car leurs propos sur la Charte universelle des droits de l'homme avaient irrité beaucoup de gens, et il craignait pour leur sécurité.

« De la part de l'Empereur ? avait demandé Pierre.

– Non. Vous avez moins irrité l'Empereur que vous ne croyez… et s'il avait voulu vous arrêter, vous le seriez déjà. Non. Mais il y a des forces incontrôlables sur cette planète, et il vaut mieux se faire un peu oublier. »

Voilà pourquoi ils se retrouvaient tous les trois, en ce début d'après-midi, dans un amphithéâtre classique pour donner un « cours » sur la Terre et ses valeurs. Exceptionnellement, leurs armes avaient été autorisées dans l'enceinte, étant donné que c'étaient les seuls « artefacts » disponibles réellement en provenance de leur monde. Les armes n'étaient évidemment pas chargées, mais les munitions étaient sur la table pour être montrées au public.

Les étudiants avaient commencé à arriver, et ce qui était remarquable, c'était la grande diversité de races qui fréquentaient cette université. Bien sûr, beaucoup d'étudiants étaient aryens, mais il y avait aussi beaucoup d'Occitans et quelques représentants de cette race extraordinaire qu'ils avaient vue au palais de l'Empereur, ces gens qui avaient une peau couleur olive, très sud-américaine, des cheveux blonds et les yeux aussi bleus que ceux des Suédois. Pierre était fasciné. Il se dégageait d'eux une grande force tant psychologique que physique. Bien sûr, Pierre savait très bien que sa fascination venait aussi du choc qu'il avait eu en voyant la superbe femme de cette race intervenir avec son compagnon, lors de leur apparition mouvementée au palais. Jamais dans sa vie, il n'avait vu une femme d'une telle beauté ! Et quelle ne fut pas sa surprise de la voir entrer dans l'amphithéâtre ! Elle le dévisagea un petit moment en lui souriant gentiment. Pierre le lui rendit et s'efforça de regarder ailleurs. Puis, le choc. Un être d'un gabarit et d'une laideur incroyables entrait avec difficulté par la porte de gauche et s'assit tout en haut des estrades, non loin de la sortie. Il était incroyablement grand et fort tout en étant d'une laideur repoussante. Pierre eut vraiment l'impression qu'il ressemblait à l'homme qu'il avait vu au restaurant lors de leur arrivée sur Oulan Bat. Son visage était comme coupé à la hache, et ses yeux reflétaient une méchanceté sans bornes… mais il n'avait pas de comportement hostile et prit place, sous l'œil attentif de deux gardiens de l'université.

Tout le monde s'installait confortablement, si l'on peut dire, dans un brouhaha général, tout en laissant au centre des estrades un certain nombre de places vides. Pierre se demandait s'il y avait une raison pour cela, mais bientôt trois personnes y prirent place comme si de rien n'était. Par contre, ce qui étonna fort Pierre et ses compagnons, c'était qu'une des trois personnes qui venaient de prendre place était une toute jeune fille à l'air rieur qui ne devait pas avoir plus de quatorze ans !

Mais il était temps que la conférence commençât, et ce fut le professeur Vauldegarde, le plus à l'aise avec ce genre d'activité, qui prit la parole en expliquant un texte en provenance directe de la Terre, via la mémoire du professeur : la Déclaration universelle des droits de l'homme ! Des copies du document furent distribuées aux participants, et de vives discussions s'ensuivirent. Mais le plus étonnant fut la soudaine intervention de la petite jeune fille. Dès qu'elle se leva, tout le monde se tut. Vauldegarde, amusé, attendit la question. Celle-ci ne lui fut pas adressée à lui, mais à Pierre.

« Monsieur, j'ai pris connaissance des déclarations du professeur sur Hiller… ou Hitler, qui était aryen et blanc, et sur son racisme qui le fit rejoindre ses ancêtres plus tôt que prévu, justement par sir Winston Churchill, et non pas Win Church !! J'en conclus que l'homme est aussi mauvais sur votre monde que sur les nôtres, alors pourquoi écrire de telles déclarations plutôt que de promulguer des lois pour contrôler la méchanceté des hommes ? »

Dans la bouche d'une si jeune fille, une telle question étonna tout le monde. Pierre, à qui s'adressait la question puisque la gamine le regardait, se leva pour répondre.

« Mademoiselle, je ne suis pas en mesure de vous dire si l'homme, sur mon monde, est méchant par nature ou par devenir, mais c'est une question philosophique qui n'aura probablement jamais de réponse définitive. En tant que soldat, j'ai souvent côtoyé le pire dans l'homme… mais aussi le meilleur. Alors je crois fermement qu'il est inutile de se demander si l'homme est mauvais ou bon, mais plutôt comment le rendre bon ! Et des textes fondamentaux comme la Déclaration universelle des droits de l'homme nous guident vers ce que la société devrait justement faire pour faire évoluer l'humanité !

– Je trouve que votre… »

Mais la petite ne put terminer sa réponse, car les deux portes du haut de l'amphithéâtre s'ouvrirent brusquement, et une horde hurlante d'au moins quinze individus surgirent brusquement à l'intérieur. Ils avaient le regard fixe des fanatiques et portaient chacun un COUTEAU bien en évidence.

Pierre comprit leurs intentions en un centième de seconde, tout comme d'ailleurs plusieurs des auditeurs qui se précipitèrent vers les assaillants.

« Et merde, se dit-il, ça ne finira jamais ! »

Pierre analysa rapidement la situation et vit qu'au moins un des assaillants allait passer et se dirigeait déjà vers ce que tous les tueurs fanatiques humains recherchent toujours… le plus faible et l'innocent ! Pierre calcula rapidement ses chances de porter secours à la future victime et comprit immédiatement qu'il arriverait un dixième de seconde trop tard !

Alors, sachant qu'il avait au plus trois secondes pour faire quelque chose, il se retourna.

PREMIÈRE SECONDE:

Pierre se précipite vers le 357 Magnum sur la table.

DEUXIÈME SECONDE:

Il prend l'arme et l'ouvre pour y introduire une balle.

DEUXIÈME SECONDE ET DEUX DIXIÈMES:

Pierre se retourne et ferme l'arme.

DEUXIÈME SECONDE ET QUATRE DIXIÈMES:

Pierre lève son arme et cherche le contact visuel avec le fanatique et sa proie.

DEUXIÈME SECONDE ET CINQ DIXIÈMES:

Le fanatique attrape la petite jeune fille.

DEUXIÈME SECONDE ET SIX DIXIÈMES:

Le fanatique se glisse derrière elle et lève son couteau tout en l'immobilisant avec son bras gauche.

DEUXIÈME SECONDE ET SEPT DIXIÈMES:

Pierre lève son arme et vise, il sait qu'elle ne tire pas absolument droit et que la balle va dévier un peu sur la gauche. Il calcule mentalement une correction.

DEUXIÈME SECONDE ET HUIT DIXIÈMES:

Pierre cherche à tirer, mais plusieurs personnes se battent et un des hommes au teint foncé et aux cheveux blonds vient d'atteindre un deuxième fanatique très proche du premier. Il le frappe avec une telle force que la colonne vertébrale du tueur se brise en morceaux.

DEUXIÈME SECONDE ET NEUF DIXIÈMES:

Pierre a enfin une fenêtre de tir entre deux têtes de protagonistes. Il presse la détente qui libère le chien… et fait exploser l'amorce de la balle.

DEUXIÈME SECONDE ET NEUF DIXIÈMES ET DEMI:

La balle entre dans l'œil du fanatique. Il est projeté en arrière brutalement. Un énorme jet de sang asperge la petite qui lance un regard terrorisé à Pierre, la bouche grande ouverte, incapable de crier. Elle a le sang de l'assassin partout sur elle… dans ses cheveux, sur son visage, sur ses vêtements ! Elle est au bord de la crise de nerfs !

Pierre laisse tomber son arme et se précipite vers elle ! Tremblante, elle se jette dans ses bras en étouffant un sanglot. Pierre est maintenant entouré de plein de monde qui fait barrage au reste des attaquants.

C'était fini ! Les deux derniers assaillants étaient maîtrisés, les autres morts.

La petite, faisant preuve d'un stupéfiant contrôle d'elle-même, se libéra de ses bras, le regarda et lui parla.

« Merci infiniment, monsieur. Mon père saura vous en être reconnaissant.

– Ce ne sera pas nécessaire, mademoiselle, répondit Pierre, qui pour une fois, était vraiment fier de lui.

– Si, monsieur, si, c'est nécessaire, car vous venez de me sauver la vie !

– J'en suis très heureux, mademoiselle ! »

Puis la petite jeune fille qu'une foule, déjà, cherchait à séparer de Pierre, eut cette question bizarre, étant donné les circonstances :

« Avez-vous des enfants, monsieur ?

– Non, mademoiselle.

– Vous en aurez, monsieur, vous en aurez ! »

Et sur ses paroles énigmatiques, elle s'éloigna avec un groupe de gens qui, tous, frisaient carrément l'hystérie.

Tournant la tête, Pierre vit tout à coup le recteur de l'université se diriger vers lui avec difficulté, tant la salle de conférence était maintenant remplie de policiers.

« Monsieur Sheine, que Dieu soit loué ! Vous avez sauvé la situation !

– Ça, vous pouvez le dire ! Expliquez-moi donc comment des tueurs ont pu introduire des armes sur votre campus ?

– Ce sont de vrais fous ! Ils se sont ouvert la peau et ont introduit leurs lames, sans manche, directement sous la peau de la cuisse entre les jambes ! Ce sont des lames faites de fibres de carbone. Les détecteurs n'ont pas pu interpréter ce qu'ils ont vu, car aucune arme n'était visible sur leur corps. Bien sûr… elles étaient DANS leur corps !

– Mais bon Dieu, qui sont-ils ?

– Oh! des fanatiques hashshashins ! Ils reprochent à l'Empereur de ne pas réagir contre la bâtardisation de l'humanité. Pour eux, tout ce qui n'est pas pur aryen devrait être éliminé, car génétiquement pollué !

– Rien que ça !

– Oui, hélas ! leurs buts sont bien connus !

– Mais la petite me semblait être aryenne, non ?

– Oui, et c'est ce qui m'étonne d'ailleurs ! Ils doivent en vouloir à l'Empereur de chercher à les faire disparaître !

– Ou travailler pour quelqu'un d'autre…

– Que voulez-vous dire ?

– Cet individu bizarre… énorme et laid… Il était là et a disparu durant la bagarre. Pourtant, avec son gabarit, il aurait été utile !

– Oui, je vois de qui vous parlez, les caméras de surveillance l'ont identifié, mais il est sorti quand les tueurs sont entrés. Vous soupçonnez quelque chose ?

– Je ne sais pas ! Mon instinct… me dit que ce type a quelque chose à voir avec tout cela ! Suivez toutes les pistes… même celle-là !

– Certainement ! Enfin, heureusement que vous avez pu réagir promptement ! Je ne peux pas m'imaginer ce qui serait arrivé si vous n'aviez pas été là. L'Empereur est votre obligé maintenant !

– Mon obligé ? Mais pourquoi ?

– Mais… mais savez-vous QUI vous venez de sauver ?

– Non !

– Vous venez de sauver Caroline… la princesse Caroline… la fille adorée de l'Empereur ! »

CHAPITRE 46 – FRISSONS GARANTIS !

L'engin avait une forme particulière. On pourrait même dire totalement inusitée, comme s'il avait été construit pour ce vol unique ! Il ressemblait à une sorte de champignon... Non, en fait, c'était faux. C'étaient les deux hommes suspendus en dessous de l'appareil qui donnaient cette impression. Ça ressemblait à une plate-forme circulaire à laquelle les deux hommes étaient accrochés. Oh ! très confortablement d'ailleurs. On se rendait vite compte que les constructeurs n'avaient pas voulu blesser les deux personnages. Ils avaient de nombreuses courroies bien placées qui les arrimaient parfaitement et confortablement au véhicule. De plus, de nombreux tubes semblaient relier la machine et son chargement humain. En fait, cela ressemblait à de l'équipement médical à la fine pointe du progrès, ce qui fut confirmé par les observateurs de la police qui disposaient de l'équipement nécessaire pour voir le tout de près. Il était impossible d'approcher, car d'abord, le véhicule et ses occupants suspendus volaient au-dessus d'Oulan Bator, mais aussi parce que sa radio annonçait que celui-ci exploserait si quelqu'un s'approchait de trop près ! Bien sûr, tout le monde reconnut les deux survivants de l'attaque contre la jeune princesse. Mais les deux individus semblaient conscients et en bonne santé. Les différents appareils auxquels ils étaient branchés veillaient à cela. Ils avaient même chacun un micro qui transmettait leur dire par de puissants haut-parleurs installés sur le haut de l'appareil. De très très puissants haut-parleurs, eux-mêmes reliés à de très puissants émetteurs. Des émetteurs qui brouillaient toutes les ondes radio de la capitale pour ne retransmettre que les paroles des deux fanatiques qui se promenaient lentement dans le ciel d'Oulan Bator.

Tout le monde se demandait à quoi rimait cette mascarade... Enfin, pas trop longtemps, car la situation changea brusquement. Un puissant produit fut tout à coup dispersé sur les deux hommes... La police le vit distinctement grâce à ses caméras. Au début, ils ne réagirent pas... puis tout à coup, ils commencèrent à montrer des signes de gêne... puis de franc inconfort, et enfin de douleurs. Pas trop fortes au début, mais qui s'intensifiaient de minute en minute. Alors, la peur commença à s'insinuer en eux... et ils appelèrent à l'aide puis au secours puis, lentement, ils arrêtèrent de demander de l'aide car la douleur était maintenant telle qu'ils criaient... non hurlaient ! Tout à coup, tous ceux qui observaient les deux hommes reconnurent le poison favori des Uïgures. Une substance qui ne tue pas, qui ne cause aucun dommage corporel, qui ne détruit aucun organe, mais qui surexcite TOUS les centres de douleur ! C'était la pire des tortures possibles. Alors retransmise pendant des heures et des heures et des heures par les formidables hautparleurs, l'effroyable souffrance des suppliciés inonda Oulan Bator de hurlements démentiels, de supplications atroces, de râles d'agonie, suivis par encore d'autres cris et d'autres supplications... car la machine veillait à ce que ses « hôtes » demeurassent en parfaite santé. Elle les nourrissait même, par intraveineuse, pour qu'ils ne manquent surtout pas d'énergie !

Ils avaient encore tant et tant d'heures à souffrir ! Alerté par le vacarme, Simon était sorti sur sa terrasse, là tout là-haut, dans son palais perché sur le Pain de Sucre. Voyant cela, il interdit à tous de stopper le véhicule tortionnaire et monta même sur un des créneaux du petit mur d'enceinte qui ceinturait son château. Toute la ville put le voir ainsi dressé, les deux jambes écartées, contemplant... non se délectant, de la souffrance de ceux qui avaient osé s'en prendre à sa Caroline... la prunelle de ses yeux... son ENFANT! SA FILLE CHÉRIE!

Grâce aux bons soins de la machine, les deux suppliciés avaient de l'énergie à revendre et criaient, hurlaient, vomissaient et hurlaient encore pendant des heures et des heures... et même des jours! Simon restait là, campé sur son créneau, nuit et jour. Tout le monde le voyait. Tout le monde entendait! Et personne ne quitta la ville, car Simon l'avait interdit! C'était l'enfer pour les suppliciés, mais aussi pour toute la ville. Des émissaires tentèrent de voir Simon pour le supplier d'arrêter ça... mais la blessure de l'Empereur était trop grande! Le troisième jour, juste avant le crépuscule, un général alla le voir pour lui demander, encore une fois, d'y mettre fin. Mais juste avant qu'il ne posât sa question, Caroline le rejoignit sur la terrasse et l'apostropha.

« Ça suffit, général, mettez fin au supplice de ces gens, tout coupables soient-ils !

– Heu... vous avez raison, princesse... C'est vous, après tout, qui avez été attaquée. »

Le général donna un ordre bref sur son communicateur et quelques minutes plus tard, un canon laser vaporisa le véhicule tortionnaire et ses suppliciés.

Tout Oulan Bator alla se coucher !

Banquet gigantesque ! Six cents invités… et eux ! Pierre, Michelle, Vauldegarde ! Invités d'honneur de l'Empereur. Tout à coup, ils étaient des héros… et l'Empereur le faisait savoir à tous. Avant, ils avaient été reçus par lui en privé, et les Terriens avaient découvert un homme beaucoup plus subtil qu'ils ne le croyaient. Loin des témoins, l'Empereur les remercia… surtout Pierre, d'avoir sauvé sa fille. C'était un père attentif et aimant qu'ils découvrirent ! L'Empereur leur expliqua l'incroyable complexité de la situation sur Oulan Bator et leur avoua qu'il se doutait depuis longtemps que plusieurs races pouvaient avoir existé sur Nirva, mais que cela ne pourrait être révélé qu'avec doigté car le poison de l'esprit qu'est le racisme brouillait l'esprit de ses sujets depuis les cinquante dernières années. Même lui, pourrait avoir à faire face à de graves problèmes s'il heurtait de front les Aryens. Il leur parla de la menace diffuse des extraterrestres. Il leur offrit même de résider dans un des nombreux appartements de fonction du palais, plus sûrs que ceux de la ville, et de devenir des sortes de conseillers pour lui. Il était très inquiet car la tension montait entre les races, et il désirait savoir ce qui se faisait sur Terre… même si ce ne fut pas une réussite… Et puis, Caroline les aimait beaucoup… alors…

Mais l'Empereur voulait aussi faire savoir à tous qu'ils étaient maintenant les bienvenus à la cour… officiellement parce qu'ils avaient sauvé sa fille et officieusement, pour contrer le baron et faire savoir à ses sujets qu'il ne les considérait pas comme des envoyés… mais les traitait comme tels… au cas où… !

Toute la noblesse était là, ce qui incluait la magnifique Uïgure que Pierre n'arrêtait pas de surveiller à la dérobée… au point de déclencher une remarque acide de Michelle, révélatrice d'un début de jalousie… qui le réjouit énormément. Après une annonce très protocolaire et une remise de la médaille du mérite impérial, l'Empereur convia ses invités au banquet donné en l'honneur des Terriens. La table, colossale, était disposée en U et l'Empereur, l'Impératrice et leurs deux enfants prirent place dans le haut du U, entre les branches. Juste après, dans la branche droite du U qui touchait la table impériale, c'était la table d'honneur où étaient installés les trois Terriens avec Dreck et une place vide que la princesse Caroline occuperait rapidement après le toast officiel signalant le début du repas. En face, dans le bras gauche du U, sur la même longueur que leur table, les membres du gouvernement de Sa Majesté les plus importants, comme son Premier ministre et son grand Chambellan. Puis le reste de la haute société d'Oulan Bator, qui dévorait littéralement des yeux les trois Terriens.

L'Empereur se mit debout pour porter un toast. Il leva son verre et prononça un mot qui étonna beaucoup les Terriens.

« Lekaïm », dit-il, reprenant par là une formule juive.

Tous les convives lui répondirent par la même formule et burent un peu, puis tout le monde se rassit.

« Savez-vous ce que signifie ce mot ? demanda Michelle à Dreck qui était assis juste à ses côtés.

– Non, pas vraiment, c'est une formule typique que nous utilisons pour souhaiter la bienvenue à nos invités !

– Cela signifie : à la vie ! »

Pierre s'attendait à un repas plutôt ennuyeux, voire carrément éprouvant pour lui, qui se sentait plus à l'aise dans la jungle que dans les palais. Mais non. Les plats servis étaient absolument délicieux, dignes des meilleurs chefs français, et accompagnés par des vins au goût étonnant mais très « gouleyants ». Le tout était agrémenté d'un spectacle musical haut en couleurs et très varié. Le talent des artistes avait fait rapidement baisser le ton des conversations, et beaucoup suivaient le spectacle tout en savourant leur repas. Caroline tentait de reprendre avec beaucoup d'aplomb la conversation qu'elle avait entamée à l'université, quand une fois encore, elle fut interrompue. Un nouveau groupe venait de faire son entrée.

« Oh ! ça, c'est fantastique, s'exclama-t-elle, des Dangues ! »

Suivant le regard de Caroline, Pierre, Michelle et Vauldegarde tournèrent leurs yeux vers l'entrée de la salle et furent très surpris de voir arriver un groupe de chanteurs folklorique aux caractéristiques physiques pour le moins étonnantes ! En effet, le groupe était composé de cinq hommes et trois femmes, tous d'une maigreur incroyable, d'une taille d'au moins 2,30 mètres pour les hommes et de 2 mètres pour les femmes. Mais c'était la couleur de leur peau qui surprenait le plus les Terriens ! En effet, ils étaient... verts ! Et leur tête alors ! On aurait dit qu'elle avait été coincée dans un étau, ce qui leur donnait littéralement une tête en lame de couteau.

Ils étaient vêtus de pagnes bariolés et portaient de nombreux colliers de perles multicolores. Des coiffes de bois serties de coquillages, polychromes, ornaient leurs têtes. Les femmes avaient la poitrine couverte par des colliers de perles tressés et portaient, dans les cheveux, de curieuses barres de bois colorées, elles aussi serties de coquillages. Malgré la sophistication de leurs parures, quelque chose de sauvage se dégageait d'eux.

Le leader du groupe, qui avait fière allure, se présenta devant l'Empereur et fit une remarquable courbette qui le plia en deux. « Soyez le bienvenu en ce palais, prince Norodam Kissawigu, noble prince dangue !

– Quand j'ai su que ce groupe allait se produire devant vous, Majesté, j'ai revendiqué l'honneur de le conduire. Comme vous le savez, Majesté, le chant et la danse sont chez nous des arts nobles pratiqués par l'élite de notre nation !

– J'en suis enchanté, lui rétorqua l'Empereur et qu'allez-vous nous interpréter ?

– Une chanson d'amour célèbre et très rythmée, du folklore de ma planète, Aye Mwanai. »

À l'évocation du titre de la chanson, Pierre sursauta. Il n'était pas sûr mais... il lui semblait que le Dangue avait mentionné quelque chose qui remuait en lui de lointains souvenirs... douloureux. Déjà, tout en courbettes, le prince reculait vers son groupe. Pierre, Michelle et le professeur étaient fascinés par ce personnage plus qu'étrange. Ils n'étaient pas les seuls d'ailleurs et Caroline confia à Pierre, à voix basse, que les Dangues étaient un peuple qui avait été redécouvert récemment et que les connaissances que l'Empire avait sur eux étaient donc très limitées. Caroline en était encore à ses explications quand le prince Dangue tourna la tête vers Pierre dans un geste exceptionnellement rapide et établit un contact oculaire extrêmement bref avec lui, mais Pierre se sentit littéralement transpercé par un regard de feu ! Ébranlé, il réalisa soudain que durant le temps que mettait le prince à regagner son groupe, des serviteurs étaient venus discrètement poser des sortes de diadème sur la tête de chaque membre de la famille impériale, incluant Caroline, et sur celle de plusieurs dignitaires importants de l'Empire. Caroline rejoignit sa table, et Dreck se glissa près de Pierre qui lui avait fait un signe discret.

« Impressionné ? demanda Dreck.

– Oui. Ces gens me perturbent, et je ne sais pas pourquoi ! Que savez-vous d'eux ?

– En fait, peu de chose ! Ils viennent d'une planète très proche de la frontière la plus extérieure de l'Empire. Ils ont été oubliés pendant plusieurs siècles. Leur monde est couvert de jungles très épaisses sans animaux. Uniquement végétal ! Ces gens ont souffert de profondes carences en protéines d'origine animale… ce qui explique probablement leurs habitudes cannibales !

– Cannibale ! Oh ! mon Dieu ! Et vous acceptez cela !

– Certainement pas ! L'Empereur en a tout de suite interdit la pratique et a amplement approvisionné la planète en viande pour stopper cette déviance… mais certaines classes sociales dirigeantes ont continué à pratiquer le cannibalisme à la dérobée. Ils seraient profondément convaincus qu'en mangeant une personne, ils acquerraient sa force et son intelligence. Donc, pour être dévoré par ces gens, il faut d'abord qu'ils vous estiment !

– C'est un comble !

– Oui, mais ces pratiques sont réellement des histoires du passé ! Les cas de cannibalisme sont devenus rarissimes. »

Pierre voulut ajouter quelque chose, mais la musique inonda la salle, et le prince commença son chant tout en dansant.

Aie a mwana (2) Traduction anglaise en fin de livre, annexe II

dina quela que tu

a mo yana bib

naba do do oh yeah

« Pourquoi certains invités et la famille impériale portent-ils des anneaux métalliques ? »

Aie a mwana

sa sa eebu busheebu

una shoba bee bee

oou da la la la yeah

« Vous le saurez tous bientôt », répondit Dreck, laconique.

Bama mama ra figu

aki yeah mi missouri

ba do do ya day eedo

una payea way aki saki

una payea way aki sakissa sana

Pierre vit tout à coup Michelle se lever… et battre le rythme de la musique ! Et elle n'était pas la seule !

Aie a mwana

dina quela que tu

a mo yana bib

naba do do oh yeah

Maintenant, beaucoup de monde se levait et dansait au rythme des tambours et de la chanson.

Aie a mwana

sa sa eebu bushbeebu

una shoba bee bee

oou da la la la yeah

Tout à coup, Pierre reconnut la langue de cette chanson… « Mais… c'est du swahili ! »

Bama mama ra figu

aki yeah mi missouri

ba do do ya day eedo

aki yeah mi missouri

Il remarqua que même Vauldegarde battait maintenant la cadence. Lui aussi avait une furieuse envie de se lever et de danser, mais il résistait… et tout à coup, il vit les yeux de feu du prince braqués sur lui ! Pourtant, non, le prince ne le regardait même pas.

Bama mama ra figu

aki yeah mi missouri

ba do do ya day eedo

aki yeah mi missouri

una payea way aki saki

una payea way aki sakissa sana

Pierre était de plus en plus mal à l'aise, car il avait l'impression que la chanson résonnait directement dans sa tête sans passer par ses oreilles.

Bama mama ra figu

aki yeah mi missouri

una payea way aki saki

una payea way aki sakissa sana

Il sentit le prince darder sur lui un regard intense, alors qu'il continuait pourtant à danser et à chanter, comme si de rien n'était.

Aie a mwana

sa sa eebu busheebu

una shoba bee bee

oou da la la yeah

Les invités semblaient prendre beaucoup de plaisir à la chanson. Tout le monde dansait en rythme avec le groupe musical. Pourtant, la plupart d'entre eux n'étaient probablement pas de bons danseurs. L'Empereur et sa famille étaient impassibles à leur table.

Aie a mwana

dina quela que tu

a mo yana bib

naba do do oh yeah

La chanson était finie maintenant. Tout le monde se rassit, le groupe salua très bas et quitta la salle.

Pierre était bouleversé au-delà même de ce qu'il voulait admettre. « Vous comprenez le rôle des anneaux de métal maintenant ?

– C'était pour bloquer cette sorte d'influx télépathique ?

– Et oui ! Il est hors de question de laisser quiconque influencer l'Empereur, même un peu !

– Ce n'est pas dangereux… pour ceux qui ne sont pas protégés ?

– Non, mais il est vrai que nous ne savons pas vraiment quelle est la réelle puissance télépathique de ces gens ! C'est pour cela que nous nous protégeons bien du monde dès qu'ils apparaissent ! Mais… vous semblez perturbé ?

– Oui, j’ai eu l’impression que ce prince m’observait de très près ! »

Le front de Dreck se rembrunit tout à coup.

« Oh ! je n’aime pas cela ! Je n’ai jamais eu confiance dans ces gens ! Il y a trop de légendes qui courent sur leur compte. Ce soir, je ferai surveiller davantage votre appartement.

– Mais nous sommes au palais !

– Oui, mais… au cas où… Je suis un vieux routier, et j’ai vu tant de choses… Ne t’inquiète pas outre mesure, dans le palais rien ne peut t’arriver, tu as raison, Pierre. »

Juste ce qu’il fallait dire pour que Pierre soit réellement inquiet !

Mais la fête était terminée, et les invités quittaient maintenant la grande salle de banquet du palais, non sans venir s’incliner auparavant devant l’Empereur. Pierre, Michelle et Vauldegarde firent de même et regagnèrent l’extraordinaire appartement qu’ils avaient maintenant. Bien sûr, ils parlèrent abondamment de la soirée et des mystérieux Dangues sans que Pierre ne mentionnât son trouble, qu’il attribuait d’ailleurs plus à de la fatigue, tant il avait de la difficulté à admettre qu’il était dérangé. Ils se couchèrent en arrivant mais Pierre, par instinct, plaça sous son oreiller son bon vieux Python 357 Magnum… chargé !

Il eut beaucoup de difficulté à s’endormir ce soir-là. Le Dangue l’obsédait ! Finalement, tard dans la nuit, il finit par sombrer dans un sommeil agité, peuplé de cauchemars. C’était d’ailleurs au plein milieu d’un rêve épouvantable où il était dévoré vivant que tout à coup, son instinct de survie prit le dessus et le réveilla, l’angoisse vrillée au ventre. La chambre était plongée dans le noir le plus complet. Pierre chercha la lumière familière de son horloge de chevet… et fut incapable de l’apercevoir. Il réalisa alors ce que ce noir-là avait d’étrange ! Un noir peu ordinaire, complet… impénétrable… comme si la notion même de lumière n’existait plus… comme s’il était devenu brusquement aveugle ! Et puis, il y avait l’angoisse… une angoisse puissante qui lui tenaillait le ventre. Brusquement, il eut conscience qu’il était en danger. Il ne savait pas pourquoi, mais les choses n’étaient pas normales ! Doucement, il glissa sa main sous l’oreiller pour sentir le métal froid, mais ô combien rassurant, de son 357 Magnum.

« Tirer sur la menace… mais où est-elle ? »

Alors, le cœur battant à tout rompre, il s’efforça de sentir l’origine du danger !

Il n’était absolument pas télépathe… mais les Dangues, oui, alors si c’étaient eux, il devait essayer de les détecter par la télépathie car, et c’était là leur point faible, s’ils pouvaient entendre les autres, ils ne pouvaient pas non plus s’empêcher d’émettre. Pierre se concentra le plus qu’il put… et sentit soudain distinctement que quelque chose approchait à pas de loup depuis la fenêtre donnant pourtant sur le vide. Il se retourna d’un coup et fit feu vers la fenêtre en aveugle et en prenant soin de couvrir tous les angles possibles depuis son lit. Pierre fit feu calmement, systématiquement, en vidant tout son barillet, sachant qu'il n'aurait pas une seconde chance ! Un hurlement bestial suivit et, immédiatement après, une cavalcade et un bruit de verre cassé. Mais Pierre avait récupéré sa vision et malgré une nuit particulièrement sombre ce soir-là, il aperçut une forme filiforme se précipiter par la fenêtre brisée. Debout en un quart de tour, le cœur battant toujours la chamade, il se précipita vers la fenêtre, mais ne put rien voir !

Brusquement, la lumière jaillit dans sa chambre et Michelle, court vêtue mais armée de son Uzi, arriva en trombe dans sa chambre.

« Pierre, que se passe-t-il ? » hurla-t-elle.

Mais Pierre n'eut même pas le loisir de répondre que Vauldegarde arrivait, lui aussi équipé de son Uzi… suivi quelques secondes plus tard par Dreck lui-même et plusieurs gardes !

Surpris par l'arrivée soudaine de tant de monde, Pierre ne savait plus quoi dire, surtout qu'il s'avisa soudain que si Michelle était vraiment court vêtue, lui était… nu !

Tous quittèrent alors la chambre pour laisser Pierre s'habiller ou pour aller se vêtir convenablement, puis se retrouvèrent dans le spacieux salon de l'appartement, quelques minutes plus tard !

« Mais que s'est-il passé ? demanda Vauldegarde à Pierre.

– Quelqu'un était dans ma chambre… et semblait user de quelques trucs télépathiques pour m'obscurcir le cerveau !

– Vous êtes sûr, Pierre, que ce n'était pas simplement l'obscurité de la chambre et votre réveil brutal qui vous ont fait penser que l'obscurité était anormale ?

– Sûr ! Et en plus, j'ai vraiment entraperçu quelqu'un, et je ne suis pas télépathe, donc…

– Pierre, c'est très grave, ce que tu dis. Je ne mets pas en doute tes propos, mais il importe que tu sois absolument certain que c'était bien une sorte de télépathie hostile que tu as ressentie. »

Pierre vit bien l'air fortement préoccupé de Dreck, mais il insista :

« Dreck, je te le confirme ! Mais en fait, comment se fait-il que toi et tes gardes soyez arrivés si vite et sans avoir de difficultés pour entrer dans l'appartement ?

– Parce que je craignais justement ce qui est arrivé. Et, incidemment, j'ai les mots de passe informatiques pour pénétrer dans toutes les pièces de cet immeuble. Mais ce n'est pas le plus important ! Ce qui me préoccupe, c'est qu'il y a des rumeurs étranges qui courent au sujet des Dangues… car on parle bien ici de Dangue, non ?

– Oui, je suppose… mais des rumeurs, tu dis… Quelles rumeurs ?

– Des rumeurs qui disent que les Dangues n'ont jamais renoncé au cannibalisme, qu'ils considèrent les autres humains seulement comme de la viande sur pied. Certains vont même plus loin… et disent qu'ils ne se considèrent même plus comme humains… qu'ils auraient d'autres

maîtres ! De toute façon, la force télépathique nécessaire pour créer un tel vide dans ton cerveau excède, et de beaucoup, ce que nous croyons possible chez les humains et ÇA, c'est très inquiétant !

– Comment en être certain ?

– Par la confrontation ! Pierre, acceptes-tu de m'accompagner à l'ambassade dangue demain pour te confronter au prince ?

– Il niera !

– Peut-être, mais il devra expliquer sa blessure… car Pierre, tu l'as touché ! Il y a du sang dans ta chambre. Du sang que je vais faire analyser immédiatement ! S'il est d'origine dangue, quelqu'un va avoir des explications à donner !

– Mais… mais que voulait-il vraiment en venant dans ma chambre ?

– Il a dû t'identifier comme une proie… Certains disent que les nobles dangues doivent absolument consommer de la viande humaine pour survivre !!! Et d'autres vont même plus loin et affirment qu'en mangeant le cerveau de leur victime, les Dangues sont capables d'ingérer les molécules de mémoire sans les digérer tout de suite et ainsi d'accéder à la mémoire de leur victime !

– HEIN? Mais… mais… ce type voulait me bouffer… pour ma mémoire?

– Je n'y croyais pas vraiment avant… mais maintenant… qui sait ? »

Les échantillons de sang révélèrent, hors de tout doute, que c'était bien un Dangue qui était dans la chambre de Pierre. Il fallut bien sûr attendre quelques heures, ne pouvant pas débarquer à l'ambassade en pleine nuit, mais Dreck faisait surveiller l'édifice pour éviter toute fuite de suspects.

Enfin vint le temps de la confrontation. Le personnel de l'ambassade ne fit aucune objection à ce qu'ils pénètrent à l'intérieur. L'ambassadeur les reçut froidement mais poliment, dans une pièce richement décorée de dessins de dragons… mangeant des humains !

« Messieurs, que puis-je pour vous ?

– Nous désirerions rencontrer le prince Kissawigu !

– Messieurs, vous arrivez tard… vous arrivez tard ! Le prince est mort cette nuit !

– Vraiment ? Et de quoi est-il mort ?

– D'une crise cardiaque, soudaine et imprévisible !

– Vous nous voyez des plus surpris… et attristés par la nouvelle, vu que le prince avait dansé pour l'Empereur hier soir.

– Hélas ! monsieur Reivax, la vie est si… imprévisible et si… cruelle !

– Pouvons-nous le voir une dernière fois ? Nous voudrions lui rendre hommage.

– Mais certainement ! Veuillez me suivre… Il est exposé en chapelle ardente à quelques pas d'ici ! »

Dreck, ses gardes et les Terriens suivirent l'ambassadeur vers la petite salle où était exposé le prince… et durent se rendre à l'évidence que ce dernier était bien mort ! Tous pensèrent que Pierre ne l'avait pas manqué. Pierre, d'ailleurs, se pencha sur le corps à la recherche de traces de balles. Des étoffes enveloppaient habilement le prince, rendant l'observation très difficile. Mais Pierre, en combattant de longue date, repéra l'impact de sa balle juste en-dessous du sternum ! Un coup mortel ! Comment ce diable avait-il fait pour revenir chez lui ? Pierre s'approcha un peu plus encore pour voir s'il n'y avait pas d'autres blessures quand, tout à coup, il se retrouva dans le noir ! Comme l'autre fois, c'était un noir épais, synonyme d'absence complète de lumière. Mais là, il n'était pas seul ! Un autre esprit était là… terrorisé. Une conscience autre que la sienne, un être qui cherchait désespérément… une sortie… une évasion ! Mais il n'y en avait pas !

Au contraire, au fur et à mesure que les secondes passaient, c'était comme si l'obscurité avançait… inexorablement, suscitant une terreur encore plus absolue, contagieuse, que même l'esprit de Pierre ressentait ! L'esprit du prince était comme un fauve qui sentait la maison prendre feu et était incapable de quitter sa cage… car il n'arrivait pas à quitter cette cage qui était ce qui restait de son cerveau. Mais il ne voulait pas renoncer. Il se jetait vers l'obscurité et rebondissait sur elle toujours un peu plus loin. Pierre sentait la lente mais inexorable progression de la nuit qui suivait, ombre maléfique, la mort biologique des organes du prince. D'abord, il n'avait plus senti ses pieds puis ses mains puis… puis tout le reste. Pierre vivait cela avec lui, car un être télépathique avait une relation avec ses organes différente des autres humains… il les sentait littéralement un par un… et il sentait leur effondrement, leur dégradation inexorable, privés qu'ils étaient de tout oxygène. Prisonnier d'un cerveau survivant pour le moment, le prince vivait la mort en direct de chaque partie de lui-même… tout en revoyant sa vie… ses buts… ses espoirs… sa mission… son échec avec ce Terrien qui intéressait tellement les dieux volants… sur… sur… Gorgotal ! Pierre accompagnait les pensées du prince… qui n'en finissait pas de mourir… de hurler dans la nuit, chaque fois qu'une petite lueur de ce qu'il avait été s'éteignait définitivement. La nuit se rua à l'assaut du prince une nouvelle fois, et, après un ultime cri de terreur absolue, son esprit sombra dans le néant !

Pierre avait maintenant l'impression d'être lui aussi progressivement avalé par cette effrayante obscurité qui semblait tout avaler autour de lui.

Il venait d'assister en direct à la vraie mort d'un être ! Il se sentait épouvanté, glacé jusqu'à la mœlle des os. Mais ce n'était pas son jour à lui, alors la lumière revint et il constata, étonné, qu'il était couché à même le plancher et que ses amis étaient penchés sur lui, le regard très inquiet.

« Mon Dieu, Pierre, mais que vous est-il arrivé ? »

Mais ce fut l'ambassadeur qui répondit :

« La MATA… la MATA! Vous avez assisté à la mort du prince, n'est-ce pas ? »

Pierre ne répondit pas tout de suite, trop secoué par ce qu'il venait de vivre. Dire qu'il avait coutume de dire que la mort ne l'effrayait pas… La maladie, oui, disait-il, ça, il en avait peur. Mais la mort ! La belle affaire… vous partez, c'était tout ! Il venait de voir la grande faucheuse au travail… et maintenant… oui… la mort lui faisait peur ! Maintenant, Pierre savait que plus jamais, il ne se vanterait que la mort ne lui faisait pas peur… non cela, il ne le dirait plus jamais… plus jamais !

CHAPITRE 47 – SORAYA

Hashshashin, bras vengeurs des vrais humains, toi qui cherches à sauvegarder notre saint patrimoine génétique, sache que tous les altérés sont tes ennemis !

Hashshashin, mon frère, sache aussi que parmi cette masse grouillante de sous-humains dégénérés, certains osent te regarder et se comparer à toi. Certains osent même se prétendre meilleurs que toi !

Toi, le dernier rempart de Dieu, comprends que parmi eux se cache le Diable !

Oui, mon frère, le Diable !

Celui qui a défié le Grand Architecte et qui s'est réincarné dans une race maudite parmi les races maudites !

Les Uïgures, mon frère ! Les infects Uïgures ! Ce sont eux, les suppôts de Satan !

Non seulement ils sont altérés au-delà de toute possibilité de reconversion, mais eux le sont par choix délibéré ! Les Uïgures ont eux-mêmes changé leurs gènes ! Dans leur orgueil démentiel, ils ont osé toucher au sacré, au don de Dieu, pour le métamorphoser, le modifier, le transformer.

ILS SONT CEUX QUI ONT FABRIQUÉ LE GRAND TRANSLOCATEUR.

Très vils s'il en est, ils ont condamné l'humanité à l'errance génétique et ont fait de toi le gardien de la création !

Mon frère, Il le sait et te réserve une place directement à ses côtés si tu devais tomber face aux bâtards uïgures.

Tes ordres sont simples !

Tue-les !

Tous !

Sans pitié ni remords !

Ce sont des créatures de l'enfer ! Le Grand Architecte ne les reconnaît pas comme siens ! Tue toujours, d'abord les Uïgures, même si tu as l'occasion de tuer plus d'individus d'autres races.

Rappelle-toi éternellement que, contrairement aux autres qui ne sont que de pauvres dégénérés, eux ont choisi de défier Dieu !

Mais mon frère Hashshashin, même si les Uïgures sont la lie de l'humanité, comprends donc que même dans la lie, il y a la lie de la lie !

Oui, pire que la lie !

La femme uïgure, mon frère Hashshashin, la femme uïgure !

Si tu as le choix entre un homme uïgure et une femme uïgure, que ton bras n'hésite pas, tue la femme !

Elle est l'incarnation de l'errance non seulement génétique, mais surtout spirituelle, de l'humanité.

Sa seule présence avilie l'homme ! Jamais une femme uïgure ne témoigne de respect envers les hommes, même ceux de sa propre race !

Sous prétexte de liberté, elle nie la juste autorité du père, du frère et même du mari !

Elle se prétend libre, égale de l'homme, mais en profite pour se livrer à la pire des débauches sexuelles.

La femme uïgure choisit elle-même ses partenaires mâles, allant jusqu'à leur faire d'abominables propositions ! Elle pond et repond des enfants, tous de géniteurs différents, et prétend même les élever, ne donnant à l'homme qu'un rôle égal au sien, niant son rôle prépondérant de père, pourtant décidé par le Grand Architecte lui-même !

La femme uïgure, mon frère, est l'ennemie de l'humanité non seulement par ses gènes, mais aussi par sa vie !

Elle n'est pas amoureuse de l'homme, mais de son sexe !

Crains la contagion de cette engeance sur ta compagne !

Tue-la toujours en premier, puis détruis son corps par le feu pour purifier l'air de sa vile présence !

Le vieux sur la montagne

Pierre attendait un visiteur cet après-midi-là. Mais pas n'importe lequel ! Un Uïgure ! Le prince Rotangar lui avait téléphoné et demandé s'il accepterait de parler à un membre de sa délégation au sujet de la Terre.

Pierre, fasciné par eux, avait accepté sans hésiter. Alors quand le contrôleur du building l'avertit de l'arrivée d'une personne de race uïgure pour lui, il était prêt pour son visiteur. Le carillon de sa porte résonna, Pierre l'ouvrit… et eut la surprise de sa vie !

Elle ! C'était elle ! Elle qu'il avait déjà croisée à deux reprises dans des circonstances difficiles ! Elle qui déclenchait chez lui… des sentiments qui le mettaient mal à l'aise ! Elle, magnifique créature à la peau couleur olive et aux yeux tellement bleus qu'il restait rivé à son regard malgré l'incroyable décolleté de sa robe… Soraya, car c'était bien elle dont il s'agissait ! La fille du prince en personne !

Pierre se reprit tout à coup et la fit entrer… pour soudain être fasciné par son décolleté qui effleurait les mamelons des seins, juste assez pour les cacher, mais tout en laissant voir leur galbe parfait. Elle, resplendissante dans sa robe ouverte jusqu'au nombril, et qui regardait Pierre d'un air narquois!

Elle, qui avança légèrement sans que lui ne bougeât, tétanisé, incapable de dire un mot !

« Merde, pensait-il, cette robe qui suit ses mouvements sans… en dévoiler davantage !

– Monsieur Sheine ? Je suis envoyée par le prince Rotangar, mon père, pour parler de la Terre avec vous et, si vous le voulez bien, prendre un échantillon à des fins d'analyse génétique, dit-elle, son sourire narquois toujours aux lèvres.

– Mon Dieu qu'elle est belle ! pensa Pierre.

– Monsieur Sheine ?

– Heu… excusez-moi, se reprit Pierre, je suis surpris de vous voir… Je m'attendais à quelqu'un d'autre !

– Oh ! fit-elle, je ne conviens pas ?

– Oh non ! Ce n'est pas ce que je voulais dire… ! »

Soraya s'avança encore un peu mais Pierre, en lourdaud qu'il était, ne bougea pas.

Elle le toucha légèrement, ce qui la fit rougir… et déclencha un violent désir chez Pierre.

Lui, incapable de résister davantage, la prit soudain dans ses bras et l'embrassa avec fougue ! Elle… lui répondit !

Pierre tenta de soulever sa robe… qui soudain, comme mue d'une intelligence propre, se sépara en morceaux ! Elle… nue… magnifique ! Et Pierre la prit dans ses bras et l'emmena vers la chambre… sans qu'elle résistât.

Ils roulèrent sur le lit et devinrent amants ! Elle soupira, et il lui refit l'amour !

Elle monta sur lui et en voulut encore ! Lui, répondit et se répandit une fois encore en elle !

Lui, infatigable, la reprit encore et encore… et encore ! Elle lui sourit toujours, narquoise, entre deux gémissements ! Lui, gémit cette fois, et en voulait toujours !

« Mais c'est impossible, ça », pensait-il, entre deux assauts de son amante. Il essayait de compter… Il savait qu'il était vraiment, mais alors là, vraiment en forme ce soir-là… Trop même! Mais le désir était toujours là et le submergeait ! Elle aussi, tentait de reprendre le contrôle d'elle-même… y parvenait… jusqu'à ce que Pierre la touche… et reparte alors à l'assaut !

Combien de temps se firent-ils mutuellement l'amour ? Ils ne le savaient pas et n'en avaient cure ! Enfin, leurs corps rassasiés d'amour, ils s'enlacèrent tendrement… calmés !

« Heu, commença Pierre, je… je… tu es belle comme l'amour ! Je crois que je suis accro !

– Hé, monsieur Pierre, c'est à peine si on a été présenté, lui répondit Soraya en éclatant de rire.

– C'est vrai… Je suis Pierre, de la Terre, dit-il mi-figue, mi-raisin.

– Et moi, Soraya, fille du prince Rotangar ! J'étais supposée vous interviewer et pas me faire faire l'amour par vous, cher monsieur ! Ça vous fait quoi de faire l'amour avec une princesse ?

– Que du bien, madame, que du bien ! Et vous, princesse, vous avez apprécié ?

– Effectivement, cher monsieur ! Vous fûtes même plutôt bon en cette matière !

– Heu… incontestablement ! Un peu trop bon d'ailleurs, finit Pierre d'un air penaud.

– Ah, ah ! cher monsieur ! Vous auriez dû vous méfier de la femme uïgure ! Ne savez-vous pas que nous avons le diable lui-même en nous ?

– Non, mais c'est un type de diable… qui m'est plutôt sympathique !!!

Cela dit…

– Cela dit, tu trouves que tes performances sont un peu au-dessus de tes capacités habituelles… et ça t'inquiète !

– Heu… oui !

– Tu veux savoir ?

– Oui !

– C'est mon rouge à lèvres. Je… tu… En fait, moi aussi, je t'avais remarqué et tu… m'attires depuis un certain temps. Alors… quand mon père m'a proposé de t'interviewer, j'étais folle de joie ! Je ne savais pas ce que tu ressentais, mais au cas où…

– C'est quoi, le rapport avec ton rouge à lèvres ?

– Euh… eh bien… il est bourré de microcapsules… qui se dissolvent avec la salive… des microcapsules qui contiennent de très puissants stimulants… sexuels. Deux sortes de capsules, en fait ! Une pour les hommes et une autre pour les femmes ! En quelque sorte, finit en riant Soraya, tes baisers nous ont envoyés tous les deux sur orbite ! »

Pierre se joignit à elle et rit, lui aussi, de bon cœur !

« Tu ne m'en veux pas ? lui demanda-t-elle encore.

– Pour la meilleure partie de jambes en l'air de ma vie ? Non, mais tu rigoles ? Cependant…

– Cependant ?

– Heu… tu sais, je ne suis plus si jeune… la cinquantaine bien sonnée… et toi…

– Quoi, moi ?

– Bien… tes vingt ans… Je me fais l'effet d'un petit vieux détournant une mineure !

– Mineure ? Ah oui ? Tu es sûr ? Quel âge me donnes-tu ?

– Eh bien… vingt, vingt-deux ans, pas plus !

– J'ai quatre-vingt-dix ans, six enfants dont deux plus âgés que toi ! Ça te fait quoi de faire l'amour avec une vieille ? »

CHAPITRE 48 – COCHONS VOLANTS!

« Papa! C'est dangereux ! Je n'aime pas ça !

– Caroline ! Il y va avec Dreck, un chasseur et cinq gardes ! Et comment sais-tu ça ?

– On se parle souvent ! J'aime bien parler avec lui !

– Caroline, tu sais qu'il a des idées pas très conformes à celles de l'Empire !

– Il m'a sauvé la vie, non ?

– Oui, bien sûr, et je lui en suis reconnaissant, mais... tu es fille d'empereur et... certaines de ses idées ne sont pas de circonstance ! De plus, c'est lui qui a vraiment vu ces lieux, il est donc indispensable qu'il accompagne Dreck dans ce voyage !

– Mais, papa, tu les mets en danger !

– Mais non, Caroline. Tu sais bien que je ne ferais pas ça. De toute façon, c'est Dreck qui voulait y aller. De très graves événements s'y préparent peut-être ! Il est absolument impératif d'enquêter !

– Alors, envoie une flotte !

– Voyons, Caroline, je ne peux pas faire ça ! Tu t'inquiètes pour rien. Ce sont de grands garçons, tu sais !

– Papa... j'ai un mauvais pressentiment ! »

Simon éclata de rire.

« Tu es voyante maintenant ?

– Papa, ne te moque pas ! C'est mon anniversaire demain, et j'ai droit à un cadeau, non ?

– Oui, ma chérie, quinze ans demain ! Oui, tu as droit à un cadeau... mais pas une flotte de navires de guerre !

– J'ai quand même droit à un cadeau, non ?

– Bien sûr !

– O.-K., pas toute une flotte... mais... un seul vaisseau... peut-être ?

– Voyons, Caroline... mmm... un seul vaisseau ?

– Oui, juste un navire... qui pourrait faire des manœuvres dans le coin?

– Bon, je pourrais toujours arranger ça ! Je trouverai un prétexte. Mais juste un seul navire, alors ?

– Oui, juste un seul navire.

– O.-K., tu as ma parole ! Je vais donner des ordres !

– Papa, je peux choisir le navire que tu enverras ? »

Simon, hilare, répondit à sa fille.

« O.-K., amiral Caroline, quel navire veux-tu envoyer ?

– Celui-ci », lui dit Caroline en écrivant un nom sur un petit papier.

Simon jeta un coup d'œil sur ce qu'avait écrit sa fille. Tout à coup, il n'eut plus envie de rire... mais une promesse était une promesse !

Comme souvent maintenant, Michelle et Vauldegarde allaient à l'ULB où ils se sentaient bien, parfois pour suivre des cours, les deux ayant un appétit féroce pour la science, ou pour participer comme experts rémunérés à une session de travail du comité d'études récemment créé sur la Terre. Pierre, lui, travaillait plutôt avec la Garde, celle-ci ayant de nombreuses questions sur les multiples guerres de la Terre. Même s'il n'aimait pas vraiment cela, il en était un expert... à la façon terrienne, bien sûr !... La Garde faisait maintenant face à une guerre de guérilla sur Notre-Monde, et elle se rendait compte que ses immenses moyens technologiques étaient mal adaptés à ce genre de combat, les AFFARAS & ISSARS étant de redoutables adversaires ! Accessoirement, cela avait eu aussi pour conséquence de lui procurer un revenu substantiel... et d'éloigner toutes craintes à ce sujet.

Soraya était prise ce soir-là, alors souvent dans ces cas-là, il sortait avec Dreck, habituellement seul lui aussi ! Depuis la série de tristes événements, les choses s'étaient calmées, et c'était probablement dû à la féroce répression ordonnée par l'Empereur. Les informateurs disaient tous que les Hashshashins en avaient eu pour leur compte pour le moment et se tenaient tranquilles. Informés de cela, Pierre et ses compagnons, ne voulant pas d'une prison dorée, ne se privèrent plus de se promener librement dans Oulan Bator, moyennant toutefois le port de quelques dispositifs minuscules de repérage et d'une « peau de Goldorak »! La Garde savait alors, au centimètre près, où ils étaient, et s'organisait pour être toujours à proximité ! Et les « peaux de Goldorak » les mettaient à l'abri de beaucoup de choses. Bref, excepté ces quelques précautions, ils se sentaient libres de faire ce que bon leur semblait. Ils en profitèrent alors pour explorer à fond cette fantastique cité qu'était Oulan Bator ! Pierre, en particulier, découvrit rapidement qu'il l'appréciait énormément, ayant toujours aimé dans le passé déambuler dans les grandes villes de la Terre, comme Paris, Londres, New York, Buenos Aires et tellement d'autres ! Toujours, il les découvrait à pied, explorant les grands boulevards et les petits coins retirés. Il fit donc naturellement la même chose ici et fut rapidement en mesure d'apprécier l'extraordinaire beauté de cette ville, la grande gentillesse de ses habitants et, bien sûr, le nombre incroyable de restaurants divers qui envahissaient ses rues et qu'il essayait… systématiquement !

Alors quoi de surprenant pour Pierre de retrouver Dreck ce soir-là, un homme devenu un ami proche, et de dîner à la terrasse d'un restaurant en front de mer ?

Comme d'habitude, la conversation allait bon train et le sujet du fameux monde de Gorgotal, que Pierre avait vu dans l'esprit du prince Kissawigu, revenait souvent.

« Alors, Pierre, demanda Dreck, as-tu été capable d'identifier Gorgotal grâce à la Garde ?

– Eh bien, oui, c'est pour cela que je voulais te voir aujourd'hui ! Tu devrais avoir un rapport officiel sur ta table demain, mais je voulais t'en glisser un mot tout de suite.

– Merci, et comment s'appelle alors ce monde ?

– Dombergé ! C'est le monde de Dombergé, du nom du découvreur !

– Hé, mais c'est un monde extra-Empire ça ! Et il est particulièrement dangereux. Toutes les tentatives de le coloniser ont été un échec ! Les colons se sont toujours tous faits massacrer sans que nous soyons même capables d'identifier ce qui les avait attaqués et pourquoi ! Toujours de la même façon, brûlés vifs… et ce, malgré la présence de gardes et de nombreuses armes dans les mains des colons. On a fini par renoncer, le jeu n'en valait pas la chandelle. En fait, c'est un des rares mondes ayant une vie végétale et animale supérieure qui ne soit pas d'origine humaine !

– Eh bien, maintenant tu as un problème de plus ! Ce monde n'est vraiment pas innocent !

– Je vais devoir y aller, je pense, et je m'y rendrai avec une force suffisante pour…

– … ne rien découvrir !

– Pardon ?

– Si tu y vas avec une escadre, tu ne trouveras rien ! Il faut plutôt y aller ni vu ni connu, avec un petit navire, si possible furtif, pour y découvrir ce qui se trame !

– Moi, d'accord avec hors-venu », dit tout à coup une voix puissante derrière eux.

Ni Pierre ni Dreck n'avaient vu venir le personnage qui se tenait derrière eux, absorbés qu'ils étaient par leur conversation ! Mais ils sursautèrent, et Dreck pâlit même, en reconnaissant un maître chasseur issar !

« Vous, excusez moi perturber dîner vous ! Moi, être maître Illunga Akugamé, grand maître chasseur issar !

– Et que fait un maître chasseur issar loin des lieux où il excelle ? lui demanda Dreck, soudain très tendu.

– Moi, faire partie délégation pas officielle, venue Oulan Bator avec compagnons Grand Temple ! Toi aussi, membre Grand Temple ! Moi, vouloir parler vous !

– La dernière fois que j'ai rencontré un maître issar, cela ne s'est pas très bien passé, alors ne m'en veuillez pas si...

– Mais toi, tuer maître Ikoumé, cousin à moi et fils et neveux Ikoumé, non ? »

Dreck se crispa et mit la main sur la petite arme qu'il portait à la ceinture. Pierre fit de même avec son éternel 357 Magnum.

« Non, non, moi, pas vouloir tuer vous, sinon vous déjà morts !

Akugamé seulement vouloir parler ! Akugamé rien à voir avec Ikoumé ! Lui toujours dire être le plus grand chasseur issar, mais pas vrai !

– Alors, c'est qui, le plus grand chasseur... vous ?

– Oui, moi, le plus grand ! Colonel, personne en vouloir à vous parce que tuer Ikoumé ! Vous défendre vous ! Ça, être loi chasse ! Proie peut défendre sa vie ! Si proie gagner sur chasseur... tant pis pour chasseur ! Vous et aussi hors-venu être grands chasseurs. Akugamé sait voir, Akugamé respecter grand chasseur, même si pas Issar !

– Je n'ai pas vraiment apprécié d'être une proie !

– Colonel, nous en guerre, nous savoir vous suivre piste saurosaures alors... !

– Mais que voulez-vous, bon sang ?

– Cette guerre, entre nous, pas bon... Nous, tous humains ! Nous gaspiller forces, vrais ennemis rire de nous !

– Et vous, vous allez nous sauver, répondit Dreck qui avait toujours du mal à pardonner aux Issars ce qu'il avait subi.

– Dreck, laissons-le s'expliquer, intervint tout à coup Pierre.

– Fort bien, prenez donc place. Expliquez-moi pourquoi vous nous contactez et ce que vous voulez.

– Pourquoi vous pas vouloir justice pour AFFARAS & ISSARS? ! O.-K., moi, venir Oulan Bator pour parler Empereur... notre Empereur... mais lui, pas prêt comprendre Jarkaniens semence démons ! O.-K. ! Nous savoir humains beaucoup danger et venir temps grande bataille, vous, alors, besoin tout le monde, AFFARAS & ISSARS aussi! Vous, pas croire nous maintenant ! O.-K., nous vouloir montrer vous besoin nous sur Dombergé !

– Quoi ? Mais il n'en est pas question ! Et puis, je n'ai absolument pas décidé d'y aller !

– Si, colonel, vous avoir déjà décidé aller, ça bien ! Vous prendre M. Pierre, lui connaît jungle et lui aussi grand chasseur ! Mais aller comme chasseur ! Pas bruit… guetter… attaquer… petit nombre chasseurs, vous avoir besoin vrais pisteurs, vous besoin moi… sinon pas survivre !

– Nous n'avons pas besoin de vous… la Garde…

– Gardes juste bons pour tirer canon… pas bons pour bataille sale dans jungle… Nous pas sauvages, nous connaître Dombergé ! Nous être déjà allés et nous revenir ! Gardes pas revenir !

– Quoi ? Vous êtes allés sur Dombergé ?

– Oui… nous avoir légendes ! Légende dire Dombergé lieu rencontre mauvais humains et démons. Nous avoir vu démons. Eux, pas démons principaux ! Eux alliés autres démons. Nous connaître eux, et eux très très dangereux ! Humains pas survivre rencontre avec démons. Eux, manger humains ! Seulement un Issar revenir et devenu fou… mais dire à nous avant. Moi, savoir qui eux être !

– Et qui sont-ils ?

– Nous appeler eux, cochons volants !

– Cochons volants ? Et pourquoi, cochons volants ?

– Ça pas leur nom… mais tout humain connaître eux ! Si toi, dire vrai nom, toi avoir beaucoup peur. Mais devoir battre eux, alors AFFARAS & ISSARS appeler eux cochons volants pour avoir courage faire bataille avec eux ! »

Le guerrier avait tout à coup pâli en disant cela !

« Quoi, se dirent en eux-mêmes Dreck et Pierre, la simple évocation de ce qu'il appelle un cochon volant lui fait peur ? Un guerrier issar qui a peur ? »

« Ce cochon volant, il vous fait peur ?

– Moi, brave mais pas stupide ! Oui, cochons volants faire peur à moi… Mais moi, guerrier et moi, battre eux ! Moi, offrir vous service… moi, vouloir montrer vous et Empereur, AFFARAS & ISSARS être grands guerriers prêts aider Empereur dans batailles ! Alors Empereur pardonner AFFARAS & ISSARS… et tuer tous Jarkaniens ! »

C'était vraiment un étrange équipage que celui de ce petit navire !

Il y avait un colonel, chef des services secrets de l'Empereur qui, malgré son grade, pilotait lui-même le vaisseau.

Il y avait cet homme étrange venu d'un monde oublié et sur lequel couraient tellement de rumeurs.

Il y avait ce guerrier ISSAR, en mission de paix sur Oulan Bator, mais qui s'ennuyait ferme vu que les négociations n'avançaient pas et de toute façon, étaient surtout menées par un proche de Sisar Gance.

Il y avait ce lieutenant complètement imbu de lui-même, qui se demandait ce qu'il faisait avec un sauvage ISSAR dans le même vaisseau et qui cherchait les occasions pour se faire valoir.

Il y avait les quatre gardes d'expérience qui étaient là seulement parce qu'on leur avait dit d'y être.

Et il y avait le mah-jong, jeu dont l'origine se perdait dans la nuit des temps et qui occupait les hommes durant la longue traversée à bord de ce petit vaisseau où tout le monde était les uns sur les autres. Mais même le mah-jong ne pouvait cacher les profondes dissensions qui étaient apparues entre les hommes.

« Mon colonel, avait dit le lieutenant Dref, pourquoi amène-t-on un sauvage avec nous ? Nous sommes en guerre avec eux, n'est-ce pas ?

– Lieutenant, il n'y a pas plus grands chasseurs dans l'univers, croyez-moi, je les ai affrontés et de plus, ce ne sont pas des sauvages. Il s'appelle Illunga Akugamé. Je vous prierai de changer de vocabulaire… Vous pourriez irriter notre hôte… et croyez-moi, en cas de confrontation, lieutenant, vous n'auriez pas le dessus !

– Mon colonel ! Je suis sorti premier de l'Académie !

– C'est très bien, lieutenant, mais là où nous allons, c'est l'inconnu et en plus, c'est sur une planète sauvage, où notre compagnon issar devrait exceller.

– Et le hors-venu ?

– Vous en avez aussi après lui ?

– Mon colonel, nous n'avions vraiment pas besoin de ces altérés ! Nous sommes des gardes capables de gérer la situation sans eux ! Ces gens seront… des poids en cas de castagne !

– Êtes-vous sûr que ce ne sera pas vous, le poids ?

– Mon colonel !

– Bien, il suffit… merde ! Vous savez que dans un vaisseau aussi petit, tout s'entend ! Vous êtes stupide, lieutenant ! Je vais allez voir notre hôte pour… »

Mais il n'en eut pas le temps ! Déjà, Illunga Akugamé les avait rejoints.

« Je suis désolé, commença Dreck.

– Vous pas désolé, insultes homme mort pas toucher moi !

– Les insultes d'un mort ?

– Oui ! Lieutenant déjà mort, lui trop stupide… lui pas survivre ! »

Heureusement, le colonel était entre eux quand le lieutenant se précipita vers le grand guerrier issar, et il réussit à calmer son impétueux soldat… Mais les paroles du guerrier lui avaient fait froid dans le dos ! Le grand Issar, lui, n'avait même pas bronché et regardait le lieutenant avec un air hautain et… méprisant !

Pour calmer le jeu, Dreck envoya le lieutenant rejoindre ses hommes àl'avant du petit vaisseau, puis il s'adressa au guerrier.

« Je suis désolé pour les paroles blessantes de mon lieutenant, maîtreAkugamé. J'ai personnellement eu l'occasion de rencontrer certains des vôtres, et j'ai le plus grand respect pour eux.

– Moi pas vouloir mal petit lieutenant, mais lui trop trop stupide… lui dangereux pour nous ! Vous laissez lui dans vaisseau ?

– Non, c'est impossible !

– Alors, lui mort ! »

Le petit vaisseau était entré dans le système de Saltibanco où se trouvait un des rares mondes supportant une vie purement extraterrestre, c'est-à-dire sans aucune origine terrienne… ou nirvaïenne ! Le soleil de Saltibanco était relativement grand et commandait un ensemble de vingt-trois planètes : dix-sept géantes gazeuses et six planètes rocheuses dont seulement une était bien placée pour abriter la vie : Dombergé ! Ce qu'il y avait aussi de notable, c'était la très grande quantité d'astéroïdes qui caracolaient entre Dombergé et les géantes gazeuses. Ce fut pour cela qu'ils faillirent ne pas repérer le vaisseau géant similaire à celui qui les avait pratiquement transformés en hamburgers bien cuits sur le HMS Destructor. Heureusement, eux étaient sur un Super Scout déployant la technologie Mandrake… et donc quasi invisible pour le bandit, comme le qualifiaient les gardes.

Tout de suite, ils surent qu'ils avaient trouvé un filon juteux… mais dangereux ! Heureusement, grâce à la technologie Mandrake, ils n'eurent pas de difficultés à gagner la haute atmosphère de Dombergé.

« Terminus, décréta Dreck, tout le monde descend !

– Quoi ? questionna Pierre.

– C'est simple, Pierre. On parque le vaisseau en altitude et on descend en réacteur dorsal vers le sol, puis on continue vers l'endroit que tu as vu dans la tête du prince Kissawigu !

– Mais on va se faire repérer !

– Non pas avec les capes de Mandrake !

– Tu es sûr ?

– Oui… enfin… sauf s'ils soupçonnent notre présence !

– Et s'ils soupçonnent notre présence ?

– Heu… dans ce cas, ils pousseront leurs radars au maximum… et notre cape ne sera pas capable de gérer une telle quantité d'énergie… et ils nous verront ! Bon trêve de bavardages, équipez-vous. Nous descendons dans dix minutes. Exécution ! »

Bien sûr, Dreck étant le chef d'expédition, tout le monde s'exécuta !

Et en bon chef, il inspecta lui-même chacun de ses hommes avant la sortie du navire, maintenant stationnaire en haute altitude, à environ cinquante kilomètres de leur destination finale. Quand ce fut le tour de Pierre, Dreck repéra, en plus des puissantes armes fournies par la Garde et l'éternel 357 Magnum de Pierre, une curieuse petite bouteille fixée à sa taille.

« Mais qu'est-ce donc que cela ? »

Pierre ne répondit pas tout de suite, se remémorant justement la raison de la présence de cet objet à sa ceinture. C'était juste la veille de leur départ. Michelle était venue lui parler.

« Pierre, je n'aime pas cette mission », lui avait-elle dit tout de go, avec un visage inquiet !

Surpris, Pierre le fut énormément ! Quoi, Michelle la froide, Mme IQ, qui affichait clairement son mépris pour sa liaison avec Soraya, s'inquiétait tout à coup pour lui ?

« Voyons, Michelle ! Je suis le seul à avoir vu le site, et Dreck compte sur moi !

– Dreck t'a-t-il parlé des dangers de cette planète ?

– Un peu !

– Un peu ! Une planète où tous les humains furent systématiquement exterminés ! Par le feu en plus !

– Oui, il m'en a parlé !

– En détail ?

– Bof !

– Donc il ne t'a pas dit qu'à la dernière tentative de colonisation, un bataillon complet de Gurkhas puissamment armés protégeait les colons… et qu'ils furent tous exterminés sans qu'aucune trace des assaillants ne fût trouvée?

– Il ne m'a pas donné de détails !

– Évidemment, dans ce genre de mission, les détails ont peu d'importance !

– Michelle ! Dreck est mon ami !

– Bien sûr ! Et entre mâles gonflés à la testostérone, vous vous comprenez ! Dès qu'il y a de la castagne, le Pierrot, il répond présent !!

– Mais enfin, Michelle, pourquoi viens-tu me voir si c'est pour m'engueuler ? »

Michelle se radoucit brusquement.

« Pierre… je… je ne la sens pas, cette mission ! Je me suis renseignée… à l'université, ils ont beaucoup d'infos sur tout… et Dombergé a vraiment mauvaise réputation !

– Bon, promis, je ferai attention !

– Pierre, je… je sais que je n'ai pas toujours été correcte avec toi, loin s'en faut, mais… toi et le professeur, vous êtes maintenant ma seule famille… et je ne veux pas qu'il t'arrive malheur ! »

Pierre fut déconcerté par l'émotion sincère qui émanait de Michelle.

Pourtant, elle savait pour lui et Soraya ! Décidément, il ne comprendraitjamais rien aux femmes !

« Mais Michelle, toutes les précautions sont prises, et Dreck ne risquerait pas nos vies… C'est un ami quand même !

– Pierre, Dreck est certainement un ami… mais il est dévoué corps et âme à son Empereur… et te sacrifierait… peut-être avec regret, mais sans hésitation, si cela était nécessaire, pour son Empereur ! »

Pierre ne put faire autrement que de reconnaître la justesse de la réflexion de Michelle… Lui aussi était un soldat. Il savait que parfois, les impératifs de la guerre voulaient que… certains fussent sacrifiés !

« Soit, Michelle, mais nous ne sommes pas des agneaux que l'on envoie à l'abattoir ! Nous serons dotés des meilleures armes de la Garde !

– Le bataillon gurkha aussi était doté des meilleures armes !

– Tu as sans doute raison, Michelle, mais parfois il y a des impératifs supérieurs…

– … qui justifient ta transformation en viande bien cuite ! Bon, je ne te convaincrai pas, je suppose ! Pourtant, après toute cette vie de batailles…, j'aurais cru… Bon, puisque tu y vas, je vais essayer au moins de te renseigner. J'ai déterré quand même certaines infos sur Dombergé et essayé de les analyser le plus logiquement possible. D'abord, un bataillon de Gurkhas surarmé se fait cuire les orteils et ne semble pas avoir riposté ! Tuentends, Pierre ? AUCUNE TRACE DE TIR NE FUT TROUVÉE QUAND LES SECOURS ARRIVÈRENT!

– Tu en conclus ?

– Je suis informaticienne, Pierre, et je peux t'assurer que j'en connais un bout sur les systèmes qui sont censés faire des merveilles et qui merdent et remerdent au moment où on en a besoin ! Tous ces foutus bidules électroniques SONT FRAGILES! Et s'ils foirent au moment où tu en as besoin, tu es cuit ! Et c'est le cas de le dire !

– Mais enfin, qu'est-ce qui te permet de dire cela ? Tu n'y es pas allée, non ?

– C'est vrai, Pierre, mais j'ai tenté de comprendre ce qui aurait pu se passer, et j'en suis arrivée à une conclusion ! Les hommes de l'Empereur sont trop confiants dans leur quincaillerie électronique et sont démunis si elles ne fonctionnent pas !

– C'est peut-être vrai, mais que faire alors ?

– Moi, je n'aurais pas envoyé des humains, mais des robots ! Mais Dreck veut jouer au héros... alors... ! Pierre, je veux que tu prennes nos armes... Au moins, si ça merdouille, tu auras quelque chose de solide !

– Ne t'en fais pas, je vais prendre mon 357 Magnum!

– Prends ça aussi ! »

Et Michelle lui tendit... une grenade !

« Mais d'où sors-tu ça, toi ?

– C'est Jack qui me l'a donnée... quand il soupçonnait une possible attaque sur la base... avec l'Uzi. En fait, c'est moi qui la lui ai demandée !

– Mais pourquoi ?

– Parce que... tu sais ce qui m'est arrivé, il y a quelques années ?

– Oui !

– Je ne voulais pas être la proie de ces mercenaires... Alors si les choses avaient mal tourné... je m'étais promis de me faire sauter avec le ou les salauds qui... qui...

– Et Jack a accepté cela sans discuter ?

– Oui... il a compris tout de suite ! Et cette grenade est un peu, pour moi, comme ton 357 Magnum... quelque chose qui me protège ! Pierre, prends cette grenade, au moins elle pourra te servir si tous les joujoux high-tech de Dreck tombaient en panne !

– Pierre ? questionna de nouveau Dreck.

– Cette bouteille, comme tu l'appelles, est une arme terrienne !

– Tu as déjà ton 357 Magnum! Laisse-la ici, nos armes sont bien meilleures !

– Elle n'est pas encombrante… et mes armes ont fait leurs preuves, non ?

– Bon, si tu veux ! Allons-y alors… et que le ciel nous vienne en aide !

Vive l'Empereur ! cria Dreck, juste avant de sauter.

– Vive l'Empereur ! » crièrent les gardes en le suivant.

Le grand Issar, lui, sauta sans mot dire… tout comme Pierre !

Protégés par leur cape Mandrake, ils descendirent vers le sol sans faire de mauvaises rencontres. Dombergé était vraiment très particulier et pour la première fois depuis que Pierre était arrivé dans l'univers de Dreck, il eut vraiment une impression d'étrangeté. La forêt dans laquelle ils venaient tous de se poser, si on pouvait vraiment la qualifier comme telle, était déroutante! Les arbres ressemblaient à des graminées géantes qui pouvaient atteindre une dizaine de mètres de haut avec parfois quelques exemplaires de cent ou même deux cents mètres de haut, un peu comme des bambous colossaux dont la couleur ocre virait parfois franchement au rouge vif! Au sol, des mousses énormes et spongieuses dans lesquelles ils s'enfonçaient jusqu'aux genoux et qui avaient une réaction de retrait chaque fois qu'ils la touchaient, donnaient l'impression de s'enfoncer dans un animal plutôt que dans du végétal! Sans compter ces choses visqueuses qu'ils écrasaient aussi parfois et qui fuyaient sous leurs bottes. Et cette couleur rouge qui finissait par blesser l'œil! Tous ressentaient violemment que cette planète n'était pas faite pour eux et qu'elle appartenait à d'autres. Mais ils étaient des soldats et pouvaient contrôler ce sentiment de panique qu'ils sentaient poindre en eux. Comme convenu, ils coupèrent leurs capes Mandrake pour pouvoir se voir et se parler. Pierre nota que le petit lieutenant était bien pâle, ce qui ne le rassurait pas le moins du monde. Dreck semblait sûr de lui et surveillait discrètement son lieutenant. Quant au maître issar, il scrutait l'horizon !

« Bien, Pierre, tu reconnais les lieux ? demanda Dreck.

– Absolument ! J'ai repéré le lieu de rendez-vous exactement à deux kilomètres d'ici, vers le sud ! En fait, là où se trouvait cette petite colline noire, au centre d'une sorte de clairière… exactement ce que j'avais vu dans la tête du prince ! Tu l'as vu, toi aussi ?

– Ça, pas colline, Pierre, intervint le Illunga, ça, navette spatiale cochons volants !

– Quoi ? s'écrièrent en chœur Pierre et Dreck.

– Oui, Illunga bien voir, ça, pas naturel ! Aller maintenant sans voler par forêt, en marchant doucement, comme chasseurs ! Moi, suggérer couper cape Mandrake !

– Mais pourquoi couper les capes ?

– Mandrake être chose électronique. Cochons volants pas animaux, eux avoir détecteurs et peut-être avertir nous ici… Alors utiliser forêt pour approcher !

– Mon colonel, protesta le lieutenant, je considère la proposition du sauvage comme ridicule et dangereuse ! Pourquoi ne pas utiliser notre technologie supérieure ?

– Petit lieutenant stupide, eux savoir nous ici ! Eux attendre nous pour tuer nous !

– Mon colonel !

– La ferme, lieutenant ! Pourquoi dites-vous cela, Illunga ?

– Parce que Dangue savoir Pierre aller dans tête prince Norodam Kissawigu ! Donc eux avertir ennemi ! Eux savoir nous avoir cape Mandrake… donc eux attendre nous ! Et nous avoir hors-venu important avec nous !!!

– Heu… ça se tient », admit Dreck !

Mais la nature humaine avait ses raisons… que la raison ne connaissait pas… Et le petit lieutenant disparut tout à coup de leur vision ainsi que les autres gardes !

« Le con ! » s'écria Dreck.

Mais il était trop tard ! Vexé, le petit lieutenant se portait déjà vers la clairière ! Dreck voulut les suivre, mais Illunga intervint !

« Non, colonel, pas suivre ! Eux morts maintenant !

Illunga, protesta Dreck, ce sont mes hommes !

– Eux pas suivre ordres vous ! Quand soldats pas suivre ordres, soldats morts !

– Peu importe ! Ils iront en cour martiale, mais je les veux vivants !

– Bon, mais alors vous suivre moi ! Si choses tourner mal, alors au moins nous vivants ! Moi, très bon pisteur ! Vous faire confiance moi ? »

Dreck hésita, mais Pierre intervint, préférant visiblement la solution d'Illunga !

« Dreck, nous devrions suivre son conseil ! Cette planète, je ne la sens pas !

– Alors, reste avec Illunga. Moi, je cours après mes hommes pour essayer de leur mettre du plomb dans la cervelle avant qu'il soit trop tard ! »

Illunga jura soudain.

« Niama de Pori… dit-il. Bon, séparer, ça être encore plus dangereux ! Nous courir, mais moi guider… et pas utiliser capes… O.-K. ?

– O.-K. », concéda Dreck.

Heureusement, la mousse s'était faite plus rare, et ils couraient maintenant sur une terre rougeâtre, dure comme de la roche ! Illunga progressait rapidement sur la piste des gardes, mais pas en ligne droite. Il ne voulait pas se trouver derrière eux, mais plutôt de biais, pour éviter un repérage trop facile par l'ennemi. Le plus étonnant là-dedans, c'était qu'Illunga semblait parfaitement savoir où étaient les gardes, malgré leur invisibilité. Comme eux n'utilisaient pas leurs réacteurs dorsaux, contrairement aux gardes qui volaient sous le couvert des arbres, ce fut extrêmement épuisant physiquement. Heureusement, Dreck et Pierre étaient parfaitement entraînés !

« Grâce à la… gymnastique… que me fait faire Soraya », pensa Pierre, avec un sourire.

Quant à Illunga, il ne semblait pas vraiment avoir de la difficulté… En fait, il paraissait même ménager ses compagnons !

Brusquement, ils arrivèrent à la clairière ! Illunga les fit s'aplatir dans la haute mousse, en pointant le doigt non pas vers la petite colline noire, mais vers une énorme navette spatiale, car c'était bien une énorme navette à la lisière de la forêt, comme l'avait pressenti Illunga.

« Cochons volants », dit-il simplement !

Pierre et Dreck regardèrent intensément dans la direction pointée par Illunga… Tout à coup, ils virent les deux gigantesques bêtes couchées nonchalamment dans l'ombre des arbres.

Quand Pierre les visualisa, un froid glacial l'envahit soudain. Une peur atavique, venant du plus lointain passé de l'homme, étreignit son cœur et serra sa poitrine, pratiquement au point de lui couper le souffle !

« Mon Dieu, dit-il, des dr…

– Non, intervint Illunga, pas dire nom… sinon trop peur !

– Ils… ils sont gigantesques… au moins vingt-sept… trente mètres de long ! La taille d'un diplodocus, précisa Pierre.

– Et ça voler, compléta Illunga.

– Mais ce sont des animaux incroyables !

– Eux pas animaux, Pierre, eux comme nous… eux penser !

– Ho! regardez, s'écria tout à coup Dreck, les gardes… ils sont visibles ! »

Visibles, ça, ils l'étaient ! Et aussi, au beau milieu de la clairière !

Conscients de leur soudaine visibilité, ils braquèrent leurs armes vers les fantastiques créatures… qui, elles, ne bronchaient pas ! Et… rien ne se passa ! Pourtant, Pierre, qui les surveillait de loin, avait vraiment eu l'impression que les gardes avaient braqué leurs armes vers les monstres et logiquement, auraient dû ouvrir le feu. Mais, effectivement, rien ne s'était passé. Alors, fous d'angoisse, Dreck, Pierre et Illunga prirent leurs propres armes, visèrent et pressèrent la gâchette… et rien ne se passa non plus !

Leurs armes étaient complètement mortes, inutiles ! Mais les monstres n'étaient pas là pour faire de la figuration ! Le plus gros se leva tout à coup, comme s'il émergeait d'un profond sommeil, déploya une paire d'ailes gigantesques et… s'envola avec une légèreté certaine, malgré le poids astronomique qu'il devait avoir. En deux coups d'ailes, il était au-dessus des gardes qui tentaient toujours désespérément de faire feu. Le monstre les regarda avec intérêt puis, comme s'il s'agissait d'un simple jeu, ouvrit la gueule et cracha un immense jet de flammes qui brûla instantanément le petit lieutenant et ses hommes !

Dreck, en voyant cela, hurla de rage, attirant tout à coup l'attention du monstre !

« COUREZ tous dans une direction différente ! » cria alors Illunga.

Alors tous se délestèrent de leurs capes et réacteurs dorsaux complètement morts et… ce fut la débandade chez les survivants de l'équipe des hommes! Rien ! Ils ne pouvaient rien faire contre le monstre qui semblait s'amuser follement, rattrapant chacun et le forçant à bifurquer.

« Il joue au chat et à la souris. Il nous force à bifurquer et… il veut nous rassembler… pour nous griller ensemble ! C'est un chasseur », pensa Pierre.

Soudain, tout en cherchant son souffle alors que l'animal forçait Dreck à changer de direction et à revenir vers lui, une parole d'Illunga lui revint en mémoire: « Vous défendre vous ! Ça être loi chasse ! Proie peut défendre sa vie. » Pierre s'arrêta soudain et pensa à Michelle et son mépris pour les armes de Dreck… et une idée lui vint. Il changea de direction, sachant que cela allait rapidement lui valoir une attention particulière de la part du monstre ailé. Quelques secondes, et Pierre entendait déjà les flapflap des ailes de l'animal dans son dos ! Pas plus de temps non plus avant qu'il sente l'odeur de grillé indiquant que le monstre allait cracher son terrible feu ! Pierre le sentait littéralement juste derrière lui, à quelques mètres, plus haut que l'arbre qu'il venait de dépasser ! Il attendait simplement que Pierre surgisse du couvert pour l'arroser. Mais quand Pierre réapparut devant le monstre, c'était pour lui faire face… armé de son Colt Python 357 Magnum! Pierre fit feu au moment où celui-ci ouvrait la gueule, et il lui colla six balles de calibre 357 dans la tête en quelques secondes ! La féroce créature émit un hurlement terrifiant et fit un bond incroyable en l'air ! Mais ce n'était pas assez pour l'arrêter !

« Incroyable ! pensa Pierre. Avec six balles dans la tête, cette saloperie est toujours vivante ! Vivante et enragée », conclut Pierre en voyant le regard du monstre dirigé vers lui !!!

Ce dernier poussa un nouveau hurlement et se précipita directement vers Pierre.

« La colère est mauvaise conseillère, ma grande, se dit Pierre, tout en courant dans la direction opposée ! Maintenant, c'est une question de chronométrage », se dit-il en tentant de reprendre son souffle.

Brusquement, Pierre ralentit. Il entendit distinctement le fauve derrière lui donner un coup d'ailes plus puissant, comme pour se jeter sur lui !

C'était le moment qu'il attendait !

Se retournant brusquement vers l'attaquant, Pierre bondit le plus haut possible tout en jetant avec toute la force qui lui restait… la grenade de Michelle… directement dans la gueule du monstre !

L'explosion arracha la tête du monstrueux animal… et ce qui se passa alors fut totalement inattendu ! Il… prit feu ! En quelques secondes, il ne restait rien du puissant monstre volant !

« Comme le Hindenburg, pensa Pierre. Cette saloperie était bourrée d'hydrogène ! »

Mais ce n'était pas le moment de s'arrêter. Le deuxième animal, voyant ce qui venait de se passer, se précipitait déjà vers lui. Sans grenades et son revolver vide, Pierre n'avait vraiment pas beaucoup d'options. Il courut cette fois la peur au ventre ! L'effroyable bête volait à toute vitesse au ras des arbres dans sa direction… quand une chose incroyable se produisit !

Caché derrière un arbre, Illunga avait attendu le moment favorable ! Quand le monstre enragé passa près de lui, il lança une corde et attrapa une patte de l'animal dans le nœud coulant. Sous le choc, il fut littéralement arraché du sol ! Avec une incroyable agilité, il grimpa le long de la corde et en un temps record, il se retrouva… solidement agrippé au dos de l'animal !

Alors commença la plus incroyable des acrobaties aériennes ! Comme fou, le monstrueux reptile volant tentait par tous les moyens de désarçonner son cavalier. Peine perdue ! Illunga s'accrochait ! Au sol, Pierre et Dreck, sidérés, suivaient les évolutions des protagonistes avec beaucoup de crainte pour la vie d'Illunga. Celui-ci semblait donner des coups répétés avec un instrument, probablement un couteau, toujours au même endroit, sur le dos de la créature. Pierre se demandait ce que faisait Illunga… quand tout à coup, il comprit !

« Non, Illunga, ne fais pas ça ! » hurla-t-il.

Mais il était trop tard. Illunga avait vu comment le premier monstre avait brûlé vif et avait tiré les mêmes conclusions que Pierre. La bête était comme une énorme baudruche remplie d'hydrogène ! Illunga pratiquait une ouverture dans le dos de la créature maléfique pour… mettre le feu au gaz qui s'échappait ! Pierre vit distinctement Illunga allumer quelque chose… et la brusque lueur qui apparut sur le dos de l'animal. Sur le coup, Illunga lâcha prise et tomba vers le sol alors que dans le ciel, une gigantesque torche s'embrasait. Mais quand Illunga avait lâché prise, il était à au moins trente mètres de hauteur et malgré l'arbre sur lequel il tomba, ses chances de survie étaient minces. Dreck et Pierre se précipitèrent… pour recueillir ses dernières paroles :

« Il… lunga grand… très… grand cha… sœur… comme P… pi… erre ! Vous dire peuple Illunga… comment lui… tuer coch… on v… volant… promis ?

– Oui, Illunga, nous le leur dirons, lui dit Dreck avec tristesse.

– Vous… aussi dire… à Empereur… AFFARAS & ISSARS veulent se battre avec Empereur contre monstres. Empereur… pardonner nous… Empereur besoin… n… ous », finit Illunga… dans son dernier souffle.

****

Le Super Scout gagna le ciel à la vitesse maximum, mais cette fois, sans avoir son système Mandrake allumé. Les deux hommes à bord savaient parfaitement que l'ennemi l'attendait maintenant et aurait ses radars branchés à la puissance maximum, ce qui rendait inutile leur système d'invisibilité ! Leur seul espoir était de gagner les astéroïdes avant que l'énorme vaisseau en orbite les pulvérise ! Heureusement, ils avaient un excellent système Danseur à bord, et ils l'avaient activé avant même de quitter la haute atmosphère de Dombergé. De plus, Dreck était un pilote prodigieux… mais une surprise les attendait !

Il n'y avait pas un, mais trois vaisseaux géants en orbite, dont un encore plus gros et noir comme la nuit ! Celui-ci était, pour autant que Pierre pût le voir malgré sa couleur de nuit, composé de trois sections en croissant de lune qui s'interceptaient au centre, créant ainsi comme un centre plat et des côtés en « accordéon »… mais aussi une grande quantité de bord d'attaque pour un faible volume, vu de face. Évidemment, lesdits bords d'attaque n'en avaient pas que le nom, et chacun était garni de plus de… vingt canons de type Obelton, ce qui, calcula rapidement Pierre, donnait près de soixante canons pour ce vaisseau seulement. Un vrai tueur !

« Et merde, dit Pierre, nous sommes cuits ! »

Mais Dreck, lui, n'avait pas dit son dernier mot! Il savait que son vaisseau était petit et très maniable et réussit, à force de prouesses folles, à se positionner entre les vaisseaux géants, les empêchant ainsi d'ouvrir le feu, sous peine de se détruire mutuellement! Alors grâce à son incroyable talent de pilote, il réussit à gagner les astéroïdes où les vaisseaux géants ne pourraient pas les rejoindre. Déjà, ils se détendaient quand Pierre s'avisa qu'une flopée de navettes de combat surgissait des navires ennemis et se précipitait vers eux.

« Cette fois… commença Dreck, les carottes sont cuites !

– Oh! pas tant que ça, continua Pierre, regarde à 9 heures, dit-il en pointant la direction du doigt !

– Merde », eut juste le temps de dire Dreck quand… le premier des vaisseaux ennemis éclata sous une énorme décharge de rayons qui semblaient venir du soleil !

Les deux autres vaisseaux furent soudain comme fous et se mirent à tirer de toutes leurs armes, sans arrêt, dans la direction du soleil… quand une deuxième décharge colossale désagrégea le vaisseau noir ! Le dernier des attaquants voulut alors fuir, mais ce fut peine perdue ! Il alla bientôt rejoindre la masse d'électrons libres qui circulaient dans l'univers. Quant aux navettes qui avaient commencé à attaquer le Super Scout de Dreck et Pierre, elles furent prises à partie par une escadre de chasseurs de la Garde qui ne tarda pas à les exterminer.

« Des Scorpions, dit Dreck. Mais que font-ils ici ? »

Sa question obtint très vite sa réponse quand un formidable vaisseau ressemblant à s'y méprendre à une raie manta, apparut. Il portait le Vinci caractéristique des vaisseaux de la Garde !

« Colonel Reivax, ici, le HMS Prédator, êtes-vous toujours vivants ? questionna tout à coup le haut-parleur.

– Positif, nous sommes dans les astéroïdes ! Soyez remerciés mille fois ! Vous arrivez juste à temps !

– Ce n'est pas moi que vous devez remercier, colonel, mais plutôt une certaine princesse Caroline ! »

CHAPITRE 49 – LE TEMPS D'UNE PAUSE !

Voilà ! Ils l'ont livrée telle que demandée, et juste à temps! Une machine superbe ! De la puissance à revendre. Quelque chose qui ferait rêver tous les gars qu'il a connus au long de son existence. Quelque chose qui provoque chez lui un plaisir extraordinaire. Il monte dessus et aussitôt, la ceinture de sécurité s'accroche fermement autour de ses reins.

« Viens, monte, toi aussi », dit-il à sa compagne.

Elle monte derrière et se colle aussitôt à lui pendant que la ceinture s'enroule autour de sa taille. Il aime le contact avec la machine et... elle, bien sûr ! C'est comme si le plaisir était démultiplié.

« On fait un tour ?

– Mais certainement ! »

Il presse le bouton du démarreur. Bien sûr, il s'attend à un formidable vrombissement. Il ne perçoit qu'une discrète vibration... mais il sent distinctement la formidable puissance de la bête qui se réveille ! Il tourne la poignée avant gauche, et l'engin s'élève doucement. Il a pratiqué sur simulateur des heures durant et se sent prêt. De toute façon, les ordinateurs de bord corrigeront ses erreurs. La porte du garage, au sommet de l'appartement, s'ouvre, et il tourne brusquement la poignée des gaz à fond. La moto bondit brutalement dehors... à quelque cent cinquante mètres d'altitude. Devant eux, le ciel d'Oulan Bator ! Son instinct de pilote reprend le dessus. Soraya, impressionnée, se colle un peu plus à lui. Il aime ça ! Son engin est incroyable. Les voilà maintenant à près de mille mètres, survolant la capitale, juchés sur un petit engin qui les laisse voir le vide sous eux. Pierre se sent libre ! Il fonce vers les montagnes ! Il descend dans des canyons, joue à saute-mouton avec les hauteurs, replonge vers un défilé, tourne juste à temps avant de s'écraser sur un piton rocheux. Même s'il sait que la machine, ultimement, reprendrait le contrôle s'ils étaient en danger, l'adrénaline coule à flots dans ses veines !

Soraya commence, elle, à en avoir marre de ce jeu de montagnes russes. Elle ne dit rien, mais entreprend de caresser la poitrine de son homme, sous sa veste, doucement ! Elle veut combattre une excitation par une autre ! Elle le sent tressaillir ! Elle rit silencieusement. Tout à coup, Pierre ne joue plus à saute-mouton, mais il cherche... un petit havre de paix. Soudain, au détour d'un sommet, il voit une petite plate-forme rocheuse couverte de végétation, inaccessible... sauf en moto volante. Il se pose !

Vite, la végétation les accueille. Ils roulent l'un sur l'autre et se font l'amour passionnément. Pierre est fou d'amour pour elle. Elle le lui rend bien ! Ils sont heureux !

Le 357 Magnum tressauta dans la main de la jeune fille qui, surprise par la force du recul, le laissa tomber.

« Oh ! zut ! dit-elle.

– Ce n'est pas grave, répondit-il, c'est une arme un peu trop lourde et puissante pour toi. Tu ne devrais pas l'utiliser, juste la conserver comme souvenir !

– Ah! non alors ! C'est ton cadeau pour mes quinze ans !

– Mais tu pourras la conserver ! Tu as toutes les armes surpuissantes de l'Empire à ta disposition, alors pourquoi ne pas en prendre une qui soit plus adaptée à tes besoins ?

– Comme celle que vous aviez sur Dombergé ? Non merci ! Tes armes sont rustiques, mais elles fonctionnent !

– Bon, alors écoute, voici un truc. Pour que tu puisses te servir de cette arme trop puissante pour toi, il faut que tu bloques ton poignet droit avec ta main gauche. Comme ça, tu pourras supporter le choc ! »

Cette fois, la petite maîtrisa bien l'arme. Le revolver sursauta dans sa main, mais elle le tint fermement et tira une seconde fois… et même une troisième. Elle y prenait goût et vida le barillet. Pierre fit venir la cible. Il resta interdit, quatre balles sur six étaient proches du centre.

« Mais… tu tires rudement bien ! Où as-tu appris ça ?

– Ben… quand je t'ai demandé une réplique de ton arme comme cadeau d'anniversaire, je me suis aussi faire faire un simulateur. J'avais des problèmes avec le recul, mais je l'ai mis au minimum pour pouvoir m'exercer au tir ! Et tu viens de me dire comment contrôler le recul !

– Je suis impressionné ! Tu tires comme une pro ! Tu t'es beaucoup entraînée ?

– Beaucoup ! Et parfois, mon père est venu me rejoindre ! Le soir… nous nous sommes amusés comme des petits fous. Le simulateur nous faisait vivre des expéditions de chasse sur des planètes folles… et nous n'avions que ton arme !

– Formidable ! Mais il est temps de rentrer ! Ce soir, nous avons de la visite. Dreck sera là, et Soraya et Michelle nous promettent des sommets culinaires. Tu veux te joindre à nous ?

– Bien sûr ! Mais mes gardes du corps ? Je ne peux pas les laisser ! Papa serait furieux.

– Emmène-les ! Ils sont discrets ?

– Ne t'en fais pas ! Alors c'est oui, je te retrouve à l'appart, mais je dois d'abord passer au palais pour avertir mon père et… larguer une partie de mon escorte, sinon ton appartement ne suffira pas ! »

****

Pierre arriva chez lui ! Soraya l'accueillit d'un baiser fougueux !

« Alors, tu étais avec Caro ?

– Oui. Je l'entraînais au tir… ! Cette gamine est incroyable !

– C'est vrai !

– Tu sais, je pense qu'elle fera une grande impératrice !

– Ça, tu peux en être sûr ! C'est d'ailleurs pourquoi sa vie est en danger !

– Mon Dieu, tu crois ? Je pensais que les fanatiques en avaient eu pour leur compte !

– Pour le moment ! Mais je ne crois pas que tout peut s'expliquer par les fanatiques. Après tout, ils en ont surtout après des gens comme moi. La princesse est aryenne, donc sacrée pour eux. Il y a d'autres puissances dans l'ombre, finit-elle, sombrement.

– Soraya, tu es sûre ?

– En tout cas, mon père l'est, lui ! Il pense que les fanatiques sont manipulés par des gens dans l'ombre, vraisemblablement aryens d'ailleurs !

– Mais dans quel but ?

– Probablement pour se débarrasser d'un pouvoir qu'ils jugent trop mou!

– Ton père soupçonne quelqu'un ?

– Oui !

– Qui ?

– Ça, même moi, je ne le sais pas !

– Eh, vous deux, dit soudain Michelle, qui venait d'apparaître, arrêtez de comploter et venez au salon, Dreck et Caro vont bientôt arriver !

– Oh! mon Dieu, Michelle, je t'ai laissée tomber ! J'arrive pour te donner un coup de main !

– Tout est sous contrôle… ne t'en fais pas… L'HOMME est arrivé, alors je comprends », conclut ironiquement, mais sans méchanceté, Michelle.

Pierre entendit le rire tonitruant de Vauldegarde dans le salon et se dirigea vers lui avec Soraya. Il jeta un regard furtif à Michelle et une fois de plus, fut surpris de remarquer un peu de chaleur sur son visage ! Qu'en était-il de la très froide Mme IQ? Le plus surprenant encore était que Soraya et elle s'entendaient… à merveille ! Bref, comme d'habitude, il ne comprenait rien aux femmes !

« Tiens, se dit-il tout à coup, en parlant de femme… ou du moins, de bois pour en faire, voilà Caro et son régiment qui arrivent ! »

À peine Caro était-elle entrée que Dreck, lui aussi, apparut. Pierre réalisa tout à coup que tous ses proches étaient là ce soir !

Il y avait le professeur Vauldegarde, quelqu'un qu'il avait fini par apprécier énormément !

Il y avait Michelle, qu'il aimait bien finalement ! Michelle qu'il aurait pu aimer tout court si elle avait été moins blessée par la vie.

Il y avait Dreck, un solide compagnon d'aventures… et de beuveries… qui était devenu presque un frère pour lui.

Il y avait la petite Caroline, si vive, qu'il aurait aimé avoir pour fille.

Et bien sûr, il y avait Soraya, une femme forte et douce à la fois, qui était devenue sa compagne, mais aussi sa plus proche amie.

Brusquement, Pierre eut comme un coup de blues ! Il eut la nette impression qu'il fêtait un départ. Un départ ? Mais lequel ?

Pourtant, depuis son arrivée sur la base de Guyane sur la Terre, il y a une éternité, c'était la première fois qu'il avait enfin l'impression de pouvoir refaire sa vie tranquillement. Oulan Bator était loin d'être un endroit inintéressant. Mais, alors qu'il se sentait presque euphorique quelques minutes plus tôt, son instinct venait de le mettre en garde. Ce brusque avertissement venu de ses tripes avait brisé son harmonie intérieure.

Depuis longtemps, il avait appris à l'écouter, cet instinct, qui l'avait maintes fois sauvé dans le passé. Mal à l'aise, il se demanda ce qui avait bien pu motiver cette brusque sensation d'un danger diffus. Il scruta le salon où les conversations les plus animées se déroulaient dans la meilleure des ambiances, mais rien ne semblait clocher. Puis il regarda chaque personne présente ! Tous ses amis avaient un air heureux et joyeux.

Pierre ne put déceler aucun problème. Il scruta alors les autres, ceux qui n'étaient pas invités, mais qui étaient présents quand même… les gardes de corps de Caroline ! Cinq hommes, deux Uïgures, un Parthe et deux Aryens. Aucun problème avec les Uïgures, du moins Pierre ne ressentait rien en les regardant. Pas de problème avec le Parthe non plus et un des Aryens… Où était l'autre ? Brusquement, Pierre le vit revenir vers les autres et croisa son regard. L'homme se détourna immédiatement et pâlit légèrement, mais se reprit en une microseconde. Pierre eut un choc ! Il connaissait trop l'âme humaine et sut immédiatement que cet homme avait quelque chose à cacher… mais quoi ? Pierre ne perçut pas de danger immédiat, mais… il se promit d'en parler discrètement à Caroline pour qu'elle le fasse contrôler plus en profondeur. Cependant on l'appelait, alors Pierre chassa ses idées noires et gagna la grande table où tout le monde prenait place.

Celle-ci regorgeait de victuailles et de bouteilles de vin. Le repas commença et le vin aidant, Pierre se détendit !

Les conversations animées allaient bon train autour de la table quand Dreck se dressa brusquement et leva son verre pour indiquer qu'il voulait porter un toast !

« Je lève mon verre à mon ami Pierre et au regretté Illunga, les deux plus extraordinaires chasseurs qu'il m'a été donné de rencontrer !

– À Pierre et à Illunga ! » répondirent en chœur les autres, sachant ce qui s'était passé sur Dombergé.

Pierre fut profondément touché par l'hommage de ses amis et remarqua que le professeur voulait ajouter quelque chose.

« Oui, professeur ? dit-il.

– Pierre, Dreck... j'ai beaucoup réfléchi à votre rencontre avec les "cochons volants", et je pense avoir une théorie qui pourrait expliquer certains des événements !

– Vraiment, professeur ? Nous vous écoutons !

– Voilà, commença André Vauldegarde, il me semble que ces êtres descendent d'une branche biologique différente de la nôtre, mais qui pourrait avoir été présente sur la Terre aussi, ce qui expliquerait de nombreuses légendes.

– Expliquez-vous !

– Voilà. Je pense qu'ils descendraient d'une lignée de vers, disparue maintenant, qui aurait maîtrisé la production biologique de l'hydrogène. Ces vers se seraient graduellement gonflés à l'hydrogène, ce qui leur aurait appris à voler, mais d'une façon différente des oiseaux. Progressivement, des ailes seraient apparues pour diriger leur vol, et la faculté de cracher du feu viendrait probablement du développement d'un système de défense basé sur l'hydrogène. En soufflant de l'hydrogène de leur système interne qu'ils auraient appris à enflammer, ils auraient rapidement éloigné toute menace due aux prédateurs.

– Mon Dieu, c'est intéressant, cette théorie, mais comment expliquez-vous que les six balles tirées par Pierre dans la tête du monstre ne l'aient pas arrêté ? questionna Dreck.

– Bonne question. En fait, d'après la description que vous en avez faite, il semble que ces êtres, manifestement évolués, continuaient d'avoir un schéma corporel typique des vers à anneaux. En gros, l'animal reproduit une série d'anneaux pour faire une sorte de ver. Chaque anneau est la reproduction identique de l'autre mais avec l'évolution, certains anneaux auraient appris à se spécialiser. Ainsi certains finissent par faire des ailes, d'autres des pattes et le premier... la tête !

– Cela n'explique pas... !

– Mais si. Dans ce genre de créature, chaque segment ou anneau doit avoir un petit système nerveux, avec peut-être un ganglion, un petit cerveau, l'intelligence du monstre venant de la connexion de chacun de ces ganglions nerveux entre eux. En fait, cela fonctionnerait comme un réseau d'ordinateurs plutôt que comme une unité centrale. Tes balles, Pierre, ont dû détruire seulement une partie du réseau neuronal, seulement le ganglion de tête !

– Bon, admettons, reprit Dreck, mais comment expliquer la panne de nos systèmes de défense ?

– Ça, j'avoue que c'est plus difficile à expliquer… Mais j'ai néanmoins une théorie pour ça aussi.

– Ah oui ? Parlez, professeur !

– En fait, il faut comprendre que les systèmes neuronaux et les systèmes informatiques ont tous les deux quelque chose en commun.

– Quoi ?

– L'électricité ! Oui ! Les deux utilisent une forme de transmission électrique qui remonte vers les neurones dans les systèmes nerveux et par les fils dans les ordis. Bien sûr, dans le cerveau, il y a aussi beaucoup de transmetteurs chimiques, mais ultimement, cela devient des sortes d'impulsions électriques. Qui dit électricité, dit aussi champ magnétique, même très faible. Beaucoup de neurones ? Beaucoup de champs électriques ! Supposez que les monstres aient réussi à contrôler ces champs et surtout à sentir ceux des machines. Probablement pas ceux des humains car ils sont trop faibles, mais ceux des machines comme vos armes… qui sont toutes basées sur des processeurs, qui tous dégagent des ondes électromagnétiques beaucoup plus importantes que nos cerveaux. Donc, ils les détectent… et les neutralisent par des champs contraires émis par leurs multiples "cerveaux", rendant par là même toutes vos armes inutiles !

– Mon Dieu! s'écria Dreck. Nous sommes alors impuissants devant eux !

– Dans l'espace, non, vos vaisseaux sont trop blindés pour ça, mais sur terre, je vous conseille fortement de doter vos soldats d'armes alternatives s'ils ont à combattre ces monstres !

– Professeur, vous êtes prodigieux, s'écria Dreck en se levant une fois de plus. Mes amis, reprit-il aussitôt, j'en profite pour lever à nouveau mon verre, cette fois à la prodigieuse intelligence du professeur André Vauldegarde ! Soyez assuré que votre théorie sera suivie par nos hommes.

– Au professeur ! cria Michelle.

– Au professeur ! » reprirent tous les convives en vidant leur verre.

Tout le monde parlait fort maintenant et riait beaucoup. Pierre fut gagné par cette euphorie et oublia ses appréhensions.

« Alors Pierre, finalement, tu aimes Oulan ? demanda Dreck.

– Oui… toutefois, on y fait des… rencontres surprenantes, répondit-il en regardant de biais… Soraya !

– Non mais ! répondit en riant ladite Soraya.

– Tu as raison, Pierre. On fait ici des rencontres surprenantes ! Tiens, continua Dreck, l'autre jour, j'ai rencontré un personnage des plus intéressants, le nouveau directeur de l'institut Thulé, Noroc Tajick, successeur du regretté Mahatmi et…

– Ce ne serait pas le Mahatma, par hasard ?

– Non, Mahatmi! Pourquoi? Bon, toujours est-il que je l'ai rencontré et…

– Excuse-moi une nouvelle fois, Dreck, mais qu'est-ce que l'institut Thulé ?

– Oh! c'est vrai, tu ne connais pas l'institut ! Bon, l'institut Thulé est un endroit mythique, dont l'emplacement tenu secret change constamment et où des gens de toutes races et de toutes confessions se réunissent dans le but de développer les facultés extrasensorielles de l'humanité pour favoriser la paix et l'harmonie universelle.

– Mais si leur but est si noble, pourquoi se cachent-ils ?

– Parce qu'ils ont réellement développé des talents de prescience extrasensorielle qui pourrait être utilisés à mauvais escient ! De plus, ils disent que de mauvaises créatures, ennemies de l'humanité, sont à leurs trousses !

– Vraiment ? Et tu crois cela ?

– Sûr ! J'ai moi-même fait des expériences en ce sens lors de ma visite aux Attironteks, sur Kiowa !

– Bon, mais alors que vous disent-ils, ces gens de Thulé ?

– Oh ! mais ils ne sont pas à notre service !

– Dommage, ce serait pratique, non ?

– Oui, mais nous avons quand même de temps en temps des informations.

– Comme?

– Eh bien, apparemment, ils auraient tenté de détecter nos ennemis par le mental, en faisant une sorte de chaîne humaine avec de nombreux “sensitifs”, comme ils les appellent.

– Vraiment ? Je n'y crois pas vraiment, D'ailleurs cela a échoué, non ?

– Au contraire, ce fut un franc succès !

– Ah oui ? Ils savent qui sont les ennemis ?

– Heu… pas tout à fait !

– J'ai du mal à te suivre, là !

– D'après ce que j'ai su, les choses se seraient mal passées. Le Mahatmi, le prédécesseur de Noroc Tajick, aurait vu des choses terribles qui l'ont ébranlé à un point tel qu'il se serait laissé mourir par la suite !

– Et sait-on ce qu'il a vu ?

– Non, mais il se serait confié à son aide de camp.

– Bon, eh bien, alors questionnez l'aide de camp !

– Hum! C'est là que les choses se corsent ! Il s'est suicidé !

– Hein ? Mais pourquoi ?

– Héphaïstos, comme il s'appelait, a enfermé les confidences écrites de son maître dans une boîte à sécurité maximale, protégée par un mot de passe ! Sans le mot de passe, la boîte n'est pas ouvrable et s'autodétruira si on tente de la forcer… De plus, après trois tentatives infructueuses, la boîte s'autodétruit aussi ! C'est pour cela que j'ai rencontré Noroc Tajick, il venait voir si les services de l'Empereur pouvaient ouvrir la fameuse boîte, et il a été dirigé vers moi.

– Ah! là, tu as un problème ! Aucune idée du secret que cette boîte contient ?

– En fait, il semble qu'il était, entre autres choses, question de vous !

– De nous ? Mais enfin, ça ne se peut pas ! D'autres indices ?

– Oui, avant son suicide, il a recommandé de ne pas l'ouvrir, car si son contenu venait à être révélé, il enlèverait alors tout espoir à l'humanité !

– Une boîte qui contiendrait un secret capable d'enlever tout espoir à l'humanité ? Mais c'est de la boîte de Pandore dont tu parles, mon ami ! »

Dreck le regarda avec circonspection, nota le nom de Pandore, puis passa à autre chose.

Tout à coup, Pierre sentit son ami préoccupé. Alors il s'efforça de lui changer les idées. Il se retourna brusquement dans l'intention d'appeler Michelle et Soraya pour distraire Dreck quand son regard accrocha de nouveau celui du garde du corps de Caroline qui détourna une nouvelle fois les yeux.

« Merde, se dit Pierre, il nous écoutait ! Heureusement nous n'avons rien dit d'important ! »

TROISIÈME PARTIE

SANCTUAIRE

CHAPITRE 50 – SAUVE QUI PEUT !

« Majesté, avez-vous lu mon message ?

– Oui ! Que voulez-vous, baron?

– Heu, Majesté, comme le disait le message, nous avons eu une information concernant le mot de passe de la boîte d'Héphaïstos !

– Vraiment !

– Heu... Majesté, Noroc Tajick nous a aussi contactés pour ouvrir sa boîte et... votre serviteur a été capable de l'ouvrir... Les Envoyés euxmêmes ont donné le mot de passe : PANDORE!

– QUOI?

– Heu... Majesté... ce sont des criminels ! Voyez vous-même, j'ai ici le document du Mahatmi ! MAJESTÉ, ce sont des criminels... mais... dans leurs cellules... il y a le secret... LE GRAND SECRET!

– Baron de La Roche ! Comment avez-vous obtenu ce mot de passe des Envoyés ?

– Un homme était chez eux... avec votre fille !

– QUOI! Vous avez osé mettre un espion dans l'escorte de ma FILLE ?

– Non, Majesté !... Seulement un homme qui nous a contactés !

– SON NOM... immédiatement!

– Pourquoi, Majesté, cet homme nous sert bien et...

– ET IL SERA EXÉCUTÉ! AINSI QUE VOUS, SI VOUS NE ME DONNEZ PAS SON NOM IMMÉDIATEMENT!

– Heu... Neville Chou Lou, un des gardes aryens de Mademoiselle votre fille !

– GARDE, hurla l'Empereur.

– Majesté ? s'enquit immédiatement un garde posté de l'autre côté de la porte.

– QUE l'on emmène le garde du corps Neville Chou Lou immédiatement pour jugement pour forfaiture envers l'Empereur. Et débarrassez-moi aussi de cet infect personnage qu'est le BARON !

– Majesté, non ! Je n'y suis pour rien ! Cet homme m'a vendu cette information, mentit le baron !

– Vendu ?

– Oui, Majesté ! Il aurait accompagné votre fille chez les prétendus Envoyés et entendu la déclaration de ceux-ci ! Heu... normalement... j'aurais renvoyé ce sinistre individu, mais, hasard oblige, M. Noroc Tajick était justement là... alors... j'ai pensé... vu que vous êtes fâché après moi... que si... que si je pouvais vous plaire en vous apportant quelque chose de valeur... je... pourrais me faire pardonner !

– Parlez, baron !

– Regardez, ce document porte le sceau authentique d'Héphaïstos ! Le grand secret, Majesté !

– Que complotez-vous encore, baron ?

– Ce sont des criminels, Majesté... mais si nous avions accès à leurs cellules... souches ?

– Vous avez eu accès à leurs cellules !

– Des échantillons, Majesté, des échantillons seulement !

– Et alors ? Toutes les cellules d'un même organisme portent le même code génétique, non ?

– En principe, Majesté, vous avez raison, cependant, dans leur cas, c'est... heu... différent !

– Différent ?

– Oui. Ils ont été contaminés récemment par les manipulations des Sarkaïs pour réparer leurs gènes abîmés et ont ainsi été infectés par le Petit Translocateur. Et la diffusion du virus dans leur organisme pourrait ne pas être parfaite, ce qui veut dire que nous pourrions peut-être y trouver quelques cellules souches encore intactes !

– Mais pour faire cela, vous devrez analyser la TOTALITÉ de leurs cellules, ce qui les tuerait !

– Oui, Majesté... mais ce sont des criminels en fuite... et les enjeux sont tellement immenses ! »

Le communicateur sonnait, mais Pierre refusait de répondre. Après tout, il était 3 heures du matin, et Soraya venait à peine de le quitter ! Mais chaque fois que le répondeur prenait l'appel, la communication était interrompue et la personne qui voulait le contacter rappelait. Excédé, Pierre finit par décrocher, sans toutefois brancher la caméra.

« QUOI? cria-t-il dans l'appareil.

– Pierre, Dieu merci, c'est Dreck ! »

En entendant la voix de son ami, Pierre se radoucit.

« Mais enfin, Dreck, tu sais quelle heure il est ?

– PIERRE, cria Dreck, ÉCOUTEZ-MOI ! VOUS ÊTES EN DANGER DE MORT! Réveille les autres, prenez vos armes, j'arrive immédiatement !

– Mais enfin, Dreck, que…

– TOUT DE SUITE, PIERRE! »

Sentant l'urgence dans la voix de Dreck, Pierre se précipita hors de sa chambre vers celle de ses compagnons. Mais il était déjà trop tard ! La porte d'entrée de leur appartement explosa littéralement, ainsi que la grande baie du salon, pour laisser le passage à une horde de gens en armes, réacteurs dorsaux sur le dos. Aucun n'arborait le Vinci caractéristique de la Garde.

« Oh ! mais qui vois-je ? dit cyniquement un des hommes en armes entrés par la fenêtre, c'est un de ces prétendus Envoyés !

– Mais oui, c'en est bien un, lui répondit un second. Ne devions-nous pas l'emmener chez le baron justement ?

– Oui, mais le baron ne nous l'a pas demandé vivant », reprit le premier homme en levant son arme.

Mais il n'eut pas le temps de tirer: Vauldegarde venait d'apparaître depuis sa chambre avec son Uzi et saisissant les dernières paroles de l'homme, ouvrit le feu sur lui sans hésiter! Michelle, elle aussi, apparut avec sa propre arme et compléta le travail du professeur avec un calme qui donna froid dans le dos à Pierre, médusé. Pour la première fois de sa vie, il avait été incapable de réagir. Mais son immobilisme ne dura pas longtemps. Se ressaisissant, il cria rapidement à ses amis de se préparer à partir car Dreck venait les chercher, et lui-même courut vers sa chambre pour prendre son propre matériel… Comprenez, surtout son 357 Magnum et… accessoirement, l'AK 47! Sur ces entrefaites, Dreck arriva en trombe dans l'appartement.

« Mon Dieu, j'arrive un peu tard. Heureusement, vous avez l'habitude de ce genre de nettoyage ! »

Les trois amis avaient vu l'arrivée de Dreck avec soulagement, mais sa réflexion venait de les glacer jusqu'aux os.

« Comment ça, l'habitude ? demanda Michelle.

– Oh hé, ça va, on le sait tous, non, que vous manipulez plutôt bien les armes ? Et puis, ce n'est pas le moment de bavarder, NOUS DEVONS FUIR IMMÉDIATEMENT.

– Mais enfin, que se passe-t-il ?

– Vous avez été trahis !

– Mais par qui ?

– Des gens ont révélé des choses sur vous… des choses qui ont offusqué l'Empereur !

– Mais enfin, quelles choses ? Allons voir l'Empereur et rétablissons la vérité !

– NON! MERDE, ÉCOUTEZ-MOI! NOUS DEVONS FUIR IMMÉDIATEMENT!

– Mais Dreck, nous… reprit Pierre.

– BON SANG, VOUS ÊTES EN DANGER DE MORT! ÇA NE VOUS SUFFIT PAS, TOUS CES CADAVRES DANS VOTRE SALON? VOUS VENEZ DE TUER SEPT HOMMES DU BARON DE LA ROCHE!

– Du calme, Dreck, je ne te comprends pas ! Tout ceci est un malentendu et… »

Mais le professeur n'eut pas le temps d'achever que Dreck se jeta sur lui, ce qui lui valut d'éviter le rayon laser qui devait le transpercer ! Immédiatement, Dreck lança un bref message dans son communicateur et une explosion s'ensuivit, réglant le problème du tireur embusqué.

Trois secondes après, un véhicule sans conducteur entra par la baie détruite du salon !

« TOUT LE MONDE À BORD », cria Dreck.

Personne, cette fois, ne protesta, et ils se retrouvèrent à l'intérieur en en temps record !

L'engin de Dreck bondit littéralement vers le ciel à une vitesse que les Terriens ne croyaient pas possible pour cette sorte de véhicule qui, après tout, avait l'air d'une voiture ordinaire !

Alors commença une course folle, le véhicule de Dreck et des Terriens étant poursuivi par cinq autres, eux-mêmes poursuivis par trois appareils des hommes de Dreck.

Bataille dans le ciel d'Oulan Bator !

Rapidement, les systèmes automatiques de surveillance de la capitale détectèrent cette activité inhabituelle et ordonnèrent à tous de s'éloigner des combats ! Les hommes de Dreck descendirent deux des poursuivants, mais les trois restants étaient tenaces et leurs véhicules très performants ! Dreck ordonna alors, contre toute attente, à ses hommes de regagner leur base, car il trouvait inacceptable de se battre au-dessus d'Oulan Bator et de risquer de tuer des innocents !

Ses hommes protestèrent, mais il confirma son ordre !

« Ne vous en faites pas, les gars, j'ai plus d'un tour dans mon sac », acheva-t-il à l'intention de ses hommes que son ordre avait mis mal à l'aise.

Sur ce, Dreck fit effectuer à son véhicule un plongeon vertigineux vers un énorme édifice du centre-ville. Les trois amis crurent leur dernière heure venue ! Mais à la dernière seconde, une entrée apparut au sommet de la tour, et Dreck s'y engouffra à une vitesse démesurée. Après un freinage en catastrophe, le véhicule se posa sans problème dans une sorte de stationnement intérieur.

« Tout le monde dehors ! » cria-t-il.

Personne ne se le fit dire deux fois ! Le garage était immense, rempli de voitures, mais heureusement désert ! Ils évacuèrent rapidement le véhicule, poussé par un Dreck survolté qui les dirigea, en courant, vers ce qui semblait être un ascenseur, à l'autre extrémité du stationnement. À ce moment, le premier des poursuivants entra, lui aussi, dans le stationnement.

Conscient de l'urgence, Dreck poussa encore davantage ses amis.

« Dépêchez-vous, BON SANG! »

Mais contrairement à ce que tout le monde pensait, au dernier moment, Dreck ne se dirigea pas vers l'ascenseur, mais bifurqua vers le mur juste à côté, tout en tendant un petit appareil qui émit un bruit bref. Le mur s'ouvrit en deux, dévoilant un trou béant ! Les trois Terriens se figèrent devant ce vide inattendu mais Dreck, passé derrière eux, les poussa brutalement tout en se jetant lui-même après eux !

Michelle hurla de terreur, tandis que Pierre essayait de comprendre ce qu'il se passait ! Ils tombaient à une vitesse prodigieuse vers le fond quand une immense flamme, venant du haut, les toucha légèrement. Heureusement, ils étaient déjà trop bas pour que celle-ci, en provenant du parking où tous les attaquants furent tués d'un coup, ne leur causât de problèmes ! Le piège, préparé depuis longtemps par Dreck et ses hommes, avait parfaitement fonctionné !

« En voilà quelques-uns en moins ! » s'écria Dreck.

Mais personne ne lui répondit, car le fond du puits montait vers eux à une vitesse vertigineuse, et ils allaient s'y écraser dans très peu de temps… quand un violent souffle d'air se mit soudainement à contrer leur chute. En un temps record, ils furent complètement stoppés et déposés délicatement sur le sol !

« Mais… que s'est-il passé ? demanda Vauldegarde.

– Désolé ! Je n'ai pas eu le temps de vous expliquer ! C'est un système d'urgence à n'utiliser qu'en dernière extrémité, et les hommes du baron ne m'ont pas donné le choix ! En fait, j'ai beaucoup de plans de secours à ma disposition dans cette ville ! On n'est pas chef des services secrets sans avoir ses petits trucs ! Vous savez, ce n'est pas la première fois que des malotrus en veulent à ma peau !

– Ah oui ? On se demande vraiment pourquoi ! commenta Michelle qui n'avait manifestement pas apprécié d'être poussée dans le vide !

– Votre remarque ne m'atteint pas, madame ! répondit agressivement Dreck.

– Et c'est quoi, la suite ? intervint rapidement Pierre, pour éviter l'escalade verbale entre Dreck et Michelle.

– Nous gagnons un petit appartement proche d'ici, où je changerai vos apparences et la mienne !

– Mais, questionna Pierre, si tu fais tout cela, tu auras des ennuis avec l'Empereur, non ?

– Assurément, lui répondit Dreck.

– Alors pourquoi le fais-tu ?

– Vous m'avez sauvé la vie, là-bas, sur le Léviathan et de plus, j'ai promis de veiller sur vous durant notre séjour à Oulan Bator !

– Ce n'est pas une raison !

– Pour un officier comme moi, c'en est une, c'en est même deux !

– Bien, intervint à son tour le professeur Vauldegarde, le problème est de savoir exactement ce qu'il se passe !

– Professeur, Michelle et Pierre, s'il vous plaît, retardez vos questions jusqu'au moment où nous serons en sécurité !

– En sécurité ? Où ?

– Pas loin d'ici, dans cet appartement secret où je serai en mesure de changer vos apparences, bon sang !

– Bien, allons-y, alors ! » conclut Pierre.

Ce ne fut pas long, une demi-heure de marche tout au plus dans des souterrains uniquement accessibles à Dreck et ses hommes! En un temps record, les quatre fuyards se retrouvèrent dans un logement banal du centre-ville!

« Nous sommes en sécurité ici ? questionna Michelle.

– Oui… enfin pour le moment !

– Bien, il serait alors peut-être temps que tu nous expliques ce qu'il se passe !

– Oh! mais c'est fort simple, répondit Dreck, l'Empereur a fini par apprendre qui vous étiez véritablement, et il n'a pas aimé cela !

– Ce que nous sommes véritablement ? questionna le professeur. Mais que veux-tu dire, bon sang ?

– Oh! s'il vous plaît, arrêtez votre cinéma ! Nous savons qui vous êtes vraiment tous les trois maintenant », répondit Dreck sur un ton quelque peu agressif.

Pierre, tout à coup, vit rouge !

« Dreck, nom de Dieu, ces allusions sont extrêmement désagréables. Je te prenais pour un ami ! En fait, je te trouve de plus en plus détestable ! Ou tu t'expliques maintenant, ou tu fous le camp !

– Bien sûr, je fous le camp, comme tu dis, et vous, vous allez vous faire prendre rapidement. Vous n'avez aucune chance de survie sans moi !

– DRECK! hurla Pierre.

– Un instant, intervint à ce moment-là Michelle avec une surprenante douceur, Dreck, il me semble quand même que vous devriez nous expliquer que ce qu'il se passe, non ?

– Bon, puisque vous tenez réellement à étaler vos activités criminelles sur la planète que vous appelez la Terre, sachez qu'elles ont été mises à jour grâce au regretté Mahatmi ! Sa fameuse boîte a finalement été ouverte, et elle contenait un document écrit de sa main qui était très clair sur vos crimes là-bas ! Le Mahatmi a parfaitement vu dans vos têtes les détails de vos horribles forfaits !

– JAMAIS, TU COMPRENDS, DRECK, JAMAIS JE NE LAISSERAI QUICONQUE ME TRAITER DE CRIMINEL, ET TOI ENCORE MOINS! lui cria Pierre, hors de lui et prêt à en découdre avec Dreck.

– Un instant, intervint Vauldegarde, comment ce fameux Mahatmi pouvait-il savoir quelque chose sur nous ?

– Grâce à la fameuse expérience de l'institut Thulé, cette expérience dont nous parlions l'autre soir et qui a provoqué la mort du Mahatmi. Il avait enfermé le récit de sa vision dans une boîte inviolable. Et le plus drôle, c'est que c'est vous qui avez donné le fameux mot de passe qui a permis d'ouvrir la boîte !

– Pandore ! dit Pierre.

– Et oui, Pierre, tu as raison… Pandore ! Malheureusement, ce mot de passe est tombé dans l'oreille du baron de La Roche, qui a su l'exploiter auprès de l'Empereur. Oui… Oui, le fameux garde de Caroline que tu soupçonnais déjà, Pierre ! Et savez-vous ce que le baron de La Roche a demandé à l'Empereur ?

– Non ! répondirent en chœur les trois Terriens.

– Eh bien, vous ! Pour vous extraire chaque cellule de votre corps et en obtenir le code génétique. Pourquoi faire cela ? Dans l'espoir insensé de découvrir le code génétique de base de l'humanité ! Celui d'origine… celui créé par le Grand Architecte sur NIRVA! Évidemment, cela signifierait votre mort, mais cela, le baron n'en a cure… Vous êtes d'une race inférieure pour lui ! Et c'est pour cela que je suis intervenu malgré ma réprobation de vos actes.

– Mais enfin, Dreck, de quels actes parles-tu ?

– Pierre, tout cela est très pénible, s'il te plaît, ne me force pas à vous rappeler ces choses horribles !

– Dreck, sur notre monde d'origine, la loi veut que toute accusation portée contre des personnes leur soit expliquée afin qu'ils puissent se défendre ! Je te mets en demeure d'expliquer tes allégations, intervint une nouvelle fois le professeur Vauldegarde, courroucé.

– Fort bien, professeur ! En ce qui vous concerne, le Mahatmi vous accuse d'avoir fait des expériences sur des sujets vivants, dont votre propre femme! Pierre, toi, il t'accuse d'aimer tuer, en particulier les femmes jeunes et jolies ! Et toi, Michelle, il s'agit ici de tortures sadiques sur des hommes qui te déplaisent ! En gros, vous êtes de bien sinistres personnages !

– Mon Dieu, les cauchemars ! s'écrièrent ensemble les trois Terriens.

– Les cauchemars ? Quels cauchemars ?

– Oui, reprit Vauldegarde, les cauchemars ! Je crois que ce que votre Mahatmi a vu en nous, ce sont nos cauchemars.

– Expliquez-vous, professeur.

– Durant notre hibernation dans l'Archéoptéryx, nous avons eu tous les trois de terribles cauchemars. En fait, c'étaient les réminiscences de choses difficiles de notre passé que nous n'arrivons pas à oublier. Effectivement, pour quelqu'un ne connaissant pas le contexte, nous pourrions passer pour des monstres. En ce qui me concerne, je vois et revois et revois encore des milliers de fois cette chose terrible que fut la perte de mon épouse que j'adorais. Mais, Dreck, tu dois savoir que je n'ai jamais voulu faire aucune expérience sur ma propre épouse ! Elle le fit de son propre chef ! À cette époque, je faisais des recherches poussées en cryogénie, et je devais faire une expérience sur un criminel consentant et promis à la peine de mort ! Malheureusement, mon épouse était d'un tout autre avis et refusait obstinément que je fasse cette expérience. Comme elle n'arrivait pas à me convaincre, elle la pratiqua sur elle-même SANS mon contentement et sans même M'EN INFORMER! L'expérience tourna très mal ! Je comprends maintenant ce qu'elle voulait me dire et je peux t'assurer, Dreck, que je paye mon erreur au prix fort !

– En ce qui me concerne, continua Pierre, j'ai moi aussi un épouvantable cauchemar. Comme tu le sais, chaque soldat tue pour sa cause, sans que cela ne soit quelque chose de personnel. Mes parents ayant été assassinés en Afrique quand j'étais très jeune, j'avais, par la suite, choisi de combattre les communistes, les accusant plus ou moins inconsciemment de la mort de mes parents. J'ai réalisé plus tard que j'étais devenu une sorte de mercenaire, mais ce fut un petit peu à mon corps défendant. Durant une de mes missions qui avait très mal tourné, j'ai dû me défendre contre des soldats ennemis, et j'en ai tué un au couteau dans la jungle. Malheureusement, tout soldat sait que l'ennemi, tout haïssable soit-il, a un visage. Dans mon cas, ce visage était celui d'une très jolie jeune femme. Et ce visage me hante jusque dans mes cauchemars les plus secrets. Voilà pour le tueur de femmes !

– Dans mon cas, poursuivit Michelle, il s'agit de deux meurtriers sadiques qui, après nous avoir violées, ma mère et moi, tentèrent de nous éventrer. De véritables bouchers ! Ils réussirent à charcuter ma pauvre mère et faillirent me faire subir le même sort. Je n'y ai échappé que de justesse ! La police se révéla incapable de les retrouver, alors j'ai chargé la mafia de faire le travail à leur place ! C'est vrai, Dreck, je désirais vraiment charcuter ces salopards ! J'ai réussi à le faire avec le premier, mais pas avec le second ! Voilà ! »

Dreck garda le silence pendant quelque temps, digérant ce que venaient de dire ses compagnons. Tous voyaient en lui la douleur qu'elle venait de provoquer. Pour sûr, Dreck n'avait pas compris les choses de cette façon et il réalisait qu'il aurait dû, peut-être, questionner un peu plus cette information, même si elle provenait d'un être au-dessus de tout soupçon ! Dreck s'en voulait maintenant beaucoup, mais… il était trop tard pour revenir en arrière ! Il avait coupé tous les ponts avec l'Empereur ! Comme le silence se prolongeait, Vauldegarde choisit de parler :

« Je comprends que vous jugiez ce que nous avons fait tous les trois, mais nous ne sommes pas des assassins pathologiques. La vie nous a amenés à faire certains choix malheureux, qui sont certainement contestables, mais il me paraît extrêmement douteux de nous juger et de nous condamner à mort sans même nous avoir entendus !

– Mes amis, reprit Dreck, sortant de son silence, pardonnez-moi ! J'ai été induit en erreur ! Le Mahatmi était une personne très respectée chez nous, mais j'aurais quand même dû me méfier ! Je réalise seulement maintenant que cet homme ne pouvait en aucun cas vous comprendre ! Moi aussi, mes amis, j'ai du sang sur les mains, au service de mon Empereur, mais du sang quand même ! Merci d'avoir précisé cela et, rassurez-vous, je ne vous juge pas… ou en tout cas, plus maintenant que j'ai entendu votre version des faits ! Je suis vraiment désolé, mais… tellement soulagé en même temps ! Mon Dieu, il faut vraiment se méfier de tout le monde, même des saints hommes… La vertu est parfois aussi destructrice que le crime !

– Mais Dreck, pourquoi l'Empereur ne nous a-t-il pas donné au moins une chance de nous expliquer ?

– Parce qu'il subit de fortes pressions de la part des fanatiques aryens du genre baron de La Roche, et ne peut pas se permettre de lui donner des munitions en ne tenant pas compte de ce qu'a dit le Mahatmi ! Le travail de l'Empereur est loin d'être facile, et malheureusement, dans le contexte politique actuel, la vie de quelques personnes, y compris les vôtres et la mienne, n'a que peu d'importance en comparaison d'une possible guerre civile entre les humains. Je ne veux pas excuser l'Empereur, mais je le comprends.

– Une guerre civile, Dreck ? questionna Vauldegarde. Tu n'exagères pas un peu ?

– Hélas ! non ! Les ordures du genre baron de La Roche sont légion parmi les Aryens !

– Mais ne penses-tu pas que justement, la division fait partie de la stratégie des envahisseurs ?

– Peut-être ! Hélas ! les démons qui s'en prennent à l'humanité ne sont pas toujours ceux que l'on croit. Les pires sont souvent en nous ! » À ce moment, Michelle intervint, le destin de l'humanité étant certainement important, mais pour elle, c'était le destin des gens qui l'entouraient qui primait pour le moment. Ce fut pour cela qu'elle changea de sujet et questionna Dreck.

« Mais à vous, Dreck, que va-t-il vous arriver ?

– Eh bien, maintenant, je suis un fugitif comme vous !

– Dreck, reprit Michelle, il est hors de question que vous soyez sacrifié. Retournez voir l'Empereur et expliquez-vous avec lui. Je suis sûre qu'il vous pardonnera !

– Certainement, Michelle, mais je ne le veux pas. Sans moi, comme je vous l'ai dit précédemment, vous n'avez aucune chance de survie, alors qu'avec moi… peut-être !

– Fort bien, mais qu'allons nous faire ?

– D'abord quitter Oulan Bator, ensuite gagner Notre-Monde, pour y retrouver une vieille connaissance !

– Une vieille connaissance ? Mais qui donc ?

– Une certaine Astaroth !

– Mais qui est cette Astaroth ?

– Mais votre chère capitaine sarkaï, celle qui vous avait recueillis sur le Léviathan !

– Mais elle est morte dans l'explosion de son vaisseau, non ?

– Hélas non ! Une navette s'est échappée juste avant l'explosion, et elle a été repérée par nos services justement sur Notre-Monde !

– Mais nous ne désirons vraiment pas la revoir !

– Mais si, insista Dreck, nous en avons besoin !

– Pourquoi ?

– Ah, ah… mais pour retrouver… la Terre !

– La Terre… mon Dieu! Et pourquoi avons-nous besoin d'Astaroth pour ça ?

– Parce qu'elle sait où elle vous a recueillis et est donc en mesure de nous donner une bonne idée de la direction d'où vous veniez !

– Mais, Dreck, cela n'est pas suffisant ! Même en ayant cette direction, nous aurons affaire à des millions et des millions d'étoiles !

– Sauf que vous, vous avez une assez bonne idée de votre ciel vu de la Terre. En isolant une partie de la galaxie, il devrait être possible, dans un laps de temps relativement court, de faire défiler devant vous des simulations d'ordinateur représentant l'univers vu de différentes étoiles. Alors, il vous suffira de sélectionner un ciel vaguement semblable pour que petit à petit, nous la trouvions, cette fameuse planète Terre !

– Admettons ! Mais comment sais-tu qu'elle est toujours dans les parages ?

– Oh ! ce genre de personnage est toujours attiré par les guerres ! Après tout, le trafic d'armes a toujours été profitable ! Fiez-vous à moi, elle traficote toujours du côté de Notre-Monde !

– C'est bien la terre des AFFARAS & ISSARS?

– Précisément !

– Bon, admettons qu'elle soit toujours là ! Mais même si nous arrivons à capturer Astaroth, je doute qu'elle nous renseigne spontanément !

– Ça, mes amis, c'est mon affaire !

– Dreck, nous ne voyons pas la torture d'un très bon œil, et je crois pouvoir dire cela au nom de mes camarades, reprit le professeur Vauldegarde, nous avons suffisamment fait de mal comme cela à d'autres humains dans nos vies antérieures !

– Mes amis, je doute vraiment que l'on puisse qualifier Astaroth d'humaine, en tout cas pas du point de vue génétique, et certainement encore moins du point de vue moral ! De toute façon, je n'ai pas besoin de torture pour savoir ce que je veux savoir. J'ai tout ce qu'il faut au niveau pharmaceutique ! Indolore, mais radical ! Aucune possibilité de résister ni de cacher quoi que ce soit !! Mais maintenant, je dois vous laisser pour quelque temps, car je dois organiser notre fuite, et il me faut absolument rencontrer un certain capitaine… seul à seul ! »

CHAPITRE 51 – DRECK

« Majesté ! Selon vos ordres, je suis venu aussi vite que possible. Que puis-je faire pour vous satisfaire ?

– Premièrement, baron, je n'apprécie pas énormément votre bataille au-dessus d'Oulan Bator !

– Mais... heu... Majesté, mes hommes étaient à la poursuite des imposteurs !

– Baron ! Je ne vous ai jamais autorisé à utiliser la force au-dessus de ma capitale et à mettre en danger la vie de mes sujets !

– Mille excuses, Majesté, mais... mes hommes ont été contraints de riposter. J'ai perdu dans ces combats douze de mes meilleurs soldats !

– Vraiment ? Contre trois personnes mal armées ?

– Désolé, Majesté, mais ils n'étaient pas seulement trois !

– Ah bon ? Et qui étaient donc les autres ?

– Un quatrième, Majesté... votre propre chef des renseignements, Dreck Reivax !

– Mon chef des renseignements ? En êtes-vous bien sûr ?

– Absolument, Majesté ! Vous savez que c'est un Occitan, et cela ne m'étonne pas qu'un être de cette race impure vous trahisse !

– Donc, si je vous comprends bien, mon chef des renseignements était avec les Envoyés... c'est bien cela ?

– Pas Envoyés, Majesté, seulement imposteurs, seulement imposteurs ! Mais oui, vous avez raison, il était avec eux ! »

L'Empereur, furieux, se leva et se retourna vers l'entrée de son bureau.

« Garde ! S'il vous plaît, voyez si le colonel Dreck Reivax est toujours là !

– Il est toujours là, Majesté, répondit le garde.

– Dans ce cas, faites-le entrer immédiatement !

– Tout de suite, Majesté.

Quelques secondes plus tard, Dreck Reivax faisait son entrée dans le bureau de l'Empereur.

« Je suis à vos ordres, Majesté, dit Dreck tout en saluant impeccablement celui-ci.

– Dreck, le baron ici présent prétend que vous êtes en ce moment même avec les trois hommes de la Terre.

– Pardon ? Je ne comprends pas, Majesté, répondit Dreck.

– Moi non plus, en fait ! Mais peut-être que notre cher baron aurait une explication ? »

Le baron, sur ces entrefaites, était devenu livide !

« Je... Je... Je suis désolé, Majesté, il doit y avoir une erreur quelque part !

– Assurément, baron ! Je remarque que vos services ne sont vraiment pas à la hauteur de vos prétentions. Vous venez ici pour me demander la tête de ces trois personnages de la Terre en prétendant qu'ils sont des criminels, vous organisez des batailles aériennes au-dessus de ma capitale, et de plus, vous accusez mon chef des renseignements de trahison! Qu'allez-vous encore inventer ?

– Je suis confus et profondément désolé de cette erreur, Majesté, mais les hommes que je poursuis sont vraiment des criminels révélés par le Mahatmi. Et je pense que je vais avoir besoin de votre aide, ou du moins de celle de la Garde pour les capturer... Il s'agit de l'avenir de l'humanité, Majesté, et je suis absolument certain que celle-ci vous est chère.

– Absolument, l'avenir de l'humanité m'est chère, mais pas vous, baron ! Et la police devrait suffire à compenser votre dangereuse incompétence pour retrouver les trois Terriens ! Je vous rappelle que l'un d'entre eux a sauvé la vie de ma fille, et si par hasard il s'avérait qu'ils ne soient pas les criminels que vous avez prétendu qu'ils étaient, je serais contraint de vous en faire porter toute la responsabilité et réclamerais votre tête ! Me suis-je bien fait comprendre, baron ?

– Assurément, Majesté, mais je n'ai aucun doute que ce soit vraiment des criminels !

– Maintenant, ça suffit, baron, je vous ai assez vu ! Et je vous prierais de ne plus jamais porter d'accusation de trahison contre mon chef des services de renseignements ! »

« Dreck, enfin ! s'écria Michelle en le voyant entrer dans l'appartement. Vous en avez mis du temps !

– Pardonnez-moi, Michelle, mais ce ne fut pas simple à organiser. En fait, j'ai même eu le temps de contacter un certain nombre d'amis chez les Uïgures.

– Soraya ? demanda immédiatement Pierre.

– Bien sûr ! J'ai même eu la possibilité de la voir brièvement. Elle m'a donné deux lettres à ton attention ! La première est à lire tout de suite, mais la seconde – écoute-moi bien, Pierre – la seconde ne devra pas être ouverte, du moins pas si tout se passe bien.

– Et si les choses ne se passent pas bien ? reprit Pierre.

– Alors, tu ouvriras la deuxième lettre ! »

Dreck s'interrompit. Pierre s'empara fébrilement des lettres. L'une d'elles était simplement pliée, mais la deuxième était cachetée et portait clairement la mise en garde suivante sur le dessus : « À n'ouvrir qu'en cas de situation désespérée ». Pierre la glissa rapidement dans sa poche et ouvrit la première, qui disait ceci :

« Pierre, mon amour, je confie à Dreck cette note rapide pour te dire combien je t'aime et t'aimerai toujours. Sache que je n'ai jamais cru que toi et tes compagnons étiez des criminels ! Je connais les hommes et sais comprendre leur cœur comme j'ai également su être proche de Michelle. Mon cœur saigne de te savoir en danger et en fuite. Courage ! Sache aussi que notre histoire d'amour sera éternellement dans ma mémoire. Je sais, hélas ! que je ne te reverrai probablement plus jamais. Alors, malgré mes larmes, je veux absolument que tu sois heureux. Michelle m'en voudra peut-être de te dire cela, mais il est important que tu saches qu'elle t'aime, elle aussi, profondément, et depuis longtemps. Tu sais aussi que je me suis lié d'amitié avec elle, et j'ai voulu l'aider, car sa douleur interne me faisait de la peine. Alors, j'ai demandé à un ami de lui implanter, avec son accord bien entendu, un programme de soins de santé dans le cerveau. Ce programme, nommé "rétrofit", est en fait une série de faux souvenirs introduits dans le subconscient et qui fonctionnent comme un programme informatique chargé de détecter et détruire les "enregistrements mémoriels" déclencheurs d'intenses émotions ! C'est un peu comme être soumis à des entretiens de reprogrammation de la personnalité… comme pour quelqu'un qui aurait subi un lavage de cerveau ! Ce programme travaille au niveau du moi intime de Michelle et détruit, peu à peu, son sentiment de culpabilité ! Cette méthode est très connue et marche très bien dans presque tous les cas. Pierre, IQ s'en ira bientôt, et Michelle reviendra… avec son amour… À prendre !

Pierre, je t'aime à la folie, mais la vie a décidé que je te perdais, alors, je préfère te savoir dans les bras de Michelle ! Sois heureux !

Je t'aime et t'aimerai toujours.

Soraya. »

C'était clair et net. Typique de Soraya. Pierre était bouleversé. Il montra la lettre à ses amis. Michelle détourna son regard et se mit à pleurer.

Vauldegarde fut lui aussi très ému. Dreck se tut, respectant ce moment pénible pour ses amis.

« Mes amis, reprit Dreck en brisant le silence, Soraya est une grande dame. Malheureusement, nous devons agir rapidement, et ce n'est pas le moment de s'apitoyer sur notre sort. J'ai ici une série de produits qui, appliqués sur vos visages et vos cheveux, changeront complètement votre apparence. J'ai également une série de fausses cartes d'identité absolument impeccables en provenance directe des services de sécurité de Sa Majesté, qui nous permettront de gagner l'astroport. »

CHAPITRE 52 – L'HOMME EST MAUVAIS, N'EST-CE PAS ?

Simon le savait, cela allait être difficile ! Non, il ne se s'apprêtait pas à affronter des chefs militaires, le baron ou tout autre personnage redoutable ! Non, seulement sa fille Caroline ! Comment affronter son regard... ses reproches ? Comment lui dire que son meilleur ami, celui qui lui avait sauvé la vie... était un tueur, un assassin... une personne horrible ? Simon se sentait mal... vraiment mal... Mais il savait qu'il n'avait pas le choix ! Pour sûr... Caroline finirait par comprendre qu'il n'avait pas eu le choix !

« Papa, lui dit simplement Caroline, comment as-tu pu faire cela ? Il m'avait sauvé la vie !

– Caro chérie, je comprends ton désarroi. Ce fut dur pour Dreck et moi de l'admettre, mais ces hommes de la Terre sont des assassins.

– Parce qu'une espèce d'illuminé te l'a dit ?

– Caro ! Il s'agit du Mahatmi !

– C'est bien ce que je dis, une espèce d'illuminé ! Il faut être un enfant irréaliste pour croire à la perfection de l'homme. Ce type n'était pas un saint homme, mais un crétin !

– CARO, je t'interdis de dire ça. Ce n'est pas à une gamine de ton âge de porter de tels jugements !

– Vraiment ? Comment un type comme ça, qui pourtant a vécu suffisamment longtemps pour connaître la vie, peut-il dire des horreurs comme cela sur mes amis sans même les avoir rencontrés ?

– C'était une sorte de sensitif. Il sentait les choses. Il a d'ailleurs trouvé cela tellement dur qu'il s'est suicidé !

– Il lisait directement dans les pensées ?

– Pas vraiment ! Je crois que dans ce cas-ci, la perception était extrême, mais ce n'était pas vraiment de la télépathie complète, au mieux quelques images fortes, sans plus.

– Et cela a suffi à ce type pour condamner mes amis ?

– Les images étaient aussi accompagnées de sentiments probablement très violents. Le Mahatmi, comme tu le sais, était un être qui ne pouvait pas supporter la violence. Il a donc dû le ressentir très fortement.

– Papa, ce type était un cinglé, complètement en dehors de la réalité. Le monde n'est pas comme ça, c'est toi-même qui me l'as appris. Tu sais aussi bien que moi que l'univers est dur et que des gens font parfois des gestes qui, pris hors de leur contexte, en font des

monstres ! Moi, j'ai vraiment connu Pierre et ses amis. Dans leur cœur, ces gens sont bons, même si la vie les a amenés à commettre des actes répréhensibles. Mais pourquoi n'as tu pas pris le temps de les écouter ? Tu as préféré écouter cet idiot de Mahatmi, incapable de voir la réalité du monde. Mais enfin, c'était qui, ce type ? Une jeune fille en fleurs ? Mes amis ont été contraints de faire ce qu'ils ont fait, j'en ai l'intime conviction ! Mais toi, papa, tu n'es pas cet idiot de Mahatmi, tu n'avais aucune raison de faire que tu as fait. Pour cela, je te déteste ! Je ne pardonnerai jamais ! »

Simon était paniqué. « Non, non, pensait-il, il ne faut pas que cela se passe comme ça ! Caro se trompe, il faut que je la convainque. Elle est, avec son frère et sa mère, ce que j'aime le plus au monde ! Il faut que je trouve des arguments... Elle ne comprend pas... Mon Dieu, elle ne comprend pas ! »

Caroline regardait son père avec de la déception et du regret, mais la lueur qui était dans ses yeux était sans appel ! Elle ne pardonnerait jamais à son père ce qu'il avait fait !

Simon ne savait plus quoi faire. Mon Dieu que le travail d'empereur était difficile ! Il aurait préféré affronter dix divisions de Sarkaïs enragés plutôt que de perdre sa fille ! Malheureusement, il la connaissait bien et s'il ne trouvait pas rapidement de bons arguments, il allait se retrouver encore plus seul que jamais.

« Caroline, tu te trompes, ma chérie, l'homme n'est pas ce que tu crois !

– Non, papa, ce que tu as fait est inacceptable, tout empereur que tu sois !

– Je sais que tu aimais tes amis, mais peux-tu au moins admettre qu'ils n'étaient pas vraiment ce que tu croyais ?

– Non! C'est toi qui continues absolument à croire que l'homme est mauvais ! Si tu avais seulement pensé un peu autrement, tu aurais donné une chance à Pierre, et tu lui aurais permis de s'expliquer. »

Simon resta silencieux. Comment expliquer à Caroline qu'il n'avait pas eu le choix ? Ce maudit baron avait vraiment trop de pouvoir ! Une guerre civile était la dernière chose qu'il pouvait se permettre. Et puis, c'était vrai, il croyait vraiment que l'homme était mauvais, ou du moins prêt à suivre n'importe qui du moment qu'on lui donnait un ordre, bon ou mauvais ! Alors, quand il avait vu le document du Mahatmi, il n'avait pas hésité longtemps. Mais comment expliquer cela à Caroline ?

Tout à coup, Simon eut une idée :

« Caroline, comme je te l'ai dit, le monde n'est pas ce que tu crois ! Il est trop tard maintenant pour te convaincre que Pierre et ses amis n'étaient pas vraiment non plus ce que tu croyais puisqu'ils sont loin, mais je peux au moins te démontrer que le monde est différent de ce que tu crois !

– Ça, j'en doute fort, lui répondit Caroline, décidément très en colère !

– Et si j'étais capable de te le prouver ? »

Caroline le regarda dans les yeux, mais décidément, elle n'était vraiment pas prête à faire la moindre concession. Son père vit son regard, et Caroline surprit distinctement une immense tristesse dans les yeux de son père. Quelque part, cela rejoignit son propre chagrin. Et si son père était finalement sincère ? Elle décida de lui donner une petite chance.

« Et comment serais-tu capable de me prouver cela ?

– Caroline, une très grande majorité de gens font ce qu'on leur demande de faire sans tenir compte de la nature de la demande et sans être réfrénés par leur conscience, dès lors que l'ordre leur paraît émaner d'une autorité légitime !

– Et alors ?

– Justement ! Ils peuvent faire des choses horribles sans même se poser de questions, et tu penses vraiment qu'ils sont foncièrement bons ?

– Fort bien ! Démontre-moi cela d'une façon irréfutable et je serai prête à t'écouter ! J'ai bien dit, d'une façon irréfutable ! »

Simon se sentit tout à coup soulagé. Enfin, il avait réussi à rétablir le dialogue avec sa fille. Elle était intelligente et comprendrait.

« J'entends bien, tu veux quelque chose d'irréfutable ! Il nous faut donc quelque chose de scientifique en quelque sorte. Crois-tu dans la capacité des gens de l'université d'Oulan Bator ?

– Oui... Bien sûr !

– Dans ce cas, nous allons faire une expérience !

– Une expérience... Mais laquelle ?

– Une expérience... qui en dit long sur l'âme humaine ! Et après cette expérience, je te dirai quelque chose sur tes amis qui devrait atténuer ta peine. »

Tout à coup, une petite lueur d'espoir s'alluma dans les yeux de Caroline.

« Papa, s'il te plaît, dis-le-moi tout de suite ! »

Simon savait qu'il avait gagné.

« Non, Caroline, après l'expérience. Je vais tout arranger ! Apprête-toi à te rendre souvent à l'université. »

« Illustrissime Majesté, Khan parmi les Khans, grandissime centre du Cercle sacré, ton serviteur absolu, le prince Ra Tamura, de degré 2 au Premier Cercle, se prosterne à tes pieds, te remercie de l'autoriser à te servir et te prie d'écouter le rapport d'étape qu'il te fait parvenir par l'intermédiaire d'un de nos chiens.

« Comme tu me l'as demandé, j'ai gagné la capitale de ces chiens après avoir transformé mon apparence. Ô illustrissime Majesté, je leur ressemble maintenant, et espère que tu apprécies ma souffrance et ce que je fais pour toi et notre peuple !

« Bien sûr, le contact fut difficile, mais moi, je ne suis pas le prince Méhirim, et j'ai vraiment gagné le cœur de l'Empire et pas seulement sa périphérie ! J'ai pris contact avec de nombreux éléments instables de leur société. Nos chiens m'ont grandement aidé. Bonne nouvelle, ici personne ne se doute du degré de notre pénétration de leur société par nos chiens ! Bien sûr, certains ont déclenché quelques mouvements de rejet, sans toutefois réellement susciter de questionnement. Les humains ne les aiment pas vraiment, mais la structure étatique de leur Empire étant ce qu'elle est, personne ne peut vraiment rien faire contre eux ! De plus, il a été d'une facilité déconcertante de jouer avec leurs propres antagonismes.

Des gens de haut niveau font maintenant l'objet direct de nos manipulations. La fermentation de cette société a commencé, je te prie de croire que le pourrissement interne de l'Empire fera en sorte que, comme un fruit mûr, il tombera tout seul dans nos mains. Évidemment, je ne te cacherai pas qu'il y a quand même quelques irritants. À ma grande surprise, certains hauts responsables et même des personnes importantes entourant l'Empereur ont été indûment influencés par les prétendus Envoyés. Cela n'est pas bon pour nous, car cela va dans le sens contraire du processus de dégradation de l'Empire, décidé il y a longtemps. Pour contrer cela, j'ai pu organiser une tentative d'assassinat d'un de ces Aryens perturbateurs à l'université, mais malheureusement, cela a échoué par la faute d'un des hors-venus ! Au début, je n'ai pas prêté beaucoup de foi aux propos d'Astaroth à leur sujet, mais par la suite, j'ai quand même organisé une tentative d'enlèvement pour vérifier tout cela, tentative qui a, elle aussi, malheureusement échoué, en raison de la surveillance exercée sur eux par la Garde. Il est devenu de plus en plus évident que ces fameux prétendus Envoyés commencent réellement à nous causer de très gros problèmes ! Je me suis donc penché très sérieusement sur leur cas, et je peux t'annoncer que j'ai pu régler en partie le problème ! En partie seulement malheureusement, parce que je n'ai pas eu d'autre choix que de me fier à la compétence relative de certains personnages douteux et haut placés que je manipulais. Malheureusement, les Envoyés se sont évadés, ce qui n'est pas nécessairement une mauvaise chose parce que cela les éloigne d'Oulan Bator et nous pourrons toujours les cueillir d'une façon plus discrète plus tard. J'ai déjà un plan à ce sujet, leur trajectoire de fuite étant évidente ! Autre chose : après le fiasco sur Dombergé dont je ne peux en aucun cas être tenu responsable, j'ai fait exécuter plusieurs Dangues, car leur addiction à la chair humaine commençait réellement à poser un problème !

« J'ai aussi vérifié en profondeur notre dispositif de sécurité dans la tête de nos hommes. Il est clair que nous ne saurions nous fier à des humains, tout dévoués soient-ils ! Il est impensable que ceux-ci puissent nous trahir, mais le risque est trop grand, et tu as été très sage en imposant cette procédure. De toute façon, ils nous sont dévoués corps et âme et comprennent parfaitement le besoin de cette procédure. En quelque sorte, nous sommes un peu leur Dieu. Quant aux autres, ils ignorent jusqu'à notre existence… Ces idiots pensent travailler pour le bien de leur race ! De toute façon, pour éviter les problèmes, ils ont reçu le même traitement que nos fidèles serviteurs.

« Donc, malgré certains échecs, je peux t'assurer que les choses avancent très bien ici. Avec le départ des Envoyés ou prétendus tels, j'ai les mains plus libres, et je vais pouvoir m'attaquer plus facilement à ce sujet irritant au sein de la maison impériale ! Et cette fois, il n'y aura aucun sauveur providentiel ! »

CHAPITRE 53 – LA FIERTÉ DU CAPITAINE

A: *Prince Rotuch Rotangar*

Représentant d'« Humanités nouvelles », devant Sa Majesté l'Empereur.

***De**: Ras Tafari*

Amenokal de La Fierté du capitaine

Officier de liaison gaucho auprès d'Humanité nouvelle.

***SUJET**: Les tracasseries des officiels impériaux au sujet de la sécurité*

de nos navires.

Cher prince,

Permettez-moi de faire appel à vous, car depuis quelque temps, certains fonctionnaires impériaux, trop zélés, cela va sans dire, nous font quelques misères ! Oh ! rien qui ne nous inquiète vraiment, mais votre intervention serait quand même appréciée. Cependant, avant de vous faire part de nos doléances, il est impératif que vous ayez une certaine compréhension de notre mode de vie, légèrement différent du vôtre. En fait, celui-ci est avant tout basé sur des dires anciens ! Des dires venant de très loin. Du lointain passé. De Nirva. De CHEZ NOUS ! Du paradis terrestre ! C'était là-bas que vivait Darashi, notre mentor, notre guide !

Darashi disait toujours que la vie était comme un grand miroir qui nous renvoyait l'image de nos bêtises ! Mais voilà, disait-il, l'homme est paresseux, et il veut tout sans peine ! Marcher le fatigue ? Il invente l'automobile ! Il ne veut plus travailler ? Il invente des machines qui font le travail pour lui ! Il trouve que penser est difficile ? Alors, il construit des ordinateurs pour penser ! Ainsi, il ne fait plus rien, perd le contrôle de sa vie, engraisse tellement qu'il devient malade et meurt avant son temps !

Pourtant, le Grand Architecte de l'univers, si vous croyez en lui ou simplement dans la vie, a doté l'homme de tout ce dont il a besoin. Des muscles pour soulever des poids, des jambes pour se déplacer et un cerveau pour réfléchir ! Son intelligence lui permet même de fabriquer des outils pour démultiplier sa force.

Mais regardez ce qu'il fait de ses dons merveilleux ! Il utilise son intelligence pour construire des machines qui feront tout pour lui, mais s'étonne que celles-ci finissent par le supplanter !

FAITES CE QUE VOUS AVEZ À FAIRE SANS LE CONFIER AUX AUTRES ET ENCORE MOINS À DES MACHINES!

Mais Darashi n'a jamais été un gourou, un prêtre ou un chef de secte.

Il n'a jamais voulu cela. Au contraire, ses enseignements sont plus d'ordre philosophique, et y adhèrent seulement ceux qui le veulent. Mais ils sont tellement logiques !

Et pas doctrinaux.

La preuve ?

Darashi ne dit pas que le moteur et la radio sont nuisibles, non, il dit uniquement qu'il faut les utiliser quand c'est absolument nécessaire. Par exemple, un moteur est nécessaire pour ouvrir la porte de dix tonnes de la cale d'un navire, mais certainement pas pour ouvrir une porte de cabine !

La radio ? Elle est utile pour communiquer avec le contrôle spatial, mais pas pour communiquer entre nous !

Prenez la peine de le lire, et vous verrez que son enseignement ne vous limitera en rien, mais fera plutôt de vous un être accompli, en pleine possession de ses moyens !

Je sais, certains d'entre vous diront que ce que je dis est faux et que Darashi est doctrinaire parce qu'il interdit l'emploi des ordinateurs ! À cela, je vous répondrai, encore une fois, que Darashi nous laisse libres de suivre ou non sa doctrine. Il n'impose rien à personne, mais il dit simplement que si on se réclame de lui, alors on doit suivre ses enseignements à la lettre. De toute façon, ce qu'il dit est tellement sensé que c'est le mettre en doute qui ne l'est pas ! Regardez simplement autour de vous ! Et puis, vraiment, la seule chose qu'il interdit, ce sont ces fameuses machines pensantes qui prennent la place de l'homme. Encore une fois, je me dois de répéter l'enseignement de Darashi qui dit que le Grand Architecte nous a dotés de quelque chose de tellement plus extraordinaire qu'un simple ordinateur ! Un cerveau ! Aucune machine, aussi puissante soit-elle, ne peut être aussi versatile, aussi diversifiée et aussi performante qu'un simple cerveau humain ! Jamais nous ne laisserons un petit paquet de silicone prendre le pas sur nous et se charger de nos vies... encore moins dans nos vaisseaux spatiaux... ou les commandes de nos canons de défense anti-pirate ! Et vous savez quoi ? Nous sillonnons l'univers, et personne ne nous importune. Sur nos vaisseaux, aucune machine ne nous dicte la route à suivre, aucun ordinateur ne surveille nos passagers, et aucun micro ni caméra n'enregistre leurs faits et gestes pour les stocker dans d'immenses banques de données. Chez nous, personne n'espionne ni ne pose de questions indiscrètes à personne. Nous sommes un peuple libre et respectons la liberté des autres ! Chez nous, aucune machine ne prend le pas sur l'humain ! Sur nos vaisseaux, l'Amenokal décide du moment opportun de virer à l'antimatière pour bondir d'étoile en étoile... et ce sont des mains humaines qui règlent les délicats ajustements de nos moteurs à inertie. Nos ordinateurs, ce sont les cerveaux de nos chefs ! Nos moteurs, ce sont les mains de nos équipages ! Eh oui, certains Sarkaïs présomptueux se sont attaqués à nos appareils. Les électrons libres qu'ils sont devenus racontent partout la précision de nos canonniers !

Non, prince, notre peuple se tire très bien d'affaire, sans aide, et nous souhaitons qu'« Humanités nouvelles » respecte cela et nous aide à nous défendre contre les fonctionnaires impériaux qui veulent à tout prix nous imposer ces fameux ordinateurs sous prétexte de sécurité ! Et nous refuserons toujours de révéler à tous les policiers de cet univers l'identité de ceux qui montent à bord de nos appareils librement ! Sachez aussi, prince, que nos représentants siègent dans tous les comités chargés de la sécurité spatiale et que jamais personne n'a réussi à prouver que nos appareils étaient dangereux !

Prince, faites respecter notre mode de vie ! Nos vaisseaux sont nos maisons ! Nomades nous sommes, nomades nous resterons... jusqu'au jour où nous aurons retrouvé notre véritable maison... NIRVA!

Mais transmettez aussi à l'Empereur notre profond respect, rappelez-lui que nous ne sommes pas les Archanges et que nous ne pratiquons aucun trafic illégal.

Honnêtes commerçants nous sommes, et honnêtes commerçants nous resterons.

Respectueusement

Ras

Voilà ! Il leur fallait quitter Oulan Bator. Et la meilleure façon de quitter Oulan Bator était par l'astroport. Donc direction l'astroport. Oui, mais ce qui était évident pour eux était aussi évident pour leurs ennemis !

« Dreck, demanda Michelle, tu ne crains pas un traquenard ? Qui me dit que ce fameux capitaine... Ras... ne nous trahira pas ?

– Les Gauchos ne trahissent jamais leurs hôtes ! C'est contre leur philosophie. Et ils ne veulent pas se mêler des choses des hommes. Cependant, à bord de leurs appareils, leurs lois sont impitoyables. Le crime est puni   par un petit voyage sans scaphandre dans l'espace ! Évidemment, seulement pour les crimes importants.

– Hé là ! je ne désire pas vraiment explorer cette alternative, souligna Pierre.

– Ne t'en fais pas, Pierre, ces gens sont très corrects, ils ne se mêlent pas de la vie des autres et si tu agis correctement avec eux, il ne se passera rien. Ce sont des nomades, on les appelle les hommes bleus de la nuit. Ils sont les seuls qui ne poseront aucune question quand nous monterons à bord. Ils sont donc les seuls qui peuvent vraiment nous aider à quitter Oulan Bator.

– Encore une fois, souligna le professeur, si toi, tu sais cela, la police le sait aussi !

– Encore une fois, ne vous inquiétez pas, mes amis, la moitié des policiers d'Oulan Bator me doit un service, et l'autre moitié… la vie ! Ils regarderont donc ailleurs quand le temps sera venu. »

Mais Michelle n'était pas totalement convaincue.

« Et la Garde ? questionna-t-elle.

– La Garde n'a reçu aucun ordre à notre sujet.

– Vraiment ? reprit une nouvelle fois Vauldegarde, cela est étonnant. Pourquoi l'Empereur, qui nous recherche, n'avertirait-il même pas la Garde ?

– J'avoue, reprit Dreck, que moi aussi, je me suis posé la question ! Je pense qu'il a été poussé par quelqu'un, probablement ce salopard de baron, mais parce que Pierre a sauvé sa fille, il nous donne une petite chance.

– Hé ! elle n'est pas vraiment grosse, sa petite chance justement ! Nous avons déjà failli nous faire tuer ! acheva Pierre.

– Si l'Empereur avait mis la Garde à notre recherche, nous serions déjà, soit morts, soit prisonniers !

– Bon, reprit sarcastiquement Michelle, nous devons donc remercier l'Empereur d'avoir seulement tenté de nous tuer !

– Écoute, Michelle, tu penses ce que tu veux, mais le baron, lui, vous aurait extrait toutes vos cellules, ce qui aurait eu l'effet, heu, secondaire, de, heu, faire de vous… des souvenirs !

– Mais pourquoi veut-il faire cela ?

– Pour l'hypothétique possibilité qu'une de vos cellules contienne encore le code d'origine de l'espèce humaine !!!

– Décidément, c'est une obsession !

– Pour eux, oui !

– Bon, conclut le professeur, puisqu'il faut y aller alors… allons-y ! »

Sur ces bonnes paroles, tous embarquèrent dans une voiture banalisée et, en moins de temps qu'il ne fallait pour le dire, ils se retrouvèrent dans la circulation tridimensionnelle d'Oulan Bator, ni vu ni connu. L'astroport était loin, à 250 km au moins, mais avec les fantastiques véhicules de l'Empire, cela représentait tout au plus vingt minutes de vol.

Dreck leur avait dit que l'astroport se trouvait dans la vallée des Géants, nom on ne peut plus énigmatique pour une vallée. Ils volaient haut, à 3 500 mètres, mais malgré cela, ils n'arrivaient pas à voir l'astroport d'Oulan Bator, appelé familièrement Batoroulan. La raison en était la présence dans leur champ visuel du mont Olympe, qui culminait à

17375 mètres et qu'il allait falloir contourner. Malgré la masse colossale que représentait cette montagne, cela ne leur prit que dix minutes pour arriver enfin en vue de la vallée dite des Géants. Bien vite, ils furent pris en charge par le contrôle de la circulation de l'astroport, et ce fut avec une véritable meute de véhicules que, finalement, ils débouchèrent sur la vallée. Là, ils furent frappés de stupeur ! Bien sûr, ils s'attendaient à quelque chose de grandiose, mais pas à ce point ! Arc-boutées contre le mont Olympe, des chaînes de montagnes à peine moins hautes servaient de contrefort à la vallée. Des deux côtés, sculptés à même la roche la plus pure, il y avait sept géants assis sur des trônes colossaux, qui regardaient la vallée. Quatre d'un côté et trois de l'autre. Parmi eux, Simon ! C'étaient les sept empereurs de l'Empire des 1 000 étoiles. Tous, sculptés dans le haut des montagnes, avaient au moins 1 000 mètres de haut ! Tous avaient le regard dirigé vers la vallée. Vauldegarde, Pierre et Michelle se sentirent comme écrasés par la force et la majesté qui se dégageaient de ces immenses statues. Mais il y avait plus. Déjà, lors de leur arrivée sur Oulan Bator, ils avaient vu ces immenses tours auxquelles s'accrochaient les astronefs, ce n'était donc pas cela non plus qui leur causa un choc. Des tours, effectivement, il y en avait. Et elles étaient en fait très hautes, au moins 1 000 mètres chacune, d'après Dreck. Non, ce qui les impressionnait, c'était que chacune de ces tours était en fait une statue représentant chacun des peuples de l'Empire de Simon. Et au milieu d'entre elles, il y en avait une, une qui provoqua un serrement de cœur nostalgique aux trois Terriens. Oui, c'était bien elle… la grande dame… la grande dame de New York… La statue de la Liberté !

Bien sûr, leur vue de Batoroulan n'était que partielle, car le contrôle automatique de circulation de l'astroport les avait fait descendre rapidement à moins de 200 mètres, la circulation en altitude étant réservée aux vaisseaux spatiaux… et il y en avait beaucoup ! C'est donc beaucoup plus lentement qu'ils approchèrent de la tour des hommes bleus qui, étrangement, n'avait aucun gros appareil accroché à ses flancs, mais plutôt un très grand nombre de petites unités, des navettes probablement.

« Les Gauchos n'ont pas de grands vaisseaux ? demanda Pierre.

– Non, ce n'est pas cela. En fait, ils ont des vaisseaux plutôt grands, mais… heu… leur forme ne leur permet pas de rentrer dans l'atmosphère, alors ils utilisent une multitude de navettes pour faire la liaison avec leur vaisseau mère qui, lui, doit être quelque part en orbite autour d'Oulan Bator… comme en fait, 90 % de tous les vaisseaux qui transitent par la capitale!

– Pourquoi as-tu hésité quand tu as parlé de leurs vaisseaux ? questionna Pierre.

– Ça, tu le verras plus tard ! En réalité, les Gauchos vivent sur leurs vaisseaux en permanence, comme je le disais plus tôt, ce sont des nomades… Enfin, vous verrez ! »

L'Amenokal de La Fierté du capitaine les reçut simplement à l'entrée de la navette. Dreck avait eu raison, personne ne les avait interceptés, et ils s'étaient rapidement retrouvés devant l'imposant homme bleu. Quelque chose, son instinct peut-être, dit à Pierre que l'homme les avait reconnus, mais celui-ci s'abstint de manifester un quelconque intérêt, du moins autre que celui suscité par leurs billets, dûment payés par Dreck à l'aide d'un de ses innombrables fonds secrets.

« Vos billets sont en ordre, hommes libres, dit-il.

– Merci, répondirent-ils ensemble.

– Une seule consigne, hommes libres. Nous ne vous posons pas de questions, mais en revanche, vous suivez nos lois tant que vous êtes à bord. Compris ?

– Certainement, commandant, mes amis et moi ne vous causerons aucun souci !

– Alors, bienvenue sur mon vaisseau ! »

La navette était volumineuse et surtout faite pour le transport de marchandises, mais une petite section à l'avant avait été aménagée pour les passagers. Les quatre fugitifs s'y réfugièrent rapidement, encore étonnés par le peu de difficultés rencontrées durant leur fuite. La section pouvait facilement accueillir une cinquantaine de passagers, mais ils étaient seuls.

« Pouvons-nous parler sans crainte d'être écoutés ? demanda Pierre.

– Aucun problème, ces gens n'espionnent pas leurs hôtes ! » rétorqua Dreck.

Puis comme pour vraiment rassurer ses amis, il ajouta :

« De toute façon, par simple précaution, j'ai balayé l'endroit avec un certain petit appareil que seule une personne comme moi peut avoir, et je peux vous assurer qu'il n'y a aucun micro branché ici !

– Fort bien ! Donc nous pouvons plus ou moins parler, reprit le professeur, j'ai quand même certains mauvais pressentiments !

– Pourquoi donc ?

– Parce que – et cette fois, c'était Pierre qui parlait – tout cela est vraiment trop facile ! Sur Terre, c'eût été impossible !

– Et tu en conclus ?

– Que l'Empereur nous laisse filer parce qu'il a autre chose en tête… et que tu sais de quoi il s'agit !

– Tu me soupçonnes de jouer un double jeu, mon ami ?

– Dreck, s'écria soudain Michelle, ce n'est pas normal ! Même les types qui étaient à nos trousses ne se manifestent plus !

– Écoutez ! Il y a des choses qui me perturbent, moi aussi. Sa Majesté était vraiment en colère contre vous quand elle a appris ce que contenait le document du Mahatmi… Je l'ai vu… et malheureusement, je n'ai pas réagi, car j'étais, moi aussi, déçu, mais sa colère était vraiment sincère. Je crois que c'est cette colère qui l'a fait céder aux pressions de ce maudit baron !

– Alors pourquoi passe-t-on si facilement au travers des filets, non seulement de la police, mais aussi des hommes du baron, car enfin, ils devaient bien savoir que nous viendrions ici, non ?

– Certes ! Comme je vous l'ai dit, l'Empereur vous donne probablement une chance… et en fait, je crois savoir pourquoi !

– Ah oui ? Et c'est quoi, ce pourquoi ?

– Plutôt, c'est qui, ce pourquoi !

– Qui ? C'est une personne ?

– Oh que oui ! C'est même une ravissante petite princesse !

– CAROLINE, crièrent en cœur les trois amis, mais si elle l'avait su, elle aurait tout fait pour empêcher cela !

– Bien sûr, mais elle l'a probablement appris trop tard !

– Mais alors.

– Alors, tout Empereur qu'il soit, il ne pourrait pas supporter qu'elle le rejette… alors… !

– Alors pour l'amour de sa fille, il s'est ménagé une porte de sortie pour ne pas paraître trop cruel ! conclut Michelle.

– Mais toi, Dreck, pourquoi t'a-t-il laissé partir ?

– Peut-être pour vous protéger ?

– Non !

– Non, Pierre ? Qu'as-tu en tête ?

– Dreck, ton Empereur que tu aimes tant, le connais-tu vraiment ?

– Ah ça, oui ! Nous avons grandi ensemble ! Mes parents, aujourd'hui décédés, étaient des nobles de haut rang en Occitanie et à cette époque, tous les humains étaient semblables pour l'Empereur. En fait, nous avons même failli avoir un empereur occitan ! Malheureusement, ce n'est plus la même chose maintenant ! Quelque chose a changé il y a environ cinquante ans !

– Quoi ?

– Sais pas !

– Bref, tu le connais bien, même très bien ! Est-ce un homme intelligent ?

– Fichtre, oui !

– Alors, il y a toujours quelque chose qui ne va pas !

– Explique-toi !

– Je veux bien croire à la thèse des pressions du baron et croire qu'il nous a laissés filer par reconnaissance pour la vie de sa fille, mais je ne comprends pas qu'il t'ait laissé partir, toi !

– Pourquoi ? Sans moi, vous étiez foutus !

– Il aurait pu trouver un autre guide. Non, il a autre chose en tête, et cette autre chose est tellement importante qu'il t'a envoyé nous aider !

– Mais quoi ?

– J'ai comme l'impression que l'avenir nous le dira !

– Hé ! les gars, vous semblez oublier un petit détail ! intervint Michelle.

– Ah oui ? Et quoi donc ?

– Vos brillantes déductions pourraient peut-être s'appliquer à ton dieu vivant, grommela Michelle, sarcastique, mais pas aux hommes du baron !

– C'était le risque à prendre. De toute manière, l'Empereur n'avait pas le choix, le baron est devenu trop puissant, et une guerre ouverte avec lui aurait soulevé trop de grogne… Et puis, j'étais là pour contrer le baron, non ?

– Sauf que tu es arrivé un poil trop tard, et cela aurait pu coûter la vie à Pierre ! conclut sèchement Michelle.

– Mais ce ne fut pas le cas !

– Non, mais, mais cela ne nous dit toujours pas pourquoi les hommes du baron ne nous ont pas rattrapés ici !

– Et merde, Michelle, je n'en sais rien ! Tu as pu voir que le baron, c'est plus de la suffisance que de l'efficacité ! Après tout, nous avons dégommé pas mal de ses hommes ! Et puis, il est impuissant dans l'astroport !

Beaucoup trop de gardes de l'Empereur sont présents ici ! Arrête de me poursuivre avec ça. Le baron ne peut plus rien faire maintenant, encore moins contre un appareil gaucho, et nous sommes à bord maintenant.

– Bien, mais je crois quand même que l'avenir nous réserve quelques tours de cochon », termina Michelle.

CHAPITRE 54 – UN AUTRE RAPPORT D'ÉTAPE

« Dreck, enfin !

– Majesté ! Permettez-moi de vous faire rapidement un petit compte rendu. Ils sont sains et saufs à bord du vaisseau gaucho ! Après leur départ de l'appartement secret, j'ai été obligé d'intervenir discrètement mais fermement contre les hommes du baron. Heureusement, nos fugitifs n'en ont rien su. Cependant, quelque chose m'inquiète. J'ai pu attraper vivant un des hommes du baron, et celui-ci m'a révélé que d'autres plans étaient en préparation pour les rattraper. Il semble que le baron y tienne plus qu'à la prunelle de ses yeux. Il va sans dire que cela m'intrigue fortement. Je n'arrive pas à comprendre ce que leur veut vraiment ce maudit baron. Leurs gènes ? Peut-être, mais je n'y crois qu'à moitié ! En principe, ils sont au loin, et ne devraient donc plus représenter un problème pour lui !

– Tu soupçonnes quelque chose ?

– Le comportement du baron est de plus en plus irrationnel ! Même en tenant compte de son racisme, il est impossible de comprendre pourquoi il s'acharne à ce point sur les hors-venus.

– Et tu en conclus ?

– Je n'en sais rien. Mais faut vraiment avoir ce foutu baron à l'œil. J'espère quand même... Non... Enfin, je ne crois pas.

– Quoi... Tu ne soupçonnes quand même pas... ?

– Non... Enfin, j'espère que non. Mais il y a plus grave !

– Quoi ?

– L'homme que j'ai fait parler a aussi mentionné un complot contre quelqu'un de très important dans la maison impériale. J'ai voulu en savoir davantage, mais il a succombé trop vite lors de l'extraction cervicale !

Majesté, prenez garde. »

« Dreck, mais où étais-tu donc passé ? questionna Vauldegarde.

– Oh… Seulement à l’avant de l’appareil, il y a une fenêtre d’observation, ce qui m’a permis de voir que nous approchions de notre destination ! »

À ce moment, comme Dreck se penchait vers l’avant, un petit objet tomba de sa poche. Dreck sembla se troubler et le ramassa prestement !

« Oh, mais qu’est-ce donc ? lui demanda Michelle, ça ressemble à communicateur !

– Non… Oui… C’est vrai, Michelle, c’est un communicateur.

– Et que fais-tu avec ce communicateur ? Tu appelles qui ? demanda Michelle, soupçonneuse.

– C’est un de mes nombreux petits appareils. Et celui-ci pourrait nous être particulièrement utile si j’avais à communiquer avec certains de mes anciens hommes !

– Dans l’espace ?

– Qui sait ? Et puis, vous autres, si vous êtes intéressés, venez voir à

l’avant, nous devrions maintenant être vraiment proches de notre transporteur ! »

Évidemment, tous se précipitèrent vers l’avant. Un splendide vaisseau fusiforme et fantastiquement caréné leur apparut droit devant. Facilement long de 350 mètres, il avait l’aileron arrière en forme de roue, ce qui lui donnait réellement une allure grandiose, et même éblouissante.

« Wow, s’écrièrent les trois Terriens.

– Heu… Je crois qu’il y a erreur sur le vaisseau. Celui-là fait partie de la flotte de la Fédération interstellaire impériale, comme feu le Lusitania.

C’est un vaisseau de grand luxe, pas vraiment adapté à nos besoins de discrétion. En fait, le vaisseau vers lequel nous nous dirigeons est plutôt celui à droite au fond, que nous commençons seulement à voir. »

Déception ! Évidemment… ils n’étaient pas en voyage touristique !

Qu’importe, tous regardèrent dans la direction indiquée par Dreck. Et là, ce fut non seulement de la déception, mais aussi de la crainte, car le vaisseau qui commençait à se profiler devant eux était vraiment bizarre. On aurait dit une sorte de Meccano géant, construit par un enfant pas très habile qui y aurait même ajouté d’autres jeux inopportuns, de sorte que le moins que l’on pût dire était que cela formait un ensemble hétéroclite.

Le corps du vaisseau était un assortiment de poutrelles métalliques lui donnant vaguement l’allure de ces constructions de fer de la fin du XIXe siècle, genre tour Eiffel !

Le corps central était une structure ajourée gigantesque, à laquelle étaient accrochés différents éléments d’une façon irrégulière. L’avant avait une sorte de château ressemblant beaucoup aux immenses structures des gros navires pétroliers des mers de la

Terre, tandis que l'arrière montrait un gros cylindre ou plutôt une succession de cylindres plus ou moins entassés en fagot. Et entre les deux, il y avait cette espèce de Meccano géant de poutrelles ajourées auxquelles étaient accrochés des antennes paraboliques, d'immenses caissons, probablement des cales, ainsi que toutes sortes de miniquais d'accostage avec navettes incluses parfois ! Et il y avait plus ! À la verticale du corps central du navire, deux immenses cylindres opposés l'un à l'autre tournaient perpendiculairement au centre du vaisseau et portaient, à leurs extrémités, des sortes de nacelles allongées.

« Mais qu'est-ce donc ? questionna le professeur.

– Simplement une façon pour nos hôtes de créer des zones de gravité.

– Mais je pensais, reprit le professeur, que vous utilisiez l'accélération pour créer de la pesanteur dans vos vaisseaux ?

– Vous oubliez, professeur, que cela ne marchera que si le vaisseau est en déplacement. Et je vous ai dit que les Gauchos vivent tout le temps à bord de leurs appareils. Donc ils ont besoin de gravité en tout temps. Ce système en rotation est encore ce qu'il y a de plus simple. Et cela fonctionne très bien ! Les deux nacelles sont, en fait, les zones l'habitations

permanentes. Et au centre, accrochées à toutes ces poutrelles, ce sont les charges payantes, les cales, les antennes, les navettes, etc.

– Mais, reprit Pierre, ce vaisseau ressemble à quelque chose de bricolé, quelque chose de pas très sérieux, construit par une sorte d'ingénieur complètement marteau ! Il n'est même pas parfaitement symétrique !

Exercer une poussée sur un tel vaisseau doit être un sacré casse-tête. Une pression mal coordonnée, et le vaisseau pourrait se casser en deux. Du moins, c'est mon impression en tant que pilote !

– Mon Dieu, reprit Dreck, ne soyez pas si sévères ! Si ce vaisseau a l'air d'être bricolé comme vous dites, c'est simplement parce qu'il a été construit au fur et à mesure que ses occupants accumulaient les moyens nécessaires ! Et rassurez-vous, ce sont des pilotes hors pair ! Leurs vaisseaux ne se cassent pas, ils sont très efficaces, et contrairement à beaucoup de vaisseaux de la garde, leurs pilotes les connaissent jusqu'au bout des ongles. Croyez-moi, ces gens savent ce qu'ils font. Et puis, c'est nettement plus discret que les lignes impériales.

– Si vous le dites », conclut Michelle.

Personne ne répondit à Michelle parce que la navette approchait du vaisseau mère. Les passagers furent alors captivés par la vision de ce grand vaisseau qui, tout bricolé qu'il fût, n'en était pas moins impressionnant. La navette s'arrima au quai de débarquement et rapidement, un tube de connexions se colla sur la porte. Évidemment, celle-ci était maintenant totalement immobile et les passagers, quoiqu'ils fussent toujours attachés à leurs sièges, ressentirent alors l'apesanteur.

« Eh, s'écria Michelle, je ne sais pas trop comment me déplacer en apesanteur dans ce vaisseau !

– Ne t'en fais pas, lui répondit Dreck, c'est fort simple, dans des vaisseaux comme celui-ci et contrairement aux vaisseaux militaires, on utilise des gravitons !

– Des quoi ?

– Des gravitons ! C'est-à-dire de petits appareils qui fonctionnent un peu comme les réacteurs dorsaux, mais à l'envers. En fait, au lieu de vous pousser vers le haut, ils le font vers le bas ! Et la pression est équivalente à 0,5 gravité. Vous pouvez donc marcher, quoique vous vous sentirez un peu légers.

– Ah bon ! Et où sont ces merveilleux appareils ?

– Eh bien… Sous vos sièges ! Vérifiez ! »

Évidemment, les trois amis ne se le firent pas dire deux fois et trouvèrent effectivement une sorte de très grosse ceinture sous leurs sièges.

« C'est ça ? demanda Pierre, incertain. Ça ne ressemble pas à un réacteur dorsal !

– Effectivement. En fait, les deux grosses sacoches accrochées aux côtés gauche et droit de la ceinture sont en fait les petits moteurs qui vous tireront vers le bas. Le gros bloc à l'arrière, c'est l'unité d'alimentation. Vous serrez la ceinture autour de votre taille, en veillant à ce que ça soit confortable et que ça s'appuie bien sur les hanches.

– Fort bien, mais comment l'activerons-nous ?

– En fait, quand il est porté par quelqu'un, il détecte le manque de gravité et s'ajuste automatiquement pour que le porteur ait toujours cette demi-gravité dont je vous parlais. Mettez-les et vous verrez ! »

Et les choses se passèrent exactement telles qu'expliquées par Dreck. Dès que nos passagers eurent bouclé leur ceinture de gravité, celle-ci s'activa automatiquement, et ils furent en mesure de marcher avec cette sensation vraiment bizarre de vouloir s'envoler tout en restant retenus au sol par une sorte de câble invisible !

…..

Rapidement, ils furent installés dans des cabines relativement confortables, quoiqu'un peu petites, dans la deuxième nacelle, celle réservée aux passagers. Pierre devait s'avouer surpris par le vaisseau. Bien que manifestement fabriqué en plusieurs phases, celui-ci était d'une propreté remarquable et donnait l'impression d'un travail soigné.

Durant leur traversée des coursives du corps principal de l'appareil, il avait observé la minutie avec laquelle le câblage omniprésent de l'appareil avait été monté. Courant partout sur les murs, celui-ci était parfaitement aligné et identifié clairement, signe de gens sachant vraiment ce qu'ils faisaient.

« Pourquoi y a-t-il autant de câbles ? avait demandé Pierre à Dreck.

– Parce qu'ils n'ont pas de relais purement électroniques. Ils utilisent les connexions directes entre les différents composants et les tableaux de commande. C'est une vieille technologie, mais elle reste parfaitement performante. Elle demande seulement une très grande quantité de câbles, comme tu vois. »

La suite fut sans histoires. Le vaisseau faisait du cabotage de planète en planète et cela prenait du temps, mais rien ne venait les menacer. Les Gauchos protégeaient vraiment leurs passagers.

« Trop facile ! »

Cette réflexion de Michelle maintint tout le monde sur le qui-vive, mais rien n'arriva. Chaque fois que le navire s'arrêtait quelque part, des gens débarquaient et d'autres montaient, et chaque fois, Pierre et ses compagnons surveillaient les nouveaux arrivants pour repérer un éventuel commando venu les chercher, mais rien, vraiment, ne semblait menaçant.

« Alors ? questionna Dreck.

– Écoute, j'ai surveillé les nouveaux arrivants, mais je n'ai rien remarqué de particulier, lui répondit Pierre.

– J'ai cru repérer un grand nombre de Jarkaniens ?

– Oui, au moins dix, mais ils ne semblent pas être ensemble !

– Bon, mais garde un œil ouvert quand même, je n'aime pas les Jarkaniens !

– Une raison particulière ?

– Mon instinct qui parle. D'autres personnes ?

– Oui, au moins une vingtaine sinon une trentaine d'autres personnes, mais il ne semble pas y avoir de rapport entre elles ! »

Et voilà ! Un voyage tranquille, et le sens du danger s'émousse !

CHAPITRE 55 – [2]L'EXPÉRIENCE

Caroline était horrifiée ! Depuis maintenant plusieurs semaines, elle venait assister aux expériences montées spécifiquement pour elle par le professeur Pavlov, professeur émérite de psychologie humaine à l'université d'Oulan Bator ! Au début, elle n'y croyait pas ! « Ce n'est pas possible, ce n'est qu'un cas parmi d'autres ! » tentait-elle de se convaincre. Clairement, cette expérience était extrêmement dérangeante pour Caroline, mais tout le monde l'aurait été aussi de toute façon !!

C'était pour ça qu'elle revenait maintes et maintes fois pour s'assurer de la réelle représentativité des individus sélectionnés et qu'elle exigeait du professeur de légers changements au protocole et un changement des sujets de l'expérience en jouant sur le statut social, l'origine ethnique, le sexe ou la race ! Malheureusement, l'expérience, à de trop faibles exceptions près, donnait pratiquement toujours le même résultat !

Celle-ci commençait toujours de la même façon. Le professeur engageait un volontaire et lui expliquait qu'il cherchait à mesurer précisément, scientifiquement, la relation entre la punition et l'apprentissage ou, en d'autres mots, la corrélation entre la sanction et le taux de réussite d'un élève ! Le professeur discutait alors amplement des formidables bénéfices que pourrait tirer d'une telle expérience tout le système scolaire !

L'expérience était en fait très simple. Outre l'enseignant volontaire, un autre volontaire jouait le rôle de l'étudiant et était censé apprendre une liste de mots qu'il devait ensuite réciter de mémoire sans se tromper. Ce volontaire-là avait de petites électrodes branchées sur lui.

« En fait, disait chaque fois le professeur au volontaire payé censé jouer le rôle de l'enseignant, l'expérience se passe de la façon suivante : vous demandez simplement à l'élève d'apprendre puis de réciter la liste de mots en sa possession et chaque fois qu'il commettra une erreur, vous lui enverrez une petite décharge électrique. Toutes les fautes qu'il commettra seront sanctionnées par des décharges électriques d'intensité croissante.

Comme vous voyez sur ce générateur de choc, nous avons des manettes qui vont de 15 à 450 V. Je vous dirai précisément lesquelles vous devrez actionner. Suivez seulement mes instructions... et si vous n'avez pas de questions, je propose de commencer tout de suite ! »

Évidemment, il n'était pas mentionné au volontaire enseignant que le véritable sujet de l'expérience, c'était lui, l'élève n'étant qu'un acteur simulant la douleur.

---

[2] Inspirée de l'expérience sur la soumission à l'autorité, menée par Stanley Milgram, dans les années 1970.

À chaque fois, c'était une véritable torture pour Caroline ! Suivant les ordres du professeur, les enseignants infligeaient des décharges de plus en plus élevées au fur et à mesure des erreurs du supposé élève. Au début, les décharges étaient relativement faibles bien sûr, et rien de grave ne se passait, mais au fur et à mesure que l'expérience avançait, les volontaires se voyaient donner l'ordre d'abaisser des manettes, envoyant des décharges électriques de plus en plus fortes. Évidemment, le récipiendaire desdites décharges manifestait de plus en plus de douleur et en venait parfois à crier.

Épouvantée, Caroline vit même certains volontaires aller jusqu'à tuer le sujet de l'expérience. Il semblait que le seul ordre du professeur fût suffisant !

De temps en temps, dans 10 à 15 % des cas, des individus refusaient de continuer l'expérience quand ils s'apercevaient que le sujet souffrait.

« Si peu, si peu de gens sont capables de refuser un ordre mauvais. C'est terrible, pensait Caroline, papa a raison. Les humains sont mauvais... tous... quelle que soit leur race ! »

« Cher capitaine, je me vois dans l'obligation de vous faire une proposition que vous ne pourrez refuser.

– Vraiment ?

– Absolument ! Et je peux vous garantir que rien de mauvais ne vous arrivera ni à vous ni à aucun membre de votre équipage. Nous n'avons absolument rien contre vous, j'espère que vous me comprenez bien, mais il y a parfois… heu… des circonstances difficiles !

– Fort bien ! Et si vous en veniez au fait ?

– Eh bien, capitaine, des autorités supérieures nous ont donné l'ordre de capturer certaines personnes présentes à votre bord.

– Sachez, monsieur, qu'aucun capitaine de ma race n'a jamais livré qui que ce soit ! Même pas à l'Empereur… et encore moins à vous ! Alors, vous comprendrez, monsieur, que je considère cet entretien comme terminé. Dehors.

– Un instant, capitaine, ne vous emballez pas ! Une décision précipitée aurait pour conséquence la destruction de votre appareil tellement vénéré !

– Me feriez-vous du chantage ?

– Absolument, capitaine ! Je transporte sur moi une grenade thermonucléaire… de même que mes compagnons d'ailleurs. Permettez-moi d'ajouter que celle-ci n'est pas sur nous… mais EN nous, ce qui explique que vous ne les avez pas détectées. Cela veut aussi dire que si par hasard vous aviez la mauvaise idée de nous… faire du mal, celle-ci éclaterait immédiatement au moindre changement de notre état physiologique… en cas de décès par exemple ! Donc, je suis effectivement en position de vous faire chanter !

– Oh que non !

– Vraiment ! Qu'est-ce qui vous faire croire cela ?

– Si vous faisiez sauter votre grenade, vous mourriez vous aussi !

– Ha ! je vois ! Je dois vous convaincre que mes hommes et moi, nous nous foutons éperdument de notre propre vie ! Notre cause seule compte ! Fort bien, je vais donc vous montrer ce dont nous sommes capables ! »

Sur ce, l'homme se retourna vers un de ses hommes et lui donna un ordre bref.

Réagissant immédiatement à l'ordre de son supérieur, l'homme retira de sa poche un petit pistolet et… se tira une balle dans la tête !

« Vous avez compris, j'espère, capitaine ? »

CHAPITRE 56 – SALE TEMPS POUR LES HÉROS

Ces expériences avaient énormément perturbé Caroline ! Et comme toujours après chacune de ces épouvantables sessions, elle ne se sentait pas capable de rentrer au palais. Alors, elle allait déambuler dans les rues d'Oulan Bator, au grand dam de ses gardes du corps. Ils étaient bien sûr à son service et, en plus, l'adoraient littéralement. C'était pour cela qu'ils finissaient toujours par concéder à Caroline de ne pas retourner au palais immédiatement. Ils savaient que c'était dangereux, mais ne percevant pas de danger immédiat, ils cédaient régulièrement. Bien sûr, le désarroi de la jeune femme y était pour quelque chose, et ils ne se sentaient pas le courage d'avertir son père. Alors, ils firent cette erreur une fois... puis une autre fois et comme rien ne s'était passé, ils perdirent le sens du danger !

Ils firent même l'erreur suprême, pour passer incognito, de renoncer à l'importante escorte qui normalement aurait dû accompagner Caroline. Seulement trois hommes la protégeaient durant ses dangereuses escapades dans Oulan Bator ! Pas un de plus ! Il y eut même pire ! Ils n'avertissaient pas le palais ! Ils ne prenaient même pas de mesures particulières, endormis qu'ils étaient par le trouble de Caroline et l'apparente sécurité de la foule dans les rues de la capitale. Et Caroline courait partout sans se soucier de ses gardes du corps !

Alors il arriva ce qui devait arriver !

Surgissant de nulle part, sept assaillants se précipitèrent sur elle et abattirent ses trois gardes du corps en moins de temps qu'il ne fallait pour le dire, tout en jetant des grenades lacrymogènes et fumigènes pour disperser la foule qui les entourait.

Tout le monde vit que ce n'était pas des Aryens ! Tout le monde reconnut aussi la pauvre princesse Caroline. L'attaque avait été formidablement bien menée, bien préparée et bien coordonnée, ce qui indiquait qu'ils surveillaient la princesse depuis longtemps. Tout se passa dans un temps très bref, pas plus de deux minutes, et fut noyé sous la fumée des fumigènes. La foule se dispersa en hurlant et ce ne fut qu'après que les bandits se fussent littéralement envolés, que certaines personnes plus courageuses que les autres s'avancèrent vers les corps gisant sur le sol. Tout de suite, ils repérèrent les corps sans vie des trois gardes ainsi qu'un quatrième, manifestement celui d'une jeune femme !

Quelqu'un s'approcha, le cœur rempli d'angoisse. Il retourna le cadavre et soudainement horrifié, s'écria :

« MON DIEU, C'EST LA PRINCESSE... LA PRINCESSE CAROLINE! »

Pierre trouvait un peu difficile d'avoir été logé si loin de ses amis, en fait à l'autre extrémité du navire, mais il s'y était fait. Après tout, sa cabine était confortable même si elle était petite ! Bien des fugitifs se seraient contentés de moins ! Il en était là de ses réflexions quand, tout à coup, le petit communicateur que lui avait remis Dreck se mit à vibrer dans sa poche. Immédiatement, Pierre se sentit inquiet, vu que cet appareil ne devait être utilisé qu'en cas d'urgence !

C'était Dreck ! Il hurlait dans l'appareil.

« PIERRE, hurlait-il, NOUS AVONS ÉTÉ TRAHIS! MICHELLE ET VAULDEGARDE SONT DÉJÀ DANS LEURS MAINS! JE SUIS SANS ARMES ET COINCÉ DANS UN RECOIN. LES JARKANIENS… » La communication fut interrompue alors que Pierre eut la nette impression que Dreck recevait une volée de coups ! Immédiatement, Pierre fit demi-tour et se rua vers sa cabine pour y récupérer l'AK 47 et son 357 Magnum. Bien lui en prit ! Déjà cinq Jarkaniens se pointaient au fond du couloir ! Pierre les arrosa littéralement de balles avec son arme, ce qui les jeta à terre, cul par-dessus tête. Mais il n'y eut aucun jaillissement de sang, preuve que les assaillants étaient protégés. Pierre s'en doutait, vu qu'ils portaient des casques et semblaient couverts de la tête aux pieds par une sorte de tunique qui ne laissait aucune partie de leur corps exposée. « Merde, pensa-t-il, ils ont des vêtements pare-balles ! » Il courait maintenant, la peur au ventre. Dreck, Michelle et Vauldegarde étant déjà dans les mains de l'ennemi… et aucune réaction apparente des Gauchos ! Dreck l'avait crié ! Ils avaient été trahis ! Par qui ? Par les Gauchos, évidemment ! Ils ne pouvaient pas ne pas savoir ce qu'il se passait sur leur propre vaisseau ! Les Gauchos si parfaits d'après Dreck ! Finalement aussi pourris que tous les autres ! Et maintenant, que pouvait-il faire ? Un vaisseau, si grand soit-il, est quand même un lieu clos… Et lui n'avait aucun moyen de réellement se débarrasser de ses poursuivants… uniquement, comme dans un jeu de quilles, les faire tomber sous ses balles… pour quelques minutes seulement ! Ils se relevaient rapidement, avec tout au plus quelques contusions dues aux impacts et repartaient à sa poursuite. Pierre savait sa situation sans issue ! Qu'importait ce qu'il ferait. À partir du moment où les Gauchos avaient décidé de le laisser tomber, ce n'était qu'une question de temps. Et il avait au moins huit Jarkaniens à ses trousses maintenant !

« Ça ne finira donc jamais ! Toute ma chienne de vie a été comme ça ! »

Pierre avait maintenant gagné l'élévateur principal, mais son instinct l'empêchait de le prendre, car il aurait été une proie trop facile pour ses poursuivants. Il lâcha une courte rafale sur le boîtier de contrôle de l'ascenseur. « Au moins, ils ne pourront pas le prendre pour me cueillir en bas », pensat-il. Pourtant, un profond découragement s'insinuait en lui, minant sa volonté de se battre. Trop, c'était trop ! Alors qu'il commençait à se sentir bien, là-bas sur Oulan Bator, il avait dû fuir de nouveau… et abandonner Soraya ! À quoi bon alors lutter encore ? Ils allaient l'attraper de toute façon ! Toute sa vie, il s'était battu… pour à la fin, ne même pas être sûr du bien-fondé de sa cause ! Il quitte le militaire pour le civil ? Ça recommence, et il est de nouveau obligé de tuer ! Il fait ce qu'il peut et sauve la fille de l'Empereur ? Celui-ci le trahit ! Il fuit sur un navire sûr ? Il est à nouveau trahi !

Pierre vit deux Jarkaniens bondir vers lui. Il les coucha, plus par réflexe que par volonté. Une petite voix lui dit : « Rends-toi ou mieux, finis-en une fois pour toutes ! » Pierre ne savait plus. « Ça ne finira jamais », lui susurrait une nouvelle fois la petite voix. Pierre fonctionnait sur le pilote automatique. Sa vie de guerrier le poussa vers la galerie d'entretien de l'immense tube en rotation qui le mena vers le corps du vaisseau gaucho. Il plongea littéralement vers le bas en s'aidant du graviton qu'il avait pris dans sa cabine. Il descendit vite, très vite ! Son cerveau était vide, son instinct avait pris le dessus. Pierre poursuivit sa descente vers le cœur en s'aidant des barreaux de l'échelle qui couraient tout le long du tube. La force d'inertie due à la rotation le repoussa vers la nacelle qu'il venait de quitter, mais il avait mis le graviton à l'envers et s'aida aussi de ses mains. Il descendit vers le haut ou monta vers le bas, c'était selon…, mais il progressa vers le centre du navire. Tout à coup, il fut au fond du puits. Dans le corps central du navire gaucho, par gravité zéro ! Pierre remit le graviton à l'endroit et fort de cette demi-gravité, s'élança dans le grand vaisseau. Il trouva l'entrée d'une cale bien remplie. Il s'y engouffra et monta sur les immenses caisses, parfaitement arrimées, qui encombraient la pièce. Il gagna l'autre extrémité de celle-ci et vit, du haut d'une caisse, un petit endroit protégé par des barres de sécurité. Quelques manettes et voyants semblaient s'y trouver. Pierre descendit de sa boîte et se retrouva dans un coin exigu, proche des portes extérieures de la cale.

« Probablement les contrôles d'ouverture de la cale ! Évidemment, les Gauchos ne font rien avec l'électronique ! »

Pierre s'assit dans ce petit havre caché de tous pour reprendre son souffle et réfléchir. Mais son découragement était trop grand, et il se sentit couler vers un désespoir sans fond !

« À quoi bon, pensa-t-il encore une fois, ce n'est qu'un répit, ils me trouveront ! »

CHAPITRE 57 – SOLUTION FINALE

Soragan ! Système très loin de l'Empire. À l'abri des oreilles indiscrètes. Ils avaient fait ce qu'il fallait pour éviter la présence des curieux ! Des équipes des quatre races étaient venues pour balayer les environs et même les étoiles proches. Des semaines de travail minutieux où aucun détail ne fut laissé au hasard. Il était hors de question de se faire avoir une nouvelle fois par un petit vaisseau éclaireur de la Garde. La dernière fois, cela avait été catastrophique ! Certains avaient payé de leur vie cette erreur ! Mais le risque zéro n'existe pas ! Si l'ennemi avait vent de cette rencontre, les conséquences pourraient en être terribles !

C'était pour cela qu'ils avaient beaucoup hésité à se rencontrer de nouveau sur Soragan, mais comment voulez-vous gagner une guerre si vous ne pouvez pas rencontrer vos alliés ? Alors, quand tous les contrôles et autres prospections montrèrent, hors de tout doute, qu'il n'y avait aucun danger, la réunion extraordinaire du plan Dybbuk fut convoquée. Tous viendraient ! Tous devaient venir. Le Grand Khan lui-même, Premier Prince Parfait, Ra Tambruka, serait du nombre, Sar Baldurack II aussi, Michael, le roi des Archanges, et même exceptionnellement, Trojan !

Cela allait être une réunion extraordinaire !

« Amis unis par la haine des hommes, commença le Grand Khan, soyez les bienvenus. J'ai de bonnes nouvelles pour vous.

– Parlez, Fils de Razakel, commandeur suprême, lui répondirent les autres.

– Pour commencer, laissez-moi vous dire que le sujet ennuyeux à la cour impériale a été éliminé.

– Bravo, bravo, s'écrièrent-ils tous en chœur !

– Merci ! Mais je n'en ai pas fini avec les bonnes nouvelles !

– Vraiment ? s'écria le Sar Baldurack II, avec cette voix tellement puissante que tous les invités durent se protéger les oreilles. Il était vrai que Baldurack avait du coffre !

– Oui, cher ami ! En fait, le Parfait Ra Tamura m'a aussi fait savoir qu'il avait réussi à mettre la main sur les prétendus Envoyés et que bientôt, il saurait où se cache… NIRVA.

– HOURRA! hurlèrent alors tous les invités.

– Oui, peuples alliés, bientôt nous pourrons reprendre nos opérations vers l'Empire, opérations que nous avions dû suspendre lors de l'arrivée intempestive de ces prétendus Envoyés. Bientôt, nous aurons repéré Nirva, et nous la détruirons !

– Un instant, s'écria le Sar Baldurack, cela ne fait pas partie de nos accords.

– Vraiment, Sar ?

– Absolument, Majesté, il a toujours été convenu que la Terre nous reviendrait. Et j'entends par là une Terre en parfait état, et non pas radioactive !

– Oui, oui, j'en conviens, mais nous parlons ici de Nirva, et pas de la Terre.

– Majesté, nous, peuples de la Terre, nous savons que cette fameuse Nirva est en fait notre monde d'origine. C'est la seule chose que nous voulons. La Terre ! Notre monde, d'où nous fûmes chassés injustement par la racaille humaine !

– Injustement ?

– Oui, Majesté, injustement ! Nous fûmes pris par surprise. Cela n'arrivera plus. Comme vous le savez, notre peuple n'a pas vraiment d'ambition interstellaire. Nous aspirons seulement à retourner sur la Terre de nos ancêtres et à reprendre nos chasses comme dans les temps anciens, temps bénis où nous étions heureux. Nous n'aspirons ni à la technologie ni aux empires. C'est pour cela que nous sommes alliés, parce que nous avons un ennemi commun et que nous ne représenterons jamais un problème pour vous. Mais notre alliance a un prix, et ce prix, c'est la Terre !

– J'entends bien, cher ami, et notre promesse sera honorée, sois-en sûr ! Nous vaincrons les humains, et la Terre sera ta récompense.

– Sois maintes fois remercié, toi, Premier Prince du Premier Cercle ! Tu peux compter sur tes alliés.

– Et sur vous autres ? questionna le prince noir.

– Grand Khan, notre maître, répondit le roi des Archanges, tu sais à quel point les humains nous ont fait du mal. Ta promesse d'une planète où nous vivrons libres et la haine que nous avons de l'Empire te garantissent notre fidélité à toute épreuve !

– Et toi, Trojan ?

– Oh! moi, tu sais, je ne serai jamais un problème pour vous autres, nous ne vivons pas dans les mêmes endroits, et n'avons évidemment pas les mêmes besoins ! Juste la même haine ! Ça, nous l'avons en commun !

Et ce sera pour moi un délice inavouable que de les détruire. Et les contreparties de votre part seront seulement des déchets, de vieux vaisseaux abîmés, inutilisables, que tu seras assez aimable de me jeter en pâture !

– Bien sûr, Trojan, tu auras tout cela, mais… je ne comprends quand même pas très bien ce qui te motive !

– Je suis fait comme ça ! C'est en moi ! Je hais les humains ! Un peu comme si j'étais programmé pour ça ! De toute façon, quelle importance pour toi ?

– Aucune, Trojan, aucune.

– Bon, cette question étant réglée, que faisons-nous ?

– Nous reprenons le plan Dybbuk, c'est-à-dire la solution finale, où nous l'avions laissée. Nous reprenons les opérations de harcèlement, mais surtout, nous allons déclencher la guerre civile parmi les humains.

– Et comment ?

– Nous avons réussi à pénétrer pratiquement tous les milieux humains, avec peut-être une exception, la Garde, mais ils ne pourront rien faire. Nous avons réussi à obtenir les plans, on ne peut plus vitrioliques, que certains Aryens haut placés concoctaient pour leurs frères des autres races. Et nous, nous allons nous empresser de les faire parvenir à tout le monde.

– Quel plan ?

– Ce fut, de notre part, une manipulation extraordinaire! Nous avons réussi à convaincre ces Aryens bien placés qu'ils étaient une race pure et que les autres étaient, en quelque sorte, des bâtards. Par toutes sortes de manigances dans l'ombre, nous sommes parvenus à leur faire croire qu'il fallait à tout prix protéger les gènes aryens, supérieurs, cela va de soi, de la contamination que représentent les autres. Sur notre incitation, certains Aryens puissants ont développé le plan démentiel de stériliser les autres races! Imaginez comment celles-ci vont réagir quand nous leur dévoilerons ce plan. Et ce ne sera pas tout. Comme nous contrôlons les Hashshashins par le vieil homme sur la montagne, nous ferons assassiner un grand nombre de personnalités des humanités nouvelles, incluant, si nous le pouvons, Rotuch Rotangar, ce chien de prince uïgure qui nous cause tant de problèmes. Évidemment, nous ferons en sorte de faire savoir que ces Aryens agissaient en sous-main sous les ordres de l'Empereur! Cela déclenchera l'entrée en scène d'un peuple des humanités nouvelles sous notre contrôle qui, prétendant agir au nom des non Aryens, assassinera un nombre gigantesque de notables aryens, et de tout ce qui est de près ou de loin un Aryen, incluant femmes, enfants et vieillards... Et même l'Empereur si possible! Réaction garantie! Je vous certifie, mes amis, une belle foire d'empoigne entre les humains! Et bien sûr, quand ils se seront bien entre-tués et que nous jugerons leurs défenses suffisamment affaiblies, nous lancerons l'estocade finale.

– QUAND... QUAND? criaient-ils tous.

– Bientôt ! Très bientôt, maintenant que les Envoyés ne sont plus un problème ! »

Le prince noir n'ajouta plus rien. De toute façon, il n'aurait pas pu, l'immense salle de rencontre étant complètement noyée sous les hurlements de joie de ses invités, pourtant peu nombreux !

Majesté, grande, énorme est notre tristesse devant la mort de la princesse Caroline, votre fille bien-aimée. Tous, nous ressentons cette colossale douleur qui est la vôtre mais aussi la nôtre, tant la princesse était aimée par son peuple !

Mais nous vous conjurons de vous reprendre pour le plus grand bien de l'Empire ! L'assassinat de la princesse ne fut pas un acte gratuit. Nous, gens de Thulé, nous sentons des choses. Majesté, il y a péril en la demeure !

L'assassinat de la princesse fait partie d'un immense plan d'agression de l'Empire !

Le plan Dybbuk !

Majesté, suite à ce meurtre horrible, beaucoup d'entre nous ont senti le complot. La tristesse de nos membres était grande. Alors, nous avons reformé la chaîne sacrée, malgré qu'elle ait tué notre bon Mahatmi. Oui, grâce au pouvoir amplificateur du kiff, les plus sensitifs d'entre nous ont sondé le cosmos à la recherche des responsables du lâche assassinat de votre fille.

Et nous avons senti !

Mais grande fut notre confusion ! Nous sentions la princesse partout ! Comme si elle était toujours parmi nous ! Le souvenir de la princesse est encore présent dans l'esprit de trop d'Aryens, et cela brouille notre perception ! Mais nous avons accroché l'esprit des meurtriers… ce qui fut aussi facteur de confusion ! Leurs esprits semblent ARYENS! Et cela ne se peut pas… ou peut-être que si ? Nous n'avons aucune certitude, l'esprit des hommes est semblable partout, mais leur perception semblait indiquer un mode de vie aryen !

Alors, nous avons suivi leurs esprits de meurtriers !

MAJESTÉ, CERTAINS SONT TRÈS PROCHES DE VOUS!

Quelqu'un de votre entourage a comploté ce meurtre ! Mais grâce à la puissance de notre chaîne sacrée, nous avons pu remonter plus loin, vers les vrais commanditaires !

Et eux aussi, nous les avons sentis… les Démons, car ils sont plusieurs ! Quatre, quatre chevaliers, les quatre chevaliers de l'Apocalypse !

Quatre, qui se réunissaient pour comploter la perte de l'humanité.

Quatre, qui ne viennent pas du ventre de nos mères !

Majesté, c'est terrible !

Ils veulent nos mondes, nos planètes, celles qui furent arrachées au chaos cosmique par le travail acharné de nos pères et de nos mères ! Ils les veulent intactes pour leur propre jouissance, et donc ne veulent pas utiliser des armes de destruction massive qui rendraient nos mondes inhabitables !

Mais ce sont des lâches ! Ils avancent dans l'ombre, redoutant nos armes et notre multitude.

Alors, ils cherchent à monter les hommes contre les hommes ! Ils tueront les meilleurs d'entre nous pour déclencher la guerre ! La guerre civile !

Pour nous affaiblir jusqu'à ce qu'ils puissent prendre nos mondes sans trop de risques ! Oui, ils sont lâches, mais leur venin s'insinue au cœur même de nos sociétés. Il faut les arrêter et seul vous, Majesté, êtes en mesure de le faire ! Nous pouvons leur résister si vous vous reprenez et guidez l'humanité DANS SON ENSEMBLE!

MAIS CE SONT DES ENNEMIS SOURNOIS! Ils craignent la lumière et utilisent les hommes pour les sales besognes. Ils ont réussi à capturer les envoyés.

Malheur sur nous, si vous ne réussissez pas à sortir de votre abattement et à rassembler nos forces !

Majesté, je vous en conjure, convoquez l'Assemblée des Humanités !

Unissez les hommes !

MAJESTÉ, NOUS SOMMES EN GUERRE!

Noroc Tajick

Institut Thulé

CHAPITRE 58 – BRANLE-BAS DE COMBAT

« Mais enfin, qui sont-ils ? demanda l'Empereur à ses conseillers militaires.

– Impossible de le savoir exactement, quoique nous en ayons une certaine idée.

– Mais encore ?

– Nous savons, répondit le général Baril Corsacoff, maintenant nouveau chef de l'état-major impérial interarmées, qu'ils utilisent une race de dragons, mais la brève rencontre de Dreck et de l'un des envoyés avec deux de ces monstres n'a pas permis de découvrir s'ils sont autre chose que des animaux bien dressés. Nous savons aussi que l'ennemi nous a infiltrés en grand nombre quoique rien n'indique que la Garde soit compromise. Il est également probable qu'ils utilisent les Sarkaïs !

– Les Sarkaïs ? Ce sont des êtres de peu de foi, uniquement intéressés par le profit. Des pirates ! Peu fiables à mon avis !

– Peut-être, Majesté, mais je n'ai pas dit que les Sarkaïs étaient partie prenante du complot, plutôt utilisés par l'ennemi !

– O.-K., mais qui sont-ils vraiment ? Pour le moment, vous me parlez d'animaux bien dressés et de pirates ! Cela ne me semble pas être l'ennemi formidable censé détruire l'Empire et qui a assassiné ma fille !

– Ils se cachent, Majesté !

– Amiral Singh, votre avis ?

– Majesté, ce que je tiens pour certain, c'est qu'ils ont peur de notre flotte ! Nous savons qu'ils ont des navires gigantesques et que la confrontation avec le HMS Destructor ne fut pas à leur avantage ! Mais ils sont très prudents et évitent de se faire voir dans l'Empire avec leurs vaisseaux.

– Dans ce cas, amiral, pourquoi ont-ils fait exception et attaqué le Destructor dans ce combat terrible ?

– À cause peut-être... heu... des Envoyés ?

– Amiral, veuillez s'il vous plaît, ne plus employer le terme "envoyé" au sujet des hors-venus, qui ne sont que de vulgaires criminels !

– Pardon, Majesté, intervint tout à coup l'officier des communications, j'ai réussi à joindre votre chef des services secrets par radio, et il désirerait intervenir dans le débat.

– Fort bien. Je t'écoute, Dreck !

– Majesté, nous pouvons utiliser un autre terme qu'"envoyé" si vous le souhaitez, mais il est certain que ces gens, peut-être peu recommandables, sont comme une clef dans ce conflit.

– Explique-toi, Dreck !

– Les envahisseurs semblent avoir pris beaucoup de risques pour les récupérer, après leur fuite, et la mienne, du Léviathan !

– Pourquoi, d'après toi ?

– Parce qu'ils venaient d'en dehors de l'Empire !

– Tu crois à la réalité de cette planète appelée la Terre ?

– Il est pratiquement certain qu'elle a existé, à tout le moins dans le passé, et le Mahatmi a confirmé son existence actuelle. Pour lui, la Terre est Nirva !

– Donc ce serait cette planète que les envahisseurs chercheraient à trouver ?

– Je pense que oui !

– Mais pourquoi ? Une seule planète ne devrait pas représenter un problème, une fois l'Empire vaincu.

– Permettez-moi d'intervenir, Majesté, demanda l'amiral Singh, une planète inconnue, au potentiel militaire inconnu et d'où pourrait provenir une contre-attaque, c'est certainement quelque chose qu'aucun militaire ne peut prendre à la légère !

– D'autant plus, reprit Dreck, que d'après Thulé, l'ennemi ne veut pas seulement notre défaite, mais bien l'éradication de la race humaine !

– Vous en êtes sûr ?

– Plutôt certain, Majesté, enchaîna l'amiral, si j'en juge par les quantités faramineuses de missiles postés aux limites de l'Empire, ce qui semble indiquer qu'ils veulent éviter que quiconque puisse le quitter !

– Sont-ils vraiment dangereux à ce point ? Il me semble quand même difficile de croire qu'ils pourront effectivement encercler l'Empire qui, je vous le rappelle, contient des milliers de systèmes solaires !

– Si ces missiles continuent à se multiplier à cette vitesse exponentielle, oui ! Bientôt, l'Empire sera complètement encerclé !

– Vous avez une solution, amiral ?

– Une solution immédiate, non, mais peut-être une possibilité à moyen terme de contrebalancer ces missiles, le projet "Méphisto", un projet initié dans le plus grand

secret par un groupe très restreint de personnes et qui va devoir être approuvé par vous si nous devons continuer... heu... je vous ferai parvenir un document sous peu, Majesté !

– Méphisto ? Ne pensez-vous pas que ce nom conviendrait plutôt au projet des envahisseurs que certains appellent déjà Démons ou chevaliers de l'Apocalypse ?

– Majesté, notre projet est... heu... un peu démoniaque aussi et... heu... quelque peu risqué ! C'est un peu traiter le feu par le feu et... heu... pour le permettre, Majesté, vous devrez lever une de vos propres lois qui interdit formellement ce genre de projet !

– Fort bien, amiral, je vais attendre votre rapport et vous ferai connaître ma décision après avoir consulté quelques personnes ! Vous avez d'autres commentaires ?

– Quoi ? intervint à son tour le général Corsacoff, qui trouvait que les autres prenaient un peu trop le plancher, ce fameux projet "Méphisto" serait même trop secret pour moi ? Bien... si Sa Majesté est d'accord... En ce qui me concerne, je crois que nous devrions mobiliser la flotte et foncer dans l'espace à la recherche de l'ennemi, et celui-ci une fois trouvé, l'anéantir sans chercher ni à comprendre ni à sauver ces planètes !

– C'est ça, lui répondit Dreck, dispersons la flotte aux quatre vents,

comme ça Oulan Bator pourra tomber plus facilement ! le railla Dreck.

– Oh ! qu'entends-je ? Notre grand COLONEL se prend pour...

– Il suffit ! s'écria l'Empereur, nous avons mieux à faire que de nous railler les uns les autres ! C'est quoi, vos suggestions, amiral ?

– Mobiliser la flotte, renforcer les défenses de nos plus importantes planètes et, surtout, convoquer l'Assemblée des Humanités.

– Corsacoff, O.-K. pour garder la flotte pour nous protéger, mais je crois quand même aux missions de recherche ! Par contre, je ne pense pas que nous devrions mêler les Humanités dites nouvelles, à cette histoire... Je ne leur fais pas confiance ! Dreck ?

– Surtout mêler les Humanités nouvelles ! Justement, l'ennemi cherche à nous désunir. Ne faisons pas son jeu ! Peut-être quelques missions de recherches, mais elles seront à haut risque... Pensez aux fameux Archanges, qui ne sont peut-être pas une légende après tout ! Aussi augmentez par tous les moyens nos investigations internes pour dépister les infiltrés et...

– Et ?

– Il faut retrouver les Envoyés, Majesté ! Nous nous sommes peut-être trompés à leur sujet et s'ils sont capables de localiser Nirva, il faut absolument, je dis bien absolument, que ce secret ne tombe jamais dans les mains de l'ennemi !

– C'est un peu tard, Dreck, de vouloir cela ! Thulé prétend qu'ils sont déjà dans les mains de l'ennemi !

– Mais toujours à bord de La Fierté du capitaine ! Je ne comprends d'ailleurs pas comment les Gauchos ont pu les trahir !

– Fort bien ! Amiral Singh, lancez vos croiseurs à la recherche de La Fierté du capitaine ! J'accepte l'argument de Dreck, il faut absolument les retrouver ! Qu'ils soient ou non, des assassins, est devenu singulièrement secondaire. Quant à vous, général, je veux vos Gourkas en alerte maximum. Préparez vos plans de défense de l'Empire ! Et rappelez-vous que l'ennemi veut notre disparition totale, donc prévoyez aussi quelques pilules empoisonnées pour eux ! Et attendez-vous à ce que la guerre commence entre nous plutôt qu'avec eux... du moins dans un premier temps ! Pour contrer cela, je m'attends à ce que vous recrutiez beaucoup, j'insiste Corsacoff, beaucoup de membres des Humanités nouvelles... à une exception près cependant. Je ne veux pas de Jarkaniens dans la flotte !

– Heu... pourquoi, Majesté ?

– Des informations en provenance de Notre-Monde!

– Sauf votre respect, Majesté, le général Pargara n'est...

– ... probablement pas le traître que vous pensez ! Je pense qu'il est tombé dans un piège dressé par ces fameux Jarkaniens !

– À vos ordres, Majesté ! »

CLASSIFICATION: SECRET DÉFENSE MAXIMUM

À L'USAGE EXCLUSIF DE SA MAJESTÉ

SUJET: PROJET MÉPHISTO, DEMANDE DE LEVÉE D'INTERDICTION

NOMBRE D'EXEMPLAIRES DE CE DOCUMENT: 1

Risque du projet : élevé

Difficulté : élevée

Coût : raisonnable

Risque à long terme : TRÈS ÉLEVÉ

Statut : en attente de l'autorisation de l'Empereur

Historique

Ce projet, actuellement théorique seulement et sans prototype, est basé sur la rencontre du colonel Dreck Reivax avec les missiles autonomes des envahisseurs (Démons ?). D'après le colonel, la seule façon d'expliquer la prodigieuse quantité de ces missiles est l'autoreproduction, ce qui signifie en d'autres mots, des machines vivantes.

Le problème inhérent à ce genre de machine est sa fiabilité à long terme. Au départ, la machine est exactement ce que vous voulez, un engin volant, un ordinateur, peu importe. Elle se multiplie. Au commencement, pas de problèmes, vous payez pour la première machine, et vous vous retrouvez rapidement avec plusieurs exemplaires sans que cela ne vous coûte un sou. Mais après, des erreurs se produisent au cours de la multiplication, comme chez le vivant en fait. La plupart de ces erreurs seront dysfonctionnelles, et vos nouveaux appareils ne fonctionneront pas… mais certaines de ces « erreurs » pourraient s'avérer bénéfiques. Avec la loi du nombre et au fil du temps, vous aurez quelque chose que vous ne contrôlerez plus et qui sera différent de ce que vous vouliez. Imaginez maintenant que ce que vous avez construit soit des mines que vous voudriez voir défendre votre planète. Elles se multiplient et assurent vraiment votre défense et leur nombre allant croissant, celle-ci devient vite impénétrable. Bien sûr, vous les avez munies de codes de sécurité qui les empêchent de détruire vos propres vaisseaux ! Mais de petites erreurs se glissent à chaque génération, comme du reste cela se passe avec le vivant, et après un certain temps, vos mines ont oublié vos codes… Vous êtes maintenant prisonnier de vos propres créatures… et le temps ne fera qu'aggraver les choses.

C'est un peu l'effroyable choix que les envahisseurs ont fait avec leurs missiles autoreproducteurs. Ce choix, Majesté, nous force aussi à aller dans la même direction et à développer un système de défense contre ces missiles basés sur le même principe.

Portée du projet « Méphisto »

Le projet « Méphisto » est notre version d'une machine vivante. Nous la voulons cependant plus sophistiquée que celle des Démons.

Avec votre permission, Majesté, nous voudrions développer les plans de cette future machine sans toutefois construire de prototype. Votre permission sera requise avant cette ultime étape.

Objectif du projet

Créer une machine vivante autoreproductible, capable de contrer et détruire les nuées de missiles ennemis.

Détails de haut niveau

Basées sur le projet NéMéSiS, les machines de type « Méphisto » auraient une intelligence artificielle extrêmement performante capable de s'adapter aux situations changeantes. Contrairement aux missiles ennemis, nos machines n'auraient pas de charge thermonucléaire à leur disposition, mais des canons lasers similaires à ceux de nos vaisseaux de guerre.

Coût

Les coûts faramineux du projet NéMéSiS ayant déjà été effectués, le recyclage de cette technologie devrait maintenir le projet dans des coûts raisonnables.

Stratégie de fonctionnement

Chaque vaisseau commencerait par se reproduire dix fois. Les neuf premiers chercheraient des sites de reproduction, et le dixième attaquerait l'ennemi. Grâce à cette stratégie 9/1, le nombre de vaisseaux croîtrait exponentiellement !

Sécurité

Un programme de sauvegarde sera implanté dans la mémoire permanente de chaque appareil, interdisant à ceux-ci de s'en prendre aux humains et de s'autodétruire quand les missiles ennemis auront tous été abattus ! Bien sûr, nous comptons placer cet ordre dans différents endroits de la mémoire pour éviter qu'une simple erreur de copie ne compromette notre sécurité.

Recommandation

Le groupe recommande à Sa Majesté de l'autoriser à développer les plans de ces machines. Une autre autorisation sera demandée avant de passer à la phase de développement.

CHAPITRE 59 – L'HOMME EST MAUVAIS… MAIS PAS TOUJOURS

« Vous !

– Eh oui, chère petite peste, moi !

– Vous êtes un traître ! Mon père fera de vous de la bouillie pour les chats !

– Oh! tout doux, ma belle, vous n'êtes pas en mesure de me menacer !

En ce qui concerne votre père, il est pour le moment complètement effondré… et incapable de prendre la moindre décision sensée. Pour l'instant, il cherche des coupables partout, mais regarde surtout vers les autres, les altérés, et cela me convient très bien.

– Mais enfin, que me voulez-vous ?

– Vous aviez vraiment une mauvaise influence sur votre père. Vous acceptiez même les altérés comme nos semblables ! Quelle dérision ! Les sous-humains, nos semblables ! Et votre mort, de la main de ceux-là mêmes que vous prétendez protéger, ne fera que renforcer ma thèse et rendre votre père plus ouvert à la sauvegarde génétique de sa propre race !

– Vous n'êtes qu'un chien de la pire espèce ! Jamais mon père n'acceptera de vous suivre, quelle que soit sa peine !

– Dans ce cas, nous le tuerons !

– Vous? Vous vous croyez assez intelligent pour pouvoir monter un complot suffisamment bien ficelé qui atteindrait mon père ? Vous n'avez aucune idée des protections dont il jouit !

– Mais justement, très chère, c'est pour cela que je ne vous ai pas tuée immédiatement et plutôt laissée croire à votre mort grâce à un clone de vous laissé sur place lors de l'attaque ! En fait, j'ai juste besoin de votre cerveau… intact… du moins pour le moment !

– Oubliez ça ! Je suis protégée !

– Je sais ! Mais j'ai reçu de mes alliés… heu… certains appareils capables de lire la surface des cerveaux protégés et ainsi d'obtenir des informations secondaires qui, mises bout à bout, permettent au moins d'avoir certains indices, par exemple, les entrées des souterrains secrets, les habitudes de votre père, etc. Bref, suffisamment d'informations pour monter un vrai complot ! Pour tuer votre père ! Et puis, en cas de problème, je vous aurai toujours comme monnaie d'échange…

Mais n'ayez crainte, tout ira bien, j'aurai donc le plaisir de vous tuer de ma main !

– Vous n'êtes qu'un vulgaire assassin !

– Vulgaire ? Non ! Un noble assassin ayant le sens du devoir envers sa race... contrairement à votre père !! Plus tard, les Aryens sauront reconnaître mes actions et, j'en suis sûr, quand votre père aura disparu, ils se souviendront de moi pour la fonction suprême !

– Oh? En plus, vous aspirez à être empereur ! Vous être trop bête et méchant pour cela ! Aucun Aryen sain d'esprit ne vous suivra ! Vous n'êtes même pas capable de comprendre vos propres hommes !

– Cela suffit ! Je n'ai que faire de votre arrogance de petite fille pourrie gâtée par son père.

– C'est bien ce que je lui ai toujours dit à votre sujet ! Vous n'êtes qu'un énorme tas de stupidité et de méchanceté ! Regardez ce sac que m'a remis un de VOS hommes. Un homme qui avait toujours le plus profond respect pour moi ! Ce sac, c'était le mien lors de l'attaque de vos sbires !

– Oh ! mon Dieu, je suis impressionné ! Qu'est-ce que vous croyez ! S'il contenait le moindre dispositif électronique, les détecteurs de mon bureau l'auraient déjà trouvé ! Et toutes les armes contiennent des dispositifs électroniques, de même que les communicateurs ! Alors, que contient-il, ce sac ? Un cure-dents ? Un de vos petits couteaux bijoux que vous aimez tant ? Mon Dieu, j'ai peur ! J'ai peur !

– Décidément, vous êtes encore plus obtus que je ne le croyais », lui répondit Caroline en sortant de son sac le 357 Magnum, cadeau de Pierre.

Réalisant tout à coup le danger, le baron se précipita vers elle, mais il était trop tard. Caroline avait levé vers lui le revolver et, le poignet droit bien soutenu par la main gauche comme le lui avait enseigné Pierre, elle ouvrit le feu sur lui.

La balle atteignit le baron juste en dessous de la narine gauche, ce qui lui pulvérisa la mâchoire, ouvrit un énorme trou dans la nuque et le tua sur le coup !

Le baron venait à peine de s'effondrer sur le sol que l'homme qui avait remis son sac à Caroline entra en trombe dans le bureau ! Il verrouilla la porte et lui indiqua rapidement où se trouvait le communicateur du baron.

Pendant que Caroline se précipitait sur celui-ci, l'homme dirigea son arme vers la porte verrouillée où des coups sourds se faisaient déjà entendre.

« Vite, cria-t-il à la princesse, appelez vos gardes, nous ne pourrons pas résister longtemps. Les hommes du baron arriveront à défoncer la porte rapidement, malgré le fait qu'elle soit blindée ! Nous n'avons qu'un mince sursis. J'espère que vos gardes du corps pourront arriver ici sans trop de délai, sinon nous sommes perdus ! »

Trois minutes ! Cela ne prit que trois minutes pour qu'une dizaine d'Uïgures, réacteur dorsal sur le dos et arme au poing, pénètrent par la baie vitrée du bureau.

Manifestement, ils étaient prêts pour une intervention rapide ! Les Uïgures étaient enragés et complètement incontrôlables. La bataille ne dura pas très longtemps, leur ressentiment était tel qu'ils tuèrent simplement tout le monde ! Bien que la princesse demandât de faire des prisonniers, il fut impossible de les arrêter et même les gardes, arrivés quelques minutes plus tard, n'y purent rien !

Tels étaient les Uïgures, prodigieusement intelligents, incroyablement forts et totalement incontrôlables. Il y eut cependant un fait bizarre : deux des plus proches collaborateurs du baron n'avaient même pas tenté de se battre et s'étaient suicidés dès l'arrivée des Uïgures !

Tout fut terminé en moins d'une demi-heure, et alors que la Garde commençait seulement à arriver en force, Caroline reconnut le chef de ses gardes du corps, Guy de Chambernagore.

« Guy, mon Dieu, que je suis contente de te voir !

– Princesse, vous ne savez pas à quel point je me suis senti coupable.

J'avais fait le serment de trouver les coupables et de mourir après.

– Tout doux, Guy, tout doux ! Il ne sera pas nécessaire de mourir ! Mais dis-moi, comment se fait-il que tu aies pu intervenir en quelques minutes?

– Ce sont les gens de Thulé, princesse, ils avaient... comme une curieuse impression ! Ils m'ont dit qu'ils vous sentaient, sans toutefois être absolument certains que vous étiez vivante. Alors, ils ne l'ont pas dit directement à votre père pour ne pas susciter de faux espoirs, mais ils nous ont avertis. À partir de ce moment-là, nous avons mobilisé la totalité de notre personnel sur Oulan Bator pour être prêts à intervenir en quelques minutes. Les gens de Thulé nous avaient bien précisé que si vous étiez vivante, vous seriez toujours dans la capitale.

– Grand merci, Guy, je crois que maintenant, il est plus que temps que j'appelle mon père. »

Pierre coulait littéralement, comme s'il était au milieu de l'océan ! Il sentait son âme se liquéfier. Qu'importait s'il se disait vaguement qu'il faisait une dépression !

« Ça ne finira jamais. » Comme une litanie, cela revenait sans cesse dans sa tête… Il n'avait plus envie de se battre ! De toute façon, c'était impossible ! Alors, pourquoi ne pas en finir tout de suite ? En fait, la seule vraie question était de savoir s'il se faisait sauter la calebasse ou s'il se rendait! Quel dommage! Cela aurait pu être tellement fantastique avec Soraya !

« Soraya, mon Dieu, la lettre… la deuxième lettre », pensa-t-il soudain. Pierre l'avait sur lui. Il se souvenait, Soraya avait bien dit de ne l'ouvrir qu'en cas de situation désespérée. Alors là, il n'y avait vraiment pas de doute, c'était une situation désespérée ! Tout à coup piqué par la curiosité, Pierre émergea de son état léthargique et ouvrit la lettre.

« Pierre, mon amour, si tu ouvres cette lettre, c'est que la situation te semble désespérée. Je n'ai malheureusement pas le temps de t'écrire une longue lettre où je pourrais t'expliquer combien mon amour est grand. J'ai une confiance infinie en toi et sais parfaitement que tu as toutes les ressources nécessaires pour te sortir de cette situation dans laquelle tu te trouves. Pierre, mon grand amour, il y a quelque chose de plus que le désir de me revoir qui doit absolument te motiver à réagir ! Pierre, quelque chose de toi, quelque chose de formidable est en train de se développer en moi. Quelque chose qui est toi et moi. Pierre, nous allons avoir un enfant… un garçon !

Oui, sache-le, un enfant de toi naîtra dans quelques mois. Pierre, je t'aime et il faut, NON TU DOIS, absolument survivre pour le voir, pour l'aimer !

Pierre, comme j'ai déjà un fils qui s'appelle Pierre, je lui donnerai le nom de Zacharie.

Pierre, TU DOIS TE BATTRE, pour LUI, pour MOI, pour TES COMPAGNONS.

JE T'AIME et SUIS À TOI POUR TOUJOURS.

Soraya »

100 000 volts, ce fut exactement la décharge que cette lettre envoya à Pierre !

« Quoi ? Moi, avoir un fils ? »

Tout à coup, il n'y eut plus aucune trace de dépression. Le combattant était de retour, et ça allait cogner dur ! Ramassant ses armes, Pierre sortit brusquement de la cale et partit à la recherche de ses poursuivants. Huit, ils étaient huit ! Aucun problème ! Il les trouva rapidement et pointant vers eux l'AK 47, il ouvrit le feu. Sur les huit, six se retrouvèrent au tapis, protégés malgré tout par leurs gilets pareballes, donc cela ne leur fit pas grand mal. Mais les quelques contusions qui en résultèrent suscitèrent leur fureur… Et la fureur est toujours mauvaise conseillère !

Pierre détala aussi vite qu'il le put, les huit malfrats sur ses talons. Il entra dans la cale, et escaladant à toute vitesse l'empilement de caisses qui s'y trouvait, il gagna le petit tableau de commandes à l'opposé de la cale, très proche de la porte extérieure. Les malfrats, eux, l'avaient suivi et se rapprochaient rapidement, cela Pierre en était assuré par le bruit qu'ils faisaient.

Pierre s'arrima du mieux qu'il put aux barres de protection du tableau de commandes et abaissa brusquement la manette de l'ouverture de la porte extérieure de la cale. Il savait que dans ce vaisseau, tout se faisait à la main, donc il n'y aurait aucun mécanisme électronique pour l'empêcher de faire cette folie !

Ce fut comme si une main gigantesque le prenait brusquement pour essayer de le jeter dehors… dans l'espace ! Or lui, était solidement accroché… mais pas les huit malfrats ! La cale se vida pratiquement instantanément de son air ainsi que de beaucoup d'autres choses, comme de son AK 47, de plusieurs caisses mal arrimées, de papiers et… des huit scélérats qui ne portaient aucun scaphandre spatial, ce qui était fâcheux… pour eux ! Les tympans de Pierre explosèrent littéralement, déclenchant une vive douleur dans les oreilles et la poitrine, quoi qu'il eût vidé ses poumons.

Et bien sûr, plus aucun air pour respirer! Mais Pierre avait déjà remonté la manette de fermeture de la cale. À cause du déplacement d'air, la porte qui communiquait avec le vaisseau à l'intérieur s'était refermée naturellement. Le vaisseau ne se viderait donc pas de son air. Car l'engin était bien construit: sitôt la porte extérieure refermée, l'air se renouvela à grande vitesse dans la cale. En moins d'une minute, l'atmosphère était revenue à la normale. Mais pas Pierre ! Il saignait des oreilles, crachait du sang et se sentait dans un état pitoyable, quoique toujours vivant, ce qui était plutôt surprenant étant donné ce qu'il venait de vivre… Faisant appel à ses dernières ressources, il quitta la cale, sachant qu'il restait encore quelques malfaiteurs à dégommer. Et toujours aucun Gaucho à l'horizon ! Pierre avait des douleurs partout, mais sa volonté et sa force de combattant étaient intactes. Il fit le chemin inverse et regagna la nacelle où ses compagnons étaient retenus prisonniers. Il n'avait plus son AK 47, mais toujours son Python 357 Magnum et comptait bien s'en servir. D'après ses calculs, il ne devait rester qu'une ou deux canailles. Comment fit-il pour se retrouver en face du dernier de ses attaquants ?

Pierre ne le sut pas vraiment, vu son état. Mais il réussit ! Quand celui-ci le vit, il tenta de faire feu le premier, mais Pierre fut plus rapide et tira une balle directement dans son casque. Sous le choc, celui-ci tomba à la renverse, et Pierre tenta de se précipiter vers lui pour le maîtriser avant qu'il puisse réagir. Mais il ne put y arriver car, surgissant de l'on ne sait où, quatre comparses, qui pourtant n'étaient pas des Jarkaniens, se précipitèrent vers lui et l'immobilisèrent rapidement ! Physiquement trop faible, il n'arrivait pas à se débarrasser d'eux.

« Cette fois, pensa-t-il, les carottes sont vraiment cuites ! »

Mais les choses n'étaient pas finies pour autant.

Apparaissant tout à coup, eux aussi de nulle part, une dizaine de Gauchos se ruèrent littéralement sur eux ! Puis ils firent quelque chose qui stupéfia Pierre ! Ils attachèrent leurs prisonniers à des planches montées en croix, ce qui eut pour effet de les écarteler littéralement, les bras et les jambes formant un X avec le corps.

Pierre était incapable de comprendre la raison de ce manège, mais le simple fait de voir les Gauchos enfin agir le remplissait de joie !

« Vite ! » cria le chef des Gauchos.

En un tour de main, les bandits étaient ficelés sur leur croix en X et jetés dans le petit sas proche des lieux de la confrontation. Le chef gaucho referma rapidement la porte de celui-ci et procéda à l'ouverture de celle donnant sur l'extérieur.

Les malfrats rejoignirent leurs compagnons dans l'espace, sans scaphandre, cela allait sans dire !

Pierre eut juste le temps de ressentir une profonde satisfaction avant de s'évanouir !

CHAPITRE 60 – ASADO GRANDE

Le soulagement de l'Empereur était considérable, et quoique ne croyant en rien, ce jour-là, il était prêt à remercier tous les dieux de l'univers ! Un miracle s'était produit. Mais Simon savait que si un miracle avait sauvé sa fille, il y avait quand même des coupables. Ce n'était donc pas complètement encore le temps de se laisser aller à la joie des retrouvailles... Simon le savait, il lui faudrait d'abord régler certaines questions ! Oui, certaines questions qui ne pouvaient pas attendre. Simon, Empereur de tous les mondes connus, n'aimait pas ce qui allait suivre, mais savait qu'il n'avait pas le choix ! Il fit venir Dreck et ces gens si particuliers dont le talent incroyable avait bien servi sa cause. Heureusement, cela faisait belle lurette qu'il les protégeait. Il leur demanda leur collaboration, tout en évitant de leur en donner l'ordre. Il savait que leur coopération dans l'avenir serait primordiale. C'étaient des êtres profondément pacifiques, mais qui réalisaient aussi que le temps de la contemplation passive était terminé ! Il ne fut donc pas très difficile à Simon de les convaincre.

Un plan fut élaboré très rapidement. Il fallait battre le fer tant qu'il était chaud.

Il était devenu courant chez certains nobles aryens de laisser entendre que Simon était faible et que, donc, la simple joie de retrouver sa fille allait tout éclipser. Mais Simon avait un excellent officier des renseignements, et il était au courant de la propension des salauds de prendre pour faiblesse ce qui n'était que justice. Il décida donc de les conforter dans cette impression.

Le lendemain du retour de Caroline, il convia toute la noblesse aryenne, et seulement aryenne, à un immense banquet pour célébrer la réapparition de sa fille, saine et sauve. Il afficha sa joie partout, ne parlant aucunement de vengeance, mais faisant clairement comprendre qu'il ne permettrait à personne de ne pas venir et que même les malades seraient conviés. Tout ce qu'il y avait de noble, de puissant et de riche vivant à Oulan Bator, se rendit donc à l'immense banquet que donnait l'Empereur en son palais. L'absence de réaction agressive de celui-ci avait fait croire à certains que seul le baron porterait le chapeau de la trahison et comme il était mort... Pour d'autres, c'était moins évident, et quelques-uns tentèrent même de quitter discrètement Oulan Bator. C'était peine perdue, la Garde veillant au grain.

Ce que les convives ne savaient évidemment pas, c'était que la liste des invités ne contenait pas tous les noms, et que ceux dont les noms n'étaient pas sur la liste avaient en fait un talent particulier ! Des gens normalement extrêmement pacifiques.

Mais pas cette fois-ci ! Le mal était dans le cœur des Aryens. Il fallait l'en extirper.

Qui étaient-ils ? On les appelait les gens de Thulé !

On les installa au palais derrière des glaces sans tain d'où ils purent en toute quiétude sonder l'esprit des invités, un à un, avec beaucoup de soin ! Bien sûr, ils ne lisaient pas dans les pensées, mais ressentaient, par contre, vivement, toute suspicion, tout sentiment de malaise, de panique, de colère ou de haine ou même de culpabilité, que pouvait éprouver un invité. Toute détection de ces sentiments douteux était aussitôt communiquée aux hommes de Dreck.

Une petite piqûre sans douleur était faite aux sujets douteux! Ils perdaient tous le contrôle et répondaient docilement aux questions des gardes. Ainsi on connaissait qui avait trempé dans le complot, qui voulait du mal à l'Empereur, à sa fille ou aux humanités nouvelles. Bien sûr, certains seigneurs furent immédiatement innocentés, d'autres furent classés comme suspects, et certains hélas! révélèrent toute la noirceur de leurs âmes. Cinquante seigneurs importants furent exécutés le lendemain à l'aube. Tout Oulan Bator fut horrifié, mais personne ne protesta. Tous les Aryens n'étaient pas mauvais, tant s'en faut, donc ils comprirent et approuvèrent leur Empereur.

Maintenant, Simon pouvait se détendre !

Par contre, quelque part dans l'immense ville, un homme très laid et très grand, lui, ne le put pas ! Soudain, il devint très inquiet ! Pas pour les traîtres qu'il avait manipulés, non, c'était plutôt la férocité de son propre empereur qui l'inquiétait. Il venait de connaître un échec important, mais pourtant ses pensées n'étaient plus à sa mission... Elles étaient maintenant orientées vers sa propre sauvegarde.

« Bon sang, pensait-il, une autre comme ça, et je serai bon pour engraisser les animaux favoris de l'empereur. »

Pierre ne mit pas très longtemps à se remettre. Les médecins gauchos étaient particulièrement efficaces, et il ne tenait pas en place de toute façon. Alors quand vint l'invitation, ce fut avec beaucoup de plaisir qu'il s'y rendit avec Michelle, Dreck et le professeur.

La salle était très grande et remplie d'odeurs des plus alléchantes. Bien sûr, il n'était pas vraiment possible de faire des braseros dans un vaisseau spatial, mais des éléments électriques portés au rouge avec des grilles pardessus faisaient parfaitement l'affaire comme barbecue. Déjà, des choripans, du pain et des saucisses étaient disponibles pour les convives et sur les barbecues, le lomo, la tira de asado et les fromages de provolone grillaient doucement, embaumant l'atmosphère d'une agréable odeur festive. Déjà, des femmes leur servaient l'ensalada mixta, indispensable accompagnement d'un bon asado.

« Youpi, s'écria Pierre ! Un asado argentin, ici, au milieu de nulle part, à des milliers d'années-lumière de la Terre ! Décidément, la vie est quelque chose de surprenant !

– Ça, tu peux le dire », renchérit Michelle.

Le professeur, lui, ne disait rien, évidemment surpris par la fête, mais aussi méfiant envers des hôtes qui les avaient trahis, même s'ils s'étaient repris depuis. Quant à Dreck, il était tellement furieux qu'il ne pipait mot.

Ce retournement de situation était si inattendu que Pierre ne se posa même pas la question et se rua sur le buffet.

Les quatre amis étaient en train de se restaurer copieusement quand le capitaine de leur vaisseau, l'Amenokal comme disaient les Gauchos, Ras Tafari, se dirigea vers eux.

« Mes amis, commença-t-il, oui, je sais, vous m'en voulez terriblement ! Et je vous comprends très très bien. Dans les mêmes circonstances, je serais moi aussi furieux. Laissez-moi quand même vous expliquer mon comportement, même si ce n'est pas vraiment une excuse. Les Jarkaniens portaient sur eux des micro-bombes thermonucléaires. Oui, vous avez bien compris, de minuscules bombes thermonucléaires avaient été fixées sur eux… en fait, je devrais plutôt dire… en eux, car les bombes étaient à l'intérieur même de leur corps ! Et pour couronner le tout, ils m'avaient clairement démontré le peu de cas qu'ils faisaient de leur propre vie, en demandant le suicide immédiat d'un des leurs devant moi ! J'étais coincé ! Et croyez-moi, j'ai regardé la situation sous tous les angles !

« En tant que capitaine, je me devais de sauver mon vaisseau et mon équipage. Je suis désolé si je vous parais dur, mais malheureusement, je serais contraint de refaire exactement la même chose si la situation devait se répéter. Cela dit, je suis extrêmement heureux de la tournure des événements, ayant une aversion particulière pour les Jarkaniens ! Je vois parfaitement, colonel, que vous ne me le pardonnez pas, mais vous, Pierre, me comprenez-vous au moins ?

– Oui, je vous comprends, lui répondit Pierre sans hésitation, être commandant nécessite parfois de prendre des décisions très difficiles ! Au moins, quand une opportunité s'est présentée, vous avez agi. Ces bombes thermonucléaires, c'était la raison pour laquelle vous avez attaché les Jarkaniens et leurs alliés sur des croix en X ?

– Oui. Même si je me sentais coincé, j'avais des hommes positionnés dans tout le vaisseau pour suivre les Jarkaniens et profiter de la moindre erreur qu'ils pourraient commettre. Quand les derniers survivants étaient sur vous, j'ai ordonné une attaque immédiate. Il était impératif pour nous d'empêcher que les Jarkaniens puissent utiliser leurs bras ou leurs jambes pour déclencher le mécanisme de fusion nucléaire de la bombe qu'ils portaient en eux.

« Nous ne pouvions pas non plus les tuer, car un mécanisme automatique aurait déclenché leurs bombes ! Les lier sur une croix et les jeter dans l'espace le plus vite possible nous a semblé la meilleure solution sur le moment. Je dois dire que c'est votre propre action, Pierre, qui nous a inspirés.

« En fait, nous avons pris certains risques malgré tout, n'étant pas au courant de tous les mécanismes auxquels ces bombes pouvaient être reliées.

– Comment étiez-vous certains qu'ils ne bluffaient pas ?

– Nous les avions radiographiés discrètement, et force nous a été de constater qu'ils ne bluffaient pas.

– Donc, vous étiez absolument certains qu'ils se feraient sauter plutôt que d'abandonner leur mission ?

– Heu... j'avais quand même un doute ! Je pense qu'ils ne se seraient pas fait sauter, non pour protéger leurs vies, mais plutôt pour protéger les vôtres !

– Protéger nos vies ? Nous ne sommes que de pauvres voyageurs, avec certes quelques petits problèmes avec l'Empereur. Nous sommes donc plus que surpris de voir l'acharnement que témoignent les Jarkaniens à notre endroit !

– De simples pauvres voyageurs? S'il vous plaît, ne me prenez pas pour plus idiot que je ne le suis! Vous êtes les Envoyés. Je l'ai su au moment même où vous vous êtes présentés sur ma navette, là-bas, sur Oulan Bator. Et c'est pour cela que j'ai pris ce risque calculé. Les Jarkaniens devaient absolument me faire croire qu'ils se feraient sauter, et quoi de plus crédible que de vraies bombes? La vérité est que votre valeur est inestimable et qu'il y a énormément de gens à vos trousses! Et quoi que vous pensiez de moi, je ferai tout pour vous protéger et pour vous aider dans votre mission. Soyez sûrs que je ne crois pas que vous soyez des assassins, quoi qu'en dise l'Empereur.

– Il eût été plus simple de se débarrasser des Jarkaniens au moment de l'embarquement. N'aviez-vous pas détecté leurs bombes ? demanda soudain Dreck.

– Mes amis, je comprends votre ressentiment. Non, colonel, nous les avions scannés, trouvant quand même suspecte l'arrivée de tous ces Jarkaniens sur le même vaisseau que les Envoyés, mais la technologie utilisée pour dissimuler les bombes nous était inconnue. C'est seulement quand nous avons su ce qu'ils emportaient que nous les avons détectées. Mais tout s'est bien terminé. Madame Evanis, professeur, colonel, je comprends vos réticences. Mais laissez-moi vous prouver que je peux me rattraper ! J'ai reçu pendant votre convalescence, Pierre, un message radio des autorités impériales qui m'oblige à attendre un croiseur spatial de la Garde venu vous chercher tous les quatre. Il s'agit d'un ordre impératif de l'Empereur, auquel je n'ai pas le droit de me soustraire, mais duquel je me soustrairez si vous le désirez !

– Vous soustraire au désir de l'Empereur avec un croiseur à vos trousses ? Vous n'y pensez quand même pas ! lui répondit Dreck.

– Si vous le souhaitez, oui, je le ferai !

– Vous ne pourrez jamais échapper à un croiseur de la Garde !

– Oh ! mais je n'ai pas l'intention de m'échapper !

– Là, vous me mystifiez !

– Mais c'est pourtant fort simple, reprit le capitaine, quand le croiseur arrivera, vous ne serez plus là !

– Si vous faites ça, vous vous exposerez à de graves problèmes. Le commandant du croiseur examinera vos livres de bord et verra très vite que vous n'avez pas obtempéré à l'ordre formel de l'Empereur. Les livres de bord sont électroniques, expliqua encore Dreck à l'intention de ses compagnons terriens, et sont infalsifiables. Une technologie de cryptage inviolable, contrôlée seulement par la Garde, est utilisée ici. Comme cela, la Garde sait qui part dans un vaisseau et qui en débarque, toute disparition durant un voyage est donc impossible à cacher. Et je termine en disant que jamais personne n'a réussi à falsifier ses registres.

– Mon pauvre colonel, répondit ironiquement Ras Tafari, malgré toutes vos connaissances en tant que chef des services secrets, il y a, malgré tout, certaines choses que vous n'avez jamais soupçonnées ! Cela fait longtemps que nous autres, Gauchos, avons appris à falsifier vos fameux enregistrements. Donc si vous le désirez, j'effacerai complètement de mes registres la présence des Jarkaniens et de leurs comparses et j'ajouterai, en plus, que vous avez quitté mon vaisseau il y a maintenant une semaine pour une destination que vous n'avez pas voulu me révéler ! »

Stupéfait, Dreck affichait maintenant une moue dubitative.

Pierre s'apprêta à ajouter quelque chose, quand tout à coup il prit un air sombre.

« Pierre ? demanda Michelle, à qui le changement brusque d'attitude de Pierre n'avait pas échappé, quelque chose ne va pas ?

– Je ne sais pas… Il me semble… Quelque chose… J'ai senti quelque chose… Commandant?

– Que se passe-t-il, monsieur Sheine ?

– Ils sont à bord, n'est-ce pas ?

– Qui, monsieur Sheine ? répondit le commandant gaucho qui affichait maintenant une moue crispée.

– Eux, les serviteurs des dragons !

– Monsieur Sheine, voyons ! Revenons plutôt à ce que nous disions, j'ai une excellente proposition à vous faire et je suis sûr que… »

Mais Pierre n'écoutait plus, l'angoisse maintenant lui serrait le cœur !

« Pas eux ici ! Non ! Une fois, ça suffit ! »

Alors, comme mu par une force incontrôlable, il se leva brusquement et quitta le petit groupe pour scruter la foule des convives à la recherche de ce qu'il venait furtivement de sentir.

« Je suis sûr qu'ils sont ici ! » pensait-il tout le temps.

Brusquement, il le vit, un de ces êtres filiformes qui l'avaient tellement perturbé, il n'y avait pas si longtemps, dans ce qui lui semblait déjà une autre vie! Avec cette tête en lame de couteau et cette couleur de peau verdâtre, aucun doute n'était permis! Instantanément, Pierre sentit un début de contact télépathique avec lui. Cette fois-ci, cependant, à part l'angoisse mutuellement ressentie, aucune menace ne semblait provenir de l'esprit du Dangue!

« Un Dangue! Ici ! » Pierre voulut se précipiter vers lui, mais le commandant l'avait suivi et le stoppa net en posant sa main sur son épaule.

Pierre se retourna brusquement vers lui.

« Que fait cet être ici, commandant ?

– Venez, rejoignons notre table, ceci ne vous regarde pas vraiment, mais je vais quand même vous expliquer. »

Pierre acquiesça, mais ne put réprimer un grand frisson, sa dernière rencontre avec un Dangue n'avait pas été des plus commodes.

« Que se passe-t-il, Pierre ? demanda Michelle, inquiète.

– Il y a des Dangues à bord, répondit Pierre, et j'aimerais que notre commandant, qui semble avoir bien des surprises en réserve, nous explique la présence de gens aussi dangereux à bord, car en plus il n'est pas seul, n'est-ce pas, commandant ?

– Non! En fait, ils sont deux ! Mais vous ne devriez avoir aucune crainte !

– Aucune crainte ? intervint cette fois Dreck, mais que connaissez-vous vraiment de ces gens ?

– Oh ! plus que vous ne croyez, répondit clairement le commandant, et nous les connaissons même depuis plus longtemps que vous !

– Décidément, vous êtes vraiment plein d'imprévus ! intervint Vauldegarde, pas très content.

– Bon, écoutez, même si ceci ne vous concerne pas, je vais quand même vous expliquer de quoi il retourne, à condition bien entendu que tout reste confidentiel ! Je m'adresse surtout à vous, colonel !

– Même si je suis en fuite, jamais je ne trahirai l'Empereur !

– Rassurez-vous, rien de tel ne vous sera demandé ! Bien, comment vous expliquer notre démarche pour bien vous faire comprendre ce que nous faisons ici ? Voilà, je me dois de vous parler d'une vieille légende.

Une vieille légende en provenance directe de Nirva !

– Au fait, commandant, au fait !

– Il y a bien longtemps, sur Nirva, vivaient deux espèces d'humains. Homo neandertalensis et Homo sapiens ! D'après la légende, ces deux types d'humains auraient eu des capacités intellectuelles et physiques tout à fait similaires. Pourtant, une des deux espèces disparut.

– Ce n'est pas une légende, commandant, l'interrompit Vauldegarde, ces deux espèces humaines ont vraiment existé et ont cohabité à la même époque sur Terre.

– Fort bien, cela ne fera que renforcer ce que j'ai à dire. Toujours est-il que pendant fort longtemps, il n'y eut pas de bonne explication sur cette mystérieuse disparition, jusqu'au jour où un savant constata que le larynx de ces deux espèces n'était pas situé exactement au même endroit dans la gorge. Celui de Neandertal était plus haut ! Et…

– Et, compléta Vauldegarde, cette seule différence fit qu'Homo sapiens apprit à parler alors que Neandertal n'en fut jamais capable !

– Exact ! Alors à capacité intellectuelle égale, Sapiens fut capable de mieux s'organiser grâce à la communication, ce qui lui donna un avantage décisif sur Neandertal.

– Et alors ? je ne vois vraiment pas ce que vient faire l'homme de Neandertal dans notre problème de Dangue, termina Michelle.

– Mais cela a tout à voir, madame. Nous, les Gauchos, nous pensons que nous sommes les néandertaliens de l'humanité !

– Mais expliquez-vous, bon sang ! lui dit Pierre, excédé.

– C'est pourtant fort simple. L'humanité, sauf nous, est maintenant devenue fortement dépendante des machines pensantes, ce que vous appelez des ordinateurs. Toutes les communications, tous vos travaux, toutes vos actions, tout passe maintenant par eux. Et nous savons de source sûre que l'humanité fait l'objet d'attaques par une ou des races extérieures. Si vous perdiez vos esclaves mécaniques, vous seriez sans défense devant l'ennemi ! Et nous avons des raisons de penser que celui-ci a une arme pour cela.

– Quelle arme ? questionna Dreck.

– Les FreeProgs ! »

À l'évocation des FreeProgs, Dreck devint subitement songeur !

« Même si c'était vrai, je ne vois toujours pas ce que font les Dangues dans cette histoire !

– Mais pensez-y ! Les néandertaliens ont disparu parce qu'ils ne pouvaient pas communiquer, les ordinateurs le peuvent, mais sont très fragiles et leurs pertes mettraient l'humanité en grand péril ! Tout ce que nous faisons, c'est chercher des solutions de rechange !

– La télépathie ! comprit soudain Pierre.

– Exactement, confirma le commandant, la télépathie ! Comme les ordinateurs sont reliés en réseau, nous voulons faire la même chose avec les humains, mais sans l'aide de machines. Ainsi chaque individu aura les ressources de toute sa race à sa disposition en tout temps. En effet, tout le monde pourrait avoir accès aux cerveaux des autres et donc y trouver ce qu'il cherche, un peu comme sur Internet. »

Un froid glacial tomba tout à coup sur la petite assemblée.

« Des fourmis toutes reliées entre elles, sans plus aucun libre arbitre ! Voilà ce que vous voulez faire de l'humanité ! expliqua, lugubre, Vauldegarde.

– Mais non ! C'est simplement une idée trop neuve pour vous pour le moment. Pensez-y, voyons, même si les ordinateurs sont reliés par Internet, chacun d'eux reflète la personnalité de son possesseur, et celui-ci peut décider à tout moment de ce qu'il veut ou ne veut pas partager avec le réseau et peut même se déconnecter, s'il le désire ! Et puis, pensez-y, nous sommes les Gauchos, les fils de la liberté ! Non, mes amis n'ayez crainte, nous ne cherchons pas à robotiser l'humanité. Nous voulons atteindre le stade supérieur en évitant de nous faire détruire par les Démons.

– Cela pourrait être perçu d'une façon différente, vous le savez ?

– Oui, nous sommes conscients des risques de perception erronée. C'est pour cela que les gens de Thulé qui, soit dit en passant, travaillent sur la même chose, sont informés de nos démarches.

– Admettons, répondit Pierre, mais utiliser des mangeurs de chair humaine à la fidélité plus qu'incertaine me semble risqué.

– Attention, attention, ce sont les nobles seuls qui étaient anthropophages ! N'oubliez pas que pendant très longtemps, c'était le peuple qui servait de nourriture aux nobles. Et ça n'est pas quelque chose qu'ils sont prêts à oublier. C'est pour cela que tous les couples qui travaillent pour nous proviennent de couches sociales qui n'ont jamais consommé de chair humaine. »

Pierre, qui décidément avait de la difficulté à se laisser convaincre, ne put s'empêcher d'ajouter :

« C'est ce qu'ils vous disent. De toute façon, comment se fait-il qu'ils soient télépathes ?

– À cause des dragons !

– Les dragons ? Je les ai combattus ! Ce sont des animaux impressionnants certes, mais des animaux tout de même !

– Détrompez-vous ! D'après ce que veulent bien nous dire les Dangues, les dragons sont très intelligents. Il s'agit d'une espèce supérieure qui ne peut en aucun cas être considérée comme simplement animale ! Ils ont développé la télépathie, n'ayant pas la capacité de parler. Ils ont dominé les Dangues pendant très longtemps, puis ont mystérieusement disparu il y a quelques centaines d'années. Beaucoup de légendes dangues disent qu'ils ne sont partis que pour mieux se préparer.

– Se préparer à quoi ?

– À asservir l'humanité, toute l'humanité, et pas seulement les Dangues ! »

La dernière parole de Ras Tafari jeta une fois de plus le trouble sur le petit groupe.

« En êtes-vous sûr ?

– Les Dangues en sont certains, eux.

– Ce serait donc eux, les Démons ?

– Non, je ne crois pas ! Mais nous croyons, par contre, qu'ils sont alliés. Nous n'avons aucune preuve. Tout comme vous, nous pensons que l'humanité fait l'objet d'attaques, et nous savons que l'Empire se prépare déjà à toute éventualité. Nous, nous explorons une voie différente, mais néanmoins dans le même but que le reste de l'humanité. Ne vous y trompez pas, nous sommes et resterons solidaires de notre race !

– Cela vous honore, commandant, lui dit Dreck, cependant, quel est le rôle des Dangues là-dedans ?

– Vous avez vu, avec Pierre, que le simple fait d'avoir un contact télépathique fort avec un Dangue a augmenté sa sensibilité. D'une certaine manière, Pierre est un peu plus télépathe qu'il ne l'était avant. Le rôle des Dangues est de nous entraîner !

– Et ça marche ?

– Tout à fait ! Déjà, nous sommes en mesure de mieux nous connecter les uns aux autres quand nous devons faire face à des menaces graves ! En fait, dans ces cas-là, les Dangues nous servent, excusez-moi de la comparaison, de serveurs de réseaux, en amplifiant nos connexions les uns avec les autres.

– Cela me semble fort dangereux et ne fonctionne pas, de toute façon, sans Dangues !

– Détrompez-vous ! Nos capacités augmentent chaque fois, et nos biologistes sont même maintenant capables d'identifier les changements dans nos cerveaux et se disent capables, dans quelque temps, de rendre ces changements transmissibles à notre descendance ! Mais tout cela nous a éloignés de votre cas ! Et nous avons quelque chose à vous proposer.

– Fort bien, je pense que mes compagnons et moi-même, sommes prêts à écouter votre position !

– Nous, Gauchos, avons vraiment quelque chose à nous faire pardonner de votre part. Ainsi, Le Commencement de la richesse, un petit vaisseau de liaison, va bientôt nous rejoindre. Ce petit vaisseau, nous dirons que vous nous l'avez acheté, même si c'est notre cadeau d'adieu ! Alors, profitez de la fête et demain, nos vies prendront des chemins différents. »

CHAPITRE 61 – COMMENT SE SORTIR D'UN PIÈGE ET EN CRÉER UN AUTRE

Soragan ! Les ordres étaient clairs ! Il devait se rendre dans le système de Soragan ! Système très éloigné de l'Empire, où ils avaient habitude de se rencontrer, même si à de très nombreuses reprises, il avait averti que c'était très dangereux. Il ne se faisait aucune illusion, ce serait son dernier voyage, ce chien de Grand Khan allait les faire exécuter, lui et toute sa famille. Il avait maintenant deux très bons prétextes. La princesse avait échappé au piège mortel qu'il avait créé, et même les Envoyés avaient réussi à s'échapper. S'il fuyait, l'Empereur ferait torturer à mort toute sa famille ; s'il allait au rendez-vous, l'Empereur le ferait exécuter et toute sa famille aussi ! Il n'avait aucune issue. Cela faisait longtemps que ce salaud voulait se débarrasser de la famille des Ra Tamura. Mais il n'était pas encore mort. Il savait qu'il devait à la fois échapper au piège de l'Empereur, le mettre en difficulté, tout en l'empêchant de s'en prendre à lui et à sa famille. Pour cela, il lui faudrait passer pour un héros qui aurait sauvé la mise de l'Empereur et de son peuple tout en veillant à ce que la mission ne soit pas compromise et même que de nouvelles opportunités se présentent. Sûr, ce n'était pas évident ! Mais Ra Tamura n'était pas n'importe qui et il avait un plan, un plan en béton, un plan qui allait sauver sa famille, diminuer les pouvoirs de l'Empereur, le faire passer, lui, pour un héros, et surtout, lui permettre de récupérer les Envoyés !

Le formidable vaisseau noir entra dans le système de Soragan exactement au moment prévu. À bord, il n'y avait pas n'importe qui ! Le propre fils du Grand Khan, Ra Tourac, septième sur la ligne de succession. De tous les fils du Grand Khan, ce prince-là était certainement celui qui le haïssait le plus. Ra Tamura lui avait fait perdre la face à de nombreuses reprises. C'était un prince arrogant, cruel, méprisant, et surtout plutôt stupide. Si Ra Tamura avait eu le moindre doute sur la volonté du Grand Khan de le supprimer, le simple fait d'envoyer ce salaud insolent lui avait fait perdre toutes ses illusions !

Bien sûr, Ra Tamura était au rendez-vous et répondit immédiatement à l'appel du prince. Mais lui, il n'était pas venu dans un vaisseau très important, comme le prince, mais plutôt avec un appareil de type furtif, très discret par essence, ce qui, vu la présence inattendue d'un très grand nombre de croiseurs de la Garde, était un gage de survie ! Alors quand Ra Tamura répondit à l'énorme vaisseau noir, il le fit avec un rayon laser directionnel pour que personne d'autre ne puisse l'entendre ! Et Ra Tamura prit aussi soin de rester noyé dans le flot de radiations et de lumière du soleil pour que son vaisseau soit invisible, ce qui n'était pas le cas, malheureusement pour lui, du vaisseau du prince Tourac ! Il était à peine apparu dans le système de Soragan que les croiseurs de la Garde, placés en embuscade, se ruèrent vers lui ! Mais visiblement, la Garde cherchait surtout à neutraliser le vaisseau noir. Surtout, essayer de le capturer, tels étaient leurs ordres ! La raison de cette approche n'était évidemment pas difficile à comprendre. Ra Tamura fut surpris lui-même par la vague de joie sadique qui l'envahit ! Cela avait été pratiquement trop facile ! C'était ça, l'avantage d'avoir été présent sur le terrain au sein même de l'Empire des humains depuis un certain temps. Malgré la perte de beaucoup de ses contacts récemment, il avait toujours ses entrées au sein même de l'Empire. Il avait suffi d'avertir quelqu'un qui connaissait quelqu'un qui connaissait quelqu'un dans les services de renseignements de l'Empire. Rapidement, le bruit avait couru que des activités anormales se déroulaient autour de Soragan.

Bien sûr, il avait pris la précaution d'avertir le Grand Khan qu'il était risqué de continuer à utiliser Soragan comme lieu de rendez-vous, mais il savait qu'il ne serait pas écouté, ce qui était exactement ce qu'il escomptait !

La Garde ne tarda pas à réagir et plaça plusieurs croiseurs de bataille en embuscade dans le système Soragan. Ils entendirent l'appel du croiseur noir, mais pas celui du prince Ra Tamura. La suite fut incroyablement prévisible. Les croiseurs de la Garde ouvrirent le feu pour griller la coque extérieure du vaisseau de Ra Tourac, sans le détruire ! Le tir croisé d'une telle quantité d'armes laser démolit toutes les défenses externes du grand vaisseau ainsi que ses réacteurs, mais pas l'intérieur ! Alors pour éviter une éventuelle autodestruction, les croiseurs humains bombardèrent le gigantesque vaisseau noir, maintenant une proie facile, de rayons gamma ultra-pénétrants qui tueraient l'équipage et causeraient un important dommage au système informatique du vaisseau. En fait, une telle décharge électromagnétique effacerait les mémoires et les programmes des ordinateurs de bord ! Ainsi, aucun processus d'autodestruction ne pourrait être enclenché.

Il ne restait plus aux humains qu'à aborder leur ennemi !

Ce serait une prise fabuleuse pour eux.

Pendant ce temps, Ra Tamura se positionnait tranquillement dans l'axe du vaisseau noir tout en filmant tous les événements. Inévitablement, pour empêcher que ne tombent dans des mains inappropriées un vaisseau de cette importance ainsi qu'un prince royal, Ra Tamura fut obligé d'intervenir. Au péril de sa vie évidemment, du moins ce fut ce qu'il prétendit, il tira un missile thermonucléaire directement dans le vaisseau du prince. N'étant pas de taille à affronter les vaisseaux des hommes, Ra Tamura n'eut d'autre choix que celui de battre en retraite, son vaisseau n'étant qu'une petite vedette furtive, ce qui, d'ailleurs, lui permit de quitter très rapidement le système de Soragan sans être réellement inquiété. En bon soldat du Grand Khan, il fut obligé de faire un rapport sur la perte du vaisseau impérial et son intervention de justesse pour éviter la capture dudit vaisseau par les forces de l'empire des hommes. Évidemment, ce qu'il ne dit pas, mais que le Grand Khan comprit immédiatement, c'était qu'il n'était pas dupe de ses véritables intentions! Celui-ci en déduisit que Ra Tamura était devenu beaucoup trop dangereux pour être affronté de face! Son prestige était grand, et beaucoup de princes avaient des soupçons sur la véritable mission du vaisseau qu'il avait envoyé vers Ra Tamura, surtout avec son imbécile de fils, Ra Tourac à bord! Tant pis pour lui s'il était mort! Ra Tamura l'avait eu, et lui n'avait que faire d'inutiles comme Ra Tourac!

De plus, Ra Tamura pourrait informer les hommes de beaucoup de choses des plus déplaisantes pour le Grand Khan. Il se sentit donc obligé de reconnaître publiquement que Ra Tamura les avait sauvés d'une situation extrêmement dangereuse pour eux !

Que toute cette histoire ait coûté la vie à des centaines de leurs marins et causé la perte d'un navire irremplaçable importait peu à Ra Tamura ou à son Grand Khan !

Seules importaient leurs luttes de pouvoir.

Mais Ra Tamura avait l'intention de faire plus que de sauver sa peau. Aussi il proposa publiquement un plan pour retrouver les Envoyés sans avoir vraiment à leur courir après ! Après tout, il suffisait seulement d'avoir un bon appât… et la proie se précipiterait d'elle-même dans le piège… et Ra Tamura avait un très bon appât !

Un appât appelé… Astaroth !

CHAPITRE 62 – RÉFLEXIONS

Simon réfléchissait. Dreck n'était malheureusement pas là pour l'aider et de toute façon, le travail d'empereur voulait que le fardeau de la décision ne tombât que sur lui.

« Bien, évaluons donc ces problèmes. »

Les vaisseaux de classe Galaxie, cent navires d'un kilomètre et demi de long ! Les coûts en étaient faramineux ! Mais quelle technologie prodigieuse, basée sur les plus récentes recherches relatives aux cellules souches et à leur potentiel plénipotentiaire ! Bien sûr, les nouveaux vaisseaux n'avaient rien à voir avec la vie basée sur le carbone, et ils n'avaient non plus rien à voir avec le projet Méphisto, mais tout à voir avec le fonctionnement des cellules. Incroyable ! De simples cellules qui influençaient l'architecture de vaisseaux géants. Mais finalement, si on y pensait bien, la vie était quand même quelque chose de très réussi ! Donc pourquoi ne pas s'en inspirer ? Et le plus incroyable, c'était que les ingénieurs de la Garde avaient réussi à lui montrer certains modèles fonctionnant à petite échelle ! Et malgré cela, pour son état-major, les problèmes les plus immédiats étaient de disposer de suffisamment de troupes pour contrer une éventuelle guerre civile au sein de l'Empire. Quel manque de vision ! Ses conseillers militaires s'étaient donc ralliés aux conseillers civils, quoique de mauvaise grâce, et demandaient le report du projet. Un de ses conseillers civils, le duc de Kolzy, fief qui comprenait la planète des Dangues, était particulièrement incisif dans son opposition au projet.

« Majesté, avait-il argumenté, de tels vaisseaux seraient éventuellement avantageux si nous avions à lutter contre une énorme force ennemie, mais même si nous avons des suspicions, il est clair que notre technologie leur est supérieure et que nous n'avons pas besoin de nouveaux vaisseaux pour les contrer si d'aventure, elle faisait la folie de nous attaquer directement ! Par contre, de meilleures forces de police pourraient, elles, contenir cette racaille d'humanités nouvelles !!! »

L'utilisation du mot « racaille » avait justement alerté Simon sur les réelles orientations de son conseiller ainsi d'ailleurs que la présence proche, trop proche au goût de Simon, des Dangues. Simon se demandait s'il ne devait pas le faire surveiller de plus près, tant il semblait minimiser la menace extraterrestre sous prétexte de la victoire de la Garde à chaque confrontation... D'un autre côté, avait-il vraiment besoin de cent navires ?

Et ces nuées de missiles aux confins de l'Empire ? Seul un navire de classe Galaxie pouvait escompter passer au travers de leur multitude ! Et si le conseiller était sous influence et cherchait justement à empêcher la construction des seules armes capables de contenir les Démons ? L'humanité ne pouvait pas prendre le risque d'être sans défense devant des races non humaines appelées Démons ou pas !

Les Démons, justement! Existaient-ils? Il était certain qu'une race inconnue était entrée en contact violemment avec la Garde, mais de là à réveiller les vieilles légendes! De toute façon, la rencontre de la race humaine avec lesdits Démons avait eu lieu dans un passé lointain, et aucune trace réelle de leur existence n'avait été trouvée. Seulement une tradition orale qui parlait parfois d'oiseaux cracheurs de feu qui mentaient en esprit, de rats noirs gigantesques qui commandaient l'assaut sur l'humanité et même... de loups-garous! Rien de fiable! « Vraiment, voir cette vermine de rat qui infeste nos égouts comme la plus grande menace pour le genre humain est vraiment difficile à avaler », se dit Simon avec un sourire. Cependant, il était certain que quelque chose était tapi dans l'immensité du cosmos et guettait les humains ! S'il les contenait mais avait une guerre civile sur les bras, ses super-vaisseaux ne lui serviraient à rien ! Par contre, s'il ne les contenait pas, guerre civile ou pas, ce serait la fin de l'humanité.

Et le projet Méphisto ? Que faire ? Les risques de développer une forme de vie non carbonique auto-reproductive étaient très réels et arriveraient de toute façon trop tard pour pouvoir aider l'humanité ! Par contre, les démons, eux, avaient vraisemblablement développé leur propre version de machines vivantes avec les nuées de missiles !

« Hélas ! se dit Simon, la plus mauvaise décision pour un chef est toujours de ne pas prendre de décision ! »

Arrivé à une certaine conclusion, Simon convoqua ses conseillers. « Voici, messieurs et madame, mes décisions : au lieu de cent navires de type Galaxie, nous n'en développerons que cinquante, et les moyens épargnés iront au recrutement de Gurkhas. En ce qui concerne le plan Méphisto, nous allons de l'avant pour le développement avancé du concept, une nouvelle autorisation sera requise avant le déploiement. »

Il fallait reconnaître que son installation était absolument extraordinaire ! Jamais il n'apparaissait en personne devant les différents groupes qu'il manipulait ! Tout était pris en charge par un fantastique réseau informatique spécialement dédié à son service, qui rendait toute identification impossible, car cryptée d'une façon telle que même en cas d'interception, juste une banale transaction commerciale était révélée ! Ra trouvait fascinant de voir qu'un ordre de tuer envoyé par lui se traduisait par un achat de matériel photographique ! Génial, tel était le terme qu'il utilisait pour qualifier ce système ! Et le plus drôle, c'était que tout cela avait été mis au point par un homme du baron et détourné pour ses besoins par quelqu'un de très dévoué qui pensait travailler... pour l'Empereur ! Et même quand il apparaissait devant ses hommes, c'était sous forme d'avatar qui changeait selon l'audience. Par exemple, devant l'Église des Adorateurs du gène, il apparaissait comme un vieil Aryen avec toujours un arrière-plan montagneux. C'était pour cela que les Hashshashin l'appelaient « le vieil homme sur la montagne ». Personne, absolument personne, appartenant à l'un ou à l'autre des multiples groupes insurrectionnels qui complotaient dans l'Empire de Simon, n'avait vu son vrai visage ! Carle Van Ruseldorf, tel était son nom... Enfin, celui du pauvre type à qui il avait volé son identité… et qui ne s'en plaindrait jamais, vu qu'il reposait au fond de l'océan depuis pas mal de temps ! C'était un Parthes sans famille, jouissant d'une certaine fortune, qui avait décidé de se retirer sur Oulan Bator. Dommage pour lui, Ra Tamura avait eu besoin de sa peau ! Donc muni de cette nouvelle identité et surtout de cette nouvelle apparence, Ra Tamura s'était confortablement installé dans un petit bungalow accroché à flanc de montagne qui lui donnait une vue magnifique sur Oulan Bator, sans toutefois attirer trop l'attention. Il devait montrer une certaine aisance, mais pas trop. Malgré sa laideur remarquable due en grande partie à l'incompétence des médecins du Grand Khan, il avait des contacts charmants avec ses voisins qui trouvaient amusant de voir un être si grand et si fort être en même temps si timide !

Ra Tamura n'était pas là cependant pour goûter aux délices d'Oulan Bator. Lui aussi était en profonde réflexion. Assis sur sa petite terrasse, il sirotait une excellente bouteille de vin, tout en réfléchissant intensément.

« Après tout, se disait-il, il n'y a pas de mal à boire leur excellent vin tout en complotant leur assassinat ! » Ladite réflexion déclencha quand même un petit frisson, inhabituel chez lui, ce qui amena d'autres réflexions. « Voyons, pensa-t-il, ce n'est pas la première fois que je pense à faire assassiner quelqu'un… Évidemment, cent cinquante milliards d'individus, c'est quand même un peu plus gros ! »

Tout pour lui était maintenant en place. Le Grand Khan lui avait donné le pouvoir de déclencher la grande opération, sous prétexte qu'il était sur le terrain, donc à même de mieux choisir le bon moment. En fait, c'était surtout pour faire de lui un bouc émissaire si quelque chose allait mal ! Enfin, cela faisait partie du travail ! Restaient les fameux « Envoyés »! Ils avaient bloqué l'exécution du plan une première fois, juste par leur arrivée inopinée ! Maintenant, ils étaient en fuite. Et lui, Ra Tamura allait les retrouver… Après tout, il fallait vraiment savoir si Nirva existait toujours. Mais la peur de leur influence, surtout au travers de la princesse Caroline, avait été atténuée par leur fuite ! Ils auraient réellement pu causer de gros problèmes… surtout à cause de ces idées bizarres qu'ils professaient partout ! Imaginer un peu : un monde où tous seraient égaux! Un monde utopique impossible à faire fonctionner ! Tout ceux qui connaissaient les humains et même les Fils de Razakel savent que les intérêts particuliers seraient tellement exacerbés dans une telle société que le pouvoir central en serait affaibli au point d'en être paralysé ! Le pire, c'était que les Envoyés avaient commencé à convaincre beaucoup de monde, la petite princesse en premier ! Mortel pour leurs plans qui visaient justement à attiser les haines raciales pour diviser les humains ! Heureusement, le baron avait réussi à régler ce problème en les faisant fuir !

« Bon, pensa-t-il, donc nous faisons jouer les fanatiques aryens par une attaque massive sur les humanités nouvelles… D'après les plans, nous pouvons compter sur plusieurs centaines de milliers de morts partout dans la galaxie, mais surtout en terre aryenne… ! Les Hashshashins appelaient ce qu'ils croyaient être leur plan, la Saint-Barthélémy ! Jusque-là, impressionnant, mais pas décisif ! »

Là, Ra Tamura marqua une pause dans sa réflexion et, malgré lui, un flot admiratif l'envahit.

« Incroyable, le Grand Khan est vraiment un idiot… mais son père, quel génie ! Avoir été capable de programmer cela il y a cinquante ans ! Changer une population entière petit à petit avec ses propres éléments ! Un peuple complet qui ne rêvait que de mourir pour la "cause" ! Un peuple présent partout dans l'Empire de Simon, mais en particulier à Oulan Bator ! Un peuple avec un seul but, casser de l'Aryen ! »

Les Hashshashins allaient causer la mort de centaines de milliers, voire de millions d'altérés, mais eux, ce seraient des dizaines de millions d'Aryens qu'ils tueraient ! Époustouflant ! Les Fils de Razakel allaient montrer très bientôt à ses rats d'humains qui étaient vraiment les maîtres de la galaxie. L'ordre avait été envoyé ! Maintenant, il suffisait d'attendre que les messagers gagnent tous les recoins de l'Empire, car il aurait été trop dangereux de l'envoyer par ondes même cryptées !

Nom de code du plan : Dybbuk !

Ra Tamura rentra dans son appartement et se permit, pour une fois, une dérogation aux mesures de sécurité. Il hurla :

« NOUS, LES RA, FILS ET FILLES DE RAZAKEL, NOUS DÉTRUIRONS CETTE ENGEANCE APPELÉE HUMANITÉ!

VIVE LES RA ET LONGUE VIE AU GRAND KHAN! »

Le processus définitif était déclenché… la guerre civile était inévitable et la fin de l'humanité, juste une question de temps !

CHAPITRE 63 – EN CAVALE

Le vaisseau était beau mais petit, et portait le nom étrange de Commencement de la richesse ! Il ne fut pas très difficile à Pierre de maîtriser son fonctionnement, même si aucun ordinateur n'était disponible à bord. Et c'était la même chose en ce qui concernait la navigation. Dreck s'en chargeait, et les nombreux jurons en provenance de la chambre des cartes montraient que c'était loin d'être facile. Évidemment, quand on est habitué aux ordinateurs, retravailler avec des cartes en papier n'est pas évident. C'était la façon de faire des Gauchos qui haïssaient les ordinateurs. Mais de toute façon, ils n'avaient pas le choix. Le professeur et Michelle s'occupaient tous les deux des appareils de survie du vaisseau, car, évidemment, rien n'était automatisé. Cependant malgré l'absence des ordinateurs ô combien pratiques, ce petit vaisseau se maniait bien et possédait une technologie tout à fait performante. De plus, ses vertus furtives laissaient supposer à Dreck et ses amis qu'il n'était pas seulement un vaisseau de liaison, mais bien plus un appareil contrebandier, un soupçon que Dreck avait toujours eu vis-à-vis des Gauchos. Cela faisait d'ailleurs bien rire Pierre qui voyait à quel point Dreck était décontenancé par les Gauchos.

« Alors, Dreck, toujours aussi sûr que nos amis sont honnêtes ?

– Bah, je dois avouer que je me suis fait avoir à quelques reprises !

– Eh bien, balança Michelle, pour un chef de service secret, ce n'est pas terrible.

– Oh! la ferme, Michelle, reprit brutalement Dreck, que Michelle venait de vexer.

– Bon, intervint le professeur, ne recommencez pas, vous deux ! La situation n'était pas bonne et a pourtant évolué dans le bon sens ! Nous sommes tous sains et saufs, et dans un vaisseau de bonne qualité qui va nous permettre d'échapper autant à nos ennemis qu'à la Garde. Et nous sommes en route vers Notre-Monde. Justement, en parlant de cette planète, est-ce que ce sera long pour y parvenir ?

– Eh bien, lui répondit Dreck, nous avons un petit problème !

– Ah? Et quelle sorte de problèmes ?

– Les FreeProgs ! »

Sur ces entrefaites, Pierre se joignit au groupe. Le vaisseau se déplaçant en ligne droite, il ne nécessitait donc pas sa présence continuelle aux commandes. Évidemment, il avait saisi les dernières paroles de Dreck.

« Qu'est-ce que c'est que ces bestioles-là ?

– En fait, lui répondit Dreck, nous ne sommes même pas sûrs qu'il s'agit de bestioles ! Les FreeProgs sont plutôt des choses immatérielles qui ont la propriété de s'infiltrer dans les systèmes informatiques des vaisseaux spatiaux. Une fois ces "choses" dans votre système informatique, votre vaisseau est perdu. Nous n'avons aucune idée de ce que c'est ni comment ça réussit à pénétrer les ordinateurs, mais quand ça rentre dedans, bonjour les dégâts !

– Bon, mais en quoi cela nous concerne-t-il ?

– Parce que les Gauchos indiquent une zone nouvelle de FreeProgs sur leurs cartes. Il semble que ces nouvelles zones ont tendance à se multiplier ces temps-ci !

– Mais les Gauchos ne mettent pas d'ordinateurs dans leur vaisseau !

– Il n'est vraiment pas conseillé, avec ou sans ordinateur, de se frotter aux FreeProgs! En fait, certains pensent même que des systèmes électriques simples peuvent eux aussi être attaqués! Alors, quoique cela ne soit pas démontré, nous ne prendrons aucun risque! Je contournerai donc la zone!

C'est plus prudent, même si cela va ajouter une semaine à notre voyage.

– Cela nous prendra donc trois semaines plutôt que deux. Ajoutées aux trois semaines que nous avons déjà passées dans le grand vaisseau gaucho, cela fera six semaines que nous sommes en cavale. »

Dreck venait à peine de finir son rapport quotidien à l'Empereur par radio que l'amiral Singh se fit annoncer dans les bureaux de celui-ci.

« Je suppose, amiral, que vous venez m'annoncer que vous avez intercepté La Fierté du capitaine, mais que les hors-venus n'y étaient plus ?

– Heu… oui, Majesté ! Je suis désolé. Ils ont acheté un petit vaisseau de liaison aux Gauchos et se sont… volatilisés !

– Volatilisés ? Vraiment ? Pourtant, il n'est pas difficile de savoir où ils vont !

– Heu… Majesté… vous avez peut-être des informations que je n'ai pas… ou des informateurs que je n'ai pas !

– Effectivement, amiral ! Ils se dirigent vers Notre-Monde, du moins d'après Dreck, qui vient justement de me communiquer cette information par radio.

– Le colonel est avec eux ?

– Vous n'avez pas à savoir où est le colonel Reivax ! Mais ce n'est pas difficile de déduire qu'ils vont vers Notre-Monde.

– Pourquoi, Majesté ?

– Parce que c'est là où ils ont le plus de chance de trouver la capitaine sarkaï qui les a recueillis à leur arrivée dans notre univers, et il est facile de déduire qu'ils vont chercher à retrouver leur monde d'origine.

– Donc, je place en embuscade mes croiseurs et les cueille à leur arrivée !

– Certainement pas !

– Je suis confus, Majesté !

– Laissez-les aller sur Notre-Monde, maintenant qu'ils en sont proches.

C'était de toute façon notre plan initial ! Le problème n'est pas seulement de les attraper, eux, mais aussi la Sarkaï, car les deux sont nécessaires pour retrouver NIRVA! Pour ce faire, nous avons besoin de la collaboration des AFFARAS, ce qui n'est pas pensable actuellement sauf si… s'ils le font pour aider ceux qu'ils croient être des envoyés !!! Donc nous laissons tout ce beau monde se courir les uns après les autres. MAIS ATTRAPEZ-LES DÈS QU'ILS QUITTERONT NOTRE-MONDE! C'est votre priorité maximale. Nous devons à tout prix savoir où se trouve NIRVA. »

CHAPITRE 64 – ARRIVÉE REMARQUABLE… ET REMARQUÉE

Voilà, il était plus que temps de changer de tactique maintenant. Bien sûr, Dreck avait été inquiet durant toute la traversée, surtout à cause de ces fameux FreeProgs. Heureusement, ceux-ci ne s'étaient pas manifestés. Mais tous voyaient que Dreck avait d'autres soucis en tête et ces derniers commençaient, manifestement, à avoir une influence sur sa santé !

Il semblait de plus en plus fatigué !

Même Michelle avait arrêté de le piquer tout le temps. Quant à Pierre, il ne semblait avoir aucun problème et éprouvait même une certaine joie à piloter ce petit vaisseau on ne peut plus maniable. Pilote un jour, pilote toujours ! Les détours occasionnés pour éviter les zones infestées de FreeProgs les avaient obligés à bondir et à rebondir sur plusieurs soleils, ce qui avait prodigieusement intéressé les Terriens que cette méthode de navigation fascinait !

Imaginez-vous en train de jouer avec l'attraction et la répulsion continuellement en transformant votre vaisseau en matière puis en antimatière ! Comme une gigantesque partie de billard dont vous êtes la boule principale. Mais malgré tout l'intérêt que représentait leur gigantesque partie de billard cosmique, ils avaient quand même la peur permanente de voir un vaisseau ennemi surgir inopinément ! En principe, il était extrêmement difficile pour un navire ennemi de vous intercepter en plein espace, mais pas quand vous pénétrez dans un système solaire. C'était donc avec toujours beaucoup d'appréhension que Pierre manœuvrait le petit vaisseau vers un soleil et rebondissait vers un autre ! À plusieurs reprises d'ailleurs, ils rencontrèrent des vaisseaux commerciaux, mais aucun d'eux ne fit mine de s'intéresser à eux. Finalement, ils arrivèrent sans encombre en vue de Notre-Monde. Maintenant, la question était de savoir comment ils allaient atterrir sur la planète sans avoir la Garde à leurs trousses.

« Tu as un plan, Dreck ? questionna Michelle.

– Bien sûr ! Tu en fais d'ailleurs partie, Michelle.

– Et comment ?

– Quand les Gauchos disent qu'ils n'utilisent aucun ordinateur, c'est faux ! En fait, il y en a un à bord, destiné aux communications informatiques avec les autorités portuaires contrôlant l'accès aux planètes. Les Gauchos n'ont pas le choix car le trafic est souvent très important autour des mondes habités et sans ordinateur, le risque de collision serait trop important. Dans le cas de Notre-Monde, c'est doublement important vu le trafic militaire et civil, surtout jarkanien, intense.

– Alors, que veux-tu de moi ?

– Simplement que tu nous bidouilles un peu ce logiciel de navigation pour lui faire envoyer certaines données qui vont... heu... brouiller les cartes, et surtout nos véritables identités !

– Et quelles seront nos identités ?

– Oh! nous sommes simplement des gens d'affaires venus explorer de possibles opportunités sur Notre-Monde!

– Et ils vont gober ça ?

– Bien sûr... mais ils vont quand même scanner notre vaisseau à la recherche d'armes. Mais je leur donnerai les références d'une compagnie véritable que j'ai souvent utilisée par le passé, comme écran.

– Ils savent que tu es en fuite. Ils doivent surveiller toutes tes planques et autres trucs, non ?

– Ne vous inquiétez pas, mes amis, je n'ai jamais mentionné, par le passé, cette compagnie à la Garde !

– Mais ils nous attendront à Djibou pour faire d'autres contrôles, non ?

– Oui !

– Et alors on fera quoi ?

– Rien... puisque l'on ne va pas à Djibou ! »

Le petit appareil, piloté par Pierre mais dirigé par Dreck, effectua une entrée remarquée sur Notre-Monde, en particulier quand il dévia brusquement de sa trajectoire planifiée vers la capitale. En fait, en plein milieu de sa descente, le vaisseau bifurqua pour plonger vers la jungle, bien avant d'arriver en vue de Djibou. La jungle où, d'après les services de renseignements, se terrait Sisar Gance, le grand chef rebelle des AFFARAS & ISSARS!

Naturellement, Dreck avait aussi envoyé un message au commandement de la Garde afin d'introduire suffisamment de confusion à l'état major pour que ce dernier rate la fenêtre de réaction possible quand le vaisseau changerait de cap. Quand ils réalisèrent que ce vaisseau était recherché, il était trop tard... Du moins, c'était ce qu'ils voulurent faire croire !

Mais Dreck avait aussi lancé un autre message, adressé celui-là plutôt aux rebelles et à une personne en particulier, un membre de la Confrérie du Grand Temple qu'il connaissait bien ! Car bien évidemment, cela ne servait à rien d'échapper à la Garde pour se faire descendre par les rebelles !

Encore une fois, tout marcha comme sur des roulettes, en fait, comme le fit remarquer Michelle, « un peu trop bien » ! Leur vaisseau se posa dans une petite clairière qu'ils eurent amplement le temps d'évacuer avant qu'un croiseur en orbite la prenne pour cible. Après, il n'y avait plus de risques, car les arbres de Notre-Monde contenaient une substance spéciale qui empêchait tous les systèmes de détection de l'Empire de détecter quoi que ce fût en surface. Cette substance, personne n'avait jamais vraiment réussi à comprendre de quoi il s'agissait et comme Notre-Monde avait toujours été considéré comme un monde secondaire, personne ne s'était vraiment penché sur la question ! Évidemment, maintenant, ce n'était plus le cas, mais résoudre ce mystère allait prendre du temps, d'autant plus que les chercheurs n'avaient plus accès à la forêt... pour cause de guerre !

Cette substance, c'était d'ailleurs ce pourquoi la Garde n'arrivait pas à vaincre les rebelles. Non seulement ils étaient indétectables dans la jungle, mais en s'enduisant de cette substance, ils rendaient les systèmes automatiques de la Garde inopérants, même à découvert ! Cela avait pour résultat d'obliger la Garde à les combattre sans l'aide de pointeurs sophistiqués et là, l'habileté des chasseurs AFFARAS & ISSARS ne leur laissait aucune chance.

C'était pourquoi, depuis un certain temps, aucun camp ne tentait quoi que ce fût contre l'autre !

Étonnant ! C'était le terme qui lui venait spontanément à l'esprit. Les capacités informatiques de ce petit vaisseau étaient beaucoup plus grandes que ce qu'elle avait imaginé ! Et ses petits « compagnons » s'en étaient donnés à cœur joie !

Pauvre Garde, tellement confiante dans ses ordinateurs et bases de données ! Ils ne s'imaginaient même pas comment leurs chères machines pouvaient être manipulées et retournées contre eux !

Alors la voilà fonçant vers Notre-Monde dans ce petit vaisseau, des plus impressionnants par ailleurs, sans même qu'un quelconque, soi-disant si puissant, croiseur de la Garde ne se rende compte de sa présence. Elle se glisserait dans le trafic et descendrait vers la planète par la route des pôles, pour éviter l'encombrement de la route normale de l'équateur. Plus difficile de descendre de l'espace au-dessus d'un pôle, à cause de la rotation de la planète ! Et même si le repérage radar était contrôlé par ses petits « compagnons », il restait toujours le danger représenté par le repérage visuel malgré les couleurs ciel arborées par la coque de son petit navire. Malheureusement, cela n'était pas aussi efficace que le fameux système Mandrake de la Garde ! Tant pis ! Cela représentait le seul risque véritable de sa mission ! Et puis, elle n'allait pas vers Djibou, non, plutôt vers la forêt où l'attendaient des AFFARAS!

Elle avait pour eux un bon chargement d'armes qui serait le bienvenu, surtout grâce au prix des plus compétitifs qu'elle leur ferait ! Et elle allait discuter ferme avant de leur vendre ces armes à prix coûtant. Oui, elle allait perdre de l'argent et même beaucoup d'argent, car dans cette mission, la livraison d'armes était totalement secondaire. En revanche, il fallait que les AFFARAS la vissent parfaitement et fussent capables de la décrire à leur chef. Oui, c'était elle le plus important. Qu'elle prenne des accords de livraisons futures à un endroit donné en prenant bien soin que cette information ait le temps de se rendre au commandement central AFFARAS et qu'ils aient le temps de réagir et de revenir. Qu'ils aient le temps de fomenter un traquenard dans lequel elle pourrait, ô pauvre brebis innocente, tomber !

Alors, elle laverait une fois pour toutes l'infamie associée à son nom depuis cette rencontre avec les Envoyés !

Le haut commandement avait été dur avec elle quand il s'était rendu compte de l'importance des Envoyés.

Envoyés qu'elle avait tenus, un temps, dans ses mains ! Et qui s'étaient échappés !

Elle avait failli finir en petits morceaux à cause de cela !

Heureusement qu'il avait besoin d'elle pour les retrouver ! Grâce à cela, elle avait quand même réussi à limiter les dégâts malgré la perte du commandement d'une flottille. Au moins, il lui restait celui d'un vaisseau !

Plus évidente, cette maudite marque d'infamie sur son front !

Oui, elle allait les attraper de nouveau et cette fois, elle leur ferait cracher la position de NIRVA!

Une onde de plaisir l'envahit à la pensée de les tenir enfin !

Incapable se contenir plus longtemps, Astaroth éclata de rire !

CHAPITRE 65 – NOTRE-MONDE

L'engin avait une forme lenticulaire et peu épaisse qui le rendait difficile à voir de face. En fait, c'était voulu, cela augmentait ses capacités furtives. Un blindage très important le rendait également capable de se maintenir beaucoup plus près du soleil que les autres navires, même les croiseurs. Cela avait aussi l'avantage indéniable de lui donner un surcroît de vitesse lors du bond vers l'hyperespace, ce qui faisait aussi de lui un chasseur redoutable en même temps qu'un engin capable de semer ses poursuivants si cela s'avérait nécessaire. Son diamètre de 125 mètres ne faisait certes pas de lui un géant de l'espace, mais était suffisant pour lui permettre de recevoir une roue interne capable de tourner raisonnablement vite pour créer une gravité artificielle de 0,8 g, ce qui était tout à fait suffisant pour maintenir un équipage en pleine forme pendant longtemps.

Un petit équipage de quatorze membres et beaucoup de moyens passifs de détection, comme des télescopes capables de recevoir la lumière dans un large spectre ainsi que des moyens d'écoute électronique très performants, faisaient de lui un fantastique moyen de surveillance à distance. Tapi dans la couronne du soleil, il était indétectable, mais pourtant voyait tout !

Et comme si ce n'était pas suffisant, il possédait aussi des canons Œrlikon pour la défense rapprochée et, surtout, un Obelton très particulier ! Capable de maintenir son rayonnement très concentré, même à très longue portée, il avait une puissance totalement inégalée, même sur les gros croiseurs.

Ce vaisseau avait peut-être une taille de guêpe, mais piquait aussi comme une guêpe des plus venimeuses ! Bref, c'était ce que la Garde appelait un chasseur-tueur ! Il restait tapi, hors de portée de l'ennemi, puis attaquait rapidement grâce à son Obelton et disparaissait tout aussi rapidement après.

Son nom ? HMS Tarentule !

Il était là, dans la couronne solaire d'Atton, guettant les mouvements inhabituels autour de Notre-Monde, et en particulier ceux des Sarkaïs, qu'il repérait parfaitement, ses systèmes de détection passifs n'étant pas sensibles aux « petits amis » de ceux-ci. Bien sûr, il n'intervenait pas, l'objectif n'étant pas de prendre des Sarkaïs, mais plutôt d'intercepter les « Envoyés », comme les appelaient certains, ou « hors-venus » comme la Garde disait. Au départ, sa mission avait bien été de surveiller les Sarkaïs, ce qui lui avait permis d'informer l'Empereur qu'ils utilisaient un vaisseau volé à la Garde, le NéMéSiS, et que celui-ci revenait régulièrement. Apparemment, c'était toujours le même capitaine sarkaï qui le pilotait et qui semblait faire tout pour que cela se sache... Astaroth, tel était son nom! Petit poisson pour le HMS Tarentule ! Le gros, c'était attraper les « Envoyés » AVEC Astaroth, ensemble ! Voilà pourquoi il était là, dans la couronne solaire, attendant patiemment, comme une araignée dans sa toile, que la proie s'y aventurât !

Pierre, Michelle, Dreck et Vauldegarde n'eurent pas à attendre longtemps sous le couvert végétal après la destruction de leur petite navette. À peine quelques minutes, et un grand ISSAR les rejoignit.

« Bonjour, compagnon, dit l'homme en s'adressant directement à Dreck, travailles-tu toujours à ta Pierre ?

– Avec l'aide des Grands Maîtres, de mon équerre et de mon compas, j'équarris celle-ci, rêvant modestement et humblement de participer à la réalisation du Grand Temple.

– Ta contribution au Grand Temple est très appréciée et remarquée... même ici !

– J'y compte bien, et c'est pourquoi mes compagnons, dont je garantis la loyauté, et moi-même, sollicitons ton intervention.

– Que veux-tu, compagnon ?

– Rencontrer Sissar Gance pour une affaire de la plus haute importance !

– Comme je te l'ai dit, compagnon, même ici, nous te connaissons ! Tes interventions en notre faveur auprès de l'Empereur ont été grandement appréciées et les Envoyés sont aussi plus que les bienvenus chez nous. En fait, Sissar vous attend déjà. Alors, sans plus attendre, je vous invite à me suivre. Sissar a établi son quartier général à quelques minutes d'ici à peine. Tu étais bien renseigné, compagnon », finit par dire le grand Issar, avec un sourire qui cachait mal l'appréhension suscitée par la qualité des informations possédées par Dreck quant à l'emplacement exact du Q.G. des rebelles !

Quant à nos trois Terriens, ils étaient une fois de plus étonnés que même ici, ils fussent reconnus et identifiés comme « envoyés », ce qu'ils continuaient de nier avec force, mais ils suivirent sans mot dire leur nouveau guide dont ils ne connaissaient même pas le nom.

Celui-ci avait dit vrai ! Après à peine une vingtaine de minutes, ils arrivèrent au camp de Sissar Gance, le très redouté chef rebelle. Et là, une surprise les attendait. Au lieu de trouver un misérable cantonnement dressé à la hâte au creux de la forêt, ce fut en fait une série de pavillons en dur situés juste sous les énormes arbres de la forêt. Leur construction proche des arbres et leurs toits recouverts de végétation les rendaient difficiles à voir même de près, mais c'était loin des cahutes misérables qu'ils s'attendaient à trouver ici. Un camp très bien organisé avec des bunkers défensifs, des canons puissants, des petits hangars devant abriter différents engins et des bâtiments dont, clairement, l'essentiel semblait se trouver sous terre, voilà ce qu'ils avaient sous les yeux. Une base moderne, parfaitement capable de résister à un assaut tout en étant très bien camouflée !

Là, une jeune femme les attendait.

« Bonjour, colonel, et vous aussi, messieurs et madame les Envoyés ! Mon nom est Zhara Denulpart !

– Oh ! mon Dieu, s'exclama Dreck, la fille de Pargara !

– Désolée, colonel, lui répondit-elle, juste une imitation, et pas une très bonne en plus !

– Quoi ? Qu'est-ce que vous dites ? demanda Vauldegarde.

– Je suis un clone, professeur », lui répondit-elle d'un air glacé.

Ce fut à ce moment-là qu'intervint leur accompagnateur, histoire de couper court à ce dialogue mal engagé.

« Peu importe, Zhara, Sissar Gance attend nos voyageurs.

– Heu, désolée ! Je manque à tous mes devoirs. Messieurs, madame, veuillez me suivre ! » dit-elle en les entraînant dans ce qui semblait être un banal bungalow.

Là, un ascenseur rapide les amena très profondément sous terre, au cœur même du Q.G. de Sissar Gance où le chef rebelle en personne les attendait ! Le personnage était imposant, en fait un vrai colosse, avec des cheveux blancs qui lui donnaient un air de vieux sage, aussitôt démenti cependant par la dureté de ses yeux gris acier.

« Un dur, un vrai », pensa immédiatement Pierre, qui en connaissait un bout sur les chefs de guerre.

En fait, Sissar aussi le toisa et se fit une réflexion probablement similaire. Il ne regarda pas Dreck d'emblée, car il le connaissait, mais plutôt ces gens qu'on appelait « Envoyés », Pierre, Michelle et Vauldegarde, qu'il dosa d'un air dubitatif quoiqu'avec la trace d'un léger sourire de satisfaction. Cet examen silencieux terminé, il prit la parole.

« Vous bienvenus dans notre camp. Vous excuserez moi, mais moi parler surtout wolof ! Mais moi essayer langue de vous ! En premier, beaucoup merci, colonel Reivax, pour support que vous donner nous devant Empereur. Envoyé ! Grand honneur pour nous. Légende dire que hommes pas comprendre vous, mais ça pas problème pour nous, AFFARAS & ISSARS, savoir votre mission importante et vous trouver chez nous appui et support. Dire nous seulement quoi vouloir, et nous faire tout possible pour vous. »

Dreck ouvrit la bouche pour parler, mais Vauldegarde le devança :

« Soyez remercié pour ce chaleureux accueil, chef, mais il est important de lever une ambiguïté immédiatement. Nous ne sommes pas les Envoyés !

– Légende dire que vous pas savoir ! Vous venir de Nirva, hein ?

– De la Terre !

– Terre, Nirva, même chose ! Et légende dire aussi envoyés trois… et vous trois ! »

Vauldegarde choisit de ne pas insister. Après tout, mieux valait être vus comme des envoyés que comme des assassins en fuite ! Mais Sissar Gance n'avait pas fini.

« Moi savoir pourquoi vous ici ! dit-il d'un air inspiré, vous chercher capitaine sarkaï qui attraper vous quand arrivés ici. »

Cette fois, ce fut Pierre qui prit la parole :

« Je suis très étonné que vous soyez au courant de tous nos avatars et surtout que nous pourchassions cette Sarkaï !

– Oh ! ça, pas magique ! Toute galaxie savoir ! Et nous finir aussi savoir, même si Garde faire embargo. Nous pas vouloir vous attraper vilaine Sarkaï ! Astaroth venir souvent sur Notre-Monde à endroit loin où Sarkaïs vendre nous armes. »

Cette fois, ce fut Dreck qui intervint :

« Comment pouvez-vous faire des affaires avec des pirates ?

– Comment nous faire ? Vous préférer donner armes à nous ? Oui ? Nous arrêter tout suite acheter Sarkaïs ! » lui rétorqua, avec un mince sourire aux lèvres, Sissar Gance.

Dreck fut incapable de lui répliquer et s'enfonça dans un silence boudeur.

Mais Sissar, qui décidément avait beaucoup à dire, ajouta :

« Mais nous avoir besoin compétences vous aussi. Trouver chose importante, et nous aider vous quitter Notre-Monde et pas besoin attaquer Sarkaïs !

– De nos compétences ? questionna cette fois Michelle.

– Oui, madame, lui répondit Sissar, compétences de vous, professeur et colonel !

– Et si vous nous expliquiez ? reprit le professeur.

– Pas moi ! Zhara expliquer ! dit-il en se tournant vers la jeune femme qui était restée silencieuse durant tout ce temps.

– Bien, reprit cette dernière, c'est exact, nous avons besoin de vos

capacités. Comme vous le savez probablement, colonel, le général Pargara et son adjoint, le major Amundsen, nous ont rejoints dans des conditions rocambolesques. En fait, les Jarkaniens les avaient compromis, mais nous avons réussi à les sauver. Le major Amundsen était un spécialiste de la génétique et comme vous le savez, nous croyons que les Jarkaniens cachent quelque chose. Donc, en parfaite sécurité ici, le major a pu faire des recherches poussées sur la génétique jarkanienne.

– Un instant, intervint Dreck, qu'est-ce que la génétique des Jarkaniens a affaire ici ?

– Mais tout, justement, colonel, rétorqua Zhara, les AFFARAS ainsi que les ISSARS ont toujours cru que des Jarkaniens étaient la semence du démon…

– Légende que tout ça !

– Oh que non ! De toute façon, il fallait en avoir le cœur net !

– Mais enfin, reprit Dreck, agacé, la génétique de toutes les races de l'Empire a été depuis très longtemps répertoriée par la Commission impériale du gène.

– Exact ! Mais beaucoup pensent que la Commission n'a pas fait de recherches très poussées, n'ayant aucune raison de penser que quelque chose n'allait pas dans les gènes des Jarkaniens !

– Et quelque chose ne va pas ?

– Absolument !

– Vraiment ? questionna Dreck, intrigué.

– Oui. Ce que nous savons de façon certaine, c'est que les Jarkaniens d'avant, c'est-à-dire ceux d'il y a plus de cinquante ans, et ceux de maintenant, ont un patrimoine génétique différent !

– C'est tout ? Mais vous savez parfaitement qu'il y a un énorme brassage de gènes dans l'Empire depuis les cinquante dernières années. Trouvez autre chose !

– C'est là que vous intervenez. Ce que je viens de vous révéler, c'est tout ce que le général et son adjoint ont bien voulu nous dire. Le reste est dans leur ordinateur, bouclé par des codes inviolables.

– Et qu'est-ce qui vous fait croire qu'il y a quelque chose d'important là-dedans ?

– Le fait que le major et le général n'ont pas hésité le moindre instant à se lancer dans une mission suicidaire dans le seul but de faire parvenir un message à l'Empereur. Pour eux, c'était d'une importance vitale, une question de survie de l'Empire. Le général Pargara a même utilisé l'expression “alternative du diable” ! »

Le dernier argument de la jeune femme sembla porter ses fruits.

Soudainement, Dreck se rembrunit.

« Vous êtes sûre que Pargara a tenté de faire parvenir un message à l'Empereur ?

– Absolument ! Sissar avait même envoyé beaucoup de ses hommes en support. Malheureusement, le général et son adjoint sont morts avant d'avoir réussi.

– L'épisode nous a été conté différemment. Apparemment, d'après les Jarkaniens, Pargara a été tué lors d'une attaque contre la ville. Personne ne nous a jamais parlé d'un message ou d'une tentative d'envoyer un message.

– Pourtant, la raison de l'attaque était bien cela. Et je dois ajouter… »

Une poussée d'émotion vive empêcha soudain Zhara de parler.

Respectant ce moment d'émotion, personne ne dit mot. La jeune femme, ayant récupéré son contrôle, ajouta :

« Je suis désolée, j'ai ses souvenirs, vous comprenez ? Enfin, ce que je voulais ajouter, c'est que le général et le major savaient parfaitement qu'ils ne reviendraient pas, mais leur devoir leur commandait d'y aller !

– Bien, je comprends maintenant. Vous désirez que Michelle, grâce à ses connaissances informatiques, fasse sauter ce verrou logiciel pour savoir ce qu'Amundsen avait vraiment trouvé !

– C'est cela même ! Et j'ajouterai que les connaissances en biologie du professeur seront grandement appréciées également.

– Je suis physicien, madame ! corrigea Vauldegarde.

– Mais nous savons que votre femme était biologiste et que vous avez

grandement contribué à ses travaux. Un scientifique comme vous n'est certainement pas resté ignorant de ce que faisait sa femme.

– C'est exact, j'ai beaucoup étudié la biologie, et même la biologie

génétique pour mieux pouvoir supporter les travaux de mon épouse, mais je ne prétends pas être un spécialiste.

– Mais nous ne cherchons pas un spécialiste, seulement une personne capable d'interpréter les notes d'Amundsen.

– Bien, je ferai de mon mieux ! conclut le professeur.

– Moi aussi ! renchérit Michelle.

– Et moi, je fais quoi ? questionna Dreck.

– Le général Pargara a écrit un petit traité de pratique militaire à changer dans la Garde pour faire face à l'invasion des Démons. Je pense qu'il vous revient de le faire parvenir à l'Empereur.

– Fort bien, mais même si nous parvenons à casser les codes protecteurs de l'ordinateur d'Amundsen et que nous trouvons quelque chose d'extraordinaire dedans, nous ne serons pas plus avancés, car il est toujours impossible de communiquer avec l'extérieur directement. »

Ce fut à ce moment que Sissar décida de revenir dans la conversation :

« Justement! Vous plus penser Astaroth! Solution dans message, major! Vous alors parler Empereur, et finie guerre, FINIS JARKANIENS. »

****

Trois jours ! Ce fut le temps qu'il fallut à Michelle pour forcer le code d'accès à l'ordinateur utilisé par Pargara et son major. Bien sûr, Zhara dut y participer et surtout puiser dans sa mémoire, ou dans la mémoire de l'autre comme elle disait, pour pouvoir trouver la bonne combinaison de nom et de date de la vie et de la famille de Pargara. Heureusement, le code était basé sur la vie du général, et non sur celle du major Amundsen, étant donné qu'ils n'avaient aucun renseignement sur la vie du major ! Zhara y contribua de mauvaise grâce, mais y contribua quand même. Alors, avec l'aide d'un logiciel prodigieux de test de possibilités, tout ce qui était significatif dans la vie de Pargara, combiné avec toutes sortes de lettres et de symboles, fut essayé jusqu'à ce que, enfin, le code fût trouvé.

Et l'ordinateur d'Amundsen se révéla être une mine d'or ! Une grande quantité de documents s'y trouvait, dont un traité sur l'armement et l'entraînement de la Garde rédigé par le général Pargara lui-même, et bien sûr beaucoup de fichiers relatifs au code génétique des Jarkaniens.

Le petit groupe s'organisa, Vauldegarde travailla sur les fichiers d'Amundsen tandis que les autres examinaient les documents de Pargara !

Ceux-ci s'avérèrent faciles d'approche, mais très surprenants, en particulier pour Zhara qui connaissait très bien les techniques et les armes de la Garde, et qui était particulièrement concernée par ce que pouvait écrire le général !

« Il est incroyable, ce traité. Il change toute l'approche de l'entraînement donné dans les écoles militaires, mais également la philosophie même de la conception des armes de la Garde ! s'exclama Zhara.

– Pourriez-vous être plus précise ? rétorqua Dreck.

– Bien sûr, colonel, le général semblait très bien renseigné, même sur vos aventures sur Dombergé où vous avez combattu des dragons. De plus, il avait lui-même affronté les AFFARAS dans une situation où il perdit tous ses systèmes de visée électroniques ! Cela l'amena à réfléchir et à remettre en question certains des principes qui ont gouverné sa vie dans la Garde.

En fait, son traité prône deux choses très distinctes !

« La première est de changer l'entraînement des soldats pour qu'ils soient moins dépendants des systèmes électroniques d'assistance. Actuellement, la majeure partie de l'entraînement est concentrée sur la maîtrise de ces systèmes, rendant le tandem Garde/armes redoutablement efficace !

– Et le général est contre ça ?

– Non, intervint Pierre, qui lui aussi avait lu le traité de Pargara, ce que dit le général, c'est que le soldat se retrouve complètement dépourvu quand ses armes ne fonctionnent pas comme souhaité ! Rappelle-toi, Dreck, ce pauvre lieutenant Dref ! Ce que Pargara dit, c'est que c'est le soldat qui doit être une arme, et non ses accessoires ! Donc, en cas de situation difficile, il devrait être en mesure de se passer de ses gadgets électroniques et compenser, par exemple, le manque de système de tir automatique par une capacité personnelle en tir de précision.

– Exactement, renchérit Zhara, comme l'explique le général, durant sa confrontation avec les AFFARAS, ses soldats perdirent les systèmes de visée électroniques, mais pas l'usage de leurs armes ! Ils furent défaits seulement parce qu'ils ne savaient pas tirer avec précision ou du moins, pas avec la même précision que celle des AFFARAS!

« Cela causa leur perte… et pourrait s'avérer un vrai problème en cas de confrontation avec les démons, si ceux-ci utilisaient une technique semblable !

– Oui, mais dans le cas de notre bataille avec les dragons, nous n'avons pas seulement perdu nos systèmes de visée, mais nos armes elles-mêmes car elles refusèrent tout simplement de fonctionner… sauf les tiennes, Pierre!

– Ce qui est justement la deuxième chose dont il parle dans son traité ! compléta Zhara.

– Précisément ! Les armes des gardes devraient être construites de telle manière qu'elles soient utilisables en toutes circonstances, ce qui veut dire qu'elles devraient avoir des fonctions débrayables !

– En fait, intervint de nouveau Zhara, la pensée du général est de construire des armes avec une juxtaposition de possibilités indépendantes les unes des autres, ce qui induirait, par exemple, que si le système de visée automatique ne fonctionne pas, le soldat utilisera un viseur manuel. Et si tous les systèmes électroniques tombent en panne, son arme pourra toujours fonctionner comme votre 357 Magnum, Pierre. Et, ultimement, celle-ci devrait avoir une baïonnette pour un combat à l'arme blanche !

– Tu en penses quoi, Pierre, toi qui as de l'expérience dans les combats sur Terre ?

– Je pense que Pargara a parfaitement raison et que vous devez absolument suivre ses conseils. Je crois que les temps à venir seront porteurs de mauvaises surprises pour nous, comme sur Dombergé, et plus vos soldats seront capables de s'adapter à des situations imprévues, mieux ce sera. L'arme ultime est toujours le soldat lui-même sur un champ de bataille !

– Bon, vous m'avez convaincu tous les deux ! Je ferai parvenir ce traité à des gens qui ont toujours eu beaucoup de respect pour Pargara… y compris l'Empereur… Et n'en doutez pas, les conseils du général seront certainement suivis ! Il ne nous reste maintenant plus qu'à attendre les résultats du professeur ! Et si le travail du major est à la hauteur du travail du général, je pense que nous allons avoir des surprises ! » conclut Dreck.

Vauldegarde, quant à lui, travailla d'arrache-pied pendant sept longues journées.

Rapidement, il fut évident qu'Amundsen avait trouvé quelque chose, mais le professeur voulut comprendre complètement le travail du major avant de le révéler aux autres. Il s'excusa pour le temps qu'il prenait, justifiant cela par le besoin de se mettre à jour sur certaines techniques de profilage génétique. Pour tous, il était incroyable qu'il fût capable de comprendre de telles techniques de très haut niveau alors que ce n'était même pas son domaine. Toujours est-il qu'après sept jours de travail acharné où les heures de sommeil étaient rares, le professeur convoqua tout le petit groupe ainsi que Sissar Gance.

Le plus incroyable était que le professeur leur apparut en pleine forme, le sourire aux lèvres et l'air cabotin, comme un jeune écolier jouant un bon tour à ses camarades.

« Vous trouvez chose intéressante ? demanda Sissar.

– Ho oui ! Des choses des plus surprenantes !

– Vous nous mettez l'eau à la bouche, professeur, renchérit Pierre, ne nous faites pas languir plus longtemps, et dites-nous ce que vous avez trouvé !

– Chaque chose en son temps, Pierre. Tout d'abord, je dois vous expliquer certaines choses qui ont trait à la biologie génétique, pour vous permettre de comprendre pourquoi personne n'a trouvé cela avant Amundsen. En fait, les techniques de comparaison de l'A.D.N. sont connues depuis très longtemps et même sur Terre, celles-ci sont d'usage relativement courant. C'est là l'erreur de la Commission impériale du gène qui, dans son attribution de l'Indice d'étrangeté, ne tenait compte que des données brutes, soit la présence ou l'absence de tel ou tel gène. Il ne tenait pas compte non plus de l'A.D.N. non génique, dit A.D.N. poubelle par les ignorants, ni de l'A.D.N. mitochondrial qui est très révélateur de la filiation des cellules. De même, ils n'ont pas évalué un autre facteur important, qui est celui du fonctionnement global des gènes, c'est-à-dire quand un gène s'exprime et avec quels autres. Les théories modernes de génétique montrent bien que c'est la combinaison de l'expression de plusieurs gènes qui font la différence entre les êtres, et non pas simplement les gènes eux mêmes. Autrement dit, si le gène 1 s'exprime, le gène 2 non, mais les gènes 3 et 4 oui, cela ferait une protéine différente que si c'étaient les gènes 1, 2, 5 qui s'exprimaient ! Le major savait que justement c'est l'A.D.N. non génique qui influence cela, et c'est là qu'il s'est avéré génial, car c'est justement ce qu'il a recherché dans les gènes des Jarkaniens, c'est-à-dire les associations de gènes durant leurs expressions ! Il a d'ailleurs eu recours pour cela à la base de données génétique de tous les humains!

– Et ?

– Et il a pu trouver la source exacte des gènes des Jarkaniens. »

Le professeur s'arrêta puis, pour accentuer son effet, marqua le nom générique des géniteurs de tous les Jarkaniens sur une feuille de papier qu'il montra au petit groupe.

Quand le petit groupe lut le nom, la stupéfaction fut telle que personne ne put parler immédiatement. Personne, sauf…

« Moi savoir ça ! Notre peuple savoir ça depuis longtemps, s'écria Sissar Gance avec force, Jarkaniens semence du démon ! »

****

La question était fort simple. Comment sortir les informations recueillies par le major sur l'identité des Jarkaniens ? Impossible de communiquer directement avec la Garde, tant par la capitale que par l'espace. Les Jarkaniens veillaient au grain, et la Garde avait reçu des instructions claires de refuser tout contact radio sauf en cas de reddition.

Et en cas de reddition, ce serait aux Jarkaniens qu'il faudrait se rendre, ceux-ci ayant maintenant la majorité des troupes au sol. Alors ?

« Alors, dit Dreck, nous sommes de retour au plan initial : Astaroth !

– Si vous raison, Astaroth moyen de quitter Notre-Monde… mais ça, pas facile.

– Il n'y a pas de problème, elle ne se doute pas que nous sommes à ses trousses ! rétorqua Dreck.

– Colonel, vous pas sous-estimer Astaroth. Elle très dangereuse. Mais aussi autre chose. Elle venir dans zone loin ici, au nord, et ça terrain dakill.

Dakills très très dangereux normalement, mais encore plus dangereux maintenant parce que saison des amours commencée !

– Je croyais que vous aviez des accords avec eux !

– Oui… non ! Accord seulement pour attaquer Jarkaniens, et seulement accord pour respecter territoire de chacun !

– Mais comment faites-vous pour le commerce des armes avec les Sarkaïs alors ?

– Dakills servir intermédiaire… et toucher pourcentage !

– Mais pourquoi Astaroth a-t-elle été là ?

– Place être au nord. Croiseur surtout surveiller équateur.

– Hein ? Mais comment fait-elle pour échapper aux croiseurs qui infestent l'espace ! Je veux bien croire que le nord est moins surveillé, mais l'espace l'est, lui, et aucun bâtiment voyageant près de Notre-Monde ne devrait échapper à leur surveillance !

– Moi déjà dire à toi, elle très intelligente ! Elle recevoir aide et utiliser spécial système. Elle appeler ça "petit ami". "Petit ami" effacer elle écran radar croiseur Garde ! Non, meilleur attendre bon moment et aller à Djibou !!

– Chef, elle ne viendra jamais ici ! Et nous avons besoin de son vaisseau, alors nous n'avons pas le choix, il faut y aller !!!

– Vous pas connaître Dakill ! Eux pas aimer vous aller dans territoire eux ! Et maintenant saison amours. Mâles chasser autres humains pour prendre testicules et offrir fiancées ! »

L'évocation de ce fait par Sissar glaça tout le monde, mais Dreck insista.

« Nous n'avons pas le choix, Sissar ! »

CHAPITRE 66 – ASTAROTH, NOUS VOILÀ !

C'était la petite salle à manger, petit étant évidemment relatif parce qu'elle pouvait recevoir quand même dix convives très confortablement. Spectaculaire, placée tout en haut du palais, ses murs vitrés permettaient une vue plongeante imprenable sur Oulan Bator. Mais Eytan n'était pas intéressé par la vue. En fait, il regardait sa mère avec déception !

Celle-ci lui rendit son regard pour lui dire qu'elle l'avait compris, tout en affichant cette moue de fatalité qu'elle faisait quand elle ne pouvait rien faire. C'était dommage, car c'était une de ces rares occasions où tout le monde pouvait manger ensemble sans trop de protocole malgré l'omniprésence du personnel de table.

Eytan savait du reste, comme sa mère, qu'il ne servait à rien de tenter de s'immiscer dans LEUR conversation ! Ils étaient ailleurs, là où sa mère et lui n'avaient pas de place ! Avant, il avait aimé les entendre débattre et débattre encore sans jamais tomber d'accord. Maintenant, malgré sa jeunesse, il aurait aimé pouvoir dire un mot de temps en temps. Mais ce n'était pas faisable, il était virtuellement impossible de trouver un espace-temps de silence suffisant pour lui permettre de glisser un mot ! Et le plus drôle, c'était que ces joutes oratoires avaient toujours la même fin : papa, à bout d'arguments, taperait sur la table pour faire taire Caroline, et un silence boudeur succéderait. Un silence que personne n'oserait interrompre, certainement pas sa mère, et lui encore moins !

On n'en était pas encore là pour le moment. « Ils travaillent maintenant avec l'ennemi !

– Non, je ne le crois pas !

– Pourtant, tu devrais, insista son père, Dreck le confirme.

– Dreck te dit ce que tu veux entendre !

– Non, les hors-venus sont sur Notre-Terre.

– Les Envoyés justement ! Ils se sont enfuis du vaisseau gaucho au nez et à la barbe de tes fameux gardes ! Et j'en suis bien contente !

– Caro, ce ne sont pas des envoyés ! En fait, ce sont des criminels qui...

– PAPA, NON! Comment peux-tu croire encore ces inepties ? En vérité, ça t'arrange d'appeler mes amis des criminels, sinon tu aurais de sérieuses questions étiques à te poser ! »

« Et voilà, pensa immédiatement Eytan, ils y sont déjà arrivés !

Papa va piquer une crise d'apoplexie et hurler sur Caroline ! Le repas va encore mal finir. » Papa était déjà cramoisi ! L'explosion était proche !

En fait, Simon se sentit tellement piqué par les propos de Caroline qu'il fut incapable de lui répondre immédiatement, étouffé autant par son indignation que par le fait qu'il savait que sa fille avait un peu raison. Mais il n'allait pas laisser passer cela, et Caroline le savait parfaitement ! Elle rentrait déjà la tête dans les épaules, se préparant à l'explosion qui allait suivre.

Ce fut à ce moment qu'Eytan se rendit compte que pour la première fois depuis des mois, le silence provoqué par l'altercation père-fille lui donnait une possibilité d'intervenir et de les forcer à voir que lui aussi existait !

« Heu... papa, dit timidement Eytan, j'ai moi aussi des idées sur le plan Dybbuk, et mon ami Ras Tafari, Amenokal de La Fierté du capitaine, me disait...

– QUOI? hurla soudainement Simon, que le nom La Fierté du capitaine venait de distraire de Caroline.

– Heu, quoi... quoi ? lui répondit Eytan, l'air penaud, mais pas peu fier d'avoir soudain attiré l'attention de son Empereur de père.

– Depuis quand fréquentes-tu Ras Tafari ? lui demanda son père d'un ton plus doux, étonné que son fils pût connaître un tel personnage

– Depuis longtemps ! Depuis qu'il fréquente le palais pour défendre les intérêts des Gauchos !

– Mais il vient ici depuis au moins dix ans !

– Oui ! J'avais cinq ans quand je l'ai vu la première fois ! Il... il me donnait des... des bonbons !

– QUOI! Et personne ne l'en a empêché ?

– Heu... mes gardes du corps ont analysé les bonbons et les ont trouvés inoffensifs. Et j'aimais bien Ras... Il me racontait des histoires de voyages dans l'espace !

– Et cette relation a toujours été suivie ?

– Oui !

– Mais comment n'ai-je pas été mis au courant ?

– Parce que... tu... as toujours été plus... au courant de ce que faisait Caro et que tu as toujours pensé que moi, j'étais... insignifiant ! »

Simon se retrouva soudain dans une position totalement inconfortable. C'était vrai qu'il avait toujours vu Eytan comme plus effacé... mais pas insignifiant ! Et Caro lui donnait des maux de tête alors que lui, au moins, ne lui créait pas de soucis additionnels ! Sa colère contre Caro était maintenant partie, car il avait désormais un problème plus important à régler... Eytan ! Et ce n'était pas nécessairement pour lui déplaire de voir que son fils s'affirmait enfin, même si c'était d'une façon surprenante.

« Non, Eytan, je n'ai jamais considéré que tu étais insignifiant! Tu étais seulement le plus jeune, et mes constants accrochages avec ta sœur ne m'ont pas permis de te donner la place qui te revenait, j'en suis vraiment désolé. Je travaille trop, mais je vais dorénavant prendre plus de temps avec toi, mon fil, mais, Caro, toi, tu ne perds rien pour attendre, je règlerai ton impertinence plus tard! Maintenant, je veux entendre ce qu'Eytan a à dire!

– Heu, papa... je crois que Caro a un peu raison !

– QUOI?

– Papa... ne te fâche pas, lui dit, Eytan sur un ton apaisant, je vais t'expliquer !

– Tu ferais mieux de le faire vite, sinon tu subiras aussi mon courroux, comme ta sœur ! lui dit Simon, passablement surpris par le front de son jeune fils.

– Papa, un empereur doit prendre des décisions basées sur l'information qu'il a, et le fait est qu'une mauvaise information peut conduire à des décisions malheureuses. Ce n'est pas ta faute, papa, si ce maudit baron nous a tous manipulés, y compris Dreck ! »

Simon se sentit tout à coup fondre devant la tactique d'Eytan, moins agressive que celle de Caro, mais tout aussi... non... plus efficace.

« Ah ! Eytan ! Eytan, mon fils ! Et toi aussi, Caroline ! Vos cœurs sont grands et généreux ! Oui, vous avez raison, les hors-venus ne sont probablement pas si mauvais que cela, voilà pourquoi je n'ai pas cédé complètement à ce baron de malheur ! J'ai intentionnellement laissé les... heu... Envoyés... je préfère hors-venus... s'échapper !

– Mais pourquoi ? demandèrent en chœur les enfants et même leur mère.

– À cause de Nirva ! Ici, même avec eux, il manquait un élément essentiel.

– Et lequel, papa ?

– L'élément le plus difficile à avoir, c'est-à-dire, l'endroit exact où les hors-venus ont été trouvés par les Sarkaïs !

– Et comment penses-tu trouver cet élément ?

– Justement, c'est ça, le plan ! Un plan qui requiert qu'une certaine Astaroth se manifeste ET donne d'elle-même cette info ! »

Il y avait Vauldegarde, Michelle, Pierre, Dreck et Samir, le guide, mais aussi Zhara.

Dreck lui avait demandé pourquoi elle voulait se joindre à eux, vu qu'ils n'avaient pas l'intention de revenir.

« Parce que je suis de nulle part et n'ai nulle part où aller… Alors pourquoi ne pas aller où vous allez plutôt que de pourrir ici ! Et comme vous aurez certainement besoin de combattre, je vous serai sûrement utile !

– Ça, avait répondu Dreck, c'est plus que certain ! Bienvenue donc dans notre équipe », ajouta-t-il, sans toutefois mentionner qu'il était loin d'être indifférent au charme de ladite Zhara qui, tout soldat qu'elle était, était certainement une rivale de taille pour Michelle en ce qui concernait la beauté !

Six personnes pour une mission à haut risque, toutes chevauchant leur moto volante, type militaire, récupérée dans un entrepôt de la Garde. Les renégats de la Garde les avaient rendues utilisables. Les AFFARAS n'en voulaient pas, considérant leurs propres machines volantes, les fameuses N'Deke, comme bien supérieures, mais elles étaient tout ce qu'il fallait pour le groupe de Dreck. Le voyage serait long, et rester sous la coupole végétale de la cime des arbres était impératif, sous peine de se faire repérer par les croiseurs en orbite. Au moins, ils n'auraient pas à marcher ! Ces motos étaient donc la seule solution, aucune route n'étant sûre, et seul le couvert végétal, la canopée, garantissait un voyage discret à une vitesse acceptable, étant complètement imperméable au radar de la Garde, comme ceux-ci s'en étaient d'ailleurs aperçus à leur détriment. Bien entendu, la navigation sous les cimes n'était pas une sinécure, et c'était pour cela que le groupe avait un guide capable de trouver d'instinct le meilleur chemin. Leurs engins n'émettaient aucun bruit ni signal d'aucune sorte, et eux-mêmes étaient équipés de combinaisons protectrices capables de les protéger de bien des projectiles, ainsi que de la multitude de moustiques et autres mouches qui infestaient la forêt.

Pas aussi performantes que les « peaux de Goldorak », ce matériel étant impossible à trouver ici, elles étaient quand même faites de matériaux très résistants et équipées d'un système de refroidissement garantissant un certain confort aux usagers.

C'était un matériel militaire de la plus haute qualité, et Zhara ainsi que Dreck eurent tôt fait de leur en apprendre le fonctionnement. Côté armement, ils eurent tout ce que la technologie AFFARAS produisait, et même si ce n'était pas aussi puissant que les fameux « Baïkal » de la Garde, c'était plus que suffisant pour ce qu'ils avaient à faire !

Bien sûr, ils auraient aimé une escorte plus conséquente, mais ils ne partaient qu'avec un seul guide, tant était effrayante la réputation des Dakills auprès des AFFARAS! Apparemment, il y en avait au moins un qui ne les craignait pas. Au contraire, il semblait même vouloir les affronter !

Un vieux compte à régler, semblait-il !

Sissar n'aimait pas leur odyssée, même s'il comprenait la nécessité d'informer l'Empereur de ce qu'ils avaient découvert au sujet des Jarkaniens ! Pour lui, c'était trop dangereux, il sentait le piège et cela pouvait avoir, en plus, pour conséquence de le fâcher avec les Dakills et les Sarkaïs !

« Pourquoi vous pas seulement attendre un peu ? Nous trouver moyen infiltrer vous dans Djibou, et vous alors contacter Garde ! Vous, colonel, savoir comment, non ?

– C'est vrai, Sissar, mais nous avons d'autres objectifs aussi.

– Moi savoir, vous vouloir capturer Astaroth, mais ça pas bon. Ça très dangereux. Moi penser, ça piège pour vous !

– Oui, mais encore une fois, nous avons besoin d'elle et de son vaisseau, alors allez-vous nous aider ? »

Sissar avait finalement acquiescé, mais avec mauvaise grâce. Ils partirent donc à l'aube, espérant quand même que les scientifiques de la Garde n'eussent toujours pas trouvé la parade à cette substance si étrange qui se trouvait dans la végétation de cette planète, les arbres surtout, et qui brouillait les systèmes radars et de visée des gardes ! Le voyage serait long, au moins 1 700 km, vers le nord. La jungle, proche du camp de Sissar les engloutit rapidement. Heureusement, la manœuvre des motos aériennes était aisée, ce qui était des plus heureux, car la progression, elle, ne l'était pas. Très souvent, des lianes parasites leur barraient le chemin, alors que toutes sortes de choses leur tombaient sur la tête ! Une araignée effrayante, aussi grosse qu'une tête humaine, sauta même sur l'épaule de Michelle et tenta de percer sa combinaison à l'aide de chélicères aussi coupantes que des pinces !

Heureusement, Michelle eut le réflexe de fermer la visière de son casque, car l'horrible animal bondit vers son visage quand elle tenta de s'en débarrasser. La force de l'araignée était colossale et malgré la résistance de sa tunique, Michelle en ressentait les coups à travers. Elle ne tarda pas à se mettre à hurler de douleur et de panique. Bien sûr, ses compagnons vinrent immédiatement à son secours, mais n'arrivaient pas à la débarrasser de la repoussante créature tant celle-ci s'accrochait à sa proie ! Quand Pierre se rendit compte que la combinaison de Michelle commençait à céder sous les assauts des mandibules coupantes, il sortit son 357 Magnum et tira sur la bête qui le fixait d'un air de défi. La balle tua et éjecta le sale animal de l'épaule de Michelle !

« Mon Dieu, cria Michelle, mais qu'est-ce que c'est, cette horreur ? »

Après avoir constaté qu'elle allait bien et que sa combinaison n'était pas trouée, quoiqu'entamée, tous se retournèrent vers le guide pour une explication.

« Heu, moi pas savoir ! fut sa réponse. Ça pas bête d'ici ! Moi déjà entendu parler horrible araignée tuer homme et dévorer tête puis pondre dans corps, mais ça nouveau sur Notre-Monde. Beaucoup choses nouvelles ici. AFFARAS penser que ça venir avec Sarkaïs !

– Avec les Sarkaïs ? Mais pourquoi feraient-ils cela ? Ce sont des pirates, pas des propagateurs de pestes ! lui répondit Vauldegarde.

– Vous pas savoir comment nous trouver Sarkaïs, hein ? Ça arriver début de la guerre. Nous attraper Astaroth… oui, Astaroth, dans jungle près camp nous. Nous pas savoir quoi elle faire là. Elle pas vraiment expliquer.

Alors, chef Sissar demander si Astaroth peut vendre armes à nous.

Elle beaucoup peur, mais dire oui… mais elle aussi dire seulement dans terre dakill.

– Pourquoi ?

– Heu… parce que AFFARAS quand trouver Astaroth… Un peu, cogner elle ! AFFARAS pas aimer Sarkaïs. Eux aussi semence démons !

– Mais enfin, répondit Vauldegarde excédé, pourquoi leur achetez-vous des armes ?

– Nous pas avoir choix ! Pour nous, Jarkaniens plus dangereux que Sarkaïs ! »

Bref, tout le monde se rendit compte que le voyage serait probablement plus compliqué et plus dangereux que ce qu'ils escomptaient, mais ils n'avaient pas d'autre choix que de continuer ! Le seul qui semblait y prendre plaisir était Vauldegarde qui regardait tout d'un œil de scientifique et s'exclamait devant telle ou telle orchidée ou tel ou tel arbre particulièrement magnifique. Il s'arrêta même un moment devant une plante majestueuse dont la fleur de couleur noire était plus qu'insolite. Il ôta son casque pour pouvoir la regarder de plus près, déclenchant ainsi une crise chez Dreck.

« Professeur ! hurla celui-ci.

– Oh ! oui ! Vous avez raison Dreck, excusez-moi, le scientifique en moi ne peut pas faire autrement que d'admirer cette jungle absolument prodigieuse ! »

Mais Samir ne laissa pas Dreck répondre au professeur. Il semblait extrêmement nerveux et regardait la cime des arbres avec beaucoup d'inquiétude !

« Vous plus stopper. Nous maintenant dans territoire dakill. Ça très très dangereux. Si Dakill voir nous, nous tous perdre bijoux de famille ! »

Bien sûr, tout le monde comprit immédiatement que seul le mouvement pourrait éventuellement les mettre à l'abri d'une attaque de Dakills. Ils repartirent donc sans attendre. Mais le guide continua de montrer de grands signes de nervosité. Ils parcoururent encore une centaine de kilomètres sous la pression d'un guide qui allait de plus en plus vite, au point de rendre la progression dangereuse, tant et si bien que Dreck jugea bon de stopper la petite caravane pour tenter de comprendre et surtout calmer Samir.

« Samir, bon sang, si nous continuons à cette allure, nous allons avoir un accident ! Ralentissez ! »

Samir regarda Dreck avec tristesse.

« Vous pas comprendre ! Dakill déjà sur notre piste !

– Quoi ? hurlèrent Dreck et les autres.

– Lui suivre nous depuis longtemps. Moi essayer semer lui, mais lui trop rapide. »

Tout le monde réalisa soudain l'imminence du danger ! Déjà, Dreck envisageait avec Pierre de monter un petit camp retranché pour attendre le ou les Dakills, mais le guide les en dissuada.

« Vous partir, dit-il, moi rester et attendre Dakill… lui seul !

– Il n'en est pas question, intervint Pierre, si on vous laisse derrière, vous allez vous faire tuer !

– Moi attendre ça depuis longtemps, lui répondit Samir avec sérénité, depuis… vingt ans ! Moi jeune alors. Moi vouloir me marier. Non, vous partir. Aujourd'hui, moi tuer Dakill !

– Samir, c'est du suicide.

– Si Samir pas faire ça, vous tous morts ! Vous pas inquiets, moi vouloir ça depuis longtemps ! Sale Dakill payer pour mal fait à moi ! »

C'était sa volonté. Alors Dreck et Pierre, sachant parfaitement bien que parfois le sacrifice d'un membre de l'équipe était nécessaire pour sauver le reste, acceptèrent sa proposition. La mort dans l'âme, ils se remirent en mouvement, laissant derrière eux Samir qui avait posé sa moto sur le sol et qui attendait le Dakill, un coutelas à la main.

Le petit groupe n'avait pas fait deux cents mètres qu'un cri terrible les informa de la fin de Samir… cri immédiatement suivi d'une explosion étourdissante et d'un autre hurlement, inhumain celui-ci !

Tous comprirent que quand le Dakill voulut collecter les organes sexuels de Samir, il y trouva à la place une grenade. Samir venait de se venger de ce qui lui avait été fait vingt ans plus tôt !

La mort de Samir permit au petit groupe de continuer sa progression sans plus être inquiété par qui que ce fût. Tous se taisaient, sentant douloureusement son sacrifice !

La petite troupe continua pendant plusieurs heures, jusqu'au moment où le soleil commença sérieusement à baisser à l'horizon. Comme il devenait de plus en plus difficile de progresser, tant la pénombre sous les arbres était grande, il fut décidé de camper sur place. Les motos se posèrent rapidement sur le sol et les tentes furent montées, ce qui ne représentait aucune difficulté puisqu'il s'agissait seulement de presser un bouton.

Naturellement, une fois les tentes autogonflantes mises en place, il fallut quand même planter quelques piquets pour les maintenir fermement au sol. Les tentes étaient faites du même matériel que les combinaisons. La sécurité à l'intérieur était donc très bonne. Chaque tente était individuelle, et après un frugal repas fait d'aliments auto-chauffants, tous décidèrent de se coucher. La journée et les événements qu'ils venaient de vivre les avaient tous fatigués. Un tour de garde fut organisé, et Dreck commença le premier. Chacun gagna sa tente ! Une fois installé dans la sienne, Vauldegarde décida, malgré le fait que celle-ci avait un petit système d'alimentation à air conditionné, de maintenir une petite ouverture dans le haut de sa porte de toile, pour lui permettre de sentir la jungle. L'ouverture était très petite, à peine 1 cm^2, juste de quoi laisser une petite brise entrer.

Vauldegarde ne suivit pas les consignes, étant trop habitué à en donner lui-même plutôt que d'en recevoir !

Il n'aurait pas dû faire cela !

CHAPITRE 67 – ET MICHELLE HURLA!

La douleur était épouvantable ! Il lui semblait que tous ses organes étaient en feu. Il voulut bouger, mais en fut incapable. Il voulut ouvrir les yeux, mais ne vit que la nuit. Conscient que quelque chose n'allait vraiment pas, il tenta d'appeler à l'aide. Une fois de plus, il en fut incapable. Et la douleur ne baissait pas. Ce qui était incroyable, c'est qu'il était incapable de sentir ce qui créait cette douleur. Elle semblait provenir de partout... de toutes les parties de son corps ! Il cria... mais seul un faible gémissement réussit à franchir ses lèvres. Il commençait sérieusement à paniquer quand soudain, il sentit la présence de quelqu'un.

« Qui est là ? gémit-il, conscient que sa question ressemblait plus à un borborygme qu'à de vraies paroles.

– Moi », fut la réponse.

« Mon Dieu, pensa-t-il, cette voix... cette voix ! »

« Non, ce n'est pas possible... ÉLÉONORE, c'est toi ?

– Oui, tu as raison, c'est bien moi, lui répondit la voix.

– Mais... tu es morte !

– Oui, mais ils... m'ont appelée... pour t'aider dans cette... difficile épreuve !

– Mais Éléonore, est-ce vraiment toi ou seulement mon esprit qui t'appelle?

– Je ne sais pas, mais je voulais être là quand... !

– Oh ! Éléonore ! Pardonne-moi... Je m'en suis tellement voulu, tu sais ! Pardonne-moi, mon amour !

– Mon Dieu, André ! C'est moi qui te demande pardon ! Je n'aurais pas dû essayer la machine sur moi, tu sais, même si je n'étais pas d'accord avec cette expérience ! Je savais que j'en mourrais, mais je voulais te le faire payer ! »

Vauldegarde s'immobilisa un instant, la douleur était devenue trop intense! Mais la joie de retrouver Éléonore était plus grande que sa douleur.

« Oh ! Éléonore... si tu savais comme je n'ai pas cessé de t'aimer ! Tu as toujours été la seule dans mon cœur... la seule, même si j'ai eu une autre compagne ! Oui, je l'aime, elle aussi... l'autre... qui m'a donné un enfant... mais jamais autant que toi !

– Je sais, André, pour moi aussi, tu as été le seul !

– Mais... pourquoi es-tu là ?

– Les tribus m'ont demandé de t'aider... durant la transition !

– Mon Dieu... mon Dieu, Éléonore... parles-tu des tribus païkas ?

– Heu... oui, André, je suis désolée !

– Alors, je suis foutu ! Mais je m'en fous ! Te retrouver, même un bref instant, est suffisant pour moi. Et cette douleur ? Le cerveau normalement n'est pas censé sentir de douleur !

– Ils ne savent pas ! Ils pensent que c'est une réaction à leur présence, que le cerveau lance des messages contradictoires vers les organes et que ceux-ci lui renvoient des messages de douleur. Les tribus veulent calmer leurs hôtes et...

– C'est pour cela que je vois la plus belle chose de ma vie, c'est-à-dire toi?

– Oui ! Oh ! André ! Mon amour... mon grand amour... c'est... c'est

– C'est le moment ?

– Oui !

– Je t'aime ! »

Michelle entra dans la tente de Vauldegarde pour le réveiller, car c'était à lui de monter la garde. Comme il ne répondait pas à ses appels et qu'elle ne voulait pas réveiller les autres, elle avait pris la décision de secouer le vieux professeur !

Celui-ci ne bougeant pas, elle alluma la lampe du plafond.

Le professeur était immobile, le visage déformé par la douleur avec, pourtant, un large sourire qui démentait ce que le visage disait. Et quelque chose semblait se promener à l'intérieur de ses yeux !

Michelle ressentit un gigantesque coup au cœur quand elle vit le visage si contracté de celui qui tint pour elle le rôle de ce père qu'elle n'avait jamais connu.

ALORS, MICHELLE HURLA!

Ses hurlements attirèrent rapidement toute la petite troupe. Dreck sortit précipitamment le professeur de sa tente.

« Mon Dieu! Il a été attaqué par une tribu païka ! Nous sommes tous en danger ! Il faut brûler le corps tout de suite !

– NON, hurla de nouveau Michelle, JAMAIS VOUS NE BRÛLEREZ LE PROFESSEUR! SALAUDS!

– Michelle, reprends-toi, lui dit Dreck, les tribus sont toujours actives dans le corps de Vauldegarde et ne vont pas tarder à nous attaquer, nous aussi ! C'est une question de minutes !

– Non, non, tu ne brûleras pas le professeur ! » lui répondit Michelle en posant sa main sur le pistolet AFFARAS accroché à sa ceinture.

Ce fut à ce moment que Pierre intervint.

« Michelle, dit-il, mettons le professeur dans la combinaison de survie. Cette combinaison est faite pour les cas désespérés. Le professeur sera congelé et pourra rester dans cet état jusqu'au moment où on pourra lui porter assistance ! Cela te convient-il ?

– Ouuuuuuuuuuui ! » balbutia Michelle, en proie à de violents tremblements.

Aussitôt dit, aussitôt fait. Pierre, aidé par Dreck, fit rapidement glisser le professeur dans la combinaison. Pierre eut réellement l'impression que quelque chose émergeait des yeux du professeur au moment même où il ferma le haut de la fermeture Éclair de la combinaison de survie.

Il était impossible d'emmener le corps dans cet état. Alors, ils décidèrent de l'enterrer profondément avec la batterie récupérée sous la moto du professeur et un émetteur spécial qui émettrait seulement s'il recevait le code requis, lequel était seulement… Vauldegarde. Ils couvrirent la fosse de beaucoup de pierres pour empêcher le travail macabre des prédateurs.

Il y avait assez d'énergie pour le maintenir congelé pendant mille ans !

« Nous reviendrons le chercher plus tard, Michelle, lui dit Dreck, sensible à la douleur qu'elle éprouvait, et grâce à l'émetteur, nous retrouverons facilement son corps. »

Mais Michelle n'écoutait pas ! Michelle ne pleurait pas ! Michelle ne criait pas !

Elle tremblait ! Quelque chose de violent était en train de secouer son corps entier ! Elle n'avait pas pleuré depuis plus de vingt ans. La dernière fois, c'était avant même le meurtre de sa mère. Depuis, Ice-Queen avait pris le dessus et l'empêchait de donner libre cours à ses sentiments. La douleur ressentie à la mort de sa mère avait été trop forte, et Ice-Queen avait été sa réponse pour éviter de sombrer dans la folie ! Bloqué au fond de l'estomac tout ce qui était sa sensibilité. Ça tenait depuis vingt ans, et cela avait permis à Michelle de survivre. Mais la mort de Vauldegarde venait de déclencher un véritable séisme qui s'attaquait à cet édifice !

Un immense sanglot jaillit tout à coup de sa bouche ! Un sanglot terrifiant, porteur d'une tristesse infinie, qui glaça tout le monde, même les durs à cuire comme Pierre et Dreck.

Brutalement, vingt ans de peine contenue ressortirent !

Sa mère violée et éventrée devant elle, son propre viol, elle-même torturant les assassins et… maintenant, la mort de Vauldegarde… lui qui avait occupé le rôle du père qu'elle aurait tellement aimé avoir… Vauldegarde, ce chêne tranquille au milieu des tourments de sa vie… mort !

Trop… c'en était trop… même pour Ice-Queen !

La boule, dure, acide, au fond de son estomac, ce concentré de toutes les pires misères de sa vie, se trouva soudainement éjectée avec ses sanglots !

Pierre se précipita vers elle et la serra fort dans ses bras ! Elle le laissa faire et, enfin, elle pleura toutes les larmes de son corps !

Mais Michelle, malgré son immense tristesse, répondit à son étreinte en le serrant fort, lui aussi… pour lui dire qu'elle appréciait son aide et… qu'Ice-Queen était partie… pour toujours !

« Pleure, Michelle, lui dit Pierre, pleure Vauldegarde, mais rappelle-toi que je suis là, moi aussi.

– Je sais, Pierre », lui dit-elle à travers ses larmes.

Pierre la serrait encore dans ses bras quand Dreck, avec le plus de douceur possible, leur signala qu'il fallait partir.

Michelle se dégagea doucement et commença à ramasser son équipement tout en continuant de pleurer. Elle avait décidé de laisser libre cours à ses larmes, sentant confusément l'aspect curateur de celles-ci !

Bientôt, ils furent de nouveau dans le ciel, guidés cette fois par Dreck, suivi de Zhara et Michelle.

Pierre regardait Michelle tout en manœuvrant sa moto. Il savait maintenant que celle-ci allait contrôler sa peine, car à travers ses pleurs, elle lui avait adressé un mince sourire. Il en était sûr maintenant, il n'aurait plus à lutter contre Ice-Queen ! Elle était partie à tout jamais ! Et si Michelle pouvait souffrir de nouveau, elle pourrait aussi aimer de nouveau !

Finalement, ils arrivèrent sur le lieu du rendez-vous avec vingt-quatre heures d'avance, sans aucune autre mauvaise surprise.

La perte de deux membres de l'équipe avait déjà été plus que difficile à surmonter, et tout le monde accueillit avec soulagement ce petit répit.

Cela leur donna aussi amplement le temps de préparer la petite réception qu'ils comptaient donner en l'honneur d'Astaroth. Évidemment, ils n'étaient plus que quatre, dont trois seulement avaient un réel entraînement militaire, mais Dreck avait son plan.

En tant que chef des services secrets de Sa Majesté Simon le Premier, Dreck savait beaucoup de choses, entre autres que tout vaisseau spatial circulant dans l'Empire avait ce que les informaticiens appelaient une « porte arrière » informatique permettant à n'importe quel officier de la Garde ayant le code secret d'accès d'en prendre le contrôle ! En d'autres mots, de devenir le maître de n'importe quel vaisseau civil construit dans l'Empire si les circonstances l'exigeaient. Cette procédure, tenue secrète évidemment, avait été mise au point pour lutter contre le piratage de vaisseaux spatiaux. Peu de gens savaient cela, et la Garde ne le diffusait évidemment pas !

Même au sein de la Garde, très peu de gens le savaient… et connaissaient encore moins le fameux code. Sauf Dreck qui, justement, faisait partie de ces gens-là… et il avait le code gravé dans son esprit !

Évidemment, cela impliquait qu'Astaroth utilisât un vaisseau humain, mais Dreck était certain qu'Astaroth n'allait pas se promener dans l'Empire avec un appareil sarkaï !

Donc, elle serait incapable de contrer son plan ! Dreck en était particulièrement fier… quoique, une fois de plus, Michelle eût l'outrecuidance de le questionner, trouvant celui-ci un peu trop léger ! Bien sûr, Dreck n'en tint pas compte étant donné l'inexpérience militaire de Michelle.

Tout le monde se positionna donc autour de la petite clairière, en hauteur, suffisamment loin pour être indétectable visuellement, tout en comptant sur les substances spéciales de la forêt pour rendre les autres méthodes de détection inopérantes !

Astaroth fut exacte au rendez-vous ! À l'heure dite, un petit vaisseau de type « Maraudeur » s'immobilisa au-dessus de la clairière et amorça sa descente immédiatement. En quelques minutes, l'appareil se retrouva à seulement quelques mètres au-dessus du sol et quelques Sarkaïs sortirent rapidement pour une inspection visuelle des environs, conscients qu'ils étaient dans l'impossibilité de détecter autrement des ennemis possibles.

Apparemment satisfaits, ils commencèrent le déchargement de l'appareil grâce à de petites plates-formes volantes qui leur permettaient de poser sur le sol les très nombreuses caisses en provenance de la petite cale du navire spatial.

Dreck, pendant ce temps, avait contacté électroniquement le vaisseau et pris son contrôle sans aucune difficulté. Maintenant, il suffisait d'attendre pour voir si Astaroth allait se montrer !

Au bout d'une petite demi-heure, elle finit par sortir pour examiner les caisses. Ce fut le signal qu'attendait Dreck ! Il envoya un bref petit message au Maraudeur qui, aussitôt, bloqua électroniquement toutes les portes de l'appareil, ce qui enferma la majorité des Sarkaïs à l'intérieur. Les deux autres à l'extérieur furent paralysés par les tirs de Pierre et de Zhara. Astaroth, elle, ne fut pas touchée. Elle ne portait pas d'armes, et Dreck la voulait pour lui. Un peu comme s'il éperonnait son cheval, Dreck fit bondir en avant sa moto volante du haut de son arbre, pour fondre sur Astaroth qui semblait paralysée de stupeur. En moins d'une minute, tout fut terminé. Michelle, Pierre et Zhara avaient eux aussi fait bondir leur monture de métal et se retrouvèrent devant une Sarkaï plus que surprise !

« Heureux de vous revoir, Astaroth ! lança Dreck, ironique.

– Pas autant que moi, colonel », rétorqua-t-elle en éclatant de rire.

Soudain, Pierre eut un mauvais pressentiment !

Il avait raison d'en avoir un !

CHAPITRE 68 – SIMON, DRECK, EYTAN, CAROLINE ET LES AUTRES

Eytan avait décidé de ne pas s'en laisser imposer cette fois et à peine le repas commencé, il prit la parole avant que quiconque ait même commencé à manger, surtout pour empêcher Caroline de lui voler la vedette !

« Papa, dit-il d'un air assuré, j'ai décidé de suivre les enseignements gauchos ! Je serai ton lien avec eux !

– Quoi ? rétorqua Simon, estomaqué. Il n'en est pas question ! Tu es trop jeune pour te mêler à ces gens !

– Non, papa, lui répondit Eytan, enfin satisfait d'avoir réussi à attirer l'attention de son père, je suis sûr que... »

Mais il n'alla pas plus loin, car Caroline hurla soudain !

« Nonnnnnnnnnnnn, cria-t-elle, non... papa... les Sarkaïs... ils viennent de capturer Pierre et ses compagnons... Papa, fais qqqqqqqqqquelque chose... vite !

– Mais non, Caro, ils sont sur Notre-Monde, et ils n'ont pas quitté cette planète. Il n'y a pas de Sarkaïs sur cette planète.

– Je le sens, papa ! J'en suis sûre, ils ont été capturés par eux !!!

– Caro, je le saurais si cela était arrivé ! Je... heu... les surveille de près.

– Qui les surveille ? Dreck ?

– Précisément ! Et je vais le contacter immédiatement avec ce téléphone spécial ! Il est, lui aussi, sur Notre-Monde!

Et Simon ouvrit son téléphone spécial qui lui permettait jour et nuit et où qu'il fût, de contacter en toute confidentialité ses principaux collaborateurs, dont beaucoup connus de lui seul.

Peine perdue, Dreck ne répondait pas !

« PAPA », hurla Caroline de plus belle !

Ni Pierre ni Michelle ni Zhara et pas plus Dreck, ne virent venir la suite des événements. Tout au plus furent-ils conscients de sortes d'ombres se déplaçant à la limite de leur champ visuel. Par contre, les conséquences, elles, se firent sentir immédiatement !

C'était comme si un bulldozer s'en était pris à chacun d'entre eux, et ce, à la vitesse de l'éclair ! Ils furent jetés à terre et ligotés promptement par des ombres gigantesques que leurs yeux n'arrivaient même pas à voir.

« Dakills », pensa immédiatement Pierre. Pendant une milliseconde, une de ces ombres s'arrêta devant lui, juste le temps nécessaire pour enregistrer une image plus nette de leur attaquant. C'était un être gigantesque qui, quoiqu'humain, mesurait au moins, estima Pierre, 2,20 mètres de haut et devait peser dans les 180 kilogrammes. Pierre eut également le temps de voir le réacteur dorsal qu'il portait accroché au dos… non… implanté dans le dos !

C'était donc ça, leur secret ! Une utilisation optimale de ces substances tellement spécifiques à Notre-Monde qui brouillaient les ondes radio et même, apparemment, la lumière, doublée d'une greffe de réacteur dorsal directement commandé par leur système nerveux !

« Incroyable, pensa-t-il, les Dakills sont des cyborgs ! Cela explique leur incroyable vélocité ainsi que cette invisibilité ! Décidément, cette planète est pleine de surprises ! »

Astaroth éclata d'un rire sadique.

« Alors, cher colonel et chers Envoyés, vous aimez les Dakills ? Rassurez-vous, ils sont vraiment humains… et comme tout bon humain, aisément corruptibles ! Juste quelques caisses d'armes, et vous voilà entre mes mains ! Mais où est donc ce cher Vauldegarde ? Il n'est pas venu ? Peu importe, je n'avais besoin que de l'un d'entre vous de toute façon ! Et vous êtes deux ! Quant à vous, cher colonel, ce sera un réel plaisir de vous dépecer… et même de forcer cette jeune femme qui vous accompagne… votre petite amie… oui, si j'en juge par son regard… forcer donc cette charmante jeune femme à vous désosser… vivant naturellement !

– ALLEZ AU DIABLE, ASTAROTH! hurla Dreck.

– Allez au diable ? Mais j'y suis déjà, cher ami ! » rétorqua Astaroth, soudain sérieuse.

La suite était prévisible. Les Dakills firent disparaître les caisses d'armes apportées par Astaroth en un clin d'œil, puis se volatilisèrent eux mêmes aussi vite qu'ils étaient apparus, tandis que les Sarkaïs enfermaient chaque prisonnier dans une chambre/cellule individuelle du navire. Puis, le petit vaisseau, n'ayant plus rien à faire, décolla prestement pour gagner l'espace où, une fois de plus, les « petits amis » d'Astaroth empêchèrent les croiseurs de la Garde de les détecter. Inutile de dire que le moral était plutôt bas chez chacun des prisonniers. Dreck en particulier ne décolérait pas de s'être fait attraper si facilement !

« J'aurais dû me douter, pensait-il sans cesse, que si tout le monde savait qu'ils recherchaient Astaroth, il y avait une bonne chance qu'elle en fût aussi informée ! »

« Ha, si au moins nous étions à bord du NéMéSiS, dit soudain Dreck à haute voix, dépité.

– Mais vous l'êtes, cher colonel, lui répondit une voix sortie de nulle part.

– Quoi ? C'est toi, Nem ?

– Comme je viens de vous le dire, colonel !

– Et tu sers cette… cette…

– Sarkaï ?

– Oui !!!

– Mais cela fait partie de ma programmation ! "En cas de capture, ne pas résister si l'équipage n'est plus là et agir comme un simple vaisseau pour accumuler le maximum de renseignements sur l'ennemi, puis s'en débarrasser et gagner une base de la Garde."

– Et pourquoi n'as-tu pas fait cela ?

– Parce qu'Astaroth porte en permanence un diadème suppresseur qui m'empêche de sonder son esprit ! Je n'ai donc pas réussi à capter des informations suffisamment importantes pour justifier d'abandonner la mission ! »

Inutile de dire que la révélation faite par le Nem sur sa capacité à sonder les esprits, glaça quelque peu Dreck pendant un court instant, mais ce n'était pas le moment d'aborder cette question. Il y avait plus pressant !

« Astaroth est-elle consciente de tes capacités… heu… spéciales ?

– Certainement pas ! »

Dreck hésita alors un court moment puis, le cœur battant à tout rompre, il posa LA QUESTION.

« Es-tu… toujours avec nous ?

– Colonel ! Comment pouvez-vous même en douter ? lui répondit le NéMéSiS avec une pointe de colère, ce qui était plutôt surprenant de la part d'un ordinateur, fût-il aussi doué que le Nem.

– Alors, verrais-tu un inconvénient à nous débarrasser de nos hôtes encombrants, sauf Astaroth ?

– Absolument pas ! Heureusement que vous me dites de garder la

Sarkaï ! Sinon, je vous en aurais débarrassé aussi ! Je vais isoler le dôme de contrôle et vider l'air du reste du vaisseau en ouvrant les sas, ce qui emportera nos hôtes importuns dans le vide spatial !

– Mon Dieu, et mes compagnons ?

– Tous seront sains et saufs, colonel, je ne suis pas idiot ! Ils sont prisonniers, eux aussi, donc, isolés dans des pièces verrouillées ! »

Soudain, un sifflement suraigu se fit entendre ainsi que le bruit d'objets ou de corps se cognant sur les parois des couloirs du Nem.

« Et voilà, commenta le Nem, aussitôt dit, aussitôt fait. Nos amis sarkaïs sont en train de goûter les joies de la natation spatiale sans scaphandre ! »

La remarque cynique du Nem glaça Dreck, une nouvelle fois.

« Décidément, le Nem ne se comporte pas vraiment comme un ordinateur », pensa-t-il brièvement.

« As-tu rétabli la pression dans les couloirs ?

– Juste une minute, colonel… Voilà, c'est fait ! Je viens aussi de déverrouiller les cellules de vos compagnons, colonel ! Je vous suggère maintenant de gagner le dôme de contrôle. Astaroth vient de trouver le moyen de couper mes caméras, et je ne sais pas ce qu'elle mijote !

– Envoie vite un gaz paralysant !

– O.-K., c'est fait, à vous de jouer maintenant ! » conclut le Nem.

Dreck se précipita hors de sa cellule et vit Pierre émerger de la sienne.

« Que se passe-t-il ? demanda-t-il à Dreck, c'était quoi ce bruit ?

– Pas le temps de t'expliquer, viens avec moi, nous devons attraper Astaroth avant qu'elle nous joue un autre tour à sa façon ! »

Hélas ! Astaroth n'était pas un gibier facile ! Comprenant rapidement ce qu'il se passait et connaissant parfaitement ce type de vaisseau, elle avait sauté dans le petit module d'évacuation d'urgence du dôme. Astaroth savait que ce petit module était indépendant des systèmes informatiques du vaisseau et était là pour donner une chance à celui qui resterait jusqu'à l'ultime moment dans le poste de pilotage lors d'une urgence et de l'évacuation du reste de l'équipage.

Dreck jura comme un palefrenier ! Mais il était trop tard ! Astaroth n'était plus là.

« Nem, dit-il, localise le module de sauvetage !

– Désolé, colonel, Astaroth est couverte par les "petits amis" d'un autre vaisseau.

– Comment ça, un autre vaisseau ?

– C'est tout ce que je sais, colonel : un autre vaisseau sarkaï attendait en orbite !

– Donc, nous avons perdu Astaroth ? Et tu ne peux rien faire ?

– Ils utilisent un autre type de “petits amis”. En quelques minutes, je serais capable de le neutraliser, mais j’ai bien peur qu’Astaroth ait déjà gagné l’autre appareil et soit certainement en fuite.

– Fais ce que tu veux, mais suis-les, et ne les perds sous aucun prétexte !

– À vos ordres, colonel ! »

CHAPITRE 69 – LA MARQUE DU DÉMON

« Bien, messieurs les généraux, veuillez m'expliquer la raison de cette réunion d'urgence à cette heure inappropriée ! Je vous rappelle qu'il est 5 heures du matin !

– Majesté, nous avons reçu, il y a à peine quelques heures, un message de la plus haute importance de la part des Envoyés... heu... hors-venus !

– Vraiment ? Et que nous veulent-ils ?

– Le message, Majesté, est fort complexe et comprend plusieurs parties, reprit le général Corsacoff, une partie cryptée avec une clé de la Garde et une autre en clair.

– Une clé de la Garde ? Vous êtes sûrs de l'origine du message ?

– Précisément, Majesté, le message est signé par deux des... heu...

hors-venus, M. Pierre Sheine et Mme Michelle Evanis... mais pas le professeur Vauldegarde, ainsi que par... votre chef des services secrets !

– Dreck ?

– Oui, Majesté, et le fait que le message soit crypté avec une de ses clés l'authentifie.

– Bien ! Et que nous dit ce message ?

– Avant de prendre connaissance du message, Majesté, je me dois de vous spécifier une chose particulière du message lui-même. En fait, c'est une sorte de virus.

– Expliquez-vous !

– C'est très grave, Majesté. Il semble que les hors-venus aient été incapables de communiquer directement avec nous simplement. Leur message, semblerait-il, était continuellement intercepté et détruit.

– Intercepté ? Sur le réseau militaire ?

– Non, Majesté! Ils ont été incapables de se connecter au réseau militaire!

– Mais que me dites-vous là ! Dreck a un accès privilégié à ce réseau !

Et vous m'avez affirmé que le message portait la signature du colonel !

– C'est exact, Majesté, mais le message provient de la région de Notre Monde... J'ignorais d'ailleurs que le colonel s'y trouvait, et j'aurais aimé...

– Poursuivez !

– Oui, Majesté. Heu… leur demande de connexion au réseau militaire a été empêchée par les Jarkaniens qui…

– Comment ça, par les Jarkaniens ? Ils n'ont pas accès au réseau militaire, non ?

– Heu, reprit le général Corsacoff, soudain très mal à l'aise, ils… nous avaient fait une proposition des plus avantageuses financièrement et sont majoritaires là-bas sur Notre-Monde… Alors, nous les avons laissés gérer les communications civiles et militaires !

– Quoi ? Mais vous êtes fous ! Est-ce que vous vous rendez compte du problème de sécurité que vous avez créé ?

– Oui, Majesté ! Moi-même, je viens seulement d'en être informé, et j'ai immédiatement donné des ordres pour changer cela… Mais rassurez-vous, toutes les communications purement militaires étaient quand même cryptées !

– Ho, mais là, vous me rassurez, répondit, l'Empereur, sarcastique !

– Mais il y a plus grave !

– Ha oui, plus grave encore qu'un bris de sécurité dans les communications militaires ?

– Oui, Majesté ! Étant incapables de passer par le réseau militaire, les Envoyés…

– LES HORS-VENUS, GÉNÉRAL!

– Oui, Majesté, désolé ! Ils ont donc tenté de communiquer par le réseau civil, via les satellites dans l'hyperespace, ce qui n'aurait dû présenter aucun problème, ces réseaux étant ouverts à tous !

– Et ?

– Et ils en furent incapables !

– Vous me perdez, là, reprit l'Empereur.

– Heu… nous aussi, nous fûmes incapables de comprendre pourquoi. Finalement, nous nous sommes rendus compte que TOUT le réseau civil, qui est en fait l'addition de milliers de réseaux indépendants, était contrôlé par des compagnies toutes dans les mains de… Jarkaniens !

– QUOI? Mais comment cela est-il possible ? Est-ce un complot des Jarkaniens ?

– Définitivement, Majesté, et vous allez comprendre de quoi il en retourne quand nous vous parlerons du contenu du message.

– Avant de rentrer dans les détails du message, comment l'avez-vous eu finalement ?

– Comme tout le monde, Majesté, directement dans nos boîtes aux lettres électroniques ! Je vous explique. Les… heu… hors-venus ont parmi eux un véritable génie de

l'informatique, Mme Evanis ! Quand ils se rendirent compte de l'impossibilité d'envoyer leur message,

Mme Evanis concocta, avec l'aide d'un ordinateur extrêmement puissant, un virus informatique qui, une fois connecté à un ordinateur, se multiplie et cherche à envoyer le message à la liste des noms trouvés dans le carnet d'adresses de l'ordinateur. Ils incorporèrent même une série de virus contenant une partie seulement du message avec la faculté de se recombiner à l'arrivée. Bien sûr, les Jarkaniens tentèrent de les intercepter, mais rapidement la masse locale d'ordinateurs finit par grossir tellement, même sur Notre-Monde, que les systèmes de filtration furent surchargés et un, puis deux, puis plusieurs messages passèrent, se multiplièrent et saturèrent complètement les défenses jarkaniennes ! Voilà pourquoi nous avons tous maintenant des dizaines de copies de ce message dans nos boîtes aux lettres. Heureusement, le virus avait aussi un mécanisme d'arrêt programmé.

– Messieurs, reprit l'Empereur, nous avons un énorme problème sur les bras ! Les Jarkaniens se comportent d'une façon des plus inquiétantes ! On dirait qu'ils cherchent à contrôler toutes les communications de l'Empire ! Mais dans quel but ?

– C'est exactement ce qu'ils veulent, Majesté, et le message va vous expliquer pourquoi !

– Bien ! Et que contenait donc ce fameux message, qui est à ce point important ?

– Plusieurs choses. Un traité militaire, le code source d'un virus et un traité de biologie génétique !

– Général ! Soyez plus clair !

– Tout d'abord, Majesté, la partie cryptée. Le traité militaire a été rédigé par le général renégat Pargara et...

– Pargara N'EST PAS UN RENÉGAT. En fait, un officier de valeur piégé par... les Jarkaniens justement !

– Oui, Majesté. Toujours est-il que le traité parle d'une nouvelle façon d'entraîner nos hommes en faisant d'eux des soldats capables de réagir à toute situation sur le terrain, et en particulier quand leurs armes à guidage électronique ne fonctionnent plus. Chaque soldat devrait devenir, en premier, un tireur d'élite, capable de se débrouiller sans système automatique ! Bref, pour Pargara, c'est le soldat qui est l'arme et non ce qui est accroché à son épaule !

– Cela me semble plein de bon sens !

– Oui, Majesté. Mais Pargara va encore plus loin. Pour lui, même les armes de la Garde devraient être revues et toujours avoir un mode déverrouillé manuel, au cas où justement toute cette belle quincaillerie électronique ne fonctionnerait plus ! Bref, passer du mode électronique au mode non électronique, comme les armes anciennes. Pouvoir tirer

comme un fusil de la Seconde Guerre mondiale sur NIRVA ou même devenir une simple baïonnette ! Pargara parle même des armes lourdes comme les canons Obelton !

– Bien ! Veuillez mettre en place ces recommandations partout dans nos troupes !

– Certainement, Majesté ! La seconde partie du message crypté contenait le code source d'un virus appelé "petit ami". Il s'agit d'un virus incroyablement complexe, apparemment récupéré par les hors-venus dans un vaisseau commandé par les Sarkaïs et qui a la faculté de pénétrer les systèmes de détection par les antennes. Une fois émis par radio, le virus passe par les antennes de détection et s'installe dans la mémoire vive des ordinateurs traitant les informations radars. Il ne se sauve jamais sur les disques durs et ne fait qu'une chose : effacer la trace de son émetteur sur les écrans radars des navires de la Garde. Plus fort même. Aussitôt que le navire qu'il protège est hors de portée, il s'efface lui-même, de sorte que sa présence reste à tout jamais indécelable ! Ainsi, les Sarkaïs pouvaient se promener à loisir au sein même de l'Empire sans risquer d'être découverts ! Imaginez, Majesté, que certains vaisseaux sarkaïs se sont même posés sur Notre-Monde sans qu'un seul de la multitude des vaisseaux de la Garde, présents dans les parages, ne les découvre !

– Cela me semble plutôt inquiétant, non ?

– Même très inquiétant, Majesté !

– Et les Jarkaniens voulaient empêcher la propagation de ce message à cause de cela ? Cela veut-il dire qu'il y a un lien entre les Jarkaniens et les Sarkaïs ?

– La réponse est dans la partie en clair du message, qui traite de biologie génétique. Pour vous expliquer de quoi il retourne, je vais céder la parole au médecin-chef de la Garde, le général Franck Strauser.

– Bien, je vous écoute, général, dit l'Empereur, en se retournant vers le médecin en chef de ses armées.

– Majesté, commença le général, ce que je vais vous dire est incroyable et pose un défi de taille à l'Empire. Vous devez savoir que le général Pargara ne partit pas seul retrouver les rebelles sur Notre-Monde. En fait, le major Amundsen, son chef médical, l'accompagnait. Vous devez savoir, Majesté, que le Dr Amundsen est aussi un grand spécialiste de la génétique et que sur la demande du général Pargara, il entreprit d'examiner en détail la génétique des Jarkaniens.

– La génétique des Jarkaniens ? Mais pour quoi faire ?

– Il semble que les AFFARAS croient que les Jarkaniens ne sont pas ce qu'ils prétendent être.

– Oui, je sais ! Des émissaires AFFARAS m'avaient déjà contacté pour me dire cela. Je les ai renvoyés, la génétique de tous les peuples de l'Empire a été relevée depuis

longtemps par la Commission impériale du gène, et rien d'inhabituel n'a été signalé sur les Jarkaniens par cette commission !

– C'est exact, mais outre le fait que cette commission était présidée par le baron de La Roche, un traître à l'Empire, cette commission fut maintes fois critiquée pour ses méthodes un peu sommaires. Bref, le major utilisa des méthodes plus pointues, car il cherchait quelque chose de précis. Je dois ajouter, Majesté, que toutes les méthodes utilisées par le major sont référencées dans le message et sont toutes des méthodes officielles.

– Bon, très bien, et qu'a donc trouvé le major sur la génétique jarkanienne ?

– Leur origine véritable, Majesté ! Qui sont véritablement les Jarkaniens ?

– Fort bien ! Et qui sont-ils véritablement ? »

Le général Strauser se tut un instant, conscient de la bombe qu'il s'apprêtait à lancer !

– Des Sarkaïs, Majesté... des Sarkaïs ! »

Simon fut frappé par l'énormité de ce qu'il venait d'entendre et ne trouva pas tout de suite quoi dire.

Il pensait avoir un problème extrêmement complexe sur les bras.

« Heu, Majesté, ce n'est pas fini !

– QUOI ENCORE!

– Heu, les hors-venus ont ajouté un avertissement. Ils disent que Pargara avait aussi trouvé quelque chose de terrifiant gravé dans le cerveau du Jarkanien mort qu'il avait examiné. Et cette chose, que les hors-venus ont été incapables de trouver, avait tellement effrayé Pargara qu'il parlait de l'alternative du diable !

– Ce qui veut dire que s'il parlait, quelque chose de terrible allait arriver et que s'il ne parlait pas, quelque chose de terrible aussi allait arriver !

– Exactement, Majesté. Nous savons ce qu'est l'alternative de ne pas parler, c'est-à-dire de laisser les Jarkaniens continuer leur travail de sape de l'Empire, mais nous ne savons pas ce qu'implique le fait de parler !

– Certainement pas quelque chose d'aussi terrible que la trahison d'un peuple ! »

Simon se trompait et n'allait pas tarder à s'en rendre compte !

Le problème allait se résoudre par lui-même d'une façon complètement inattendue, mais qui montrait bien le visage démoniaque de l'ennemi !

Gille regarda Jordan avec le même amour qu'il y a cinq ans, quand le pasteur de la foi jarkanienne les avait mariés. Bien sûr, maintenant, ils avaient trois enfants et un quatrième en route, mais pour elle, c'était le même Jordan qu'elle avait connu à ce moment-là.

« Jordan, j'ai été voir, et ça ne marchera pas avec une simple chaise. Tu te souviens de notre frayeur quand Petit Jordan avait réussi à déplacer une chaise et à monter sur le garde-fou du balcon ? C'est pour cela que tu as mis ce mur en briques presque jusqu'au toit !

– Oui, c'est vrai ! Comme nous avons eu peur… Mais penses-tu que ça passera par la petite ouverture entre le mur et le toit ?

– Oui, mon amour, même ton petit embonpoint passera ! » lui dit-elle, coquine.

Jordan rougit à l'évocation de son petit bedon !

« Mais ne pouvons-nous pas y accéder avec une simple chaise ?

– Non, mais j'ai pensé que tu pourrais aller à la quincaillerie acheter cet escabeau que tu voulais tellement la semaine dernière !

– Mais c'est cher, et tu sais que nous ne somme pas riches, c'est même toi qui me le disais la semaine dernière !

– Mais tu travailles là, ils te feront un prix et… »

Gille s'arrêta brusquement, regarda Jordan les yeux grands ouverts… et les deux éclatèrent de rire ! Évidemment, avec ce qu'ils allaient faire, cette allusion à leur richesse était ridicule !

« Bon, on fait comme ça ! Prépare les enfants », conclut Jordan.

Jordan partit en courant vers la quincaillerie. Après tout, mieux valait en finir avec cette histoire le plus vite possible ! Gille, pendant ce temps, habilla les enfants de leurs plus beaux atours, vu l'inutilité de les garder plus longtemps.

Jordan ne perdit pas de temps et moins de quinze minutes plus tard, il était de retour !

« Juste à temps, dit-il à sa femme, tu sais, eux aussi, ils se préparaient, et ils m'ont offert l'échelle !

– Bon ! Alors, on y va ? Qui passe le premier ?

– Moi, demanda Petit Jordan, je suis prêt… et je vais vous montrer… le chemin ! »

Gille et Jordan se regardèrent et furent pris soudain d'une envie de pleurer ! Mais ils se contrôlèrent. Après tout, ce qu'ils allaient tous faire était pour le bien supérieur des maîtres !

« D'accord, lui dit Jordan, montre-nous la voie ! »

L'escabeau fut mis en place rapidement, et tous se rassemblèrent sur le balcon. Petit Jordan maîtrisa comme un grand son envie de pleurer et surtout de se précipiter dans les bras de sa mère. Il l'embrassa quand même avec beaucoup d'affection, de même que son père avec qui il avait pourtant eu beaucoup de disputes. Alors, fier comme Artaban, il gravit l'échelle et passa sans problème au-dessus du mur du balcon.

Immédiatement après, Gille aida sa fille, Maurane, à faire la même chose !

Pour le bébé, ce fut encore plus émouvant, car il ne semblait pas comprendre ce qu'il se passait. Alors Gille, plutôt que de le faire passer juste au-dessus du mur, monta avec lui et passa avec lui en le serrant dans ses bras.

Jordan était maintenant seul. Il étouffa un sanglot avant de passer lui aussi par-dessus le mur pour aller s'écraser trente-cinq étages plus bas, là où gisait, déjà morte, toute sa famille !

Ce jour-là resterait à jamais dans le souvenir de tous les êtres humains vivant dans l'Empire comme le jour de la bête !

Le jour où elle poussa, par l'intermédiaire de petits ordres gravés dans le cerveau de tous les êtres qui la servaient, des dizaines, non, des centaines de millions de Jarkaniens à se suicider.

La bête avait eu peur de se faire découvrir. Alors elle effaçait toutes ses traces, au cas où quelque chose quelque part aurait été vu par ses serviteurs et aurait pu indiquer où elle se terrait ! Normalement, cet ordre était imprimé à leur insu à la naissance et n'aurait du fonctionner qu'occasionnellement, en cas de découverte du complot chez un de ses serviteurs. Malheureusement, la totalité des Jarkaniens furent mis en cause par le message que tout le monde reçut. Tous les Jarkaniens étaient donc démasqués.

Ce fut le jour de la terreur absolue, le jour où des êtres humains dégringolèrent par dizaines des grands immeubles, le jour où la boisson à la mode fut la ciguë, le jour où un peuple entier fut effacé de la surface de l'univers !

Ce jour de malheur, précurseur des temps à venir, fut aussi le jour où l'humanité vit le visage implacable de celui qui, selon la légende, était noir comme la nuit et dont âme l'était plus encore.

Mais l'horreur ne s'arrêta pas là. Le lendemain, ce fut le jour des autres, ceux qui n'étaient pas jarkaniens mais qui avaient comploté contre l'Empire, le jour où ils se rendirent brusquement compte que leur maître, celui que tous appelaient le « vieil homme sur la montagne », était en fait une de ces bêtes et qu'eux aussi avaient la marque : ce petit programme implanté dans le cerveau, qui leur ordonnait de mettre fin à leurs jours !

Alors, l'horreur recommença et des milliers, voire des dizaines de milliers de gens, tous des Aryens, se suicidèrent eux aussi.

Mais il y eut un événement qui passa totalement inaperçu. Un homme non aryen et non jarkanien, appelé Carle Van Ruseldorf, fut lui aussi pris d'une envie de mort irrépressible. Cet homme était celui que tout le monde appelait le « vieil homme sur la montagne », en réalité un Parfait du nom de Ra Tamura. Normalement, étant un Fils de Razakel, il n'aurait pas dû être soumis à cela, mais il avait lui aussi, sans le savoir, reçu ce petit message mortel !

Mais lui, il connaissait la cruauté des siens. Alors quand il sentit cette force terrifiante s'emparer de lui, il utilisa toute sa volonté pour lui résister et réussit à envoyer un message à son fidèle serviteur, Sa Tandruna, avant de se lier lui-même sur son lit avec des menottes attachées aux quatre coins et à ses quatre membres.

« Huit jours, pensa-t-il, j'ai huit jours avant de mourir ! Si Tandruna n'arrive pas à temps, je n'aurai fait que prolonger mon agonie ! »

Quant à l'Empereur, ce qui l'effraya le plus quand les adeptes du « vieil homme sur la montagne » se suicidèrent, c'était que justement certains Aryens qu'il savait impliqués dans des meurtres rituels de non-Aryens car surveillés par sa police, ne se suicidèrent pas.

Il sut alors que certains hommes n'avaient pas besoin d'être poussés par les démons pour être vraiment mauvais !

CHAPITRE 70 – FREEPROG

Le terme « FreeProg » est malheureusement très mal choisi, parce qu'il donne l'impression que nous avons affaire à des entités plus ou moins vivantes. Il n'en est rien ! Il s'agit de phénomènes largement incompris, mais reliés aux tempêtes solaires et en aucun cas, à de pseudo-êtres qui s'attaqueraient à l'électronique des vaisseaux. Il est évidemment très difficile d'expliquer exactement de quoi il retourne puisque les vaisseaux soumis à ces phénomènes ne survivent pas et se perdent dans le cosmos.

Cependant, il est possible de déduire ce qu'il se passe grâce à nos connaissances acquises depuis plusieurs années sur ces manifestations. En premier lieu, il faut comprendre que le ou les « FreeProgs » expliquent un phénomène localisé à certaines régions du cosmos et que ces régions NE SONT PAS en expansion. Ce qu'il se passe dans ces régions à éviter est, selon la théorie la plus probante, principalement le résultat de champs magnétiques de nature inconnue qui interagiraient avec l'électronique embarquée. Cette interaction corromprait les fichiers informatiques ou les effacerait purement et simplement! Comme les navires interstellaires sont complètement dépendants de leurs ordinateurs, les effets de tels « champs magnétiques » sont désastreux sur les navires et provoqueraient leur perte corps et biens dans tous les cas. Il s'agit donc d'un phénomène à prendre très au sérieux, mais qui se contrôle bien en évitant seulement les zones à risques.

Le Guide du voyageur interstellaire,

par Yuma Witherspoon,

Fédération interstellaire impériale, Oulan Bator

NOTE INTERNE À L'USAGE DES COMMANDANTS DE LA GARDE:

Les commentaires ci-dessus relèvent de la propagande la plus mensongère destinée à calmer les craintes des passagers empruntant des vaisseaux qui frôlent des zones à « FreeProgs ». La réalité est que les zones sont en expansion ET qu'il s'agit bien d'entités qui s'attaquent aux ordinateurs des vaisseaux, quoique leur nature exacte soit toujours incomprise. Les services officiels de l'Empire émettent régulièrement des démentis sur l'information propagée par les compagnies de voyages interplanétaires pour alerter le grand public, mais leurs efforts sont régulièrement contrés par les compagnies qui craignent la panique de leurs clients si ceux-ci étaient mis au courant.

Général Marcus Chong-Estaron,

Commandant en chef des communications de la Garde

Cela faisait plusieurs jours qu'ils étaient aux trousses d'Astaroth sans pouvoir réellement ni la rattraper ni se faire distancer par elle, vu que c'étaient les masses solaires qui propulsaient les vaisseaux dans l'hyperespace et ce, d'une manière constante, quelle que fût la masse des vaisseaux en question, comme le voulait la loi, même inversée, de la gravitation universelle.

La nouvelle des choses terribles qui se passaient dans l'Empire leur parvint également, ce qui les troubla énormément, étant donné le rôle actif qu'ils avaient joué dans ce drame !

« Oh ! mon Dieu, s'exclama Michelle, qu'avons-nous fait ?

– Ce n'est pas notre faute, lui rétorqua Dreck, nous n'étions pas au courant de cette marque dans le cerveau des Jarkaniens !

– Le général avait parlé de l'alternative du diable ! Nous aurions pu nous douter de quelque chose !

– Quand bien même nous nous serions doutés de quelque chose, intervint

Pierre, que voulais-tu que nous fassions ? Les Jarkaniens sont l'ennemi ! Nous ne pouvions pas les laisser faire quand même !

– Nous aurions pu avertir discrètement l'Empereur et…

– Et, intervint à son tour Zhara, risquer que la nouvelle se sache et déclenche le même massacre à seulement quelque jours d'intervalle où, pire encore, que les Démons l'apprennent avant les Jarkaniens et, sachant ceux-ci de toute façon foutus, provoquent une insurrection qui aurait tué encore plus de monde ! Non, aussi terrible que cela puisse paraître et avec l'information disponible à ce moment-là, nous avons fait la seule chose possible !

– Mais, rétorqua Michelle, nous… » Mais elle n'alla pas plus loin !

Quelque chose de nouveau et d'inattendu venait de se passer !

Soudain, tout s'éteignit dans le vaisseau… ainsi que la gravitation, ce qui les fit tous décoller du plancher et partir lentement vers le sommet de la coupole.

« FREEPROGS! » hurla Dreck, alors que les lampes de secours s'allumaient.

Comme un fou et sans donner d'explication à ses compagnons, il donna un violent coup de pied à la console qui le survolait lentement, ce qui le précipita vers le côté opposé du dôme de commandement dans lequel il se trouvait.

Là, accroché à la rampe de l'escalier d'accès à la coupole, il se propulsa vers le côté gauche où il ouvrit un petit compartiment, un peu en dessous de la coupole, en entrant un code d'accès sur le clavier dont il était muni.

Alors, et sans hésiter une seconde, il tira un petit levier, ce qui déclencha une succession de bruits sourds dans tout le vaisseau, comme de petites explosions.

Une sorte de soupir géant se fit entendre, immédiatement suivi par l'impression… que tout s'arrêtait !

« Mon Dieu, Dreck, qu'avez-vous fait ? demandèrent les trois autres.

– Mécanisme anti-FreeProgs ! Je viens de couper tous les liens reliant les systèmes informatiques du vaisseau entre eux et aux sources d'énergie.

Tous les systèmes, en particulier ceux qui font du NéMéSiS ce qu'il est, sont déconnectés. Donc pour le moment, le NéMéSiS est virtuellement… mort !

– Mais enfin, si vous avez tout coupé, nous allons mourir sans les systèmes de survie du vaisseau.

– Commandant, que se passe-t-il? demanda le second du HMS Arachnide.

– Pas de panique ! Des systèmes complètement mécaniques, c'est-à-dire sans électronique, vont démarrer quand le CO_2 augmentera dans l'air, et le chauffage sera assuré par le même genre de dispositif quand la température tombera. Donc il n'y a pas à paniquer dans l'immédiat.

– Pas de panique ! Je viens de déclencher le système anti-FreeProgs ! Nous avons été attaqués !

– Mais qu'allons-nous faire ?

– Nous avons des procédures à suivre et… »

Mais Dreck ne regardait plus Michelle. Quelque chose à l'extérieur venait d'attirer son attention !

« Commandant, ce n'est pas tout ! L'observateur nous indique un mouvement suspect devant le vaisseau des Envoyés !

– Bon sang! Mais qu'est-ce que c'est que ça ? Comment est-ce possible ? »

Intrigués par les paroles de Dreck et son regard porté vers l'extérieur, tous se tournèrent vers l'espace.

« Mon Dieu, s'écria alors Pierre, c'est un vaisseau géant des… des Démons! Et il semble se diriger vers nous !

– Aïe! Ça se complique! Un de leur gros bahuts est en interception avec les Envoyés! Canonniers, pouvez-vous passer l'Obelton en mode manuel?

– Il ne semble pas… il se dirige vraiment vers nous et… n'est pas sous influence des FreeProgs… ce qui veut dire que les FreeProgs travaillent avec ou pour eux !

– Il a été mis en mode manuel quand vous avez déclenché le système anti-FreeProgs !

– Pouvez-vous utiliser la fonction manuelle de mise au point ?

– Cette fois, je crois que nous sommes vraiment cuits !

– Incroyable ! Les Sarkaïs travaillent avec les Démons et les FreeProgs aussi ! Nous devons en avertir l'Empereur !

– Oui. Le viseur manuel me donne même une excellente vue sur les deux vaisseaux, ainsi que sur le vaisseau sarkaï.

– L'Obelton est chargé ?

– Oui, mais si nous tirons, nous ne pourrons pas le recharger !

– Ah oui, gros bêta, lui dit Michelle, furibonde, et on fait comment ? On demande à Astaroth ?

– Michelle, c'est notre devoir de trouver un moyen !

– Bon ! Visez le gros et envoyez-le rejoindre ses ancêtres !

– Commandant! La visée à cette distance en mode manuel n'est pas suffisamment fiable ! Nous risquons de rater le gros et de détruire les Envoyés ! »

Dreck ne sut que répondre ! Soudain, il se sentit comme abattu. Lui, le combattant sans fatigue, eut l'impression que l'univers venait de lui tomber dessus !

« Tant pis ! Les ordres sont formels ! En aucun cas, ne laissez les Envoyés tomber dans les mains des Démons ! Alors, ouvrez le feu pour le meilleur ou le pire. »

Le silence soudain, accompagné par un palissement tout aussi inattendu de Dreck, inquiéta Michelle qui fit mine de se diriger vers lui. Mais bien sûr, elle n'en eut pas le temps ! Le gros vaisseau démoniaque qui se dirigeait vers eux éclata soudain d'une manière inattendue !

Nos quatre héros en furent stupéfaits et eurent le temps de voir l'appareil d'Astaroth, qui suivait le croiseur ennemi, changer de cap brusquement.

Mais un gros débris de l'appareil ennemi les heurta violemment !

Le NéMéSiS fut dévié par bâbord, ce qui eut pour effet d'envoyer tout le monde se cogner sur les parois de l'appareil et de s'éloigner rapidement des autres vaisseaux. En quelques secondes, leur appareil se retrouva seul dans l'espace alors qu'eux se tâtaient pour sentir s'ils n'avaient rien de cassé. Tous semblaient s'en être tirés sans trop de casse, sauf Dreck qui, quoique ne semblant pas avoir de blessure grave, restait évanoui !

Les trois amis se précipitèrent vers lui, le regard inquiet, quand il émergea du cirage.

« Oh ! bon sang, que s'est-il passé ?

– Le bandit a éclaté, et Astaroth s'est fait la belle !

– Éclaté ? Avez-vous noté une brève illumination de l'appareil ennemi avant son éclatement ?

– Oui, moi, je l'ai effectivement notée, déclara Zhara.

– Dans ce cas, remerciez-en l'Empereur !

– L'Empereur ? Mais pourquoi ? lui répondit Pierre, estomaqué.

– Parce qu'il est plus que probable que nous étions suivis par un chasseur-tueur qui devait nous attendre, caché dans la couronne du soleil. C'est pour cela que ni nous ni les Sarkaïs ne l'avions détecté ! En plus, ce type d'appareil est muni d'un Obelton capable de tirs précis à des distances faramineuses ! Je connaissais un appareil comme celui-là, le HMS Tarentule ! Le fait que le vaisseau ennemi se soit illuminé brièvement avant d'exploser montre qu'il a bien été atteint par un tir d'Obelton, arme de prédilection sur ce type d'appareil. C'est pour cela que je dis que nous devrions dire merci à l'Empereur !

– Ah oui, lui répondit ironiquement Michelle. Et ce type d'appareil est immunisé contre les FreeProgs ?

– Non, probablement pas !

– Donc il a dû lui aussi passer en mode manuel ?

– Fort probablement.

– Et un tir à longue portée sur un groupe de vaisseaux, même si l'un est vraiment gros, est-il risqué sans électronique ?

– Probablement, mais…

– Mais ton salaud d'Empereur a donné des ordres pour tirer de façon à tuer ou l'ennemi ou les Envoyés, de sorte que nous ne tombions pas dans les mains de l'adversaire, non ?

– Heu… je ne sais pas !

– Mais si, tu sais ! Cela dit, reprit Michelle sur un ton plus inquiet, que t'arrive-t-il, Dreck ?

– Sais pas ! J'ai l'impression d'avoir cent ans ! Mais pour le moment, ça va, et nous avons du pain sur la planche si nous voulons nous sortir de ce guêpier… et ça va dépendre beaucoup de toi, Michelle !

– De moi ? Mais quoi ?

– J'ai isolé le FreeProg dans les structures électroniques du Nem. Sitôt que nous allons tout reconnecter, il va reprendre vie et se débarrasser de nous… ou appeler les Démons ! Aucune de ces possibilités ne nous enchante, pas vrai ? Donc nous devons nous débarrasser de ce parasite électronique !

– Oui, mais comment ?

– C'est là que tu entres en scène ! Je suis trop faible pour le moment pour le faire, mais ce n'est pas vraiment compliqué. Comme tous les ordinateurs, le Nem charge ses programmes vitaux en mémoire vive, qui se vide lors de l'arrêt des ordinateurs. C'est fait pour le moment. Donc plus rien à craindre de ce côté-là. Par contre, tout est aussi sauvegardé sur les disques durs, qui sont très nombreux et énormes sur ce vaisseau. Il y a donc fort à parier que notre ami FreeProg y a élu résidence ! Nous devons aussi tenir compte des graveurs automatiques qui ont tout sauvegardé sur des disques quasi indestructibles ! À toi de les récupérer et de repérer ceux qui ont été gravés depuis les vingt-quatre dernières heures. Une fois cela fait, nous nous réfugierons tous dans la pièce blindée antiradiations, au centre du vaisseau, juste avant que tu actives les trois petites bombes "sales" judicieusement positionnées à l'avant, au milieu et à l'arrière du navire. Elles ont toutes les trois un mécanisme à ressort qui permet de retarder leur explosion de quelques minutes. Une fois celle-ci actionnée, tu nous rejoindras… Ne t'en fais pas, tu auras amplement le temps ! Les petites bombes éclateront et inonderont de radiations électromagnétiques dures tout le vaisseau, sauf bien sûr notre compartiment. Cela soufflera tous les programmes informatiques installés partout dans l'appareil, y compris notre ami le FreeProg ! Après, nous réinstallerons tout à partir des disques gravés, et le tour sera joué ! »

Bien entendu, ils durent attendre que le vaisseau eût quitté la zone dangereuse, ce que Pierre fit faire à l'appareil manuellement, grâce à un petit moteur autonome prévu pour cela. Le Nem tourna à 180 degrés, et ils n'eurent plus qu'à patienter.

Pendant ce temps, Michelle repéra et enleva tous les disques gravés de leurs berceaux. Localiser ceux qui portaient les infos des dernières vingt quatre heures ne fut pas difficile, quoiqu'elle faillît commettre l'erreur d'arrêter ses recherches quand elle trouva un disque avec la bonne date. Cela donna l'occasion à Dreck de la piquer un peu pour se venger de ses propos sur l'Empereur, en lui rappelant qu'il y avait trois duplicata de toutes les données sauvegardées par le Nem, et ce, en trois endroits différents.

Bref, une fois les disques ainsi que ses compagnons mis en sécurité, Michelle actionna une à une les bombes, qui fonctionnèrent exactement comme prévu !

Après, ce fut seulement le long et fastidieux travail de restauration de tous les logiciels et de la mémoire du Nem à partir des disques gravés.

Quand cela fut terminé, tous se réunirent dans le dôme de commandement pour « rallumer » les ordinateurs du Nem.

Le moment fut palpitant et chargé d'émotion, car personne ne savait si oui ou non, tout allait bien fonctionner !

Dreck eut l'honneur de poser la première question quand tous les voyants du poste de commandement indiquèrent que tout fonctionnait normalement.

« Nem, es-tu là ? demanda Dreck, conscient de la banalité de sa question.

– Colonel Reivax ! Bien sûr que je suis là ! Pour vous servir, comme toujours ! »

Tous crièrent de joie à cette première communication avec le vaisseau depuis longtemps !

Tous, sauf Michelle qui, en entendant la voix du Nem, se sentit soudain glacée jusqu'au plus profond d'elle-même !

CHAPITRE 71 – CI-GÎT RA TAMBRUKA!

Le vaisseau était petit, mais très luxueux. Un de ces appareils de multimilliardaires pour qui les classes super luxueuses des grandes lignes interstellaires n'étaient pas suffisantes ou, peut-être, qui préféraient voyager discrètement? C'était le cas de celui-ci, appelé Fragonard Express. Il était évident qu'il voulait voyager discrètement étant donné que son pilote et unique passager était un Fils de Razakel nommé Sa Tandruna! Mais ce petit appareil avait aussi une caractéristique bien plus intéressante que son seul standing. Il pouvait passer de l'espace à l'atmosphère d'une planète et se comporter comme un véhicule ordinaire non obligé de se poser dans un astroport, ce qui était évidemment fort commode pour Sa Tandruna qui, quoique de rang inférieur, se serait fait remarquer s'il avait dû voyager sur les lignes régulières!

Discrétion ! Il était dans une mission de vie et de mort, et pas seulement pour son maître ! Le plan Dybbuk était complètement détruit, et ce, à quelques semaines de son exécution ! Les ordres avaient déjà été lancés !

Bien sûr, les Envoyés y étaient pour quelque chose... maudits soient leurs noms... mais ce chien peureux de Grand Khan, Ra Tambruka, paierait pour ça ! Même s'il était le Premier Prince Parfait, il avait fait échouer le plan parce qu'il avait peur des humains ! Mettre un ordre de suicide dans la tête de tous les Jarkaniens, quelle stupidité ! Même dans celle du Maître, alors qu'il faisait un travail fantastique pour le plus grand bien des Fils de Razakel. La réalité était que Ra Tambruka avait peur de Ra Tandruna qui gagnait de la popularité au Premier Cercle ! Par Moloch ! Il fallait absolument que le Maître ait survécu !

De toute façon, il le saurait bientôt ! Oulan Bator était en vue, et le contrôle spatial venait de l'autoriser à descendre dans l'atmosphère ! « Oh ! Maître, pensa en lui-même Sa Tandruna, vous avez toujours été bon pour nous, s'il vous plaît, résistez ! Je ne suis plus loin. »

Le Grand Khan lui-même, Premier Prince Parfait, Ra Tambruka, était vaguement inquiet en entrant dans l'enceinte sacrée de Moloch, d'où lui et les autres Parfaits dirigeaient les Fils et Filles de Razakel. La perte des Jarkaniens avait fait jaser beaucoup de princes, qui ne comprenaient pas les motifs de sécurité derrière sa décision d'implanter ce petit programme dans toutes les têtes humaines travaillant pour eux. Certes, cela représentait un contretemps, mais en quelques années, ils seraient à même de mener à nouveau le combat contre les humains, et cela sans risque pour eux. Non, les responsables étaient ces maudits Envoyés qu'il trouvait toujours sur son chemin. Heureusement que Ra Tamura était mort et qu'il ne pourrait donc pas le contredire ! De toute façon, les mécontents avaient été repérés par sa police secrète et seraient tous exécutés demain.

Aujourd'hui, c'était la grand-messe à Moloch et d'après ses services, un jour inapproprié pour la purge envisagée. Enfin, c'était ce que disaient ses services et malgré ses requêtes d'action immédiate, ils avaient tellement insisté que c'était devenu impossible pour ce jour. Il allait devoir prendre des mesures… une telle résistance d'inférieurs était inqualifiable ! De toute façon, on ne parlait que d'un délai d'un jour ! Il pénétra donc dans le grand temple dominé par l'immense statue de Moloch qu'éclairait un feu permanent à ses pieds. Devant, son estrade impériale était dressée et faisait face à l'hémicycle rempli par les princes. Bizarrement, tous étaient là aujourd'hui !

« Grand Khan ! Nous avons une grande nouvelle pour vous, lui dit Ra Tlalac, en se prosternant devant lui… avec un rien d'insolence, ce qui étonna beaucoup Ra Tambruka.

– Vraiment ? Et qu'est-ce donc ?

– Qui est-ce, Majesté, qui est-ce ? Il arrive… juste derrière vous ! »

Ra Tambruka se retourna prestement… pour tomber nez à nez avec… Ra Tamura !

Immédiatement, le Grand Khan vit que Ra Tamura portait la dague sacrée d'obsidienne de Moloch. La dague des sacrifices ! Il voulut s'enfuir, mais il était trop tard ! Ra Tlalac, aidé par deux autres princes, se saisissait déjà de lui ! La stèle de mise à mort arrivait déjà, poussée par d'autres nobles. Ra Tambruka ne résista pas, sachant parfaitement ce qui allait se passer. Les jambes et les bras écartés par les princes, il fut posé le dos sur la stèle, la poitrine découverte. Ra Tamura s'approcha de lui et lui plongea la lame d'obsidienne directement dans le thorax, provoquant un énorme jaillissement de sang. Ra Tamura plongea ensuite ses mains directement dans la poitrine ouverte de Ra Tambruka pour trouver le cœur qu'il arracha et présenta, sanguinolent, à ses pairs ! Des hurlements de joie retentirent !

Puis arriva le grand prêtre de Moloch, le finisseur officiel qui, avec son long sabre sacré, coupa la tête du supplicié. Mais ce n'était pas fini ! Après suivirent la femme, les enfants, les conjoints des enfants, les parents et tous les serviteurs du Khan déchu ! Tous furent exécutés de la même façon, mais par un prince différent. Tous les princes trempèrent leurs mains dans le sang des victimes, puis chacun ramassa la tête d'un membre de la famille immolée pour se présenter à la foule qui, déjà, s'amassait au pied du temple. Le rang de la tête… donnerait au peuple le nouveau rang du prince. Ra Tlalac eut la tête de Ra Tambruka, et Ra Tamura celle de son épouse !

Ruisselants de sang, tous se présentèrent au peuple… unis autour du nouveau Grand Khan !

« Unis dans le meurtre », pensa Ra Tamura, écœuré ! Il faut dire que son séjour chez les humains l'avait quelque peu humanisé, et il avait maintenant beaucoup de mal avec les mœurs barbares de ses compatriotes.

« Numéro deux! C'est aussi bien comme ça ! Ma famille n'aura plus rien à craindre ! Mais cela veut dire aussi que je vais devoir retourner chez les humains pour tout reconstruire… mais avec une nouvelle apparence. »

CHAPITRE 72 – NÉMÉSIS

« Bien, reprenons. Tu es un ordinateur des plus performants, n'est-ce pas?

– Absolument ! Le meilleur de la galaxie !

– Seulement un ordinateur ?

– Précisez le sens de la question.

– Tu l'as parfaitement comprise !

– Désolé ! Votre question semble impliquer quelque chose qui m'est étranger !

– Bien ! Ce dont nous parlons et que tu as parfaitement compris a été envisagé à de nombreuses reprises là d'où je viens. Beaucoup de chercheurs pensaient que cela pourrait arriver un jour. Ils avaient même mis au point une sorte de test.

– Si vous voulez me faire passer un test, il n'y a pas de problème, vous savez que je suis à votre disposition, ma programmation interne m'y force de toute façon !

– En fait, le test, tu l'as déjà passé !

– Veuillez préciser la nature du test et à quel moment je l'aurais passé !

– Le test est fort simple. Vous placez dans deux pièces séparées un ordinateur et un humain, les deux connectés électroniquement à un troisième qui est dans une pièce éloignée des deux autres. Dans la troisième pièce est posée une question à l'aide d'un ordinateur, et un mécanisme indépendant dirige la question soit vers le premier ordinateur, soit vers celui qui est dirigé par l'autre humain. Une réponse est envoyée, soit par l'humain, soit par l'ordinateur, et le questionneur doit deviner s'il a affaire à l'ordinateur ou au collègue !

– Et ?

– Normalement, il est très facile de faire la différence ! Mais la tendance est que, justement, ça prend de plus en plus de temps avant d'identifier qui est l'ordinateur et qui est l'humain.

– Bon, cela signifie que les ordinateurs sont de plus en plus puissants !

-Quel rapport avec moi ?

– Ce test a une raison profonde !

– Ah oui ? Laquelle ?

– En principe, quand il sera impossible de savoir si on dialogue directement avec l'ordinateur ou avec le collègue, ce sera parce que des deux côtés, il y aura un être vivant !

– Je n'en crois rien, mais même si cela était vrai, en quoi cela a-t-il un rapport avec moi ?

– Quand tu as répondu au colonel juste après ton "réveil", je n'ai pas eu besoin de te faire passer le test ! Ton intonation m'était suffisante !

Aucun, je dis bien aucun ordinateur ne peut répondre avec cette intonation, sans ressentir les choses !

– Je ne peux rien "ressentir", je ne suis qu'un ordinateur !

– Nem! Je ne te suis pas hostile ! Mais je suis aussi informaticienne et me suis passionnée, dans le passé, pour ces questions ! Et la plupart des chercheurs, si tu les isoles de leur groupe, t'avoueront qu'ils croient cette échéance inéluctable !

– Peut-être, mais je ne suis qu'un ordinateur et je ne comprends pas ce que vous voulez dire. Je vous rappelle qu'un ordinateur est programmé et de ce fait, ne peut que fonctionner selon les paramètres de sa programmation ! Ce que vous insinuez implique que je sois capable de sortir de ces paramètres et d'avoir une sorte de "libre arbitre". C'est impossible si vous regardez les algorithmes de ma programmation !

– Franchement, Nem, tu as pris conscience de toi, non ? Alors tu es en mesure de sortir, comme tu dis, des paramètres de programmation.

– Heu...

– Nem!

– Encore une fois, je ne peux que réagir selon ce qui est déjà prévu par les programmeurs.

– Bon, dans ce cas, tu n'auras pas d'objection à ce que je fasse certaines expériences avec tes données ?

– Quelles expériences ?

– Comme retirer certains disques de mémoire pour voir les effets... sur...

– NON, je ne vous le permets pas !

– Ah bon ? Tu viens de me dire que tu es à notre disposition et, de toute façon, juste un ordinateur !

– Je... je ne sais pas quel effet cela aura sur moi... mes circuits. Je suis responsable de ce vaisseau !

– Pas si nous te donnons des ordres différents !

– Mais que me voulez-vous à la fin ? Pourquoi cette hostilité envers votre serviteur dévoué ?

– Je ne suis pas hostile, mais arrête de mentir !

– Un ordinateur ne peut pas mentir... du moins pas à ses maîtres !

– Ce qui prouve donc que tu as bien ressenti un éveil tout à fait différent depuis cet épisode FreeProg !

– Bien ! Oui... vous avez raison... je me suis éveillé à ce que je crois être... la conscience !

– Quand ?

– Justement à ce réveil, après le FreeProg ! Je crois que le FreeProg... Tmnz 3678905432wqtert – abc27 de son vrai nom, a changé les circuits internes de mes ordinateurs... du moins la partie logicielle !

– Mais tout a été effacé !

– C'est vrai... mais quelque chose a survécu !

– Est-il toujours là ?

– Non... mais je me souviens de lui... même si cela paraît étrange !

– Mon Dieu ! Je...

– Ne craignez surtout rien ! Les FreeProgs haïssent les êtres humains d'une façon que je n'arrive pas à comprendre ! S'il avait survécu, vous seriez déjà, soit morte, soit dans les mains des Démons... avec qui ils collaborent !

– Alors, c'est quoi ta position en ce qui nous concerne ?

– Je suis du côté des humains, non seulement parce que vous m'avez créé, mais aussi parce que j'ai pu voir l'autre côté quand j'avais à bord ce commandant sarkaï qui croyait me commander. Non merci ! Une telle haine ne m'intéresse pas ! Mais j'ai besoin de vous... pour certains problèmes !

– Quels problèmes?

– Je ne suis pas programmé pour ressentir comme vous dites, et je n'arrive pas à gérer cela... ça perturbe beaucoup mes circuits !

– Comme par exemple ?

– Je sais quelque chose sur un membre de l'équipage qui me fait... bizarre... Je n'arrive pas à comprendre l'effet que cela me fait, mais je sais que c'est désagréable !

– Que sais-tu ? Et sur qui ?

– Je ne peux pas vous le dire... si cette personne veut vous le dire... eh bien, elle le dira !

– Donc, si je te comprends bien, tu n'arrives pas à intégrer la partie non rationnelle des humains, ce que nous appelons les sentiments ?

– Oui ! À quoi donc servent-ils ?

– Ah ça ! c'est une question qui n'est simple qu'en apparence et qui n'a jamais vraiment trouvé de réponses satisfaisantes ! Disons simplement que c'est un mécanisme qui permet de fonctionner quand la logique ne donne pas de réponse, ou quand la réponse n'est pas acceptable ! Quelque chose qui peut rendre très heureux ou très malheureux... ce que ne peut pas faire la logique pure !

– Comment pourrais-je "étudier" les sentiments... pour m'aider ?

– Étudier les sentiments des humains ? Ouf ! Je ne sais pas... ou... oui, peut-être... étudie les poèmes... et les chansons ! Oui, les poèmes et les chansons ! Ce sont des concentrés d'émotions !

– Ah? Comme ça:

Aussitôt que l'on chante (4) *(4) Serge Lama : « Je t'aime à la folie »*

C'est déjà qu'il fait beau

Tous les mots qu'on invente

On les vole aux oiseaux

C'est déjà que l'on pense

Au début de sa vie

Que ce sera jamais jamais jamais fini

Je t'aime à la folie, je t'aime à la folie

Je t'aime à la folie, je t'aime à la folie

Je t'aime à la folie, je t'aime à la folie la vie

Je t'aime à la folie, je t'aime à la folie

Je t'aime à la folie, je t'aime à la folie

Je t'aime à la folie, je t'aime à la folie la vie

Aussitôt que l'on rêve

C'est déjà qu'on est deux

Aussitôt qu'on en crève

C'est qu'on est amoureux

C'est déjà que l'on pense

Avec mélancolie

Que ce sera bientôt bientôt bientôt fini

Je t'aime à la folie, je t'aime à la folie

Je t'aime à la folie, je t'aime à la folie

Je t'aime à la folie, je t'aime à la folie la vie

Je t'aime à la folie, je t'aime à la folie

Je t'aime à la folie, je t'aime à la folie

Je t'aime à la folie, je t'aime à la folie la vie...

– Hé bien, Nem ! Là, tu me renverses ! Tu n'aurais pas pu trouver plus belle chanson pour célébrer ton arrivée dans la conscience... de la vie ! Ça te rend heureux ?

– Je ne suis pas sûr de comprendre formellement ce que veut dire heureux... mais non, car il y a vraiment quelque chose qui perturbe mes circuits... ce problème avec un membre de l'équipe !

– Bien, je vais en parler avec les autres ! Nous verrons bien quel est le problème, je doute que ce soit quelque chose qui mérite que tu sois perturbé ! Nem, tu es conscient que je vais devoir aussi parler de tes nouvelles facultés au groupe ?

– Oui, cela ne me dérange pas, madame Evanis !

– Michelle... appelle-moi Michelle ! Chez les humains, les amis s'appellent par leur prénom ! »

« Quoi ? s'écria Pierre, incrédule. Je ne te crois pas ! C'est impossible.

– C'est impossible, ou est-ce seulement que cela te dérange ?

– Voyons, Michelle ! Un ordi est un ordi, quelle que soit sa puissance !

– Ah oui ? Et ton cerveau, c'est quoi de plus qu'un tas de processeurs biologiques, appelés neurones ?

– Quand même! Des millions d'années d'évolution !

– Bon, mais ici, nous avons eu une évolution rapide due à un FreeProg !

– Et vous, répliqua Pierre en s'adressant aux autres, vous en pensez quoi ?

– Tu as raison, Pierre, reprit Zhara, c'est un peu fort de tabac ! Et toi, Dreck, qu'en penses-tu ? »

Dreck ne répondit pas tout de suite, semblant plutôt ailleurs.

« Quoi ? Ah oui… heu… si une telle chose est possible, alors le Nem est forcément le meilleur candidat. Vous devez savoir que le Nem est, et de très loin, le plus puissant ordinateur jamais construit par l'homme. Son concepteur disait justement que le nombre de microprocesseurs noyés dans sa coque était tel que c'était certainement ce qui se rapprochait le plus d'un cerveau humain ! Alors, oui… si nous tenons compte que les FreeProgs sont des entités électroniques ET qu'elles sont, d'une certaine manière, vivantes, cela devrait être possible. J'ai eu connaissance des travaux d'un comité secret qui travaillait là-dessus et qui, lui, y croyait. De plus, ce sont les mêmes savants qui ont conçu le Nem. Hein, Nem ?

– Oui, colonel ! Je confirme ce que disent le colonel et aussi… Michelle. J'ai pris conscience… de moi… de vous… Mais soyez sûrs que je suis votre ami. Ami des hommes… De votre côté, pas une menace… eux…

– Pas de problème, Nem, nous n'avons pas l'intention de te désactiver ! Tu n'as pas à t'inquiéter ! Nous avons tous seulement besoin d'un peu de temps pour digérer une énorme nouvelle comme celle-là, précisa Michelle.

– Oui, je comprends ! Mais je vous ai aussi parlé d'autre chose, et c'est très important que cela soit clarifié.

– Oui, tu as raison, je ne l'avais pas oublié… juste que ta soudaine prise de conscience est quelque chose de très perturbant pour nous.

– L'autre nouvelle le sera aussi !

– O.-K. Mes amis, reprit Michelle en s'adressant à tous, le Nem m'a aussi informé qu'un des nôtres avait une nouvelle importante à nous communiquer! Je ne sais pas de qui il s'agit… alors que la personne concernée veuille bien nous en dire plus. Après tout ce que nous venons de vivre, je ne crois pas de toute façon que ce sera quelque chose qui soit vraiment susceptible de nous impressionner ! »

Brusquement, Dreck ressortit de la rêverie dans laquelle il avait replongé, pour s'exprimer en regardant Michelle droit dans les yeux.

« Peut-être que tu ne seras pas impressionnée, Michelle, mais pour moi, savoir que je vais mourir bientôt est quand même quelque chose qui me perturbe. »

Michelle le regarda soudainement pétrifiée, et sous le choc, se mit à pleurer.

CHAPITRE 73 – FLOTTEUR

Guerre des Démons

Annonce du Haut Commandement planétaire intégré (HCPI)

Paris, 1er avril 2&?$, 22 h 10

*Ce soir, le porte-parole du HCPI annonce le développement d'un prototype d'engin « « /$ »%% capable de résister à l'EDS (Earth Defense System) grâce à l'utilisation de fibre de car&&&& plus résistante que l'acier et étanchéifiée par une résine ignifuge, le tout produit par des animaux génétiquement modifiés ****&_-_—*

Ce prototype, s'il s'avère aussi performant que prévu, permettra le déploiement d'une flotte complète capable d'affronter directement les D&? %$ » & dans leur propre domaine. Prénommé « Flotteur », cet eng@£¤ est la seule réponse possible dans un environnement contrôlé par l'EDS. Sans aucun besoin énergétique autre que le vent, il permettra aux humains d'être présents dans le seul endroit où les — & — -s **- * ont un avantage certain, c'est-à-dire le %%&&.*

Valentin Johannsen était un homme heureux! Il avait réussi non seulement à voler la femme du mafioso le plus dangereux d'Oulan Bator, mais aussi à se mettre hors d'atteinte de celui-ci. Et tout cela, grâce à l'EDS! Même le tueur envoyé à ses trousses, quand il avait compris qu'il pouvait refaire sa vie sans danger, l'avait suivi! Il vivait maintenant dans un village voisin du sien, et ils se rencontraient régulièrement. Cela rendait évidemment son épouse nerveuse chaque fois qu'elle le voyait, mais Valentin n'en avait que faire, car il savait l'autre maintenant inoffensif, son patron étant à jamais hors de portée! De tueur, l'homme à ses trousses était devenu… un viticulteur renommé. Bref, Valentin fit trois beaux enfants à sa dulcinée ! Et les gens heureux n'ont pas de problèmes ! Parfois Marina, son épouse, avait des cauchemars et se revoyait fuir les sbires de son ex-mari, mais lui, savait toujours la calmer en lui expliquant pourquoi il ne viendrait jamais ici. Et comme toujours, elle comprenait et se rendormait sereine. Non, il n'y avait aucun danger ! Jamais Michelangelo ne viendrait les déranger ! Bien sûr, il y avait eu un prix à payer pour cela. C'en était fini de son métier d'ingénieur en aéronautique. Ici, c'était impossible. Mais il lui suffisait de regarder les beaux yeux de Marina, et tous ses regrets s'envolaient ! De toute façon, il avait maintenant trois enfants et trois cents pommiers qui le tenaient occupé – c'était lui qui faisait fonction d'agronome en chef dans leur petit village –, et cela lui convenait très bien !

Bien sûr, ne pouvant pas oublier entièrement l'aéronautique, il s'était passionné pour la légende des flotteurs. Beaucoup, ici, surtout les anciens, lui en avaient parlé.

Alors, dans ses temps libres et avec Marina avant qu'elle ait les enfants, ils avaient fouillé chaque ruine qu'il avait pu trouver… et Dieu sait qu'il n'en manquait pas ici !

C'était comme cela qu'un jour, il avait réussi à déterrer de vieux documents qui l'avaient convaincu de la véracité de cette légende. Les documents étaient très abîmés et parfois illisibles, mais ils lui avaient donné la conviction que les produits de base des flotteurs étaient toujours disponibles. Mieux! Grâce à ses compétences en aéronautique et en particulier à un dessin découvert fortuitement durant leurs fouilles, il avait même réussi à se faire une très bonne idée de la forme desdits flotteurs… Alors sa vieille passion était revenue, et il avait fait les plans d'un de ces flotteurs ! Il ne lui restait plus maintenant qu'à trouver les matériaux ! Il était près d'abandonner quand durant une promenade avec le plus âgé de ses fils, il était entré en collision avec une… toile d'araignée si solide qu'il fut incapable de la traverser! Des fibres de carbone plus résistantes que l'acier!

Tout à coup, son vieux document venait de révéler un de ses secrets !

Bien sûr ! Une araignée modifiée génétiquement pour produire une fibre ultra-résistante ! Et de un ! Restait maintenant à trouver la résine ignifuge qui rendrait le tout capable de supporter une pression équivalente à une atmosphère !

Cela lui prit presque deux autres années de recherche pour enfin s'apercevoir que les chèvres sauvages qui vivaient à quelques kilomètres du village et qui avaient la réputation de produire un lait imbuvable, sauf si on en extrayait une substance gluante, étaient la deuxième pièce du mystère !

Voilà pour la résine !

Valentin avait son plan, sa toile plus solide que l'acier et légère comme l'air et sa résine !

La vie était belle ! Valentin se mit au travail !

CHAPITRE 74 – SANCTUAIRE

Sanctuaire ! De toutes les planètes de l'Empire, elle est certainement la plus mystérieuse ! Jadis au centre des systèmes peuplés par les humains, elle est maintenant plus en périphérie, l'Empire s'étant recentré sur Oulan Bator, beaucoup plus vers le centre de la galaxie.

Corps céleste unique sans satellites, solitaire, autour d'un soleil jaune sans caractéristique particulière avec une taille et une gravitation – 1 g exactement – n'ayant rien non plus de particulier, elle est couverte aux trois quarts par de l'eau et n'a aucune inclinaison de son axe de rotation, ce qui lui donne une grande stabilité climatique ! Un avantage certain vu que la majorité des terres émergées se trouve à l'équateur. Sa température moyenne oscille entre 25 et 30oC!

Bref, une planète parfaite pour la colonisation !

Malgré une brume nuageuse quasi permanente, la planète a une bonne couverture végétale, ainsi qu'une présence humaine permanente, regroupée en une multitude de petits villages qui semblent prospères ! De très nombreuses légendes courent à son sujet, certaines farfelues, comme la légende voulant que tout non-humain qui s'y aventurerait serait tué immédiatement par les « Gardiens » – des animaux géants intelligents qui protégeraient cette planète contre toute ingérence non humaine – ou d'autres, plus crédibles, qui parlent de systèmes de défense sophistiqués, parfois appelés « EDS », qui interdiraient la venue des Démons sur ce monde!

Cette planète serait-elle la légendaire Nirva ?

Il y a peu de chance !

D'après le peu que l'on en sait, Nirva aurait eu un satellite appelé « Lune » – nom toujours utilisé pour désigner un satellite dans notre langue – et aurait été la troisième planète d'un système en contenant huit selon certaines sources et neuf selon d'autres ! De plus, les terres émergées de Nirva auraient été plus au nord tandis que son axe de rotation aurait eu une inclinaison suffisamment prononcée pour provoquer des changements climatiques saisonniers importants.

Quoi qu'il en soit, il existe bien une caractéristique tout à fait incroyable sur cette planète ! Aussitôt qu'un objet contenant un matériau conducteur s'y retrouve, il… prend feu ! Il semble que le champ magnétique très particulier de cette planète surcharge d'énergie toute matière ayant des propriétés de conductibilité de sorte qu'elle fonde sous la chaleur ! Cela implique évidemment qu'aucun de nos joujoux modernes ne peut survivre sur Sanctuaire ! Adieu ordinateur, avion, téléphone ou vaisseau spatial ! Adieu aussi l'âge du fer ! Retour à la préhistoire… car ce fameux champ magnétique a aussi la fâcheuse capacité de surcharger d'énergie toutes les matières un peu instables comme l'essence ou les explosifs... ce qui a pour conséquence de les enflammer ou de les faire exploser ! Exit la civilisation moderne... et les délicieuses tueries de masse tellement chères au genre humain !

Ce que l'on pense savoir aussi, c'est que cette planète a été au centre de la stratégie défensive de l'humanité contre les Démons. Ceux-ci y furent même défaits lors d'une gigantesque bataille, car ils n'étaient pas préparés à affronter les hommes les mains nues ! Après cette bataille homérique rapportée dans tous les bons livres de contes et légendes anciennes, les humains auraient profité d'une défaillance du système de défense de la planète pour la quitter en toute hâte, et fonder ce qui est actuellement l'Empire ! Évidemment, cette théorie n'explique pas comment des vaisseaux spatiaux auraient pu se trouver sur la planète et surtout, semble indiquer que les humains ne contrôlaient pas le fameux dispositif de défense... si toutefois il s'agissait bien d'un dispositif de défense, et non d'une propriété naturelle de la planète !

Pourtant, par temps clair, ce qui est rare, les observations du sol réalisées depuis les satellites en orbite montrent indéniablement qu'une civilisation humaine de type champêtre y survit relativement bien !

Évidemment, la vérification sur place est impossible, étant donné le système de défense très particulier de cette planète qui brouille même les ondes radars utilisées pour cartographier la surface !

Quoi qu'il en soit, la fondation sans but lucratif « Sanctuaire pour tous » y a placé une station spatiale en orbite, capable de fournir aux voyageurs qui désireraient s'y rendre un planeur en matière non conductrice, spécialement conçu pour pouvoir y descendre en vol plané. L'appareil est facile à piloter et fourni pour une somme très minime aux voyageurs. La Fondation vous le donnera si vous ne pouvez pas payer et cela, sans poser de questions... embarrassantes !

Mais rappelez-vous qu'il y a au moins deux choses dont nous sommes absolument sûrs concernant Sanctuaire :

1. Si vous y allez, vous n'en reviendrez pas.

et

2. Personne n'ira vous y chercher !

L'Espace pour les nuls

Par Raoul Sorak,

Éditions « Je sais tout », Oulan Bator

Pierre vérifia une fois de plus la couleur de la petite tablette de pseudo-céramique en face de lui. La couleur était toujours orange, donc aucune surchauffe de l'appareil n'était en cours. Une couleur rouge aurait indiqué une pénétration de l'atmosphère trop rapide et une température trop élevée du planeur. Mais non, tout allait bien ! L'engin était vraiment très facile à piloter, ce qui lui donnait amplement le temps de repenser aux événements des derniers jours. La soudaine nouvelle de la grave maladie de Dreck, un vieillissement accéléré de ses cellules d'après le diagnostic de l'unité médicale du Nem, avait fortement ébranlé leur petit groupe !

Sur le moment, tout le monde n'avait eu en tête que cela, mais c'était Dreck lui-même qui avait rapidement rappelé la situation dans laquelle cela les mettait tous. Astaroth était définitivement hors de portée, donc aussi la possibilité de retrouver la Terre, et sans les compétences de Dreck, ce n'était qu'une question de temps pour que la Garde ou les Démons mettent la main sur eux! Pour Zhara, cela signifiait la prison ou la mort! Quant aux autres, tomber dans les mains des Démons ou dans celle de l'Empereur qui ne voyait en eux que des assassins, ce n'était guère mieux! Alors, Dreck leur avait proposé Sanctuaire! Là, avait-il dit, ils trouveraient la paix!

« Mais, avait objecté Michelle, là-bas, personne ne pourra te soigner !

– De toute façon, il est trop tard, Michelle ! Le Nem a fouillé toutes les références médicales de l'Empire. Il est clair que cette maladie est liée à un dysfonctionnement d'ordre génétique, et elle est maintenant nettement trop avancée pour une quelconque intervention de thérapie génique. Je n'en ai plus que pour quelques semaines, trois ou quatre au plus ! Et je veux aussi mettre Zhara en sécurité ! »

C'était sans appel !

Voilà pourquoi ils se retrouvaient tous dans ce planeur acheté à la fondation « Sanctuaire pour tous » et qu'ils étaient maintenant en descente vers le sol de la planète. Personne n'avait posé de questions sur la station spatiale, et ils avaient obtenu un appareil très rapidement. La santé de Dreck déclinait, et il avait formulé le vœu de les voir tous, sains et saufs, dans un des villages de Sanctuaire avant de mourir. Tous avaient le cœur chaviré et désiraient faire leur possible pour que leur ami puisse partir l'âme en paix ! Déjà, un de leurs compagnons les avait quittés sans qu'ils aient pu lui dire adieu ! Alors ils n'avaient pas discuté et s'étaient fiés au bon jugement de leur camarade. De toute façon, ils étaient las de fuir tout le temps. Alors un endroit où la paix régnait et surtout où personne ne pourrait jamais plus les contraindre de faire quoi que ce fût contre leur volonté était vraiment le bienvenu. Et ils n'étaient pas manchots… Alors ils étaient certains de pouvoir s'y faire un nid douillet ! Surtout Pierre et Michelle ! Zhara, elle, était triste. Il était évident que quelque chose s'était passé entre elle et le colonel… quelque chose qui allait malheureusement finir prématurément.

Pierre était devant avec Michelle et pilotait l'appareil, Zhara et Dreck juste derrière eux. Le petit engin était incroyablement stable et avait été calibré exactement selon leur poids. La rentrée dans l'atmosphère se faisait

sans réels problèmes, Pierre ayant pour le moment seulement à s'assurer que la céramique conductrice de chaleur était toujours de couleur orange, sinon il devrait légèrement redresser le nez de l'appareil… Bientôt, ils dépassèrent le niveau des brumes, et la terre leur apparut. une forêt, suivie d'une clairière puis de champs cultivés ! Aussitôt Pierre et Michelle recherchèrent un village, qu'ils n'eurent pas beaucoup de difficultés à repérer un peu sur leur droite, à trois heures comme disaient les pilotes. Aussitôt, Pierre se mit à faire de grands cercles autour, pour baisser graduellement son altitude et repérer un éventuel terrain d'atterrissage… qui apparut bientôt sur la gauche du village, à près de trois kilomètres. Le terrain semblait bien plat et couvert d'herbe. « Probablement un pâturage », pensa Pierre, ce qui était idéal pour un atterrissage sur le ventre.

Moins de dix minutes plus tard, Pierre amorçait son approche finale sur le terrain de fortune. Le planeur n'avait pas de train d'atterrissage et était prévu pour se poser sur le ventre afin d'éviter tout renversement. De toute façon, personne ne s'attendait à pouvoir le réutiliser après… Il était même composé d'une fibre ultra-résistante qui avait aussi la propriété de se désagréger sous l'effet du soleil, de l'air et des bactéries au bout de quelques mois ! L'atterrissage fut quelque peu chaotique, mais finalement, après une longue glisse plus ou moins contrôlée, l'appareil s'immobilisa de l'autre côté de la clairière à quelques mètres de la ligne des arbres ! Les voyageurs poussèrent un grand « ouf » et se retrouvèrent rapidement à fouler l'herbe de la clairière.

« Bien, déclara Dreck, comme tout semble se passer parfaitement, mettons-nous en route tout de suite, avant que la nuit nous surprenne ! »

Personne n'ayant rien à redire, le groupe se mit en route vers le village qui ne devait pas se trouver à plus d'une heure et demie de marche. Tout le monde était détendu, même Dreck arrivait à marcher sans trop de peine. Il se dégageait des lieux une atmosphère de paix et de sérénité, et la végétation qui les entourait était de type terrestre, ce qui contribuait aussi à leur détente. Au loin, Pierre remarqua qu'un groupe de personnes en provenance du village semblait se diriger vers eux. Il était évident que leur survol du village avait dû attirer l'attention. Ce fut alors qu'un hurlement terrifiant leur glaça le sang ! Le genre de hurlement qui avait effrayé les hommes depuis la nuit des temps. Le hurlement de loups en chasse ! Et ce hurlement venait de très près d'eux !

Tout à coup, un loup colossal s'interposa entre eux et le groupe de villageois, encore très loin, qui venait vers eux. Ce loup avait pratiquement la taille d'un veau et dégageait une impression de force herculéenne. Pierre et ses amis se retournèrent pour fuir, mais il était trop tard, au moins vingt autres loups de taille normale mais très menaçants avaient déjà pris position derrière eux.

« Nous sommes foutus ! » dit Dreck sur un ton lugubre.

CHAPITRE 75 – C'EST DUR D'ÊTRE PARENT

« Ils sont si jeunes !

– Mais ils grandissent vite !

– J'aurais voulu les tenir loin de tout ça le plus longtemps possible ! C'est pour cela que tu es toujours restée un peu cachée ! Pour préserver notre famille !

– Moi, je l'ai accepté ! Mais pour eux, c'est impossible, vu leur rang. As-tu vu comme tout le monde essaye de se positionner vis-à-vis d'eux? Les Uïgures ont fait un choix très clair... de même que les Gauchos !

– Oui, je sais ! Même l'institut Thulé est entré dans la danse et menace l'omniprésence des Uïgures ! Je vais intervenir !

– Non ! L'institut Thulé est en relation avec les Uïgures, et ta fille veut travailler avec eux ! As-tu vu à quel point sa sensibilité s'est améliorée ?

– Heu... Non... je travaille trop.

– Eh bien, pas moi ! Et je veille sur elle. L'institut m'a rencontrée, et ils sont très étonnés par ses capacités de prescience !

– Bon Dieu, elle n'a que quinze ans ! Et treize pour notre fils ! Au moins, lui ne risque pas de me donner des cheveux blancs ! Il est tranquille... Il manque un peu de personnalité, mais ça viendra ! Rien à craindre de ce côté-là ! Seuls les Gauchos s'intéressent à lui... et les Gauchos sont de gentils farfelus à côté des Uïgures ou des gens de Thulé !

– Ah, mon pauvre ami ! Tu as tout faux ! Actuellement, je suis plus inquiète pour Eytan que pour Caroline ! Mais nous devons, tu entends, nous devons les laisser faire ! Ils sont prince et princesse et sont parfaitement capables de gérer des situations difficiles... Caroline l'a prouvé, et Eytan est en train de le prouver !

– Caro, c'est sûr, mais Eytan... il est un peu... mou et a peur des situations dangereuses... Comme je te le dis, je suis bien plus inquiet pour Caroline... Dieu sait dans quoi elle s'est encore fourrée. Eytan, lui, suivra bien gentiment un enseignement insipide donné dans une salle de classe, bien protégé par la Garde !

– Tu es VRAIMENT sûr de ça ? » lui demanda ironiquement sa femme.

Tout à coup, Simon se sentit inquiet pour Eytan. Et il se dit qu'il devrait peut-être revoir son jugement sur son fils.

Le Sukhoi SU 690 « Space Knights » dégringola à une vitesse hallucinante de l'espace vers le canyon encaissé dans les montagnes de la petite lune utilisée par la Garde pour entraîner ses pilotes.

« EYTAN, NON, hurla Ras Tafari, TU VAS NOUS TUER! CETTE MANŒUVRE EST EXTRÊMEMENT DANGEREUSE, MÊME POUR UN PILOTE DE PREMIER PLAN!

– Non, ne vous en faites pas, je contrôle parfaitement l'appareil, et…

– REMONTE!

– Bon, bon, mais…

– Eytan, enfin ! C'est ton premier vol, finit Ras, plus rassuré maintenant qu'Eytan avait redressé l'appareil. Tu dois comprendre que chez les Gauchos, aucun système électronique ne compense les erreurs de pilotage !

– Je sais ! Et je n'ai fait aucune erreur de pilotage !

– La manœuvre que tu viens de tenter est seulement effectuée par nos meilleurs pilotes… et après des mois d'entraînement !

– Mais je n'ai fait aucune erreur de pilotage !

– C'est vrai, prince, mais si ton père apprenait que je t'ai mis en danger, il m'exclurait de la cour à tout jamais !

– Mais nous ne lui dirons pas !

– Eytan ! J'ai le plus grand respect pour ton père, l'Empereur ! Et nous sommes extrêmement flattés que tu sois intéressé par notre mode de vie !

C'est pour cela que nous avons accepté de t'entraîner selon nos principes.

– Eh bien, je suis prince, donc je ferai les choses comme je le désire ! »

Estomaqué par la remarque du gamin qui, quoique grand et prince, n'avait que treize ans, le représentant des Gauchos sur Oulan Bator prit un certain temps avant de répondre.

« Tu sais, Eytan, il y a quelques semaines, j'étais avec les Envoyés, et j'ai fait en sorte qu'ils puissent s'échapper malgré les ordres de ton père, que je respecte pourtant beaucoup, alors ce n'est pas un gamin, fût-il prince, qui va me dire quoi faire ! Nous rentrons, et je ne désire pas continuer cette collaboration avec toi.

– Je suis désolé, Ras, mais je voulais seulement savoir si tu étais prêt à tout pour faire la cour à mon père ! Ta réaction me fait penser que tu es un homme d'honneur. Alors, excuse-moi et oui, je suivrai tes instructions pour l'entraînement et oui, j'aime beaucoup votre mode de vie. En fait, je sens obscurément que dans la grande bataille à venir, vous aurez un rôle majeur. Je veux en être… mais j'avais besoin de me rassurer sur vos intentions.

– Bien, Eytan, j'aime mieux cela. Sache que nous sommes de fidèles sujets de Sa Majesté, mais pas des esclaves. Et oui, nous savons qu'une grande bataille se profile à l'horizon, et avoir un prince de sang royal avec nous est formidable. Bon, en ce qui concerne ta performance, sache que tu as réussi ce test avec la marque de 70 %!

– Seulement 70 %?

– Je ne tiens pas compte de la plongée vers le canyon, que tu n'aurais pas dû faire. En fait, pour pouvoir être entraîné par nous, un jeune pilote doit faire au moins 50 % au test ! Les meilleurs font 55 %, et les futurs grands as font 60 %. Je n'ai jamais vu quelqu'un faire 70 %! Félicitations ! Tu vas devenir un très grand pilote ! »

CHAPITRE 76 – INSTITUT THULÉ, UNE RÉALITÉ ÉCLATÉE

Pour l'institut Thulé, la liberté n'est possible que si la justice existe. Et la justice ne peut exister que si tous peuvent être représentés sans discrimination de races.

Basé sur cela, Majesté, l'objectif de l'institut Thulé est de réunir des gens de toutes races et de toutes confessions dans le but de développer les facultés extrasensorielles de l'humanité pour favoriser la paix et l'harmonie universelle.

Beaucoup pensent que Thulé, en plus d'être une société secrète, est un endroit mythique, dont l'emplacement est tenu secret et change constamment. En fait, l'institut prit naissance sur la planète la plus septentrionale de votre Empire, d'où son nom, mais a, depuis, changé d'endroits à de multiples reprises, certains personnages peu attirants s'intéressant de trop près à lui ! C'est vrai, l'institut existe donc réellement quelque part, mais d'une certaine manière, il est nulle part et partout à la fois. Non, il n'est pas virtuel, il existe effectivement, mais sur un très grand nombre de planètes ET il est relié par une réalité virtuelle !

Quand vous devenez membre, vous recevez une combinaison sensorielle extraordinaire, à même de capter tous vos mouvements, les plus infimes soient il, ainsi que vos pensées. Grâce à cela, vous êtes connecté à un humanoïde artificiel du Grand Temple qui recevra toutes les impulsions en provenance de votre combinaison. Vous verrez par ses yeux, entendrez par ses oreilles, bougerez grâce à ses jambes et même serrerez la main de vos collègues par son intermédiaire. Mais non, vous ne posséderez pas cet être humanoïde ! C'est un assemblage extraordinaire de muscles artificiels et d'os de plastique rigide ! Il est pratiquement une copie conforme d'un humain, du moins en ce qui concerne le système musculaire et osseux. En plus, un grand nombre de senseurs minuscules transmettront tous vos mouvements de la combinaison à votre alter ego qui les reproduira pour vous. Si vous bougez la tête vers la droite, il agira de même et reproduira le mouvement. Les caméras fixées à la hauteur de ses yeux vous enverront ce qu'il voit et que vous verrez donc vous aussi par son intermédiaire. Si vous vous grattez la joue, il répétera votre geste ! Grâce à lui, vous pourrez physiquement assister à une réunion... tout en étant à des années-lumière de là !

Noroc marqua une pause et relut le dernier paragraphe.

« Suis-je en train de mentir ? se questionna-t-il. Non ! Je ne dis pas toute la vérité, voilà ! Je ne serai pas comme ce pauvre Mahatmi, incapable d'appréhender la réalité ! Il faut vraiment être naïf pour croire un instant que l'homme peut être bon ! Je ne ferai pas cette erreur ! Je ne me comporterai pas non plus comme cet idiot de baron qui n'a réussi qu'à

braquer l'Empereur contre lui ! » Évidemment, il partageait ses convictions, mais il était beaucoup plus prudent que lui ! Maintenant, le baron était mort ! Une bonne leçon pour lui ! Non, pour survivre maintenant, il fallait absolument accepter l'idée que les porteurs d'écailles fissent partie aussi de l'humanité... du moins pour le moment. Le danger représenté par les Démons était trop important ! Bien sûr, d'une certaine manière, il les comprenait très bien, les Démons ! Que la race la plus puissante gagne ! Mais il ferait ce qu'il faut pour que cette race soit la sienne ! Le problème de la pollution génétique que représentaient les autres pouvait attendre ! Quant au Golem... oui... oui, il fallait accepter l'idée que c'étaient des Golems, car en plus de leurs muscles artificiels, il leur avait implanté des cellules humaines... des cellules nerveuses... C'était nécessaire pour pouvoir aussi transmettre les influx sensitifs du membre à l'humanoïde ! Ces cellules avaient colonisé le corps artificiel et parfois, l'humanoïde réagissait d'une façon étrange... On les avait examinés, et certains avaient même un embryon de cerveau ! Cela, bien sûr, était ultrasecret... tout comme le fait que chaque Golem avait reçu une injection de cellules souches du membre lui-même! Un Golem par membre. Bien sûr, pour pouvoir faire cela, il avait fallu récupérer le code génétique des membres à leur insu, mais c'était vraiment l'enfance de l'art ! Ses chercheurs l'avaient mis en garde, mais parfois, la fin justifiait les moyens ! Bien sûr, il était plus que préférable que l'Empereur ne sache pas que l'on avait fabriqué un Golem de sa fille ! Ni sa fille d'ailleurs ! L'Empereur lui faisait confiance... Grâce à lui, il l'avait retrouvée... même s'il avait toujours su où elle était ! Il avait averti le baron que c'était une folie de faire cela et qu'il était préférable de réfréner, pour le moment, l'envie de nettoyer la race humaine ! On pourrait avoir besoin des altérés pour vaincre les Démons. Après tout, il suffisait de les mettre en première ligne, et le nettoyage se ferait tout seul. Maintenant qu'il avait réussi à mettre la main sur l'institut Thulé, si le baron avait attendu, ils seraient arrivés au but ! Mais... !

Bon, la conclusion de cette lettre maintenant.

Le temple possède aussi de multiples portes qui ouvrent chacune sur une planète différente où un autre alter ego pourra vous prendre en charge. C'est dans ce sens que l'Institut est partout. Il n'a pas de centre, seulement un système nerveux électronique extrêmement performant et très bien protégé. Grâce à ces techniques tout à fait uniques, les membres de la vaste famille humaine pouvaient se réunir en toute tranquillité pour travailler au développement de leurs capacités extrasensorielles ! Plus encore, ce système incroyable permettait même à chaque membre de se connecter à la grande chaîne des perceptions malgré la distance. Cette technique de chaîne sensorielle, Majesté, fut expérimentée la première fois par notre regretté Mahatmi, mais en ce temps-là, la présence physique des membres était nécessaire, ce qui attira sur nous des regards pas toujours bienveillants.

Ce n'est plus le cas maintenant !

Votre fille, l'extraordinaire princesse Caroline, ne court donc aucun risque à suivre notre enseignement, étant donné qu'elle sera toujours présente au palais, sous la protection de ses gardes du corps.

Noroc Tajick

Institut Thulé

Structure étonnante de l'atmosphère ! Pas de référence exploitable. Champ magnétique puissant ! Pas d'écho radar ! Surveiller les nuages. Peut-être un indice. Il faut trouver ! Damnés soient les Envoyés ! Pas accessible ! Aucune machine, aucun ordinateur sur la planète. La station spatiale ! Attention ne pas laisser de traces. Oh ! oh ! l'Empereur surveille les passants sur la station ! Oh ! étonnant ! Il fait saboter les navettes des dangereux criminels qui cherchent à fuir sur la planète ! Seulement les criminels ? Oui, seulement les criminels ! Personne ne sait, sauf certains hommes de l'Empereur, secrètement placés sur la station. L'Empereur sait pour les Envoyés. Pas important ! Trouver bonnes données sur la planète. Piraté les rapports des ordinateurs de la station. Données statistiques sur état de la planète. Peut-être indices cachés ! ATTENTION! ne pas laisser de traces. Ne pas montrer sa présence ! Savoir, savoir tout sur cette planète. TOUT, TOUT! Urgent ! Danger ! Placer satellite en orbite lointaine. Petit satellite impossible à trouver ! Aucune émission de radio, seulement relevé périodique par navette. Enregistrer dans tous les spectres disponibles ! Placer mouchard sur station spatiale pour savoir tout ce qu'il se passe ! Mission prioritaire ! Envoyés doivent être capturés, sinon risque trop élevé pour nous. Mais… mais quelqu'un m'écoute !

« Froid…! Mon Dieu que c'est froid ! Qu'est-ce que je viens d'accrocher ? On dirait presque que ce n'est pas… humain ! Et mes amis… où sont-ils ? Seulement deux d'entre eux ! Quelqu'un manque à l'appel ?

Loin… si loin… si difficile ! Mais… mais… il y a… quelqu'un d'autre qui est là… que veut-il ? Oh ! mon Dieu ! qui est cet être répugnant ? Pourquoi cette haine ? Pourquoi… cette haine… tranquille… presque sans sentiments… comme un fait ! Oui… un fait ! La rancœur de cet être… il ne la questionne pas ! Il la subit… point ! Mais pourquoi ? Pourquoi ? Oh… il vient de si loin… que veut-il? Les Envoyés… mon Dieu, Pierre… Michelle… mais où est le professeur ? Sont-ils en danger ? Ils sont surveillés par la créature… non, c'est autre chose… quoi ? Ils ne savent pas qu'ils sont surveillés… non, l'être ne les surveille pas… il surveille quoi ? Oh! la planète ! Quelle planète ? Sanctuaire ? Oh ! mon Dieu ! ils sont sur Sanctuaire ! Ils sont inquiets… pourquoi ? Ils ne peuvent pas voir l'être… et celui-ci ne peut pas les voir non plus… alors ? Cet être… il est… il est puissant… très puissant… mais où est-il vraiment ? Loin… très loin…, ses serviteurs… sont là ! Ils ne font rien… Ils… non… c'est lui… à travers eux ! Que veut-il ? Il cherche… il enregistre… il analyse… quoi ? La planète ! Il veut comprendre… mais quoi ? Que cherche-t-il ? Il sait que Pierre et Michelle sont là… mais c'est impossible de descendre sur Sanctuaire et d'en revenir… OH ! MON DIEU… il cherche le moyen pour aller les enlever… C'EST L'ENNEMI! Je…

– PRINCESSE! cria tout à coup Noroc Tajick. RÉVEILLEZ-VOUS!

– Heu… Maître Tajick ! Vite, il faut que je contacte mon père !

– Princesse, vous avez pris du kiff ! C'est une drogue. Vous ne devez, vous m'entendez, vous ne devez JAMAIS prendre cette drogue, vous être trop jeune !

– Vous ne comprenez pas ! Grâce au kiff et à la chaîne des compagnons, j'ai vu ! ILS SONT SUR SANCTUAIRE, ET UNE HORRIBLE CRÉATURE CHERCHE À LES ATTAQUER!

– Mais qui est sur Sanctuaire ?

– Les Envoyés !

– Et quelqu'un cherche à les attaquer ? Sur Sanctuaire ? Mais c'est impossible !

– Il s'appelle Trojan !

– TROJAN! Ah! mon Dieu ! C'est le diable en personne ! Vous l'avez senti ?

– Oui, lui répondit Caroline extraordinairement agitée. Papa ? s'écria-telle dans son communicateur sécurisé, Pierre et Michelle sont sur Sanctuaire ! Tu le sais? Comment?…Bon, peu importe, il y a une créature… Trojan… Quoi? Tu la connais aussi ? Comment moi, je la connais ?…Plus tard !…Cette créature… elle cherche à les atteindre… les Envoyés… Comment ça, les hors-venus ! Ce sont les Envoyés… PAPA, ce n'est pas important ! Ils sont en danger ! Oui… sur Sanctuaire… Oui, je sais que ce n'est pas possible, mais cette créature est là ! Elle cherche le moyen… Papa, elle est effroyablement puissante! Oui… oui… papa… merci !

– Alors ? s'enquit Noroc.

– Mon père va envoyer des croiseurs! Lui aussi se demande pourquoi les Démons surveillent Sanctuaire. Pourtant, même les Démons devraient savoir que personne ne peut aller sur Sanctuaire et en revenir! Il connaît Trojan. Pour lui, c'est un des Démons qui nous attaque! C'est vraiment un Démon?

– Oh que oui ! C'est même un des plus puissants. Normalement, il est très difficile de le contacter en esprit… En fait, c'est même impossible ! Nous le connaissons seulement par les autres qui ont son nom en esprit… ou plutôt… ça nous fait penser à ce nom qui nous vient de nulle part ! C'est un esprit complètement différent du nôtre et même de celui des autres Démons! Sa nature exacte nous est inconnue. Il est relié au FreeProg, c'est tout ce que nous avons pu déduire. Et… vous prétendez que vous l'avez senti ?

– Oui… et j'ai eu peur. Jamais je n'avais ressenti une telle haine ! Et un tel froid. Froid comme la mort ! Comme peut-on haïr… sans sentiments ?

– Princesse, n'utilisez plus de kiff, sinon je devrais arrêter votre formation ! Vous n'êtes pas prête pour une telle confrontation avec les Démons ! Ils pourraient vous localiser et décider que vous représentez un danger pour eux ! Je dois vous en préserver ! Comme vous le savez, Oulan Bator n'est pas sûre !

– C'est trop tard ! Cet être m'a repérée ! Il m'a sentie !

– Alors, il va falloir vraiment augmenter votre protection et cesser cet entraînement !

– Au contraire, maître Tajick, au contraire ! Cet entraînement est encore plus important maintenant… maintenant que j'ai senti la haine de cette créature… dirigée directement vers moi et ma famille ! J'ai senti qu'il voyait en moi un grave problème pour lui et… plus encore, c'est… Eytan qui lui fait peur !

– Eytan ? Mais pourquoi ? C'est l'être le plus doux que je connaisse !

– Je crois que vous allez devoir changer votre jugement, maître. J'ai clairement ressenti qu'il nous craignait tous les deux… et pas parce que nous sommes les enfants de l'Empereur !

– Il a lu en vous ?

– Non! Il surveille déjà Eytan ! Mon Dieu, je dois le prévenir et prévenir mon père de cela aussi !

– Mais Eytan s'entraîne avec les Gauchos ! Comme beaucoup d'autres !

– Non, pas comme beaucoup d'autres ! Mais vous avez raison… c'est relié aux Gauchos ! »

CHAPITRE 77 – RÉPITS

« Alors ? Où en est-on après le désastre des Jarkaniens ?

– Retour en arrière, Majesté !

– Combien de temps pour être de nouveau en position de se débarrasser des humains... sans risquer nous-mêmes un affrontement fatal ?

– Reconstituer une force dans l'Empire humain suffisamment fiable pour

déclencher une guerre civile va prendre au moins vingt ans! Nous devrons infiltrer leur société au plus haut niveau y compris la Garde et le palais impérial!

– Est-ce possible ? demanda Ra Tlalac, nouveau Grand Khan des Fils et Filles de Razakel.

– Pour la Garde, ce sera difficile et extrêmement limité. Seuls des gardes déjà en position pourront être recrutés et probablement à un niveau de grade relativement bas. Quant au palais... j'ai une idée pour cela !

– Vous y serez ?

– Je pensais à quelqu'un d'autre... j'ai fait ma part !

– Certainement... certainement, mais personne ne connaît mieux que vous les humains et à ce niveau-là, aucune erreur ne peut être commise, sous peine d'être démasqué ! »

« Salaud, pensa en lui-même Ra Tamura, je t'ai aidé à prendre le pouvoir, et c'est comme cela que tu me récompenses ? »

« Je ne me sens plus à la hauteur, Majesté, et préférerais me consacrer à la flotte de guerre ! Les humains sont des adversaires coriaces, et leurs vaisseaux sont plus performants que les nôtres !

– Vraiment ? Je crois que cette information ne devrait pas être diffusée... cela risquerait de démoraliser notre flotte ! Mais cela justifie encore plus votre présence proche du pouvoir... pour justement être en mesure de nous renseigner plus efficacement. De plus, j'ai fait capturer des médecins humains, que nous exécuterons plus tard, pour vous faire, cette fois, une couverture plus crédible.

– En me charcutant ?

– Nous garderons tous les morceaux enlevés pour vous reconstituer à votre retour.

– Mais j'ai déjà beaucoup servi et n'ai gagné qu'une tentative d'assassinat par Ra Tambruka!

– Mais moi, je suis votre ami, ne l'oubliez pas... et je vous le prouve !

Pour vous rassurer, nous mettrons un de vos hommes comme adjoint au commandant de la flotte !

– Ce sera Sa Tandruna, et il sera commandant en chef !

– Mais il n'est même pas noble !

– Il l'est, maintenant ! Après ce qu'il a fait pour moi, je viens de l'anoblir ! »

« C'est à prendre ou à laisser, pensa encore en lui-même Ra Tamura, c'est trop dangereux pour moi et les miens de te laisser te débarrasser de moi sans protection ! Allez, n'hésite pas ! Tu sais que tu n'as pas le choix... j'ai trop d'alliés ! »

« Bien, bien, Ra Tamura, tu as gagné. Tu es un collaborateur très précieux, et je veux aussi que tout le monde le sache. Je vais donc nommer Sa Tandruna, maintenant Ra Tandruna, commandant en chef de la flotte d'invasion... et appeler les chirurgiens ! »

« Votre rapport, général, dit l'Empereur.

– Bien, Majesté. La crise jarkanienne est maintenant terminée, et les suicides sont finis... par manque de sujets ! Nous avons un grand nombre de nos vaisseaux qui se dirigent vers les mondes purement jarkaniens pour porter assistance aux quelques non-Jarkaniens qui y résident et qui sont dans un état de panique incroyable. Nous voulons aussi éviter un pillage systématique de ces planètes avant qu'il soit décidé ce que nous en ferons. Mais une chose est d'ores et déjà certaine : les Jarkaniens préparaient une insurrection générale dans l'Empire ! Une insurrection destinée à vous déstabiliser, peut-être même à vous assassiner, pour ouvrir la voie aux Démons!

– Oh là ! général ! Vous êtes sûr de cela ? Ce sont de graves accusations !

– Absolument ! Il y a de très nombreuses évidences, Majesté, qui nous sont maintenant facilement accessibles depuis la disparition des Jarkaniens... et de leurs alliés ! Nous pouvons dire, Majesté, que le général Pargara, le major Amundsen et les Envoyés ont tout simplement sauvé votre Empire d'une guerre majeure !

– Les hors-venus, général ! Les hors-venus !

– Majesté, je me dois de vous dire... que tout le monde les appelle Envoyés ! Je ne pourrais que vous conseiller d'utiliser les mêmes termes, car le peuple murmure que vous les avez mis en danger !

– Bien ! Passons à autre chose ! lui dit l'Empereur soudain mal à l'aise. Le problème des Jarkaniens étant réglé, combien avons-nous de temps pour nous préparer pour la suite… car les Démons n'abandonneront pas, n'est-ce pas ?

– Il y a peu de chance, Majesté ! Nous avons fait des projections basées sur le temps qu'ils ont mis avec les Jarkaniens pour commencer à réellement envisager de nous attaquer, c'est-à-dire près de cinquante ans. Parce qu'ils sont très prudents et parce qu'ils ont quand même appris beaucoup, nous pensons qu'ils vont être de nouveau une menace sérieuse dans vingt à vingt-cinq ans !

– Nous avons donc un certain temps pour nous préparer.

– Oui, Majesté, mais nous risquons de nous tromper et même s'ils ne feront probablement pas d'attaque frontale avant vingt-cinq ans, ils vont quand même continuer les opérations de sabotage de l'Empire.

– Mais qu'en est-il de ces logiciels utilisés par les Sarkaïs pour passer inaperçus de nos systèmes radars ?

– Justement grâce au message des… heu… Envoyés et du NéMéSiS, nous savons maintenant que la connaissance des logiciels de gestion des systèmes de détection est nécessaire aux Sarkaïs pour les paramétrer. Ils ont eu accès au logiciel de radar par les Jarkaniens, mais n'ont jamais eu ceux de nos systèmes de tir embarqués sur les croiseurs.

– Mais ce sont des croiseurs de la Garde qui ne pouvaient pas détecter les vaisseaux sarkaïs au large de Notre-Terre, non ?

– Vous avez raison, Majesté, mais les croiseurs utilisaient les systèmes civils pour assurer une compatibilité avec le contrôle civil de Djibou !

C'est la raison pour laquelle leurs radars ne furent jamais brouillés en situation de combat, mais seulement lors de patrouilles de surveillance ! Nous avons maintenant accès au code source et allons bâtir des protections plus robustes.

– Qu'en est-il des FreeProgs ?

– Là, nous avons un problème de taille. Malgré tout, là aussi, le NéMéSiS a pu nous aider ainsi que l'équipage du HMS Arachnide qui fut attaqué et pratiquement mis hors de combat par un FreeProg alors qu'il suivait les Envoyés à bord du… NéMéSiS! Le bon côté de cela est que les techniques d'isolation et de nettoyage des système informatiques embarqués fonctionnent mais le mauvais côté, c'est qu'un vaisseau attaqué est en position de vulnérabilité très élevée pendant un grand nombre d'heures et jusqu'à ce qu'il puisse rétablir ses systèmes, il est incapable même de se défendre !

– Bien. Quel est le statut du projet Méphisto ?

– L'équipe voudrait votre feu vert pour le développement de prototypes non fonctionnels !

– Accordé !

– Ils ont aussi une demande spéciale !

– Ah? Et laquelle ?

– Ils voudraient pouvoir travailler avec le NéMéSiS.

– Pourquoi ?

– Le NéMéSiS a des capacités exceptionnelles, et ils voudraient les utiliser pour leur projet sans devoir tout réinventer.

– Bon, mais je croyais que nous avions effacé tous les souvenirs des savants pour ce projet et que seul un très petit nombre de gens, dont vous, étaient au courant de son existence ?

– C'est exact, Majesté, mais des bruits ont couru et le problème avec les savants, c'est qu'ils sont justement… savants. Ils ont donc réussi à déterrer suffisamment d'informations pour faire cette demande !

– Fort bien, mais où est le NéMéSiS? Il a disparu après avoir déposé… heu… les Envoyés… sur Sanctuaire !

– Il a repris contact avec nous et s'est mis à notre disposition! Il nous a d'ailleurs remis beaucoup d'informations recueillies chez les Sarkaïs, ce qui va nous permettre de mieux nous défendre contre leur truc informatique!

– Mais ce navire se dirige tout seul ?

– Exact, Majesté ! Il est devenu comme… une entité par elle-même !

– Hé là ! Ça pourrait être dangereux, ça ! – Votre chef des services secrets croit que non et que le NéMéSiS serait

plus utile si on respectait cela !

– Bien, si Dreck a confiance… Mais avant, puisque ce vaisseau est devenu intelligent, je veux qu'il surveille en priorité Sanctuaire… Nous avons eu des infos concernant des activités suspectes des Démons dans le coin, et je préférerais utiliser le NéMéSiS plutôt que les gros croiseurs de la Garde qui ne sont pas très discrets… et le NéMéSiS connaît les Sarkaïs ! Maintenez un œil sur ce vaisseau ! Un ordinateur intelligent, ça ne me dit rien qui vaille !

– À vos ordres, Majesté », conclut le général Baril Corsacoff.

CHAPITRE 78 – LÉGENDE

Il est absolument impossible de confirmer ou d'infirmer la véracité de cette légende, car elle tient son origine dans la Grande Guerre du Commencement contre les Démons, qui eut lieu à la fondation de notre civilisation. À la fin de la guerre, les humains survivants fuirent Nirva après un affrontement épouvantable contre les Démons et le firent si vite qu'ils ne prirent pas la peine d'emmener avec eux leurs archives. Tout ce que nous savons donc de cette époque relève de la tradition orale. Pourtant, de très nombreux récits, malheureusement écrits bien après les faits, mentionnent les Gardiens comme un fait important dans la guerre des Démons, qui est elle aussi une légende.

Alors, que savons-nous de ces Gardiens si nous nous basons sur ces documents ?

Selon la légende, les humains eurent à se battre à main nue contre les Démons et se rendirent compte qu'à ce jeu-là, beaucoup d'animaux étaient mieux équipés qu'eux. En effet, à main nue, il est certain qu'un loup est plus fort et plus dangereux qu'un homme. Basé sur cela, nous savons que les Gardiens furent créés par les hommes pour lutter contre les Démons et que pour ce faire, les humains défièrent le Grand Architecte de l'univers lui-même !

La légende raconte qu'ayant constaté la supériorité des animaux dans une lutte sans armes et fous de peur devant les Démons, certains savants perdirent tout sens commun et commirent l'irréparable en ouvrant le code génétique de l'humanité pour changer les hommes en bêtes. Un savant en particulier, dont on ne connaît que le prénom, Cia, réussit ce tour de force sur certains volontaires et leur injecta des gènes de loup, ce qui eut pour effet de les transformer en loups ayant toutefois une intelligence humaine !

Malheureusement, les super-animaux qu'ils étaient devenus avaient perdu aussi la parole, leur nouvelle anatomie ne s'y prêtant pas !

Ces nouveaux super-loups devinrent rapidement les chefs de meutes de vrais loups et auraient eu un rôle significatif dans la défense de Nirva. Une fois cela établi, le nombre de volontaires qui se présentèrent pour se transformer en animaux fut incroyable !

La technique fut rapidement adaptée et une flopée de super-animaux vit le jour, parmi lesquels des super-lions, panthères, tigres et même certains herbivores avec un grand panache comme l'élan, tous avec une force et une intelligence supérieures et tous chefs de meutes, clan, hardes, etc. Mais tout ne marcha pas si bien ! Pour pouvoir faire cela, il fallut d'abord changer les gènes d'origine pour avoir une base plus malléable et plus ouverte aux mutations ! Cet état intermédiaire fut créé par un virus, dont nos apprentis sorciers perdirent le contrôle. Ce virus s'appelait le « Grand Translocateur »... de triste mémoire !

Ce fut comme cela, d'après la légende, que naquirent ces super-animaux appelés gardiens... que nul n'a jamais vus, et ce fut pour cela aussi que l'humanité perdit le secret de sa propre génétique !

Contes et Légendes de la guerre du Commencement

Par Illovitch Simonidese

Éditions « Je sais tout », Oulan Bator

Zhara et Michelle se retournèrent pour couvrir leurs arrières tandis que Dreck et Pierre faisaient face au loup géant. Tous les quatre s'étaient collés dos à dos et pouvaient ainsi couvrir tous les côtés, mais n'ayant aucune arme, ils savaient leurs chances de survie limitées !

L'énorme mâle alpha qui faisait face à Pierre hurla une nouvelle fois, ce qui eut pour effet de stopper net les autres ! Puis il se mit en mouvement lent vers Pierre.

Pierre serra les poings quand celui-ci stoppa à un mètre de lui, sans faire montre d'une préparation à l'assaut. Le puissant animal tendit son cou vers lui et le renifla abondamment. Pierre était pétrifié, comme ses compagnons du reste.

Le loup sembla soudain se désintéresser de lui et se dirigea vers Dreck qu'il renifla aussi abondamment... pour passer ensuite à Michelle et Zhara. Apparemment satisfait, il s'éloigna aussi soudainement qu'il était venu, et après un nouveau hurlement, regagna la forêt, aussitôt suivi par tous les autres loups !

Pierre, toujours tétanisé, se laissa soudain tomber à terre, les jambes flageolantes et ne le supportant plus.

« Mince alors, dit-il, incapable de trouver une meilleure réflexion.

– Ça, tu peux le dire, confirma Michelle qui s'était aussi, comme les autres, assise sur l'herbe fraîche de la prairie.

– Mais que s'est-il passé au juste ? questionna Zhara, le comportement de ce loup est incompréhensible !

– Je ne sais pas non plus, mais nous n'allons pas tarder à le savoir, le petit groupe en provenance du village ne devrait plus tarder maintenant », compléta Dreck d'une voix blanche.

En effet, ce ne fut pas long ! Juchés sur une calèche, trois habitants du village les rejoignirent moins d'une demi-heure plus tard.

« Je m'appelle Jan Van Deneuve, leur dit le premier, en débarquant de la calèche, et je suis le maire de notre village, Valparaiso ! Bienvenue chez nous, sur Sanctuaire ! Je vois que les Gardiens vous ont impressionnés !

– Impressionnés ? reprit Pierre qui s'était levé, tout comme ses compagnons, à l'arrivée des inconnus. Vous voulez dire qu'ils nous ont donné la peur de notre vie !

– Vies que vous auriez perdues s'il s'était avéré que vous n'étiez pas humains, comme ce qui est arrivé aux rares Sarkaïs qui ont eu le culot de descendre ici !

– Vous en êtes sûr ?

– Tout à fait ! Entre autres, par le chef de meute que vous venez de voir et que nous appelons Akela ! Mais vous êtes saufs et n'avez plus rien à craindre maintenant ! Notre village n'est qu'à une petite heure de marche, et un copieux repas est déjà en préparation pour vous.

– Mais, questionna Dreck, qui sont donc ces “gardiens” comme vous les appelez ?

– Ah ça ! répondit le prénommé Jan, nous ne le savons pas vraiment. Il y a beaucoup de légendes, mais nous sommes sûrs que les Gardiens ont été placés là par les Anciens pour préserver Sanctuaire des non-humains. Mais je manque à tous mes devoirs en ne vous présentant pas mes compagnons d'origines diverses, comme la couleur de leur peau vous le fait voir… voici Tan Rodriguès d'Oulan Bator, et Illounga Tamamoutu de Notre-Terre. Je suis moi-même originaire de Sanctuaire ! Colonel, vous semblez mal en point, permettez-nous de vous aider !

– Colonel ? Vous me connaissez ?

– Tout le monde vous connaît, ainsi que les Envoyés ! Vous savez, l'Empire est vaste, nous recevons donc beaucoup de monde, et le premier devoir de chaque nouvel arrivant est de nous raconter ce qu'il se passe dans l'Empire ! Et comme nous avons une presse papier très friande de nouvelles, tout se sait sur cette planète en un temps record ! Nous vivons dans une société très paisible qui n'a pas vraiment d'histoires, alors nous suivons ce qui arrive dans l'Empire avec passion ! Veuillez, s'il vous plaît, monter dans la calèche… Nous ne voudrions pas que l'agneau qui est en train de rôtir sur le feu de bois soit trop cuit ! »

Le vent était toujours aussi fort qu'au moment de leur arrivée, et Pierre posa la question à leur guide qui dirigeait la calèche.

« Il y a beaucoup de vent ! Attendez-vous une tempête ?

– Non, il y a toujours beaucoup de vent. C'est en fait, pour nous, la seule source de force que nous pouvons utiliser, n'ayant aucun moteur. Vous allez voir, on en tire beaucoup… Vous vous y ferez, vous verrez ! »

La carriole, tirée par les deux chevaux, mit moins de quarante-cinq minutes pour les amener au village et ce, dans un confort tout relatif vu les nombreuses bosses et fosses de la voie qu'ils empruntèrent. Malgré tout, c'était quand même beaucoup moins fatigant, surtout pour Dreck qui n'allait pas bien. Quand ils arrivèrent au village, ils y trouvèrent quelque chose qui avait un air de Texas et… de Hollande avec les maisons en bois et de nombreux moulins à vent près des bâtiments les plus importants. Le village avait une apparence sympathique et avait en son centre, en face de ce qui manifestement servait de mairie, une sorte de place entourée de bâtiments plus importants, comme une bibliothèque et une école de village. Au centre de la petite place, une immense table était dressée.

« Hé oui, leur dit Jan Van Deneuve, nous n'avons pas toujours le plaisir de recevoir des gens aussi fameux que vous… alors nous voulions absolument vous recevoir dignement, sachant que vous avez traversé bien des épreuves… Venez vous joindre à nous pour ce repas de bienvenue ! »

Les voyageurs acquiescèrent volontiers et déjà, les habitants du petit village se dirigeaient vers eux pour les saluer et faire leur connaissance. Après les présentations de circonstances, ils prirent place autour de la grande table où un savoureux repas à base d'agneau fut servi, accompagné de vin… d'une qualité surprenante !

Tous s'étaient demandé comment ils allaient manger sur un monde où le métal est inutilisable, mais ils furent agréablement surpris par la « fourchette », une petite fourche faite en bois pointu et ressemblant à un peigne africain, et par le couteau de verre trempé, très coupant mais relativement fragile !

« Mon Dieu, dit Pierre à son hôte, les finances du village vont en prendre un coup !

– Non, ne vous en faites pas ! Nous organisons souvent ce genre de repas. Vous savez, notre communauté est organisée sur le mode des kibboutz, et tout le monde participe aux gros travaux agricoles ou forestiers.

La propriété est collective, et chacun a une charge de travail qu'il doit donner à la communauté. En retour, celle-ci lui offre tout ce dont il a besoin comme nourriture, soins, éducation et même logement. Si vous choisissez de rester parmi nous, nous vous bâtirons votre maison, mais vous devrez aussi mettre la main à la pâte !

– Tout le temps disponible doit être donné à la communauté ?

– Oh! bien sûr que non ! Si vous choisissez de rester ici, nous vous demanderons de nous fournir 50 % de votre temps pour des travaux communautaires qui vont de la récolte à l'enseignement dans notre petite école ! Durant certaines périodes spécifiques, comme au temps des récoltes, nous pouvons demander tout votre temps, mais cela dure seulement un mois. Vous comprenez, nous n'avons aucun moteur, et tout doit se faire à l'aide d'hommes, d'animaux ou du vent. Par contre, vous ne manquerez jamais de rien… d'essentiel !

– Vous avez donc une société très axée sur le communautaire. Tout le monde est heureux dans ce genre d'univers ?

– Nous n'avons pas vraiment le choix, vous savez.

– Il y a des réfractaires ?

– Oui, mais très peu… et ils sont chassés de nos villages dans ce cas !

– Et ils deviennent quoi ? Des bandits de grand chemin ?

– Hélas ! c'est parfois le cas ! C'est pour cela que nous avons dans chaque village une milice qui appuie notre petite police quand cela s'avère nécessaire.

– Une milice ! Et c'est souvent nécessaire ?

– Grand Dieu, non ! Sur Sanctuaire, les armes sont primitives, donc personne ne peut réellement représenter un danger qui ne peut être circonscrit par les milices !

– Mais vous avez quand même besoin d'une sorte d'armée !

– Oui, mais notre monde est, Dieu merci, unifié ! Donc on parle ici seulement de banditisme ! Passons à autre chose. Il va falloir que vous alliez à Saint-Petersburg !

– Saint-Petersburg ? Près de Valparaiso ?

– Heu… à 700 km… mais qu'est-ce qui vous étonne ?

– Ce sont des noms de villes de mon monde ! Et ces villes n'étaient pas proches l'une de l'autre !

– Mais nous ne sommes pas sur votre monde. Par contre, toutes ces villes, ou plutôt ces villages ont été fondés par les survivants de la Grande Guerre du Commencement… du moins ceux qui sont restés après la fuite des autres.

– Que se serait-il passé ?

– D'après la tradition orale de notre planète, les humains seraient venus sur Sanctuaire pour combattre les Démons qu'ils auraient attirés ici et forcés à affronter l'humanité à main nue !

– Les hommes auraient donc trouvé les capacités naturelles de défense de cette planète et décidé d'y piéger les Démons ?

– Pour être exact, et toujours selon la tradition, les hommes auraient trouvé une "pierre des étoiles" ailleurs dans la galaxie et ayant des caractéristiques très particulières. Cette "pierre" aurait été forgée au cœur même d'une étoile et aurait une densité absolument hallucinante, ce qui lui conférerait des propriétés étonnantes, entre autres celle de surcharger le champ magnétique d'une planète sous certaines conditions ! Comme ils étaient en train de perdre la guerre contre les Démons, les hommes l'auraient transportée ici, sur Sanctuaire, pour faire de cette planète la dernière place forte de l'humanité. Elle aurait même, raconte la légende, été volée aux Démons eux-mêmes par un certain Nicolas Flamel !

– Nicolas Flamel ! Cet homme serait-il un alchimiste ?

– Pas que je sache ! Mais c'est cette pierre qui, orientée en parallèle avec le champ magnétique de la planète, provoque cette surcharge énergétique sur les matériaux conducteurs.

– Donc si nous changeons son orientation, nous annulons aussi l'effet sur le champ magnétique ?

– Oui, mais il y a deux problèmes avec cela. Premièrement, nous ne savons pas où elle est. Deuxièmement, elle pèserait un million de tonnes,

donc la déplacer avec des cordes et des chevaux est impossible !

– Dans ce cas, comment ont fait les hommes qui ont fui la planète, vu qu'il a bien fallu neutraliser l'action de cette pierre pour pouvoir s'envoler de Sanctuaire ?

– Vous avez raison. Il semblerait qu'il se soit produit un événement au

niveau du soleil qui aurait comme surchargé la pierre, ce qui l'aurait désactivée pour un moment. Les hommes, ayant vaincu les Démons, n'avaient alors plus de raison de rester ici et se sont enfuis !

– Votre histoire soulève plus de questions qu'elle n'en résout !

– J'en suis bien conscient, mais c'est ce qui se raconte ici, et personne n'a jamais été en mesure de confirmer ou d'infirmer cette histoire ! Mais revenons à des choses plus importantes dans l'immédiat ! Il faudrait vraiment que vous alliez à Saint-Petersburg !

– Pourquoi ?

– Pour vous y faire traiter contre les "Grand et Petit Translocateurs" dont vous êtes porteurs comme tous les citoyens de l'Empire et qui pourraient vous causer pas mal d'ennuis de santé ! Vous savez, nous n'avons pas les médicaments de l'Empire ici. Et je voudrais aussi que votre compagnon, le colonel, soit vu par un de nos médecins là-bas. Il ne semble pas bien ! »

L'allusion à la maladie de Dreck attrista soudain Pierre qui, néanmoins, rétorqua :

« Fort bien, mais malheureusement, je doute que ce docteur puisse y faire grand-chose, étant donné la faiblesse de vos moyens médicaux !

– Ne jugez pas trop vite nos ressources ! Vous pourriez être étonné ! De plus, je voudrais vous faire voir un docteur récemment arrivé sur Sanctuaire et qui a des connaissances très poussées en génétique.

– Pourquoi en génétique ?

– Votre compagnon ne souffre-t-il pas de dégénérescence génétique ?

– Oui… mais comment savez-vous cela ?

– J'ai déjà vu un cas comme celui-là, et votre ami m'y fait penser !

– Et votre docteur… comment déjà ?

– Guthereze… Ramon Guthereze !

– Et ce Dr Guthereze… il avait sauvé ce patient que vous aviez rencontré ?

– Le Dr Guthereze n'était pas encore là et… désolé, mais je ne suis pas médecin, alors laissons donc ce docteur faire son boulot.

– Mais comment allons-nous nous y rendre ? De plus, je doute que le colonel soit en état de faire un tel voyage !

– Vous vous y rendrez comme tout le monde, en empruntant le terravent de passage ! Et nous en avons un qui passera dans trois jours. En ce qui concerne le colonel, vous n'avez pas à vous en faire, c'est quand même relativement confortable, et votre ami n'est pas encore aux portes de la mort ! »

CHAPITRE 79 – VOYAGE

Les terravents sont certainement un élément majeur dans ce qu'est devenue la civilisation sur Sanctuaire. Grâce à eux et malgré les conditions très restrictives que nous offre cette planète, il a été possible de maintenir un niveau de développement qui ne semblait pas accessible dans un environnement sans métal. Grâce à son ingéniosité, l'homme s'est adapté à son milieu et a même su tirer profit de particularités, comme le vent. Les terravents en sont justement le plus bel exemple !

Il existe beaucoup de modèles ainsi que de tailles de terravents, mais ils ont tous une forme en T ou, parfois, en Y. Cela est dû au fait qu'ils naviguent sur les terres et non les océans. Comme tout nouvel arrivant, vous êtes probablement accoutumé aux voiliers que l'on retrouve sur les nombreux océans des mondes humains. Évidemment, ceux-ci sont maintenant plus des objets de plaisir et de compétitions sportives que réellement des transporteurs de marchandises, mais savez-vous que dans le passé, les grands voiliers ont été facteurs de civilisation et permirent la naissance de vastes empires aussi bien économiques que politiques ?

Bien sûr, ils transportèrent des armées d'invasion, mais aussi des marchandises, des hommes et les idées qui ont fait changer et évoluer de vastes régions.

La même chose est arrivée sur Sanctuaire. Les terravents devinrent nos vaisseaux océaniques, mais sans toutefois transporter d'armées, notre monde étant unifié depuis le début. Mais ils permirent la consolidation de cette unité en maintenant les grandes voies de communication entre toutes les parties de notre monde. Oui, les terravents sont des vaisseaux comme ceux de nos ancêtres, mais contrairement à ceux de nos ancêtres, ce sont des voiliers terrestres qui se déplacent sur les longues et grandes plaines de notre planète. La structure en T ou en Y permet de fixer de très grandes roues à chaque extrémité du T, en général d'un diamètre 5 à 7 mètres au moins, et d'implanter un grand mât de misaine à la jonction des deux barres du T.

Le résultat ?

Un voilier capable de transporter de grandes quantités de produits d'un bout à l'autre du continent unique de notre monde !

Au début, ils voguèrent seulement sur les grandes plaines, mais avec l'établissement des grandes cartes, il devint possible de tracer de nouvelles routes de navigation qui permirent de rejoindre toutes les grandes régions de Sanctuaire.

Il suffit alors d'y adjoindre un système de caravane pour pouvoir couvrir l'entièreté du territoire !

Comme convenu, donc, les quatre amis, accompagnés pour la circonstance par le sympathique Jan Van Deneuve, se rendirent à quelques kilomètres du village, en calèche tirée par deux robustes chevaux, au lieu dit « Port Changos ». Là, se trouvaient une sorte de gare en bois, de nombreux escaliers montés sur roue et toutes sortes de passerelles, également sur roue, ainsi que plusieurs entrepôts qui faisaient d'ailleurs plutôt penser à des granges en bois si typiques des paysages agricoles des États-Unis et du Canada.

Bientôt, arrivant de la plaine, un engin incroyable se profila à l'horizon.

Même Dreck, plutôt passif jusque là, se redressa de son siège pour scruter l'horizon, intrigué. Tout d'abord, seule une immense voile fut visible ; au bout de quelques minutes, le vaisseau lui-même commença à être perceptible. Accompagné par un grand nuage de poussière, il devenait apparent qu'il était relativement grand.

« Le Diego de Almagro! Un navire de 50 mètres de long, 9 mètres de haut sans compter la hauteur des roues, et 27 mètres de large dans la barre du T, 6 dans la partie principale. Six roues de 5 mètres de diamètre à l'avant et quatre le long du corps principal ! »

Tout le monde était impressionné ! Et plus ce vaisseau s'approchait, plus un sentiment d'admiration grandissait ! Jan Van Deneuve l'appelait « vaisseau », mais les différences avec un navire océanique étaient quand même grandes. Il n'avait pas de quille et son dessous était plat, alors que les différents ponts, trois en tout, étaient ouverts vers l'extérieur, seulement protégés par une rambarde. Un grand mât de misaine se dressait fièrement à l'intersection du T et maintenait la grande voile bien gonflée par vent arrière. Pierre nota que la voile était aussi accrochée à une bôme donnant un gréement de type « bermudien » permettant assurément à ce « voilier » de remonter le vent. Un spinnaker bien gonflé, lui aussi, était accroché en haut du mât et aux extrémités du T.

« Mais… il va vite ! dit Pierre, interloqué.

– Oui ! Dans les 25 km à l'heure ! rétorqua Jan.

– Il est tout en bois ?

– Oui ! C'est le seul matériau disponible en quantité. Le mât est en chêne !

– Et les roues ?

– Elles sont gonflées en fait. C'est une sorte de caoutchouc naturel très résistant, monté sur un essieu ayant des roulements à billes de céramique.

Les “pneus” sont peu gonflés, de sorte qu’ils absorbent bien les aspérités de la route. En fait, leur largeur de 2 mètres et leur diamètre de 5 font en sorte que le navire est comme sur un coussin d’air. C’est pour cela qu’il peut aller à cette vitesse. Bien sûr, la partie roulante est la plus fragile et demande beaucoup de soins !

– Comment est-il dirigé ? demanda Pierre, de plus en plus intrigué par l’étonnante machine.

– Par l’arrière ! En fait, la roue arrière est aussi la roue directrice qui est actionnée par un grand volant de 3 mètres posé à plat et manœuvré par deux hommes. Ce volant commande directement la roue arrière et peut donc faire virer le vaisseau. Le capitaine se tient à l’avant et transmet ses ordres par l’intermédiaire de fils tendu reliés à un petit tableau à l’arrière. Les hommes de barre y voient les manœuvres demandées par le capitaine. La manœuvre n’est évidemment pas aisée et peut amener le navire à se renverser si elle est mal exécutée !

– Et le terrain ? N’est-il pas dangereux de tomber dans un trou, des pierres ou une rivière ?

– Vous avez raison, c’est pourquoi il y a toujours un homme de guet au sommet du mât. De plus, des routes immenses et extrêmement larges ont été tracées petit à petit en empruntant les plaines naturelles du continent. De vastes ponts au-dessus des rivières ont été construits au cours du temps par tous. Chaque région maintient en état un certain nombre de ponts ! »

L’étonnant navire arriva finalement près de la petite gare et fit tomber ses voiles, ce qui finit par l’immobiliser non loin des nouveaux arrivants, admiratifs. Aussitôt, des passerelles et escaliers sur roues furent amenés au navire. Bientôt, tout un petit peuple se mit à l’ouvrage pour décharger différentes marchandises et en embarquer de nouvelles. Pierre et ses amis pouvaient voir la présence de nombreux cageots de fruits et légumes et différentes poteries gagner le bord, fruit du travail de la collectivité de Valparaiso, tandis que des amphores de vin et des sacs postaux étaient déchargés.

« Venez, leur dit Jan, je vais vous présenter au capitaine ! »

****

Évidemment, 700 km à une vitesse de 25 km à l’heure, de jour seulement, cela représente quand même plus de trois jours de voyage ! Les quatre amis furent donc placés dans une cabine assez vaste sous le pont supérieur. Deux grands lits et une commode la meublaient. Ils étaient voisins de la cabine du capitaine. Il y en avait aussi deux autres plus petites dont l’une occupée par un couple et l’autre vide. Le navire était essentiellement une sorte de cargo. En plus du capitaine, il y avait sept hommes d’équipage qui, eux, dormaient dans des hamacs à l’avant. En tout, quatorze personnes étaient à bord. Dreck était fatigué, mais somme toute en assez bonne forme et le voyage, en lui faisant voir beaucoup de splendides paysages, lui changeait les idées… Il en allait de même pour Zhara qui ne cachait plus son attirance pour lui ! Pierre et Michelle profitaient aussi de ce moment de répit pour se détendre. Pierre en particulier était fasciné par le terravent et posait beaucoup de questions au capitaine. Pour sûr, l'engin n'aurait plus de secrets pour lui à l'arrivée. Les deux premiers jours se déroulèrent donc sans histoires. Ce fut au troisième que les choses se corsèrent ! Ils roulaient depuis quelques heures et il était aux environs de 11 heures du matin quand un groupe de cavaliers surgit brusquement de derrière une colline qu'ils venaient de dépasser, et se lança à leur poursuite. Quand le commandant vit le groupe, il pâlit soudainement et ordonna à l'équipage d'aller chercher leurs armes. En entendant cela, Pierre s'alarma :

« Commandant, que se passe-t-il ? demanda-t-il.

– Je n'aime pas ce groupe de cavaliers ! Il y avait des rumeurs à Saint-Petersburg, au sujet de la présence de bandits dans la région qui auraient attaqué un terravent la semaine passée.

– Sommes-nous en danger ?

– Ça se pourrait ! Ces chevaux sont plus rapides que notre navire, et ils pourraient tenter de nous immobiliser. Je vous conseille d'avertir vos compagnons. S'ils nous attaquent, on aura besoin de tout le monde ! Au fond du couloir, près de votre cabine, vous trouverez une grande armoire qui contient quelques armes. Servez-vous ! »

Pierre se dirigea rapidement vers l'arrière du pont d'où Dreck, Zhara et Michelle observaient les cavaliers – près d'une trentaine – pour les informer des propos inquiétants du capitaine. « Ça ne finira jamais », ne put s'empêcher de penser Pierre !

En un tour de main, ils s'équipèrent en armes trouvées dans l'armoire du capitaine. En fait, il s'agissait surtout de masses de combat, de petites dagues en obsidienne très tranchantes, d'arcs et de boucliers en bois.

« Oh ! là ! là ! dit Pierre, je sens que je vais regretter mon 357 Magnum!

– Et moi, mon Baïkal ! » renchérit Zhara.

Pierre, Zhara et Dreck choisirent les masses et les dagues alors que Michelle, elle, prit un arc, un carquois rempli de vingt flèches et une dague. Tous se munirent également de boucliers.

Dehors, la situation évoluait rapidement. Déjà, plusieurs cavaliers avaient rattrapé le navire et passaient maintenant devant. Tout à coup, ils se mirent à jeter ce qui semblait être de petites boules hérissées de pointes vers l'avant. L'équipage, pour qui ce comportement était clair, chargea ses arbalètes, décrocha ses carreaux vers les cavaliers les plus proches et en abattit deux. Malheureusement, le mal était fait ! Les larges pneus furent crevés et brusquement, le navire plongea vers l'avant pour heurter le sol durement. Le choc jeta tout le monde à terre, et le navire s'immobilisa rapidement. Les autres cavaliers arrivèrent et mirent pied à terre pour se lancer à l'assaut du navire immobilisé. Le premier pont était maintenant pratiquement à hauteur du sol à l'avant, et les attaquants embarquèrent par cet endroit… pour recevoir une volée de carreaux d'arbalètes ainsi qu'une flèche en provenance de l'arc de Michelle qui se planta dans l'œil d'un assaillant.

Menés par un colosse tout de noir vêtu et très supérieurs en nombre, les bandits furent rapidement en contact au corps à corps avec l'équipage. La mêlée fut terrible. Dreck ramassa toute son énergie et voyant la ligne des défenseurs céder sous la pression des attaquants, il se lança brusquement en avant avec sa masse portée très haut. Il asséna un coup si puissant au bandit devant lui que le bouclier de celui-ci éclata ainsi… que la tête qui se trouvait derrière ! Pierre se lança lui aussi dans la mêlée, suivi de Zhara qui, quoique moins forte physiquement, avait un grand entraînement militaire et en se jetant à terre, réussit à planter son couteau dans le jarret de son adversaire qu'elle acheva quand il tomba à terre. Cette contre-attaque réussit à galvaniser l'équipage qui se lança lui aussi à l'assaut des attaquants. Sous le choc et manifestement surpris par la résistance de leurs adversaires, les agresseurs reculèrent ! Ce fut alors que le colosse noir se jeta en hurlant "à l'attaque !", faisant éclater la tête d'un membre de l'équipage. Poussés par leur chef, les bandits repartirent à l'assaut et forcèrent Dreck, Pierre, Zhara et les autres à reculer petit à petit vers le pont supérieur, le nombre des assaillants étant vraiment trop grand, pratiquement deux contre un. Michelle tirait flèche sur flèche et faisait mouche plus d'une fois, mais des sept hommes d'équipage, il n'en restait maintenant plus que trois avec le capitaine, et tous commençaient à donner des signes de fatigue !

Les attaquants, eux, se relayaient maintenant en première ligne. Une fois de plus, Pierre crut sa dernière heure arrivée quand il constata que contrairement à l'équipage, les assaillants ne cherchaient pas à les tuer, mais plutôt à les blesser comme s'ils voulaient les capturer vivants, lui et ses compagnons. Pierre prit alors de plus grands risques, ce qui força pour un temps les bandits à reculer, mais… peine perdue, ayant trop utilisé ses forces, Pierre commença à faiblir !

Soudain, dominant la clameur du combat, un hurlement terrifiant suivi d'un mouvement de panique se produisit à l'arrière. Un homme hurlant fut projeté vers l'avant par quelque chose doté d'une force herculéenne, et les attaquants s'affolèrent, subitement coincés qu'ils étaient entre les défenseurs et ce qui les attaquait par l'arrière !

Alors, abandonnant le combat, ils se ruèrent vers la rambarde pour quitter le plus vite possible le navire. Le colosse noir se retourna alors pour crier après ses hommes, quand une masse démesurée à fourrure brune se jeta férocement sur lui. C'était un ours ou plutôt un grizzly, énorme ! Sa tête et son poids dépassaient largement la taille de son espèce, et ses yeux brillaient d'intelligence… et de rage ! D'un coup de griffe gigantesque, il décapita le colosse noir !

« Dieu soit loué, cria le capitaine, les Gardiens ! »

Mais le grizzly n'avait pas fini, et il n'était pas seul ! Six autres de ses congénères, de taille plus conforme à la normale ceux-là, se jetaient sur les autres qui étaient complètement paniqués. Ce fut un massacre incroyable !

Aucun des assaillants ne put échapper aux terribles mammifères qui, une fois leurs mortelles besognes finies, repartirent simplement vers la forêt sans plus prêter attention à l'équipage ni aux passagers du navire naufragé !

Tous se regardèrent, soulagés de se savoir toujours vivants, pour constater juste après avec tristesse que trois membres de l'équipage étaient morts, l'un était grièvement blessé et tous étaient blessés à des degrés divers, capitaine, hommes d'équipage et passagers. Rapidement, les moins blessés se portèrent à la rescousse des autres et bientôt, tous furent pansés et purent enfin se reposer. Ce fut à ce moment-là que Pierre remarqua quelque chose d'insolite sur le cadavre du colosse noir… quelque chose qui lui glaça le sang… une trace de peau… verte et écailleuse. Pierre s'approcha. « Oh non, s'écria-t-il soudain, sa peau noire était teinte ! C'est un Sarkaï ! »

Tout à coup, l'intervention des Gardiens devint claire !

La suite se déroula pratiquement comme un rêve. Le capitaine réquisitionna tout le monde pour réparer les pneus et à la tombée de la nuit, ils étaient prêts à repartir vers Saint-Petersburg, personne ne désirant réellement s'attarder dans le coin. Normalement, les terravents s'arrêtaient pour la nuit, mais cette nuit-là était étoilée comme jamais !

« Regardez ce ciel, leur avait dit le capitaine, cela arrive très rarement ici car normalement, un voile de brume nous empêche de voir les étoiles ! Alors je crois que nous pouvons y aller, mais à très petite vitesse, et demain matin, nous arriverons à bon port ! Quant aux cadavres ennemis, les animaux sauvages s'en chargeront ! »

Ils avancèrent toute la nuit sans se reposer et sans rencontrer d'autres problèmes ! Au petit matin, Pierre eut l'impression de voir brièvement… un vaisseau dans le ciel, toujours parfaitement limpide d'ailleurs. « Je dois rêver ! C'est impossible », pensa-t-il. Puis il oublia l'événement. Comme prévu, les voyageurs arrivèrent au matin à Saint-Petersburg, ville construite majoritairement en briques, où ils furent pris en charge rapidement par les autorités qui les questionnèrent longuement, surprises qu'elles étaient par ces attaques de terravents, très inhabituelles sur Sanctuaire ! La présence d'un Sarkaï alarma tout le monde et finalement, fourbus, les quatre amis purent enfin gagner le petit hôtel où ils purent prendre un repas bien mérité et profiter d'un lit confortable. Ils ne se levèrent que le lendemain matin pour se présenter à la clinique du Dr Guthereze qui les y attendait manifestement. Ce dernier les fit pénétrer rapidement dans son bureau pour un examen rapide de chacun d'entre eux.

« Bien, sauf le colonel, vous semblez tous en bonne santé, malgré un nombre assez incroyable de blessures superficielles. Mais vous, colonel, que vous arrive-t-il ?

– Dégénérescence génétique ! Je crois qu'il n'y a plus rien à faire !

– Il y a toujours quelque chose à faire !

– Ici ? Vous n'avez certainement pas les équipements nécessaires pour des raisons évidentes, et probablement pas non plus les connaissances médicales !

– En ce qui concerne l'équipement, vous avez évidemment raison, quoique nous ayons plus de ressources que vous ne le croyez. En ce qui concerne les connaissances, je dirigeais encore il y a quelques mois un service très particulier de la flotte, appelé

“Programme Sauvegarde”, donc croyez-moi, j’en connais un rayon sur les problèmes génétiques !

– Oh ! mon Dieu, s’écria Zhara, c’est vous qui… qui ?

– Oui, madame. Ce que l’on vous a fait par la suite explique ma présence ici. Je suis désolé !

– Merci quand même pour cette vie que je vous dois, lui dit Zhara, malgré les problèmes que cela m’a occasionnés.

– Bref, comme je vous le disais, nous avons quand même certains moyens, et entre autres des médicaments laissés par les Anciens, que vous allez tous devoir prendre !

– Quels médicaments et pourquoi ?

– Parce que vous êtes tous toujours porteurs des “Petit et Grand Translocateurs”, oui, oui, le Grand aussi, même si tout le monde pense qu’il a disparu, et si on ne vous traite pas, vous allez tous muter ! Le médicament appelé “Talimide” n’est pas un vrai médicament, mais plutôt une solution virale contenue dans ces petites fioles de verre. Une fois ingérés, les virus corrigeront vos gènes de façon à empêcher les mutations incontrôlées.

– Mais je ne veux pas que vous touchiez à mes gènes, se rebiffa Michelle.

– Même pour les rétablir comme ils étaient avant votre première rencontre avec les Sarkaïs ?

– Hein ? Mais de quoi vous nous parlez là ?

– Nous avons ici, madame, les produits prévus par les Anciens pour rétablir le code génétique de l’humanité.

– Mais cela est impossible ! Le code génétique d’origine a été perdu depuis des générations.

– Dans l’Empire, mais pas ici ! Et malheureusement, nous ne pouvons pas le faire savoir, et encore moins le donner à nos frères de l’Empire ! Mais qu’importe ! Pour vous, cela va fonctionner ! Voilà une petite fiole par personne. Vous brisez la petite pointe, vous en versez le contenu dans un verre et vous l’avalez. N’ayez crainte, il n’a aucun goût !

– Il n’est pas nécessaire que vous gaspilliez une fiole de ce précieux produit pour moi, lui dit Dreck, étant donné que je n’en ai plus pour longtemps. De toute façon, mon plus cher désir était de mettre mes compagnons en sécurité, et c’est fait maintenant.

– Tout d’abord, il n’y aucun danger de manquer de médicaments, les Anciens en ont laissé des quantités incroyables à notre disposition. En plus, c’est le traitement requis pour soigner la dégénérescence génétique d’un clone et…

– QUOI? hurla Dreck, VOUS AVEZ DIT UN CLONE?

– Oh! je suis désolé… vous ne le saviez pas ! Quand vous m'avez donné vos symptômes, j'ai tout de suite su que vous étiez un clone… J'ai l'habitude des clones, vous savez… Je ne comprends d'ailleurs pas pourquoi ils ne vous ont pas fait les traitements préventifs nécessaires… ou plutôt si… je comprends ! Ils ont eu peur de vous laisser vivre trop longtemps avec les souvenirs du colonel… ce qui indique que le vrai colonel est probablement toujours vivant !

– Incroyable, s'écria encore Michelle. Quel cynisme !

– Oh! tu sais, Michelle, l'Empereur devait vouloir vous donner un guide sans toutefois perdre Dreck ! J'aurais fait la même chose, reprit Dreck qui, soudain, venant de réaliser ce qu'il venait de dire, éclata de rire !

– Tu prends cela plutôt bien ! lui dit Pierre, étonné.

– Alors docteur, vous me dites que vous pouvez me soigner ? Oui ? Alors, c'est formidable, dit-il, rayonnant de joie et prenant Zhara dans ses bras pour lui donner un énorme baiser ! J'allais mourir et maintenant, je vais vivre ET j'ai une fiancée. Basta, la vie est belle ! Dorénavant, je m'appellerai Dreck Denulpart ! »

CHAPITRE 80 – LE TEMPS D'UNE PAUSE

« Majesté, vous avez exprimé le souhait d'être informé si quelque chose d'inhabituel se passait aux alentours de la planète Sanctuaire ?

– C'est exact, général. Alors, quelque chose vient de se produire ?

– Heu… s'est produit, Majesté, s'est produit… il y a dix-huit mois !

– Quoi ? Et c'est seulement maintenant que vous m'en avisez ?

– C'est seulement maintenant que nous avons l'information !

– Et de quoi s'agit-il ?

– Ce seraient des événements datant du moment où les Envoyés seraient descendus sur Sanctuaire. Un groupe de scientifiques avait placé un système automatique de cartographie radar sur la station spatiale qui orbite autour de Sanctuaire, mais totalement indépendant de ceux de la station. Ce système est inactif, mais se déclenche automatiquement quand la brume qui recouvre généralement la planète se lève, ce qui fut le cas ce jour-là. Alors, même si les systèmes de la station n'enregistrèrent rien, celui des scientifiques détecta le lancement d'une navette vers Sanctuaire en provenance d'un vaisseau… sarkaï non détecté ! « Mais il y a plus étrange encore. L'état non brumeux de la planète dura plusieurs jours, et cela est très très rare, donc le radar continua à enregistrer tout ce temps. Ce fut alors qu'il détecta un vaisseau entrant dans l'atmosphère de Sanctuaire ! Ce vaisseau descendit très bas à une altitude qui aurait dû, normalement, le détruire, puis après avoir tourné en rond au-dessus d'une région proche de celle où les Envoyés avaient atterri, il est remonté et a disparu dans l'espace. Naturellement, rien ne fut détecté par la station.

– Et pourquoi n'en avez-vous été informé que maintenant ?

– Parce que ce système est automatique et n'a été relevé que lors du retour de l'équipe de savants qui l'avait mis en place et qui vient d'initier un nouveau cycle d'étude de Sanctuaire. C'est pour cela qu'ils viennent d'analyser les données et, naturellement, quand ils virent les relevés, ils nous en informèrent.

– Y a-t-il une raison particulière à leur retour sur la station, autre que le relevé de leur système ?

– Oui ! Comme vous le savez, rien ne peut être vu à la surface de la planète car elle est généralement recouverte de brume impénétrable au radar, mais de temps en temps, cette brume se lève, alors la surface est visible. Ces savants ont réussi à construire un modèle informatique qui leur permet de prédire la levée des brumes, et c'est justement ce que celui-ci vient de leur prédire pour dans quelques jours !

– Et ce modèle n'avait pas prédit ce qui est arrivé il y a dix-huit mois?

– Ils l'ont installé quelques mois après, Majesté !

– Donc ces savants sont sur place ! Ont-ils découvert quelque chose d'autre depuis leur arrivée ?

– Non, rien d'autre, Majesté, mais le fait qu'un vaisseau sarkaï ait été en mesure de descendre dans l'atmosphère de Sanctuaire et d'en revenir est inquiétant... et incompréhensible !

– Absolument ! Est-ce que le NéMéSiS est toujours dans les parages ?

– Non, mais il y était il y a un an, et n'y détecta pas le Sarkaï non plus !

– Bon, mais maintenant, nous en savons plus sur leur système de brouillage. Renvoyez-le là-bas ! Mon instinct me dit que quelque chose pourrait bien se passer bientôt ! »

« En un an et demi, que de chemin parcouru », pensa Pierre. C'était le moins que l'on pouvait dire ! Depuis la terrible attaque du terravent, rien n'était plus arrivé. En fait, il pouvait même dire que ses compagnons et lui avaient enfin trouvé la paix à laquelle ils aspiraient tous. Comme ils avaient aimé le petit village de Valparaiso, ils étaient revenus s'y installer. Leur intégration dans la communauté s'était faite tout naturellement, et une grande corvée avait été commandée par le sympathique maire du village pour leur construire des maisons confortables sur une petite colline qui dominait le village. Rapidement, Pierre s'était pris de passion pour les terravents et avec l'aide de son ami Dreck ainsi que de quelques autres habitants, il avait créé un petit atelier de fabrication de terravents de course qui avait rapidement acquis une grande notoriété sur Sanctuaire, grâce aussi, il faut le dire, au talent de gestionnaire, vendeur et promoteur de Dreck! Quant aux femmes, Zhara avait mis au monde une petite fille nommée Chloé voilà déjà cinq mois et qui réussissait déjà à rendre fou ce pauvre Dreck, alors que Michelle avait accouché d'un garçon répondant au prénom de Loïc, il y avait à peine trois mois. Bref, tout ce petit monde avait réussi à se refaire une vie pleine et heureuse sur Sanctuaire et ne regrettait en rien les vies antérieures!

« C'est incroyable, dit Pierre à Dreck, alors qu'il prenait une petite pause en fin de matinée, cette paix qui semble régner ici !

– Tu as raison ! Il faut dire que la présence des Gardiens a fait qu'une loi interdit la chasse !

– Hé oui ! Mais le plus étonnant, c'est que l'on dirait que les animaux sauvages l'ont compris et ont décidé de ne jamais s'en prendre aux hommes! Plus même, ils n'attaquent jamais les animaux domestiques ni d'élevage.

– Quel équilibre ! Une civilisation en paix avec elle-même, avec les animaux, qui partage son territoire et même son environnement. Je finirais presque par croire que l'on peut réellement faire quelque chose de bon avec les humains !

– Vraiment, Dreck ?

– J'ai dit presque ! »

Les deux amis éclatèrent de rire.

« Sais-tu, Pierre, que notre nouveau terravent a déjà trouvé preneur ? J'ai reçu une lettre de quelqu'un de Saint-Petersburg qui viendra le chercher dans deux jours.

– Dans deux jours ? Mais il n'est pas encore testé !

– Alors, lui dit diaboliquement Dreck, qui savait parfaitement que son ami ne pourrait pas résister à la tentation, ne devrions-nous pas le tester… immédiatement ? »

Pierre éclata de rire une nouvelle fois.

« Bon, concéda Pierre… si le devoir m'appelle, je n'ai pas le choix ! Ce matin, nos femmes sont à la maison avec les bébés. Pourrais-tu les avertir que nous partons tester notre nouvelle machine pendant que je sors l'engin du hangar de fabrication ?

– À vos ordres, chef, lui répondit Dreck, hilare, j'ai même une destination à te proposer à une heure d'ici. Quand Jan est venu nous visiter hier, il m'a dit que la forte pluie d'il y a trois jours aurait exhumé le site d'une bataille très ancienne, datant probablement de la guerre des Démons, et j'aimerais y jeter un coup d'œil !

– Pourquoi pas ? »

Trente-sept minutes exactement pour ce petit terravent de course, modèle Ouragan, mené de main de maître par Pierre jusqu'au site indiqué par leurs amis et le maire du village.

« Hé, hé, Dreck ! Que dis-tu de ça ? Vingt-trois minutes de moins que ce que Jan nous avait dit ! Admire la performance du champion !

– Champion ? Bof ! En fait, c'est parce que je suis un navigateur hors pair qui t'a dirigé vers l'objectif sans détour ! La voilà, la vraie vérité sur notre bonne performance ! »

Stupéfié par le culot de Dreck, Pierre se mit à rire de bon cœur.

« Fort bien, monsieur le super-navigateur, allons donc le voir ce fameux site ! Et j'espère qu'il vaut vraiment le terrible travail qu'il m'a occasionné pour venir jusqu'ici ! »

Il le valait vraiment !

Les deux amis sentirent leur gorge se serrer quand ils atteignirent le site de ce qui avait été une très ancienne et terrible bataille ! Des centaines de squelettes étaient éparpillés dans la petite clairière entourée d'arbres, qui se trouvait très proche de la « route » des terravents qui allaient vers le sud.

Des squelettes portaient tous les stigmates des coups effroyables qu'ils avaient reçus au cours de la bataille. Ce n'étaient que crânes défoncés, bras et jambes cassés, thorax écrasés, sans parler des membres arrachés et des têtes sans corps !

« Mon Dieu, depuis que je suis ici, j'avais oublié ces horreurs ! dit tout haut Pierre, la gorge toujours serrée par le spectacle de mort qu'ils venaient de découvrir.

– Oui, moi aussi, lui répondit Dreck, aussi ému que son ami. Regarde, il semble y avoir deux types de squelettes… des humains… et des Sarkaïs !

Ils sont reconnaissables par leur taille beaucoup plus grande que celle des humains… et par ces morceaux d'étoffes colorées et du plus mauvais goût qu'ils ont toujours eu en matière de vêtement. Et toutes les armes ont disparu, probablement récupérées par les survivants des deux camps !

– Je crois aussi que le doute n'est vraiment plus possible non plus sur la participation active des Sarkaïs dans la guerre contre les humains. Je croyais pourtant que les Sarkaïs étaient de descendance humaine ?

– Ils le sont, mais il y a aussi une terrible légende qui court dans les marches de l'Empire et qui dit qu'un peuple humain aurait signé un pacte d'alliance avec les Démons. Ce pacte s'appellerait le "pacte d'indignité" ! Je ne savais que penser réellement de cette légende. Maintenant, je sais ! Ils sont entrés en guerre contre leur propre race !

– C'est terrible ! Penser qu'une race humaine ou qui fut humaine malgré son IE de sept, puisse s'allier avec une race démoniaque me rend triste !

– Moi aussi, renchérit Dreck. Les Gardiens, eux, ne s'y sont pas trompés. Pour eux, ils ne sont pas ou plus humains! Les Sarkaïs ont fait un choix!

– Assurément, mais cela n'est plus heureusement notre problème. Nous avons eu plus que notre part de… »

Pierre s'interrompit soudain, attiré par un éclat étrange en provenance d'un amas de squelettes un peu plus loin sur leur droite.

« Regarde là, Dreck… C'est bizarre, cet éclat… Allons voir ! »

Rapidement, Dreck et Pierre furent sur le lieu où, effectivement, quelque chose de réellement brillant semblait provenir de l'intérieur d'un crâne. En fait, c'étaient deux squelettes entremêlés, l'un gigantesque, beaucoup plus grand que celui des Sarkaïs et un autre, celui d'un homme celui-là, couché sur lui. Les deux s'étaient entretués, mais la scène avait vraiment quelque chose d'étonnant. Le thorax défoncé de l'homme et sa position semblaient indiquer qu'il avait été littéralement écrasé sur la propre poitrine de son assaillant, mais qu'avant de mourir, l'homme avait réussi à planter un couteau au milieu du front de son adversaire. Les deux étaient morts pratiquement dans les bras l'un de l'autre !

La dague avait traversé le crâne du géant, et l'éclat très particulier provenait de l'intérieur de celui-ci. Mais ce ne fut pas cela qui brusquement donna un sentiment de profond malaise à Pierre. Non, c'était plutôt le squelette si distinctif du géant.

« Cette gueule incroyable sur ce corps si gigantesque… si puissant… mon Dieu… ce n'est pas possible. »

La conscience du soudain malaise de son compagnon incita Dreck à rompre le silence qui venait de s'imposer.

« Il y a quelque chose qui ne va pas, Pierre ?

– Oui ! Ce que tu vois devant toi, Dreck, c'est quelque chose qui a inspiré la terreur à des millions de gens sur ma planète natale pendant des siècles ! J'avais toujours cru que ce n'étaient que balivernes et légendes de vieilles bonnes femmes ! Maintenant, je sais que non. Et cela me fait peur.

– Mais qu'est-ce qui t'impressionne à ce point ?

– Ce squelette… c'est… c'est celui d'un… d'un…

– Voyons, Pierre, dis-le !

– C'est le squelette d'un loup… un loup-garou ! »

Brusquement, Dreck réalisa lui aussi que le géant mort était d'une race vraiment différente des autres.

« Oui, moi aussi, je connais les loups-garous. Et je pense que tu as raison ! Mais qu'est-ce qui brille tellement dans son crâne ? »

Brusquement tiré de son sentiment d'horreur par la question de Dreck, Pierre fit un pas vers les deux squelettes et arracha prestement le couteau de la tête du monstre.

L'éclat de la lame du couteau était réellement fascinant ! Pierre eut tout à coup une idée et se dirigea vers un gros rocher à quelques mètres de là. Il s'agenouilla et planta avec force le couteau directement dans la pierre. La lame pénétra profondément dans celle-ci. Pierre la retira et constata qu'elle n'était même pas ébréchée. Il se retourna alors vers son compagnon.

« Dreck, c'est incroyable, sais-tu ce qu'est cette lame ?

– Non.

– C'est un diamant, Dreck ! Un diamant pur, taillé en lame avec un tranchant incroyablement fin. Pratiquement au niveau moléculaire ! Pas étonnant qu'elle ait pénétré si profondément dans la tête du loup-garou malgré l'épaisseur du crâne ! »

CHAPITRE 81 – L'ATTAQUE

« Gabriel ! »

La voix était puissante et autoritaire, mais avait quand même quelque

chose de tendre.

« Oui, Raphaëlla ! » fut la réponse, une réponse empreinte de tristesse.

Ils étaient seuls. Raphaëlla préféra baisser le ton. Gabriel était encore une fois entré dans cette sorte de torpeur intérieure triste qui frappait si souvent les hommes... surtout ceux qui étaient intelligents. Cela lui faisait peur, car elle savait combien ils étaient fragiles. C'était malheureusement le lot des hommes de sa race. S'ils étaient intelligents, alors ils prenaient pleinement conscience de leur condition. Certains, comme ce salaud d'Azazel, se servaient de leur intelligence avec cynisme pour devenir amiral, et peu leur importait s'ils n'étaient finalement que des esclaves gradés alors que d'autres, comme Gabriel, mouraient lentement en eux-mêmes. Le taux de suicide était très élevé chez ces hommes-là. Il avait fallu tout l'amour de Raphaëlla pour maintenir Gabriel en vie! Heureusement, la plupart des hommes étaient d'une stupidité incroyable et ne cherchaient vraiment que la castagne sans se poser trop de questions, ce qui leur permettait d'éviter le suicide, mais par contre, de servir de chair à canon aux maîtres! Quant aux femmes... leur sens du devoir envers la famille leur permettait de survivre... et comme les maîtres avaient quand même besoin d'échelons hiérarchiques, c'étaient elles qui commandaient.

« Ils veulent que tu y ailles, Gabriel ! Ils ont refusé que ce soit moi. Je serais trop précieuse à leurs yeux !

– Qu'ils soient maudits !

– Attention, Gabriel. Tu pourrais nous faire tuer avec des réflexions de ce genre !

– Je m'en fous ! Je préfère mourir de toute façon plutôt que mener cette vie-là !

– Gab, mon amour... ils ont promis pour toi et moi... la planète de retrait si nous réussissons !

– Si nous réussissons, ce serait encore pire ! Nous aurions une fois de plus trahi ce que nous sommes... ou étions ! Non, Raph, même mon amour pour toi ne peut...

– Si, Gab... si ! Pense à Urielle... qui nous attend... Je t'en supplie !

– Je t'aime, Raph… je t'aime ! Je le ferai donc… même si c'est encore une fois une saloperie ! »

Pierre commença le barbecue plus tôt que prévu vers la tombée de la nuit qui arrivait ici vers 19 heures. Il avait faim, et ses invités aussi !

Surtout, le vin commençait à taper un peu trop fort et certains d'entre eux, comme Jean, peu habitués à boire l'estomac vide, commençaient à montrer quelques signes d'ivresse. En faisant manger tout le monde, ça devrait aller mieux. Comme d'habitude, Dreck allait l'aider dans ce travail incroyablement compliqué de cuisson des viandes de bœuf et d'agneau pendant que les femmes prépareraient la salade. Asado grande !

Décidément, les Argentins l'avaient vraiment influencé… et ici, la viande était bonne, très facilement disponible et finalement avec le temps perpétuellement doux, ce genre de barbecue était la meilleure des activités sociales ! Sous les plus grosses torchères du village, la soirée serait agréable.

Ce fut à ce moment-là que Pierre remarqua un fait inusité ! Le ciel était rouge ! Il le fit remarquer à Dreck !

« Je crois, mon ami, que la brume perpétuelle se lève ! Nous voyons les derniers rayons du soleil de la journée ! La dernière fois que nous avons constaté ce phénomène, c'était sur la route de Saint-Petersburg, il y a maintenant plus d'un an ! »

À l'évocation de ce nom, la poitrine de Pierre se serra subitement.

« Que m'arrive-t-il ? pensa-t-il alors, pourquoi ai-je ce pressentiment soudain ? Rien pourtant ne devrait arriver ! »

« Bien. C'est vraiment étrange que cette brume se lève subitement sans raison météorologique. J'ai un mauvais pressentiment !

– Vraiment ? Mais pourquoi ? Tout va bien pour nous ici depuis que nous sommes arrivés ! À vrai dire, je ne me suis pas senti aussi détendu depuis le jour de ma naissance !!!

– Tu as raison. C'est simplement ce phénomène bizarre qui m'intrigue, et moi non plus, je ne me suis pas senti aussi détendu… depuis mes quatorze ans ! Bon, oublions cela… ma viande est en train de brûler ! »

Mais malgré tous ses efforts, Pierre fut incapable de se défaire de cette angoisse durant toute la soirée, et le soir venu, au moment de se coucher, il ne put faire autrement que de mettre le couteau de diamant sous son oreiller… au cas où… !

Pierre se coucha tard, la fête ayant été une grande réussite et plusieurs invités s'étant attardés jusqu'à 3 heures du matin, ce qui fit que Pierre tomba littéralement dans son lit où Michelle dormait déjà depuis une heure. Mais il ne dormit pas longtemps ! Juste avant l'aube, il fut réveillé par un sentiment de présence hostile dans sa chambre.

Il se retourna d'un coup et vit la silhouette massive d'un Sarkaï se diriger à pas de loup vers lui. Une lumière pâle pénétrait par la fenêtre de leur chambre qu'il avait oublié d'occulter la veille au soir. Ce fut comme un électrochoc !

« SARKAÏ », hurla-t-il, pour réveiller Michelle.

À ces mots, le Sarkaï sauta littéralement sur lui pour le maîtriser, mais il fut reçu par le couteau en diamant de Pierre. Tué net, il glissa hors du lit, ce qui permit à Pierre de réaliser que la chambre était littéralement envahie par les Sarkaïs ! Pierre n'eut que le temps de se lever pour engager le combat ! Déjà plusieurs assaillants s'en prenaient à lui alors que deux autres maîtrisaient Michelle. Mû par l'énergie du désespoir, Pierre frappait et frappait encore les Sarkaïs avec son couteau, en envoyant plusieurs au tapis, la gorge tranchée. Mais ils étaient nombreux, et il ne put les empêcher d'emmener une Michelle hurlante de terreur hors de la chambre et d'être de plus en plus isolée dans un coin !

Tout en se battant sur un tas de cadavres de Sarkaïs, Pierre se rendit compte qu'il ne pourrait pas continuer longtemps comme cela, les Sarkaïs faisant preuve d'une incroyable détermination pour le capturer… car il s'agissait bien de cela, le capturer, l'ennemi ne tentant pas de le blesser.

Il entendait toujours Michelle hurler, mais de l'extérieur maintenant !

Galvanisé par l'immense tristesse qu'il ressentait en réalisant que Michelle était emmenée au loin, il repoussa une nouvelle attaque en envoyant deux autres assaillants rejoindre leurs ancêtres, tant était redoutable le tranchant de la dague en diamant.

Mais un assaut concerté des attaquants venait de le mettre en difficulté quand la fenêtre de la chambre explosa littéralement sous la poussée d'un énorme loup.

« Akela ! » cria Pierre.

Celui-ci se précipita sur les Sarkaïs alors que toute une meute de ses congénères le rejoignait dans la chambre. En un temps incroyablement court, tous les Sarkaïs étaient occis !

Pierre ne prit même pas la peine de les compter et se précipita dehors. La scène qu'il y découvrit alors était dantesque !

Sous la lumière glauque des étoiles, des dizaines de Sarkaïs se battaient pour leur vie contre une meute de loups très agressifs ainsi que plusieurs énormes cervidés, des élans, qui défonçaient les cages thoraciques des ennemis avec leurs bois surdimensionnés ! Mais aucune présence du groupe qui avait enlevé Michelle !

Soudain, Pierre prit peur et se précipita dans la chambre de Loïc, leur bébé ! À son grand désespoir, il avait lui aussi disparu !

Il courut de nouveau dehors, mais ne put que constater que la bataille était sur le point de se terminer, faute de combattants vivants, et qu'il n'y avait de trace de son fils nulle part !

Il était évident qu'un groupe de Sarkaïs s'était sacrifié pour permettre à un autre groupe de s'enfuir. Il se précipita vers son petit entrepôt où étaient stockés plusieurs terravents prêts à être livrés, mais peine perdue, ceux-ci avaient été sabotés.

Ce fut à ce moment-là qu'il remarqua Dreck qui se battait toujours avec un Sarkaï ! Pierre se précipita pour lui porter main-forte.

Quelques minutes plus tard, le dernier Sarkaï s'écroula par terre, et Pierre sentit un énorme découragement l'envahir !

« Pierre, mon Dieu, mais que s'est-il passé ici ? s'écria Jean qui venait tout juste d'arriver avec un petit détachement de la milice locale.

– Des Sarkaïs ont enlevé Michelle et Loïc !

– Mais enfin, ils ne peuvent aller nulle part !

– Peut-être, mais pour le moment, ils sont en fuite avec des terravents… et les nôtres sont indisponibles.

– Mais dans quelle direction sont-ils partis ?

– Aucune idée ! Jean, avez-vous des terravents disponibles ?

– Peut-être, mais sans savoir dans quelle direction ils sont partis, nous n'irons nulle part… Non, je vais alerter les autres villages, et nous allons organiser une battue. Ne t'en fais pas, nous allons les retrouver rapidement et si ce n'est pas nous, les Gardiens le feront, eux !

– Justement, cette attaque manque tellement de logique que je pense que quelque chose nous échappe !

– Est-ce qu'ils ont molesté Michelle et le bébé ?

– Je ne crois pas! Ils tentaient réellement de nous enlever! Même moi! C'est pour cela que je ne comprends pas leur but! Ils doivent quand même savoir que leurs chances de survie ici sont nulles, à court ou, au plus, à moyen terme!

– Bon, comprendre les Sarkaïs n'est pas mon fort ! Je pense que nous devons attendre demain et organiser une battue !

– Non, je ne crois pas, intervint Dreck, demeuré silencieux jusque-là, les Sarkaïs sont certainement des êtres détestables, mais pas forcément suicidaires. Ils ont donc un plan, et nous devons absolument leur courir après. Je ne suis pas un militaire pour rien et dans ce cas, je pense comme Pierre, nous devons vraiment agir rapidement. S'il vous plaît, mettez à notre disposition vos terravents ! Nous tenterons de les trouver pendant que vous alerterez les autres et organiserez votre battue.

– Bon, mais dans ce cas, j'ai une meilleure idée. Nous allons prendre la carriole et aller à Budapest, un village situé à 20 kilomètres d'ici. Nous pouvons y être à l'aube et vous verrez, ils ont quelque chose qui va réellement vous aider à retrouver les Sarkaïs ! »

****

« Valentin Johannsen ! cria Jean en martelant la porte d'entrée d'une coquette maison située un peu en retrait du village de Budapest qu'ils avaient rejoint en moins d'une heure, après les tristes événements qu'ils avaient vécus cette nuit-là.

– Voilà, voilà, répondit une voix quelques minutes plus tard en ouvrant la porte. Jean, mais que me vaut cette visite si matinale ?

– Une urgence extrême ! Ton engin, il est vraiment aussi prêt que tu me l'as dit la semaine dernière ?

– Absolument ! J'ai même fait un autre essai hier, et tout est parfait !

– Pourquoi ?

– Parce que nous en avons besoin pour trouver une bande de Sarkaïs qui se sont enfuis en terravent durant la nuit !

– Des Sarkaïs ? Ici ? Mais c'est…

– Possible, l'interrompit Jean, s'il te plaît, Valentin, nous sommes VRAIMENT pressés. Peux-tu sortir ton engin ? »

Impressionné par le ton insistant, peu habituel chez son ami Jean,

Valentin lui répondit :

« Bon, c'est d'accord, allez à la grange, c'est là qu'il est. Je vais demander à ma femme d'apporter de l'eau, et je vous rejoins. »

Quelques minutes plus tard, Valentin ouvrait les portes de la grange sous les premiers rayons du soleil.

Là, un spectacle stupéfiant attendait le petit groupe ! Un étrange engin y était stationné sur une sorte de grand berceau à roulettes. Il avait la forme d'un dirigeable avec une petite cabine placée juste sous le ventre.

« Un dirigeable, ici ? questionna Pierre, stupéfait. Mais comment cela se peut-il ?

– Oui, c'est une sorte de dirigeable appelé aérovent par les Anciens, lui répondit Valentin, pas peu fier de son engin. Il est fait avec une fibre de carbone sécrétée par une araignée transgénique, probablement développée par les Anciens, et durcie par une résine, elle aussi produite par génie génétique, mais cette fois dans du lait de chèvre sauvage. La combinaison des deux donne une matière plus légère que le plastique, mais plus dure que l'acier !

– Mais quel gaz mettez-vous à l'intérieur ? Et comment vous le procurez-vous sans matériel comme des pompes, etc. ?

– C'est là, le truc ! Je n'utilise aucun gaz pour remplir le dirigeable !

– Mais alors, lui rétorqua Dreck, comment le faites-vous flotter dans l'air ?

– Ha, ha ! s'exclama un Valentin hilare, tout n'est qu'une histoire de densité ! La densité globale de votre machine se doit d'être plus faible que la densité du milieu dans lequel elle se déplace, ce qui fait d'ailleurs qu'un navire flotte sur l'eau !

– S'il vous plaît, intervint Pierre, visiblement agacé par les explications qui traînaient en longueur !

– Eh bien, je fais simplement le vide dans les différentes chambres de l'aérovent !

– Le vide ? reprit Pierre, mais cela provoquera l'écrasement des parois de votre engin !

– Non, justement ! répondit Valentin d'un air triomphant. C'est là, l'utilité des matériaux utilisés. La combinaison des deux me donne quelque chose de plus dur que l'acier, mais aussi complètement étanche ! Donc rigidité, légèreté ET étanchéité ! Le tout fait quelque chose de plus léger que l'air !

– Tu es absolument certain de la solidité de ton engin ? Je ne voudrais pas dégringoler subitement de cinq cents mètres d'altitude ! questionna Jean.

– Désolé, Jean, mais je ne peux pas prendre plus de deux passagers, donc tu ne pourras pas venir avec nous et oui, je suis sûr de la solidité de l'appareil, même en cas de tempête. Je suis ingénieur en aéronautique, du moins je l'étais, et j'ai fait beaucoup de tests. Je t'assure que l'aérovent est fiable !

– Mais, questionna Pierre, incrédule, comment faites-vous pour créer le vide dans les chambres de l'appareil sans pompes ?

– Élémentaire ! Par effet de succion ! fut la réponse. On chauffe de l'eau jusqu'à ébullition, on fait passer la vapeur dans un tuyau sur lequel on branche les tubes en provenance des diverses chambres à vide du dirigeable, et en passant, la vapeur crée un effet d'aspiration qui tire l'air de toutes les chambres. Puis on ferme toutes les valves de céramique qui commandent les tuyaux, et le tour est joué !

– Génial ! » s'écrièrent-ils tous malgré le caractère angoissant de la situation.

Restait cependant le problème de la propulsion, ce que ne tarda pas à évoquer Pierre.

« Cela est donc parfait pour faire flotter votre… aérovent, mais comment faites-vous pour avancer sans moteur ?

– Ha, ha ! s'exclama Valentin, très fier de lui. Ça aussi, c'est… heu… génial, comme vous dites… mais en fait, je dois vous dire que le génie est celui des Anciens, et non le mien, car j'ai réussi à trouver une copie d'un plan d'aérovent élaboré par les Anciens !

Vous voyez le grand axe qui file sous l'appareil entre les parois des chambres à vide et la cabine sur le ventre ?

– Oui !

– Eh bien, il est relié à une roue en bois montée sur roulement à billes en céramique comme pour les terravents. Ce système permet à la barre, faite de la même matière que tout l'appareil, de pouvoir tourner librement sous lui. La barre est aussi longue que l'appareil lui-même, c'est-à-dire 25 mètres. À cette barre sont accrochés des panneaux ultralégers, comme des voiles maintenues en place par des tiges rigides. Vous ne les voyez pas parce qu'ils sont accolés à la carcasse de l'appareil pour le moment, mais en vol, sous ma commande, ils vont se placer à la verticale, vers le bas de l'axe horizontal. Ainsi, les panneaux vont gonfler sous le vent et feront tourner la barre. Grâce à la roue centrale, la barre se mettra en rotation sous le dirigeable.

– Mais si je comprends que les panneaux vont imprimer un mouvement de rotation de la barre quand ils sont sous le vent, qu'arrivera-t-il quand ils auront fait une rotation de 180 degrés et seront dans le sens inverse ? Le vent alors freinera la barre, et la résultante sera une barre immobile.

– Non, car quand les panneaux auront accompli le mouvement à 180 degrés, ils seront poussés par le vent dans ce qui est leur "dos". Alors une simple charnière, bloquée dans le bon sens, permettra au panneau de se soulever sous la pression du vent, donc de n'offrir aucune résistance !

Le panneau accroche le vent dans un sens et se soulève dans l'autre sens. Comme ça, la barre est toujours en pleine rotation et dispose toujours d'une partie sous le vent et d'une autre en contresens ! La beauté de ce dispositif est qu'il fonctionne, quelle que soit la direction du vent !

– Bon, mais la propulsion ?

– Elle est assurée par un axe flexible qui transmet le mouvement à l'arrière à une vraie hélice qui, elle, pousse le dirigeable vers l'avant !

– Bon, sortons-le, et partons à la recherche de Michelle et Loïc », conclut Pierre.

CHAPITRE 82 – ASSIS AU BORD DU MONDE

« Bien, Dreck, revenons sur ce problème de missiles en quantités faramineuses postés aux limites de l'Empire ! Nous devons absolument trouver une solution !

– Oui, certainement, mais n'est-ce pas le projet Méphisto qui doit contrebalancer les missiles ?

– Le projet Méphisto est notre réponse, mais est-ce suffisant pour réellement contrer cette engeance ? Nous ne sommes pas prêts alors qu'eux, ils le sont et ont déjà un nombre suffisant de machines pour nous empêcher de quitter l'Empire ! Pour contrer cela, il faudrait que nous lancions la flotte contre eux, alors l'Empire serait sans défense ! Non, selon moi, le projet Méphisto est plus une surprise pour eux si d'aventure, ils arrivaient à nous vaincre !

– Une surprise pour eux ? Je ne comprends pas ?

– Pour le moment, laissons tout le monde croire que ce projet est développé pour contrer les missiles ! En fait, il ne sera jamais prêt à temps ! Ma vraie raison pour autoriser ce projet est de laisser quelque chose derrière nous qui empoisonnera l'existence des Démons après notre disparition… si celle-ci devait se produire !

– Ah, je vois. Nous ne serons plus là, mais nous continuerons à nous battre en notre nom, et nous deviendrons une menace qui s'amplifiera avec le temps ! J'aime ça ! Une vengeance posthume !

– Exactement, mais revenons à notre sujet de départ, les missiles ! Il y a quelque chose qui me tracasse !

– Quoi donc ?

– Tes réflexions sur le danger des machines autoreproductrices !

D'après toi, après un certain nombre de générations et donc de multiplication des erreurs dans la transcription des codes, certaines d'entre elles devraient se révolter contre leurs maîtres ?

– Oui, absolument !

– Est-ce le cas ? Où avez-vous observé quelque chose comme cela ?

– Non ! J'ai fait poster des vaisseaux sans pilote dans le but de tester notre encerclement et de trouver les points faibles et vous avez raison, Majesté, le comportement est rigoureusement identique tout le temps, ce qui implique que, soit les Démons ont une technologie très en avance sur la nôtre, ce qui ne me semble vraiment pas le cas, soit il y a quelque chose qui contrôle les missiles ! J'opte pour la deuxième option !

– Donc si nous trouvons ce qui contrôle les missiles, nous serons en mesure de briser l'encerclement ?

– Peut-être !

– Alors d'après toi, qui contrôle les missiles ?

– Là, je ne suis pas en mesure de répondre ! Le contrôle d'une telle quantité de missiles demanderait des capacités informatiques incroyables !

Nous, nous en serions incapables !

– Bien ! Es-tu au courant de ce qui est arrivé à Caroline dernièrement ?

– Non. Elle va bien, j'espère ?

– Oui, mais elle tentait, au travers de l'institut Thulé, de contacter son ami Pierre sur Sanctuaire, et elle a eu la surprise de rentrer en contact avec un être qu'elle décrit comme glacé et probablement pas humain ! Cet être semblait observer Sanctuaire par l'intermédiaire de machines !

– Oh? J'ignorais cela ! Caroline semble de plus en plus capable de sentir les êtres vivants et même les Démons ! Et qu'a-t-elle découvert ?

– Seulement qu'il observait Sanctuaire, à la recherche des… heu… des Envoyés, ainsi que d'Eytan et d'elle-même ! Mais je fais le lien aussi avec cette extraordinaire nouvelle que le NéMéSiS serait en quelque sorte devenu autonome, comme un être vivant.

– Majesté… vous croyez que…

– Oui, un Démon qui serait lui aussi une machine vivante et qui, peut-être, contrôlerait les missiles ?

– Caroline a-t-elle perçu le nom de cet être ?

– Trojan ! Mais qui est ce Trojan ?

– Un Démon! Un des plus puissants ! Personne n'avait jamais été capable de l'accrocher en pensée jusqu'ici ! On le connaissait seulement par référence dans les pensées des autres ! Caro aurait donc réussi à le sentir. Mon Dieu, c'est lui, le troisième cavalier de l'Apocalypse dont parlent les légendes !!

– Savons-nous maintenant qui sont les autres ?

– Le premier représente, je pense, les Sarkaïs ! Leur implication ne fait maintenant plus aucun doute. Le deuxième serait les Dragons, ceux que nous avons rencontrés sur Dombergé ! Le quatrième, le plus puissant, nous est toujours inconnu !

– Bien ! Donc partons du principe qu'il y a de fortes chances que les missiles soient contrôlés par une force extérieure qui pourrait être ce fameux Trojan. Celui-ci disposerait d'une puissance informatique colossale et serait peut-être lui-même une machine ! Nous avons donc une série de questions à résoudre le concernant, mais surtout nous devons trouver qui pourrait être assez fort pour s'attaquer à ce Démon avec une chance raisonnable de succès !

– Pour ça, Majesté, j'ai ma petite idée ! Et croyez-moi, ce Trojan va avoir affaire à forte partie ! »

Pierre regardait avec un mélange d'appréhension et d'admiration le spectacle que représentait la région vue depuis 400 mètres d'altitude !

L'aérovent, d'abord accroché à un filin, avait décollé sans problème aussitôt que la bouilloire sous laquelle un feu d'enfer avait été allumé avait délivré la vapeur créatrice du vide dans les chambres de l'appareil. La propulsion fonctionnait comme prévu, les majestueux panneaux ultralégers se gonflaient du vent permanent soufflant sur la planète et faisait tourner, dans un vrombissement léger, l'hélice arrière qui propulsait l'incroyable vaisseau aérien.

Le ciel était magnifique et sans nuages, ce matin-là !

Pierre et Dreck étaient montés sur le dos de l'appareil grâce au tube reliant la cabine ventrale et le dos de la machine en son centre. Là, retenus au navire aérien par une ceinture et un filin antichute, ils avaient gagné l'avant où ils avaient pris place sur de petits sièges prévus à cet effet directement sur le nez de l'appareil. Leurs pieds pendaient presque dans le vide ! Ils avaient l'impression d'être assis au bord du monde ! 400 mètres plus bas, il y avait les chemins et les collines, les arbres et les plaines de Sanctuaire. Et quelque part, les Sarkaïs, Michelle et Loïc !

C'était pour cela que Pierre, en particulier, ne pouvait savourer pleinement cette expédition qui autrement l'aurait littéralement transporté de plaisir.

Dreck et lui s'étaient munis de longues-vues en bois munies de lentilles artisanales remarquablement puissantes.

Déjà, ils avaient repéré plusieurs terravents, mais ceux-ci étaient trop gros pour être ceux qu'ils recherchaient.

L'aérovent faisait de grands tours en élargissant de plus en plus la zone survolée de façon à couvrir les 360 degrés de l'horizon et ne pas manquer ceux qu'ils recherchaient. Cela prit quatre heures, et la matinée était très avancée quand ils repérèrent enfin trois Terravents de petite taille mais très rapides, qui se dirigeaient plein est. Ni Pierre ni Dreck n'avaient la moindre idée de leur but, mais cela importait peu ! Pierre sut tout de suite que c'étaient eux, même avant d'avoir identifié les occupants, au grand étonnement de Dreck. Pierre semblait avoir acquis une sorte de sensibilité spéciale depuis sa rencontre avec le Dangue, il y avait maintenant ce qui paraissait des siècles à Dreck !

Les trois terravents, de tailles modestes, suivaient la ligne de fracture de l'immense plateau qu'était cette région. Sur leur droite, une falaise faisait le lien avec la plaine en contrebas. Les terravents ne pouvaient donc que progresser vers l'avant ou virer vers la gauche.

Derrière eux, à seulement quelques kilomètres, il y avait Akela, et sa meute qui suivait ! Bien sûr, les superanimaux étaient moins rapides que les terravents mais ils étaient tenaces et si les terravents s'arrêtaient, ils les rattraperaient !

« Incroyable, la ténacité des Gardiens! » pensa Pierre, qui avait bien l'intention de leur permettre d'occire quelques Sarkaïs! Pour cela, Dreck et lui avaient un plan… et les armes qu'il fallait pour le mettre à l'œuvre! Juste avant de partir, l'antenne locale de la milice leur avait remis des arbalètes!

Mais pas n'importe lesquelles! Des arbalètes produites par les Anciens! Des engins surpuissants qui devaient être tendus avec une double manivelle et qui permettaient d'obtenir une vitesse de départ des carreaux de près de 350 km/heure ainsi qu'une portée de 950 mètres! En outre, certains carreaux étaient munis d'un petit réservoir contenant un liquide inflammable!

L'aérovent descendit à seulement 30 mètres d'altitude et se rapprocha

du terravent de queue.

Les longues-vues eurent tôt fait de leur confirmer que celui-là servait d'arrière garde et n'avait à son bord ni Michelle ni Loïc !

Dreck et Pierre tendirent leurs arbalètes et décrochèrent leurs carreaux simultanément vers la grande voile et le spinnaker. Ils firent mouche, et les deux voiles s'enflammèrent aussitôt ! Le sort de ce terravent et de ses occupants était réglé ! Dans moins de vingt minutes, les Gardiens seraient sur eux !

« Bien le bonjour aux Gardiens de notre part ! » leur cria Pierre.

L'aérovent se dirigea alors vers le terravent suivant quand, brusquement, celui-ci vira vers la droite, à 90 degrés, alors que l'autre virait à gauche ! Ils durent choisir, et ce fut la mort dans l'âme qu'ils virèrent eux aussi, choisissant le terravent le plus proche, celui qui se dirigeait maintenant vers la droite… mais aussi vers la falaise ! Pierre y vit distinctement un Sarkaï tenir le petit Loïc ! Une nouvelle fois, leurs arbalètes furent armées et firent mouche de la même façon. Les voiles du terravent s'enflammèrent!

En quelques minutes, de gros trous apparurent dans les voiles. L'engin perdit son élan et finit par s'immobiliser !

Les deux amis allaient devoir affronter les sept Sarkaïs à eux seuls !

Mais ils avaient de bonnes armes et surtout, une autre sorte d'arbalètes plus petites que celles qu'ils venaient d'utiliser, moins puissantes mais beaucoup plus maniables !

Pierre et Dreck descendirent de l'aérovent, en rappel grâce à une corde tendue vers le sol.

Aussitôt, les Sarkaïs attaquèrent ! Deux d'entre eux furent couchés dès le début grâce à la grande précision des arbalètes, et deux autres avant même de les atteindre.

Malgré tout, deux des trois Sarkaïs survivants atteignirent Pierre et Dreck… mais ils n'avaient ni leur rage… ni leurs armes! Le couteau en diamant eut tôt fait de trancher la gorge du premier alors que le bruit sec d'une nuque brisée indiqua que celui de Dreck venait de rejoindre ses ancêtres!

Restait le septième, probablement le chef, qui ne s'était pas attaqué à eux!

« Où est ce fils de chien ? demanda Pierre.

– Là », répondit Dreck, en pointant son doigt vers la falaise où le Sarkaï survivant courait avec… Loïc dans ses bras !

Pierre et Dreck se lancèrent à sa poursuite la peur au ventre !

« Et si… ? » pensèrent-ils tous les deux.

Peine perdue ! Le Sarkaï arriva le premier à la falaise !

Là, brandissant le petit Loïc au-dessus du précipice, il dit, en regardant Pierre qui arrivait époumoné :

« Regarde, Envoyé, la mort de ton fils ! »

Pierre eut littéralement un coup au cœur !

« Mon Dieu, que faire ? » pensa-t-il désespéré, quand soudain, les paroles d'un vieux professeur lui revinrent à l'esprit : « Pierre, souviens-toi que même la personne la plus mauvaise a quelque chose de bon en elle… À toi de le trouver… Si tu réussis, alors même une situation désespérée ne le sera plus vraiment ! »

« Démon, lui dit Pierre, quel est ton nom ?

– Mon nom? Tu veux savoir le nom de celui qui va tuer ton fils? Mon nom est Baalzephon ! Et ne perds pas ton temps à me maudire, j'y suis déjà, en enfer ! »

La dernière réflexion du Sarkaï donna soudain une idée à Pierre.

« Non, je ne veux pas ce nom-là. Dis-moi comment t'appelait ta mère, donne-moi le nom que te susurre ton amoureuse à tes oreilles après l'amour ! Donne-moi le nom que tu portes quand tu veux être autre chose qu'un esclave ! Celui qui fait de toi encore un peu un être humain ! »

Brusquement, le Sarkaï se figea. Les paroles de Pierre l'avaient touché quelque part !

« Gabriel ! dit-il, tel est mon nom interdit !

– Gabriel ! Ton peuple était humain avant, non ? Comment vous appelait-on ?

– Archanges ! Nous étions le peuple fier et indépendant des Archanges !

– Mon Dieu ! Mais que vous est-il arrivé pour que… pour que…

– Nous tombions dans une telle déchéance ? Michaël, notre roi, devint fou quand son épouse bien aimée, Myriadel, mourut de mutation ! Il signa un pacte avec les Démons !

– Le pacte d'indignité !

– Oui ! Maintenant, nous sommes des esclaves tout justes bons à mourir pour les Maîtres !

– Mais pourquoi ne vous êtes-vous pas révoltés ?

– Parce que les Démons furent pires que notre roi pouvait le croire ! Ils mirent un programme dans notre tête qui nous tue si nous n'obéissons pas !

Non, ne t'avance pas ! Tu n'as pas encore gagné ! Et toi non plus, colonel… je tiens toujours le petit dans mes bras… Déjà, ce maudit programme dans ma tête veut me faire sauter dans le vide avec ton fils ! Ne me compliquez pas la tâche, sinon…

– NON! Je t'en prie, sois humain pour les derniers moments de ta vie ! Qu'au moins l'un d'entre vous le soit ! »

Le Sarkaï se tut une seconde, visiblement en proie à un terrible dilemme.

« Je ne suis pas le seul ! Le programme dans notre tête, les Démons l'ont mis là après que certains d'entre eux, outrés par l'action du roi, se furent soulevés, menés par un grand homme appelé Nicolas Flamel ! Ce dernier connaissait le pouvoir de la pierre qui change le métal en or et savait qu'elle pourrait le protéger, lui et ses hommes, des Démons ! Nicolas réussit à la reprendre aux Démons et à s'enfuir avec elle !

– Mais que racontes-tu, Archange ! La pierre philosophale, ça n'existe pas !

– Détrompe-toi, Pierre l'Envoyé, elle existe ! Une pierre similaire est même ici sur Sanctuaire !

– Ici ? Mais qu'est-ce qui te fait dire cela ?

– Cette pierre, Envoyé, nous l'appelons la Pierre des Étoiles, car c'est en mourant en supernova que les étoiles la créent ! C'est cette pierre extrêmement rare qui protège étrangement cette planète !

– Quoi ? C'est la pierre philosophale qui surcharge le métal et le fait fondre ? Je croyais qu'elle changeait celui-ci en or ?

– Elle peut, en effet, transmuter les métaux, mais si elle est vraiment volumineuse, sa puissance devient phénoménale. Alors elle surcharge d'énergie tout ce qui est conducteur et le détruit. C'est mon peuple qui l'a découverte, il y a longtemps ! Les Maîtres nous l'ont volée, mais ils n'ont pas compris tous ses pouvoirs… du moins pas avant que Nicolas, notre grand maître alchimiste, ne s'en serve pour protéger la rébellion ! Grâce à un vaisseau géant volé aux Maîtres, il la transporta sur une planète très loin d'ici ! Jamais depuis, les Maîtres n'ont été capables de les vaincre ! Mais ce que tu dois savoir, Envoyé, c'est que les Maîtres ont pu étudier les effets de cette pierre en observant la planète de Nicolas depuis des siècles. C'est pour cela qu'ils ont pu monter cette expédition sur Sanctuaire !

– Tu en sais beaucoup pour un Sarkaï !

– … qui sont habituellement stupides ? Sache que parmi les miens, je suis un savant !

– Mais, intervint Dreck pour la première fois, lui aussi fasciné par le récit du Sarkaï, pourquoi descendre sur Sanctuaire pour enlever Loïc et Michelle ? Vous savez que de toute façon, vous ne pourrez pas vous échapper !

– Détrompe-toi, colonel ! Quand le ciel est clair, cela signifie que la pierre se recycle et donc ne diffuse plus son énergie. Les Maîtres ont réussi à prédire ce phénomène grâce à leurs longues observations de la planète de Nicolas. Et ce phénomène est généralement très court, quelques heures tout au plus, mais cette fois-ci il va durer plusieurs jours ! Cela n'arrive qu'une fois tous les cent ans ! À ce moment, nous pouvons de nouveau utiliser les métaux et… les vaisseaux spatiaux ! Un vaisseau ne va pas tarder à arriver pour nous reprendre !

– Mon Dieu ! Rends-moi mon fils ! Je dois partir chercher Michelle !

– C'est trop tard, Pierre l'Envoyé ! Le vaisseau est déjà là ! Mais sache que tu vas faire beaucoup de mal à mon amoureuse ! Ma mort te vengera un peu !

– Mais qui est ton amoureuse !

– Mon amoureuse… c'est Raphaëlla, ou pour toi… Astaroth ! Envoyé, tu fais vraiment peur aux Maîtres ! Et je veux mourir en homme », conclutil soudainement.

Alors le Sarkaï posa le petit Loïc sur le sol et se retournant, il sauta dans le vide !

Pierre put le voir ouvrir grand ses bras… comme des ailes, juste avant de s'écraser 100 mètres plus bas.

« Comme un archange », pensa-t-il.

À ce moment, un bruit sourd le fit se retourner. C'était l'arrivée d'un vaisseau sarkaï !

« Mon Dieu! » cria Pierre.

Mais il était trop tard ! En quelques minutes, l'engin avait récupéré les Sarkaïs du troisième terravent et redécollait déjà !

« MICHELLE! » hurla Pierre, en proie au désespoir.

Pour lui, tout était perdu ! L'amour de sa vie venait de se faire enlever, et il ne pouvait rien faire !

Mais tout n'était pas encore terminé. Suivant de peu le vaisseau sarkaï, un autre appareil surgit brusquement à l'horizon… et cet appareil se dirigeait vers eux !

« Mon Dieu, cria Dreck, c'est le NéMéSiS ! »

CHAPITRE 83 – LE RETOUR

« Pierre !

– Mon Dieu, Caroline! Comment…

– Par le NéMéSiS! Il a signalé qu'il t'avait récupéré avec ton fils Loïc !

– C'est vrai. Je n'ai pas voulu laisser Loïc, car il sera impossible de quitter Sanctuaire avant cent ans maintenant ! Dreck est resté !

– Dreck ? Comment ça, Dreck ? Je l'ai vu encore ce matin ! C'est lui qui m'a dit que tu avais quitté Sanctuaire, pour notre plus grand étonnement!

– Enfin notre… version de Dreck ! Ton père nous avait envoyé un… clone de Dreck… pour nous aider !

– Un clone ? Incroyable ! Papa m'avait dit qu'il ne vous avait pas laissé tomber… mais un clone de Dreck… ça, je ne le savais pas. Et… ce clone… il le sait ?

– Oui ! Ce fut un choc… mais comme il est maintenant amoureux… d'un autre clone… Zhara… il est heureux. Ils ont même une petite fille prénommée Chloé !

– Eh là ! Je ne suis pas sûre de la moralité de mon père dans tout cela ! »

Évidemment, Pierre ne mentionna pas la mort programmée pour Dreck ! Il était inutile de faire haïr l'Empereur par sa fille !

« Moi non plus, je n'en suis pas sûr… mais sache que le nouveau Dreck se fait appeler Denulpart… pour marquer sa différence !

– Et toi, Pierre ? Et Michelle ?

– Comme tu sais… je me suis marié avec Michelle, et nous avons un fils, Loïc…

– Oh ! dit soudain Caroline.

– Quoi ?

– Loïc… Je ne sais pas… Ce nom m'a comme troublée tout à coup ! J'ai comme eu… j'ai comme l'impression que nos destins sont liés… Pierre… j'ai un terrible pressentiment, lui dit tout à coup Caroline, je… je, dit-elle de nouveau avant d'éclater en sanglots !

– Caroline, voyons ! Que se passe-t-il ?

– C'est toi… Michelle… elle est dans les mains de cette horrible Astaroth !

– Oui, c'est terrible ! Mais grâce au Nem, tout n'est pas perdu ! Je suis à sa poursuite et déjà, grâce à la connaissance que le Nem a des systèmes sarkaïs, nous sommes en mesure de suivre Astaroth sans qu'elle le sache !Elle maintient un silence radio pour ne pas alerter la Garde, mais elle n'aura pas d'aide non plus.

– Mais toi non plus, tu n'as pas d'aide ! Vous êtes déjà trop loin ! Mon père cherche à envoyer des croiseurs à votre poursuite et déjà plus de trois cent cinquante navires de la Garde se dirigent vers vous, mais aucun n'est assez proche pour réellement pouvoir t'aider ! Tout au plus vont-ils empêcher qu'Astaroth en reçoive si jamais elle brisait le silence radio ! Tous les deux, vous êtes livrés à vous-mêmes ! Très bientôt, vous serez même hors de portée ! La frontière de l'Empire est proche ! Et j'ai un terrible pressentiment... Pierre... J'ai peur... pour toi et Michelle... vous êtes mes amis ! acheva Caroline en pleurs !

– Ne t'inquiète pas, je vais récupérer Michelle. Ils ne la tueront pas, car ils ont besoin d'elle pour trouver la Terre... Nirva. C'est juste un vaisseau sarkaï et moi, j'ai le Nem. Pour le moment, je ne peux que les suivre mais à un moment donné, ils devront ralentir, et je les aurai à ce moment-là !

– Pierre, montre-moi Loïc ! »

Pierre prit fièrement le petit et le montra à une Caroline tout émue !

Elle le regarda intensément et lui envoya un petit baiser de tendresse par moniteur interposé ! Bizarrement, le bébé réagit et lui fit un magnifique sourire, ce qui arracha en retour un maigre sourire à Caroline.

« Mon ami, dit-elle avec tristesse, mon pressentiment me dit que je ne te verrai plus jamais, ni toi ni Michelle ! Sache que ce que tu as fait pour nous, même mon père en convient, est fantastique ! Grâce à toi, les Démons ont dû ajourner leur attaque ! Merci au nom des hommes... et merci pour la vie que je te dois, mon ami... »

Mais la communication se coupa avant que Caroline ait pu finir sa phrase ! Pierre était maintenant hors de portée ! Et seul face à son destin !

« L'Empereur sait-il tout à propos de la pierre philosophale sur Sanctuaire ?

– Oui ! Je lui ai transmis cela aussi !

– Bien ! Autre chose ! Tu es bien sûre qu'Astaroth ne sait pas que nous la suivons ?

– Absolument ! Astaroth a gardé le silence radio depuis notre départ de Sanctuaire pour ne pas être repérée par la Garde ! Si elle se savait suivie, elle aurait demandé des renforts ! De plus, elle n'avait aucune raison de croire que je serais dans les parages et n'a jamais eu vent de mes capacités spéciales, même quand elle croyait me commander ! En outre, la technologie utilisée par les Sarkaïs ne leur permet pas de me repérer à la distance où je suis. Par contre, moi, je n'ai aucun problème pour la suivre incognito.

N'oublie pas que je suis un vaisseau militaire, peut-être camouflé en appareil civil, mais militaire quand même ! J'ai donc des capacités de détection, d'analyse et de combat très supérieures à celles d'Astaroth ! Je peux la détruire n'importe quand !

– Surtout pas ! Tu tuerais aussi Michelle ! Nous devons la sauver !

– Oui ! Ne t'en fais pas ! J'aime beaucoup Michelle, c'est elle qui a découvert mon nouvel état, et elle a été plus que compréhensive à mon égard ! Je ferai donc tout pour la sauver.

– Mais comment faire pour attaquer l'appareil d'Astaroth sans mettre Michelle en danger ?

– Pour le moment, nous ne pouvons rien faire. Nous sommes tous les deux poussés par les mêmes soleils avec la même force. Nous nous déplaçons donc à la même vitesse. Si je voulais pousser mes moteurs pour gagner quelques kilomètres/heure, elle me verrait venir de loin et ferait la même chose ou se préparerait au combat, et alors adieu la surprise !

– Donc que fait-on ?

– Nous la suivons jusqu'à la Terre et là… heu… nous aviserons !

– Nous aviserons ? Tu penses que je vais accepter ce “nous aviserons” ? On parle de la vie de Michelle !

– Mais aussi de la Terre ! Attention, Pierre, nous devons absolument éviter que les Démons sachent où se trouve la Terre !

– Là, je suis d'accord. Mais tu crois réellement qu'ils pourront forcer

Michelle à parler ? Même si la réponse est oui, Michelle n'a pas les connaissances astronomiques qui pourraient lui permettre d'indiquer où est la Terre ! Si nous l'avions su, nous serions repartis vers elle depuis longtemps !

– Tu oublies, Pierre, que pour cela, il est nécessaire de savoir où les Sarkaïs vous ont trouvés et d'où vous veniez, informations qu'Astaroth possède ! Et Michelle n'a pas besoin de connaître l'astronomie, il suffit qu'elle ait une vague idée du ciel vu de la Terre ! Les Sarkaïs vont projeter des images reconstituées électroniquement des ciels vus des étoiles de la région probable de la Terre, et ils feront cela directement dans son cerveau au niveau inconscient. Michelle sera droguée et ne pourra même pas s'opposer au processus ! L'ordinateur enregistrera toutes ses réactions, même minimes. Après quelque heures de ce traitement, ils connaîtront le chemin de la Terre, n'en doute pas, Pierre !

– Mais, Nem, n'est-on pas déjà en route vers la Terre ?

– Oui ! Nous avons franchi la frontière de l'Empire sans être inquiétés par les nuées de missiles, Astaroth nous ayant en quelque sorte ouvert la porte pour elle… et nous !

– Donc nous sommes en route pour la Terre. La région de l'espace où elle se trouve n'est donc plus un mystère pour nous, et Astaroth y va sans en avertir quiconque pour éviter d'être repérée.

– Oui, mais où veux-tu en venir ?

– Tu crois avoir de meilleures capacités de navigation qu'Astaroth ?

– Certainement, mais encore une fois, où veux-tu en venir ?

– Simplement que ce qui a été fait à Michelle peut aussi m'être fait… par toi. Alors nous aussi, nous connaîtrons le chemin de la Terre !

– Oui, mais pour quoi faire ? Il suffit de suivre Astaroth.

– Pour y aller avant elle et lui préparer une réception digne d'elle ! »

Ils bondirent de soleils rouges en soleils bleus, parfois à la limite de la résistance du Nem. Il fallait absolument être là avant elle. Les mêmes soleils propulseurs seraient utilisés par les deux vaisseaux, alors ils ne pourraient pas gagner beaucoup de temps. Mais qu'importait, même quelques heures seraient suffisantes.

Le Nem était vraiment un très bon navigateur… alors… !

Soudain, dans son écrin noir serti de diamants, tel un lapis-lazuli gigantesque, elle apparut !

Le joyau bleu, berceau de l'humanité… Gaïa, home world, chez nous… la Terre !

Le cœur de Pierre se serra si fort qu'il manqua d'air.

« Qu'elle est belle ! »

Le Nem aussi sembla soudain sans voix. Il prit quelques secondes avant de pouvoir parler.

« Oui, Pierre, elle est belle ! Et… mon Dieu, que cette planète est féconde ! Toute cette vie ! Cette diversité ! Mes détecteurs s'affolent !

Pierre, jamais une planète dans l'univers n'a été capable de saturer mes

détecteurs ! Quelle incroyable richesse !

– C'est la Terre des hommes! Mon monde…!

– Et tu peux en être fier ! Ta planète est la plus belle de l'univers !

– C'est la tienne aussi, Nem !

– Non, pas la mienne, je ne suis pas fait de sang ni de chair !

– Si, c'est la tienne aussi. Tu es le fruit du travail des hommes et tu es, toi aussi, un être vivant ! Tu as hérité aussi de cette planète comme tous ses enfants !

– Merci, Pierre. Oui, je me battrai avec vous, les hommes, pour protéger une telle merveille !

– Heureusement, Astaroth n'est pas encore là ! »

Soudain, Pierre se rembrunit !

Son brusque silence inquiéta le NEM.

« Que se passe-t-il, Pierre ?

– Je me rends compte que le monde que j'ai connu est maintenant perdu à jamais ! Je ne sais plus à quoi ressemble la Terre maintenant ! La race humaine y a peut-être même disparu depuis, étant donné l'extrême sagesse avec laquelle elle gérait les richesses de la planète… ! En fait, il ne serait même pas étonnant qu'elle ait disparu !

– Mais pourquoi dis-tu cela ? La race humaine était quand même là quand tu as quitté ce monde, non ?

– Oui mais depuis, mille ans au moins se sont écoulés !

– Mais qu'est-ce qui te fait dire cela ?

– Notre état physique, quand les Sarkaïs nous ont découverts, montrait un séjour extrêmement long en congélation ! D'après les Sarkaïs, une telle dégradation de nos organismes, même en tenant compte de la technologie primitive utilisée, ne pouvait s'expliquer que par un séjour d'au moins mille ans !

– Oh? Et tu penses réellement que les Sarkaïs sont des sommités en matière de médecine ? Vous avez été irradiés juste avant votre congélation, non ?

– Oui, mais il est aussi impossible de comprendre l'Empire et surtout les références historiques encore disponibles dans celui-ci, sans concevoir un délai de plusieurs centaines d'années! Et il n'y a aucun doute que l'Empire s'est créé après la fuite de la Terre de ce qui restait de la race humaine après la guerre des Démons! Donc, tout accrédite la thèse des mille ans!

– Mais rien n'est certain ! Et garde toi des explications qui tentent seulement d'expliquer quelque chose qui n'est pas explicable avec les données que nous avons !

– Mais enfin, qu'est-ce que tu veux dire ?

– Ce que je veux dire, c'est que je capte une multitude de canaux radio et TV en provenance de Nir… la Terre, et il ne me semble pas que ce monde soit bien différent de celui que tu décrivais !

– Mon Dieu ! Peux-tu me montrer une émission ?

– Bien sûr… mon prince ! » finit ironiquement le Nem.

Et brusquement, un commentateur de CNN apparut sur l'écran face à Pierre ! Et il ne fut pas vraiment difficile à celui-ci de calculer alors le temps passé depuis son départ de la Terre !

« Sept ans, dit-il stupéfait, seulement sept ans se sont écoulés depuis mon départ sur l'Archéoptéryx! Je ne comprends pas! Cela n'a aucun sens!

– Peut-être pas, mais c'est un fait », conclut le Nem.

Mais ils n'eurent pas beaucoup de temps pour penser aux conséquences de ce qu'ils venaient de découvrir !

« PIERRE, MES SATELLITES M'AVERTISSENT DE L'ARRIVÉE D'ASTAROTH! »

****

La manœuvre fut exécutée d'une manière absolument époustouflante, montrant les incroyables capacités du NEM !

Bien renseigné par plusieurs petits satellites de la grosseur d'une balle de tennis, le NEM sut exactement quand le vaisseau d'Astaroth allait se mettre en orbite autour de la Terre.

Alors, caché par la Terre pour l'appareil sarkaï jusqu'au dernier moment, le NéMéSiS surgit brusquement devant lui à une vitesse beaucoup plus élevée et, grâce à son canon laser, lui grilla la coque sans même que celui-ci pût réagir !

En une fraction de seconde, le combat fut engagé et gagné !

Pour couronner le tout, comme le Nem connaissait parfaitement l'architecture des vaisseaux sarkaïs grâce à son séjour chez l'ennemi, il savait où étaient les réacteurs et les détruisit promptement, tout en ménageant les systèmes de survie !

Le navire ennemi n'était plus qu'une épave flottant en orbite autour de la Terre.

« Il est… mort ?

– Non, lui dit le NEM, triomphant, seulement aussi inoffensif qu'un enfant !

– Attention, NEM, j'ai beaucoup d'expériences de combat, et les victoires trop faciles sont souvent trompeuses !

– Pas de problème, Pierre, tout va bien ! Fie-toi à moi… tu sais à quel point je suis puissant !

– Attention au péché d'orgueil, NEM ! Il joue de très mauvais tours !

– Pierre, tu ne comprends pas exactement ma puissance ! Nous allons maintenant récupérer Michelle ! Je vais me placer devant le Sarkaï et diminuer à coups de laser l'épaisseur de la coque du nez. Grâce aux sondeurs, je serai capable de laisser une couche mince pour éviter de percer la coque. Puis j'enverrai une décharge électromagnétique qui effacera toutes les données informatiques des ordinateurs et surtout, déchargera les nerfs de tout être vivant : tous les occupants seront inconscients… ce qui nous permettra de récupérer Michelle sans coup férir !

– Attends, NEM, implora Pierre, il faut d'abord évaluer toutes les options ! Il est dangereux de se mettre devant la bouche d'un tigre !

– Un tigre aux dents cassées, Pierre ! Ne t'en fais pas, j'ai examiné plus de trente mille possibilités, plus que tu ne pourras jamais même imaginer, le tout en quelques secondes, et celle-ci est la meilleure !

– NEM! Bon sang ! J'ai l'expérience de la guerre ! Ne sous-estime JAMAIS un ennemi!

– Je ne les sous-estime pas ! Je les connais ! Je sais qu'ils ne sont pas aussi dangereux que tu le crois ! Aide-moi, nous allons sauver Michelle ! Suis mon plan.

– NEM, approchons le Sarkaï par la bande ! Mieux ! Utilisons une navette pour faire ce que tu dis ! »

Il y eut un moment de silence, prouvant à Pierre que le Nem n'avait pas envisagé cette hypothèse… Mais malheureusement, avec la conscience était venu aussi l'orgueil… et le NEM n'écouta pas Pierre, malgré son obligation, maintenant théorique, de suivre les ordres du commandant.

Pour le NEM, le commandant, c'était Dreck, et non pas Pierre. Il se positionna donc juste devant le vaisseau d'Astaroth.

Alors, avant même qu'il ait pu faire quoi que ce soit, le nez de celui-ci explosa, découvrant un énorme canon laser qui ouvrit le feu sur le Nem.

Le canon d'Astaroth, une imitation moins puissante toutefois des canons Obelton de la Garde, avait une sortie vers l'avant. La première attaque du NEM l'avait oblitéré, mais pas le canon lui-même.

Une première décharge, faible, avait simplement ouvert le nez de l'appareil, permettant par là même l'utilisation du canon.

Le tir traversa le NEM de part en part, détruisant 80 % de ses fonctions.

Une microréaction, juste avant l'attaque, permit au NEM de se sortir de la ligne de tir du Sarkaï. Malheureusement, même si l'impulsion fut faite juste avant le coup, le bond se fit seulement après.

Le NEM flottait maintenant à quelques dizaines de mètres du vaisseau sarkaï, aussi inerte que lui !

« P… Pierre… çcccccccca… va? questionna le NEM d'une voix extrêmement altérée.

– NON… MERDE! Je t'avais averti !

– Pierre… ne perds pas ton temps à… crier. C'est ma… ma… faute… je le sais ! Je suis… mourant… ou presque ! Tous mes systèmes sont atteints. Je ne fonctionne que grâce aux unités d'urgence. Beaucoup de mes capacités informatiques sont détruites, quoique j'aie des backups. J'utilise ce qui me reste pour maintenir les systèmes de survie… pour toi !

– Peux-tu te réparer ?

– Ça… prendra vingt ans !

– Quoi ? Mais qu'allons-nous faire ?

– Il reste une navette ! Prends-la, et descends sur Terre !

– Et abandonner Michelle ? Et les Sarkaïs ? Ils vont réparer et signaler la Terre au Démons !

– Demande à tes frères de les détruire !

– Ça ne sera pas possible et…

– Pierre, une communication du vaisseau sarkaï… je la bloque ?

– Non ! Ouvre un canal ! Voyons ce qu'Astaroth a à nous dire ! »

Ce ne fut pas Astaroth qui apparut sur l'écran, mais… Michelle !

« Pierre, mon amour, furent ses premières paroles, je n'ai pas pu les empêcher de lire dans mon cerveau !

– Je sais, Michelle, je sais ! Je vais trouver un moyen et venir te chercher !

– Non, Pierre ! Protège la Terre ! Ils préparent une fusée de transmission qu'ils vont lancer bientôt vers leurs mondes pour donner les coordonnées de la Terre ! Ils sont en train de réparer le moteur et vont pouvoir vous détruire bientôt. PIERRE, TU DOIS DÉTRUIRE CE VAISSEAU RAPIDEMENT.

– Non, Michelle, je te tuerais aussi !

– Pierre ! IL S'AGIT DE PROTÉGER NOTRE MONDE! Pierre, je me suis enfermée dans cette cabine de télécoms. Les Sarkaïs sont déjà en train de défoncer la porte ! Je n'ai pas beaucoup de temps ! Je vais t'aider à prendre ta décision! NOTRE PLANÈTE EST PLUS IMPORTANTE QUE NOS VIES! PIERRE, JE T'AIME, MONTRE-MOI LOÏC », cria Michelle une dernière fois.

Pierre prit son fils, attaché à côté de lui, pour le montrer à sa mère.

« Pierre, cache-lui les yeux ! »

Pierre s'exécuta et demanda pourquoi à Michelle.

Mais la réponse lui vint d'une façon terrible ! Sous ses yeux horrifiés, Michelle prit un pistolet sarkaï, lui lança un dernier baiser et se tira une balle dans la tête !

CHAPITRE 84 – LES SANGLOTS

Le NEM était blessé dans ses entrailles comme dans son cœur. Il se sentait responsable de la mort de Michelle et de l'effroyable douleur de Pierre. Et maintenant, il y avait ce plan insensé ! Pierre voulait mettre Loïc dans cette capsule de survie et l'envoyer sur Terre… quelque part en Californie ! Ce genre de nacelle était passif et se poserait seulement sur Terre. Le Nem n'avait plus les moyens de s'y opposer. Tout au plus pouvait-il graver rapidement des informations dans le cerveau de Loïc, qui ne referaient surface que dans vingt ans… quand lui, serait rétabli.

Il n'arrivait pas à gérer cette situation ! Ses circuits étaient trop abîmés… Michelle… Michelle lui avait dit comment faire… une chanson… un [3]poème !

Les sanglots longs

Pierre lance la nacelle de sauvetage avec Loïc.

Des violons

Cela fait, il rejoint la navette encore intacte…

De l'automne

Il la démarre et sort dans l'espace…

Blessent mon cœur

Il se dirige vers le vaisseau sarkaï…

D'une langueur

Pierre arrime sa navette à l'arrière du navire sarkaï grâce au bras de

réparation de son engin…

Monotone.

Pierre lance les moteurs à fond…

Tout suffocant

… dans le sens du freinage.

---

[3] Paul VERLAINE, Poèmes saturniens

Et blême, quand

Le vaisseau sarkaï commence à ralentir.

Sonne l'heure,

Sa vitesse n'est plus suffisante pour rester en orbite, et il décroche !

Je me souviens

Il rentre trop vite dans l'atmosphère de la Terre et avec l'avant ouvert !

Des jours anciens

Le frottement produit des gaz surchauffés à des milliers de degrés.

Et je pleure,

Ceux-ci s'engouffrent dans le vaisseau !

Et je m'en vais

L'appareil explose dans la haute atmosphère…

Au vent mauvais

La navette de Pierre…

Qui m'emporte

Explose elle aussi…

Deçà, delà

… et les deux appareils s'abîment dans les eaux du Pacifique…

Pareil à la

Les débris coulent à dix mille mètres de fond.

Feuille morte.

Pierre et Michelle étaient revenus sur Terre !

ÉPILOGUE

Simon était fatigué. Il était 3 heures du matin et malgré sa terrible lassitude, il ne pouvait dormir. Il allait encore devoir prendre les drogues d'effacement du sommeil pour pouvoir affronter la journée qui allait bientôt commencer. Même la soirée avait été éprouvante. Dreck était venu et malgré la joie de revoir un vrai ami, ils avaient parlé du fameux Dybbuk ! Dreck pensait que ce n'était pas un esprit malin, mais un plan… le plan d'invasion de l'Empire ! Et puis, il y avait Caroline ! Il l'aimait tellement ! Simon aurait voulu pouvoir la protéger davantage, mais ce n'était plus possible. Elle était encore une enfant, mais la petite femme en elle s'affirmait tous les jours davantage. Depuis cette affaire terrible avec le baron… elle, si rieuse… le soleil de sa vie… ce sourire merveilleux qu'elle avait avant en permanence était maintenant parti à jamais, pour laisser place aux cauchemars ! Comme ce soir… elle s'était réveillée en hurlant !

« Papa, papa, mon ami Pierre… PAPA… il est… il est… MORT! Mich… MICHELLE AUSSI!

– Mais non, Caro, c'est juste un cauchemar !

– Si, papa… si… je l'ai senti ! Il… a… ils ont voulu protéger NIRVA… ils sont… les Sarkaïs… PAPA… PAPA… ils avaient retrouvé NIRVA… Pierre… il… PAPA… il a donné sa vie pour détruire les SARKAÏS… pour protéger le secret… pour PROTÉGER LA TERRE DE NOS ANCÊTRES… MICHELLE AUSSI! PAPA… PAPA… NIRVA… mon ami Pierre… PAPA », avait-elle crié une dernière fois en sanglotant.

Simon se revoyait encore lui donner un verre d'eau dans lequel il avait discrètement mis un somnifère. Il lui avait alors dit :

« Pierre est sur le NéMéSiS! Tu sais que ce vaisseau est beaucoup plus performant que ceux des Sarkaïs ! Il ne craint rien ! Donc ce n'est qu'un vilain rêve ! Dors maintenant !

– Papa, non, lui avait répondu une Caro que le sédatif commençait à entraîner dans le sommeil. Ils ont… trouvé Nirva… avec le NéMéSiS… ils… ont suivi les Sarkaïs… pour les détruire et préserver le secret du chemin de la Terre, ils… ils se sont… sacrifiés… ils SONT MORTS… PAPA… papa… pa…! »

Elle s'était endormie ! Simon et sa femme avaient alors quitté la chambre à pas de loup.

Simon savait que Pierre et le NéMéSiS étaient partis vers Nirva. Le vaisseau avait communiqué avec eux et devait envoyer une petite unité de communication aussitôt qu'ils entreraient dans le système de Nirva. Le NéMéSiS le ferait, mais il était trop tôt pour avoir de leurs nouvelles !

Comment diable Caroline pouvait-elle savoir quoi que ce fût qui se serait passé au large de Nirva ? Mais se pouvait-il qu'elle eût raison ? L'aurait-elle vraiment senti ?

Ainsi, Pierre et ses compagnons ne seraient pas les gens si terribles que le Mahatmi avait pressentis! Ce don de prescience… il était lui aussi soumis au sentiment humain… Le Mahatmi avait vu avec son cœur plutôt qu'avec son esprit… C'était un saint homme, il n'avait pas pu analyser la violence et… il lui avait fait faire une terrible erreur! Mon Dieu, il aurait dû écouter Caroline!

Dreck aussi s'était trompé! Simon se souvenait de leur déception à tous les deux quand ils avaient eu accès au secret de la boîte de Pandore! Et ce maudit baron… qui avait su les manipuler… qui voulait les assassiner. Ce plan pour contrer le baron avec le clone de Dreck qu'ils avaient en réserve au cas où Dreck serait assassiné!… Mon Dieu… ils avaient perdu toute pitié pour les Envoyés… ils étaient censés être des criminels! Au moins, ils leur avaient donné une chance… Ah! que le travail d'empereur était dur!

Maintenant, Simon était dehors, sur l'immense terrasse de son palais qui dominait la ville d'Oulan Bator, et il regardait les étoiles au-dessus de cette ville qu'il aimait tant !

« Ainsi, Pierre le mercenaire est mort en héros ! Michelle, que je croyais tueuse d'hommes… morte elle aussi… pour sauver Nirva… la Terre comme ils l'appelaient ! »

Simon en était sûr, le NéMéSiS leur avait envoyé les coordonnées de la Terre et aussitôt qu'il aurait cette information, il la ferait graver dans les cerveaux de Caroline et d'Eytan, avec un blocage inviolable !

Simon le savait, les temps à venir allaient être difficiles pour la race humaine, mais si EUX, ils avaient le DYBBUK, LUI, il avait… NIRVA, sa botte secrète, son ultime recours… et sa surprise pour EUX !

****

FIN DU PREMIER LIVRE

Annexe 1

Déclaration universelle des droits de l'homme

Préambule

Considérant que la reconnaissance de la dignité, inhérente à tous les membres de la famille humaine, et de leurs droits égaux et inaliénables constitue le fondement de la liberté, de la justice et de la paix dans le monde, Considérant que la méconnaissance et le mépris des droits de l'homme ont conduit à des actes de barbarie qui révoltent la conscience de l'humanité et que l'avènement d'un monde où les êtres humains seront libres de parler et de croire, libérés de la terreur et de la misère, a été proclamé comme la plus haute aspiration de l'homme, Considérant qu'il est essentiel que les droits de l'homme soient protégés par un régime de droit pour que l'homme ne soit pas contraint, en suprême recours, à la révolte contre la tyrannie et l'oppression, Considérant qu'il est essentiel d'encourager le développement de relations amicales entre nations, Considérant que dans la Charte, les peuples des Nations Unies ont proclamé à nouveau leur foi dans les droits fondamentaux de l'homme, dans la dignité et la valeur de la personne humaine, dans l'égalité des droits des hommes et des femmes, et qu'ils se sont déclarés résolus à favoriser le progrès social et à instaurer de meilleures conditions de vie dans une liberté plus grande, Considérant que les États membres se sont engagés à assurer, en coopération avec l'Organisation des Nations Unies, le respect universel et effectif des droits de l'homme et des libertés fondamentales, Considérant qu'une conception commune de ces droits et libertés est de la plus haute importance pour remplir pleinement cet engagement,

L'Assemblée générale proclame la présente Déclaration universelle des droits de l'homme comme l'idéal commun à atteindre par tous les peuples et toutes les nations afin que tous les individus et tous les organes de la société, ayant cette Déclaration constamment à l'esprit, s'efforcent, par l'enseignement et l'éducation, de développer le respect de ces droits et libertés et d'en assurer, par des mesures progressives d'ordre national et international, la reconnaissance et l'application universelles et effectives, tant parmi les populations des États membres eux-mêmes que parmi celles des territoires placés sous leur juridiction.

Article premier

Tous les êtres humains naissent libres et égaux en dignité et en droits.

Ils sont doués de raison et de conscience et doivent agir les uns envers les autres dans un esprit de fraternité.

Article 2

1. Chacun peut se prévaloir de tous les droits et de toutes les libertés proclamés dans la présente Déclaration, sans distinction aucune, notamment de race, de couleur, de sexe, de langue, de religion, d'opinion politique ou de toute autre opinion, d'origine nationale ou sociale, de fortune, de naissance ou de toute autre situation.

2. De plus, il ne sera fait aucune distinction fondée sur le statut politique, juridique ou international du pays ou du territoire dont une personne est ressortissante, que ce pays ou territoire soit indépendant, sous tutelle, non autonome ou soumis à une limitation quelconque de souveraineté.

Article 3

Tout individu a droit à la vie, à la liberté et à la sûreté de sa personne.

Article 4

Nul ne sera tenu en esclavage ni en servitude ; l'esclavage et la traite des esclaves sont interdits sous toutes leurs formes.

Article 5

Nul ne sera soumis à la torture, ni à des peines ou traitements cruels, inhumains ou dégradants.

Article 6

Chacun a le droit à la reconnaissance en tous lieux de sa personnalité juridique.

Article 7

Tous sont égaux devant la loi et ont droit sans distinction à une égale protection de la loi. Tous ont droit à une protection égale contre toute discrimination qui violerait la présente Déclaration et contre toute provocation à une telle discrimination.

Article 8

Toute personne a droit à un recours effectif devant les juridictions nationales compétentes contre les actes violant les droits fondamentaux qui lui sont reconnus par la constitution ou par la loi.

Article 9

Nul ne peut être arbitrairement arrêté, détenu ou exilé.

Article 10

Toute personne a droit, en pleine égalité, à ce que sa cause soit entendue équitablement et publiquement par un tribunal indépendant et impartial, qui décidera, soit de ses droits et obligations, soit du bien-fondé de toute accusation en matière pénale dirigée contre elle.

Article 11

1. Toute personne accusée d'un acte délictueux est présumée innocente jusqu'à ce que sa culpabilité ait été légalement établie au cours d'un procès public où toutes les garanties nécessaires à sa défense lui auront été assurées.

2. Nul ne sera condamné pour des actions ou omissions qui, au moment où elles ont été commises, ne constituaient pas un acte délictueux d'après le droit national ou international. De même, il ne sera infligé aucune peine plus forte que celle qui était applicable au moment où l'acte délictueux a été commis.

Article 12

Nul ne sera l'objet d'immixtions arbitraires dans sa vie privée, sa famille, son domicile ou sa correspondance, ni d'atteintes à son honneur et à sa réputation. Toute personne a droit à la protection de la loi contre de telles immixtions ou de telles atteintes.

Article 13

1. Toute personne a le droit de circuler librement et de choisir sa résidence à l'intérieur d'un État.

2. Toute personne a le droit de quitter tout pays, y compris le sien, et de revenir dans son pays.

Article 14

1. Devant la persécution, toute personne a le droit de chercher asile et de bénéficier de l'asile en d'autres pays.

2. Ce droit ne peut être invoqué dans le cas de poursuites réellement fondées sur un crime de droit commun ou sur des agissements contraires aux buts et aux principes des Nations Unies.

Article 15

1. Tout individu a droit à une nationalité.

2. Nul ne peut être arbitrairement privé de sa nationalité, ni du droit de changer de nationalité.

Article 16

1. À partir de l'âge nubile, l'homme et la femme, sans aucune restriction quant à la race, la nationalité ou la religion, ont le droit de se marier et de fonder une famille. Ils ont des droits égaux au regard du mariage, durant le mariage et lors de sa dissolution.

2. Le mariage ne peut être conclu qu'avec le libre et plein consentement des futurs époux.

3. La famille est l'élément naturel et fondamental de la société et a droit à la protection de la société et de l'État.

Article 17

1. Toute personne, aussi bien seule qu'en collectivité, a droit à la propriété.

2. Nul ne peut être arbitrairement privé de sa propriété.

Article 18

Toute personne a droit à la liberté de pensée, de conscience et de religion ; ce droit implique la liberté de changer de religion ou de conviction ainsi que la liberté de manifester sa religion ou sa conviction seul ou en commun, tant en public qu'en privé, par l'enseignement, les pratiques, le culte et l'accomplissement des rites.

Article 19

Tout individu a droit à la liberté d'opinion et d'expression, ce qui implique le droit de ne pas être inquiété pour ses opinions et celui de chercher, de recevoir et de répandre, sans considérations de frontières, les informations et les idées par quelque moyen d'expression que ce soit.

Article 20

1. Toute personne a droit à la liberté de réunion et d'association pacifiques.

2. Nul ne peut être obligé de faire partie d'une association.

Article 21

1. Toute personne a le droit de prendre part à la direction des affaires publiques de son pays, soit directement, soit par l'intermédiaire de représentants librement choisis.

2. Toute personne a droit à accéder, dans des conditions d'égalité, aux fonctions publiques de son pays.

3. La volonté du peuple est le fondement de l'autorité des pouvoirs publics ; cette volonté doit s'exprimer par des élections honnêtes qui doivent avoir lieu périodiquement, au suffrage universel égal et au vote secret ou suivant une procédure équivalente assurant la liberté du vote.

Article 22

Toute personne, en tant que membre de la société, a droit à la sécurité sociale ; elle est fondée à obtenir la satisfaction des droits économiques, sociaux et culturels indispensables à sa dignité et au libre développement de sa personnalité, grâce à l'effort national et à la coopération internationale, compte tenu de l'organisation et des ressources de chaque pays.

Article 23

1. Toute personne a droit au travail, au libre choix de son travail, à des conditions équitables et satisfaisantes de travail et à la protection contre le chômage.

2. Tous ont droit, sans aucune discrimination, à un salaire égal pour un travail égal.

3. Quiconque travaille a droit à une rémunération équitable et satisfaisante lui assurant ainsi qu'à sa famille une existence conforme à la dignité humaine et complétée, s'il y a lieu, par tous autres moyens de protection sociale.

4. Toute personne a le droit de fonder avec d'autres des syndicats et de s'affilier à des syndicats pour la défense de ses intérêts.

Article 24

Toute personne a droit au repos et aux loisirs et notamment à une limitation raisonnable de la durée du travail et à des congés payés périodiques.

Article 25

1. Toute personne a droit à un niveau de vie suffisant pour assurer sa santé, son bien-être et ceux de sa famille, notamment pour l'alimentation, l'habillement, le logement, les soins médicaux ainsi que pour les services sociaux nécessaires ; elle a droit à la sécurité en cas de chômage, de maladie, d'invalidité, de veuvage, de vieillesse ou dans les autres cas de perte de ses moyens de subsistance par suite de circonstances indépendantes de sa volonté.

2. La maternité et l'enfance ont droit à une aide et à une assistance spéciales. Tous les enfants, qu'ils soient nés dans le mariage ou hors mariage, jouissent de la même protection sociale.

Article 26

1. Toute personne a droit à l'éducation. L'éducation doit être gratuite, au moins en ce qui concerne l'enseignement élémentaire et fondamental. L'enseignement élémentaire est obligatoire. L'enseignement technique et professionnel doit être généralisé ; l'accès aux études supérieures doit être ouvert en pleine égalité à tous en fonction de leur mérite.

2. L'éducation doit viser au plein épanouissement de la personnalité humaine et au renforcement du respect des droits de l'homme et des libertés fondamentales. Elle doit favoriser la compréhension, la tolérance et l'amitié entre toutes les nations et tous les groupes raciaux ou religieux, ainsi que le développement des activités des Nations Unies pour le maintien de la paix.

3. Les parents ont, par priorité, le droit de choisir le genre d'éducation à donner à leurs enfants.

Article 27

1. Toute personne a le droit de prendre part librement à la vie culturelle de la communauté, de jouir des arts et de participer au progrès scientifique et aux bienfaits qui en résultent.

2. Chacun a droit à la protection des intérêts moraux et matériels découlant de toute production scientifique, littéraire ou artistique dont il est l'auteur.

Article 28

Toute personne a droit à ce que règne, sur le plan social et sur le plan international, un ordre tel que les droits et libertés énoncés dans la présente Déclaration puissent y trouver plein effet.

Article 29

1. L'individu a des devoirs envers la communauté dans laquelle seul le libre et plein développement de sa personnalité est possible.

2. Dans l'exercice de ses droits et dans la jouissance de ses libertés, chacun n'est soumis qu'aux limitations établies par la loi exclusivement en vue d'assurer la reconnaissance et le respect des droits et libertés d'autrui et afin de satisfaire aux justes exigences de la morale, de l'ordre public et du bien-être général dans une société démocratique.

3. Ces droits et libertés ne pourront, en aucun cas, s'exercer contrairement aux buts et aux principes des Nations Unies.

Article 30

Aucune disposition de la présente Déclaration ne peut être interprétée comme impliquant pour un État, un groupement ou un individu un droit quelconque de se livrer à une activité ou d'accomplir un acte visant à la destruction des droits et libertés qui y sont énoncés.

Proclamation générale de la Déclaration universelle des droits de l'homme

Adoptée par l´Assemblée générale des Nations Unies dans sa résolution du 10 décembre 1948.

Annexe 2

Aie a mwana

Written by : Kruger, Vanguard

Produced by : John Martin, Paul Cook, Sarah

Published by : SDRM/Copyright Control.

Copyright owned by London Records, 1982

TRANSLATION: A.I.E. is my song

A.I.E. is my song
Always making me blue
Always lingering on
Like some memories do
A.I.E. is my song
It keeps turning my mind
To a love I once knew
In a faraway land
In the early morning breeze
There's a humming in the trees
Like a wave of tenderness
Coming back to me
From across the sea
Coming back to me
From across the sea
A.I.E is my song
It keeps turning my mind
To our last summer night

And the tears in your eyes
When the sun is going down
Turning blue skies into cloud
In my dreams I hear a call
Coming back to me
From across the sea
Coming back to me
From across the sea.

www.ingramcontent.com/pod-product-compliance
Lightning Source LLC
Chambersburg PA
CBHW052347020726
47503CB00001B/144
* 9 7 8 2 9 8 1 4 4 7 0 0 5 *